U0466880

中国民间文学大系

故事传说 —— 安徽寿县卷

寿县文学艺术界联合会 主编

时代出版传媒股份有限公司
安徽文艺出版社

图书在版编目（CIP）数据

中国民间文学大系. 故事传说. 安徽寿县卷 / 寿县文学艺术界联合会主编. -- 合肥：安徽文艺出版社, 2024. 12. -- ISBN 978-7-5396-8197-9

Ⅰ.Ⅰ277

中国国家版本馆CIP数据核字第2024HP9088号

出 版 人：姚　巍
责任编辑：张　磊　　　　　装帧设计：观止堂_朱　璇

出版发行：安徽文艺出版社　　　www.awpub.com
地　　址：合肥市翡翠路1118号　邮政编码：230071
营 销 部：(0551)63533889
印　　制：安徽联众印刷有限公司　(0551)65661327

开本：710×1010　1/16　印张：31　字数：560千字
版次：2024年12月第1版
印次：2024年12月第1次印刷
定价：98.00元

(如发现印装质量问题，影响阅读，请与出版社联系调换)
版权所有，侵权必究

《中国民间文学大系·故事传说·安徽寿县卷》
编 委 会

主　　编：王宝琦
执行主编：高　峰　赵　阳
副 主 编：李振秀　顾海涛
编　　委：王宝琦　李若冰　李振秀　高　峰
　　　　　赵　阳　顾海涛　黄丹丹　楚仁君
　　　　　赵鸿冰　王晓珂　王炳君
视频录制：王　杨　穆文浩　鲍　劼
校　　对：顾海涛　赵鸿冰

目 录

概述 / 001
凡例 / 001

人物故事传说

孙叔敖斩蛇 / 003
虞丘荐贤 / 004
孙叔敖佐王 / 005
优孟衣冠 / 006
王莽撵刘秀 / 007
时苗留犊 / 008
梁武帝水淹寿阳城 / 009
李崇断案的故事 / 011
赵轨清廉若水 / 012
胡敬德神鞭破古塘 / 013
"让皇帝"李宪的故事 / 014
赵匡胤困南唐 / 015
赵匡胤与"大救驾" / 018
赵薪脉的传说 / 019
刘金定火烧于洪 / 020
贤王封"君子镇" / 021

吕蒙正赶斋 / 022

扮皇帝 / 024

宰牛犊 / 025

孙氏发家望族的传说 / 026

汤鼐试对 / 027

汤鼐游南湖 / 028

唐伯虎名画 / 029

郑板桥作诗 / 030

康熙与老母猪山 / 031

俞扶九的故事 / 032

武术家杨文藻 / 036

时公祠梁邓交谊传说 / 037

乾隆三吃香椿拌豆腐 / 038

柏节为民除害 / 040

苗沛霖兵困寿州城 / 041

状元出生 / 043

少年蒙难 / 044

题北京王致和酱 / 045

故居传说 / 046

"灵活"办案 / 048

家风 / 049

咸丰年间的大喜大悲 / 050

端方绥靖孙少侯 / 051

李太夫人 / 052

换督风波 / 053

叶落归根 / 054

盖棺论定 / 055

过年要有一味豆腐菜 / 057

盘子只能叫碟子,不许叫盘子 / 057

赵半仙的传说 / 058

妙计惩奸商 / 059

智治无赖 / 061

妙计杀威风 / 062

一毛不拔神仙愁 / 064

为难塾师 / 065

甘拜下风 / 066

巧取狗肉 / 068

教训不孝子 / 070

戏弄财迷 / 071

改造孙财迷 / 073

鬼精与秀才 / 075

神童拜年 / 076

比聪明 / 077

马克彦的传说 / 078

皮寿山传奇 / 079

凉水不凉不要钱 / 080

风物故事传说

变蛋 / 085

茶馆逸闻 / 086

丢蛋老母鸡 / 087

填缺的风俗 / 088

"你真棍"的来由 / 089

插灯 / 090

放河灯 / 091

过书子 / 092

沙窝萝卜 / 093

寿州人春节爱吃吉祥菜／094

四喜豆腐／096

双门铺的火烧／097

小麻酥的来历／098

"炸鬼腿"／099

寿州香草／101

正阳关麻酥／102

大美兴香干／103

"花鞑"卤菜／104

地物故事传说

八公山传说／109

八公山柳树林传说／110

黑龙潭里宝贝多／112

白龙潭的传说／113

大泉／115

珍珠泉的传说／115

观音泉／117

淮王丹井和雷窝／117

东套犀牛回首望寿州／118

西套狼洞／119

十八廉颇墓／120

异文：十八廉颇墓／121

花靥夫人小姐山的故事／122

刘老碑的故事／123

和尚冲／124

凤凰山的传说／125

饮马泉的故事／126

驴蹄山的故事 / 127

白龙泉的故事 / 127

贾家井的故事 / 128

挂国将军 / 129

店疙瘩的传说 / 130

泰山奶奶巧占四顶山 / 131

异文:泰山奶奶巧占四顶山 / 132

古城墙的故事 / 133

花家拐的传说 / 134

单牌坊巷的由来 / 135

白石塔的传说 / 136

"门里人"的故事 / 137

"人心不足蛇吞相"的传说 / 138

无梁庙的传说 / 139

"当面鼓对面锣"的故事 / 140

状元桥的来历 / 141

奎光阁的传说 / 142

报恩寺的来历 / 143

无蚊巷 / 145

袁家井的水不咸 / 146

正阳关传说 / 147

金鸡坟的传说 / 149

地灵寺 / 150

大战白沙滩 / 151

斗鸡台 / 152

袁家老坟 / 153

饮马店与护驾寺 / 154

黑泥沟 / 156

顾家寨 / 157

皮家店 / 158

刘备城 / 159

方丈铺庙 / 161

牛家堆坊 / 162

鬼子坟 / 164

祭台 / 165

荒田变方田 / 166

鸽子笼 / 168

青莲寺的传说 / 169

龙王庙台 / 171

侯家台子 / 172

杀败口 / 173

苏王坝 / 174

大炭集与小炭集 / 176

饮马井 / 177

陈家牌坊 / 178

华佗寺 / 179

穆老坟 / 180

老鳖塘的故事 / 181

酒流桥 / 182

老塘河的故事 / 183

驴马店的故事 / 184

安丰塘起雾——现成（城）的 / 186

古塘传说 / 187

石马身陷石马河 / 188

四寺与峡山口的由来 / 189

饮马井显灵 / 191

赵家糖坊 / 192

"君子里"的由来 / 193

古城 / 194

胡王岗 / 195

铁佛寺 / 196

裴大孤堆 / 198

东瓦岗和西瓦岗 / 199

望春湖 / 199

池塘郢 / 201

恋子岗的传说 / 202

异文：恋子岗的传说 / 203

义渡与官渡 / 204

炎刘庙 / 205

广岩塘传说 / 206

异文：广岩塘传说 / 207

永乐店 / 209

菜瓜巷 / 210

"定远县" / 211

沈郢油坊村 / 212

望塘寺 / 214

眠虎村 / 215

驿马地 / 216

桃花井 / 217

陶家圩子张家花园 / 218

刘家岗头 / 219

杨家大桥 / 221

东大夫井 / 222

安基寺 / 223

邢铺 / 224

莲花塘 / 225

火神庙 / 227

孝感泉的传说 / 228

十龙口 / 230

城隍庙 / 231

董子读书台 / 233

地藏寺的井水——拔凉拔凉的 / 233

七仙桥——乌龟桥 / 234

三十年河东转河西 / 235

小甸镇的由来 / 236

筑城铺 / 237

李山庙 / 239

邵家老湾 / 240

华佗庙 / 241

鹅毛井 / 243

古楼岗 / 245

杨仙铺 / 246

谷贝 / 248

马家古堆 / 249

陈家古堆与高桥 / 250

三觉市的传说 / 251

乌龟墩的传说 / 252

大水冲倒龙王庙 / 253

七花寺的传说 / 254

张家埒子的传说 / 255

老龙头与老龙塘 / 256

三觉为何岗子多 / 257

茶庵集 / 258

谢埠店 / 259

青云山 / 261

滚潭坝的遗憾 / 262

贤姑墩 / 263

黑树套 / 265

五显庙 / 266

凤凰台的传说 / 267

梁家湖 / 268

九头庄 / 270

八腊庙 / 271

迎水寺 / 272

老龙潭 / 273

九井寺的传说 / 274

马王孤堆 / 275

周孤堆的传说 / 276

小包公的传说 / 277

红色故事传说

任家渡口的枪声 / 281

叶挺来到曹家岗 / 282

寡妇床底下的枪 / 283

"小人"和"黑老侉" / 284

"广西坟" / 285

五块洋钱 / 287

酒师傅 / 288

枣花 / 289

金神庙造枪 / 290

智取伪县大队枪支弹药 / 292

妯娌智救交通员 / 294

一式定乾坤 / 296

旗手 / 297

其他故事传说

十四两大火烧的故事 / 301

草棵里的黄鳝,涉杆趋捋 / 303

才女楹联招亲 / 304

吃货 / 305

赤兔马 / 306

饿死卖姜的饿不死卖蒜的 / 307

耳朵搁腰里来 / 308

二老万啃鸡头——缠手了 / 309

杠精 / 310

和尚、秀才与才女 / 312

家书 / 313

觉林还俗记 / 315

金蛤蟆传奇 / 316

金鸡坟的传说 / 317

金钱龙 / 319

金砖传奇 / 320

就差这一点 / 322

开水下面,翻花打蛋 / 323

懒汉传奇 / 324

柳娘 / 325

六个银人 / 327

鲁班庙的和尚——吃灰 / 328

卖鱼的和卖糟的 / 329

年三十晚上的敲门声 / 330

宁死当官的老子,不死要饭的娘 / 331

农夫奇遇记 / 332

凭心 / 333

破嘴话 / 335

骑驴不知地走的 / 336

棋迷父子 / 337

巧治师爷 / 338

如此拜寿 / 340

三个女婿对诗 / 342

三篷楼疑云 / 343

傻女婿拜寿 / 344

傻子学话 / 345

烧红的铁不能用手摸啊 / 347

圣贤愁 / 348

石头将军的传说 / 350

马家古堆的传说 / 351

响井的故事 / 352

田氏三兄弟哭活紫荆树 / 353

三句话不离本行 / 354

汪寡妇捐资修水利 / 355

忘恩负义 / 356

小乌盆缠上了张别古 / 357

兄友弟恭 / 358

徐道长传奇 1 / 359

徐道长传奇 2 / 360

眼不见为净 / 361

一辈一个 / 363

一枚铜钱的故事 / 364

渔翁作对的故事 / 366

元宝 / 367

员外财员外得 / 368

熊道士的传说 / 369

张二成仙 / 372

一念之间 / 374

银鱼寿命只有一年 / 375

甄姑娘与贾少年 / 376

安丰塘铜镜 / 377

编笆接枣　锯树留邻 / 378

财星下凡的传说 / 379

神功的传说 / 381

放下屠刀、拔发为僧 / 382

人是泥做的 / 384

和尚与"婆娘" / 385

一箭双雕 / 386

不见黄河心不死 / 388

穷女婿拜寿 / 390

过时的皇历 / 391

乡下蚊子与城里蚊子 / 392

乡巴佬与阔少 / 393

吃鸭蛋 / 394

爱占便宜的人 / 394

晴放心包不漏 / 395

娘家虽穷没喝过苦茶 / 396

看牌 / 396

富贵眼 / 397

懒人一对 / 398

表弟与表哥 / 399

吝啬人 / 399

借钱 / 400

黄鼠狼的帽子 / 401

金水牛的传说 / 402

老表 / 404

金大胆 / 405

金鸡报恩 / 406

米汤养母 / 407

老人不吃黑鱼 / 409

老知县智讽新县官 / 410

驴尿不撒子贱坟 / 411

龟道人大战黑鱼精 / 411

三圣庵小尼姑还俗 / 413

傻二哥和俏媳妇 / 413

晒不死的蚂蚁菜 / 415

三十里柴山,四十里菜园 / 416

千里送鹅毛 / 417

谁讲没贼 / 418

苏伯平搬梯子——够兽(受) / 419

抬杠 / 420

神树传说 / 422

安丰塘畔一棵草 / 423

白芋传说 / 424

保义舞龙 / 425

插灯 / 427

放河灯 / 428

豆腐的故事 / 429

淮王鱼的故事 / 430

回王鱼的故事 / 431

十八番锣鼓的传说 1 / 432

十八番锣鼓的传说 2 / 433

四顶奶奶的传说 / 435

文化名山与"返老还童" / 437

玄帝庙二月十九庙会的来历 / 438

元宵节的传说 / 439

对联故事三则 / 441

吝啬鬼学艺 / 442

机智故事二则 / 444

门闩子、门鼻子、门聊条子的故事 / 445

附件1 / 447

附件2 / 456

后记 / 468

概　述

余敏先

寿县历史悠久、文化灿烂,古称寿春、寿阳、寿州。历史上,州来国、蔡国、楚国、西汉淮南国、东汉阜陵国先后建都于此。寿县是国家历史文化名城、国家园林县城、中国书法之乡、中国文学之乡,是豆腐的发源地、淝水之战的古战场,是楚文化发展积淀与传承发扬的古都名郡,是中国传统文化与红色文化交融发展的红色之城,是安徽第一个中共党组织小甸集特支的诞生地。全县拥有国保单位6处,省保单位12处,安徽楚文化博物馆珍藏国家一级文物230余件,三级以上文物近2000件。寿县有迄今为止全国唯一保存最完整并带有护城河的宋代古城墙,被列入中国明清城墙申报世界文化遗产名录预备名单。"正阳关肘阁抬阁""八公山豆腐传统制作技艺"列入国家非物质文化遗产名录,"寿州锣鼓"等9项列入省级非遗名录。寿县悠久的文化,孕育了楚令尹孙叔敖、春申君黄歇、昆曲创始人张野塘、清代帝师孙家鼐、铁笔张树侯、五四先驱高语罕、淮上军总司令张汇滔、民国英杰柏文蔚、北伐先烈曹渊、抗日名将方振武、狂草大师司徒越等一大批仁人志士,流芳青史。

《史记·楚世家》记载:楚考烈王二十二年(前241年),"楚东徙都寿春,命曰郢"。寿县是楚文化的故乡。因此,楚国历史上的考烈王、春申君、孙叔敖等君王将相成为寿县民间文学中的重要角色。如《"门里人"的故事》《孙叔敖斩蛇》《寿州香草》等故事,包含着寿县民众对楚国历史及人物的真实评价,带有民众的普遍价值判断,也融会了讲述人的个人情感,为研究楚国的历史文化提供了民间视角。同时,寿县民间传说与故事也蕴藏着南方楚文化的特征。楚文化中的信鬼好巫、卜筮淫祀、崇龙尚凤等文化特征便自然地出现在寿县民间文学作品和民众的日常生活民俗之中。

　　汉文帝十六年（前164年），汉高祖刘邦之孙，淮南王刘长之子刘安被封为淮南王，都寿春。刘安好读书，鼓琴辩博，善为文辞，善抚慰百姓，因而流誉天下。他曾在八公山下招徕宾客方术之士数千人，并主持编写了《淮南子》。《淮南子》以道家思想为主，多用历史、神话、传说、故事进行说理，是研究中国民间文学的一部重要典籍。寿县当地流传着诸多与淮南王刘安有关的传说或故事，比如《八公山传说》《回王鱼的故事》等。这类故事带有玄妙有趣的道家文化特色，蕴含着道家的神仙思想，它们不仅具有超凡脱俗的神奇幻想，还有景象壮阔、意境幽深、情趣丰富之特色，透出一种雄健幽深之美。同时，故事中所涉及的名山八公山、回王鱼等，因传说的存在而成为文化意蕴深厚的地方风物。

　　寿县形胜，古为"江东之屏藩，中原之咽喉"，故历代为兵家必争之地。从春秋到盛唐，寿县八公山一直是淮河流域重要的军事屏障。历史上发生过著名的淝水之战、南唐后周之战、刘金定战南唐等战争。宋金对峙和宋元对峙期间，发生在八公山下的战争有100多次。这些古代军事战争留下了丰富的故事与传说，不仅突显了八公山在历史上的重要地位，还体现了寿县民众对历史的独特认知与理解。比如《赵匡胤困南唐》等，这些故事一方面体现了古代军事战争的智慧，另一方面承载了寿县民众淳朴的乡土情结。关于"赵匡胤困南唐"系列故事，又衍生出寿县特产"大救驾"等生动有趣的故事，这些特产和地名故事表达了寿县民众浓郁的乡土情怀和自豪的故园情感。

　　历史上的寿县民间传说与故事是活在人民群众的口头文学，是人民群众的历史记忆和文化基因，对今天的历史文化的传承与发展仍然有着不可忽视的作用。从秦末陈胜吴广大泽乡农民起义到晚清安徽捻军起义和太平天国运动，再到辛亥革命和中国共产党领导的历次革命斗争，安徽寿县的民间传说与故事都发挥了鼓舞宣传、记录传承的作用。如《凉水不凉不要钱》，记载了抗日爱国将领方振武的故事。这些活在人民群众口头上的鲜活的革命故事，发挥了安徽乃至国家历史文化的民间记忆和民间传承的作用。

　　此外，寿县民间传说和故事中有大量关于"龙"或"蛇"的故事，比如《安丰塘的传说》，由天上幼龙受伤落入人间而引发了"地陷型"的灾难故事；《报恩寺的来历》则是因为报恩寺的方丈救了一条受伤的小花蛇而引发了蛇报恩的故事;《"人心不足蛇吞相"的传说》则是人蛇互施恩报的过程中人因贪婪而强索恩报最终导致"被吞"的悲剧故事;《古城墙的故事》《黑龙潭里宝贝多》《白龙潭的传说》《老塘河的故事》……这些故事都带有典型的"龙/蛇崇拜"的心理特征。在寿县民众的生活语境中,"蛇"即是"龙"的真实化身。因而,寿县民众对"蛇"始终抱有敬畏之心,民众把人的属相中的"龙"称为"大龙",属相"蛇"称为"小龙",这些民俗文化心理都充分体现出当地民众对"蛇"有着特殊的情感认同。在当地的一些传说和故事中便不厌其烦地演绎各种与"龙"或"蛇"有关的故事。

寿县民间传说与故事中也有灵动诙谐的"机智型人物故事刘之治"系列故事。刘之治系明代末年刘复之子。刘复出身官宦世家,世居寿春,先祖在明初开国有功。刘复在对抗明末清初的叛乱中殉国。其子刘之治,幼年聪慧,工书法,擅诗文,曾是寿县极负盛名的风流才子,其风流才情故事一直在寿县当地流传不衰。在寿县,刘之治成为机智型人物故事中的"箭垛",民众把当时流行的诸多故事都附会到刘之治的身上,把他作为凝聚智慧与幽默的"箭垛",发生在他身上的滑稽幽默的故事丰富多彩,其中不乏恶作剧的故事。但是,这种恶作剧通常是发生在主人公刘之治与贪官污吏、财主等不善之人的斗争中,深得民众的喜爱。刘之治作为寿县当地机智型人物,其身上体现出怀才不遇、愤世嫉俗的性格特征,民众在讲述这些故事的时候一方面获得了精神上的满足,另一方面表达了对主人公刘之治的赞赏之情。

清官贤相型的故事在寿县也广为流传,最为经典的当数《时苗留犊》,以及《孙叔敖斩蛇》等,这些故事在历史事实的基础上,编织了丰富多彩的故事情节,表达了民众对清官或贤相的高度评价以及对美好的理想的寄托。

巧媳妇的故事也是寿县民间故事中的重要类型,这类故事往往与呆女婿型的故事相映成趣。这类故事广泛流传的深层文化背景是中国宗法制社会文化,故事中的巧媳妇往往凭借着自己超乎寻常的智慧和能言善辩的才华对抗来自官府、来自公公等男权社会的势力,是对中国传统宗法制社会压迫妇女的一种精神反叛。这些"巧媳妇"的身上,凝聚着中国女性强烈的自尊与自豪。

此外，表达邻里和睦的故事如《编笆接枣　锯树留邻》、讽刺人性弱点的故事如《穷女婿拜寿》《懒汉传奇》《晴放心包不漏》等民间生活故事不胜枚举。这些故事灵动地闪烁着寿县民众的生活智慧，力求超脱日常生活中平淡无奇的一面，以强烈夸张和大胆虚构的手法，突显了大智大愚，颠倒尊卑贵贱的秩序，构造出一系列奇特不凡的艺术境界，赋予故事以脍炙人口的生命力。

寿县民间传说与故事如散落在大地上的一粒粒珍珠，它们独特地伴随着历史，有着深刻的时代印记和地域文化特色，随时记录和反映寿县民众的思想愿望、历史评价、生活态度和审美倾向，是民众生活的有机组成部分。同时，这些传说与故事所讲述的内容切近民众的日常生活，又具有人们喜闻乐见的形式，因而，它们也是民众自我教育最方便、最普及的口头教科书。

（余敏先，女，淮南师范学院文学与传播学院副教授。）

凡 例

一、《中国民间文学大系·故事传说·安徽寿县卷》是遵照中国民间文学大系出版工程领导小组制定的"故事传说卷编纂体例"和有关文件精神,本着科学性、全面性、地域性、代表性的原则加以选编的。

二、本卷所选的民间故事传说,采用的是与神话、传说并列的狭义的民间故事概念,收录故事流传时间不设上下限,主要是以《中国民间故事集成(寿县资料本)》(上、下册)、《寿州故事传说》、《六安市非物质文化遗产田野调查汇编》(六安卷、寿县卷)等为主进行选编,并补充寿县民间文艺工作者编纂自印的其他民间文学作品中所收录的内容,以及本次新征集的民间故事传说。原来发表或者出版过的作品,部分由原采录人或编者做了适当的加工处理。

三、本卷收录故事传说分类,按照本县故事资源状况,遵循宜粗不宜细的原则,包括人物故事传说、地物故事传说、风物故事传说、红色故事传说、其他故事传说五大类,共收录寿县民间故事传说359篇(含异文)。

四、本卷在收录故事正文的基础上,将内容相近的故事作为"异文"一并收录。一般以情节结构完整、语言文字生动的作品为正文。异文一般保留原标题。

五、本卷收录的作品尽可能保留寿县地方特色,尽可能采用方言、口语。计量单位沿用旧时民间习惯,如斤、里、亩等。地名、官府名、职官名等一般采用当时名称。方言等注释采用篇后注。

六、本卷收录的作品后一般附列讲述人和采录人的信息,包括姓名、性别、民族(汉族不标)、籍贯(工作单位或家庭住址),以及采录的时间和地点等。讲述人和采录人的基本信息均以采录时为准。采录地点,因行政区划调整的,本书按采录时的行政区划表述,例如2016年寿县划归淮南市。有的作品因收录时间较早,要素缺失,有的原书未刊载有关信息又无从补充的,根据具体情况,或在附记中加以说明,或空缺。有的作品讲述人和采录人为同一人的,或者有的讲述人无从知晓,均只标注采录人信息。

七、概述、目录、凡例均见本卷文前。寿县民间故事主要讲述人、采录人简介、寿县民间故事传说图书与资料图录等,均见本卷文后。

人物故事传说

孙叔敖斩蛇

在淠河西岸,有一个叫埋蛇沟的地方。关于埋蛇沟有一段传说:孙叔敖小时候,与母亲相依为命。有一天,孙叔敖下地干活,忽然看到路边有一条正在爬行的两头蛇。他早就听人说过,两头蛇是大灾星,谁见到它就会死去。孙叔敖想:我就是死了,也不能让它再去害别人!于是,他毫不犹豫地拿起锄头把两头蛇打死了,然后挖了个沟,将死蛇埋掉。

孙叔敖回到家中,见到为他日夜操劳的慈母,想到自己将不久于人世,双膝跪地,泪如泉涌——他怎么忍心抛下老母而去呢!母亲惊呆了,连声问道:"孩子,何故这般伤心?"孙叔敖把刚才在地里的事从头到尾说了一遍。母亲听后深为感动,为有这样一个舍己为人的好儿子而高兴。母亲扶起他,安慰道:"你做了好事,老天爷会保佑你的。你不会死,也许会因祸得福呢!"

果然,孙叔敖非但没死,后来还做了楚国的令尹。

讲 述 人:时洪平,男,寿县文广新局干部;孟伟,男,寿县文广新局干部
采 录 人:赵阳,男,寿县人民政府办公室农业科科长
采录时间:2008年7月
采录地点:安丰塘畔

虞丘荐贤

楚庄王刚即位的时候,楚国的大权实际操纵在奸臣若敖氏、斗越椒的手里。他们结党营私,排斥贤良,根本不把国君放在眼里。楚庄王不甘受人摆布,就假装沉湎声色,三年不理朝政,在暗中观察局势,等待机会。三年后,楚庄王选拔了申无畏、伍举、苏从、虞丘等一批忠臣,随后整顿内政,选贤任能,国势日趋强盛,终于一举粉碎了斗越椒的反叛。

有一天,楚庄王和令尹虞丘商议国事,直到深更半夜才回后宫。夫人樊姬问他:"今天朝中又出了什么事情?大王这么晚才回来。"楚庄王说:"我同虞丘谈论政务,不知不觉就到了这时候。"并且称赞道,"虞丘真是我们楚国最贤良能干的人。"樊姬却说:"依我看,虞丘这个人未必有那么贤良。"楚庄王疑惑不解。樊姬见状,不紧不慢地说:"虞丘常和你谈论国事到深夜,怎么从来也没听说他举荐过贤臣良将?贱妾以为,一个人的智慧再多,也是有限的。楚国地广人多,贤士无穷。像虞丘这样总想用自己一个人的智慧来取代大家的智慧,埋没了许多人才,这怎么能称得上贤良呢?"

楚庄王认为樊姬言之有理,第二天早晨就把这些话如实转告给虞丘。虞丘听后,非常惭愧,从此他留心察访,后来大夫斗生推荐了孙叔敖。经过多方观察,虞丘了解到孙叔敖的确是一个不可多得的贤才。于是,在虞丘的引见下,孙叔敖拜见了楚庄王。楚庄王为了验证孙叔敖的才学,就向他请教治国之道,孙叔敖从容作答。君臣畅谈一天,越谈兴致越高。楚庄王兴奋地说:"论见识和韬略,朝廷中无人能与你匹敌!"说完,他马上要拜孙叔敖为令尹。孙叔敖推辞说:"我出身于田野农舍,骤然执掌令尹大权,怎么让众人信服呢?大王若有意用我,就把我排在众臣之后吧。"楚庄王坚信自己的眼力,急切地说:"我已经知道了你有这份才能,请不必推辞了!"孙叔敖见楚庄王如此信赖自己,十分感动,毅然挑起了令尹的重担。

讲 述 人：时洪平，男，寿县文广新局干部；孟伟，男，寿县文广新局干部
采 录 人：赵阳，男，寿县人民政府办公室农业科科长
采录时间：2008 年 7 月
采录地点：安丰塘畔

孙叔敖佐王

孙叔敖上任后，大刀阔斧地改革制度，开垦荒地，挖掘沟渠，发展生产。为了从根本上消除旱涝灾害，他召集水工，勘测地形，兴修楚国最大的水利工程——芍陂，也就是今天的安丰塘。他发动数万百姓，天天挖土、挑土、砌堤，自己也经常到工地上去鼓励人们。他们克服了种种困难，终于建成了芍陂。这一工程不但让雨季的急流缓和下来，干旱时还能使百万亩农田得以灌溉，每年增收不少粮食。

这时候，孙叔敖辅佐楚庄王招兵买马，训练军队，整修武备，征服了南方部族，解除了后顾之忧，然后进窥中原，终于在晋楚邲之战中大败晋军。楚国从此声威大震，为称霸中原铺平了道路。楚国的大夫们对孙叔敖无不佩服。

孙叔敖为令尹十二年，政绩卓著，可他始终不失布衣本色，一直过着吃粗米面饼、喝青菜汤的俭朴生活。他告诫自己："地位变了要更加谦虚，官做大了要处处谨慎，俸禄多了不可再贪。"由于他有功于楚国，楚庄王屡次要赐封他，他均坚辞不受，持廉至死。

讲 述 人：时洪平，男，寿县文广新局干部；孟伟，男，寿县文广新局干部
采 录 人：赵阳，男，寿县人民政府办公室农业科科长
采录时间：2008 年 7 月
采录地点：安丰塘畔

优孟衣冠

孙叔敖病重后,给楚庄王上了一份奏章,其中写道:"承蒙大王提拔我当了令尹,可惜我无法报答大王的知遇之恩。我有一子,资质太差,不配侍奉大王,请让他回乡种田。"楚庄王看后,不禁动容,感慨地说:"令尹至死不忘国家,实在难得。我没有那么大的福气,老天爷夺走了我的忠良臣。唉,可惜呀!可惜呀!"

临终时,孙叔敖把儿子孙安叫到床前,嘱咐道:"我死以后,如果楚王封你官做,千万不要接受,因为你没有做官的才智;如果楚王封给你都市,你也不能要,因为你对国家没有贡献;如果楚王坚持要给你食邑,你就要求到寝丘地方,那里荒芜贫瘠,无人相争。你要靠自己的双手去生活……"说完,就闭上了眼睛。

孙叔敖死后,楚庄王扶棺痛哭,要封其子为官。孙安遵照父嘱,没有接受,不久便悄然返回故里,靠自己劳动度日,过着清贫的生活。

几年后的一天,孙安在砍柴回家路上遇到了父亲生前好友、楚庄王喜欢的著名演唱艺人优孟。优孟为人正直,乐于助人,幽默诙谐。他见孙安衣衫破旧,一副穷困潦倒的样子,顿生怜悯之情。回楚宫后,优孟想方设法为令尹之子鸣不平。在庄王寿诞之日,优孟穿戴上孙叔敖的衣冠,模仿孙叔敖的言行举止,进宫拜寿。他把孙叔敖廉洁奉公、其子贫困的故事编成《慷慨歌》,在堂前泣诉开来:

贪官污吏多荣耀,子孙后代乐逍遥。
享的是祖宗清福,刮的是民脂民膏。
清官忘私就糟糕,你只看——
楚国令尹孙叔敖,苦了一生,身后萧条。
妻子儿女尤其苦,没着没落没依靠。
劝你莫学孙叔敖,还是贪官污吏好!

楚庄王看了,十分感动,立即召孙安来见。孙安拜见时,楚庄王见他衣衫褴褛,不由得心碎泪下,问道:"你怎么穷到如此地步?"优孟在旁答道:"不是这样,怎么看出孙令尹的公而忘私呢?"于是,庄王按照孙叔敖的遗愿,赐给孙安寝丘封地,让他做个自食其力的农人。

讲 述 人:时洪平,男,寿县文广新局干部;孟伟,男,寿县文广新局干部
采 录 人:赵阳,男,寿县人民政府办公室农业科科长
采录时间:2008年7月
采录地点:安丰塘畔

王莽撵刘秀

王莽撵刘秀,是河南南阳的民间故事,因为七十二水通正阳,所以河南与正阳关紧密相连,比如,镇子上驻有河南商贾、河南移民,设有河南会馆,淮河边还有河南船民修建的大王庙,因此古老的正阳关也就有了王莽撵刘秀的故事。老人们说,当年刘秀被王莽撵得走投无路时,天帮忙,石援助,树献身,老鸹送信……刘秀跑到正阳关时,也受到古镇人的保护。

话说有一天,刘秀被王莽从杨湖镇与鲁口子之间撵到了正阳关,此时人困马乏、饥肠辘辘,正好见一老者用瓦片烘烤一种野菜饼,问后才知道这是用蒿子与豆腐渣加麦麸子做成的。老者见刘秀一副落魄的样子,心中实在不忍,便将烙好的蒿子饼给了他一块。刘秀感激地用双手接过老者递过来的蒿子饼,三口两口就吞了下去,可能是因为饥饿,刘秀觉得非常好吃。老者总共就烙了三块蒿子饼,见刘秀吃得舔嘴抹舌的,索性将另外两块蒿子饼都给了他。刘秀一阵狼吞虎咽后,依然未觉饱,于是老者好事做到底,又从麦草篓子里拿出自己珍藏的五个鸡蛋,打成蛋液,

然后在瓦片上刷上黄豆油煎成鸡蛋饼,一时间满屋飘香,馋得刘秀口水流了一地。鸡蛋饼煎好后,老者一口没吃,全给了刘秀。刘秀吃完鸡蛋饼,再三叩谢老者,并询问老者名姓,说事后必将答谢。老者不以为意地说道:"我乃大汉子民,今日能为贵人奉食,实乃三生有幸。本人姓高,在古羊石居住已三代有余,如日后果真有缘,希望你能来此地兴修水利,造福四方黎民百姓!"刘秀应诺,辞别老者,沿淠河向迎河集方向逃去。

采 录 人:汪洋,男,寿县正阳关镇人,退休教师
采录时间:2023 年
采录地点:正阳关镇

时 苗 留 犊

时苗从政后,廉洁自律,不事权贵,与常林、吉茂和沭并以清介闻名。汉献帝建安十八年(213 年),时苗入丞相府,被曹操任命为寿春令。

时苗来寿春上任时,不骑马、不坐轿,而是驾着一辆黄牛车,当地百姓后来都称他为"黄牛令"。黄牛车上倒也装得满满的,但值钱的东西一样也没有,只有一堆书和棉布衣被等极其简单的生活用品。在寿春任职的一年多时间里,时苗始终秉持一身正气、两袖清风的为人做事风格,个人生活和从前一样,没有什么大的变化。他不收别人一分钱的礼,也不占公家一分钱的便宜,但为寿春的老百姓办了很多好事,受到老百姓的交口称赞。

在这期间,当初随时苗而来的那头黄牛生下了一头小牛犊。一年后时苗离任时,他决定把在寿春出生的那头小牛犊留下来。当地百姓和官员都说:"六畜向来是不识父的,这个牛犊应该跟随它的母亲。您应该把它带走!"时苗不答应,婉言劝说大家:"令来时本无此犊,犊是淮南所生有也。"意思是说,我来到寿春时本来是

没有这头牛犊的,这头小牛是在你们土地上出生的,是喝淮河的水、吃寿春的草长大的,它本来就应该属于你们这个地方。既然非我所有,我当然不能把它带回家。于是,小牛犊就留在了寿春。

当地百姓深受感动,临行时都舍不得时苗离开,纷纷上前围住他。人们看到,和当初来时一样,车还是那辆黄牛车,车上装载的仍然是一堆书和那些简单、破旧的生活用品。赶来送别的人,有的抓住车子不放手,有的站在路中间不让走,还有曾受过时苗接济救助的人干脆躺在路面上,用自己的身体拦住黄牛车……直到时苗的黄牛车慢慢走远了,夹道送行的寿州百姓还在望尘而拜,依依惜别的场景非常动人,许多人都默默地流下了眼泪。

时苗虽然离开了寿春,但他为官清廉的高尚品德流传下来,教育并影响着后世的人们。时苗留犊的故事,在当地百姓中口耳相传,家喻户晓,妇孺皆知,成为一段千古传颂的佳话。

采 录 人:楚仁君,男,寿县文化和旅游局创研室主任
采录时间:2023 年
采录地点:寿州古城

梁武帝水淹寿阳城

南北朝时期,南梁与北魏在淮河一带为争夺寿阳而激战。钟离(今安徽凤阳临淮关)大战后,梁军挫败了魏军南下吞并南梁的企图,即便如此,梁军还是没能拿下北魏在淮南的重镇寿阳(今安徽寿县)。梁武帝萧衍秉持着守江必守淮的战略思想,为了保卫长江一线,必须夺下淮河一带作为缓冲区,必须拔掉寿阳这颗钉子。

为夺回被北魏所占的寿阳,萧衍用尽了各种手段,强攻、智取、劝降等方式都被寿阳守将李崇轻易化解掉,寿阳因此久攻不下。萧衍为此头痛不已,寝食难安。灵

感总是在一瞬间迸发出来的,萧衍想到之前梁将韦睿曾经拦截淝水淹合肥的成功案例,如法炮制,下令在寿阳下游的今安徽五河、明光及江苏泗洪三县交界的淮河浮山峡修建堤坝,拦截淮河,以备水攻寿阳城。

要知道,淝水只是淮河的一条支流,拦截起来并不难。但淮河在古代与长江、黄河、济水并称为"四渎",是中国七大江河之一,在当时的技术条件下,拦截淮河谈何容易？可萧衍一向刚愎自用、我行我素,对自己的天才想法非常自信,不顾朝臣和水利专家的劝阻,一意孤行,于天监十三年(514年)正式启动浮山堰修建工程。

为了修筑这项前所未有的浩大工程,南梁朝廷动用了二十万大军及劳工。工程自南边的浮山起,一直到北边的潼河山,士兵和劳工们从两岸向河内投掷木石,慢慢向河中心靠拢,最终成功拦截淮河。当时正值冬季,淮河处于枯水期,水流较小,工程难度不大,第二年春天便完工了。

正当萧衍高兴时,不料春潮暴发,淮河水位大涨,一夜之间堤坝被大水冲垮。如果就此罢手,朝廷还能及时止损,避免此后更大的悲剧。但萧衍自负和固执的个性再次发作,他下令将数不胜数的铁块投入河中,对外宣称是借助铁来镇压河里的蛟龙,实际上是想用铁块来打好根基。

最终,死了十万劳工、耗费无数钱财的浮山堰终于建成。高大的堤坝挡住了滚滚东流的淮河,水位迅速抬高,上游的寿阳城因此被河水淹没。守将李崇无奈之下将城内军民迁至八公山上,损失并不太大。萧衍想用水淹寿阳城逼退魏军的计划泡了汤。

随着时间的推移,淮河水水位不断上涨,河水巨大的压力直接作用于堤坝上。天监十五年(516年)九月二十日,伴随着雷鸣般的巨响,淮水冲毁堤坝,奔流而下,地处下游的江苏省十万户人口瞬间被汪洋吞噬。

修建浮山堰、水淹寿阳城、逼退北魏军的失败,沉重地打击了梁武帝萧衍,这位自负的皇帝因为自己的固执而葬送几十万兵士和百姓的生命。受此重挫,此后南梁再无力北伐,萧衍为此愧疚终生,转投佛门,诵经赎罪。

这个故事警示我们,做任何事情都要应合天道,顺乎民意,尊重科学,敬畏自然。

采 录 人：楚仁君，男，寿县文化和旅游局创研室主任
采录时间：2023 年
采录地点：寿州古城

李崇断案的故事

  北魏延昌初年，扬州刺史李崇都督淮南诸军事，驻寿阳（今安徽寿县）。有一户叫苟泰的人家，丢失一个三岁男孩，多年不知下落。有一天，他突然发现孩子在本县县民赵奉伯家里。苟泰写状告到州县。但是，赵家硬说那孩子是他自己家的。双方都有邻人做证，州县不能断。此案报李崇，李崇令下属把苟泰、赵奉伯以及那个男孩分别关在三处。数旬后，李崇派狱吏二人，慌张地分别对苟、赵二人说："你的孩子昨天突然得暴症，并在夜间死了！"苟泰一听，号啕大哭，死去活来。赵奉伯听后，只叹一口气。李崇据此断定，苟泰是孩子的父亲，让他领回孩子；赵奉伯是妄认他人之子，当即治罪。

讲 述 人：王建国，男，曾任寿县地方志办公室副主任、《寿县志》副主编
采 录 人：王晓珂，男，寿县作协秘书长
采录时间：1998 年 10 月 8 日
采录地点：南照壁巷土地局小区

赵轨清廉若水

隋朝人赵轨，曾任寿州总管长史。他在寿州任职期间，根据当地土质肥沃、水草丰美的特点，非常重视农业生产。他组织整修芍陂，发展水利，灌溉农田。芍陂先前的五门围堰早已荒废，也没有人组织整修，杂草丛生，污秽不堪，已起不到灌溉作用。赵轨到任后，鼓励督促百姓和官吏重新修筑，在原来五门围堰的基础上又增开了三十六门围堰，总灌溉农田五千多顷。这些围堰作用很大，不仅使当地百姓受益，而且恩泽他们的子孙后代。赵轨在寿州任职数年，寿州百姓多受其厚益，所以当地百姓说起赵轨时，无一不称赞其为官能为民着想。

赵轨在寿州期间，在日常生活中也显现出其人格魅力。有一年，他邻居家的桑葚熟了，又大又红的桑葚落到他家院子里，满地都是。赵轨叫家人把桑葚捡起来，如数送还给邻居，并告诫儿子说："我并不是要以此来得到什么名誉，只是觉得不是自己的东西，享用了心里也会不安。你们应该把这话当作自己做事的准则。"这件事不胫而走，一时间在寿州城里被传为佳话。

赵轨在寿州任职数年后告老还乡，后在家中去世，享年六十二岁。赵轨一生为官清廉，政绩卓然。他的政绩主要是在开皇年间取得的，此时正值隋朝政治、经济较好时期，史称"开皇之治"。"开皇之治"的取得与许多像赵轨这样的清官廉吏的努力奋斗是分不开的。

采 录 人：楚仁君，男，寿县文化和旅游局创研室主任
采录时间：2023 年
采录地点：寿州古城

胡敬德神鞭破古塘

"北有塘,南有江,楚国多陂塘,广岩是大塘,芍陂排二塘,罗陂数三塘,姑嫂寡妇争四塘。争来争去不相让,气破广岩肚和肠。水流光,开了荒,塘底变粮仓,干了广岩塘,淹掉十万八千粮。皇爷怕缺粮,不敢重打上。"这首民谣中所说的广岩塘,在寿县炎刘镇广岩村境内,现尚存一段长约五里的残堤。

按这首民谣所唱,广岩塘应该比楚相孙叔敖修建的芍陂还要大。想那时,广岩塘碧波荡漾,灌田万顷,稻菽飘香,确是个风水宝地,唐朝开国元勋胡敬德(尉迟恭)便祖居此地。胡家祖坟"鲤鱼滩"依塘而卧,占尽古塘风水,广岩胡姓才出了敬德这一个盖世英才。然而就是这么个仰沐古塘恩泽而彪炳千秋的人物,竟使这浩浩之水尽失东海。

话说唐太宗李世民"玄武门之变"坐了皇位之后,四海升平,万民康乐。宿将胡敬德居功自傲,凌辱将相,以致朝中多有怨言。太宗看在眼里,却又不便公开降罪,便想了个法子:一面传旨赐假,让敬德衣锦还乡,祭扫祖坟,一面授意徐茂功(李勣)设法将胡家祖坟所葬那块"鲤鱼滩"治死,好让胡敬德断了仰仗,以削傲气。谁都知道那徐茂功是个肚子里的点子多得像满天星星的人。他偷编了首民谣,事先派人沿途传唱:"功高盖世,位次一人;万民景仰,威风凛凛;水淹祖坟,置若罔闻;空有虚名,实是罪人。"随后,徐茂功便命人偷偷决了堤口,塘水汹涌而下,立刻将"鲤鱼滩"全部淹没。

再说胡敬德谢了皇恩,择了吉日,一路旌旗蔽日,浩浩荡荡前往广岩塘祭祖。沿途听得村叟儿童所唱民谣,心中疑惑,等到站在古塘大堤向南一望,白茫茫的一片,浩渺无际,天水相连,祖坟早已成了座"水晶宫"。胡敬德大怒,举起他那条威震八方的九节钢鞭,一鞭将大堤击破,大水整整淌了七七四十九天,水干塘涸。胡敬德由于怒极,用力过猛,甩脱两节鞭,直飞到三十里外的望塘寺门前,一节钻进地下,钻出寺前的一眼深井,另一节落在寺院附近,震塌了寺墙。据说过去望塘寺门前有一个形如铁头、历经风雨而不锈蚀的东西,体表镂有文字,两端有孔,重二百来斤,抗战时被日军掠去。不过,那可不是胡敬德的鞭节,很可能是寺院塔顶的饰物。

讲 述 人:吴同忠,男,寿县体育局干部;周定一,男,寿县炎刘镇人
采 录 人:赵阳,男,寿县人民政府办公室农业科科长
采录时间:2008 年 7 月
采录地点:安丰塘畔

"让皇帝"李宪的故事

李宪(679—742 年),字成器,陇西成纪(今甘肃秦安)人。唐睿宗李旦长子,唐玄宗李隆基长兄,为唐朝著名的"让皇帝"。

李宪初以皇孙身份被封为永平郡王。684 年,六岁的李宪被册封为太子,后被武则天封为皇孙,武周时期,授左赞善大夫。693 年,李宪被改封为寿春(今安徽寿县)郡王,唐中宗李显复位后,迁员外宗正卿。710 年,李宪被加封为宋王。同年,唐睿宗登基,任命李宪为左卫大将军。李宪拒绝成为皇太子,让位于平王李隆基。

在古代,将帝王之位拱手让给他人,本就没有心甘情愿之说,多数情况下都会夹杂着迫不得已。纵观华夏两千多年的封建历史,无数人对天子之位垂涎三尺,趋之若鹜,帝王的角逐一直都是这一时期的主旋律。其中隐藏的残酷与血腥,更是令人触目惊心。唐睿宗李旦嫡长子李宪却将帝位拱手让给了三皇弟李隆基,而他也就成了中国历史上唯一的一位"让皇帝"。

让皇帝,是李宪的谥号。在古时候,拥有较高社会地位的人去世后,后人会整理总结他的生平事迹,再给予相应或褒或贬的评价。因此这一"让"字,似乎就概括了李宪的一生,他在政治生涯中最主要的作为就是"让"。那么,本该是一国身

份最为尊贵的嫡长子李宪，为什么会放弃帝王之位呢？

话说710年，唐中宗李显病逝后，其弟李旦的第三子李隆基发动了"唐隆政变"，拥立李旦成为大唐王朝的一国之君，是为唐睿宗。对于三皇子李隆基而言，虽然他有着拥立新帝之功，但是唐朝一直都遵守着嫡长子继承制度，作为李隆基的长兄，李宪比他更具有血统上、帝制上的优势，也是名正言顺的新帝继承人。

但是，久居深宫的李宪当然知道皇家的残酷，而且之前李世民发动的"玄武门之变"还历历在目，他又怎么能够坐稳这天子之位呢？况且他的三皇弟李隆基还有着赫赫战功，为了保全自身，他写了一封言辞恳切的信交给了唐睿宗，告诉父亲凭自己的能力是无法当好一个君王的，更适合的皇位继承人是三皇弟李隆基。虽然李隆基也辞让了一番，但他还是取代李宪成为太子，继承了大统。

李宪的谥号是"让皇帝"，一个"让"字的确能够概括他的生平。原本他能够成为一国储君，却将太子之位让给了自己的亲弟弟。他让出了帝王权力，才有着后来的清闲富贵、兄弟和睦，最后也得到了善终。

在李宪病重去世后，唐玄宗李隆基悲痛不已，并且追封他为"让皇帝"。倘若当初李宪不让的话，很可能就会出现兄弟相争、手足相残的局面，所以李宪才选择了另一条路，这是他的一种大智慧。尽管李宪失去了帝位，但是他收获了更多的东西，得到了唐玄宗李隆基的尊敬以及后半生的安稳。

采 录 人：楚仁君，男，寿县文化和旅游局创研室主任
采录时间：2023年
采录地点：寿州古城

赵匡胤困南唐

在古城寿州，赵匡胤困南唐的故事家喻户晓。

话说赵匡胤篡夺了后周世宗柴荣的皇位,自己做了皇帝,称大宋朝,把都城定在汴京。当时中原稳定,天下太平。

一天,赵匡胤喝醉了酒,错杀了功臣郑恩的独生子郑英。酒醒以后非常懊悔,他觉得对不起劳苦功高亲如手足的老将军郑恩,因此整天茶饭不香,干什么事都打不起精神来。他听了皇后的建议,把朝中大事交给宰相代管,自己带领老将军高怀德及五千御林军,到他立过战功也饿过肚皮的南唐古寿州消愁解闷。

这也是赵匡胤第三次下南唐。

浩王孙二虎久有反叛之心,听说赵匡胤到了寿州,突然发兵把寿州城团团围住,把赵匡胤困在寿州城中。孙二虎本是个占山为王的山大王,后来投到赵匡胤部下当个副将。孙二虎作战勇敢,屡立战功,赵匡胤登基以后封他为浩王。可是他草寇的脾气改不掉,过惯了大秤分金银、大碗吃酒肉的山大王生活,经常残害黎民百姓,曾受过赵匡胤的处罚,因此他怀恨在心。这次孙二虎突然反叛,令赵匡胤措手不及,被困在了寿州城里。

孙二虎手下有员猛将,名叫于洪,十分厉害。他不但武艺高强,而且会使妖术,百尺之外能取对方首级。孙二虎因此气焰十分嚣张,要杀死赵匡胤,自己称王。老将军高怀德出城迎战,被于洪妖术所迷,险些丢掉性命,大败而回。赵匡胤困守寿州不敢出战,派副将曹彪突围回京搬兵求救。

曹彪回到汴京以后,把皇上被围困在寿州的情况向宰相禀报,宰相立即命高怀德之子御外甥高俊保挂帅,率领三万人马赶赴寿州解围救驾。高俊保不敢怠慢,火速点齐三万人马,连夜向寿州进发。大队人马行至双锁山时,被山寨女寨主刘金定拦住去路,双方交锋,高俊保被刘金定擒下马来。刘金定见小将高俊保少年英俊,风流潇洒,一表人才,下马扶起高俊保,要与俊保成亲。高俊保不允,二人再战,刘金定又一次擒住了他。俊保为救驾,只得答应了亲事,说明当前要赶赴寿州城杀敌救驾。俊保心想:如今正是用人之际,刘金定武艺超群,就答应她,让她一同前往寿州城。于是高俊保率兵在前,刘金定领兵押后,旌旗招展浩浩荡荡地向寿州进发。

高俊保带领前锋兵马来到寿州城东九里沟安营扎寨,挑选十余骑杀开一条血路,来到寿州东门。高俊保叫开城门,进城叩见了皇帝赵匡胤和父亲,把如何发兵、途中至双锁山被擒招亲的事前前后后禀告了父亲。高怀德一听勃然大怒,骂道:"你这逆子,叫你发兵解围救驾,你胆敢违犯军纪临阵招亲,罪不可容,推出辕门外斩首！"高俊保被刀斧手推出辕门，只等三声炮响斩首来报。这时刘金定率领的后队也已渡过东津渡，得知情况后急红了眼，对守城士兵说："你赶快去禀报你家元帅，叫他放了小将高俊保，不然的话，我刘金定杀进城去鸡犬不留！"士兵急忙跑下城楼到师府报信。这时皇帝赵匡胤已得知高怀德一怒要斩小将高俊保的事，忙赶过来对高怀德说："如今叛军围城，不可轻易斩将，你快将俊保带来，命他上城楼告诉刘金定，只要她杀退围城的叛军救出圣驾，孤家重重有赏，成全他们夫妻。"高俊保登上城楼转达皇帝口谕。刘金定听了大喜，大喊一声："高小将，你就在城里等待我凯旋吧！"只见她精神抖擞，挥舞手中的大刀，所到之处人头滚滚落地，兵丁们杀声震天，勇猛冲锋。刘金定从东门杀到南门，从南门又杀到西门，从西门再杀往北门时，高俊保奉太祖之命，率领一支人马杀出北门与刘金定会合，共同向退往八公山的叛将于洪发起猛攻。于洪会战刘金定，使出妖法，却一一被刘金定所破。他哪里知道刘金定乃梨山老母的弟子，随师学艺多年，不仅学会"奇门遁甲"，还善用"呼风唤雨，撒豆成兵"的法术。于洪向八公山密林里逃窜。刘金定看天已将晚，南风大起，遂发动火攻。这时火借风势，风助火威，八公山顷刻之间成为一片火海。刘金定乘火光照亮之际，一鼓作气，乘胜追击。于洪大败而逃，急急如丧家之犬，忙忙如漏网之鱼，拼命向北，企图渡过淮河逃命。可是天黑了，于洪又不识路，不知不觉行到独笼沟，钻进独笼沟里去了。高俊保、刘金定堵在沟口，叛军一个也逃不掉。于洪和叛军首领孙二虎都被熊熊大火烧死在独笼沟里。

刘金定火烧于洪，平定叛军，救了圣驾，赵匡胤心中大喜，封刘金定为威宁侯。万岁做主，二人就在寿州完成婚配。君臣班师回朝。

现在，八公山上当年"火烧于洪"的独笼沟及刘金定梳妆台等遗址，均成为人们寻幽探古的好去处。

讲　述　人：熊学明，男，寿县八公山乡政协原负责人
采　录　人：李振秀，女，寿县文学艺术界联合会副主席
采录时间：2014 年
采录地点：八公山乡

赵匡胤与"大救驾"

有着一千多年历史的寿县传统糕点"大救驾",如今已成为颇受人们喜爱的食品。凡来寿县旅游观光的人,无不以先食"大救驾"为快,一饱口福之后,总不忘带几盒回去供家人品尝或作为馈赠亲友的礼品。

追溯"大救驾"名称的由来,得从后周围困南唐寿春之战讲起。五代十国时期,寿春作为南唐边陲重镇,由清淮军节度使刘仁赡镇守。后周显德二年(955年)和四年(957年),周世宗柴荣两次亲征寿春。作为后周禁军统帅殿前都点检的赵匡胤两次从征。第二次是在显德四年三月,赵匡胤扎营于城北紫金山下,率军攻山,首破连珠寨,斩唐兵数千人,守寨唐将朱元、朱仁裕率部万余人投降。翌日复战,赵匡胤连破数寨,擒南唐应援使陈承昭,大将许文缜、边镐等,将州城完全置于周军包围之中。刘仁赡"闻援军既败,计无所出,但扼腕浩叹而已"。尽管如此,他忠贞不贰,拒周劝降,率部坚守城池。后刘仁赡病得不省人事,其副使孙羽等率万余人奉表出降。越一日,刘仁赡卒。至此,历时三年的后周围困南唐寿春之战宣告结束。赵匡胤得胜率部进城。由于长期苦战,劳累过度,人困马乏,城内厨师用面粉、白糖、猪油等原料做成糕点献给赵匡胤。赵匡胤吃后连声称好。显德七年(960年),陈桥兵变,赵匡胤黄袍加身,成为宋代的开国皇帝。此后他还时不时谈及寿春城内的糕点"救了朕的驾"。"大救驾"便由此得名。

讲 述 人:赵振远,男,寿县政协退休干部
采 录 人:赵鸿冰,男,寿县融媒体中心编辑、记者
采录时间:2023年11月
采录地点:寿州古城

赵薪脉的传说

明末时期,寿县隐贤古镇生活着一位高士,名叫赵炯然,字薪脉,号垣中。赵薪脉博学多识,能掐会算,上通天文,下晓地理,中通人事,为当地人预测祸福,排忧解难,很受人们尊敬。

据说有一天,赵薪脉预测隐贤古镇夜里有十八家会失火,弄得隐贤古镇人心惶惶,人人自危,谁也不知道哪家会遭殃。到了深更半夜,众人在睡梦中被一阵急促的敲锣声惊醒,听见有人在大声呼叫"走水了,走水了,快来救火啊"。众人吓得不轻,赶紧穿衣起床,带上洗脸盆、水桶,跑向失火地点。大家手忙脚乱的一阵忙乎,终于把火扑灭。第二天大家发现只有一家失火,并没有殃及其他人家,经过询问,才知道这家主人姓"李",可不就是赵薪脉所说的"十八家"嘛。

这天,赵薪脉在家门口正和一些人叙闲话,忽然心有所动,伸手指着门前一块土砌头对众人说,这块土砌头明天巳时左右会走路,众人皆不信,七嘴八舌地说:"就听你扯吧,土砌头怎么会走路呢?"赵薪脉只是微笑,并不反驳。到了第二天巳时左右,一人赶隐贤古镇集市买了一头小猪,用扁担一头担着,背在肩膀头上,下集往家赶,经过赵薪脉家门口时,发现这块土砌头,于是弯下腰小心地放下小猪,然后用绳子把土砌头绑好,一头担着小猪,一头担着土砌头,一摇一晃地挑着走了。众人看后这才明白过来,原来土砌头是这样走路的,不得不佩服赵薪脉的神机妙算。

赵薪脉觉得自己学有所成,开始自满起来。这年秋收季节,一日清晨,他闲游到乡下,看见一位老农在场上晒稻谷,就好意提醒老农:"老人家,马上要下雨了,你赶快把稻谷收了吧,否则会淋雨的。"这位老农抬头看了看天,笑着对赵薪脉说:"年轻人,没事的,雨只能下到稻场外一米处,淋不到稻谷的。"赵薪脉嘴上没说,心里却在想,我能掐会算,算出来老天要下雨,你一个老农,难道比我能耐还大,竟能算出下到的准确位置?一阵狂风过后,乌云黑压压地涌来,雷电齐作,顷刻间大雨倾盆而下。雨来得也快，收得也快，须臾云散日出，赵薪脉发现，这场雨如老农所说，正好下到稻场外一米处，稻场内的稻谷连雨沫子也没招到。赵薪脉这才知道人外有人，天外有天，强中更有强中手，自己这点能耐在老农面前，真是小巫见大巫，还差得多呢。

从此以后，赵薪脉开始四处拜访名师，潜心钻研，终有所成，现在隐贤古镇传统插灯据传就是他所创。灯场按"九曲黄河阵"布置，由三百六十一根、一米五高的小竹竿和三百六十一盏彩灯笼构成。每年正月十五隐贤古镇都会闹花灯，甚是喜庆，这也算是赵薪脉留给隐贤古镇最宝贵的财富吧。

讲 述 人：段传英，女，寿县张李乡张李村林郢组人
采 录 人：林家海，男，寿县张李乡张李村林郢组人
采录时间：20 世纪 80 年代
采录地点：张李乡

刘金定火烧于洪

八公山中有一座山叫抄网山，有一个沟叫独笼沟，相传是北宋女将刘金定打败叛党于洪的地方。话说当年，刘金定为解赵匡胤寿州之困，会战于洪。于洪会妖法，却被刘金定一一所破。原来，刘金定是梨山老母的弟子，学艺多年，不仅学会了"奇门遁甲"，还善用"呼风唤雨，撒豆成兵"的法术。于洪见打不过刘金定，就向八公山密林里逃窜。这时，刘金定看天色将晚，南风大起，决定发动火攻。她命令兵士手执火把，点燃树木。火借风势，风助火威，八公山顷刻间成为一片火海。刘金定乘火光照亮之际，一鼓作气，乘胜追击。于洪大败而逃，如丧家犬、漏网鱼，拼命向北，企图渡过淮河逃命。可是天黑了，于洪又不识路，侥幸翻过抄网山，却不知不觉钻进刘金定在独笼沟设下的埋伏。笼口大开，只等"大鱼"进来就收笼子。高俊

保、刘金定带领将士正堵在沟口,于洪叛军一个也没有逃掉,都被熊熊大火烧死在独笼沟里。现在这个地方的山石还是红褐色的,据说,是当年大火留下的印记。人们也常常以抄网和独笼笑称是"鱼"的克星来称赞女中豪杰刘金定。

讲　述　人:熊学明,男,寿县八公山乡政协原负责人
采　录　人:李振秀,女,寿县文学艺术界联合会副主席
采录时间:2014年
采录地点:八公山乡

贤王封"君子镇"

瓦埠湖南岸有个古镇叫"君子镇"。传说,"君子镇"是八贤王赵德芳封的。

宋雍熙年间,八贤王赵德芳从汴梁到江南私访,路过瓦埠,听说瓦埠古镇上老者德高,少者义气,有心试探,便与两个侍卫打扮成叫花子模样,在街上打起架来。街上人纷纷出来劝架。贤王指着两个侍卫道:"他们两个输了两枚铜钱不给,还要打我。"

两人又指着贤王道:"他曾欠下我等两枚铜钱未还。"

人群中走出一位白发老者,问道:"听口音,你们不是本地人吧?"

贤王道:"河南人氏。"

老者让人拿来三串铜钱道:"你等背井离乡来到此地逃荒度日,整天饥肠辘辘,单衣遮体,哪有银钱相赌? 出门人本应相依为命,怎能为两枚铜钱打起架来?"说罢,将三串铜钱分给三人,指着对面的一个馆子道:"拿去吃顿和解酒吧!"

贤王等三人谢过老者,进了馆子,向店家要来上等好酒和瓦鱼、瓦虾等特产名菜,大吃大喝一顿。酒足饭饱之后,三人掏出三串铜钱付账。

店家道:"仅此三串铜钱就能付账?"

贤王道："我等见了好酒好菜馋起嘴来，一时忘了身边短缺银两。这三串铜钱暂且付上，欠差多少，几日后讨来付上如何？"

店家笑道："此桌酒菜少说也得四两银子，出门讨饭的，没钱也罢，何必骗起人来？这桌酒菜就送与尔等吃了，但愿此后别再争争吵吵，本店也就心满意足了。"

三人谢过店家出门，听见前面鞭炮噼啪乱响，走近一看，原来是一家娶媳妇的。贤王三人递过三串铜钱给主人，要讨喜酒吃。

主人接过铜钱，把贤王三人让进厅屋，办了一桌酒菜让他们吃过后，又送给他们每人二两银子。

贤王推辞道："我等三人只三串铜钱就讨顿喜酒吃，本就过意不去，怎好再拿主人家的银子？"言罢，迈步就走。

主人拦住道："三串铜钱，不知你等哪年哪月才能积得，虽礼轻但意重，可谓一份厚礼了。再者，我已将礼收下，这几两零碎银子就算送你们回家的盘费吧！"

贤王接过银子，谢了主人，感叹地道："此镇人人德高、个个义重，可称'君子镇'了！"

传说，八贤王回到汴京后，就请封瓦埠古镇为"君子镇"。

讲　述　人：方心巨，男，寿县瓦埠镇瓦岗村人
采　录　人：方运麓，男，寿县瓦埠镇瓦岗村人
采录时间：1987 年 2 月
采录地点：瓦埠镇瓦岗村

吕蒙正赶斋

寿县北门外龟山脚下，有一个天然溶洞，据说是北宋宰相吕蒙正不得第时居住的寒窑。这里还流传着吕蒙正与寒窑的故事。

北宋年间,相府之女刘翠屏抛彩球选夫婿,彩球抛中穷书生吕蒙正。刘宰相嫌贫爱富,硬逼女儿毁约退婚,翠屏至死不从,相爷一怒之下把女儿赶出相府。二人无处栖身,吕蒙正只得把翠屏带回寒窑暂住。

回到寒窑,二人无以为生,蒙正只得每日到寿春城摆个字摊,为人代写书信,翠屏也常到野外挖些野菜充饥。天阴下雨,吕蒙正不能进城,就常到四顶山奶奶庙去赶讨斋饭。当年四顶山奶奶庙香火旺盛,广施斋饭,过路游僧和附近穷人都去赶斋。

一场大风雪,大地白茫茫一片,吕蒙正夫妻二人对守空灶,愁眉苦脸。忽听山顶上敲钟,翠屏忙叫蒙正快到庙中讨些斋饭来充饥。吕蒙正拿起饭钵急忙向山上跑去,不料待他赶到山顶,大庙里冷冷清清,早已开过斋饭。吕蒙正手拿饭钵呆立在庙门前,忽见里面走出一个小和尚,蒙正上前打听:"小师父,庙里开斋,为何改了时辰?"小和尚说:"施主,你回去吧,今后庙里施斋,只给过路僧人,不再施给俗人,下次不要再来了。"吕蒙正懊丧而回,心想:今日赶斋落空,娘子腹中空空,自己也饥肠辘辘,这可如何是好?蒙正正在低头盘算,忽然发现雪地上有一行足印通向自己的窑洞。蒙正心想:这时候有谁到寒窑去呢?他心中忐忑不安,急急忙忙赶回寒窑。蒙正进窑,只见桌上放有米面鱼肉,妻子正在生火做饭,锅中还透出一阵阵腊肉香味。妻子见丈夫空手而回,知是赶斋落空,忙上前接着空饭钵,安慰他说:"吕郎,你快坐下烤火取暖。"蒙正忙问道:"这米面鱼肉从何而来?"翠屏笑道:"雪中送粮,正好充饥,你管他从何而来。"蒙正心中暗想:翠屏早与相府断绝往来,怎能送米面鱼肉来呢?心中顿时生疑,莫非她——蒙正立刻血往上涌,指着妻子说:"谁给你送来米面鱼肉,你快快与我说来!"翠屏故意逗他说:"我要是不说呢?"蒙正越发发火道:"今日不讲清楚,我就饶不了你!"说着拿起案上的笔筒就要砸去。翠屏见丈夫动了真,急忙说:"你这个书呆子,实话告诉你吧,母亲见这天寒地冻,怕饿坏了你我夫妻二人,就命老家人刘忠送来这些米面鱼肉和银两,不信你看看这米袋上的标记。"说罢把米袋扔给了丈夫。吕蒙正接过米袋一看,果然写有"相府"字样,自觉羞愧难当,急忙走到妻子的面前深深地施上一礼道:"是我错怪了娘子,万望娘子恕罪!"翠屏把头扭向一边,抽泣地说:"为了你,我父女反目成仇,跟你到寒窑中来受苦受罪,想不到你还这样不信任我,你……"吕蒙正满脸赔笑地说:"千错万错是我的错,万望娘子宽恕于我。你再不饶我,我就要给你跪下了。"刘翠屏急忙上前扶起丈夫，破涕为笑，夫妻二人和好如初。

后来，吕蒙正中了进士，做了宰相。吕蒙正住过的寒窑，至今还在八公山中，供人们观瞻。

讲 述 人：熊学明，男，寿县八公山乡政协原负责人
采 录 人：李振秀，女，寿县文学艺术界联合会副主席
采录时间：2014 年
采录地点：八公山乡

扮 皇 帝

朱元璋自幼聪明顽皮，曾经读过几天书，所以大脑里主意最多。在放牛的过程中，朱元璋结识了徐达、汤和、周德兴等人，并成为要好的朋友。他们常玩的游戏就是扮皇帝。他穿着破衣烂衫，把树叶撕成丝丝缕缕状，粘在嘴边当胡子，用一块木板放在头上顶着当作帝王帽，然后往土堆上一坐，居高临下，装模作样地称起皇帝来。他还让伙伴们每人拿一木块，双手捧着，三跪九叩，高呼万岁。

此地民间流传，玩这种游戏的时候，如果别人装作皇帝让朱元璋跪拜，那个受拜者顷刻间就会从土堆上摔下来，因为他受不起皇帝的跪拜。

采 录 人：方敦寿，男，寿县文广局退休干部
采录时间：20 世纪 80 年代初
采录地点：西大街老文化馆

宰　牛　犊

寿州人常说"天亮一阵黑，朱洪武送铁锅"的故事。

朱元璋做放牛娃的时候，不仅常挨主人打骂，而且经常吃不饱，常常饿着肚子放牛。于是便发生了朱元璋宰牛的故事。

有一天，放牛的时候，朱元璋和几位穷朋友都觉得肚子饿得受不了了。这时，朱元璋出了一个点子，将一头小牛犊杀掉，找来铁锅，把牛肉烀着吃。经过一番操作，大家又高兴又解馋，饱餐了一顿。没多久，一头小牛犊就只剩下一张皮、一堆骨头和一条尾巴了。

吃完了，问题出来了：回去怎么向主人交代呢？大家都发愁了，急得互相埋怨。朱元璋又站出来，想了个办法。他让大家把牛骨和牛皮埋了，把血迹掩盖起来，把牛尾巴插到山上的岩石缝里，再把铁锅送回去。主人要是追查，就说小牛犊钻进山洞里去，拉不出来了。小伙伴们都纷纷赞同这个办法。

地主刘德听说小牛犊钻进山洞，拉不出来了，立即派了一个家人到现场察看。这人找到了插在岩石缝里的牛尾巴，上前一拽牛尾巴，山石后就立即发出"哞"的一声牛叫，拽一下牛叫一声，吓得他拔腿就跑。小伙伴们模仿牛叫的诡计成功了，高兴得跳了起来。

当然，这个天真的做法是瞒不过地主刘德的。结果朱元璋被毒打一顿并被赶回了家，而且给父亲增添了赔偿小牛犊的债务。朱元璋却因敢做敢当，深得小伙伴们的信任。

据说，小伙伴们吃完牛肉之后，天已经快亮了，大有暴露之险。正在这危急之时，忽然天光又暗了下来，老天为大家提供了安全隐藏的机会，也能让大家偷偷地把铁锅送回去。这就是故事开头的那句话里"一阵黑"和"送铁锅"故事的大概。

采 录 人：方敦寿，男，寿县文广新局退休干部
采录时间：20世纪80年代初
采录地点：西大街老文化馆

孙氏发家望族的传说

传说明朝初年，寿州孙氏始迁祖孙鉴、孙铠兄弟俩从山东济宁州迁徙至寿州。在某年深秋的一个农闲季节里，有一天，孙铠因家庭琐事与妻子梅氏拌了几句嘴，在家里心烦，一大早就扛着铁锹来到城西北的一片荒地里，闷着头开荒种菜。

荒地长满了野草，草窝里到处都是横七竖八的碎石断砖。他一锹一锹地挖，松土平整。挖着挖着，遇到了一块硕大的石头，铁锹怎么也挖不下去。他用锹一点一点地拨开土层，并把泥土慢慢地清理干净，定睛一看，发现是一块很规则的大青石板。他又把青石板周围的泥土挖去，寻找空隙，将铁锹把反过来用力插进去，使劲撬了撬，试图把青石板撬起来。可是他无论如何也撬不动。快到中午了，他肚子饿得咕咕叫，索性用杂草把青石板掩盖起来，不动声色地回到家里。

吃过午饭后，他就把上午在荒地里发现青石板的事告诉了哥哥孙鉴。哥哥也觉得有些蹊跷，就与弟弟一块来到荒地，掀开杂草，转一圈仔细地观察。哥哥与弟弟各自用铁锹把朝同一方向使劲，终于将青石板撬开。兄弟俩蹲下来仔细一看，发现青石板下面掩盖着一个比较规则的土坑，土坑的上面铺着一层木板。兄弟俩小心翼翼地掀开木板，奇迹出现了：一口大缸竖立在这个土坑里，缸口用破旧衣物和棉絮封着。兄弟俩又十分谨慎地除去沤烂了的破衣物和棉絮，定睛一看，哇！缸中尽是光芒四射的金银财宝。兄弟俩你看看我，我看看你，既紧张又喜悦，心想：这下发财了！

惊喜之余，兄弟俩冷静下来，经过分析认为，这不知是哪朝哪代遇到了兵荒马乱，寿州贵族人家为了预防不测，偷偷地把自家的金银财宝给埋藏了起来。后来，

也许当事人遇难了,也许埋藏金银财宝时,未做标记,时过境迁,找不到原来的地方了。于是,这一满缸的金银财宝便成了无主之宝。哥俩毕竟来自山东圣人之乡,又是兵圣孙武后裔,深知意外之财不可取的道理。兄弟俩经过认真商量之后,一致同意将金银财宝上交官府充公,为子孙后代积德祈福。

寿州官府有感兄弟俩拾金不昧的精神,颁发匾额以示表彰,并馈赠城南城厂(今寿州孙氏宗祠所在地)、城西虎斗岗(今凤台县所辖)两块风水宝地给他们兄弟俩耕种。从此,孙家兄弟勤劳致富,人丁兴旺,人才辈出。再后来孙家成为享誉寿州的名门望族。

采 录 人:孙治安,男,退休干部,文史专家
采录时间:1985 年
采录地点:孙家祠堂

汤鼐试对

汤鼐,字用之,寿县正阳关人,明成化十一年(1475 年)中进士,授行人,擢御史。

汤鼐小时候家里很穷,因营养不良,他的身材特别修长,身体瘦弱。可要是论学业,别人可比不上他,他是学童中的佼佼者。

有一天,朝廷的一员督学大臣来正阳关督学,听说汤鼐特别聪明,便吩咐把他找来试对。这位大臣出的上联是:"室内焚香,烟绕画堂蟠白蟒。"小汤鼐听了稍微思索了一下,便对出了下联:"池边洗砚,墨随流水化乌龙。"大臣听了很高兴,他觉得汤鼐对句不仅快,而且想象丰富,所形容的池里洗砚台的情景,有动有静,如诗如画。这个大臣被汤鼐的聪明才智折服,遂个人出钱资助这个穷孩子读书。后来,汤鼐果然很用功,考中进士,升为御史,成为明朝重臣,事迹载入《明史》。

采 录 人：汪洋，男，寿县正阳关镇人，退休教师
采录时间：2021 年
采录地点：正阳关镇

汤鼐游南湖

  老正阳关人都知道，今天正阳关农场的大片田地，包括整个正南洼地，古时候称为南湖。它紧靠正阳关的南堤，西濒淮河，东临岗峦，南接淠东平原，面积有六十多平方公里，因地势低洼，逐渐积水成湖。明代前后，每当晴好天气，这里水天一色、百舸争流、波光粼粼、风景宜人，成了淮滨重镇正阳关著名的游览胜地，"南湖晴光"也因此被古人列为正阳八景之一，早在四百多年前就载入了明嘉靖《寿州志》。
  相传有一年夏天，年迈的汤鼐返乡探亲时，专门游览了南湖。那天下午，汤鼐兴致勃勃地登上一艘画舫，伫立于船头一览南湖美景。此时正值阳光普照，南湖晴光更是美不胜收！远眺湖面，烟波浩渺，渔帆点点，芦荡起伏，白鹭翩翩；近览湖边，绿柳垂丝，莺歌燕舞，红莲映水，鹅鸭嬉戏……眼前的胜景让汤鼐心旷神怡，流连忘返，直至月上柳梢才余兴未尽地荡舟而归。回到镇上稍事休息，汤鼐诗兴大发，随之挥毫泼墨写下了《游南湖》一诗。诗曰："游罢南湖复南庄，管领风光镇日忙。才护笙歌登画舫，又陪冠盖入垂杨。天留此老返乡乐，人笑先生故态狂。满载明月归棹晚，隔溪风渡藕花香。"

采 录 人：汪洋，男，寿县正阳关镇人，退休教师
采录时间：2021 年
采录地点：正阳关镇

唐伯虎名画

话说当年正阳关北外街有一个陈木匠,膝下有一子,二十五岁了还没成家。为什么呢?因为该子性格内向,绝大部分时间将自己关在家里,从不与他人来往,人送外号"傻子"。其实,他一点也不傻,跟着他老子学了一手好木匠活,但这"傻子"的外号一经传出,对象就更难找了,这可把陈木匠夫妇俩给愁坏了。这一年,陈木匠求爹爹告奶奶好话说尽,托媒婆好不容易在南头给儿子说了一门亲。此户姓李,开了一家铁匠铺,按说一个木匠一个铁匠,两家倒也门当户对。可当李铁匠听说陈木匠的儿子外号叫"傻子"时,有些不放心了,陈木匠当然极力解释。可任凭陈木匠说破大天,李铁匠也不信,最后当着媒人和陈木匠的面言明,真傻、假傻由他亲自考查,而且陈木匠夫妇俩不能在跟前。如果孩子不傻,两家即结为秦晋之好,否则免谈。陈木匠无奈之下,只好点头应允。

如果就顺其自然地任由李铁匠来家里考查,他看到的傻子也不过就是人太老实,不善交往,言语迟钝些罢了,说不定他还会喜欢上这老实巴交的女婿呢!可这陈木匠急于求成,回到家后的一番精心安排,最终弄巧成拙,彻底毁了儿子的亲事。这是后话。

原来陈木匠是这样安排的,他告诫儿子:"明天李铁匠来后,切记一定要按照我教你的话回答。"儿子老老实实地点了点头。陈木匠接着说:"你老丈人要是问:你妈呢?你就说:回娘家去了。他要问:回娘家干什么去了?你就说:伺候舅妈月子去了。他要问我上哪去了,你给他来两句文绉绉的,就说:上高山与老僧下棋。他若接着问:什么时候回来?你就说:早则回来,晚则与老僧同榻。"接着,他指着中堂对儿子说:"他若问:这是什么画?你告诉他:唐伯虎名画。"接着,陈木匠还教了儿子另外一些文绉绉的对话。当然,这些话最后都没有用上。

第二天上午,李铁匠果然来到了陈木匠家,进门就问傻子:"你爹呢?"傻子回答说:"回娘家去了!""啊?果真有些傻!"李铁匠心想。接着他故意问:"回娘家干什么去了?""伺候舅妈月子去了。"此时的李铁匠哭笑不得,随口问道:"那,你妈呢?""上高山与老僧下棋。""什么时候回来?""早则回来,晚则与老僧同榻。"李铁匠听到这儿,冲着傻子吼道:"你这是什么话?"傻子淡定地回答:"唐伯虎名画!"

讲　述　人:袁同刚,男,寿县正阳关镇人,曾任正阳文化广播站站长
采　录　人:汪洋,男,寿县正阳关镇人,退休教师
采录地点:正阳关镇拱辰社区

郑板桥作诗

四个举子起早赴京城赶考。其中一举子道:"我等几人只是低头赶路,何不作诗答对,以提兴趣?"

另三个举子赞同道:"妙哉!"于是一个举子吟道"行行复行行",另一举子接对道"十里天未明"。后两个举子一时对不上,陷入窘境。

此时,起早练功的郑板桥先生见走近身边的两个举子对不上诗来,便插嘴道:"二位相公,老夫助你对诗如何?"

俩举子不屑地向郑板桥道:"请先生赐教。"

郑板桥道:"前两句是'行行复行行,十里天未明',后两句应该是'两个黑驴蛋,一对猫头鹰'。"

后两个举子闻郑板桥借对诗辱骂他俩愚蠢,上前要打郑板桥。前两个举子回来劝道:"先别打他,就让他给咱们背行李进京如何?"

四个举子逼着郑板桥替他们背着行李进了京城。应考时,主考官问郑板桥:"你偌大年纪,也来应考?"

郑板桥指着四个举子道:"我是被他们无理抓来背行李的。"

主考官问举子怎么回事,后两个举子答道:"我等四人来京赶考,路上正在吟诗作对,我俩一时对不上来,此老头却插嘴辱骂我俩是'两个黑驴蛋,一对猫头鹰'。"

郑板桥摇头道:"两位撒谎。前面两位相公吟了'行行复行行,十里天未明'两句,我见后两位相公一时对不上来,便对了'青山不见影,但闻流水声'两句。"

主考官拍手赞道:"对得好,对得好!你叫什么名字?"

郑板桥道:"我叫郑板桥。"

主考官惊道:"你就是大名鼎鼎的郑老先生,难怪有这样高的才学!"说罢,又指着后两个举子,责道:"你等有眼无珠,真的骂你们'两个黑驴蛋,一对猫头鹰'才好嘞!"

讲 述 人:方心巨,男,寿县瓦埠镇瓦岗村人
采 录 人:方运麓,男,寿县瓦埠镇瓦岗村人
采录时间:1987年7月
采录地点:瓦埠镇瓦岗村

康熙与老母猪山

康熙四十四年(1705年),康熙第五次下江南,正好路过淮河,他就计划到寿州城看看。他心里惦记着香椿头拌豆腐,对贡砚紫金砚也很有兴趣。船到了码头,他打算走陆路。从陆路到寿州城,必须要经过八公山。八公山每个山头都有名字,可巧就有一山叫五株山,当地人称老母猪山——就是一块黑石头,长得像老母猪,旁边的小石头又像小猪娃,人们就叫此山为老母猪山。老母猪以粗糠为食,特别是带崽的老母猪,胃口更大。康熙路过的时候,太监在前面打听路线,听说有一山叫老母猪山,为避免触霉头,太监就谎称前面修路,改道进了寿州城。后来,康熙绕道老母猪山的故事就流传了下来。

讲 述 人：熊学明，男，寿县八公山乡政协原负责人
采 录 人：李振秀，女，寿县文学艺术界联合会副主席
采录时间：2014年
采录地点：八公山乡大泉村

俞扶九的故事

一

话说，俞扶九生于寒门，幼年丧父，他父亲的坟地与普通百姓家的没什么两样，就在五里铺子。直到俞扶九升任大理寺常卿、顺天府府尹后，康熙皇帝才得知他的家境，对此唏嘘不已。这时，就有好事的大臣对康熙帝说："俞扶九之所以能鲤鱼跳龙门，出人头地，是因为他家的祖坟在一块人称'卧虎地'的风水宝地。"康熙帝一听来了兴趣，说是要亲临俞家的祖坟地，见识见识这卧虎地到底是个什么样子。

俞扶九闻知不敢怠慢，马上派人快马加鞭赶至正阳关，告诉家里人，抓紧将坟地清理干净，以迎圣驾。老家的人自然也是闻风而动。可到坟地一看，只见坟地四周凭空多出了许多座新坟，将俞家的卧虎地围得严严实实。原来，当地人也认为俞家的这块坟地是风水宝地，再有人去世，都纷纷葬在这卧虎地的四周，说白了，就是想沾沾运气。俞家人见此情景愤愤不平，忙联系官府出动官兵，三下五除二，平掉了俞家祖坟地四周的其他坟墓。一时间，闹得民怨沸腾、怨声载道。后来，康熙帝也没来，但俞家平坟的事被俞扶九的政敌密奏朝廷。康熙帝闻知龙颜大怒，认为俞扶九倚官仗势，欺压百姓。况且，大清律对掘坟盗墓的处罚极其严厉，是要杀头的，但考虑到俞扶九一直以来为官清廉、政绩卓著，便把他由府尹调至左僚，官职虽还

是正一品，但是个闲职，没了实权。其实，在这件事情上，俞扶九是冤枉的，全是家里人瞒着俞扶九干的，但罪过最终全落在了他一人身上。

俗话说，人一走茶就凉。俞扶九人还没走，府前往日的门庭若市、车水马龙，就已变得人客稀少、门可罗雀了。俞扶九逐渐心灰意冷，三年后告老返乡，回到了老家正阳关。

采 录 人：汪洋，男，寿县正阳关镇人，退休教师
采录时间：2023 年
采录地点：正阳关镇

二

话说，俞扶九因家人在卧虎地平坟的事受到牵连，官职由府尹调至左僚，没了实权。三年后他告老返乡，回到了老家正阳关。彼时，俞家祖坟地的附近仍有百姓想沾卧虎地的风水，还是不断地将逝去的家人葬于卧虎地的四周。平人坟墓的事是万万干不得了，为了便于区别，俞扶九无奈地立下一条规矩，此后俞家祭祖只包坟墓不立坟头。

转眼过了几年，俞家人丁兴旺，分成了两支，此时贤良街的俞府自然就显得有些狭小了，俞扶九便在南门外苍沟的东边买下一块地皮，建造新的宅院。有正阳关老人说，俞家的这处宅院占地面积很大，是一座典型的四合院，东西两边各留有一座大门。东门面向南塘子，西门面向苍沟；坐北朝南的是飞檐翘角、雕梁画栋的二层阁楼，下面是堂屋，上面是看台；迎对面坐南朝北的是一个高大的戏台；院子东西两边整齐地排列着数十间厢房，青砖黛瓦风火墙下清一色的亮阁门窗；院落中间砖石墁地，遍植花草，整座宅院富丽堂皇，尽显高贵典雅。还有老正阳关人说，俞扶九是个孝子，常听母亲遗憾地说：一辈子没见过金銮殿。为了尽孝，这座宅院的主屋就是仿金銮殿的样式建造的。

新宅建成后，俞扶九想起当年在京城为官时常去的皇宫保和殿，心想，自己不管怎么说也是正一品官员，挂个偏殿的匾额应该不算超了规格，再说了，天高皇帝远，谁知道呢？于是他便找人做了块"保和殿"的匾额，挂在了二层阁楼的中间。

殊不知,此事又被俞扶九的政敌得知,在康熙帝的耳边吹风说,俞扶九在老家建了宫殿,而且描龙画凤,有谋反之心。康熙帝震怒,立即着手安排钦差大臣前往正阳关查实。俗话说,要饭的也有两个抱瓢的呀!俞扶九旧时要好的同僚得知消息后,派人赶在钦差大臣前,将消息传给了俞扶九。俞扶九一听慌了手脚,据说还是寿州城的刘之治给俞扶九支了个着:取下"保和殿"的匾额,店内供奉神像,钦差大臣到时,打坐念经。果然,钦差大臣见了很是诧异。这时,俞府管家对钦差大臣说:"俞大人早已吃斋念佛了,所以建了座佛堂。"当然,讲归讲,银子还是要给些的。

钦差大臣回京后向康熙帝禀报:"俞扶九早已吃斋念佛,故而建了座佛堂。"可俞扶九的那个政敌说:"这钦差大臣一定是得了俞扶九的好处!"撺掇康熙帝再派钦差大臣去。消息传到了正阳关,俞扶九不得已,干脆将此宅院捐给地方做了大王庙,全家隐居于迎河集余家老楼。以防万一,将俞家其中一支改姓另一个余,还建了一座余家新楼。

又过了几年,没见朝廷二次派钦差大臣来,俞扶九认为此事可能已不了了之了,便由迎河集搬回正阳关贤良街的老府邸。但此时的他已经心力交瘁,抑郁成疾,于雍正元年(1723年)病逝于家中,享年六十二岁。

讲 述 人:杨永宽,男,寿县正阳关镇人,曾在正阳关镇商业系统杂货业工作
采 录 人:汪洋,男,寿县正阳关镇人,退休教师
采录时间:2023年
采录地点:正阳关镇解阜社区

三

俞扶九自幼就十分聪颖,初次崭露头角是在他八九岁上私塾的时候。一天,朝廷派来的督学大臣要返京了,镇上的大小官员、绅士名流、私塾先生前呼后拥地将他送至清水河渡口,小俞扶九也跟着去看热闹。临登船前,这位督学大臣看似非常随意地吟诵了一句"清水河畔今分手",实则是最后再考查一下一众人等的才学。可这突如其来的一句上联,一时间竟让众人不知所措,半晌无人应答。就在这尴尬之时,人缝中钻出了俞扶九,他有模有样地向督学大臣深躬一揖,朗声答对"玉石阶前再相逢"。

顿时，众人惊得目瞪口呆，督学大臣更是惊讶不已，连声夸赞："小小学童竟有如此才能，今后定当前途无量！"俞扶九这随口一对，虽然只有简简单单七个字，但在表现出他的才华之外，还淋漓尽致地表现了他踌躇满志的远大志向。果然，后来的俞扶九得中进士，由浙江海县知县任起，由于为官清廉、政绩卓著，屡被清廷提拔，一路官至贵州道御史、奉天府丞相、大理寺常卿、顺天府府尹。这是后话。

话说，督学大臣走后不久，俞扶九就进入镇上的安丰书院就读，康熙三十年（1691年）进京赶考，得中进士，钦封浙江海县知县。临上任前，俞扶九告假返乡祭祖扫墓。千里迢迢，一路风尘仆仆。这天一行人来到离镇子不远的一处庄园时，俞扶九命一干随从稍事休息，随后再进镇。而他独自一人走向庄园，打算讨口水喝。走近一看，庄园里张灯结彩，人流如织，熙来攘往，煞是热闹，明眼人一看就知是在办喜事，但具体是办什么喜事，不得而知。俞扶九径直走了进去，也没人拦他，可能也把他当成喝喜酒的了。来到厅堂，只见人头攒动，座无虚席，唯有正中间一桌的上座尚且空着，桌边子上放着一块无字匾额。俞扶九虽觉奇怪，但也没有多问，当即坐在了那头座上。旁边的一个家人模样的人，见此情景喜出望外，忙将那无字匾额取来放在桌子上，又赶忙捧来文房四宝恭恭敬敬地放在俞扶九的面前。俞扶九见状，连忙起身问："这是为何？"这时，闻讯赶来的庄主给俞扶九做了一番解释。原来今天是其父一百五十岁大寿，前几日就放出风声：有谁能题写这寿匾，当坐这上席头座。谁知今日一时半会儿，没人敢坐，故而寿宴迟迟没有开席。俞扶九听罢微微一笑，说："既然如此，那我就试试吧！"正要拿笔，又嫌毛笔有些小了，忙吩咐旁边的那个家人道："你去取些棉花来。"棉花取来，俞扶九一边团那棉花，一边略作思忖，随后就用手中的棉花饱蘸浓墨，在匾额的上方写下四个大字：年、眼、我、文。放下棉球，俞扶九又拿起毛笔，在每个大字的下面写下一行小字。庄主凑近一看，匾额上是一首五言绝句："年过双甲半，眼观七世孙。我是俞扶九，文星遇寿星。"细细品味：年过双甲半，正好是一百五十岁；眼观七世孙，是赞老寿星见多识广、博古通今，一辈子阅人无数。后两句：我是俞扶九，文曲星遇到了老寿星。"啊！你就是俞扶九大人？早就听说你取得功名后要返乡祭祖，没想到今日幸遇，你还为家父留下了墨宝，实乃三生有幸啊！"说罢，庄主带领家人跪倒在地。俞扶九哈哈一笑说："快快请起，这寿匾既然已经写成，那就快快开席吧！"话音刚落，院里院外鼓乐大作，人们纷纷举杯，一祝老寿星福如东海，二祝俞大人官运亨通！

讲 述 人：李福均，男，曾任寿县正阳关镇党委副书记、镇长
采 录 人：汪洋，男，寿县正阳关镇人，退休教师
采录时间：2022 年
采录地点：正阳关镇拱辰社区

武术家杨文藻

传说清朝雍正年间，正阳关有一位武士名叫杨文藻，家住正阳关南街，以榨油为生。他平时喜欢习拳练武，行侠仗义，武功高强，力大无穷，在正阳关方圆百里，无人能敌，名声很大。外地有武士不服，到正阳关与他比武，皆被他打败。此后，杨文藻的名声越来越大，都知道正阳关有个杨文藻，武功盖世，称他为天下第一。这都是外人传说的，他本人很是低调，非常谦虚谨慎，不喜吹嘘。

杨文藻的名声越传越远，传到了外省外地。有一位武状元听说后，很不服气，心想：我是通过比武，打败全国无敌手，才被选为武状元的。怎么在正阳关有一个号称武功天下第一的人呢？于是，他带了一班人，坐着官船，由大运河转洪泽湖，转淮河，来到正阳关，船上桅杆上插着一面旗帜，上面写着"拳打正阳关，脚踢杨文藻"，准备找杨文藻比武。

听说京城来了位武状元准备找他比武，杨文藻穿上油坊小伙计干活时的衣服，用一根铁杠子，挑了两只大油桶，到河边挑水。他看到武状元坐的官船停靠在岸边，便从河里轻轻挑起了两大油桶水，健步如飞。官船上的人看见，这两大油桶水有四五百斤重，非常惊讶。杨文藻第二趟来挑水时，见官船上的大铁锚钉在岸边，这只铁锚也有百多斤。只见他轻轻用脚挑起，猛力一丢，将铁锚丢入河中，然后对官船上的武状元说："听说你们要找杨文藻比武，告诉你们，我就是杨文藻家的小伙计，如果你们能把我打倒在地，我就带你们去见杨文藻；如果你们连我也打不过，我

看你们就回去吧!"

武状元见这位小伙计如此力大无穷,便感惭愧,慌忙叫人把桅杆上的旗帜拔下,满脸赔笑地对小伙计说:"我们怎敢与杨义士比武?请你转告杨义士,我们想登门拜访,与他交个朋友,拜他为师,向他学习武功。"

杨文藻听了,微微一笑说:"好吧,我一定转告杨文藻,请你们明日再来,杨文藻一定会在家中恭候。"

第二天,武状元真的前去拜访杨文藻,才发现小伙计就是扬名在外的杨文藻。后来二人成为非常要好的朋友。

采 录 人:沈世鑫,男,寿县民间文艺家协会原会长
采录时间:20世纪80年代
采录地点:正阳关镇

时公祠梁邓交谊传说

为纪念时苗在寿春清廉为官,时人在寿州城内西南处建造时公祠,又名留犊祠。清乾隆年间,州人在祠内办起了蒙馆,教授学童。邓木斋带着儿子邓石如经人介绍,千里迢迢从怀宁县来到时公祠蒙馆任教。

乾隆二十七年(1762年),刚年满三十六岁的梁巘中举后,和朋友来到寿州古城游览。一天,梁巘和朋友慕名前往拜访时公祠,遇见在此教书的邓石如。梁巘见书案上有笔墨纸砚,便道:"先生,能否写一幅,让我等欣赏?"邓石如听了,用隶书写了一幅杜甫的诗"两个黄鹂鸣翠柳,一行白鹭上青天。窗含西岭千秋雪,门泊东吴万里船。"梁巘一见,连连赞道:"如此年轻后生,竟能写出如此妙字,前程无量,前程无量啊!"说罢,辞别邓石如而去。

邓石如不知来客是何人,报恩寺海月长老告诉他:"此二人是书法大师梁巘和

他同时中举的朋友，前来寿州参访，曾到报恩寺布施。"邓石如听了，甚感惊讶，未能与二人深谈，十分遗憾。

不久，邓石如家人病危，他辞职回到安庆。梁巘进京科考，未能高中，被钦赐进士，赴巴东县就职。三年后他辞官返乡，念及寿州民风朴实，尊师重教，便赴寿州循理书院任教习。

邓石如得知梁巘已辞官回寿州循理书院任教时，再次来到寿州拜师梁巘。梁巘看了邓石如的字迹后，赞道："此子笔势浑鸷，字体端庄雅致，实属不易。然其未谙古法，功力尚浅。唯见其笔势，若下苦功锤炼，若干年后，其书法和镌刻之才力，定可成器，可艺压书坛数百年也！"此后，邓石如在书院异常刻苦，半年过后，梁巘将所学书法、书丹碑刻技艺，悉数教给了学生们，邓石如的书艺很快居于书院众生之首。

为使邓石如有更大的发展，梁巘推荐邓石如到江宁挚友梅镠的金陵钟山书院学习。数年后邓石如学成，他的篆书富有创造性地将隶书笔法糅于其中，以隶法作篆，开创了清人篆书的典范，终成一代宗师。

讲 述 人：沈世鑫，男，寿县民间文艺家协会原会长
采 录 人：时本放，男，寿县政协文史委原主任
采录时间：2023年11月
采录地点：寿春镇文化馆

乾隆三吃香椿拌豆腐

清朝乾隆年间的一年春荒，皇帝南下江南路经寿州，着便服私游寿州城南，遇大雨，被困于一家小酒馆。这时，酒馆无客人，乾隆又冷又饿，要求主人弄些热汤热饭吃。

这家酒馆主人姓陈，因春荒，便将店中自酿米酒拿出献给客人。乾隆要求加些

下酒菜,陈氏只得将剩下的两块豆腐拿出,正好门前香椿冒出些嫩芽,就随手采些香椿头拌进豆腐中。

香椿拌豆腐,初闻,无香味,但吃到嘴里不一般。乾隆吃下香椿拌豆腐,只感到爽口滑腻、满嘴余香,比宫中的御膳好吃多了。乾隆兴起,要求陈氏再加两大盘来。陈氏只好如实相告,乾隆郁郁而归。

乾隆对香椿拌豆腐念念不忘,回到宫中,要求御膳房做出香椿拌豆腐来。御膳房便精心做出了香椿拌豆腐。乾隆见端上来的香椿拌豆腐,形美色鲜,喷鼻香。他兴致勃勃,暗想,朕又能吃上香椿拌豆腐了。一入嘴,香则香,可就是少了陈氏香椿拌豆腐的那个味。乾隆要求重做。御膳房遵旨重新做出,但那御膳香椿拌豆腐还是没有他心中的那个味儿。

乾隆又下江南,他心中还是想着寿州陈氏的香椿拌豆腐,特地取道来到寿春城南。这次来,他是以生意人的面目出现的。他走进陈氏家时,却见陈氏病恹恹的,便诧异地询问,怎么不开酒馆了?陈氏说,连年灾荒,饭都吃不饱,哪还开得起酒馆?乾隆立即解囊,馈赠白银百两,要他重新开张,并说,只求吃上一口香椿拌豆腐。陈氏不知乾隆是皇上,只知这商人如此慷慨,便不敢怠慢,立即准备酒饭,特地将香椿拌豆腐弄了两大盘,以供乾隆下酒。乾隆对其他美味不放在心上,只吃那两大盘香椿拌豆腐,愈吃愈爱吃,不大一会儿,吃了个盘光菜尽。乾隆以舌舔嘴,只觉香溢满口,余味无穷。乾隆询问陈氏香椿拌豆腐之配料,陈氏对恩人不敢隐瞒,一一相告。

得了秘方的乾隆,满以为在金銮殿里也能吃到寿州陈氏的香椿拌豆腐,可是御膳房还是做不出陈氏香椿拌豆腐的那个味儿。乾隆此刻怀疑陈氏没对他说实话。为吃寿州陈氏的香椿拌豆腐,乾隆三下江南,折道寿春,来到陈氏家。这时的陈氏还是不知这人是皇上。乾隆对陈氏说:"我诚心待你,你怎么对我不说实话呢?"陈氏被乾隆说得如堕五里雾中,不知所以然,便响亮地说:"我们寿州人,对人忠厚,讲诚信,从不打诳语,不知先生说我不讲实话,指的是什么?"乾隆说:"我回北方,按你说的香椿拌豆腐的配方做出来,咋就没有你做的好吃呢?"陈氏舒了一口气,原来讲的是这个呀,便对乾隆说:"不是我没对你说实话,是你北方的香椿、北方的豆腐,与俺江淮平原的不一样。香椿,必须是生长在寿州土地上的香椿;豆腐,必须是用寿州城北八公山珍珠泉水磨制的豆腐。如若不信,一试便知。"当乾隆三吃陈氏的香椿拌豆腐时,他果然又找到了心中的那个味!

"一骑红尘妃子笑,无人知是荔枝来。"乾隆亦用唐明皇为杨贵妃驮运荔枝的办法,用驿马到寿州驮运寿州香椿和八公山豆腐,正是"驿马飞来乾隆笑,香椿豆腐寿州来"。

讲 述 人:刘文勇,男,寿县三中退休教师
采 录 人:赵鸿冰,男,寿县融媒体中心编辑、记者
采录时间:2023 年 11 月

柏节为民除害

清朝道光年间,寿州城有个名叫柏节的人,他中等身材,性情豪爽,喜欢读书,学问渊博。他多有大略,一生不求做官,好举正义。

那时候,皖北镇总兵住在寿州城东街,有马数百匹。这些马经常到城外践踏农民的庄稼,老百姓是敢怒不敢言。于是有人将此事说给柏节听,柏节听后就说,官马不该糟蹋民众的庄稼,你们捉住马,只管把马的尾巴割掉。于是受害百姓依照柏节说的做了,割了践踏庄稼的马的尾巴。皖北镇总兵知道这件事,大发雷霆,要拿民众问罪。于是柏节挺身而出,承认是他指使的,并与总兵到省城打官司。柏节在大吏面前毫无畏惧,他理直气壮,严斥总兵纵马糟蹋百姓庄稼之罪,逼得大吏只好勒令总兵在放马湖等地方立石为界,禁止兵马糟蹋民众庄稼。柏节为民众根除了这一大祸害。

讲 述 人:王建国,男,曾任寿县地方志办公室副主任、《寿县志》副主编
采 录 人:王晓珂,男,寿县作协秘书长
采录时间:1998 年 10 月 8 日
采录地点:南照壁巷土地局小区

苗沛霖兵困寿州城

咸丰八年(1858年),寿州的徐立壮,凤台的苗沛霖,都是所在县的练总。这两人劣迹斑斑,带给百姓不知多少痛苦。寿州徐立壮身边有八百地方兵,凤台苗沛霖身边也有八九百兵勇,他们互相妒忌,徐想吃掉苗,苗想吃掉徐,双方常闹摩擦,两军一见面就打,一打起来,百姓就遭殃。寿州与凤台隔一条河,淮河南岸百姓到淮北探亲访友做买卖,碰上苗兵即被杀,北岸百姓到南岸探亲访友做买卖,碰上徐兵即被杀。不知多少无辜百姓被杀。

寿州有个财主叫武进周,也有些势力,他与徐立壮是儿女亲家,同苗沛霖也是好朋友。他看到这种局面,就从中说和。经过长期调解,苗沛霖、徐立壮终于和好,两家部队碰到一起不再打仗了,淮河两岸百姓也能自由往来通商。

和平局面维持了三年。这一年正月初十,武进周到亲家徐立壮家吃年酒。这天他酒喝多了,不免失言。他说:"苗沛霖是咱好友,可他近来变了,有野心,要反……"古人言:"大路上说话,草棵里有人。"这些话被人听去了,传到苗沛霖耳朵里,他便怀恨在心。

一天晚上,苗沛霖来找徐立壮,说要看看武进周,有件重要事情要和他商量,请徐立壮陪他去。徐立壮说:"今天太晚了,明天早一点去。"苗沛霖说:"明天没有时间,只今晚有一点空。"

徐立壮听说有重要事情,就连夜领他去。到了武进周家已时过半夜,徐立壮拍拍窗户喊道:"亲家,亲家……我是徐立壮,苗老弟找你有事相商,你快起来一下。""好,咱就来。"武进周答应着起床点亮灯,边扣着衣服扣子边打开门。门刚打开,武进周伸出头来,正要开口说话,便被苗沛霖一剑刺进咽喉,扑通一声倒在地下,哼了几声就断了气。这下可吓坏了徐立壮,他几乎要晕倒在地,嘴里磕磕巴巴:"苗弟,你……你……这是……为啥?"苗沛霖踢了踢地上死猪般的尸体,说:"谁说我有野心，说我一个'变'字'反'字，就是武进周这样的下场。"

徐立壮吓坏了，人说苗沛霖"翻脸不认人""心狠手毒"果真不假，今天算是看透了。从此以后，两家关系破裂，两军相遇，动刀动枪，又回到了三年前的混乱局面。这一年，徐立壮部队没有粮吃，就派一支队伍到六安运粮，途中碰到苗营的人，一百多名运粮的士兵被苗兵打得稀里哗啦，一万多斤粮食被苗营抢个精光。

徐立壮得到苗营抢粮的消息，气得七孔生烟，暴跳如雷，立即调集队伍攻打苗营，打了一天一夜。徐立壮被苗营打败，退回寿州城。苗沛霖哪肯甘休？他领着全部人马，把寿州城围了个水泄不通。寿州城被围困了许多天，城内人心惶惶，官兵、百姓请徐立壮设法退苗兵。徐立壮毫无办法，不敢与苗营正面交战，心中焦急，与谋士张德胜商量。张德胜也一筹莫展，只好固守待援。

且说苗沛霖诡计多端，心生一计，他写了一封信，派人送给谋士张德胜。他知道张德胜收到信后会怎么做，只等着割徐立壮的头来。原来信上是叫张德胜组织内应，并约定了攻城的时间。张德胜接到信后，心里明白寿州城迟早要破，苗沛霖这是给自己留了一条路，想了一下，心中有了主意，便把信交给了徐立壮。徐立壮看完信，更加信任张德胜了，把他留在身边指挥部队守城。

又过了几天，徐立壮仍无法退走苗兵，到了内无粮草、外无救兵的时候了。全城军民怨声载道，恨徐立壮无能，请神不能送神，惹来苗兵困城又无能退走苗兵。全城百姓恨不得杀死徐立壮，开城迎接苗兵，免遭洗劫。

这时，张德胜看火候已到，便在一天夜里杀了徐立壮，把人头扔到城墙下边。苗沛霖看到徐立壮的人头，即刻将人头挂在城楼示众。苗兵进城以后，杀掉徐立壮全家四十一口，杀得十里没姓徐的。八百多兵勇也被统统杀光。

苗沛霖的部队进了寿州城，奸淫掳掠，把整个寿州城洗劫一空，百姓这才知道：徐立壮坏，苗沛霖则更为残忍。

讲 述 人：王奎壁，男，寿县人
采 录 人：王晓珂，男，寿县作协秘书长
采录时间：2020年11月8日
采录地点：寿春镇西街定湖巷

状 元 出 生

清朝道光七年(1827年),寿州城里三步两桥之西一处民宅里诞生了一位让寿州人为之骄傲的人物,他就是咸丰状元、清朝三代帝师孙家鼐。传说孙状元出生那日,他家屋后沙井塘里荷花早早开放,池塘里有数十条一尺多长的红鲤鱼在水面上欢快跳跃,这奇景引来千百人围观。满月那天,有一位云游高僧到门前双手合十祝贺,说这位公子是天上文曲星下凡,是孙府祖上四百年里积功德修来的福气。话说大明洪武年间,有山东省济宁州老鸹巷孙氏兄弟二人,不辞劳苦行千里路,举家迁移到寿州城来。兄长孙鉴,夫人王氏;弟孙铠,夫人梅氏。这一行四人正值青壮年,两副担子挑着铺盖,推着一辆木制独轮车来到寿州城里。老大在南街留犊池巷买了一处房子,老二把家安在三步两桥之西菜园子里。这年中秋时分,老二孙铠到城西北开荒,无意发现荒地中间有一块石板,细心铲去浮土,石板下是地窖,于是放下手中工具,请来兄长孙鉴一同撬开石板。这孙鉴少年在山东老家时曾读过三年塾书,常听教书先生说些孔子治家的故事。在看清地窖中所藏之物后,对弟弟说:"这里所藏之物是黄金白银珠宝,其价值不下百万金,但这是外财,吾辈不可得。若挖掘所得,可以富甲一方,这是暂时的,只可富了你我,但会穷了后代,有害无益。我们只能将这些上交官府充公,为后世子子孙孙积功德,修福荫。天眼明见,百年后我们的子孙会有大作为的。"是夜天作雷鸣,如万人鼓掌之声。果然到了四百年后,此处诞生了孙家鼐。老人们赞说:"福是上辈人修来的,这话果然不错!"

讲 述 人:孙以安,男,寿县文广新局退休干部,"孙家鼐的传说"县级非遗传承人

采 录 人:高峰,男,寿县政协文史委副主任

采录时间:2020年4月

采录地点:孙家鼐纪念馆(孙氏宗祠)

少 年 蒙 难

咸丰九年(1859年),孙家鼐三十二岁时中了头名状元,五十岁时任内阁大学士,授光绪皇帝读书,人称帝王师。其间,他曾任湖北学政,历任考试官、首席阅卷官、都察院御史、顺天府尹,官至一品,任五部尚书。晚年的孙状元主张科技兴国、教育兴国,创办京师大学堂(北京大学的前身)。他为官不谋私利,思想开明。光绪三十三年(1907年),皇帝赐建太傅第于寿州城北大街。孙状元于1909年病逝,享年八十三岁。

那日寿州耆老在魁星阁下聊天,说起孙状元是咸丰皇帝御笔钦点头魁状元。九十三岁的姚老说,咸丰皇帝才没有安那份心呢!众人追问何故。姚老说,大清自康熙年间暗中卖官已是公开的秘密,咸丰九年的状元在殿试之前,山西晋商沈家已出三百万两白银交户部,将状元买下;第二名榜眼,湖广钱家出二百万两买下;第三名探花,江南盐商赵家出一百五十万两白银买下。咸丰皇帝知情,却是睁一只眼、闭一只眼,开科大比只是装装样子给天下举子们看的。有钱能买官,哪知有钱不能买天呀!孙家鼐的咸丰状元是天定的,要不是老天叫总管太监在太和殿上摔一跤,那个咸丰状元还真叫山西晋商沈家公子给买去了!姚老说罢就要拂袖而去,慌得一班听众呼啦将他围住。徐老说道,姚老息怒,一百多年都过去了,何必为古人生气呢?我已八十有四了,活这么大年纪还没有听说过咸丰状元是摔跤摔出来的呢!姚老拗不过众人面子,喘喘气定定神,又说了下去。姚老说,我八岁上私塾时,听我老师说起这段故事:孙家鼐十五岁,在乡试中州官点了他寿州头名秀才,可他不善交际,不愿上街作揖打躬应酬社交,整日埋头读书。那一日见州里师爷捧着一只受伤的右手,到书房里恳求孙家鼐抄写一份休妻文书。少年孙家鼐哪知休妻书的严重性,拿起笔一挥而就。州官是爱才之人,见休妻书是孙家鼐所书,颇为高兴,拿笔就批:准尔休婚,嫁妆尽退,妇人回娘家。其实这妇人所犯罪名纯属男方捏造,师爷作假。那女子回娘家后悲愤不已,未过几日,含冤自缢。孙家鼐因代笔伤人,民间传说上天罚他在家背课十年。

这年孙家鼐二十二岁,自觉学问成熟,准备进京秋闱大比。麦黄杏熟的五月,他起了个大早,沐浴更衣,上午八点,带上香烛、礼品到报恩寺敬香拜佛。他一殿一殿拜过去,心里感到佛祖们好像对他不以为意,便感到诧异,忙到签筒前信手抽起一签,一看是诸葛孔明神签,忙转身把签递给殿前和尚。这和尚年已八旬,名叫法德,他以眼看批后,面有难色,说:"请施主自己过目吧!"孙家鼐一看,整个身子像掉进冰窟窿,只见上面几行小字:"代他人捉刀(代笔),虽无意也杀人。罚背课十年,而后福星高照。"这时孙家鼐想起他为师爷抄写的那份休妻文书,仿佛又见那良妇屈死的场面,愧哉!少年无知铸大错,悔之已晚!为此他大病一场,病好后,闭门读书不理世事。

老人们后来议论说,人的命,天管定。孙家鼐三十二岁考中状元,虽是民间传说,却符合史实。这真是:十年面壁图破壁,一朝运来跳龙门。

讲 述 人:孙以安,男,寿县文广新局退休干部,"孙家鼐的传说"县级非遗传承人

采 录 人:高峰,男,寿县政协文史委副主任

采录时间:2020 年 4 月

采录地点:孙家鼐纪念馆(孙氏宗祠)

题北京王致和酱

传说,有一年安徽举人王致和进京赶考,结果却名落孙山,滞留京城。他一边做起了豆腐生意以维持生计,一边刻苦攻读。一次,做出的豆腐没卖完,时值盛夏,怕坏,王致和便将豆腐切成四方小块,稍加晾晒,配上盐、花椒等佐料,放在一口小

缸里腌上。之后，王致和一心攻读，把此事忘了。到了秋天，王致和蓦地想起那一小缸豆腐，忙打开一看，臭味扑鼻，豆腐已呈青色。弃之可惜，他大胆尝尝，只觉香味回肠。邻里品尝后都称奇。王致和于是尽心尽力地经营起"闻起来臭、吃起来香"的臭豆腐来。

后来，王致和在北京延寿寺街路西购置了一个店面，开起臭豆腐作坊，前店后厂，自产自销，取名"王致和南酱园"，以经营臭豆腐为主，兼营酱豆腐、豆腐干及各种酱菜。

清朝末年，王致和臭豆腐传入了宫廷御膳房。慈禧太后吃后，心情大悦，又觉得臭豆腐这个名字不雅，便赐名"青方"，并命状元孙家鼐以王致和酱园为题题词。状元便写了这两副藏头对联："致君美味传千里，和我天机养寸心""酱配龙蟠调芍药，园开鸡跖钟芙蓉"。两副对联的第一个字连起来读，就是"致和酱园"。自此，王致和臭豆腐身价倍增。后来，他在延寿寺街等地又相继开设了王政和、王芝和、致中和等以制作臭豆腐和腐乳为主的酱园。"王致和"这家老店店主更换了几代，但"王致和臭豆腐"这块牌子始终屹立不倒。

讲 述 人：孙以安，男，寿县文广新局退休干部，"孙家鼐的传说"县级非遗传承人
采 录 人：高峰，男，寿县政协文史委副主任
采录时间：2020 年 4 月
采录地点：孙家鼐纪念馆（孙氏宗祠）

故 居 传 说

一门三进士，五子四登科。

孙家鼐出生在一个世代书香之家，父亲治家极严。老太爷去世后，守寡抚孤的

孙母又是一个明白事理之人,全力培养儿子们进学应举,跻身官场。她常说:"朝内无人莫做官,家门无官莫经商。"此话后来竟成了孙氏传家的格言。好在老天不负苦心人,她的五个儿子后来都出息过人,出了一个状元、三个进士、一个举人。这就是寿州城内状元第门上对联的出处。

相传这一年,状元在家静心休养,春节迫近,往年在京城是"每逢佳节倍思亲",今年能和全家老小相聚,欢度春节,使本来就多愁善感的状元激动不已。过年的繁忙除了备年货、忙吃喝、走亲访友外,还有另外一种忙:写春联。你看吧,大门通街,小门通巷,坐东朝西两三百米长的偌大的状元府,有多少门,又有多少窗,要写多少副对联,多少个福字?于是,状元纵笔大书起来。

大年初一清晨,向来酷爱欣赏对联的著名诗人方小泉和往年一样,沿街挨户欣赏春联,每当发现好对联,便情不自禁地默诵起来。当行至北大街"状元府"门前时,他戛然止步,一手捋着胡须,一手背后,轻晃着脑袋,认真品味着朱红大门上的一副新春联:

上联是:一门三进士;

下联是:五子四登科。

横批是:状元及第。

方小泉看罢对联,深有感触,返家取来笔墨,在门上挥毫改成:

一门三进士,三不进士。

五子四登科,四不登科。

爆竹轰鸣后,状元府大门打开,家人发现对联被人涂改,十分恼怒。别说改的是状元家的对联,就是一般百姓家的也会引起不快的。于是,家人赶忙到后堂禀报状元,要找方小泉算账,大有问罪之意。

可是,状元随家人来到门前,边看边说:"改得好,改得好!方小泉,寿州才子也!"遂转身对家人说:"我们兄弟五个,老三不是进士,老四未能登科,此乃事实,方小泉何罪之有?"

状元的一席话,句句在理,家人不再恼怒。邻里百姓也都为状元的胸怀和涵养大加赞誉。自此之后,每年春节再也看不到状元府贴炫耀门庭的对联了。

讲 述 人：孙以安，男，寿县文广新局退休干部，"孙家鼐的传说"县级非遗传承人

采 录 人：高峰，男，寿县政协文史委副主任

采录时间：2020 年 4 月

采录地点：孙家鼐纪念馆（孙氏宗祠）

"灵活"办案

传说有一年孙家鼐奉命查办"杨翠喜案"。杨翠喜本是天津著名的歌妓，不幸被庆亲王奕劻的儿子贝子载振看中了，久思纳之为妾。袁世凯手下的红人段芝贵侦得了这一情报，为了巴结亲王（时掌管组织人事大权），就私下花费巨资买下杨翠喜送入庆王府，段芝贵于是就获得了黑龙江巡抚一职。此事在京津一带朝野掀起轩然大波，弄得路人皆知。于是御史赵启霖就参上一本，说是"贝子载振往东三省，道过天津，芝贵充当随员，逢迎载振无微不至，以一万二千金于天津大观园买歌妓杨翠喜，献之载振。其事为路人皆知。复从天津商会王竹林措十万元金，以为庆亲王奕劻寿礼……"慈禧见折后大怒，派醇亲王载沣和大学士孙家鼐前去查办。

此事被庆王府得知后，就急急把杨翠喜化了装，乘车从庆王府后门出去，辗转回到了天津。载振和段芝贵为堵塞漏洞，又花巨金把杨翠喜嫁给了天津一富商。那富商白捡一个名歌妓，何乐而不为？天津市民见杨翠喜已回天津，心理也平衡了下来。孙家鼐本来就觉得将朝廷王府里的桃色新闻弄得铁证如山，于朝廷不利，现在既然舆论已平息了，就更没有必要再去认真地刨根问底了，于是也就"捣捣糨糊"，来了个真戏假做，回禀老佛爷，此事"查无实据"。这下说真话的御史赵启霖可就惨了，落了个"奏劾不实"而革职丢了官。尽管后来报章沸腾，丑声四播，久之，此事好歹被掩饰过去了，不能不算孙家鼐之功。

讲 述 人：孙以安，男，寿县文广新局退休干部，"孙家鼐的传说"县级非遗传承人

采 录 人：高峰，男，寿县政协文史委副主任

采录时间：2020 年 4 月

采录地点：孙家鼐纪念馆（孙氏宗祠）

家　　风

孙家鼐一生为官处处谨小慎微、自奉简约。传说有一年回乡省亲，按常规从北边来的人马均从北门入城，寿州县太爷及州府等地方官员早已鼓乐齐备，在北门等候。谁知孙家鼐得知这个消息后深恐太张扬，连忙吩咐车马改道，从小路绕至东门悄悄入城。到家后，县太爷前来向他见礼，他不接受，说："在京城里我是官，在家里我是民。"他执意要县太爷坐上面。

孙家鼐那次回乡省亲，曾独自微服回访一位长辈，出城门时迎面碰上一个挑粪担的壮汉。那壮汉走得太急，把粪溅在了孙家鼐的衣服上。孙家鼐只是看了他一眼，并未出声，而那壮汉却大声吆喝道："我是状元家种田的，溅脏了你的衣服，你敢把我怎么样？"孙家鼐一字一板地说："状元家种田的也要讲道理，不能仗势欺人啊！"后来人们告诉那壮汉，你碰到的那人正是孙状元。壮汉懊悔不迭。

孙家老人至今仍记得：十六岁之前不许穿丝绸，不许穿皮毛；举止须以《礼记》为准则；如有偷、抢、奸等行为，族长有权给予严惩等。

讲 述 人：孙以安，男，寿县文广新局退休干部，"孙家鼐的传说"县级非遗传承人

采 录 人：高峰，男，寿县政协文史委副主任

采录时间：2020 年 4 月

采录地点：孙家鼐纪念馆（孙氏宗祠）

咸丰年间的大喜大悲

咸丰九年（1859年）孙家鼐高中状元的大喜大庆，咸丰十一年（1861年）遇上了地方恶霸苗沛霖破城屠城的惨祸，致使孙氏家族百余老小一夜间惨遭毒手。此旦夕祸福所带来的升降播迁和人事沧桑，不能不在孙氏后人的心头烙下深深的印记。

那年头正是太平天国和捻军纵横驰骋的时候。寿州自古为兵家必争之地，屡遭战火。孙家鼐得了状元，淮南方圆百里为之轰动，城外亦有多路人马前来庆贺。其中就有地方恶势力的头子苗沛霖。

这个苗沛霖原本是忽左忽右的地方团练首领，最兴旺的时候拥有十万人马，在当地是个不可小视的、连地方大员也要让他几分的实力派。那时清廷被太平天国和捻军扰得焦头烂额，无暇顾及这些地方团练，就对其采取了尽量"招抚"的政策，然而苗却采取了游移于朝廷和捻军之间的"机动"战略。较早看穿苗沛霖的野心和伎俩的孙家子弟孙家泰（孙家鼐的族兄，他们的祖父是亲兄弟），原本在京城当官，1853年太平军进攻安徽时奉旨回乡募集团练。苗沛霖势力扩大后，一直视孙家泰等人手中的寿州团练为眼中钉，屡次设法要将其"吞并"掉，而孙家泰不允，由此结下怨根。

"苗逆"要前来向孙家贺喜，孙家人当然视之为黄鼠狼给鸡拜年——没安好心，不仅不表示欢迎，反而传话让城门紧闭，要将其拒之门外。苗沛霖的队伍走在半路，先派人打前站通知孙家，说是将有百余骑拥苗沛霖入城来贺，叫你们十八坊团练出来迎接。寿州人大哗，不买苗沛霖的账，闭门拒之。苗沛霖得知后大发雷霆。时在北京城里正沉浸在夺魁之喜中的孙家鼐，怎能料到大喜之后还有大悲！两年后，苗沛霖更加得势，果真把孙家泰全家十五口人，大到七十多岁的老父孙赠祖，小到才三岁的孩子以及孙氏族人百余口，凡在城内的，全部杀害。这就是史学家眼里的"寿州事件"。

讲 述 人：孙以安，男，寿县文广新局退休干部，"孙家鼐的传说"县级非遗传承人
采 录 人：高峰，男，寿县政协文史委副主任
采录时间：2020 年 4 月
采录地点：孙家鼐纪念馆（孙氏宗祠）

端方绥靖孙少侯

孙家从政者中最具传奇色彩的是孙少侯。1905 年，他东渡日本留学，次年加入了同盟会，在日本聆听了孙中山先生的讲演，反清意志更加坚定，胆子也更大了。1906 年冬，他受同盟会东京总部的派遣回国，前往江苏、安徽等地策动新军起义。到达南京时，他与赵声、柏文蔚联络，谋划刺杀两江总督端方，不幸事泄，被捕下狱。

端方是孙家鼐的学生，他知道孙少侯是孙家鼐的侄孙。抓了孙少侯之后，他觉得杀也不好，不杀也不好，他估计孙家鼐会有信来向他说情放人的，所以先关起来再说。谁知左等右等，孙家鼐并无信来，他自己沉不住气了，主动写了一封信，向老师请示。信中说近来捕了一个革命党名叫孙少侯，他自称为老师的侄孙，不知是否属实，您看该怎么办好？孙家鼐见信后回了端方一信，说是孙家"族大枝繁"，记不清有没有这个人了，不过据说好像有这么一个人。然而既然犯了法，该当按国法论处，不必顾及我的面子。其姿态之高，令端方咋舌。

可是孙家鼐越是高姿态，端方倒越觉得孙少侯不能杀了。他想了一个主意，将家中一名丫鬟收为养女，再把这个养女许配给孙少侯，这样孙少侯不就成了端方的养女婿了吗？当了女婿还能再刺杀老丈人吗？大概这位养女姿色过人，孙少侯果真被端方的糖衣炮弹击中，纳其养女为夫人，表示出狱后不再革命了。端方自然高

兴，不仅为其操办了婚事，还奉送了丰厚的嫁妆。

且说孙少侯当了端府的养女婿，并未真的"收心敛性"。辛亥革命中，端方大人被四川保路运动中的新军击毙，不久南京光复，孙少侯即出任了革命军江浙联军总部的副秘书长，1912年3月又出任安徽省第一任督军，次年去职。然而到了袁世凯上台后，他却一反常态，一头钻进了袁大总统的幕府，支援袁世凯复辟帝制，完全站到革命的对立面去了。1924年，孙少侯客死开封，时年五十三岁。

讲 述 人：孙以安，男，寿县文广新局退休干部，"孙家鼐的传说"县级非遗传承人
采 录 人：高峰，男，寿县政协文史委副主任
采录时间：2020年4月
采录地点：孙家鼐纪念馆（孙氏宗祠）

李 太 夫 人

孙家鼐是咸丰九年的状元、光绪帝老师，也是京师大学堂的创办人。寿州孙氏乃书香门第，按说后代中应出大学问家才是，然而其后人大都走向了实业，这与孙多森的母亲李太夫人大有关系。

李太夫人是李鸿章的侄女，即李鸿章的大哥李瀚章的二小姐，受李鸿章办洋务的影响，思想颇为开放。她不主张子孙后代走科举的老路，而要他们学洋文，办洋务。她曾教育孙多鑫、孙多森兄弟："当今欧风东渐，欲求子弟不坠家声、重振家业，必须攻习洋文，以求洞晓世界大势，否则断难与人争名于朝，争利于市……"孙多森及其兄孙多鑫按照母亲的指点，在其父孙传樾去世之后，发愤创业。他们先去扬州，向姑夫何维键（著名盐商、扬州何园的主人）借了盐票办盐；有了资金积累后就到上海办厂，于1897年创办的阜丰面粉厂是中国第一家机制面粉厂，大获成功，声

名远播,从而引起孙家的亲戚、在北方主办实业的周学熙的重视,并向袁世凯推荐,进入北洋实业界。中国银行总行1912年8月在北京正式成立,孙多森于当年12月至1913年6月,出任第一任总裁,创办和参与创办了许多重要的经济实体,如中国实业公司、通惠实业公司、北京自来水公司、河南通丰面粉厂、山东通盖精盐厂等,是周学熙重要的臂膀。他办银行,一是参与创办了中国银行,二是创办了孙氏家族的中孚银行。

讲 述 人:孙以安,男,寿县文广新局退休干部,"孙家鼐的传说"县级非遗传承人

采 录 人:高峰,男,寿县政协文史委副主任

采录时间:2020年4月

采录地点:孙家鼐纪念馆(孙氏宗祠)

换 督 风 波

袁世凯当政的北洋初期,实在是个天下大乱的年头,财政极度匮乏。1913年5月周学熙辞去财政总长职务后,孙多森也于6月辞去了中国银行总裁职务。

袁世凯与南方国民党人的矛盾终于激化,一下子罢免了国民党籍的三个都督(广东胡汉民、江西李烈钧、安徽柏文蔚),又以"皖人治皖"的名义,叫孙多森去填安徽都督的"空",并兼民政长。孙多森稀里糊涂上了袁世凯的贼船,还差点儿送了命。

原先的安徽都督柏文蔚也是安徽寿县人,并且在孙家还担任过西席(孙多枚的家塾老师),柏文蔚碍于情面,与之以和为贵,交代了职守。但是其他国民党人大为不服,在孙多森上任后的第七天发动了兵变。12月14日,国民党人李烈钧、黄兴、陈其美等分别在江西、南京、上海发动反袁斗争。15日,安徽驻军胡万泰(旅长)在

安庆发兵响应,鼓动安徽公民会及省议会要求孙多森辞都督职(仍保留民政长),拥柏文蔚复任都督兼临淮关总司令。16日,都督府被围,孙多森急电袁世凯及陆军部,请求调派第八师即日拔营前来救援,并电请安徽军阀倪嗣冲出任皖北司令。然而,远水救不了近火,安徽已是国民党人的天下,胡万泰还是率兵打入了都督府,囚禁了孙多森及其随从,并扬言要把他们处死,以向袁世凯示威。后来由柏文蔚出面调解,以孙之来皖"上命差遣,概不由己",说"孙多森并无实力,杀之无足轻重,如果放了他,还能取信于天下"等,终于幸免于难。

最后由柏文蔚派出楚豫号炮艇,送他们到南京。安徽方面另由国民党人孙孟戟接任都督。孙孟戟亦是孙氏家族的人,是孙多森的族弟。袁世凯鞭长莫及,未表同意,亦未公开反对,反正孙多森不能再干了,也就算承认了既成事实。

孙多森回到北京后再也不愿过问政事,不久即赴日本考察实业,从此一心一意办实业,通惠实业公司、中国实业公司等均是在这一时期创办的。为了使这些公司在资金上得到保障,1916年他又创办了中孚银行。

讲 述 人:孙以安,男,寿县文广新局退休干部,"孙家鼐的传说"县级非遗传承人
采 录 人:高峰,男,寿县政协文史委副主任
采录时间:2020年4月
采录地点:孙家鼐纪念馆(孙氏宗祠)

叶 落 归 根

1909年11月2日,孙状元病死在京城寓所,终年八十三岁。清廷决定,晋赠太傅,谥文正,照大学士例赐恤,灵柩返原籍厚葬。

状元灵柩运回寿州,遵照他本人生前遗嘱,将他安葬在离城南十里地的孙家祠

堂旁边。这墓地坟围120米,坟高1.5米,坐落在九龙乡新庄村,人称"状元坟"。每年一到清明,他的子孙后代便成群结队到坟上祭祖,以示对这位老前辈的尊重和孝敬。

光阴荏苒,眨眼间状元离开人世已一百年了。纵观他的一生,人们可以看到,他从状元、皇帝老师、五部尚书到大学士,都是朝廷重要命官。但他不同于那些昏聩糊涂或食古不化的顽固派,他注重学习,对西方的政治、经济、军事、文化教育都有较全面的了解,对清朝官场的积弊也有深刻的感受,故思想较为开明,能顺应时代潮流,主张通过变革来造就群才,改变中国落后就要挨打的局面。但当潮流逆转、旧事物抬头时,他又见风使舵,缄口不言,以明哲保身,徘徊观望。总而言之,状元不失为中国近代史上一位比较开明的政治家。

状元一生著有《续西学大成》十六卷、《书经图说》五十卷,另有日记上百本。遗憾的是,日记早已不复存在。不过,他那众多的带有传奇色彩的动人故事,却在民间广泛流传,经久不衰。

讲 述 人:孙以安,男,寿县文广新局退休干部,"孙家鼐的传说"县级非遗传承人

采 录 人:高峰,男,寿县政协文史委副主任

采录时间:2020年4月

采录地点:孙家鼐纪念馆(孙氏宗祠)

盖 棺 论 定

光绪三十二年(1906年),清政府宣布立宪,设立资政院。此时,孙家鼐已是八十岁高龄的老人,经十几天的朝会、政论,朝廷决定孙家鼐出任资政院总裁。这是学西方民主治国的政策,是新生事物。他一边操劳国事,一边亲自挑选成百上千的

青年学子去外国上学深造,并亲选国外的天文、地理、军事、医学等新书到京师大学堂为学生讲学。

那日,他把儿孙们叫到身边,说:"你们把家中珍贵物品作价转让出去,变作现钱。"众人不解,问:"这是为何?"孙家鼐说:"守着这些珍宝有什么用?若干年后,家中若出个败家子,不要多久,就会把家产败个干净。所以我说,守它无益呀!将珍宝变成现钱,你们可以去办工厂,开矿山,搞科研,投资银行,为老百姓办点实事。"还说,"我若死了,千万不要把贵重物品放进棺材里。那样做,只会把我闹腾得死后不得安生啊!"

宣统元年(1909年)初,孙家鼐乞病,皇上恩准留京休养。退职下来后,他开始着手整理著作以备出书,但未能完稿,病已沉重。那年冬日,他强打精神,为家人书下一副对联:"要好儿孙须从尊祖敬宗起,欲光门第还是读书积善来。"旬日病故,享年八十三岁。临终前交代家人,故后在京停棺,丧事一切从简,"七七"后送回寿州祖坟地安葬。孙公入殓时,朝廷派礼部人来料理。

民国八年(1919年),王大个子王常乐从北京回到寿州城里的家中。他在京城给孙状元家帮工二十多年,年老退休回家。他告诉亲友一件鲜为人知的事:当年孙老爷入棺时,是我移尸入殓的。入棺陪葬品都是我经手放置棺中的。就在入殓后的当夜,我们守棺的人都去厨房吃夜宵,谁知混进来两个盗贼。这两个盗贼趁空把孙老爷棺盖移开,用手在棺内细细搜寻陪葬的金银珠宝。但他俩翻个遍,什么也未得到,只好怏怏离去。我们回到灵堂,见棺盖被移开了,大家吓坏了,忙移灯照去,见棺盖下压一纸条。上面写了一首诗:

状元本是天命定,行走世间八十春;
当朝首辅是一品,盖棺论定是清臣。

大家看了看,还好,棺材中陪葬的东西——一笔一砚一诗稿,还有一副水晶老花眼镜,一样也没少。

讲　述　人:岳建中,男,地方文史专家
采　录　人:高峰,男,寿县政协文史委副主任

采录时间:1998 年 4 月
采录地点:北过驿巷福安客栈

过年要有一味豆腐菜

老人传说,孙氏始迁祖二人从山东来到寿州定居后,一人在乡下务农,另一人在城里一家豆腐坊打工,勤恳诚实,刻苦能干,深得店主人的器重。店主人有一个独生女,招他入赘为婿。后来,店主病故,他便继承了豆腐店,精心料理,开源节流,逐渐发达了起来。所以,寿州孙氏在年终祭祖或节日聚餐时,有一个不成文的规定,就是必备一味豆腐菜,以示慎终追远,不能忘记先人创业的艰辛。

讲 述 人:孙以安,男,寿县文广新局退休干部,"孙家鼐的传说"县级非遗传承人
采 录 人:高峰,男,寿县政协文史委副主任
采录时间:2020 年 4 月
采录地点:孙家鼐纪念馆(孙氏宗祠)

盘子只能叫碟子,不许叫盘子

在我很小的时候,母亲告诉我,茶盘子一类的容器或盛放其他物品的盘子,不要叫盘子,只能叫碟子。至于为什么,母亲也说不清楚。后来我才知道,这原来是为了"避祖讳"。孙氏支系八世祖石舟公名孙蟠,"盘"与"蟠"同音,子孙后人都不

能直读其音,否则就是犯了祖宗的"名讳",是大不敬的。

在我们孙氏家族,以前也是很讲究的,如在清乾隆二年(1737年)的族谱序文中,就命名排辈的问题,提出"按辈命名,可知世系所自来,尊卑之名分,知所自来,则不敢犯祖讳,藐尊卑"。同时指出,名讳相同者必避之:"以卑避尊,以生避死,以少避长。"一个家族大了,人口众多,支系纷纭,特别是进入了现代,多取时尚之名,不注意家族的辈分了。不过在一个家族之中,三代之内命名相同的还是比较少见的。

讲 述 人:孙以安,男,寿县文广新局退休干部,"孙家鼐的传说"县级非遗传承人
采 录 人:高峰,男,寿县政协文史委副主任
采录时间:2020年4月
采录地点:孙家鼐纪念馆(孙氏宗祠)

赵半仙的传说

古时候,隐贤镇有一个名人叫赵心脉,人称赵半仙。他不但武艺高强,而且能掐会算,为百姓造福,令坏人丧胆。

一天早晨,赵心脉刚到茶馆门前,发现地上有一块土坯,对茶友们说:"这块土坯今天会走三十里路。"茶友们不信,赵心脉说:"那你们等着瞧吧。"过了一会,有一位农民从集市上买了一头猪崽,放进筐里,用扁担背在肩上。路过茶馆时,发现地上有一块土坯,便停下来,用绳子把土坯拴上,这样就可以挑着走了。茶友们问农民家住哪里,农民答道,家住马头集。这时茶友们才恍然大悟,原来马头集离隐贤三十里,正好应验了赵心脉"这块土坯今天会走三十里路"这句话。

有一年夏天,大别山有一伙残匪顺流而下,一路上杀人放火,无恶不作,百姓拖

儿带女,四处逃难。这天下午,匪徒们来到隐贤,挨门挨户搜了半天,见不到一个人影。后来在庙里找到一位老者,正在闭目养神。匪徒说:"听说隐贤有个赵心脉是半仙之体,是不是你?"老者点了点头说:"正是老朽。"匪徒又说:"听说赵心脉刀枪不入,我倒想看看是真是假。"说罢挥刀就砍,老者的头应声落地。然而,奇怪的是,刀上连一滴血也没有,定睛一看,这头又重新长在老者的脖子上了。匪徒挥刀再砍,老者的头又应声落地,可马上又回到脖子上长好了。匪徒仍不死心,第三次挥刀,由于用力过猛,老者的头像皮球似的滚出一丈多远,可没等他回过神来,老者的头又回到脖子上长好了。这下,匪徒就像霜打的茄子一样蔫了。他把刀一扔,双膝下跪,磕头如捣蒜,不停地说:"请赵老爷饶命,俺们再也不敢杀人了!"赵心脉怒斥匪徒:"你们这伙强盗,烧杀抢掠,无恶不作,本应斩尽杀绝。不过,只要你们放下屠刀,改邪归正,也可免你们一死!"

匪徒们听赵心脉这样一说,便丢盔弃甲,仓皇逃命。就这样,赵心脉凭一己之力,保全镇百姓免遭侵害。从此,赵心脉名声大振,他的事迹千百年来广为传颂,"赵半仙"的雅号就这样叫开了。

采 录 人:卞维义,男,寿县太平中学退休教师

妙计惩奸商

鸡蛋贩子张麻子在寿州城欺行霸市,人所共知。每天他都堵住城门,低价买进上市的鸡蛋,然后高价在城里卖出。只因是独家生意,他便漫天要价,可把市民们坑苦了,一时怨声载道,没有不骂他的。这事情传到刘之治耳朵里,他很是气愤,就决心惩治一下这个张麻子,杀杀他的威风。

这天,刘之治摇着纸扇,来到张麻子的摊前,把扇子唰地一收,指着那担鸡蛋问:"几文钱一个?"张麻子见来了一个阔少,狡黠地笑道:"不多,不多,五文钱一

个。"刘之治见他漫天要价，果真奸诈。他在心中暗道：这样的不法奸商，不治治他难平众愤。于是他就故意把价钱还得低低的："一文一个行不行？"张麻子撇了撇嘴，不屑地说："哼！一文钱？够买个鸡蛋黄子。"刘之治闻此，来了个将计就计。他勉强地答应说："好吧，就依你讲的价格，这一担鸡蛋我全要了。"

张麻子一听高兴得几乎蹦了起来，今天生意真顺利，才一会儿工夫，就赚了对半的利。

他正得意地想着，忽然听见走在前边的刘之治唉声叹气地说："要不是家里等着用鸡蛋，我才不花这么多钱买你的鸡蛋呢！"张麻子一听，眼珠子转几转，计上心来："原来这位阔佬有事急着要用鸡蛋哇，如今这城里找不到第二个卖鸡蛋的，我何不借此机会，再多诈他几个钱？"想到这，他站住不走了。刘之治料定他会来这一手，就故意问："为何走走停停？"张麻子装出一副哭脸说："鸡蛋价钱太低了，这样连本都会赔进去的。求大爷开恩，每个鸡蛋再加半文。"刘之治冷笑一声："随你便吧！"张麻子得意地一路哼着小曲，走进了刘府大门。

刘之治领着张麻子来到后院的碾盘跟前，对他说："你把鸡蛋放在碾盘上面，数数有多少个，我去叫人拿钱给你。"说罢，径自去了。张麻子照着刘少爷的话办了。可这碾盘中间凸，四周凹，鸡蛋一放上去就滚开了，把他忙得满头大汗。他急中生智，把一只胳膊伸开，拦在碾盘的边缘。这法子果真灵验，一会儿工夫，胳膊弯子里就放了一大溜鸡蛋。"一五、一十、十五……"张麻子弓着腰站在那儿，一动不动，只等阔佬来点数付钱。等了一会儿，他就背酸腰疼胳膊发麻了，心里抱怨这少爷办事太慢。

再说刘之治转身到后房，对家人如此这般交代一番。突然放出牛犊一般的大黑狗，一见到生人，大黑狗狂叫着向张麻子扑去。张麻子猛地一惊，忘掉了胳膊弯里放着的鸡蛋，一躲闪，只听得"骨碌碌""啪啪"一阵响声，张麻子才醒悟过来，慌忙扑向碾盘："我的鸡蛋，我的蛋呀！"霎时，碾盘上的鸡蛋全部滚到了地上，鸡蛋黄、鸡蛋清洒了一地。张麻子蹲在地上发愣。这时，刘之治暗自好笑，叫家人拿来了瓷盆，对张麻子说："数数鸡蛋黄子多少个吧，按你讲的价钱，一文半一个。"张麻子偷鸡不成蚀把米，像泄了气的皮球瘫坐在地上。

讲 述 人：赵阳，男，寿县融媒体中心主任

采 录 人：高峰，男，寿县政协文史委副主任
采录时间：2020 年 4 月—2023 年 10 月
采录地点：寿春镇等地

智治无赖

话说明朝末年，南大街西侧的留犊祠巷内住着一个姓朱的混混，在家中排行老二，是个无赖，人们称他"朱二赖"。

巷口要道，人来人往，一个进城的农民匆忙赶路，朱二赖偷偷从袖口掏出两只刚孵化的小鸡放地上。有急事的农夫没注意，只听"咯吱"一声，刚好踩住一个，死了。朱二赖一把抓住农夫的衣襟："想溜？没门！赔钱！"农夫不知如何是好，求朱二赖行个方便，让他赶紧去为老母抓药回去救命。

朱二赖从地上捡起死小鸡，举在半空中摇晃："你把我家的鸡踩死了，还想跑？"这位老实巴交的农夫道歉说："我实在是无意，求大爷宽恕！老母病重，等我买药回去呢！"朱二赖说："放你走可以，赔钱来！"农夫心想一个雏鸡能值几个钱，赔就赔吧，便从腰中掏出一枚铜钱递过去。朱二赖看是一枚"大明通宝"，不屑一顾，还要加钱。此刻，围观者越来越多，七嘴八舌议论开来：一枚铜钱能买两个鸡蛋，足够了！朱二赖却说："我这小鸡，几个月后就是一只大母鸡，母鸡生蛋，蛋又孵成鸡，这一枚铜钱赔根鸡毛还差不多！"

朱二赖心想，这个泥腿子也没多少油水可榨，便开口说价："看你还有孝心，我就吃点亏，按四斤重老母鸡赔吧，一斤一吊钱，给四吊钱就放你走路！"围观者议论纷纷："哪有这种算法？这简直是敲诈！无耻，无赖一个！"

站在一旁的刘之治再也忍不下去，走上前去，掏出四吊钱递给朱二赖："这是赔偿的钱！"朱二赖一见是刘之治，不禁打了个寒战，嚣张气焰消了一半，忙说："刘老爷，怎能让您破费呢？"刘之治说："他是我的乡下亲戚，他没钱赔上，当然由我承担

了。"朱二赖嘴上说着推辞话,但见钱眼开,赶忙接过四吊钱。刘之治说:"慢,我要问你,雏鸡长成四斤重的大鸡可要喂食?"朱二赖答道:"当然要喂!"刘之治又问:"要喂多少食?"朱二赖语塞。刘之治说:"俗话说,鸡长一斤,喂粮一斗,他赔了你四斤鸡钱,你得赔他四斗粮钱!"围观群众也七嘴八舌地附和:"对,对!得赔四斗粮钱!"

狡猾的朱二赖贼眼一转,心中一盘算,四吊钱还买不到四斗粮,遂把手中的钱递还给刘之治,头一缩,转身就溜了,引得一阵哄笑。

讲 述 人:赵阳,男,寿县融媒体中心主任
采 录 人:高峰,男,寿县政协文史委副主任
采录时间:2020年4月—2023年10月
采录地点:寿春镇等地

妙计杀威风

一个新上任的知县为了自己能顺利"执政",便想法把无人敢惹的刘之治安抚好。一天,他备了一桌酒席,打发心腹衙役王三,给刘之治送去大红请帖。

这王三自恃有县太爷做靠山,目中无人,在古城欺压百姓。他见知县老爷对刘之治也要如此恭维,心中就有几分不自在。他边走边嘀咕:"堂堂的一县之长,干吗对这个没有官职的秀才这么敬重?真是千古笑话。我就不信,他刘之治有多大能耐能管你县太爷!"

刘之治平时喜欢栽些奇花异草,书房前的小花园,四季花香扑鼻。此时,他正在家中兴致勃勃地侍弄他心爱的花草,王三昂首进入刘府,如入无人之境。他不让人通报,径直闯到刘之治的面前高声叫道:"刘之治!俺们老爷有事叫你去一下。"说完,随手把请帖丢在身旁的石凳上。刘之治一愣:寿州城里认识我的人谁不称我

"刘大爷",还没听过有人高声喊我的名字呢!看眼前这鼻孔朝天的差役,他十分气恼,这个不知天高地厚的家伙,不就是那日无故鞭打一个乡下农民的恶役吗?今天你倒送上门来了,现在不治你还等何时?想到这,他剑眉倒竖,双目圆睁,厉声问道:"你们老爷找我有什么事?"王三见势不妙,忙把请帖拾起来,在衣襟上擦了擦,双手递给刘大爷。刘大爷打开请帖一看,哈哈大笑起来。这一笑,笑得王三丈二和尚摸不着头脑,垂手站在那儿动也不动。刘大爷进屋拿笔在请帖上写了一行字,写毕,"啪"的一声,把请帖掷在王三面前:"我当是什么事呢!原来是要借我家的碓窝子。"他手指王三:"去,把后院那个碓窝子给你们老爷扛去!"

　　王三心里纳闷,老爷明明是说请客,怎么是借碓窝子?他偷看了刘大爷一眼,不敢多问,忙拾起请帖,在家人的带领下,来到了后院,扛起那百把斤重的石碓窝子往县衙而去。

　　县太爷请的几个陪客都来了,唯独主宾刘之治迟迟不见踪影,正着急地往外张望。忽然,王三大汗淋漓地扛着碓窝子蹒跚地走来。几个差役忙上前去,帮着他把碓窝子放下来,王三瘫坐在地上直喘粗气。县太爷见没请来刘大爷,却扛来了这玩意儿,厉声喝问:"这是怎么回事?"王三颤抖着双手递过了请帖,县太爷接过一看,气得抬手就给王三两耳刮子。原来,请帖上有这么几行字:"来人不识字,喊我刘之治,实在惹人气,只得叫他扛回碓窝子。"

　　县官一看王三还站在那儿,声嘶力竭地叫道:"快拉下去,重打二十大板!"众衙役不敢怠慢,把王三拉了下去。不一时,院子里传来一阵鬼哭狼嚎声。

讲　述　人:赵阳,男,寿县融媒体中心主任
采　录　人:高峰,男,寿县政协文史委副主任
采录时间:2020年4月—2023年10月
采录地点:寿春镇等地

一毛不拔神仙愁

话说八仙中的吕洞宾与何仙姑云游天下,这一日来到寿州城内,听说刘之治无法可治,专爱吃财主官吏们的白食,在寿州是出了名的,当地达官贵人也拿他无可奈何。二位仙人一商议,便想出了制服刘之治的绝招。

吕洞宾掐指一算,刘之治即刻要从土地庙前经过,便用拂尘在土地庙前的空地上一挥,变出一张桌子两把椅子,三个空盘一壶酒,与何仙姑对坐等候。

二位仙人刚坐定,刘之治老远就闻到了一股特异的酒香,兴冲冲地到了跟前,见到两个仪表不俗的人正要喝酒,便说道:"两位喝酒怎么也不喊我一声?来来来,我与你们凑凑热闹一起喝。"说罢端起酒壶就喝。吕洞宾、何仙姑忙夺下酒壶道:"哎哎,怎么这么不客气?要酒喝也得作一首诗呀!作不来诗,对不起,这酒就没你的份儿!"刘之治一听,作诗喝酒,乐了,心想:我常与人作诗喝酒,从来没输过,才落个"吃白食"的绰号,今天难道会被你们二人难住?想到这,便问道:"作诗这难不住我,但不知道先生以什么为题?"吕洞宾指着土地庙说:"今日我等土地庙前聚会,就以此庙门上的字为题吧!"刘之治抬头往土地庙的门楣上一看,只见上书三个苍劲有力的大字"圣贤愁"。刘之治心里寻思着庙门上平时没有这三个字,哪位大仙变出来的?他不屑地一笑,嘴里却说:"这个容易,但不知道怎样个作法?有请先生先作。"

吕洞宾说道:"我等每人以门上的一个字拆分开来为第一句的头,第二句献出身上一样东西做喝酒的菜,缺一不得喝酒。"说罢,摇头晃脑以圣(聖)字为题作起诗来:"耳口王耳口王,壶中有酒我先尝。盘中无菜难下酒,割下耳朵表心肠。"吟罢,抽出腰中佩剑,割下自己一只耳朵投入盘中,端起酒壶喝下一口。接着何仙姑以贤(賢)字为题作起诗来:"臣又贝臣又贝,壶中有酒我先醉。盘中无菜难下酒,割下鼻子表心扉。"说罢,抽出佩剑割下了自己的鼻子丢入盘中,端起酒壶喝下酒去。

两位仙人先后割下了耳朵和鼻子,虽然鲜血淋漓,但因为他们是仙人,并不觉得疼,心里嘀咕道:"都说刘之治无法可治,这次有办法治你了吧?看你怎么办?!"再看看刘之治,并不惊慌,他待何仙姑喝下酒后,不慌不忙地念道:"禾火心禾火心,壶中有酒我先晕。盘中无菜难下酒,拔根眉毛表寸心。"说罢,提起酒壶就往嘴里倒去。一旁的吕洞宾、何仙姑一看这情形,岂能罢休?他们忙上前去夺下酒壶道:"我俩都割下身上的肉做下酒菜,你一根眉毛怎么下酒?"刘之治双拳当胸一抱,说道:"不瞒二位仙人,我今天还拔了根眉毛呢!要不是和神仙喝酒,我还一毛不拔呢!"

吕洞宾、何仙姑听罢,知道刘之治已经认出他们,不便久留,慌忙安上各自割掉的耳朵和鼻子,立即起身驾云而去。刘之治哈哈大笑,咕咚咕咚把一壶神仙美酒喝个一干二净。真可谓:"圣贤愁圣贤愁,一毛不拔神仙愁!"

讲 述 人:赵阳,男,寿县融媒体中心主任
采 录 人:高峰,男,寿县政协文史委副主任
采录时间:2020年4月—2023年10月
采录地点:寿春镇等地

为 难 塾 师

塾师王练白在刘府执教已五年,深为爱生刘之治的睿智才华所折服。一天,先生见刘之治身背书包走来,便快步走至门前,一脚门里,一脚门外,突问刘之治:"先生站门槛,是进是退?"少年刘之治把黑溜溜的眼球一转,知道先生是在出联考他,便双手抱拳答曰:"弟子抱双拳,是送是迎?"老夫子连连点头称赞,为培育出这样一个才华横溢的学子而自豪。

一天,在放学路上,刘之治突发奇想:我何不也来考考恩师?有一天,他在老先

生回卧房必经的小道上，将三块小石头排成"品"字形，见先生走来时，便急忙躲藏在路边树丛中。年迈眼花的王先生头脑里还在想着事情，不料脚下一绊，踢到了石头。刘之治蹿出树丛，伸出双臂，拦住先生去路，说："恩师把我搭的石桥踢倒了！罚你作联！"王先生抱歉地说："该罚，该罚！"刘之治说："平时都是先生考我，今日学生可否考考你？"王先生笑曰："当然可以！"

刘之治手指散开的三块石头，说："踢破磊桥三块石。"塾师听后不以为意地呵呵一笑，可一细琢磨，还真不好答对。只见他原地转了一圈，手捻胡须，双眉紧锁，自言自语："这是拆字联，这'磊'字拆开成了三块石……"琢磨了多时，还是没想出下联。于是塾师自我解嘲地说："先生现在有事，明日课堂上作答吧！"说着便面红耳赤地走了。刘之治目送先生："恩师晚安！"

师母见先生抓耳挠腮地进门，料定遇到了不顺心的事，问道："夫子似有心事？"塾师一屁股跌落在椅子上，活像个泄了气的皮球："我真的老了，头脑迟钝了！后生可畏啊！"师母说："世上还有能难倒你这位大秀才的事？"塾师便把刚才被刘之治问联的事说了一遍。师母问："他出的上联是什么？"塾师说："踢破磊桥三块石。"师母扑哧一笑，举起手中剪刀说："这有何难？你就不能答它个'剪开出字两座山'！"

讲　述　人：赵阳，男，寿县融媒体中心主任
采　录　人：高峰，男，寿县政协文史委副主任
采录时间：2020年4月—2023年10月
采录地点：寿春镇等地

甘拜下风

鬼才刘之治是远近闻名的"智多星"，多少学究和才子前来与他较量，都不得不拜倒在他的脚下。可是金陵才子秦公子却自以为才高八斗，学富五车，决心与刘

之治一比高低。他来到寿春,受到刘之治的热情接待。

第二天两人结伴春游,一路谈笑风生。登上宾阳城楼,秦公子举目眺望,滔滔淝水、八公山色尽收眼底,思古之情油然而生!刘之治手指东津古渡说:"这就是当年淝水之战的古战场,站立之地乃当年苻坚所在的寿阳城头,北边就是风声鹤唳、草木皆兵的八公山!"秦公子沉浸在历史的回忆中,不禁感慨地说:"八公山水今犹在,耳边犹闻战鼓声!"

两人不觉又来到千年古刹报恩寺山门前,住持得知二位才子到来,便请为山门作联。刘之治请秦公子出上联。秦公子曰:"天雨宏宽,不润无根之草。"刘之治略加思索答下联:"佛门浩大,难度不善之人。"住持连连称赞:"妙哉!妙哉!此乃佳联也!"

两人告别住持,迈出东门。秦公子说:"人称寿春人杰地灵,这楚山淝水,古韵犹存,算得上地灵了,但人杰嘛,恐难与金陵相比,稍逊一筹!"刘之治不服气,曰:"你金陵才子是多,但与能诗善联的寿春百姓相比,恐怕就微不足道了。"秦公子"啊"了一声,便走到护城河的石阶码头,见一位衣衫褴褛的老人,挑着沉重水桶上岸,上前便问:"都说你们寿春人能诗善联,可否讨教一二?"老头不知所问,无言以对。

秦公子手指报恩寺石塔出上联:"宝塔巍巍,四角七层八面。"挑水老人不耐烦地用左手一推,默默走去。秦公子轻蔑地得意一笑说:"寿春人不过如此!"刘之治知道他在笑话寿春人,便向秦公子说:"真正可笑的是你!"秦公子反问:"笑我为何?"刘之治说:"老人不是早已对出下联了吗?"秦公子茫然:"老人未曾开口呀!"刘之治反倒哈哈大笑起来:"何须开口!老人左手一摆,不就是对出的下联吗?"秦公子不解。刘之治伸出左手一摆说:"巨手摇摇,五指三长两短。"秦公子面红耳赤,连说:"佩服!佩服!寿州真乃人杰地灵也!"

两人谈笑风生地来到八公山下的梨乡观花。忽见如雪的花海中,有两位少女在攀折花枝,互相嬉笑追逐。秦公子便上前劝阻:"春天一朵花,秋后一颗梨呀!不能糟蹋的!"一个红衣女子傲慢地瞥了一眼说:"这是我家的梨园,你管得着吗?多管闲事!"说罢转身就走。刘之治认出她们是官家的两个小姐,便拉开秦公子,低声说:"我来教训她。"秦公子问:"你如何教训?"刘之治说:"我要她认错,而且让我亲亲她的小嘴!""笑话!你敢?她会愿意?"秦公子怀疑地说。说着说着,刘之治顺手从田边拔了一把蒜苗，大摇大摆来到红衣少女面前："两位小姐留步！"两位少女站住回身："公子何事？"刘之治手举蒜苗，怒气冲冲地责问："哪家女子，胆大妄为，偷吃我家蒜苗？"蓝衣女子说："你不睁眼看看，我家小姐是偷窃之人吗？"红衣小姐"哼"了一声，转身就要走。刘之治急忙上前阻拦："你前脚走，我后脚到，不是你，还会是别人？几棵蒜苗是小事，人品是大事！"红衣女子气愤地说："没偷就是没偷！你有何凭证？"刘之治紧逼说："把你的嘴张开，让我闻闻有没有蒜味，不就一清二楚了吗？"为了找回清白，小姐只好让他一闻（吻）了。一旁的秦公子看到精彩的一幕，笑得前仰后合，连声称道："刘兄艳福啊！羡慕！"

两人又来到八公山下的珍珠泉边，观看"天下第一泉"的奇观。秦公子看到泉底涌出的一颗颗水珠连连叫绝。此时一位小姐骑马经过珍珠泉旁。秦公子突然向刘之治发难："刘兄智慧过人，令人佩服。如果你能上前摸一摸马上小姐的金莲（脚），从此，我就拜你为师了！"刘之治毫不犹豫地说："这有何难！"说罢，向骑马小姐走去。刘之治向小姐施礼："小姐万福！那位公子说你的脚蹬子是铁的，我说是金子的。"说着就伸手去摸。小姐说："你俩说的都不对，是铜的。"说罢，跃马扬鞭而去。秦公子不得不抱拳鞠躬："师傅在上，请受徒弟一拜！"

讲 述 人：赵阳，男，寿县融媒体中心主任
采 录 人：高峰，男，寿县政协文史委副主任
采录时间：2020 年 4 月—2023 年 10 月
采录地点：寿春镇等地

巧 取 狗 肉

刘之治春游回城，路过状元街时，一股狗肉香味扑鼻而来，饥肠辘辘的刘之治不禁馋涎欲滴。只见他径直迈进学友赵公子家门，直奔赵府厨房而去。一锅狗肉

被煮得咕嘟嘟，香气翻腾，客厅里传来赵公子和学友们的一阵阵欢笑声。

刘之治边走边想：不请我来吃狗肉，别怪我不客气了，定叫你们吃不成！他悄悄地溜出赵府，来到东大街天元号瓷器杂货铺，买了一个夜壶放在衣衫内，又来到附近的五味斋酱园，要店家把新买的夜壶洗刷干净，装上二斤上等酱油，用纸一包，转身又回赵家。刘之治蹑手蹑脚地进了赵家，溜进厨房，把夜壶从衣衫里拿出悄悄放进狗肉锅内，便溜之大吉。

赵公子请来的一帮学友正等着中午开狗肉宴呢，突然厨子跌跌撞撞跑来说："大少爷，不好了，狗——肉——快去看——！"赵公子和学友们急忙来到厨房，一见狗肉锅里的夜壶，大伙不约而同地作呕，一个个捂着鼻子跑了。气急败坏的赵公子直骂："太缺德了，这是哪个没良心的人干的？我非找他算账不可！"说罢，气急败坏地走了。

就在此刻，刘之治悄悄出现了，他见厨子把煮熟了的狗腿捞出丢在一旁地上的竹篮里，正准备扔掉，忙说："这好端端的狗肉，干吗扔掉？""你没看见锅里被人放进了夜壶？还怎么吃？"厨子说。刘之治假惺惺地拿起一条狗腿闻了闻，说："是有点臊味，不过扔了太可惜！你家不要了就给我拿回去沤肥犒花吧！"厨子一脸沮丧地说："要，就全拿去吧！"

刘之治喜在心头，没花分文，取回一篮狗肉，中午饱餐一顿。过足狗肉瘾后，他又来到赵家，请学友们晚上去他家赴宴吃狗肉。学友们一个个喜形于色，称赞还是刘兄够朋友！殊不知还是赵公子家的狗肉。

难怪古城人都说：刘之治想要的，就没有得不到的。

讲　述　人：赵阳，男，寿县融媒体中心主任
采　录　人：高峰，男，寿县政协文史委副主任
采录时间：2020 年 4 月—2023 年 10 月
采录地点：寿春镇等地

教训不孝子

有一天,刘之治与学友孙少轩在八公山下游玩,忽然听到一阵抽泣声。刘之治停步细听,是老妇人的哭声,便循声而去。只见一棵歪脖子枣树下,站着一位正在悬绳欲上吊的老妪。他赶忙跑去,抱住老人,劝她不要轻生。老人家痛不欲生,泪如雨下,向刘之治哭诉苦衷……

老妇人中年丧夫,含辛茹苦把两个儿子一把尿一把屎拉扯大,节衣缩食给两个儿子娶了媳妇成了家,又帮他们带大几个孙子……晚年时,是老大、老二两家一家一个月轮流过。大儿子霍大怕老婆,妻子叫他干什么就干什么。这天他对衣衫褴褛的老母说:"娘呀,明天就是初一了,该上老二家吃住了!"老人家说:"这月才过二十九天,不是三十天一换吗?还差一天呢!"大媳妇一旁嚷起来:"俺们是按月算,又不是按天数!管他二十九、三十,明天俺家不烧你的饭!"

第二天老人家只好拄着拐杖,硬着头皮来到霍二家。二儿媳一见老婆婆站立门前,便拉着脸问:"还没到期,你来干什么?"老妇人说:"老大说这月月小,今天该轮到你家了!"霍二气呼呼地说:"大哥这也太滑头了!没到三十天就撵老太婆来我家,我可不能吃这闷亏!"于是二媳妇气势汹汹地把老人推出,"嘭"的一声,把门关上了。

为儿孙辛劳一辈子的她,万万没想到在她人老不中用时,儿子、儿媳却狠心把她赶出家门了!风烛残年的她,只能走此绝路。

刘之治听罢,义愤填膺,与孙少轩耳语一番后离去。

第二天上午,孙少轩扮成县官,刘之治充当幕僚,还带了几名衙役,浩浩荡荡来到霍家郢子霍家门前。"哐"的一声锣响,刘之治高喊:"带霍大、霍二来见县太爷!"霍家人慌作一团,不知犯了啥法,老少十来口人都走出家门。许多村民也围拢过来。

刘之治大喝一声："霍大、霍二还不下跪！"

县官说："你们可知罪？"

这时衙役扶上老妇人，弟兄俩才醒悟过来，莫非老母亲告了他们？"我们知罪了！我们不该虐待生母。"县官问："霍大，你有几个儿子？"霍大答："有两个。"县官又问霍二："你有几个儿子？"霍二答："三个。"县官斩钉截铁地宣判说："本官判你弟兄俩各留一个儿子，其余的都给我带回县衙斩首！"此时老大、老二纷纷跪到老妇人面前，求老母出面讲情。两个恶媳痛哭流涕，跪求婆婆开恩："我们再也不敢不孝了！"

刘之治见好就收，忙向"县官"求情："请大人饶了他们这一回吧！"县官说："那好，你们能保证从今不再虐待老母，做孝敬上人的儿子、媳妇吗？"霍大叩头保证："今后如若虐待老母，情愿开刀问斩！"霍二说："如若再敢虐待母亲，我被天打五雷轰，不得好死！"两个媳妇带着孩子们也下跪叩头求饶。县官说："念在初犯，就免罪一次，下不为例啊！"儿孙、媳妇们破涕为笑，争着把老母搀扶回家，从此以后再也不敢对她不敬了。

讲 述 人：赵阳，男，寿县融媒体中心主任
采 录 人：高峰，男，寿县政协文史委副主任
采录时间：2020年4月—2023年10月
采录地点：寿春镇等地

戏 弄 财 迷

寿春古城北门外石板大桥下，不时回荡"嘭嘭……"的捶衣声。清澈的护城河水静静地流淌着。码头边的石阶上蹲着三三两两说说笑笑的洗衣女。刘之治手拎鸟笼，晃晃悠悠漫步来到河边。河岸边停泊着一艘渔船，两位渔民正往岸上卸鱼。

"无赖,你给我站住!"忽然传来渔民的大喝声。刘之治定睛一看,只见孙财迷抱一条约有三斤重的鲤鱼从渔船上跑走。刘之治见老渔夫气愤不已又无可奈何的样子,顿时火冒三丈:"这个二流子又来欺负打鱼人了!"望着飞快跑来的财迷,他顿生一计。他一脚将洗衣女的铜盆踢进河里。洗衣女说:"你这位先生也真是的,石条路这么宽,干吗非往盆上踩,你给我把盆捞上来!"刘之治忙赔礼道歉:"对不起,对不起!大姐息怒!我捞我捞。"用手指着跑来的孙财迷说:"你看,我侄子来了!我叫他下水捞。"

孙财迷生怕渔夫追来,只顾低头奔跑,突然被人拦住去路,抬头一看,竟然是刘之治站在面前,真是冤家路窄,怎么又碰上老对头了!刚才抢鱼的事莫不是被他看见了?孙财迷不禁惊慌失措,一身冷汗,战战兢兢地说:"刘老爷,高抬贵手,小的下次不敢了!"刘之治故装不知,说:"孙兄弟,我是有事相求于你啊!"财迷见刘之治笑嘻嘻的,没有整他的意思,转惊为喜,忙说:"小的听候老爷吩咐!"刘之治手指河边说:"我妻子刚才洗衣不小心,把头上两支金钗弄掉河里了,我又不会水,想请你帮忙捞上来……"还没等说完,孙财迷就接过说:"行,行,只要老爷看得起我,赴汤蹈火我也干!"刘之治说:"要是捞上来了,就挑一支好的送给你!你看如何?"孙财迷何曾碰上这等发财机会,把手中抢得的鱼往地上一放,一边脱去上衣和鞋子,一边问清落水位置,只听"扑通"一声,一头扎进河水里。刘之治让随从刘小把鱼送还渔民。不一会儿,孙财迷钻出水面,手举一个铜盆,说:"老爷,我摸到一只铜盆!"刘之治接过盆连声称赞,说:"这盆是这位大姐的。你一定得把金钗捞上来!"财迷又一头钻进凉水里,河面上不时翻着漩涡,冒着气泡。

不知过了多久,财迷有气无力地钻出水面,抹了一把头上水,说:"刘老爷,怎么摸不到金钗呀?"刘之治见他冻得直打寒战,便适可而止地说:"孙兄弟,今天水凉,摸不到就算了,赶上天暖和再捞吧!上来,上来吧!"此时此刻的孙财迷脸已发白,上牙直打下牙,见刘之治要走,便问:"老爷,这金钗——?"刘之治边走边答:"兄弟,命要紧,不要再捞了!就是捞到金钗我也不要了!"说罢扬长而去。财迷贪心不死,又一头扎进水里。

又过了一个时辰,狼狈不堪的孙财迷只得筋疲力尽地爬上岸,见天色已晚,且河边只有他一人了,一屁股坐在地上,说不出话来,才有所悟:"我的鱼?唉,上了他的当!"

讲 述 人：赵阳，男，寿县融媒体中心主任
采 录 人：高峰，男，寿县政协文史委副主任
采录时间：2020 年 4 月—2023 年 10 月
采录地点：寿春镇等地

改造孙财迷

孙财迷下河捞金钗未果，事后刘之治心里觉得有些过意不去，心想他也是被生活所逼，光惩罚他不行，要把他引上自食其力的正路上来，才能从根本上解决问题。于是刘之治经过一番考虑之后，派刘小把他叫到府里。

孙财迷站在那里一言不发，心想，我今天没做坏事呀，他找我作甚？刘之治叫他落座，他不敢就座。刘之治说："过去我多有得罪，我是恨铁不成钢。我知道你生活艰难，这是二两银子，你拿去暂且维生吧！"孙财迷完全没想到刘之治会这样对自己，顿时眼窝湿润了，连连道谢。刘之治说："今天我有一事相求，不知愿不愿帮我一把？"孙财迷不敢答应，也不敢不答应，只是静听吩咐。刘之治说："我祖父临终时交代，我家北山下的祖坟地里埋有一坛银子，说是留给我这个长孙长大谋官之用。你想想我是愿当官之人吗？我不想做官，当然也不会去买官。现在想用这笔钱来置办学堂，你能和我一起去挖吗？"看财迷支支吾吾，刘之治说："你先别急着表态，跟我到墓地看看再说。"

孙财迷跟着刘之治穿过北大街，出了城门，不一会儿就来到了八公山脚下的刘家墓园。坟墓边矗立着苍松翠柏，好生气派！墓园约有五亩，坟西边还有三间瓦房。刘之治告诉孙财迷："这是看墓人住房。"刘之治把房门打开，里面虽无人居住，但依然整洁，家具、农具应有尽有。刘之治说："由于埋坛子的准确地点不太清楚，只能慢慢挖慢慢找，你如愿意，你就在这里吃住，不管什么时候挖到，不管挖到

挖不到，我都付你工钱，每月一吊铜钱，你意下如何？"孙财迷以为自己耳朵有毛病，听错了，不敢相信这是真的。刘之治说："孙兄弟，我说话算数，只要你同意！"财迷此时才回过神来，忙说同意。

孙财迷自从住到墓园，日出而作，日落而息。日复一日，他决心把坟地全部深翻一遍，可是，快挖掉大半了，也没见坛子的影子。他有点泄气。刘之治对他说："别泄气，坛子一定会找到！就是挖不到，我也不会怪你，反正我月月给你开工钱就是了！"财迷心想，也对！我又不是白忙活，干吗灰心呢？干一年可是十二吊铜钱啊！于是孙财迷对刘之治说："刘老爷放心，我一定帮你找到银坛子！"刘之治见孙财迷信心十足，就提示说："孙兄弟，你看这大片翻过的地空着怪可惜的，明天我叫家人送些大豆种子来，你把它种上，秋天不是又有了收成？"孙财迷一拍脑袋说："真是好主意！"

秋天到了，孙财迷虽然还没有挖到银坛子，但是足足收了近千斤黄豆，他乐得合不拢嘴，逢人就说刘老爷好。他正准备去找刘之治感恩时，刘之治却来到墓园，站在他的面前，递过十二吊铜钱。孙财迷不好意思地说："老爷，你又是给工钱，又是给我地种，可我没把坛子找到，这钱我不能要了！"刘之治问："孙兄弟，你想不想留在这里种地？如果愿意，你就把老母接过来住，不要回城受罪了，我家的这片坟地就免费供你耕种了！土能生金啊！"孙财迷听了"扑通"一声双膝跪地，此时他才明白刘之治的良苦用心：他是在教我做人啊！我要做个自食其力的人，从今以后再也不当财迷！

讲 述 人：赵阳，男，寿县融媒体中心主任
采 录 人：高峰，男，寿县政协文史委副主任
采录时间：2020 年 4 月—2023 年 10 月
采录地点：寿春镇等地

鬼精与秀才

刘之治因为自幼聪明善辩,读书过目成诵,言语诙谐幽默,能诗善文,世人赞其机灵,遂有外号"刘鬼精"。

刘之治与文人墨客交往甚多,尤其与才华横溢的薛秀才相处最厚。两人诗酒酬答,风流倜傥。至今古城还流传着他俩的一段趣事。

有一年大年初一早晨,刘之治吃罢早饭,按照寿州传统,便出门到亲朋好友家拜年。他的第一站当然就是薛府。穿街过巷,不一会儿他就来到北过驿巷薛秀才家门前,轻叩大门,"咚咚咚"。

内问:"何人?"刘之治听出是秀才的声音,便故意戏答:"鬼精!"

大年初一鬼上门,太不吉利!薛秀才此时也听出来者是谁了,灵机一动,转身取过板斗(古代一种粮食量具),然后打开大门,猛把手中板斗塞进刘之治的怀里。

"鬼"抱"斗",乃成"魁"字,魁星高照,吉祥之兆也。两人相视大笑,拱手贺年:"新春大吉!新春大吉!"携手进屋。

讲 述 人:赵阳,男,寿县融媒体中心主任
采 录 人:高峰,男,寿县政协文史委副主任
采录时间:2020 年 4 月—2023 年 10 月
采录地点:寿春镇等地

神 童 拜 年

传说刘之治从小聪颖过人，勤学好思，六岁能吟诗，七岁能作赋，人称"神童"。有一年大年初一，父亲带他去给塾师拜年。先生看到爱徒，十分高兴，邀请他父子二人一起出门赏景。

来到北门外，雪后晴空万里，八公山银装素裹。面对淮畔冬景，先生诗兴大发，有意考考这位得意门生，便指着远处的沙滩道："少水沙即现。"小之治一骨碌从父亲背上跳下来，手指淮河大堤，随即对曰："是土堤方成。"

先生暗自惊叹小之治的才华，望着麦田里觅食的大雁，又出对曰："鸿是江边鸟。"小之治即指着一棵桑树对道："蚕为天下虫。"先生沉吟片刻，再出上联曰："三个老头考老者。"小之治随口答道："五家王子弄琵琶。"

先生手指八公山的苍松古柏说："松下围棋，松子每随棋子落。"小之治随手折下一条柳枝应对："柳边垂钓，柳丝常伴钓丝悬。"而后，先生仰望蓝天，绞尽脑汁出了一联曰："天为棋盘星为子，何人能下？"小之治抬头四顾，环视辽阔的江淮大地，对道："地为琵琶路是弦，哪个敢弹？"几对未了，先生目瞪口呆，为少年弟子的豪迈胸怀钦佩不已，不禁伸出拇指赞道："寿州奇才！寿州奇才！"

中午时刻，三人返城。回到家中客厅，三人边喝茶边谈话。此时先生的目光落在右边墙上的一幅山水画上，自言自语："画上行人，无风无雨皆打伞。"刘之治知道先生又在出题了，便起身应对："屏间飞鸟，任朝任暮不归巢。""之治真乃神童也！将来必成大器。"先生感叹地说，"后生可畏啊！"

讲 述 人：赵阳，男，寿县融媒体中心主任
采 录 人：高峰，男，寿县政协文史委副主任
采录时间：2020 年 4 月—2023 年 10 月
采录地点：寿春镇等地

比 聪 明

刘之治聪敏机智的消息不胫而走,大江南北的文人雅士都纷纷前来领教。一天,金陵一个叫"二孔明"的人听说后不服气,来到古城寿州,找上门要与刘之治比试一番。

从东津古渡下了船,二孔明径直来到宾阳门外。但见巍峨城楼,绵亘城墙,好一派楚都遗韵!一番打听,他来到位于状元街的刘府。刘老爷热情地接待远方来客,将他请进客厅就座。二孔明喝了一口六安瓜片,连声称赞"好茶!",于是笑吟吟地对刘老爷说:"听说令郎之治智慧过人,今日特来请教。"刘老爷忙说:"哪里哪里,犬子不才。"正在此时,刘之治来到客厅,向客人鞠躬施礼:"长辈万福!"刘老爷忙向客人介绍:"这就是犬子之治!"二孔明面对眼前这位英俊而机灵的少年说:"听说你智慧过人,天下无双,老夫特来请教一二,可否?""前辈折煞晚辈了!"

二孔明性急口快,单刀直入说:"我现在就坐在你家客厅里,你能把我从屋内请出去,就算你赢。"刘之治转了转眼珠,想了一想,十分为难地说:"这恐怕不行。不过,你如果是站在门外,我能把你请进客厅。"

二孔明冷冷一笑,不以为然地起身离座,向门外走去,边走边说:"我就不信,我站在外面不动,你有啥办法让我进屋!"

刘老爷和刘之治望着站在门外扬扬得意的二孔明,都哈哈大笑起来。刘之治看二孔明还不明白,便对他说:"你输啦!"

二孔明一愣,看看自己所站位置,方才恍然大悟,如梦初醒,连呼上当,只得乖乖认输。随即他双手抱拳道:"领教了!人杰地灵,后生可畏啊!"最后,他连饭都没有吃,便悻悻离去。

讲 述 人：赵阳，男，寿县融媒体中心主任
采 录 人：高峰，男，寿县政协文史委副主任
采录时间：2020年4月—2023年10月
采录地点：寿春镇等地

马克彦的传说

相传一百多年前，马克彦从霍邱举家搬迁到现在张李南马郢居住。由于他们家是外来户，又是单门独户，受到当地一些大户人家的欺负。马克彦气不过就跑出去拜师学艺，几年后从茅山学艺归来，以种田为生。

北方有武林人士闻说马克彦武艺高超，心中不服，就前来寻找马克彦，准备一比高低。这天，马克彦正在田间使牛犁田耙地，就卸下犁耙，单手把老牛往腋下一夹，来到田埂上，然后边给老牛洗蹄子，边与来人打招呼，说自己是马克彦的徒弟，来人只有打败自己，才有资格与师傅马克彦动手比试。来人一看这种情况，心想，马克彦的徒弟都这么厉害，那马克彦岂不是更厉害？自己连他徒弟都比不过，那还和马克彦比什么比？就灰溜溜地走了。

据说还有一次，又有一人不服，专门来找马克彦挑战。二人相约文斗，都光着脚，把一根木棍两头削尖，然后二人在一段距离内站好，用大拇脚指头各抵住木棍一头，互相向对方使力。木棍尖头深深刺进大拇脚指头，鲜血不断地渗出，染红了脚下的泥土，马克彦愣是一声没吭，最后，对方实在忍受不了疼痛，拱手认输。

马克彦从此声名鹊起，再也没有人敢轻视他，更别说欺负他了。张李北方本来就有姓马的大户人家，他们居住的村庄被称为马郢，为了区分，人们习惯地把马克彦居住的村庄称为南马郢，沿用至今。

南马郢西边有口大塘，当地人称篆塘，有几亩地的面积，形似一个大砚台，塘中间有一土滩，宛如官印。这年，从小鬼窝处的下方来水，一条鲤鱼随水跃上篆塘的

岸上。有风水先生路过看到此情况,说只要鲤鱼翻身,此地必出娘娘掌印。马克彦虽然武艺高超,但是气量狭小,听说后,怕后期本地出大人物压过自己,就在鲤鱼的上方打口井,然后在篆塘的四周栽上柳树,彻底把鲤鱼穿上系住,不让鲤鱼翻身。

不知不觉过去了一百多年,如今的南马郢已没有了姓马的居住,鲤鱼地还在,那口井被人用土掩埋,篆塘面积如今所剩不多,而篆塘四周的,据说是马克彦栽的那些柳树,也被砍光,只剩一棵后人栽的柳树保留了下来,据说也有几十年的树龄了。

讲 述 人:徐德轩,男,寿县张李乡张李村南马郢人
采 录 人:林家海,男,寿县张李乡张李村林郢组人
采录时间:2022 年 10 月
采录地址:张李乡

皮寿山传奇

皮寿山,民国年间正阳关著名的乡绅,清末时就是东北宁古塔的税务官员。后来他回到家乡经商,民国时期成了镇子上赫赫有名的乡绅,说公了事更是他的拿手好戏,堪称驾轻就熟,就连他自己都经常讲:"上自蒋介石,下至秦八,我皮寿山怕过谁?"意思是在正阳关没有他摆平不了的事。这句话,乍一听有点吹牛,实则并非虚言,他还真有这样的本事。

1928 年 11 月的一天,蒋介石来到正阳关,当时的陪同人员中,除寿县县长曹运鹏、正阳关商会会长牛幼臣,还有一个就是镇上的乡绅代表皮寿山。在大西门城楼上,蒋介石俯瞰众流入淮的壮观场面后,遂问站在身后的曹运鹏:"曹县长啊,正阳关的战略地位的确不同凡响。听说'七十二水归正阳',此话怎讲?"曹运鹏一时语塞,支吾半天也答不上来。这时,站在一旁的皮寿山从容地为之解答,将上游淠河、

淮河、颍河来水的七十二条干支流讲得头头是道。蒋介石听后不住地点头夸赞："皮老先生真有学问啊！"

那这皮老先生与秦八又有何交集呢？原来，这秦八是在当年淮河流域打家劫舍的土匪头子。有一年，他调集众土匪密谋攻打洗劫正阳关，消息被土匪窝里的一个正阳关人传回了古镇。一时间，镇子上人心惶惶，特别是那些商户人家更是惊恐不安，他们不约而同地找到皮老先生讨教应对的办法。听完大家的陈述，皮老先生十分镇定而又充满自信地对大家说："不要慌，不要慌，你们都回去，该干什么干什么，我来摆平他！"随后，他通过关系直接找到了秦八，非常干脆地对这个土匪头子说："你想的不就是钱吗？说吧，要多少？我给你送来！这样既省了你们兴师动众，也免了镇子一难。"秦八一听，一为事情已经泄密，镇子上必定要做防守准备，势必增加攻打的难度；二为兴师动众洗劫正阳关还不就是为了点银子，不如顺水推舟，做个顺水人情，也为自己留条后路。于是，他便爽快地答应了皮老先生，要了一笔银子了结了此事。当然，这笔银子是由镇上大小商户分担的。此事过后，皮寿山在镇子上的名声更加显赫，也就有了"上自蒋介石，下至秦八，我皮寿山怕过谁"这句口头禅。

采 录 人：汪洋，男，寿县正阳关镇人，退休教师
采录时间：2023 年
采录地点：正阳关镇

凉水不凉不要钱

抗日爱国将领方振武出生在瓦埠古镇，从小就富有同情心，爱打抱不平。瓦埠西街有一个老戏台，是全镇最热闹最繁华的地方，每逢街道上大户人家办理红白大事后，为了感谢街坊四邻的人情，都要请来说书的唱戏的在老戏台唱上几天或演出

几场,老戏台自然就成了人们休闲和夏季纳凉的好去处。传说,在方振武他十二三岁时,一个夏季的夜晚,一个外地人在老戏台看戏时,因为口渴,喝了卖凉水的一碗凉水因为没有给钱而遭到卖凉水的一顿痛打。方振武看到后很是不平。第二天晚上,老戏台的戏照演,但外面卖凉水的多了一个十二三岁的孩子,他就是方振武。他准备了一副不算大的水桶,从离老戏台一里多远的瓦埠东街的东大井挑来一担井水,顺着看戏的场子一边走着一边喊着:"东大井的凉水,不凉不要钱。"就有好奇的人故意问:"真的不凉不要钱?"他答道:"真的不凉不要钱。"人们喝着凉水却故意说:"你的凉水真的不凉哎。"他却很大方地说:"不凉真的不要你的钱。"就这样,他每天晚上都要挑上两担凉水到老戏台供人们无偿地饮用,却没收到一文钱。从此以后,在瓦埠街道就流传着一句口头语:方振武卖凉水——不凉不要钱。

讲 述 人:方运麓,男,寿县瓦埠镇瓦岗村人
采 录 人:陈传根,男,寿县瓦埠镇街道
采录时间:2023 年 9 月
采录地点:瓦埠镇街道

风物故事传说

变　蛋

变蛋,是千年古镇正阳关传统的风味蛋制品,自古以来,不仅为镇内居民所喜爱,在周边的四乡八集也享有盛名。

变蛋有这样一个来历。明朝成化元年(1465年),朝廷在正阳设立了直属户部管理的收钞大关后,正阳关成了中华名关,逐渐繁华兴盛起来,镇子上酒楼、茶馆、客栈、澡堂子……举目皆是。其中,南门外苍沟旁边有一家小茶馆,由于人手少,店主在应酬客人时,习惯随手将客人喝过的茶叶渣倒在炉灰中。说来也巧,店主家还养了几只母鸡,它们就爱在炉灰堆中下蛋,主人拾蛋时,难免有遗漏。一次,店主人在清除炉灰、茶叶渣时,发现里面有不少鸡蛋,他以为不能吃了,便连同炉灰、茶叶渣一起倒在了街边。这时,有好事者看见了,趋步上前剥开了一个,一闻,一种特殊的香味扑鼻而来,大胆尝之,其味鲜美。围观者遂争相品尝,都夸其鲜滑清爽,味道好极了!此后,邻里纷纷仿效,将鲜鸡蛋放入石灰、草木灰之中,静置二十天后食用。变蛋的制作方法就是从那时起,传遍了全镇,延续至今。

采 录 人:汪洋,男,寿县正阳关镇人,退休教师
采录时间:2021年
采录地点:正阳关镇

茶馆逸闻

老人们说，历史上，正阳关茶馆很多，从南到北有十好几家，比较著名的有长隆茶馆、李二爷茶馆、王家茶馆、熊家澡堂子茶馆……其中有一家茶馆背靠苍沟，一排十数间房屋，一半搭在苍沟边上，一半搭在水中的柱子上，清一色的木格门窗，二十四卯朝天的八仙桌，乌黑光亮的大条凳……人坐在茶馆里，兴之所至，推开后窗，可以看到小河上穿梭不息的小舟，可以欣赏八坊街上热闹的街市，可以一观石拱桥上来往的人流，可以目睹火神庙、鲁班庙、大王庙上空袅袅升起的烟雾……尤其是那水面上吹来的阵阵凉风，让人神清气爽、心旷神怡。老人们还说，这茶馆楼好、茶好、点心好，里面发生的故事更好。

话说这茶馆有一个老茶客，是近虚眼，搁现在讲就是高度近视。一天早上，他到香油店打了半斤香油后，顺道拐进这家茶馆。这时，茶馆里早已人头攒动、座无虚席，好不容易找了个座位坐下后，他怕人多拥挤打翻了香油瓶，就想将装着香油瓶的布包挂起来。他看了半天，发现墙上似乎有颗钉子，便伸手去挂那布包。"哗——"布包掉到地上，里面的香油瓶摔得粉碎。原来，墙上哪是什么钉子啊，是趴着一只苍蝇。

第二天早上，老茶客又来喝茶，坐的还是头天的位子。一抬头，发现那只苍蝇又在那趴着，老茶客不禁火冒三丈，运足了力气，使劲一掌向那苍蝇打去。"啊——"老茶客一声惨叫，鲜血顺着手心往下滴。原来，茶馆老板在得知老茶客摔碎香油瓶的事情后，为方便茶客，特意在昨天苍蝇趴的地方钉了一颗钉子。

过了几天，老茶客又来喝茶。这天，他起床迟了些，此时已时近中午，茶馆里的客人已寥寥无几。老茶客要了一壶茶、一碟炸果子，优哉游哉地细品慢尝。也许是有点饿了，转眼间一碟炸果子见了底。老茶客有点意犹未尽，忽然，他发现碟子旁边还有一个炸果子，想也没想，捏起来就往嘴里送。"哇——"刚送进嘴里的"炸果子"又被他吐了出来,原来那是一团鸡屎。老茶客环顾四周,发现一只白老母鸡正在窗根溜达,恨恨地想:一定就是它干的了。

第二天一大早,老茶客照例到这家茶馆喝茶。这天他来得比较早,茶馆里还没有茶客到来。一进门,发现迎面八仙桌的中间有一团白色的东西,想起昨天的事,老茶客很快断定,桌子上蹲着的肯定是那只作孽的白老母鸡。一时间,他怒从心头起,挥起手中的拐杖扫向那鸡。"哗——"哪里是白老母鸡啊!那是茶馆老板刚摆上去的白色瓷壶……

采 录 人:汪洋,男,寿县正阳关镇人,退休教师
采录时间:2021 年
采录地点:正阳关镇

丢蛋老母鸡

在我们老家,人们喜欢把丢三落四的人比作丢蛋老母鸡。

以前还住台子的时候,人们住的土坯房,没有高墙大院,喂养的家禽都是散养的。早晨鸡笼门打开,鸡就跑出去四处寻找吃食,有的鸡打野到野外。老母鸡打野远了,要下蛋了,又赶不到家,就往野外的草窠或稻草堆、麻秸秆堆一钻,把蛋下在里面。在野外偷下蛋的老母鸡,生下蛋后,不敢像在家下蛋那样咯咯叫邀功。它们生下蛋后,装着若无其事的样子继续在野外找食吃。

还有的老母鸡不在家里的鸡窝下蛋,专门跑到别人家的鸡窝下蛋,这种鸡大家都叫它丢蛋老母鸡。丢蛋老母鸡的主人特别纳闷:"俺家的老母鸡喂了年把了,也该下蛋啦!"晚上逮住一托,顶屁门有蛋啊!主人明白了,鸡丢蛋了,就把鸡扣在鸡罩里,鸡罩口用板凳或土箕压着。老母鸡想方设法跑出去,即使跑不掉,一时也不下蛋,有时都能憋一整天,实在跑不掉才把蛋生出来。

那时人很忙,没有工夫一天到晚关注鸡。有急性子的人把丢蛋老母鸡关一次两次后,老母鸡放出去照样丢蛋,气不过把鸡杀了吃肉;有的人粗心些,放任它,不知道什么时候老母鸡却带回家一窝小鸡崽。拿丢蛋老母鸡比喻丢三落四的人,还挺恰当的呢。

讲 述 人:赵守格,女,寿县张李乡朱台队人
记 录 者:赵守菊,女,寿县谐和医院职工
记录时间:2021年秋
记录地点:板桥镇

填缺的风俗

寿县有个旧风俗,就是老年人到了六十六、七十三、八十四这三个年龄,就要"填缺"。

什么是"填缺"呢?就是女儿或媳妇在老人这三个年龄的生日时包饺子,数量与老人年龄相等,然后敬送老人吃。在送饺子路上遇到沟或过桥还要丢下一个饺子,以示填缺。

这是为什么呢?民间流传说:"六十六,阎王请去吃块肉。七十三、八十四阎王不请自己去。"意思是说这三个年岁的老人最容易逝去,而吃了饺子之后,老人就可以免去长生路上的灾难,所以要"填缺"。

讲 述 人:王树连,高级教师,书法家,炎刘学管会主任
采 录 人:王晓珂,男,寿县作协秘书长
采录时间:2023年6月5日
采录地点:炎刘镇

"你真棍"的来由

寿县人在平常生活中,每当称赞一个人的时候,往往会用一个"棍"字来概括。比如,对有地位的人,会说他"这人很棍";对穿着合体的人,会说他"穿得棍";称赞对方很不平常,就会说"就你棍";等等。那么,这个"棍"字是何来由呢?

这还得从木棍的棍说起。

很久以前,有一个叫赵六的人,跟随东家从河南来到寿县南关集做生意。有一天,他们在繁华的商贸集市上看到一群人正在围观一张告示,凑近一看,那告示上写着"能与我孙某赌'抵棍'的人,赢者,奉送白银一百两"。东家看后摇摇头说:"这人也太狂了吧,只会赢不会输?吹牛皮!"又问身边身强力壮的赵六,"你看可是的?"赵六不以为然地也摇摇头。这时,东家忽然又饶有兴趣地对他说:"你可以去试一试嘛……不要怕,输了我给钱就是了。"赵六听东家这样说了,就上前撕下了那张告示。这个动作就意味着挑战孙某,愿赌!

孙某看到有人愿赌,上前看看赵六,不屑地说:"就你,敢和我赌?"

赵六说:"对,是咱。"

"输了是要给钱的!"

"你说,用什么抵吧。"

孙某拿出一根四五尺长的木棍。赵六看了看,摇摇头:"这个不中,要换个大的。"说罢,从一旁木料厂拿过一根木头杠子来。

孙某看到杠子,心里微微一震,继而一想:这个北方老侉没见过世面,没什么大不了的。

赵六问:"你讲咋个抵法?"

孙某说:"两人对抵,后退五尺算输。"

这个时候,南关集市场上已经围满了看热闹的人。只见两人在街上摆开架势,拉开弓步，用足力气，你进一步，我退一步，互不相让。来来往往，十来个回合输赢未见分晓。

众人在一旁为他们鼓劲加油！

此时，只见赵六突然发力，大吼一声，猛然将孙某推退了数十步。赢了！

赵六在众人一片欢呼声中高兴地离开了。顷刻间，突然有人对赵六大喊道："好家伙，抵棍，还是你棍！"

从此之后，"棍"字这个赞美的字就流传开来，并且广泛用于生活之中。

采 录 人：方敦寿，男，寿县文广新局退休干部
采录时间：20世纪80年代初
采录地点：西大街老文化馆

插　　灯

插灯是隐贤镇元宵节灯会的活动之一，能吸引成千上万的群众积极参与，丰富了群众的节日生活。其做法是先在沙滩上竖起一根数丈高的朝天柱，顶部有一横杆，上挂九盏大红灯笼，名曰"九连灯"。顶部有绳子通向四面八方，绳子上粘满红、绿、黄、蓝各色小旗。然后以朝天柱为中心，对照明代流传下来的九曲黄河阵图谱在沙滩上画出线路，再将361根每根长1.5米的小竹竿按照线路标出的位置插好，每根小竹竿上挂一盏小灯笼。最后用绳子将小竹竿一根根串联起来，形成一条条弯弯曲曲的沙径，有的是正道，有的是偏道。正道可以顺利地走出灯场，偏道的尽头是死胡同。这样可以考验人们的识别能力。灯场有两道门，正门用彩旗、松枝、纸花装点得花团锦簇，两边的对联是："朗朗乾坤，红红绿绿灯万盏；花花世界，弯弯曲曲路千条"，横批是"金光大道"。灯场四周用帷幕遮得严严实实，宛如海市蜃楼般神秘。

正月十五早晨，人们吃过元宵以后，就从四面八方拥向灯场，在欢快的锣鼓声中开始跑灯。有的三五成群，兴高采烈，循着正确的路线，一边走一边看灯；有的心不在焉，边走边玩，等误入歧途后才恍然大悟，急忙回头。人们认为，只要能顺利地跑完全程（约2500米），就能消灾除病，大吉大利，那些久婚不孕的妇女只要抱一下朝天柱，磕几个头，就能够怀孕生子。

隐贤镇分别于1986年、1996年举办了插灯活动，观众最多达10万人次。活动现场人山人海，热闹非凡，省、市电视台记者都到现场采访录像，提高了隐贤镇的美誉度和知名度。

采 录 人：卞维义，男，寿县太平中学退休教师
采录时间：20世纪80年代
采录地点：隐贤街道、太平街道

放　河　灯

放河灯的民俗始于何时已无法考证，据说比插灯还要早。原先是渔夫在夜晚捕鱼时，为引诱鱼儿靠近特地在河面上点的灯，后来逐渐发展成一种民俗，成为节日期间的文化活动之一。其做法是，准备一千只左右的小碗，在碗里放油和灯草，做成碗灯。正月十五晚上风平浪静时，将碗灯点燃后轻轻放入河水中，这样，碗灯就会随水流轻轻地、缓缓地向下游漂动，就像一大串流动的珍珠。观灯的人们手提点着蜡烛的灯笼，燃放起五彩缤纷的烟花，随碗灯一起在河边行走。灯光和明月交相辉映，蔚为大观，令人目不暇接。人们扶老携幼从四面八方到岸边观灯，有的甚至坐上小船随碗灯一起向下游漂去，直到东方破晓，油尽灯灭。

这些散发着浓浓乡土气息的节日民俗充分展示了古镇人民的精神风貌，给古镇带来了生机和活力。古镇的文化品位，由此可见一斑。

采 录 人：卞维义，男，寿县太平中学退休教师
采录时间：20世纪80年代
采录地点：隐贤街道、太平街道

过 书 子

寿县一直十分重视结婚大办的习俗，办得牌上（漂亮），娘、婆两家都有面子。过去在看门头（订婚）和期上（结婚）之间，还有两道书子。

看门头时合八字，男方把小实（男孩）的生辰八字交给红爷（媒人），由红爷交给女方，小丫头要是一眼愣（看）上了，哪管什么八字九字，直接答应。一年三节，四季来往，蹚蹚（试试）看。男方便找红爷，研究下书子了。小丫头看不上小实，找个借口说八字不合，就耍条（拉倒）了。

听过评书里下战书，那是约打架。这个下书子就是下婚约，和古人那个下战书一样，要诚信。书子有两道，小书子在前，预约的意思，大书子在后，定下来了，不可以更改。两道书子，都有四色礼：烟、酒、猪蹄髈、果子，具体数量根据男方心克朗（气场）可大，多与少一般红爷会调停（周旋）。

小书子不重要，有副挑子、有挂炮仗也就行了。大书子厉害（隆重）啊！把先生（风水师）请到家，打水洗手才披红挂彩点蜡烛。具体讲，打水洗手用新毛巾，涂抹雪花膏，铺红就是把大桌抹干净，铺上红门对纸，先生泼墨挥笔。写的内容大致都是按古礼顺下来：天德月德，黄道吉日，某府公子与某府小姐定于什么什么时候成婚，无论什么情况决不反悔。先生写得很细，除了属虎属狗要在期上背（不许迎新娘）之外，还有相克属相也不许送亲和接亲。梳妆方向一般朝东南，不是有一篇文章叫《孔雀东南飞》吗？先生的毛笔字写在牌上，密密麻麻秀气，外壳写上：鱼水之欢，天长地久。一式两份，男女各拿一份。礼毕吃饭，饭后一般礼品之外，再送两

包香烟给先生。

正式过书子那天,挑子用笆斗,寓意以后日子有笆头(盼头)。挑子内放红枣、花生、桂圆、棉籽,寓意早生贵子。随期单(婚书)内有聘金,从早年的六百六十六元,现在除了三金之外,都涨到八万八千八百元以上了。

期单的最后处理也挺有意思:期上那天,大约快要进村了,提前两三百米,新娘子和送亲的人们一起下来,走得很慢。新郎带着接亲的七大姑八大姨,快速迎上去。新郎新娘一见面,先是深情一望,随即两人都掏出来自己收藏的婚书,递给对方,两个相爱的人同时撕掉婚书,代表从纸面上的约定到刻进心坎上!

讲 述 人:刘淑珍,女,寿县人
采 录 人:金茂举,男,寿县作协副秘书长
采录时间:2022 年 9 月
采录地点:新城区南扩小区 24 幢

沙窝萝卜

淠河湾地势低洼,十年九淹。大水过后满目疮痍,人们或投亲奔友,或乞讨,十不余一。我们孙家老长辈孙卞氏年纪老迈,实在无力奔波,就召了三个儿子到床前,让他们各自去逃命。打光棍儿的二儿子孙二郎死活不肯走,他跪在老娘的床前:"娘啊!大哥、三弟都一大家人,让他们出去寻活路。我孤身一人无牵无挂,就让我陪在你身边吧!"二郎就留了下来。

一天傍晚,一个须发斑白、穿着破烂的老人端着个豁了嘴的碗上门讨吃的。孙二郎苦笑道:"家里只剩半斗荞麦面了,我和老娘一天只吃一顿面糊糊,哪里还有给你吃的?"老人听后转身离开。孙二郎看到老人佝偻落寞的身影,心生不忍,就叫老人回来了。他烧了小半锅荞麦面糊糊,盛一碗给老人,又盛一碗端给老娘,自己忍

饿到院里去劈柴。老人吃饱后在二郎的土炕上呼呼大睡。半夜,老人看着睡在旁边眉头紧蹙的孙二郎,嘿嘿笑了。手指一点,二郎家的面斗、盐钵、油壶都满了。他贴着二郎耳朵说:"小伙子,你的善良、孝心难能可贵,老头子我告诉你一个生存之道吧。"

第二天天还没亮,孙二郎硬是被饿醒了。睁眼一看旁边睡的老人不见了,忙查看一番,家里东西没少反而多了。孙卞氏被儿子的惊叫吓得连问怎么了。二郎惊讶得说不出话,指着满斗的面、满钵的盐、满壶的油给老娘看,又跟老娘讲了夜里做的那奇怪的梦。孙卞氏"扑通"一声跪在地上,双手合十:"谢谢老神仙的恩赐啊!"想到老神仙的启示,催促二郎赶紧去他父亲的坟地看看。

二郎跑到父亲的坟地,被眼前的情景惊呆了:坟包四围长满了圆润饱满的萝卜,缨子翠绿。二郎拔了一棵,萝卜上面一大截是青色的,下面一小截是白色的,还有长长的尾巴,啃一口,脆生生、甜丝丝。二郎照着老人交代的方法腌制、储存、留种。孙二郎母子和留守的老弱病残,靠着萝卜糊口,度过了荒年。一个留守照顾残疾父亲的姑娘和二郎结了婚。

特别神奇的是:这萝卜种撒在我们湾地,长得又大又甜又水灵;撒在与我们一河之隔的岗地,长得小,还干巴巴、辣乎乎的。

讲 述 人:孙业贺,男,寿县张李乡高台村朱台人
采 录 人:赵守菊,女,寿县谐和医院职工
讲述时间:2023 年 10 月
讲述地点:张李乡高台村朱台

寿州人春节爱吃吉祥菜

每逢春节,寿县家家张灯结彩,户户载歌载舞。从除夕到年初三,各家男女老

少齐聚一堂,同桌共餐,庆贺丰年。为此,各家各户都要提前准备好各种美味佳肴。但不管怎么样,家家春节都要吃"吉祥菜",具体有:

欢乐菜:红萝卜炒大蒜。因为这种菜红绿相间,青白分明,色彩鲜艳,能给人以安详、欢乐之感。

富裕菜:鱼,有鲜鱼、咸鱼和鲇鱼。鲜鱼摆在餐桌上让全家人品尝;咸鱼供奉在香案上祭神,春节期间保存不动;鲇鱼放在锅台上祭灶神,使它不要说坏话。鲜鱼代表当年家庭富裕,咸鱼和鲇鱼则代表家庭今后年年有余。

粮圈菜:猪大肠。寿县农民收获粮食以后,都要用圈席圈起来储存,用的圈席越多越长表明家庭越富足,存粮多,即使到了春节也还要使用又大又长(大肠)的圈席。

太平菜:红辣椒。红辣椒代表勇敢泼辣,其辣味能除污去秽,红色能惩恶祛邪。故春节吃红辣椒能消灾免难,保天下太平、人间平安。

团圆菜:圆子。每逢春节,寿州人家家户户都要吃各具特色的圆子,有肉圆子、菜圆子、咸圆子、甜圆子、汤圆子以及糯米圆子、彩色圆子等。据说春节吃圆子能保全家人不断聚会,经常团圆。

长寿菜:马齿苋。传说远古时候天上有十二个太阳,不分昼夜地照射大地,地面无水干裂,作物不能生长,老百姓苦不堪言。英雄后羿为民除害,连续射下十一个太阳,还剩一个躲在马齿苋下,幸免于难。为了报答马齿苋的救命之恩,太阳从此就不再晒它了,让其长生不老。其实,因为马齿苋表层有一层蜡衣,能防止水分蒸发,故在久旱不雨的炎热气候下仍能旺盛生长。所以人们认为,春节吃马齿苋能延年益寿,长命百岁。

钱串菜:粉丝。古时使用的货币主要是圆形铜钱,中间有孔,平时用皮绳或麻绳等将钱串在一起,称为"吊",使用时取下来。钱多的人家用的绳子又多又长。所以春节用粉丝做菜,意味着家里钱多。

防热菜:咸肥肉。据说春节时吃咸肥肉的人夏天不怕热,并且吃得越多、块头越大越能防热,所以家家必备。至于是否真能防热,从来都没有人考究过。这大概只是人们的一种愿望罢了。

节节高:年糕。寿县现在还有许多家庭春节都保留用糯米粉制作年糕的风俗,有的还包芝麻和糖,取"芝麻开花节节高,一年更比一年甜"之意。

早子汤：红枣莲子汤。寿县人春节时家家都要做红枣莲子汤，据说青年人喝了这种甜汤能早生贵子，老年人喝了它能多福多寿，所以家家必备，人人必喝。

直到现在，寿县很多地方和家庭，尤其是安丰塘周围的居民，大多数家庭仍然保持着春节吃"吉祥菜"的淳朴风俗。

讲 述 人：王文长，男，中共寿县县委党校退休干部
采 录 人：赵鸿冰，男，寿县融媒体中心编辑、记者
采录时间：2023 年 11 月
采录地点：寿县古城

四 喜 豆 腐

四喜豆腐源于人们对人生的"四大喜"，即"久旱逢甘霖，他乡遇故知，洞房花烛夜，金榜题名时"的期盼，通过在美食上反映，折射出对美好生活的向往。

四喜豆腐是寿州老字号聚红盛酒店的主打产品，其做法：先把豆腐切成主块，挂上流芡，待油热后放入，炸成金黄色捞出沥油，将粘在一起的豆腐块掰开，下锅重炒，待火候恰当时，把和好的葱花、酱油加入少许豆粉倒入，快速翻数次，翻匀后即成。

四喜豆腐外焦里嫩，美味爽口，是宴席上必有的一道菜。

采 录 人：赵鸿冰，男，寿县融媒体中心编辑、记者
采录时间：2023 年 11 月
采录地点：寿县古城

双门铺的火烧

双门铺为寿县到六安要道的居中点。古时,两地来往,路途遥远,人要用餐安歇,马要补料休息,餐饮不可或缺。其中,火烧馍生意相当火爆。

双门铺的火烧,外皮金黄,焦脆香甜,入口软绵,回味无穷。如能夹点辣酱、酱豆之类,或配上一碗虾米汤,那真叫一个舒坦。绝的是,双门铺做火烧馍的老板个个切馍不用刀,两手一掰,分口很整齐。

俗话说,人怕出名猪怕壮。因为出名,少不了嫉妒。一天,一个卖馒头的人过来找碴儿。要买一样大小的两块火烧。老板就是老板,随手掰了两块,分量刚刚好。事情来了。其中一块火烧分口不够整齐,只见那人大声吼道:"你这不是骂我是狗吗?"(本地有句不成文的话,不整齐暗示为狗啃的)大伙儿一听这话都明白,这人想闹事。看来今天有人要掰掰尝尝啰。只见火烧馍老板不慌不忙,满脸笑容,拿起那块"狗啃的"火烧馍,咬在自己的嘴里,又快速掰出两块火烧,形状如一模刻的,双手捧递过去。众目睽睽之下,闹事的"手冲子"满面羞红地接过火烧馍,头也不回地消失在人群中。

从此,双门铺的火烧——欠掰,成了一句歇后语流传开来。

讲 述 人:唐全良,男,寿县板桥镇龙祠村人
采 录 人:唐新连,男,寿县板桥人,兽医师,高级动物防治员
采录时间:2018 年秋
采录地点:板桥镇

小麻酥的来历

　　晚清的时候，正阳关三元街高家巷巷口南隆兴东边，临街住着一户人家，儿子外出跑单帮多年未归，家中只有老两口相依为命。好在高老汉有着一手打烧饼的好手艺，凭着一个烧饼炉，也足够老两口日常用度，吃喝不愁。

　　话说这天下午，高老汉刚卖了两炉烧饼，倾盆大雨便铺天盖地而来，赶跑了街上所有的行人。快到掌灯时分了，大雨仍然没有停歇的迹象，不用说，今天的生意是彻底泡汤了。看着案板上已经发酵好的面团，高老汉发愁了，留作酵头？这也太多了！剩余的面团怎么处理？高老汉手拿一个刷锅把子，一边思索，一边漫不经心地扫着案板上的面卜。一不留神，手里的刷锅把子碰倒了案头的香油瓶，香油淌了一案板。高老汉赶紧把面卜拢过去，随手又揉了揉，揉成一堆面絮子。也是出于无奈吧，高老汉想也没想，将案上的烧饼面擀成一个个面剂子，随后淋上一层香油揉成的面絮子，卷好后再擀成一个个约五厘米宽、五厘米长、三厘米厚的剂子，然后跟打烧饼一样，在其表面刷上糖稀，粘满芝麻，贴进炉内。这时，炉内的炭火已快熄灭了，高老汉心不在焉，也没加木炭，就封上炉门，盖上炉盖，跑到一边喝酒去了。酒足饭饱，醉意醺醺，高老汉摸上床，一觉睡到第二天日上三竿。这时，他才想起炉内还贴着东西，连忙跑到烧饼炉跟前，打开炉盖，一股焦香味扑鼻而来，铲出来往案板上一放，一个个金黄金黄，散发着阵阵香味。高老汉小心翼翼地尝一口，入口即碎且香、脆、甜、酥，美味无比。高老汉大喜过望，兴奋地捧着这些东西请街坊四邻品尝，大家都说好吃，纷纷询问这是什么东西。高老汉想到这东西上面粘满了芝麻，且酥香可口，便答道："这叫小麻酥。"从此，正阳关的街头就多了这种美味小吃，一直传承到今天。

　　采　录　人：汪洋，男，寿县正阳关镇人，退休教师

采录时间:2023 年 9 月 28 日
采录地点:正阳关镇

"炸鬼腿"

寿县一带的人,总是习惯地把油条叫作"炸鬼腿"。这是为什么呢?

南宋年间,卖国宰相秦桧和他的老婆王氏在东窗定下毒计,把精忠报国的岳元帅害死在风波亭。消息传开,老百姓在酒楼茶馆、街头巷尾讨论这件事。

那个时候,寿县一带被金兵控制。岳飞一死,大好山河收复无望,老百姓都恨死了秦桧和王氏。这一天,有两个吃食摊的摊主没有生意,就坐在条凳上休息。这两个摊主,一个是卖芝麻葱烧饼的,一个是卖油炸糯米团的。卖芝麻葱烧饼的叫王二,卖油炸糯米团的叫李四。两个人谈着谈着,就谈到了秦桧害死岳飞的事。李四讲到气头上来,不由得捏起拳头在条板上用劲一敲:"卖国贼!我恨不得有把钢刀,宰了这厮!"王二听了嘻嘻一笑,说:"李四哥别性急,你看我来收拾他们!"说着,从条板上摘了两个疙瘩,捏捏团团,团团捏捏,捏成两个面人,一个吊眉大汉,一个歪嘴女人。他抓起切面刀,往那吊眉大汉的颈项上打横一刀,又往那歪嘴女人的肚皮上竖着一刀,对李四说:"你看怎么样?"

李四点点头,说:"不过,这还便宜了他们!"说完,他跑回自己的摊子去,把油锅端到王二烤烧饼的炉子上来,又将那两个斩断切开了的面人重新捏好,背对背地粘在一起,丢进滚油锅里去炸,一面炸面人,一面叫着:"大家来看油炸桧啰!大家来看油炸桧啰!"

过往行人听见"油炸桧",觉得好新鲜,都围拢过来。大家看着油锅里有这样两个人,被滚油炸得吱吱响,就明白是怎么回事了。他们心里很痛快,都跟着叫起来:"看呀看呀,油炸桧啰!看呀看呀,油炸桧啰!"

就在这时候,只听一阵锣声响,有官府的官员坐着大轿经过,听见嘈杂声,觉得声音不对,就叫停了轿子,派出亲兵查看。亲兵挤进人群,把王二和李四抓来,连那油锅也端到了轿前。官员看见油锅里炸得焦黑了的面人,问道:"你们炸的什么?"

王二当然知道不能实话实说,就装作没事人似的,嘻嘻一笑,答道:"我们炸的是鬼腿。"官员说:"我分明听到是油炸桧。"

王二说:"哎呀,大人,我们刚才喊的是油炸鬼,说的意思就是炸鬼腿哩!"

官员看看油锅里浮起的那两个面人,喝道:"狡辩!这炸成黑炭一样的东西,如何吃得?分明是两个刁民,聚众生事,欺蒙官府!"

听官员这么一说,人群中立刻站出两个人来,说:"就要这样炸,就要这样炸!"一面把油锅里的面人捞起来,一面连声说:"好吃,好吃!"

这样一来,官员只好瞪瞪眼睛,往大轿里一钻,走了。

旁边的人看了,都很解恨,也想吃一吃"炸鬼腿"。李四索性不做糯米团了,把油锅搬了过来,和王二并作一摊,合伙做起"炸鬼腿"来。

原先,"炸鬼腿"是背对背的两个人。但面人要一个一个捏起来,做一个"炸鬼腿"得花不少功夫,实在费事。后来,王二和李四想出了一个简便的法子,他们把一个大面团揉匀摊开,用切面刀切成许多小条条,拿两根来,一根算是秦桧,一根算是王氏,用棒儿一压,扭在一起,放到油锅里去炸,仍旧叫它"油炸桧"或"炸鬼腿"。这样,做起来就方便多了。老百姓当初吃"油炸桧"是为了消消恨的。但一吃味道不错,价钱也便宜,所以吃的人越来越多。一时间远远近近的烧饼摊都学着做了起来。以后,就传遍了全国各地,成为一种人人爱吃的食品。后来人们看"炸鬼腿"是长条条状,就叫它"油条"了。

采 录 人:赵鸿冰,男,寿县融媒体中心编辑、记者

采录时间:2023 年 11 月

采录地点:寿县古城

寿 州 香 草

寿州特产香草，被世人称为奇草。这种香草，只有在城内报恩寺东边的一片地上生长，才会有馥郁的香味。如果易地种植，虽也生长枝叶，但香味全无，茎秆也由空心变成实心了。

传说寿州香草是赵匡胤发现的。五代十国末期，后周大将赵匡胤率军攻打南唐寿州时，他的战马挣脱缰绳，跑到报恩寺东边的一块草地上吃草，打不走，牵不离。赵匡胤顺手摘根草棒嗅了嗅，说："是香草！"此后每年的端午节，人们便用这种香草缝成荷包戴在身上，据说可以避邪护身。

寿州香草又称"离乡草"，因为这种香草离开生长的土地越远越香。当地人传说这是因为它是在楚国将士流血牺牲的地上长出的，是他们的忠魂变的，楚民虽亡国离乡，但永远不会忘记楚都寿春，不会忘记英烈的在天之灵。

讲 述 人：孟堃，男，寿县人，退休干部；里朋，寿县人，退休干部

采 录 人：赵鸿冰，男，寿县融媒体中心编辑、记者

采录时间：2023 年 11 月

采录地点：寿县古城

正阳关麻酥

民国二十九年（1940年），十七岁的张瑞臣师傅在正阳关开始了打烧饼生涯。他于多年实践中，经过勤奋钻研和实验，创制了麻酥名点，后来开了一家店，店号定为瑞记麻酥店。其原料是芝麻、麦面、麻油及糖，取面、油、糖、水调和，再逐一反复擀、卷，做成麻酥剂型，每个约五点五厘米宽、五厘米长、三厘米厚，表皮上敷糖稀粘满芝麻，贴炉内烘烤。待熟透全焦，面点呈深黄色，中鼓、底平、起层、空心，即为香、脆、甜、酥的麻酥特产。麻酥耐存，即使历时月余，也依然香酥。他先后培养了数十名艺徒，分布于正阳各地经营此业。

后因其子在寿县建筑队工作（居北关），他六十四岁那年迁来东大街，单住一间房子，坐南朝北，里面还隔开一部分做卧室，外间开店，店门与城东小学斜对着。他打烧饼、制麻酥，交叉进行。顾客争购，生意兴隆。尤其是麻酥，买的专用塑料袋，每袋排整齐的麻酥十个，内夹一印有红色花边椭圆戳的矩形小商标，文曰：寿县正阳关瑞记麻酥店，中现私章模、麻酥图。袋口扎封，携带或馈赠，轻便、雅观。

讲　述　人：张广铸，男，寿县三中退休教师
采　录　人：赵鸿冰，男，寿县融媒体中心编辑、记者
采录时间：2023 年 11 月
采录地点：寿县古城

大美兴香干

正阳大美兴香干,远近闻名,凡谈及淮滨重镇正阳关,无不联想到色鲜味美的大美兴五香茶干。它曾驰名淮河两岸,畅销外省各大城市。每当新春佳节,过往游人无不购之,以馈亲友。

大美兴香干,选料精细,加工精良。它以精选黄豆为主要原料,先加工成白干子,再用原豆瓣酱淋汁浸煮,然后投入老泽油中浸卤。卤时,外加适量的中药香料、白砂糖、干酒为辅料,以传统的多层次加工工艺精制而成。

香干具有色泽油亮乌黑、香味浓郁芬芳、酥软柔韧兼备、鲜美适口的独特风味。用以凉调佐酒,或品茶细嚼,更可领略它特有的滋味。因卤汁是以中药香料"八大味"为主精工卤制而成,故而香干具有止咳、镇痛、健胃、祛寒等药物疗效。又因卤汁具有杀菌、防腐之功效,故而香干虽经久置,但不易变质。盛夏旅游之季,可将所购香干,放置通风之处,让其收缩变小,既方便携带又不会霉变。食用时,一经茶泡,即可恢复原状,且香味不减、质量不变,实为营养丰富、居家旅游、四时咸宜的上乘食品。

大美兴香干与采石矶等茶干加工方法不同,别具一格,风味迥异。大美兴香干已有二百多年历史,随着工艺的改进,香干色味日臻完美。相传,清乾隆皇帝三下江南,由河南乘船,沿淮顺流而下,两次到正阳关品尝此干,赞不绝口,誉之为"绝妙佳品",遂被皇室纳为贡品。此事虽系传说,无证可考,但可见群众对香干之喜爱。

讲 述 人:孙鸿钦,男,寿县正阳关人
采 录 人:赵鸿冰,男,寿县融媒体中心编辑、记者
采录时间:2023 年 11 月
采录地点:寿县古城

"花鞑"卤菜

独特的风味、齿颊留香的菜品,以人名享誉淮南、六安、合肥等周边城市,这就是传承了近百年的"花鞑"卤菜。"花鞑"卤菜是清真食品,秘卤的牛肉紧实上口,卤鸡酥香不柴,拉花干子清爽入味,花生米金黄酥脆,总之是令人口角生津、回味无穷的美食。

柏崑介绍:他的祖辈们原居住在距寿县三十公里的正阳关古镇。1954年发洪水,一家人就从北关集搬入县城内。他的祖父柏国良迫于生计,按照祖辈传下来的卤料配方开始从事卤干子、卤鸡生意。由于20世纪50年代市场没有完全放开,人们不敢大张旗鼓地做生意,每天傍晚都由柏崑的祖母花鞑姐(花素珍)把卤好的一点菜品用活板架子带到十字街口老钟表店附近去卖,来维持全家人的生计。

1956年实行合作化,寿县商业部门知道柏国良卤菜手艺好,就把他吸收到寿春镇十字街口西边坐北朝南的回民饭店(原寿县饮食服务公司五店)工作,一直到20世纪70年代末。

花鞑姐的卤菜卫生洁净、口味好,一时间"花鞑"卤菜成为那时人们赞不绝口的美食,都以能品尝到"花鞑"卤菜为口福。坊间传说,如果你没有尝过"花鞑"卤菜,你就没有到过寿县。外地出差的人来到寿县都要千方百计地想办法品尝到"花鞑"卤菜,才算不虚此行。

1996年柏崑接手卤菜生意,继续传承着祖辈的技艺,严格把控着卤料和菜品的配比,同时通过饕餮们的帮助以及老一辈对清真食品的研究,逐步推出许多新的清真卤菜,如白切羊头肉、秘卤牛杂、秘卤麻辣小龙虾、秘卤鹌鹑蛋等极具地方特色的美食。

随着时间的流逝,人们都忘记了经营者的尊姓大名,而以"花鞑"为名的卤菜美名远扬。她的后辈们正努力用最科学、最洁净、最便捷的方式把"花鞑"卤菜带到更远的地方,让更多的朋友品尝到正宗的"花靴"卤菜!

讲 述 人:柏崑,男,"花靴"卤菜传人

采 录 人:赵鸿冰,男,寿县融媒体中心编辑、记者

采录时间:2023 年 11 月 28 日

采录地点:寿县古城

地物故事传说

八公山传说

八公山古称淮山、楚山、北山、淝陵山、紫金山，位于淮河岸边，方圆二百余平方公里，大小山峰四十余座。"八公"一名源自西汉淮南王刘安炼丹学道成仙的神话。西汉时期，八公山是淮南国属地，刘安是汉武帝刘彻的皇叔，被封为淮南王。刘安尚文重才，广纳天下贤士三千多人，门客中有八人最为刘安赏识，被封为八公。他带领门客研究当时盛行的黄老学术，在淝陵山上研究天象、编制历法、冶炼丹砂，从神话传说到天文地理无所不包，二十四节气就是刘安和门客总结的。

一天，天上出现了八朵白云，每朵白云上站着一个鹤发童颜的老人，他们捋着胡须，笑盈盈地落在山下。原来，刘安的诚心感动了天上的八位神仙，他们决定来帮助刘安炼丹。八位神仙来到刘安门前求见刘安。门吏见是八个白胡子老人，认为他们不会长生不老之术，不愿通报。八公大笑，顷刻间变成八个童子。门吏大惊，赶忙禀报。刘安顾不上穿鞋，赤脚出迎。他知道这是神仙助他炼丹来了。八公留下后，与刘安登山修道炼丹。过了些日子，仙丹炼成了，八位神仙飘然上了天。刘安吃了仙丹，觉得身子轻松了许多，也成仙上天了。余药在器，鸡犬舔食，尽得升天，出现了"鸡鸣天上，犬吠云中"的奇观，由此产生了"一人得道，鸡犬升天""鸡犬皆仙""淮南鸡犬"等成语典故。

从当地山形来看，从大泉村豆腐街往西沿着山根往北走，正好有八个山头相连，其中，大泉村背靠的山头就叫八公山，上面还有淮南王刘安庙的遗址。离八公山不远处，还有一口刘安井，是刘安炼丹取水用的。八公山由此而来。

讲 述 人：熊学明，男，寿县八公山乡政协原负责人
采 录 人：李振秀，女，寿县文学艺术界联合会副主席
采录时间：2014 年
采录地点：八公山乡

八公山柳树林传说

很久以前,八公山下住着一户三口之家——李老大带着妻子林氏和弟弟李老二。正常年景,几亩山地只要老二一个人干活就够了,老大不用下地,只是在家种种菜、喂喂鸡鸭。一年下来,打下粮食,卖掉牲口,除去吃的,还能添些衣物,日子算是比上不足,比下有余。

俗话说"人心不足蛇吞相"。在家中啥事不干的林氏总觉得不顺心,看来看去就觉得这个家中多了老二一个人。

眼看年关快到了,李家的年货也还没准备,这一天,林氏又对老二又发起威来,最终把老二赶了出来。李老二住在一座小庙里,一卷铺盖,一盏灯,别的什么家产也没得到。老大觉得心里有些过不去,毕竟是亲兄弟,于是,大着胆子和妻子好说歹说,把家中的一只小猫和一条小狗送给了老二。

一天,老二带着小猫小狗来山岗上开荒。老二收拾好了一张犁,可是,到哪儿能弄到牛呢?忽然,小猫小狗衔着一根绳子,又不住地对着他叫了起来,那意思好像在说它们就能犁地。

老二似信非信地站了起来,犹疑地给小猫小狗套上了犁头绳。那小猫小狗好像两头早就熟练耕地的小黄牛,拉起犁头绳,撒开四条腿,呼呼呼地拽着犁向前走去。不到半天工夫,它们就犁出了约一亩地。老二有了神奇的小猫小狗,又有了土地,日子自然越过越红火。

消息传到了老大家里,林氏命令老大去找弟弟。诚实的老二把一切都告诉了哥哥。老大听得出了神,说:"想借你的小猫小狗用一用。"老二答应了哥哥的要求。

李老大把小猫小狗带到地里,套上了犁绳,林氏在一旁拿着皮鞭,边抽边吆喝,催促它们快点耕地。从上午到下午,又从下午到深夜,犁呀犁,他们自己饿了就轮换回家吃个饱。可怜的小猫小狗刚想停下喘口气,身后的鞭子就像雨点似的抽了过来。到第二天上午,一块地还没耕完,小猫小狗就死了!

老二含泪把小猫小狗抱回来埋在自己家门前,立了小坟。过了九九八十一天,想不到那小猫小狗的坟上竟长出了两株柳树苗来!

这一天,一群大雁从头顶上飞过,老二想给路过的大雁造一个窝,好让它们有个地方可以躲一躲、避一避。他用那些修剪下的柳树枝条编了两个柳条筐,挂在自家的屋檐下。

老二在门前唱:"东来雁,西来雁,都来窝里避避难!"大雁听到歌声,扑扇着翅膀来到老二家的门前,飞到檐下的柳条筐里,蹲了一会儿,又飞走了起去。

有一天晚上,老二听到房檐下"咔吧咔吧"作响,他急忙提着灯出门察看,见两只筐里满满地盛着圆溜溜、光亮亮的大雁蛋!

这事又被林氏知道了,她鼓动老大向弟弟借柳条筐,照着样子挂在自己家的屋檐下。还没等到柳条筐挂稳当,她就迫不及待地大喊:"东来雁,西来雁,都来我窝生个蛋。"说来也奇怪,这一喊,大雁也成群结队地到两个筐里蹲一下又飞走了。这一下林氏可高兴啦!她踩着老大的肩膀,急不可待地取下柳条筐来,想看看有多少大雁蛋,结果夫妻俩被两大筐臭水从头到脚淋了个透!原来,那七七四十九阵大雁来到老大家的那俩筐里,每只都拉了一泡稀拉拉、臭烘烘的粪便!

小猫小狗变成的柳树一年年成长、繁衍,久而久之,八公山周边就形成一个个美丽的柳树林。

采 录 人:方敦寿,男,寿县文广新局退休干部
采录时间:20世纪80年代初
采录地点:西大街老文化馆

黑龙潭里宝贝多

八公山下的淮河边,有个水潭叫黑龙潭。黑龙潭在淮河涨落之际,潭中山洞被水冲击,常常发出深沉的回声。人们传说,这是因为龙居其中,那是龙吟。黑龙潭很深,传说有人以四两线坠铁砣,而不能达底。黑龙潭奇异的龙吟和不可测的深度,激发了人们各种各样的想象。关于黑龙潭的神话传说,在淮河两岸广为流传。

相传很早很早以前,在八公山下的淝河边住着一位打鱼姑娘,人称渔姑。有一年夏天,渔姑从淝河上游到下游捕鱼,突然天气大变,乌云滚滚,瓢泼大雨下个不停。渔姑只好停船靠岸躲避,困乏之间不觉睡着了。待醒来时,身边横着一条红鳞金鳃的大鲤鱼。渔姑腹中正饥,便吃了这尾大鱼,不久便怀孕,生下一个黑皮男孩,起名龙儿。

龙儿长大后,就在淮河边踏波逐浪。这天他对母亲说,他要到很远的地方去。只见他腾空而起,化作了龙形,直向南天门飞去。黑龙来到玉皇大帝的紫霄宫,心想这里不是久留之地,可忽见宫中放着一块金光闪闪的紫砂砖,便随手拿了,出了南天门。玉帝得知,派天兵天将随后追赶。黑龙知道闯了祸,又怕回家被母亲知道生气,便来到淮河岸边,将紫砂砖埋在八公山之中。天兵天将没找到紫砂砖,便将黑龙捉住了,打在了八公山下淮河的深水潭中。因黑龙被打进深水潭,从那时起,当地人便将深水潭称为黑龙潭。黑龙从天上偷来的紫砂砖,如今成了八公山中的一宝,它就是有名的紫金石,供人们开采。以紫金石制成的紫金砚,成为八公山一绝。

黑龙被打进深水潭后,看守着那深深的洞穴,偶然也化作怪兽出来走走。这天,黑龙从洞中出来,正碰上在八公山下习剑练武的荷花姑娘。这姑娘是山下樵夫王老大之女,武艺高强,胆量过人,一见怪兽过水,便仗着三尺荷花宝剑前去追杀。黑龙不敢恋战,转身便跑。荷花姑娘哪里肯放,紧追不舍,不觉间到了另一个世界。只见这地方山清水秀,松涛茂林,流水潺潺,前面有一洞穴,洞前卧着一条黑龙。黑龙说道:"姑娘,我是偷玉帝紫砂砖的黑龙,被打进这深水潭中看守洞穴大门,无意间冒犯了姑娘,请姑娘恕罪。"荷花姑娘走进洞穴,不由得十分惊讶,只见洞内乌金累累,闪闪发光。荷花姑娘正想拿一块给家人看看,不料洞内数丈高的水头迎面卷来,荷花"哎哟"一声,转眼已来到淮河岸边。

荷花姑娘回到家中,把游黑龙潭及黑龙把守着洞内乌金的事告诉了家人和周围邻居。从那时起,就流传着黑龙潭下有乌金的传说。事实上也是如此,如今八公山下矿井林立,淮河两岸已成了华东最大的煤炭基地。

讲　述　人:熊学明,男,寿县八公山乡政协原负责人
采　录　人:李振秀,女,寿县文学艺术界联合会副主席
采录时间:2014年
采录地点:八公山乡

白龙潭的传说

话说有一条白龙经常在八公山一带出没,云里来雾里去,喜怒无常。高兴时,白龙就普施甘霖,使农家五谷丰登;暴怒时则倾盆大雨或久旱无雨,祸害淮河两岸百姓。后来,因白龙兴风作浪,太白金星化水为冰,将其封堵在白龙洞中,以惩其劣行。

到了隋朝末年,群雄四起,兵荒马乱。河南陈州有一姓陈名济元的书生,为避战乱,偕一家童来游山玩水。船到白龙潭之前,突然狂风大作,船被打翻,艄公、家童各自逃命。说来也奇怪,这陈济元落水后,一没呛水,二没受伤,沉到水底定睛一看,不远处有一洞,曲曲折折,发出亮光。他走进洞内又定睛一看,只见洞中卧着一个怪物,浑身被冰块镇住,四壁寒气飕飕。白龙一见陈济元便说:"请恩公救我!"陈济元大惊,便问:"大仙如何落到这个地步?"待白龙说明情况后,陈济元搬起石头,砸开了白龙身上的冰锁,白龙方才重获自由。白龙为报答陈济元搭救之恩,便说:"我头上有一块龙

脑，请你带到人间为百姓治病。"从此，陈济元便放弃了万贯家财和仕途，走出家门，专门在淮河两岸为百姓治病，成为八公山下的一代名医。

白龙获得自由后，决心在白龙潭中修身养性，诵经悟道，不再与人为敌，因而淮河边连年风调雨顺。这一天，白龙忽然有点心神不宁，便化作一位道士走出洞府，往八公山边的上窑山而去。

这上窑山住着一户姓韩的打鱼人家，靠老渔夫打鱼难以糊口，这老渔婆就整天烧香供灶王爷，请求保护，赐以柴米。这灶王爷被老渔婆唠叨得不耐烦了，就托梦给她说："明天早晨是新年第一天，你点上三支香烛，要什么就有什么。"渔婆大喜，第二天一早便点香祷告道："灶王爷显灵，让我全家满金银。"话音一落，家里的东西果然都变成了金的，不料连她的老头和孩子也变成了金的。渔婆这下慌了，大哭道："我不要金银，不要金银。"任老渔婆怎么哭喊也没有用。原来这上窑山下的高塘湖里有一金龟精，大年初一，金龟精出来观赏佳节美景，路过老渔婆家，只听见这渔婆正在祷告，金龟精听了好笑，就想拿她开心，于是就用障眼法将老渔婆家里的人和东西都变成了金的。

老渔婆叫天天不应，叫地地不灵，就整天在上窑山下啼哭。这天，一位道人来到她的身边，问明了情况后，安慰她说："老婆婆，别难过，你只要亲人，就请向上天祷告：'不要金不要银，不要发财要亲人。'祈祷三天三夜，我保你全家团圆。"

道人说罢来到高塘湖，变回原形进了金龟水府，要求金龟收回法术。金龟大怒："你不在白龙潭修身，反倒来此管闲事！"两人话不投机，动起武来，从早打到黑，整个上窑山和高塘湖飞沙走石，日月无光，湖水腾起。这时，恰好八仙之一的吕洞宾从此经过，他掐指一算，原来是白龙改邪归正，为救渔婆同金龟恶斗，心想，我何不助他一臂之力？于是，他抽出雌雄宝剑，祭向空中，一声符咒斩了金龟。金龟被斩后，尸体落在上窑山上，血流满山，山上土质大变，后来便成为历代烧瓷、烧陶、烧缸的宝地，特别是用上窑山之土烧制的龙缸驰名天下。

讲 述 人：熊学明，男，寿县八公山乡政协原负责人
采 录 人：李振秀，女，寿县文学艺术界联合会副主席
采录时间：2014年
采录地点：八公山乡

大　　泉

大泉，顾名思义，泉眼大，泉水多。大到什么程度呢？听我们的长辈讲：新中国成立不久，为响应毛主席"一定要把淮河修好"的号召，政府举几地之力大兴水利，在泚河入淮口修建五里闸。几个县的民工，好几万人，都到大泉取水喝。队伍排得很长，每天如此，水从不见少。

传说，大泉泉底住着一条白鳝。白鳝是白鳗鱼，鱼类中的软黄金，对水质和水温要求都很高。白鳝居住的地方，水体环境好。这条白鳝在大泉里住了很多年，每天起早取水磨豆腐的人们都会看到这条通体白亮的白鳝。1991年大水，大泉被淹没在洪水里，白鳝从此消失不见。有村民看到，发大水那天，大泉上空腾起一道白光，像一条白龙向东边飞去，人们说这是大泉里的"白龙王"飞回东海去了。

讲 述 人：熊学明，男，寿县八公山乡政协原负责人
采 录 人：李振秀，女，寿县文学艺术界联合会副主席
采录时间：2014年
采录地点：八公山乡大泉村

珍珠泉的传说

传说在很久很久以前，八公山下的凤凰村里住着几十户人家，男耕女织，丰衣

足食，人称"淮河岸边的世外桃源"。可是一年大旱，淝水干涸，淮河断流，庄稼枯死，人畜断水，村民们纷纷逃离家乡，到外地找活路去了。

村子里住着一户姓甄的以磨豆腐为生的人家，母女俩相依为命。母亲是个盲人，女儿珍珠秀丽勤劳。母亲为了不让女儿牵挂，好外出逃命，趁珍珠外出找水时上吊死了。女儿哭得死去活来，埋葬了苦命的老母，便身背行囊进山找水去了。

找了一天又一天，翻了一山又一山，干粮吃光了，手也磨破了，不知凿了多少洞，也没找到水。怎么办呢？看到干裂的田园，想到母亲的死，乡亲们背井离乡，她决心继续找下去。想着想着，自己却昏了过去。就在这时，眼前出现一位白发长者，告诉她凤凰山下有棵紫荆树，至今还青枝绿叶，树下一定有泉水，何不到那一找？珍珠姑娘突然清醒过来，喜出望外，忙谢过老人，直奔凤凰山而去。

她找到了紫荆树，在树下挖洞不止，挖呀挖呀，挖了七七四十九天，还不见出水，珍珠姑娘又累昏了过去。这时白发老人又出现在她面前，对她说："再挖下去就会有水了。不过到出水那天，你也就累死了！"珍珠姑娘一骨碌爬起来，想请老人再指点指点，可白发老人不见了。珍珠姑娘说："我不怕死，只要能找到水！"她又挖了七七四十九天，果然冒出了涓涓清泉。珍珠姑娘双手捧起甘洌的泉水咕咚咕咚喝了个饱。她太累了，闭上了双眼，倒在泉眼边，再也没有醒来。

人们为了不忘姑娘的恩情，遂把这口泉命名为"珍珠泉"。

讲　述　人：熊学明，男，寿县八公山乡政协原负责人
采　录　人：李振秀，女，寿县文学艺术界联合会副主席
采录时间：2014 年
采录地点：八公山乡团结村

观 音 泉

这个故事发生在清朝,在五株山下的大泉村住着方氏一族。那年春夏之交,已有身孕的方家儿媳妇正乘小船从城里往回返,此时大雨滂沱,风急浪高,眼看小船就要沉了。就在她绝望之际,头顶一声炸响:"不要急,不要慌,翰林在此!"船上的人感到船像被什么东西托住了,在水面上行得很稳,不一会儿到了山下。后来,有人说,他看到有一个庞然大物把船驮过河的。原来是一条龙,头落在五株山,正对着方家的院子。不久,方家儿媳妇生下了一个儿子,长大后参加了科举考试,日后成了翰林院的学士。方翰林小时候常在一座石头屋里玩耍,村民将此屋取名为观音屋。屋子外有泉眼,只要此处冒水,寿县城附近十有八九会涨水。至今仍有"观音屋泛泉,北门口摆船"的说法。

讲 述 人:熊学明,男,寿县八公山乡政协原负责人
采 录 人:李振秀,女,寿县文学艺术界联合会副主席
采录时间:2014 年
采录地点:八公山乡大泉村

淮王丹井和雷窝

据说,从现在的高铁站到大泉豆腐村,就是当年汉淮南王刘安主要居住地和活

动场所，汉阙楼阁连成一片，很是繁华。刘安一心追求长生不老，和八公在山上不停地寻找宝地，想炼制长生仙丹。有一天，他们走到了凤凰山东边山脚下的一个地方，此处有树有水，离珍珠泉不远处有一眼泉水，泉水丰沛，土地平整。刘安和八公决定在这个地方搭建炼丹房，砌了药灶和月牙池，一心培育丹苗。日复一日，他们的诚心感动了天上的神仙，就在这里，刘安炼成一批仙丹。有一天，刘安服用了仙丹，身体变轻，像一朵云一样飘在半空里，成了神仙。

淮王丹井的美丽传说吸引了后来者，明嘉靖御史杨公和刺史吕公在丹井处建振衣亭和房舍，开办涌泉山房书院。清朝顺治年间，此地建有涌泉庵。

丹井的泉水喷涌，漫过井口，又从井边的月牙池漫过，顺着地势往下淌，遇到下面的洼地，变成一个池塘。时间长了，池塘里就有了鱼，还是清一色的鲤鱼，一窝鲤鱼，我们就叫这个池塘为鲤鱼窝。我们读"鲤"为"冷"，冷鱼窝，冷鱼窝，读着读着，多年后，鲤鱼窝变成了雷窝。凤凰山丹井边的小山包，就变成了雷山。

讲　述　人：熊学明，男，寿县八公山乡政协原负责人
采　录　人：李振秀，女，寿县文学艺术界联合会副主席
采录时间：2014 年
采录地点：八公山乡团结村

东套犀牛回首望寿州

传说，从前寿州城里的一位富家小姐偶遇一位书生，二人正值青春年华，一见钟情，私订终身。后来，小姐怀孕了，被小姐的妈妈发现了，就问情况。小姐告诉她妈，郎君说他家住在八公山花龙岭吴家顶下。如此这般，这般如此，小姐一家都在等这位书生来提亲，却左等不来右等也不来。谁也想不到，原来这位书生是犀牛精变的。他私自变人的不轨之举被云游回来的仙翁发现，仙翁生气了，一下子把它打

进八公山窝,还了犀牛的原形。这个犀牛精在人世的情缘被硬生生斩断,他满脸是泪,整日整夜地望着寿州,想看到自己的心上人,直到自己化为一个冷冰冰的石头墩,到死都是回头远望的样子。

讲 述 人:熊学明,男,寿县八公山乡政协原负责人
采 录 人:李振秀,女,寿县文学艺术界联合会副主席
采录时间:2014 年
采录地点:八公山乡张管村

西 套 狼 洞

西套有一个让人害怕的地方,名叫狼洞,八公山草狼曾在这里生活。据说,太平天国时期,苗沛霖在狼洞待过。苗沛霖一生三次反清,两次变节,首鼠两端,反复无常。为讨好清廷,他设下计谋诱捕了太平天国后期重要将领英王陈玉成。陈玉成听信了苗沛霖的巧言,出合肥打算到寿州与苗沛霖会合一同抗清。哪知道这一切都是苗沛霖的阴谋,到了寿州,陈玉成和他的随从等于自投网罗,全部被骗进苗沛霖设下的诱捕圈。英王在寿州城就义。这个无原则的军阀苗沛霖,也遭到了报应。他后来遭到了清政府的围剿,出寿州城,一路狂奔,大路不敢走,躲进了八公山,在狼洞里躲避清廷的追捕。这可是名副其实的"恶狼回巢",真可谓遗臭万年。

讲 述 人:熊学明,男,寿县八公山乡政协原负责人
采 录 人:李振秀,女,寿县文学艺术界联合会副主席
采录时间:2014 年
采录地点:八公山乡张管村

十八廉颇墓

公元前283年前后,廉颇相继打了几场胜仗,让赵国扬名诸侯。赵国换了君主后,廉颇得不到赏识,被迫到了魏国。在魏国的廉颇对赵国依然很眷恋,很想为赵国出力。这时的赵王也想召回廉颇,派去的使者因为受恶人指使,回来报告说,廉颇虽然老了,但胃口很好,然而就是吃过后的一会儿工夫上了三趟厕所。后来,廉颇又来到了楚国,可惜他再也没能建立什么战功。一代名将,郁郁而终。《史记》记载,廉颇死于寿春。

当年楚王给出允诺,那就是待将军百年后,楚王将把将军葬在"面水,背山,日受千人跪拜,夜观万家灯火"的地方。

有了这个允诺,廉大将军才同意来到楚国。八公山乡驴蹄山至东套耙齿山之间,有座高大陡峭的山,那就是狮子山。狮子山前有座郝圩村纪家郢子的小放羊山,当地人称"坡孤堆",这就是人们常说的"廉颇墓"。

廉颇墓面朝淮河,背靠青山。墓前是奔流不息的千里淮河,每天连绵不绝流淌的淮河边来来往往的拉纤人用力拉纤时常是匍匐前行,膝盖着地,一步一拜,即跪地参拜。墓前田园,农人锄地,一锄一锄,好似点头礼拜。还有很多人上山,一步一步,也像是朝拜,所以说"日受千人跪拜"。每当夜晚,俯瞰南面山下,整个寿春城尽收眼底,万家灯火,灿烂辉煌。近处村舍,灯光闪闪,好似明星布满大地,故又可谓"夜观万家灯火"。

廉颇墓后山顶是古烽火台,也是最佳的观景地。大墓前是玉带般的淮河,后是"白鹗山白塔寺",左边是"四顶山奶奶庙",右边是寿阳八景的"茅仙古洞、硖石晴岚"及"寿唐关"。千百年来,这些都成为人们传颂的佳话。

采 录 人:王献龙,男,凤台一小退休教师
采录时间:2014 年
采录地点:八公山乡郝圩村

异文:十八廉颇墓

传说,当年强秦兵临城下,楚国到了末日时刻,廉颇在吃下了几斗米和十几斤肉食后,披挂上阵,领军冲上了前线。但廉颇带领的部队没能胜秦,他的战马也被绊马索绊倒,大将军被活捉。敌人鼓动三寸不烂之舌来劝降,廉颇大叫:"士可杀不可辱!"劝降不成,敌人割下了大将军的首级,悬挂于两军阵前,以乱楚国的军心。士兵们抢回了廉颇的身体。楚王在宫里听闻廉颇首级被悬。楚王知道死无全尸是对一个将军的大羞辱,他命令匠人按廉颇生前样貌用黄金做了一个金头,以一个英雄当得的尊重和礼数厚葬了廉颇。他又担心金头被人发现,会被盗走,便命人连夜埋葬老廉颇,在寿州境域内十八个不同的地方埋葬。于是,在楚国境内,一夜之间出现了十八个孤堆,十八个孤堆连成坡。"连坡"谐音"廉颇",这就是十八廉颇墓的由来。

讲 述 人:熊学明,男,寿县八公山乡政协原负责人
采 录 人:李振秀,女,寿县文学艺术界联合会副主席
采录时间:2014 年
采录地点:八公山乡郝圩村

花靥夫人小姐山的故事

小姐山在张管村境内,刘老碑旁,村部后面,原人武部打靶场上面。我们之所以都叫它小姐山,是因为山顶有个大的坟墓,里面埋葬着一位大家闺秀。也有人讲,小姐山山顶的坟墓应该是南朝宋刘裕之女刘兴弟的。当时,刘裕定都寿阳,将长女刘兴弟封为会稽长公主,又叫寿阳公主。她孀居后回到娘家,住在寿阳。寿阳公主刘兴弟发明了梅花妆,也就是我们常讲的"美眉俏"。传说农历正月初七这天,寿阳公主卧于含章殿下,殿前有几棵蜡梅树的花正在盛开。有几朵梅花飘下来了,其中一朵轻扬飞舞打着旋儿,落到寿阳公主的额头上。寿阳公主醒来后,对额头上粘着的梅花浑然不觉,顶着它走来走去。宫女们笑着上来帮她摘掉花瓣,但是公主的额头上已经印了梅花花痕,就像投影上去一样,栩栩如生,洗都洗不掉,三天后才渐淡。宫女们觉得额头上装饰梅花花瓣,更显娇俏,也学着在额头上粘花瓣。这种妆就成了宫廷日妆。但蜡梅花不是四季都有,于是她们就用很薄的金箔剪成花瓣形,贴在额上或者面颊上,叫作"梅花妆",后来也流传到民间,受到民间的仿效。寿阳公主因为梅花妆的缘故,又被称为花靥夫人。从她生死时段看,小姐山墓葬位置符合寿阳公主的身份。据说,小姐的墓前有碑,详细记载了小姐的生平,只可惜在破"四旧"运动中被砸烂,小姐的身份成了悬念,小姐山的称谓却留了下来。

讲 述 人:熊学明,男,寿县八公山乡政协原负责人
采 录 人:李振秀,女,寿县文学艺术界联合会副主席
采录时间:2014 年
采录地点:八公山乡张管村

刘老碑的故事

以前寿县城通往凤台县的官道,绕着八公山西边,从淮河故道经过。其具体路径是出北门,过船官湖,经过大泉村,从五里闸旁经过,走八公山西十户庄,取道郝圩村关庙,沿着淮河岸边,到茅仙洞,后至凤台县渡口。1938年左右,日本鬼子到了淮河流域,因战事需要,开通寿凤路,作为运输军械的通道,将路修到了刘老碑。刘老碑上有墓碑,从远处看它是一座大墓,连接着白鄂山和八公山。据说,日本人围着刘老碑研究了很长时间,一座坟像一座山,他们感觉气象不一般,不是王就是相。日本人凭着对中国文化的研究,断定这是一座王墓,对它进行了盗掘,挑选了携带方便的文物,把带不动的砸了。被砸的包括墓碑在内,碑上镌刻着刘姓先人的履历。后来,人们只能推测刘老碑是刘安父亲刘长之墓。刘长谋反被镇压之后,按规定是不能进汉室王陵的。刘安世袭淮南王后,在八公山选了这块背靠大山面朝淮河之地厚葬了他的父亲。也有人说,这个刘老碑埋着南朝刘宋的先人。反正都跟刘姓有关。

讲 述 人:熊学明,男,寿县八公山乡政协原负责人
采 录 人:李振秀,女,寿县文学艺术界联合会副主席
采录时间:2014年
采录地点:八公山乡张管村

和 尚 冲

在八公山乡团结村洪家山和孔家山附近,有两个冲子,我们叫大和尚冲和小和尚冲。

传说当年,洪家山旁边有尼姑庵,孔家山附近有一座和尚庙。和尚与当地老百姓有了矛盾,争执不下。村民就拉着和尚去见官。各讲各的理,吵个不停。县太爷一拍惊堂木,大喝一声:"因何事纠纷?从实报来!"一而二,二而三,鸡毛蒜皮,讲不出个道道。县太爷又把惊堂木一拍,喊道:"罢了,罢了,给我退堂!"

村民们一听到"罢了"高兴坏了,他们把这个"罢了"当成了"耙了"。这个耙子他们熟悉,犁田耙地是庄稼人的拿手活。他们仿佛得到了命令,一哄而上,押着老和尚和小和尚,执行县太爷判定的"耙了"的刑罚。老和尚被带到了孔家山洼,小和尚被带到了洪家山洼,村民把老、小和尚埋进了土,整个身子都在坑里,头露在外边。村民们拉来了牛,后面拖着耙,就地对老、小和尚执行"耙了"的刑罚。

这次判罚不能服人,有人上告于官。上级官吏下来调查,县太爷便原貌重现一番。方言俚语造成的误判,怎么搞呢?村里好些人参与了"耙了"事件,最后只得不了了之。

老、小和尚被送上了西天,八公山下从此没有和尚敢来了。因此,当年耙老和尚和小和尚的地方就被叫作"大和尚冲"和"小和尚冲"。

讲 述 人:熊学明,男,寿县八公山乡政协原负责人
采 录 人:李振秀,女,寿县文学艺术界联合会副主席
采录时间:2014 年
采录地点:八公山乡团结村

凤凰山的传说

寿县城北是连绵起伏的八公山,群山中有一座山叫凤凰山。关于凤凰山,民间有不少神奇的传说。

传说原来凤凰山下住着一户三口之家,老两口和一个小伙子。这家姓王,小伙子叫王小。王小每天上山打柴养活爹娘。离王小家不远住着一个财主,叫王三,心狠手辣,在村里横行霸道。

有一天,王小到山上砍柴,砍着砍着,忽然听到远处传来一阵哭声。王小想,这深山野林里哪来的哭声呢?他便循声找去,看见一个姑娘在扶着岩石哭泣。王小走过去问情由,那姑娘说:"俺原随父母走姥姥家,父母不幸染病身亡,一个姐姐走在山下被强盗劫走,自己无依无靠,只求早死。"王小听后,十分同情,便请姑娘到他家住。姑娘同意了。王小的母亲也是个善良的人,知道了姑娘的遭遇后,便待姑娘如女儿一样,一问姓名,才知道姑娘名叫凤凰。此后,王小照例每天上山打柴,凤凰姑娘在家操持家务。凤凰姑娘长得十分美丽,而且勤快,为人又贤惠,村里人都十分喜欢她。

不久,王小家来了个美丽姑娘的消息传到了财主王三的耳朵里,王三便生了霸占凤凰的歹念。

一天,王三借口王小砍了他家山上的柴,便叫王小拿银子赔柴钱,没有就要拿凤凰姑娘抵债。王小一气之下,拿起砍柴刀和财主拼命。王三打手多,王小被打伤在地。王三便带着人抢凤凰姑娘。凤凰姑娘拔腿就跑,但由于慌不择路,一口气跑到一座大山顶上,一看前面是悬崖峭壁,后又有追兵,姑娘知道,如落入财主手里,一定会被糟蹋,便一横心跳下了悬崖。财主没有抢到人,只好气急败坏地带着人回去了。

后来,王小和乡亲们在山下找到了凤凰姑娘的尸体,把她埋在了山顶上。从此,这座山便叫凤凰山了。据传,后来常有一只美丽的凤凰落在山顶上唱歌,其声非常悲壮。有人说，这凤凰是凤凰姑娘的灵魂变的。也有人说，这是凤凰姑娘的姐姐来找妹妹的。

讲　述　人：熊学明，男，寿县八公山乡政协原负责人
采　录　人：李振秀，女，寿县文学艺术界联合会副主席
采录时间：2014 年
采录地点：八公山乡

饮马泉的故事

　　据说一千多年前，赵匡胤驻兵淮南八公山，攻打寿县。久攻不下，赵匡胤急得团团转，眼看自己的粮草耗尽，全军将士人困马乏，饥渴难当，军心动乱。

　　一天，赵匡胤跨上战马，带领将士沿阵地巡视。到中午时，人和战马又渴又饿，再也走不动了。赵匡胤急忙派兵士四处寻水，结果都没有找到水源。赵匡胤策马前行，亲自去找水。他的战马沿着山坡走，来到一处青草茂密的地方停了下来，用前蹄刨地，越刨越兴奋。突然奇迹出现了，只见那马蹄下汩汩冒出泉水来。赵匡胤见此情景说道："这真是天赐甘泉啊！"他立即唤来士兵，一起动手清理出一口小井，让大家轮番畅饮。

　　据说不久，赵匡胤就攻下城池，泉水从那时起一直流淌至今。人们将它取名"马扒泉"，又叫"马刨泉""饮马泉"。

讲　述　人：熊学明，男，寿县八公山乡政协原负责人
采　录　人：李振秀，女，寿县文学艺术界联合会副主席
采录时间：2014 年
采录地点：八公山乡郝圩村

驴蹄山的故事

传说,八仙之一的张果老骑着毛驴到处云游。这一天到了八公山附近,张果老渴了,想下到地界找口水喝。毛驴知道主人的心思,一个云头下到地面,正巧落在马刨泉附近。喝好了水,张果老倒骑上毛驴,毛驴后腿一蹬,登上云端。毛驴蹬腿的地方现出一个驴蹄印子,因此这座山就被叫作"驴蹄山"。

讲 述 人:熊学明,男,寿县八公山乡政协原负责人
采 录 人:李振秀,女,寿县文学艺术界联合会副主席
采录时间:2014 年
采录地点:八公山乡郝圩村

白龙泉的故事

一天,茅仙从茅仙洞出来,骑着白马打算到四顶山访仙修道。他走了一阵,口渴难忍,白马也渴了。他们就循着山道走,在廉颇墓附近,白马停下不走了,用两个前蹄使劲地刨地扒水。嗨,真神奇,水真出来了,解了茅仙的渴。后来,人们就以白马为龙,给这泉取名"白龙泉"。

讲　述　人：熊学明，男，寿县八公山乡政协原负责人
采　录　人：李振秀，女，寿县文学艺术界联合会副主席
采录时间：2014 年
采录地点：八公山乡郝圩村

贾家井的故事

　　传说，贾姓人家和马姓人家都是看守廉颇墓的。那时候，人都很穷，遇到急难的事，人们到廉颇墓那求告，墓就显灵，张开一个口子，可以借点东西，应对不时之需。马姓人家尽职尽责，遇到难事，到廉颇墓那借东西，过几天如数奉还。贾姓人家一开始也循规蹈矩。有一次，家里来人了，碗不够用，就到廉颇墓那借碗筷，正遇到马家也去借。到归还的日子了，贾家看着金光闪闪的金碗，心里动了贪心，舍不得了，心想，我和老马家都去借的，我不还也没有事，就算他家拿的。若想人不知，除非己莫为。时隔不久，廉颇墓旁现出一个老奶奶，天天对着贾家骂，贾家自此以后，人丁不旺，直到灭迹。至今，当地还留下这样的一句话：有贾家井没有贾家人。

讲　述　人：熊学明，男，寿县八公山乡政协原负责人
采　录　人：李振秀，女，寿县文学艺术界联合会副主席
采录时间：2014 年
采录地点：八公山乡郝圩村

挂国将军

相传，在八公山下硖山口附近，有姓赵的一对夫妇带着独生女在淮河上以打鱼为生。有一次，赵姑娘吃了一条鲤鱼，谁知道竟然怀孕了，原来鲤鱼成了精。有心的赵姑娘把鲤鱼的骨头收到一个小罐子里藏了起来。

姑娘后来生了一个男孩，这孩子从小水性就好，一个猛子扎到水底，想逮什么鱼就逮什么鱼。鱼多了，吃不完，赵老伯就把鱼拿到寿州城里去卖。寿州城里有两家鱼市，一家是杨家，一家是呼家，他们都和赵老伯有生意上的往来。赵家的鱼，又新鲜又肥美，即使在严冬腊月，赵家还是能卖鲜美的鱼。两家鱼老板就请赵老伯喝小酒，想问其中原因。赵老伯酒喝多了，一五一十地道出天机。原来淮河河底有个潭，潭底有个黑龙塑像，他外孙水性好，天天都到黑龙的嘴里捉鱼，想捉多少就捉多少。呼、杨两家一听，这还得了，这不就是传说中的真龙之地吗？就和赵老伯说，这样啊，以后你家的鱼我们两家全包了，我们上门购买，省得你进城了。就求你一件事，把我们两家准备的小包袱让你的外孙帮着塞到龙嘴里。赵老伯一听，这也不是什么难事，于是满口答应了。回来后，他就和她女儿、外孙说了。赵姑娘心里明白，这小包里包的是呼、杨两家祖上的骨头，他们想攀龙啊。赵姑娘就和孩子说，孩子，如今水底的天机已被你外公泄露，看来我们在这里待不长了。你明天下黑龙潭，先把我给你的小罐子塞在黑龙嘴里，然后再塞你外公带回的两个。赵姑娘把藏了多年的装着鱼骨头的小罐子拿出来递给了儿子。

孩子很听话，第二天，他下了黑龙潭，一个猛子扎到了黑龙身边，把母亲给的罐子塞到了龙嘴。当他准备塞呼、杨两家的小包袱时，这时龙嘴合上了，任他怎么敲打都不张开。孩子急中生智，把两家的小包袱分别系在龙角上。刚刚系好，这条黑龙在水底游动，冲天而去。岸上的赵姑娘看到了北去的飞龙。等孩子上了岸后，她领着孩子对父母说，我们准备一下，这地我们就要待不了了。

后来，真如姑娘预料的那样，淮河发了有史以来最大的一次洪水。赵姑娘一家驾着船从此离开了寿州，到达涿郡一带。孩子长大后在涿郡娶了妻，生下了儿子，其中一个叫赵匡胤，一个叫赵匡义。赵匡胤就是大宋开国皇帝，黑龙嘴里塞罐子，横空出世的就是这位真龙天子。挂在龙角的呼、杨两家，最后出落成护卫宋王朝忠心不改的两门名将。这就是在寿州盛传的挂国将军的由来。

讲 述 人：熊学明，男，寿县八公山乡政协原负责人
采 录 人：李振秀，女，寿县文学艺术界联合会副主席
采录时间：2014 年
采录地点：八公山乡郝圩村

店疙瘩的传说

相传，秦楚大战最后一场战役在八公山下店疙瘩附近打响，廉颇带着士兵誓死抵抗。据说，那一天，两军战士死伤无数，血流成河，旁边的淮河早就成了一条血河。后来，楚军败了，廉颇阵亡。人们把他埋在了八公山下的店疙瘩。店疙瘩富含紫金石，品质优良，金晕、蚕纹、抱青、紫带，形象生动。特别是灵动的紫带，人们说，这都是大将军血染的，才有了灵魂。村民们在阴雨绵绵的季节，常常能听到店疙瘩附近有操练声，都说是廉颇壮志未酬，隔空喊话呢。

讲 述 人：熊学明，男，寿县八公山乡政协原负责人
采 录 人：李振秀，女，寿县文学艺术界联合会副主席
采录时间：2014 年
采录地点：八公山乡张管村

泰山奶奶巧占四顶山

寿县城北有座四顶山,山上有座奶奶庙。传说,为建此庙,泰山奶奶与茅仙之间还有一段故事呢。

传说有一天,茅盈、茅固、茅衷三兄弟云游,路过寿县四顶山,发现此山北濒淮河,南临瓦埠湖,苍松翠柏,郁郁葱葱,是块风水宝地,便插剑为记,准备在此建道观修仙悟道。

茅仙刚走,泰山奶奶云游天下也到了寿州,她也看中了四顶山。正在她准备做下记号时,发现茅仙王插下的宝剑。泰山奶奶灵机一动,脱下一只绣鞋埋在了剑下。

数日后,茅仙和泰山奶奶齐到四顶山,大家要在四顶山修建道观,争执不下,竟动起武来。四顶山山神赶来劝阻,向茅仙和泰山奶奶说:"仙姑、仙爷暂且住手,小神有话不知该说不该说。"

茅仙和泰山奶奶道:"山神但说无妨。"

山神说:"此山乃风水宝地,建观修仙,得天独厚。但二位为争此山动起武来,失了和气,岂不叫天下诸神耻笑?依我之见,谁先在此山立了标记,就由谁造观最好!"

茅仙立刻赞同道:"说得有理!"他指着山顶上的宝剑,"是我先到此山,早已插剑为记。"

泰山奶奶道:"是我先到此山,早已埋鞋为记。"

山神为难地摊开双手道:"这倒难办了。谁先谁后,如何判定?"

泰山奶奶道:"此事容易,是我先到此山埋下绣鞋,茅仙后到此山,把剑插在我的绣鞋之上。如若不信,挖土可见。"

山神拔剑挖土,果然露出绣鞋来。茅仙明知泰山奶奶要诈,但又无言可辩,只得说了一句"好男不跟女斗！我另外再选一处"，便笑着离去。

后来，泰山奶奶在四顶山山顶建造了一座道观，后人称此为"奶奶庙"。茅仙后寻的地方，濒临淮河，称为"茅仙古洞"。

讲 述 人：熊学明，男，寿县八公山乡政协原负责人
采 录 人：李振秀，女，寿县文学艺术界联合会副主席
采录时间：2014 年
采录地点：八公山乡

异文：泰山奶奶巧占四顶山

寿县城北门外有座四顶山，山上有座奶奶庙。传说，为建此庙，泰山奶奶与九华老爷之间还有一段故事呢。

九华老爷路过寿州四顶山，发现此山北濒淮河，南临瓦埠湖，苍松翠柏，郁郁葱葱，是座风水宝山，便插剑为记，准备在此建庙修身悟道。

泰山奶奶云游天下到了寿州，也看中了四顶山，准备立下记号，忽然发现九华老爷插下的宝剑，便灵机一动，脱下一只绣鞋埋在剑下。

数日后，九华老爷和泰山奶奶一齐到四顶山，二人都要在四顶山修建寺庙，争执不下，竟动起武来。

四顶山山神赶来劝阻，向九华老爷和泰山奶奶说："仙姑、仙爷暂且住手，小神有话不知该说不该说。"

九华老爷和泰山奶奶齐道："山神但说无妨。"

山神道："此山乃风水宝山，建寺立庙，得天独厚。但二位为争此山而动起武来，如有损伤，失了和气，岂不叫天下诸神耻笑？依我之见，谁先在此山立了标记，就由谁造寺庙，如何？"

九华老爷立刻赞同道:"甚妙!甚妙!"他指着山顶上的宝剑,"是我先到此山,早已插剑为记。"

泰山奶奶道:"是我先到此山,早已埋鞋为记。"

山神为难地摊开双手道:"这倒难办了。谁先谁后,如何判定?"

泰山奶奶道:"此事容易。是我先到此山埋下绣鞋,九华老爷后到此山,把剑插在我的绣鞋之上。如若不信,挖土可见。"

山神拔剑掘土,果然露出绣鞋来。

九华老爷明知泰山奶奶作假,但又无言可辩,只得愤然离去。

后来,泰山奶奶在四顶山顶建造了寺庙,后人称此庙为"奶奶庙"。

讲 述 人:方心巨,男,寿县瓦埠镇瓦岗村人
采 录 人:方运麓,男,寿县瓦埠镇瓦岗村人
采录时间:1987年2月
采录地点:瓦埠镇瓦岗村

古城墙的故事

关于寿县古城墙,有个传说。很久以前,寿县本没有城墙,城北边淮河里有一条黑龙,经常发大水危害人民。

当时有一个勇敢而又善良的青年,以打柴为生,人们叫他柴郎。柴郎与母亲相依为命。黑龙常常出来祸害人民,柴郎决定为民除害,但他知道黑龙很凶恶,怕自己斗不过黑龙。一天他睡着了,梦见一个白胡子老人对他说:"你想打败黑龙吗?在凤凰山的山洞里,有一把石斧,被一龙一虎看守着,你去取斧,不要怕它们,只管往里走。"白胡子老头说完,一闪便不见了。柴郎醒来,把梦告诉了妈妈,并说,为了让老百姓过上安稳日子,他想除掉黑龙。妈妈虽舍不得相依为命的儿子,但知道儿

子是为民除害,也就答应了。

柴郎来到寿县北面的凤凰山,果然看见有一个石洞,洞门口有一只虎、一条龙在守着。柴郎记住白胡子老头说的话,挺身来到洞口,龙和虎都张牙舞爪向他扑来。柴郎壮着胆子,继续往里走,奇怪,龙和虎都没有伤他。柴郎到了洞里,果然拿到了一把锋利的石斧。

柴郎拿着石斧,来到河边,毫不犹豫地跳下河,潜入水底,寻找可恶的黑龙。柴郎最后来到一座水晶宫门口,举斧砍死了把门的虾兵蟹将,惊动了黑龙。只听天崩地裂一声响,黑龙向柴郎扑来。柴郎举斧便砍,双方你抓我砍,互不相让,整整斗了三天三夜,打得天昏地暗,日月无光。最后黑龙精疲力竭,被柴郎砍掉爪子。黑龙蹿出河面,刚飞到寿县地界,便掉下来,身子化作了城墙,从此寿县便有城墙了。传说城墙至今能防洪水,原因也就在此。

讲　述　人:张浩德,男,寿县一中退休教师
采　录　人:王晓珂,男,寿县作协秘书长
采录时间:2015 年 4 月 4 日
采录地点:寿县一中住宅小区

花家拐的传说

寿县古城过去有"三街六巷七十二拐"的说法,北门西有个圆通寺巷,巷子中段往西有一段被称为花家拐。为何叫花家拐?这里有个传说。很早以前,这里住着花姓人家。花家原本住在八公山中一座小桥旁,珍珠泉水流经小桥。这里山清水秀,有大片良田沃土,俗称"边家条子",按照方位也就是如今的八公山乡东边团结村附近。花家种田和打理果园,鸡鸭羊群,生活过得很是宽裕。过去山里常常有土匪打劫,花家种地收获的粮食,堆放在山上房屋内,常遭遇土匪盗抢。于是花家

用了三十块大洋,在城内圆通寺巷中部往西拐弯处买了几间房存放粮食和居住,后来人们把此处称为"花家拐"。

讲 述 人:于尔淮,男,寿县圆通寺巷居民
采 录 人:王晓珂,男,寿县作协秘书长
采录时间:2022 年 8 月 6 日
采录地点:圆通寺巷

单牌坊巷的由来

寿县古城有个圆通寺巷,巷子中段向东通往北大街有一个小巷叫单牌坊巷,巷子得名于一个传说。小巷清代住着方家母子二人,母亲守着儿子勤俭持家,后来儿子长大成人,刻苦努力,考中进士,功成名就,当了大官,据说是两广总督。方家老母亲去世后,清朝地方官府上报朝廷,陈述方母的守节育儿事迹,得以奖励,官府从南方运来巨石为方母建了单牌坊,方母住的巷子也改称单牌坊巷。

讲 述 人:于尔淮,男,寿县圆通寺巷居民
采 录 人:王晓珂,男,寿县作协秘书长
采录时间:2022 年 8 月 6 日
采录地点:圆通寺巷

白石塔的传说

寿州的白石塔,大诗人苏东坡吟过:"寿州已见白石塔,短棹未转黄茅冈。"过去这座塔又称"白虎塔",它还流传着一段故事呢。

白石塔未建之前,这里住着一户人家,丈夫叫石灰,妻子叫吴氏,二人三十多岁生下的独子取名石块。石块很小时,石灰就病死了,孤儿寡母好不凄凉。所幸吴氏心灵手巧,能耕能织,把石块养大,并送进娘家私塾就读。石块在母亲的激励下,刻苦自学,成了远近闻名的才子。

这年朝廷开科大选,吴氏为给儿子凑足赴京盘缠,连织布机也卖了。行前,石块跪在老母面前大哭,发誓一旦有了前程,就接老母同住,让老母安享晚年。

可是儿子走后再也没了音信。吴氏望眼欲穿,流干眼泪,双目失明。困境中,邻里帮助,劝说吴氏,说不定哪天石块会回乡接母呢?吴氏带着几分希望,等呀盼呀,也没见到儿子。吴氏六十岁生日那天,四处哄传石块要带着人马到寿州办案。吴氏心中好喜,邻里也不待言,吴氏生日那日天还没亮,邻里就扶着吴氏坐在东门口等待。

天近晌午,京官石块在人们前呼后拥中走来了。看那春风得意的模样,人们心里都清楚,他早把老母和乡亲们忘得一干二净了。邻里把这一切告诉了吴氏,并要吴氏拦道认子。吴氏愤然拒绝,独自回到草庵。她不思茶饭,在无声无泪中回忆着昔日的悲欢……几天过去了,吴氏奄奄一息地躺在草庵里再也无人过问。天又下雪了,刺骨的寒风中传来了吴氏的哀号。到了半夜,这哀号将一只白虎引进草庵。它不仅没有伤害吴氏,还将吴氏抱在怀中,并送上它饱含乳汁的奶头。从此这只白虎半夜就来,救活了吴氏,也养壮了吴氏。久而久之,左邻右舍都知道了这件怪事。

春天到了。这天清晨只听得一声虎啸,狂风大作,吴氏坐在白虎背上飞走了。

邻居决定修建一座白石塔来纪念此事,在塔上刻下碑文"官子不如虎"。

讲 述 人：许传先，男，寿县人，中国根艺研究会、中国通俗文艺研究会会员
采 录 人：王晓珂，男，寿县作协秘书长
采录时间：1998 年 9 月 8 日
采录地点：寿县汽车站家属区

"门里人"的故事

话说公元前 241 年，楚考烈王接受相国黄歇的建议，把都城迁到寿春（今安徽寿县）。黄歇为相期间，施仁政，重农商，政绩卓著，深得考烈王的信赖。考烈王一直没有儿子，王位的继承人成了问题，春申君黄歇为此也日夜操心，但无结果。

此时，黄歇门下有一个叫李园的舍人，为了巴结主人，把他的妹妹李环献给了黄歇。这李环颇有几分姿色，又能说会道，深受黄歇的喜爱。不久，李环有孕在身。李园是赵国人，是个奸诈阴险、狡猾狠毒的小人，他为了达到不可告人的目的，想出一条诡计，让他妹妹去实施。李环便花言巧语地对黄歇说："楚王没有后嗣，一旦死了，王位就会被他的兄弟夺去。你为楚相这么多年，得罪不少人，到那时只怕你不仅保不住相位，就连性命也难保啊！现在我已有身孕，你把我献给楚王，要是生个太子，不就立为楚王了吗？到那时，你不就得到楚国了吗？"经过反复思考，春申君最终还是同意了。

李环献给考烈王后，不久果真生了一个男孩，楚王十分高兴，宣布立为太子，这就是后来的楚幽王。再说李园阴谋得逞后，摇身一变成了国舅爷，根本不把春申君放在眼里。公元前 237 年，考烈王得了重病，生命危在旦夕。这时，黄歇的一个门客私下对他说："李园是个奸诈小人，我看他收养了许多死士，只怕考烈王一死，他要夺取王位，必先杀你灭口。"黄歇自信他待李园一直很好，李园不会对他下此毒手。时隔十七天，考烈王死了，李园便把家养的刺客埋伏在棘门（今寿州古城南门

内），等黄歇吊丧经过时，将他杀害了，连黄歇家族也遭李园抄斩。

后来，人们为了记住这血的教训，就在春申君遇刺的地方，也就是寿州古城南门瓮城东墙上，嵌上石刻刺客像"门里人"，警示人们一定要远离小人，亲近君子。

采 录 人：楚仁君，男，寿县文化和旅游局创研室主任
采录时间：2023 年
采录地点：寿州古城

"人心不足蛇吞相"的传说

在很久很久以前，寿州城内有一个穷秀才叫梅生。一次郊游回家途中遇到暴风雨，电闪雷鸣后，他发现路边有一条小蛇蜷缩在地上，浑身发抖。梅生就将小蛇带回家中，放在抽屉里喂养。

春去夏来，小蛇一天天长大，渐渐成了一条大蟒蛇。梅生这年秋天要进京赶考，眼看考期临近，蟒蛇无人喂养，便将蟒蛇带到八公山上放生了。不承想，梅生官运不济，一连几科都名落孙山，生活日渐艰难。一天，梅生在州署前看见众人围观皇榜，便挤进人群中观看。皇榜上的大意是："当今皇太后身染重疾，宫中御医医治无效。榜示天下，若有人治好皇太后病症者，高官尽做，骏马尽骑。"梅生暗想，我若有灵丹妙药治好皇太后的病就好了。梅生想想，又自嘲似的笑笑，心想，这是不可能的事情。

傍晚，梅山出了北门，来到八公山上，寻一处幽静的地方坐下来看书。忽然，一阵大风过后，一条大蟒出现在面前，梅生吓得连连后退，面如死灰。没料想，大蟒竟亲昵地在他身边摆动身子，口吐人言说："我是你救下的那条小蛇，今天来报答你的恩情。你进到我的腹中割下一块心肝，就能治好皇太后的病，这样你就可以升官发财了。"梅生听了心中大喜，连忙钻进大蟒腹内，割下一块心肝，第二天就带着皇榜

进京去了。

梅生献上大蟒的心肝,治好了皇太后的大病,皇上一时龙颜大悦,封梅生为宰相,并准假三月回乡祭祖。在此期间,梅生又想:荣华富贵,皆是过眼云烟,不能永世永生。那大蟒的心肝,真乃灵丹妙药,吃了能起死回生。我救过它的命,何不再向它要些来?将来我若生病,吃了就能转危为安、长生不老。

想到此,梅生便来到城外八公山上,找到大蟒,请求再赐给他心肝一块,留自己以后生病时食用。大蟒心想:好一个贪心不足的家伙,如今有了高官厚禄,还想长生不老,真是得寸进尺,贪得无厌。转而又想,在危难之时,梅生毕竟救了自己的命,便同意让他再割一块心肝下来。梅生手执利刃,钻进大蟒腹中,想要把它的心肝全部割下来。于是,梅生翻江倒海般地在大蟒的肚子里乱砍乱割,大蟒一时疼痛难忍,在地上翻滚不止。半个时辰过去了,大蟒实在难忍身体的疼痛,更愤恨梅生的贪心,便流着泪把嘴闭上了,梅生霎时间变成了大蟒的美食,这真是"人心不足蛇吞相"。

后来,这个传说被人们刻成画像砖,嵌于寿州古城东门门洞墙壁上,时时提醒人们,不要贪心不足。

采 录 人:楚仁君,男,寿县文化和旅游局创研室主任
采录时间:2023 年
采录地点:寿州古城

无梁庙的传说

寿州古城北门瓮城的城墙上,建有一座孤零零的小庙无梁庙,由于内部用藻井式结构结顶,所以叫无梁。小庙内供奉的真武大帝,是镇守北方的大帝,所以此庙设在寿州古城的北门。关于这座无梁庙,还有另一版本的传说。

相传,很久很久以前,寿州古城有一个秀才科举考试屡试不中,心灰意冷,觉得活在这世上没有意义,于是在一天晚上,他爬上北门城墙,来到一个庙里准备上吊。

当他把绳子拴在房梁上,正要蹬腿自杀时,房梁突然掉了下来,但庙宇却没有坍塌。秀才抬头看了一下,心想这是老天爷可怜我,不让我死啊!于是,他整理了一下凌乱的衣服,重拾信心准备再考一次,并且立下誓言,如果高中,一定回到庙里答谢。自此,秀才发愤读书,积极备考,没想到几年后他真的高中了。

高中之后,秀才随即赶回家乡寿州,兑现当初许下的誓言。但是,当他再一次爬上北门城墙时,发现在城墙上根本就没有什么庙宇。为了履行誓言,秀才于是在北门城墙上写下了"无梁庙"三个字,以此来感谢那座改变自己命运的庙宇。

到明代嘉靖年间,人们便在北门城墙上建起了一座无梁庙。后来,北门城墙毁于战火,无梁庙随之消失。再后来,由于旅游发展需要,无梁庙被再次修建了起来,成为寿县"三大怪"之一。

采 录 人:楚仁君,男,寿县文化和旅游局创研室主任
采录时间:2023 年
采录地点:寿州古城

"当面锣对面鼓"的故事

寿州古城西门瓮城的西墙上设有一个砖龛,嵌着两方石刻,一方是鼓,一方为锣,名叫"当面锣对面鼓"。这里有一个真实的故事。

话说在明朝正统二年,也就是 1437 年,寿州境内连降暴雨,自五月初起历经三旬也没有停止,寿州城西门外的淮水与淝水汇成一体,白浪滔天。由于长期受雨水浸泡,城垣坍塌 798 丈,洪水涌入城内,惨状空前。

正统四年,也就是 1439 年,寿州卫指挥史刘通奉命修筑城池。他广募资金,并

调集屯守将士轮番出力,前后六个月时间,终于竣工。事情过了不久,有人以贪污渎职的罪名弹劾刘通。刘通说,这样的大事必须"当面锣对面鼓"地辩驳清楚,以证明我的清白。后经查实,举报刘通贪污渎职的事情纯属子虚乌有,清者自清,浊者自浊,刘通真是一个两袖清风的好官。

寿州百姓被刘通的清廉务实的品行感动,自发地在西门瓮城内墙壁上刻下了"当面锣对面鼓"石刻,以此褒扬刘通廉洁奉公、大公无私的高尚品德,也警示后人为官要清正廉明、无取于民。

采 录 人:楚仁君,男,寿县文化和旅游局创研室主任
采录时间:2023 年
采录地点:寿州古城

状元桥的来历

寿州孔庙戟门前有一个半月形的水池,名叫泮池,意思是"泮宫之池",是官学的一种标志。泮池上有石拱桥,称作泮桥。过去科举考试时,学生过桥去祭祀孔子,被称为"入泮"。泮桥又称为"状元桥",与寿州清末状元孙家鼐有关。

孙家鼐(1827—1909 年),寿州(今安徽寿县)人,字燮臣,号蛰生、容卿、澹静老人,清咸丰九年(1859 年)状元,与翁同龢为光绪帝的老师,累迁内阁学士,历任工部侍郎,署工部、礼部、户部、吏部、刑部尚书。1898 年 7 月,孙家鼐以吏部尚书、协办大学士的身份,受命为京师大学堂(今北京大学)的首任管理事务大臣,去世后谥曰"文正",是清代谥号为"文正"的八大名臣之一,是中国历史上第一个教育部长、最后一个拥有"文正"谥号者。

孙家鼐天资聪颖,才智过人,文采不凡,下笔成章。他六岁入学,十六岁考为秀才,二十三岁成为拔贡,二十五岁中举人。在此后十余年间,他发愤图强、刻苦学

习,终于在咸丰九年时年三十三岁时夺魁中了状元。在殿试时,咸丰皇帝命他以大清王朝的兴盛写一副对联,孙家鼐即兴撰出对联:"亿万年济济绳绳,顺天心,康民意,雍和其体,乾见其行,嘉气遍九州,道统继羲皇舜尧;二百载绵绵奕奕,治绩昭,熙功茂,正直在朝,隆平在野,庆云飞五色,光华照日月星辰。"这副对联既歌颂了清朝的丰功伟业,又巧妙地把历代年号"顺治""康熙""雍正""乾隆""嘉庆""道光"等嵌入联中,咸丰皇帝看后惊呼"绝妙!",遂举起朱笔点他为头名状元。

据说,孙家鼐赴京赶考前,曾专门到寿州孔庙祭拜孔子像,祈求圣人护佑自己金榜题名、蟾宫折桂,最终心想事成、如愿以偿。寿州人都为家乡出了一名状元而感到自豪,从此把孙家鼐当年走过的泮桥叫作状元桥。

采 录 人:楚仁君,男,寿县文化和旅游局创研室主任
采录时间:2023 年
采录地点:寿县寿州孔庙

奎光阁的传说

传说在很久以前,一个州官为了显示自己的政绩,要在寿州孔庙旁建一座"奎光阁",便招来几百名能工巧匠,大兴土木。开工那天,州官大人亲临工地,向木工、瓦工们说:"需要什么材料,我给你们准备,可要把奎光阁盖得雄伟壮观,不然……"话未说完,便转身上轿走了。

州官发话,工匠们哪敢怠慢,商议出最好的方案后便动工了。一天天过去,阁身也一尺尺升高。到了第二十天,奎光阁终于成形了,可是看上去像个古堡,只高大,不壮观。工匠们自己也不满意,还敢让州官大人查验吗?大伙正在犯愁,不料此刻州官大人却出现在工地上。州官一看,大发雷霆:"统统给我扒掉!限你们十天工期给我重新建好!如果还是这个样子,我可要拿你们人头是问!"

大伙吓呆了,你瞅我,我瞅你,谁也想不出好主意。中午,工匠们手端饭碗坐在地上,谁也无心下咽。这时,忽然来了一个讨饭的白发老头站立门前,一工匠顺手将碗里的饭菜全都倒给老人。老人吃了一口说:"太淡了,加盐!"说着又把碗伸过来。这个工匠有点不耐烦了,顺手抓了一把盐放进老人碗里。老人尝也不尝,仍说"加盐"。工匠一气之下,把盐罐里剩下的盐全都倒给了他,老人说了声"加盐好",转身就不见了。愁闷的工匠们都感到奇怪,菜本来就咸,可这老头老是说要加盐,这到底是什么意思?

此时,一位年轻聪明的工匠猛地跳起来,大声叫道:"是鲁班爷爷指点我们来了!"大家不知是怎么回事,他说:"老人家再三说要加盐,这不是在提醒我们给奎光阁加檐吗?"大家恍然大悟,立即动手给三层楼阁都加上六角斗拱飞檐。雄伟壮观的奎光阁从此耸立云天,为寿州古城增添了新的光彩。

采 录 人:楚仁君,男,寿县文化和旅游局创研室主任
采录时间:2023 年
采录地点:寿州古城

报恩寺的来历

在寿县城内东北隅,有一座东禅寺(今报恩寺),以前里面住着一位和尚,每天除了打柴提水,就是念经。

这天,和尚来到街上,突然看见一群人手里拿着棍棒,纷纷大喊道:"打!打!打!"和尚凑到近前一看,原来是一条小花蛇。和尚看见小花蛇疼得在地上直打滚,立即发了慈悲之心,双手合十道:"阿弥陀佛,善哉!善哉!各位施主,不要打死它。"人们放下棍棒,问:"大和尚有什么吩咐?"和尚说:"各位施主,看在贫僧的面上,放了它吧!让我把它带到寺里。"众人点头同意,一个小孩大声说:"师父小心,

当心小花蛇咬你。"

就这样，和尚把那条被打得半死的小花蛇带回寺院里，精心侍养，还上山采药给它治伤。不到一个月，小花蛇便全好了。和尚给它取了个名字叫"小花"。这以后和尚上山采药的时候，小花蛇就跟着他一起上山；和尚去挑水，它就爬到桶绳上；和尚念经的时候，它就盘在柱子上，整天形影不离。日久天长，小花蛇跟和尚愈加亲昵，和尚只要叫一声"小花"，小花就会出现在他身旁。过了四五年，小花长成了一条大蟒蛇，寺里再也不能养它了，和尚就把小花叫到跟前，对它说："你已经长大了，我养活不了你，你到别处去另寻生活吧。"小花点点头，似乎听懂了和尚的话，然后流下几滴眼泪，就慢慢地爬走了。

过了十多年，和尚得了重病，整天躺在床上，徒弟们请来了很多名医给和尚看病，都无济于事。和尚的病越来越重了，奄奄一息，眼看就不行了。这一天，寺里忽然来了条大蟒蛇，它爬到和尚床前说："师父醒醒，师父醒醒。"和尚挣扎着问："你是谁呀？"大蟒蛇说："我是小花呀！"和尚问："你来干什么？"大蟒蛇说："听说你得了病，我来给你治病，报答你的救命之恩。"说罢，大蟒蛇伸出舌头把和尚周身舔了一遍，和尚的神志渐渐清醒过来，病也慢慢地好了。身体痊愈的和尚再去找小花，可它早已不知去向。

小花蛇如愿以偿地报答了和尚的救命之恩。和尚为了纪念小花，就将东禅寺改名为报恩寺。

采 录 人：楚仁君，男，寿县文化和旅游局创研室主任
采录时间：2023 年
采录地点：寿州古城

无 蚊 巷

寿县古城东街有一条北梁家拐巷,史称无蚊巷。为什么在古城的其他地方都有蚊子,而此条巷子却没有蚊子呢?老人们会给你讲起"赵匡胤困南唐"的故事。

五代十国时期,寿州地属南唐。南唐清淮军节度使刘仁赡奉命镇守寿春。周世宗显德二年(955年)十一月,周举兵伐唐,十二月"败唐二千余人于寿州城下"。次年春正月、二月、三月、五月多次进攻、围困南唐。

显德四年(957年)春,世宗水陆并进再度亲征,赵匡胤又"从征寿春"。赵匡胤率师拔唐之连珠寨,生擒唐应援使陈承昭。刘仁赡在外失救兵、内缺粮草的危境中死守城池,拒周劝降,疲劳、饥饿、疾病接踵而至,不省人事。其副使孙羽看大势已去,开城门投降。刘仁赡旋病死,刘夫人绝食殉节。州人皆哭,刘仁赡部将及士卒跪在灵前,自尽以殉者数十人。

南唐之战前后三年,双方死伤惨重。据载,仅正阳关一战,唐兵就被斩首万余人,伏尸三十里。可以说,这次周、唐之战是继秦晋淝水之战之后发生在寿州境内的又一次重大战役。

此次战役之后,"赵匡胤困南唐"及"大救驾"的故事广为流传,而南唐清淮军节度使刘仁赡死节守城、忠贞不贰,更为后人所称道。明正德年间《重建忠肃王庙碑记》云:"(仁赡)生抗国难,死勤王事,夫妇忠节,诚罕与俦。"明代在寿州城内建"忠肃王庙"祀之。

战争结束了,城内百姓欢欣鼓舞,逃难的百姓也陆续回城。赵匡胤率周军进城驻扎休整,百姓们夹道欢迎。赵匡胤身骑白龙马,手持盘龙棍,来到了州城东北隅的东禅寺安营。

这年,寿州的梅雨季节来得较早,连日的闷热,使得蚊虫越发多了起来,特别是傍晚时分,蚊虫嬉戏簇拥,团团飞舞。赵匡胤坐在案前研读《淮南子》,不时受到蚊虫的侵扰,在他坐立难安时,脱口说了一句"如果没有蚊子就好了"。未曾想他的一句戏言,次日就蚊虫渐少,数日后,东禅寺方圆数百米以内蚊虫已不见踪迹。

960年,陈桥兵变后赵匡胤成为大宋太祖,人们为了表达对太祖皇帝的爱戴之情,将他在寿州城内居住过的东禅寺西侧的巷子命名为"无蚊巷"。后来人们将无蚊巷又改称为"北梁家拐巷"了。"无蚊巷"的传说随着"赵匡胤困南唐"的故事,经历代人们的口口相传,流传至今。

采 录 人：楚仁君,男,寿县文化和旅游局创研室主任
采录时间：2023年
采录地点：寿县孔庙

袁家井的水不咸

古城里有个钱李巷,巷子很长。巷子的由来并不是巷子里有姓钱的人家,而是在明朝时巷子里有几家钱庄,巷子东端有李姓人家居住,故称为"钱李巷"。巷子中段临将爷巷处,在明代时是袁都府邸,房屋众多,如今住着袁家的后人袁续功。南梁家拐与钱李巷交叉口西北一大片过去都是袁都统府邸,而现今的袁家井则是后建的,明朝时的袁家井则在现井的东边十几米处。老的袁家井已被填实,据袁家后人说,苗沛霖攻破寿州,烧杀抢掠,苗兵包围袁府时,为保持名节不受辱,袁家大小姐、二小姐穿上红色长衣,投了井里,苗兵进入院内,大为震惊,于是飞快地退出袁府。后来袁家人就把老井填实,在房屋西边重建了一口井。而这口重新建的井也很神奇,古城里的井水都有点咸,而唯有袁家井水不咸,人们说,这是被两位小姐感化的。

讲 述 人：袁续功,男,寿县钱李巷居民,退休工人
采 录 人：王晓珂,男,寿县作协秘书长
采访时间：2023 年 8 月
采录地点：寿县钱李巷

正阳关传说

千年古镇正阳关原名叫羊石,可羊石怎么变成正阳关的呢?这里面有一个神奇的传说。

传说在明永乐年间,有一年淮河两岸大旱,沟塘干涸,羊石有许多口井都汲不出水,而位于羊石北端玄帝庙里的这口井,井水却异常旺盛,不论有多少人汲水,水面总不见下降,且井水清洌,甘甜可口,一时间成为许多人的饮用水。更奇的是这口井还能祛邪除病,据说是玄帝老爷为普救众生特赐的圣水,经商的人用井水洗过手后,就能生意兴隆,财源广进,四季安泰;中暑的人若喝了井水,就能病愈。因此,这口井又成为一些人心目中的"圣井"。

当时玄帝庙里的住持是一个德高望重、不妄虚言、说话灵验的张道长,已年届花甲。张道长是个慈善人,为方便过路行人及一些香客饮水,在庙门口放口大缸,每天都叫庙里干杂活的道人汲水倒入缸中供他人饮用。

有一天,干杂活的道人都去外面办事了,庙里只有张道长一人忙前忙后,招呼来往香客。快到午时,张道长见放在庙门口的缸里水没了,就自己拿着水桶去井边汲水。这时骄阳似火,万里无云,张道长到井边刚要汲水,往井下一望,见井里有个太阳,恰好此时太阳正照在井里,这可是张道长几十年来第一次见到的奇事,老道长心想只有"井中捞月"的典故,哪有"井中捞日"的呢?想到这,他忙大声喊来一些人观看。众人一见,井里出现这等奇事,议论纷纷,不知是凶是吉。众人忙请教张道长,让其破解其中的凶吉奥秘。张道长一捋长髯,掐指一算,正色道:"贫道以

为,烈日落井,羊石更名,若不更名,人要遭瘟。"众人一听都吃了一惊,因张道长一向说话极灵验,从不妄言。众人赶忙跪下,请求道长快给羊石改个名字,好救救羊石众苍生。

老道长沉思片刻,心想:此时正好太阳照在井里,给羊石改个何名好呢？忽然灵机一动,回想去年到山东访道友登临泰山,拜谒岱庙时曾见岱庙大门叫"正阳门",何不把羊石更名为"正阳"呢？一来"正阳"二字暗含正好太阳照在井里之意;二来借助岱庙诸神的法力,必能禳去羊石的人瘟之灾。羊石若避过此灾,后来必将人旺财旺,此乃"大难不死,必有后福"之谓也。想到这,道长微微一笑,对众人说:"诸位快请起,现在正好太阳照在井里,贫道以为,若把'羊石'更名为'正阳',非但可免遭人瘟之灾,不久家家还可人旺财旺。"众人一听,将"羊石"更名为"正阳",众人既能免遭人瘟,家家还能人旺财旺,都很高兴,于是一传十,十传百,"正阳"这个名字就叫开了。

张道长给羊石更名为正阳后的第三天,下了场大暴雨,人们都觉得身体比以前舒服多了,淮河两岸的旱情也得以缓解。后来正阳四周乡村连续多年风调雨顺,五谷丰登,正阳街上生意也一天天兴隆起来,商贾云集,行人接踵,茶舍酒肆林立,店铺货物丰盈,街面上通宵喧闹,叫卖声在几里外的地方都能听到,每天河下停泊的船只有上千只之多,真可谓:道长更名逢盛世,人旺财旺归正阳。

后来,朝廷见正阳商贸繁荣是个征收商人和船民赋税的好地方,就在正阳设立一个税关,专司收取商人和船民赋税,以后"正阳"又叫"正阳关"了,一直沿用至今。

采 录 人:李天仁,男,寿县正阳关镇政府工作人员
采录时间:1999 年
采录地点:正阳关镇

金鸡坟的传说

金鸡坟,在千年古镇正阳关无人不知无人不晓。它位于镇子的东南角,原先农场畜牧队的旁边,清朝时就是正阳关大户李家的祖坟地,后来成了农场的公墓。这里传说众多。

其一,相传,早先这块地里有两只金鸡,被李家捉住其中的一只。从此,李家就逐渐发了。这块地被李家视为风水宝地,并将祖坟迁于此地,金鸡坟由此得名。但李家后来又是怎么衰落的呢?老正阳关人说,与日本鬼子1938年占领正阳关有关。话说,那年的6月5日,日军向正阳关发起进攻,随后于6日凌晨占领了正阳关。在此期间,日本人在偷走了迎水寺基座石壁上的那棵灵芝草后,在金鸡坟又偷走了另一只金鸡,破坏了风水,李家从此衰落了。

其二,旧时的正阳关没有坝堤,一到汛期就成了孤岛,四周汪洋一片。而金鸡坟却十分神奇,再大的水也没有漫过金鸡坟。老人们讲,那是因为它就像中国民间故事《白蛇传》里最为精彩的"水漫金山寺"一样,水涨它也涨,不然怎么称得上风水宝地呢?

其三,有老正阳关人说,从民国末年至20世纪五六十年代,金鸡坟实际上是一片乱葬岗。那时人们生活贫困,家里老人去世,很多就葬在那里,省下了买墓地的钱,很是经济,人们就称那里为"经济坟",由于谐音的关系,后来就被叫作金鸡坟了。

其四,金鸡坟位于正阳关古城的郊外,是一块人烟稀少的旷野地,那里杂草丛生,野鸡出没。而野鸡呢,人们又叫它锦鸡,起初人们是叫这块地为"锦鸡坟",但因方言土语,叫着叫着就把锦鸡坟叫成金鸡坟了。

其五,过去人们在旭日东升的时候,站在高处,遥望这块地,它在金色阳光的照耀下,很是像一只引吭高歌的雄鸡,金鸡坟由此得名。

采 录 人：汪洋，男，寿县正阳关镇人，退休教师
采录时间：2022 年
采录地点：正阳关镇

地 灵 寺

  地灵寺是正阳关"七十二座半"寺庙之一，《千年正阳关》一书中也有记载。听老正阳关人说，地灵寺的旧址就在过去南头的万字会，也就是后来正阳三小后面，原来的城墙根处。该庙虽然占地面积小，建筑比较简陋，但也曾兴盛过一段时间。

  说起地灵寺，不少老正阳关人都知道关于它的这么一个故事。相传有一年，一货运之船顺流而下经过正阳关，恰逢这船民之母身患重病，为给母亲治病，这船民就将船停泊于董家码头，自己匆匆上岸到镇里为母亲求医。当走到城墙根的时候，他看见几个孩童在一个用碎砖烂瓦搭的庙不庙屋不屋的小房子前，模仿大人顶礼膜拜的样子，烧纸焚香、叩首祈祷。求医心切的船民，也许本身就很迷信，也许病急乱投医，当即就近买来香烛，也随着这群孩子燃香点烛，拱手下跪，嘴里还不停地祷告许愿："求求菩萨显灵，若能救我母，今后一定在这里建一座寺庙，以报答菩萨的大恩大德。"祷告完毕，他抓了点香灰，急急跑回船上给母亲服用。没想到，时隔不久母亲的病竟然痊愈了。事后，这船民不忘菩萨的救母之恩，打算在原地还愿建一座寺庙。无奈他家境贫寒，凭一己之力想要建一座像模像样的寺庙，实在是心有余而力不足。于是，他倾其所有加上东拼西凑，在城墙根处搭建了一座简陋的庵厦。因他深信是地之神灵救了其母，这船民就将这寺庙命名为"地灵寺"。寺庙建好后，地灵菩萨显灵救了船民之母的故事也传遍了古镇，因此，一时间来地灵寺烧香许愿的香客络绎不绝，很是红火了一段时间。

采 录 人：汪洋，男，寿县正阳关镇人，退休教师
采录时间：2021年
采录地点：正阳关镇

大战白沙滩

明朝正德年间，正阳关的水运十分繁荣，俗称"七十二水通正阳"。从南方大别山和河南省南部的桐柏山上运来的茶、麻、竹、木、家具，以及从江、浙地区运来的布匹、百货、盐、烟等货物，均通过河流，运到正阳关集散。所以正阳关淮河岸边的码头生意十分兴隆，正阳关靠码头为生的人，为了争夺码头的控制权，便大打出手。谁的人多，力量强大，谁就能霸占码头，控制装卸权。

正阳关西南淮河岸边有座著名码头，名叫董家码头，这是由董姓弟兄控制的码头，别人不许插足。董家弟兄五人，号称董家五虎，一个个长得膀大腰圆，力大如虎，身怀武功。往来货船在此靠岸，装卸人和货物，必须经董家同意，向董家交钱，由董家派人装卸，别人不得插手，形成垄断和欺行霸市的局面。特别是董家老大董绍义，心肠歹毒，他不但霸占码头和渡口，而且拦河抢劫，外地客货商船经过这里，都要遭劫，轻者丢了货物，重者丢了性命。各地客商和当地百姓对他都很痛恨。

正阳关东大街有位回族侠士，名叫穆顺清，武功高强，具有侠义心肠。他对董绍义等五虎的霸道行为，非常气愤，于是联系了一帮江湖中的武林高手，扮成外地客商，穆顺清则扮成富家小姐，乘坐大船，由董家码头经过。董绍义率领五虎上前拦阻，见船上有一美貌女子，便欲上前抢夺，甚至要抢夺富家小姐拜堂成亲。穆顺清见董家五虎上前拦阻，便将外面穿的女衣脱去，一身紧身衣裤，纵身跳在岸边的白沙滩上，率领众义士，与董家五虎，摆开拳脚，亮出刀枪棍棒，展开了一场你死我活的拼杀。恶霸董绍义被穆顺清挥拳击毙，其余四虎被打得东倒西歪、丢盔弃甲、四散奔逃，从此不敢在码头为非作歹、欺行霸市。后来有人将此故事编成剧本《白沙滩》。

采 录 人：沈世鑫，男，文史作家，寿县文化艺术协会原会长
采录时间：20 世纪 80 年代
采录地点：正阳关镇

斗 鸡 台

斗鸡台亦称斗鸡城，位于双桥镇双桥集西四公里大郢村境内，国道 328 寿霍路北侧，邸家小郢西六十米处。台子总体呈长方形，上、中、下三层，每层台阶高度约为一点四米，台阶宽带约为四米，顶层面积约为一万三千平方米。1956 年，安徽省人民政府将其公布为省级重点文物保护单位。

关于斗鸡台，当地民间有几种传说。其一，斗鸡台的形成。相传斗鸡台是两只金鸡在五更天斗架形成的台子，前后三次斗架，每次斗架后台子便高出地面一层。其二，据说有一只金母鸡带着一窝小金鸡，时常于五更天时在斗鸡台周边嬉戏。有一天，附近一位农民起早下地干活，路过斗鸡台时忽然听到了金母鸡呼唤小金鸡，凑近一看，金光闪闪，他兴奋地返回家中，告诉了家人，家人感到好奇，想捉回家里。第二天一早，全家出动来到斗鸡台等候金鸡的出现。天刚蒙蒙亮，金母鸡带着小金鸡果然出现了，大家急忙从四周围捕，但始终捉不到，最后金母鸡带着小金鸡不慌不忙地回到斗鸡城躲了起来。此后，再也没有人见到过金鸡。

关于斗鸡台的历史故事，当地也有几种传言。斗鸡城相传为楚王斗鸡的地方。时过境迁，楚国在逐鹿中原的战争中烟消云散，但斗鸡城遗址仍在。

相传宋朝时期，宋太祖赵匡胤为追杀叛军于洪，途经邸家小郢附近遇伏，急中生智地躲进了当地的弥勒佛寺。此寺庙后来被称为护驾寺，如今遗址尚存。援军赶到后，赵匡胤迅速召集兵马，来到斗鸡台点兵点将，继续追杀叛军，后来斗鸡台亦称赵匡胤点兵台。

讲 述 人：王德平，男，寿县双桥镇人民政府退休干部
采 录 人：汪家铝，男，寿县双桥镇人民政府工作人员
采录时间：2023年
采录地点：双桥镇人民政府

袁家老坟

袁家老坟位于双桥镇袁郢村，古地名寿安乡三沟村。该坟系明朝开国功臣都督袁洪的曾祖父母、祖父母之坟。明太祖追封袁洪三代，以朝廷公帑建坟。

坟地坐北朝南，正面两侧设立石羊、石狮、石将军等石刻各一对，旗杆、杆座各一对。坟前约十五米处放置一巨大石龟，石龟上立有一块石碑，碑两侧镶有碑框，上有碑帽，刻有二龙戏珠，两龙中间有"圣旨"二字，明人唐志淳撰书《大明敕赠袁氏三代先茔之碑》。"文革"时期，袁家老坟上面的石器文物曾受到了一定程度的毁坏，还留有残缺的石将军、石龟胫部、石狮和断为两截的石碑立于四座坟前。碑文严重磨损，字迹不清。

元朝中期，袁氏先祖从山东老鸹巷偕家人迁徙到寿州以南的九里沟定居，随后又迁移到现在的袁郢村。随着家族人口增多，为光宗耀祖，续辈有序，又在袁郢修建了袁家祠堂。在祠堂附近还修建了一座寺庙。寺庙内供奉着观音菩萨、神医华佗、催生娘娘、送生娘娘，观音菩萨前有一对童男童女。这座寺庙叫霞披寺，象征着人们祈求菩萨保佑家族人丁兴旺、平平安安。

洪武二十八年（1395年），袁洪次子袁容被选为燕府仪宾，配永安郡主。永乐元年（1403年）进郡主为公主，袁容为驸马都尉。因在靖难之役中立有战功，袁容被封为广平侯，岁禄一千五百石，世袭，封丹书铁券，死后赠沂国公。

袁驸马每年正月十五都会偕公主回籍祭祖，从京城到安徽寿县袁家老坟全程

一千多公里,路途遥远,车马耗时长达半个月,很不方便。为了公主省亲,朱棣皇帝颁旨,拨银十万两,调军队一万人,修建了娘家河。河道北连淮河娘家河,经寿西湖南至袁家湖,全长二十多公里,宽一百米,深五米,经过上万将士一年奋战,顺利完工。这条河不仅方便公主省亲,还方便了当时农产品的运输交易。每逢驸马、公主回乡,远近乡人为一睹公主风采,从四面八方聚集到袁家老坟周围,久而久之演变成了正月十六的贸易市场。峰会期间,摆摊售货、玩灯唱戏、旅游观光,颇为热闹。后来人们就在每年的正月十二提前安排,做好展销摊位和娱乐场所的划定,使会场有序不乱。

岁月无情催人老,曾经被人们仰慕的公主也难逃病逝命运,永乐十五年(1417年)正月初九,永安公主以疾薨,是年二月二十七日,葬于北京顺天府涿州房山县永安乡佛仙山之原。袁容后死于宣德三年(1428年)十二月,葬于寿县双桥镇袁郢村袁家老坟。

讲 述 人:王德平,男,寿县双桥镇人民政府退休干部
采 录 人:汪家铝,男,寿县双桥镇人民政府工作人员
采录时间:2023年
采录地点:双桥镇人民政府

饮马店与护驾寺

宋太祖赵匡胤曾经是五代时期后周的一员大将,随柴荣数次征伐南唐,发生在寿州的"后周南唐大战",成就了南唐清淮军节度使刘仁赡死节守城的英名。后来,赵匡胤完成统一大业,做了宋朝的皇帝。因此,与寿州有关的"赵匡胤困南唐"的故事,成为百姓口中经久不衰的传说。

百姓口中,战争只有"胜王败寇"之分。因此,凡是宋太祖赵匡胤马蹄踏过的

地方,都留下了所谓饮马井、饮马塘、饮马店的遗迹,都流传着护驾的故事。而南唐战败之将于洪所过之地,不是走投无路就是遇到了独笼沟、独笼桥。独笼是一种打鱼人装鱼的器具,"于"与"鱼"谐音,鱼进了独笼是犯了地名的忌讳,必死无疑。

话说有一次,赵匡胤被于洪追杀到这里,即将被生擒,突然看到路边有一间破庙,躲了进去。追捕的人到庙前一看,一层又一层蜘蛛网将庙门网得严严实实,没有一丝破绽,更没有一点缝隙,人是根本不可能钻进去躲藏不留下痕迹的,就没有进去搜查,赵匡胤神奇地躲过一劫。

临到赵匡胤追杀于洪,这位于大将军就没有这等幸运了。于洪被逼无奈,向西逃窜,过了皮家店,当快到三十铺集东头的时候,不知去向,问旁边地里干活的一位老农,老农告诉他,前面有一条河,河上有一座桥,这里叫独笼背桥。于洪一听,大惊失色,我这不是于(鱼)钻进了独笼里去了吗?犯了地讳啊!在古代,犯地讳和名讳一样大不吉利,民间就有"逮到头往独笼里捉"的说法。于洪自投罗网,只得自杀,一命呜呼。现在从三十铺西到涧沟集东,有一个叫黑窗户的乱滩岗,相传就是于洪的坟墓。

赵匡胤和大将们班师回朝,走到这里,人困马乏,稍作休整。刚好村庄路边有一口水井,于是,众乡亲替他们打水饮马。饮完马匹,赵匡胤心情不错,他先是双手抱拳,与乡亲们揖别,然后,一手拽着缰绳一手伸向前面,手心朝上,向一旁的大将们示意"请先行"。而大将又以同样的手势回敬赵匡胤,一番谦让央求过后,才又绝尘而去。

赵匡胤做了皇帝后,曾经救他一命的无名小寺被命名为护驾寺。护驾寺香火鼎盛时期,每年的正月十五逢会,当天晚上,最灵验的是"抱娃娃"和"送娃娃",晚上灯会,周围几里,人潮涌动。寺前有专供灯会的"插灯田",每家每户分配任务,自备麻秆,麻秆上端劈开,点上蜡烛,听从指挥,做成巨大的"迷魂阵"。女子不孕,抱了娃娃后,又能从灯阵中出来,必定好事既成,只等明年来送娃娃还愿了。

后来,赵匡胤饮过马的这口井博得大名。村里老人说,井水非常神奇,再冷的天,吃再多的肥肉,直接喝井水,也不会拉肚子。后来,饮马井所在的村庄被叫成饮马店,饮马井旁边的池塘叫作饮马塘,又因为饮马过后,赵匡胤与随行大将相互谦让,央求对方先行,又称为央马店。

讲 述 人：邱之憨，男，寿县双桥镇小郢村人
采 录 人：高峰，男，寿县政协文史委副主任
采录时间：2023 年
采录地点：双桥镇小郢村

黑 泥 沟

  黑泥沟在淮河南岸、涧沟镇西北边，十五里长菱角嘴的西头。黑泥沟名不见省市舆图，然而淮河上下十里八乡，几乎无不知晓。它往日的悲壮的故事及其沧桑巨变，给人们留下了深刻的记忆。
  淮河在这里向东北拐了个弯，上游来水，它首当其冲，十分险要。新中国成立前，地方当局为了应付局面，糊弄百姓，每到冬春也派民夫到那里打坝子修堤，可是从来未弄出像样的堤坝来，夏季洪流来到，一触即溃，洪水泛滥，菱角嘴大地顿成泽国。连年水灾，民不聊生，许多人背井离乡，四处逃荒要饭。
  黑泥沟地处风口浪尖，是淮上一处要隘。这里发生过不止一次战事。清朝时，黑泥沟有民团把守。叛匪苗沛霖陷寿州，奸杀抢掠，无恶不作。同治年间，苗匪从正阳关，沿淮河南岸东进，图谋再略寿州，行至黑泥沟被民团堵住。双方使用大刀长矛，厮杀了一天一夜，死伤百多人。那一仗，苗沛霖受阻退去，流窜到蒙城，被清军击败后，为太平天国陈玉成旧部杀掉。那一仗，让寿州人免遭又一次浩劫。
  抗日战争时期，黑泥沟建有砖石碉堡一座，驻守一排官兵，三个班十天一轮防。1943 年农历三四月间，日本侵略军沿淮河向西窜犯。一天上午，两艘日军汽艇大摇大摆地游弋到黑泥沟附近水面，碉堡内守军一见，怒火中烧，立即开火射击，击沉一艘，另一艘掉头就逃。中午，一架日机飞临黑泥沟，疯狂轰炸。傍晚，一艘满载日军的舰船逼近黑泥沟，向碉堡方向开火，守堡战士毫不畏惧，予以坚决还击，毙伤日军数人。日军不知虚实，不敢登岸。敌我激战，枪炮声响彻淮河两岸，相持到深夜。

翌日凌晨,日机又来轰炸,投下重型炸弹,几声巨响,守军十二名战士不幸与碉堡同归于尽,壮烈殉国。他们被誉为"黑泥沟抗日十二英烈"。他们抗击数倍于己的敌人,打击了日军的嚣张气焰,大长了国人的志气。

采 录 人:胡占昆,男,寿县涧沟镇人
采录时间:2023 年
采录地点:涧沟镇

顾 家 寨

  顾家寨的由来,与姓顾无关,相传来自清朝官府平判苗沛霖的战场。
  秀才出身的苗沛霖,在清朝咸丰年间太平天国运动兴起时在乡办团练,几年间便拥兵数万。相传,他购置了千顷良田并私自开挖运粮河,招兵买马,囤积粮草,被人状告到金銮殿诉有反叛之心。皇上得知后,派兵两次征讨,均以失败告终。
  征讨苗贼时,东从瓦埠湖往西,西从正阳关往东,东西几十公里范围,顾家寨正是征讨战场。双方数次交战,苗府家兵打红了眼,所到之处,烧杀抢掠,欺男霸女,无恶不作,最终导致居住在沿线的百姓流离失所。
  乡绅和保长目睹当地百姓妻离子散,背井离乡,于心不忍,无奈苗府实力雄厚,为保百姓平安,乡绅、保长主动向苗府求和,并承诺一切习俗随苗方,并听从派遣,征兵征粮,尽力配合,前提是不能对无辜群众实施杀戮,并要确保百姓生命财产安全。此举顾到了百姓,顾家寨由此得名。
  因两次平叛苗逆告败,圣上大怒,调集精兵强将,更换有勇有谋的将帅再次对苗沛霖进行讨伐,直到苗家兵丁被追到雁口(现堰口镇)。当苗府叛军领头人得知此地名时,无心再战,随即缴械投降。古人以为苗贼落到雁口里,冲犯了地名,预示苗家气数已尽。

官府平叛后班师回朝，但皇上对当地官员勾结苗府一事耿耿于怀，并颁圣旨派钦差彻查此事，凡投靠苗府并谋反者处以极刑。所幸钦差系清正廉洁之人，了解当时确因形势所迫，百姓实属无路可走，为免生灵涂炭，才行此下策。后朝廷才不予追究。

在平叛苗反战斗中，顾家寨有惊无险，背井离乡的人陆续返回，得以安居。由于顾家寨地理位置优越，土地肥沃，特别是苗反没受到牵连，后期四面八方百姓在此聚集安家落户，形成了现在的集市，距今已有二百多年的历史。有集市就有贸易，有贸易就有商铺。鼎盛时期，顾家寨茶馆、餐饮、铁匠铺、篾匠铺、粮行、糠行、牛行、猪行、鱼行，行类齐全，招揽东西南北来客，逢集时更是人山人海，车水马龙。

采 录 人：黄传鹏，男，寿县涧沟镇人
采录时间：2023 年
采录地点：涧沟镇

皮　家　店

寿州古城以西四十里处有一个叫皮家店的村庄。

相传，赵匡胤统一天下时，收复了占山为王的山大王孙二虎。孙二虎作战勇敢，屡立战功，赵匡胤登基以后封他为浩王。可是他草寇的脾气改不掉，过惯了大秤分金银、大碗吃酒肉的山大王生活，经常残害黎民百姓，曾受过赵匡胤的处罚，因此他怀恨在心，反叛的种子在内心生根发芽。

赵匡胤做了皇帝后认为，中原太平，天下太平。不想一日，大臣上了一道奏折说浩王孙二虎反叛自立为王，于是赵匡胤带领老将军高怀德率五千精兵，三下寿州，后被孙二虎手下猛将于洪围困在寿州城内。话说那于洪，十分厉害，不但武艺高强，而且会使妖术，百尺之外能取上将首级。因此孙二虎的气焰十分嚣张，要杀死赵匡胤,自己称王。老将军高怀德出战不敌于洪,险些丢掉性命,大败而归。寿州城内缺粮草,外无援兵,形势非常紧急。

这时赵匡胤派副将曹彪孤身杀出重围,回东京汴梁搬救兵。曹彪回到汴京以后,把皇上被围困在寿州的情况向宰相赵普详细禀报,赵普立即命高俊保挂帅,赶赴寿州解围救驾。高俊保不敢怠慢,火速点齐三万人马,连夜向寿州进发。

高俊保行至蒙城西北的双锁山,遇到才貌双全、武艺高强的巾帼英雄刘金定,两人一见钟情,订下终身,一同前往营救。于洪会战刘金定,使出妖法,一一被刘金定所破。他哪里知道,刘金定乃是梨山老母的弟子,随师学艺多年,不仅学会"奇门遁甲",还善用"呼风唤雨,撒豆成兵"的法术。于洪向八公山密林里逃窜。刘金定看天色将晚,南风大起,遂发动火攻。火借风势,风助火威,八公山顷刻间成为一片火海。刘金定乘火光照耀,一鼓作气,乘胜追击。于洪大败而逃,如丧家之犬、漏网之鱼,拼命向西。可是天黑了,于洪又不识路,慌忙中连盔甲都掉落下来。之后人们就把他盔甲掉落的地方称为"撒甲店"。随着时代的变迁、寿县方言的演变,"撒甲店"叫成了"皮家店"。

采 录 人:王树超,男,寿县涧沟镇人
采录时间:2023 年
采录地点:涧沟镇

刘 备 城

丰庄镇湖沿村刘备城,过去曾为十字路公社刘帝大队、丰庄乡刘帝村,2008 年与瓦黄村合并成立湖沿村后仍沿称刘备城,群众俗称"刘备城子"。这是一个历史底蕴深厚、充满传奇色彩的小村庄,是明嘉靖《寿州志》上记载的"正阳八景"之一,是安徽省文物保护单位。

史料记载,公元198年,汉朝名存实亡,同年刘备被吕布击败,投奔曹操。后经曹操向汉献帝举荐,刘备被任命为豫州牧,驻守在淮河上游的安城,就是今天的河南正阳县东北、南汝河的西南岸。那时的正阳关属豫州和扬州的接合部,正在刘备的势力范围之内。刘备经过实地考察,发现这里地处淮、淠、颍三水交汇处,四面环水,地势险要,而且距离寿春不过六十里,是水上交通枢纽、军事要冲,得之则可控扼淮颍,襟江带湖;失之则门庭洞开,无法在淮南立足,战略地位十分重要。他亲率张飞等将士,以正阳关以东八里处的一个高岗,即现在的刘备城为基地,在正阳关修筑城池,并派兵驻守,这就有了明嘉靖年间编撰的《寿州志》上"东正阳镇,州南六十里,古名羊市,汉昭烈筑城屯兵于此"的记载,也有了刘备城、张飞台遗址。

刘备城遗址是一处呈东低西高之势的土台子,最低处0.5米,最高处约3.5米。相传,旧时的土筑城墙高约3.5米,周长约1600米。百姓择高而居,多宅其上。东西南北各有一豁口,谓之城门。城内中间部位的最高处,旧时有一座古庙,村民称之为"小庙子",何时何人所建虽然不明,但至今仍留有庙埂子、庙架子之说。城内城外历代皆有灰陶坊、环底罐、汉砖以及古墓、供桌、碑碣、石刻等出土,如今高台上还四处散落着古砖瓦。20世纪70年代,这里挖出大量完好的子弹及子弹壳,也说明刘备城作为战略要地,不仅是三国时期的古战场,在近代战争史上也曾留下过浓墨重彩的一笔。

刘备城西北方向的农田里,原先有一高地,人称"张飞台"。此处高坡台地,周长约220米,高1—2米,东西长约80米,南北宽约40米。只是历经多年的耕作,张飞台几近被夷为平地,但其传说故事经口口相传,生生不息。其中最为脍炙人口的是"张飞打个盹,刘备修个城"。故事说的是221年,已经脱离曹魏控制的刘备在四川成都称帝,续汉之大统,史称蜀汉,又称季汉。相传,有一天,蜀魏两军进行了一场鏖战,只杀得昏天黑地。最终,刘备兵败,被曹魏的军队一路追赶至刘备城这个地方。当时刘备的军队人困马乏,可此地无处屯兵,张飞和将士们只好席地而卧。就在他们小憩的工夫,刘备撒土成城。张飞和将士们一觉醒来,觉得鞋内岗土硌脚,纷纷脱靴倒土亦成一高台,即张飞台。

张飞台往南约30米处,还有一高地,此处四周平坦,高台突兀,遍布树木。民间传说,此地为葬妃台,葬着周朝时期某国君的一个妃子。1957年文物普查时,此台附近曾出土过指窝纹鼎足、柱形鼎足、绳纹鬲足和红陶、灰陶等,均为夹砂的陶器。据此分析推测,这里应是周朝时期的居民遗址。

采 录 人:汪洋,男,寿县正阳关人,地方文史专家
采录时间:2023 年
采录地点:涧沟镇

方 丈 铺 庙

丰庄镇薛湖街道有一座小庙,现已不存在。当时这个庙在丰庄的方丈铺辖内,有一段传说。

从丰庄村两位老者曹继贤和左先春口述中得知:方丈铺是寿县通往正阳路上的一个集市,热闹非凡。老人还说这里是烽火台。清末民初土匪较多,有一个人被逼得无地躲藏,就流落到方丈铺附近。他在这里开荒种地,为了不受侵害,就当了和尚,修身养性。据两位老人说,庙建成后,庙门朝东,进去后,大殿坐北朝南,高而雄伟。大殿的柱子下面底座是石头立起来的,石像坐在上面,面积大约 100 平方米。大殿前有三间房子,大约 90 平方米,内里有七八个和尚生活在一起。新中国成立前,有一个女孩,南京人,和家人走散后,跑到庙前,被和尚收留。很多年后,庙里的和尚相继逝去,都埋在方丈铺后的黄塘那里,最后只剩下一个和尚,法号布远,名叫计中奎。庙内也没有多少人了,布远感觉生活不便,就远走他乡,从此再没回来。这个女子就以计中奎的姓作为姓氏,世人流传下来的叫法就是计老奶奶。计老奶奶在庙外盖起了两间房子,从此一个人生活。她领养了王家、孙家两户人家的丫头做女儿,直到 1980 年 2 月 27 日去世。

1945 年寺庙改成了学校,当时计老奶奶为学校老师们烧饭,当时的老师是何田武、柴广德等。1950 年左右,学校改作油坊,后来,油坊解散。20 世纪 60 年代,十字路公社搬到庙里办公了一两年,直到 1970 年左右盖起了新房子,公社从庙那

里搬走。庙年限已久,失修倒塌。听说寿县博物馆来人把庙里的文物搬走了。

寺庙不存在,但庙院里的一棵银杏树深深扎根在这片土地上,至今已有一百多年的历史,根深叶茂。关于这棵树,还流传一个特别神奇的故事。当年有一个叫宋咸成的人,有一次爬到树上下不来了,家里人烧香后才下来。之后,再也没有人敢往树上爬。宋咸成就在树底下修了个香炉,供大家祭拜银杏树时插香用。这棵银杏树成了一个"神树",香火代代相传。

一百多年来,这棵银杏树见证着历史的变迁、岁月的转变。秋日,银杏树金黄的叶子点缀着丰庄这片土地,让人们流连忘返。银杏树如今生长得依然那么郁郁葱葱,许愿的人们来到树下,祈求平安顺利!

采 录 人:李多松,女,寿县涧沟镇政府工作人员
采录时间:2023 年
采录地点:涧沟镇

牛 家 堆 坊

《寿县志》记载:"寿县牛氏,系于明成化十一年(1475 年)因避祸乱自河南汝州鲁山迁来,居正阳关东牛家堆坊。始有兄弟姊妹九人(八男一女)。避难时,其祖将铁锅砸为九片,各执一片,以待乱平寻会时合锅为证,故称'破锅牛'。自十七世起,立派辈字序为'克广德业,万世之基'。"

今天的牛家堆坊位于丰庄镇前圩村。牛氏后人牛德朋曾经撰文描述过旧时庄园的盛景:"牛家堆坊是一所享有名气的庄园,经太太、爹爹及父辈辛勤劳动,精心策划建造的牛家堆坊,总宅占地面积上百余亩,宅院规划井然有序,会客大厅富丽堂皇,书厢走廊连绵不断,庭院花卉四季绽放。还有两条沟塘环绕四周,塘内菱角、荷花郁郁葱葱,各种鱼类戏耍畅游。为防御外匪侵扰,庄园四周垒筑了很高的土

墙,土墙四角各架有一尊土大炮,还有密密麻麻的铁丝网环绕四周。土墙四周青松繁茂,柳绿花红,鸟声清脆,声声回荡在庄园上空。堆坊正南方是正中出入处,高大的寨门十分显眼,两侧石狮端坐,昼夜有人护卫,庭院景观,目不暇接,路人经此目睹,赞叹不已。"

牛家堆坊今天还保存着一方完好无损的清光绪十七年(1891年)的圣旨碑,碑首上雕刻的二龙戏珠,栩栩如生,龙身鳞片,清晰可辨,正中"圣旨"二字,端庄醒目,碑文上书"儒童牛崇中妻张氏之坊"。立碑人为牛玉淦之孙牛广阔及其他牛氏后人。清朝光绪年间,牛崇中患重病不起,娶张氏进门冲喜。牛崇中病故后,张氏执意不肯改嫁,牛氏家族感其诚意,同时也为保障其生计及在家族中的权益,西院过继给一个儿子,东院过继给一个孙子,让其占有每份三百担种的家产份额两份。张氏逝世后,州府将其贞节之事层层上报,朝廷遂颁发圣旨,其子牛玉淦率侄牛克銮遵旨建造了此碑。

历史上,牛家堆坊还出过三个名人,而且是祖孙三代。清咸丰元年(1851年),牛家堆坊第十五世传人牛小村出资修建凤台县境内的茅仙洞中殿,因种种原因迟迟没有完工。时隔四十多年后,即清光绪十八年(1892年),其子牛亮臣(1854年生人)继承父亲未竟之志,重招工人,"庀柴于林,辇石于山",使中殿葺而新之。今天的茅仙洞中殿前屹立着的"重修中殿"石碑,以及《凤台县志》上都记载着牛家堆坊两代人为修古洞中殿付出的心血。

牛家堆坊第三位名人与正阳关关系密切,即牛亮臣之子牛克严,号幼丞,以号行世,民国年间任安徽正阳关商会会长。《寿县志》"民国时期要事录存"载:"民国十七年(1928年)国民革命军总司令蒋介石视察淮河来寿县,抵正阳关……由当地商会会长牛幼丞、缙绅代表皮寿山等人陪同……"《寿县志》第二十六章又载:"私立淮南初级中学,校址在正阳关,民国三十四年(1945年)秋开学。该校系正阳关镇商会会长牛幼丞倡办,县拨枸杞园湖荒地670亩,以其岁租收入补助之。初设两班,后保持六班,在校学生200名左右,教职员工15名。1949年初停办。"

采 录 人:汪洋,男,寿县正阳关人,地方文史专家
采录时间:2023年
采录地点:涧沟镇

鬼 子 坟

1940年4月12日,日军第三次攻入寿县,古城人民饱受蹂躏达五年四个月之久。

1941年,日本侵略军已占领寿县东部、东南部大片土地,为巩固淮南矿区与合肥一带占领区,以控制东淝河、瓦埠湖以东全部地区,企图扩大侵占寿县南部地区。

日本鬼子四处打探、勘察,那是初秋时节,有三个日本兵骑着高头大马(当地人称东洋马),背着三八式步枪(当地人称鬼大盖)来到堰口镇江黄街道(俗称江黄城)。日本人在寿县横行霸道,烧杀抢掠,无恶不作,早已引起国人痛恨,所以他们一到江黄城,就被当地的土匪盯上了,伺机把他们消灭掉。其中有一个外号叫俞小盘子,人小个矮精明强干,胆子大,他特别艳羡鬼子骑的高头大马,非常想得到鬼子手里的鬼大盖,所以每次鬼子来,他都带着一帮人暗地里盯梢。

那日,三个日本兵中午在江黄城吃醉酒走散,其中一人趴在东洋马上,迷迷糊糊,任由东洋马前行。这马一边吃草一边沿着乡间小路前行,不知不觉就来到了现在的马厂村桃园村民组和十字路街道路东村民组交界处。此处地点偏僻,几乎成了乱坟岗,那时候穷人死了后往这儿一埋了事,高地上长满了高粱。

东洋马在乱坟岗上吃草,这个鬼子就从马上下来,想在岗地上解手。就在这个时候,俞小盘子等手持铁锨、铁锹、木棍一哄而上,打死了日本鬼子,抢走了东洋马和鬼大盖。之后,他经常骑着马、背着枪在江黄城街道上行走,很多上年纪的人都见过。

后来,当地人把这个鬼子尸体就地掩埋,称埋鬼子的地方为鬼子坟。

俞小盘子率众打死日本鬼子,一方面是想得到他的马和枪,另一方面是防止他们在此行凶作恶,同时也是对日本人侵略中国的报复,所以受到当地百姓的拥护和保护。据说后来日本兵多次到江黄城寻找,无果。

讲 述 人：陶春安,男,寿州大鼓县级非遗传承人
采 录 人：顾明,男,寿县堰口镇党政办工作人员,地方文史专家
采录时间：2023年10月15日
采录地点：堰口镇十字路村委会

祭　台

堰口镇有一个村民组叫祭台子,又叫祭台。现在不知为何都写成了"计台"或"季台"。该组有位农民金永根,曾在清理渠道时挖到一个罐子,据说是唐朝时候的,也就是说这个地方历史很悠久。那么为什么叫祭台子呢?

很久很久以前,农村人文化生活枯燥单调,每到冬闲季节,农村的娱乐节目就是看戏。

也许得益于益民大塘和张陂塘充沛的水资源和便利的灌溉条件,有一年大丰收,老百姓看戏的热情更高了。剧团把拿手的好戏都唱了一遍,老百姓仍觉得不过瘾,一致要求剧团继续唱戏。团长为难地说,我们不是没戏唱了,而是不敢唱!

众人不解,戏就是演给大家看唱给大家听的,怎么能不敢演不敢唱呢?团长解释说,这出戏叫《薛凤英上吊》,由于剧情悲惨,每每在外演出,薛凤英上吊的方向就会死人,所以现在不敢唱了。老百姓都笑了,这不是迷信吗?演戏就是演戏,与死人不相干……

这是一出什么戏呢?说的是小姑娘薛凤英亲娘去世,后娘进门,对她百般刁难虐待,最后被逼上吊自杀。由于演员功力深厚,表演到位,唱腔凄凉,观众无不落泪,特别是薛凤英叙述身世时,全场无不凄然,当她唱到哭灵时,现场一片哀声。

话说听戏的老百姓中,就有附近村庄的一个小媳妇,她一边听戏一边哭泣。她是一大户人家的童养媳,全家老少没有一个把她当人待的,薛凤英受的气她都受

过,薛凤英吃的苦她都吃过,她的遭遇和薛凤英一般无二。小媳妇听着哭着,哭着看着,看着想着,伤心至极,待到散戏后,她就在戏台上,用唱戏表演的绳子,拴在未拆卸的横梁上,上吊死了。

人命关天,这一下子在老百姓中传开了,特别是打听到童养媳的身世后,都非常同情她,纷纷到高台上祭祀,时间久了,此处就被称为祭台子。又据村民程东富介绍,演薛凤英的演员太投入,在"上吊"环节时操作不慎,结果真的吊死了,从此,此戏成为绝唱。人们为了纪念该演员,称此处为祭台。

讲　述　人:江鹏,男,寿县济民医院职工;程东富,男,寿县堰口镇人
采　录　人:顾明,男,寿县堰口镇党政办工作人员,地方文史专家
采录时间:2023 年 10 月 15 日
采录地点:堰口镇青莲村委会

荒田变方田

堰口镇堰口村,即原来的大光社区,有一个村民组,叫方田。这个地方最早叫荒田,后来生产条件改善了,群众生活富裕了,当地人觉得叫"荒田"不好听,就改成"方田"。

据说以前有姓包的三个兄弟,好像是宋朝包拯一支,从外地逃荒来到了堰口镇这个地方,就想在此安家落户。由于人生地不熟,在哪搭棚盖房子呢?那时候家家都很穷,没有宽敞富余的地方,有个好心的乡亲就告诉他们:"前面有一处荒地,长满了野蒿之类的杂草杂树,成了黄鼠狼之类的栖息地,大白天都能看到黄鼠狼成群结队进进出出,到了夜晚,仿佛能听到里面吱呀怪叫,鬼哭狼嚎,大人小孩都不敢靠近。你们兄弟几个人高马大,身强体壮,有把力气,要是能把那个地方开垦出来,也可以做一个容身之地。"

这仨兄弟力气有多大？他们挑担子的扁担有碗口粗，每人的挑子都有好几百斤。他们露宿当地野外时，人们好奇地问："这么沉重的东西，你们是用驴拉来的吧？"其实仨兄弟穷得叮当响，哪来的驴呀！

那个乡亲于是就带着兄弟仨到了这处荒地边，只见草木丛生，树大林密，真有些阴森恐怖。这个乡亲冲着树林说话："黄大仙呀，你们赶快走吧，老包家来人了，要在这里安家。老包家人砸摸①哟。"据讲当天夜里，住在里面的黄鼠狼之类的搬的搬，走的走，跑的跑，待到第二天仨兄弟除草砍树时，里面空无一物。乖乖，这种精灵古怪的东西也怕横人。

包氏仨兄弟就在此处安家。不知过了多少年，中华大地一片混乱，盗匪四起，社会不安。那时的土匪打砸抢，无恶不作。包氏后人也深受其害，四处跑反②。离此处五六里路，有个地方叫孙家老墙子，住着姓孙的大户人家，也是大地主，家有土枪土炮。这是一个大圩子，四面是水，只有一条独坝子供人进进出出。由于孙家势大，土匪也避让三分。

包家的后人跑反，其中一个包老头就来到孙家老墙，帮孙家打长工，这一干就是几十年。后来孙家势力越来越强盛，土匪一听说是与孙家有关系的人，就不敢去惹。孙家人就对包老头讲，你去把逃散的家人都找回来吧，还到那个荒田去住，没人敢抢你们，遂称此处为"荒田"。

于是，包老头四处寻找失散亲人和邻居，回到荒田居住，由于受到孙家的关照，一直平安无事。后来，有姓高、齐、王、顾、鄣等十余姓人家陆续迁入，形成一个较大的村落。这些人家辛勤耕作，开荒种田，安居乐业，丰衣足食，遂改"荒田"为"方田"。

注释：

①砸摸：为人凶恶，不讲情理。

②跑反：逃难。

讲 述 人：包克龙，男，寿县堰口镇财政所原所长

采 录 人：顾明，男，寿县堰口镇党政办工作人员，地方文史专家

采录时间：2023 年 10 月 15 日

采录地点：堰口镇堰口村委会

鸽　子　笼

　　堰口镇青莲村的尹家小店,当地人无人不知无人不晓,泛指以尹店村民组为主的那一片区域,尹姓居多,建有尹氏祠堂。尹家小店并无特别之处,但它还有一个别名鸽子笼,关涉乡邻团结和睦的传说故事。

　　据说清朝嘉庆年间,尹家小店出了一位人物,在京城当了大官。卸任后返乡居住,奉谕称董事。尹董事买田置地,喂养了很多的马匹和鸽子。马匹散放,损坏附近农户庄稼。每到午秋两季,麦豆成熟时期,尹董事把鸽子放出去吃食。待鸽子饱食而归后,他在院子里放置大缸数口,装满石灰水,鸽子干渴,饮水而吐。他吩咐家人将吐出的麦豆之物收集晾晒,比种田的老百姓收成还好。

　　当地老百姓辛辛苦苦忙一年,庄稼没熟时马匹糟蹋,庄稼成熟时又被鸽子吃尽,心中十分怨恨,多次成群结队到尹家小店找他理论。由于尹董事有钱有势,又是尹家大户,均无果。

　　老百姓苦不堪言,于是凑钱写状纸进京上告。状上写:"尹地怪事,一马五嘴,云鸡遮天,民不聊生!"

　　嘉庆皇帝看罢不解,一马哪有五嘴?云鸡乃为何物?于是派钦差大臣前往调查。原来一马五嘴,形容尹董事家的马匹散放,到了庄稼地随便吃,东边田也吃,西边田也吃,南边地也吃,北边地也吃,吃完四边吃中间,想吃哪里吃哪里。云鸡就是鸽子,由于养鸽数万只,放出去之后成群结队,遮天蔽日,危害四邻!

　　嘉庆皇帝大怒,传谕革去尹董事奉号,贬为农人,鸽子入笼,马匹入圈。当地人欢呼雀跃,没想到他家的鸽子能装进笼子,这样庄稼就不再受损了,于是称尹家小店为鸽子笼,告诫尹氏族人从此不要仗势欺人,损人利己。

　　尹董事痛改前非,积德行善,散尽家财,建有青莲小学(现仍在使用),免费供养当地穷苦人家孩子读书!当地人感其恩德,慢慢又把鸽子笼的称号去掉,复称尹家小店。只是在教育后代子孙与邻为善、与邻为友的时候才把这个故事说出来,警示后人要与乡邻和睦团结,平等相处!

讲 述 人:尹宗友,男,寿县堰口镇青莲村人
采 录 人:顾明,男,寿县堰口镇党政办工作人员,地方文史专家
采录时间:2023 年 10 月 15 日
采录地点:堰口镇青莲村委会

青莲寺的传说

话说有年三月三,王母娘娘过寿诞。群仙共赴蟠桃会,王母娘娘开了言。她说,人间还有很多名山胜水缺少神仙主事,经过玉皇大帝同意,你们家孩子没有工作的可以安排到各个地方去。

东岳大帝听到后心里高兴,他觉得这是一次机会,既然是玉皇大帝同意的,那就是有编制的正神啊。他有一个小女儿碧霞元君,爱如珍宝,一直舍不得离开身边。安排远了吧,见面难,安排近些吧,往哪去呢?

他就站在泰山顶上四处看,发现一处北山,那个地方有山有水,峰峦叠嶂,山清水秀,只是人口稀少、土地荒芜。他就对碧霞元君说,你就到那个地方主事,送子送福,庇佑众生。这个"北山"指的就是寿县八公山。

于是,碧霞元君出发前往。这一天她走到了现在的保义、堰口镇地界,更具体一点,就是到了青莲村范围内。她就发现当地地势高凸,远望北山,跟这儿高低差不多。她心想,要是能把北山填高一点该有多好呀!另外东边有湖(瓦埠湖),西边有塘(安丰塘),怎么田地荒芜、人烟稀少呢?于是她就停下来,想找一户人家打听打听怎么回事。找来找去,发现一个晒太阳的张老汉。"我是因为年龄大了,逃不走哇。这个地方看起来不错,但是地势高,塘水进不来,湖水用不上,跟没有有什

么两样呢？"

　　碧霞元君牢记父亲的嘱咐，要为当地苍生谋福。她说："你能不能把铁锨借我一用？我把这儿铲平一点不就行了吗？"张老汉说："穷得叮当响，只有一把木锨，还是豁牙的，你看看可能用了。"碧霞元君接过木锨使劲一挖，挖起一锨土来奋力向北山扔去。北山增高了，成了现在的模样。

　　碧霞元君到达北山正好是农历三月十五日。她在山上修建了奶奶庙，专司送子送福，享受人间烟火。所以，三月十五庙会是寿县及周边地区人们来此祈愿祝福的盛会。

　　她挖土的地方形成一个坑，就是现在的张陂塘。为什么叫张陂塘呢？盖因老汉姓张，家住此塘岸边。从木锨上散落的土坷垃，形成了多处高丘孤堆，就是后来的丁家孤堆、大孤堆、小孤堆、双孤堆……其中最大的孤堆就是青莲寺遗址，现在最高处是青莲小学。她脚踩地形成的两个脚印，就是现在的青莲小学门口的池塘和其西侧的寺西大塘，后来这两塘开满荷花，全部为青色。大概因碧霞元君的碧，即青色也。所以当地人称此处地名为青莲，以前还有青莲乡，现已并入堰口镇了。

　　再说青莲寺，碧霞元君设立奶奶庙，就把当时山上的和尚安置到青莲高台上，故名"青莲寺"。到了清朝末期，州衙支持办学，将寺内和尚安排到三觉寺，寺庙二十多间房屋被改为校舍，寺周围四十余亩寺田收入作为学堂经费来源，命名"端本初等学堂"。民国十七年（1928年）春，县府将校更名为"寿县青莲寺学校"，现在为公办青莲小学。

讲　述　人：尹宗友，男，寿县堰口镇青莲村人
采　录　人：顾明，男，堰口镇党政办工作人员，地方文史专家
采录时间：2023年10月15日
采录地点：堰口镇青莲村委会

龙 王 庙 台

相传陶店"龙王庙台"是古时候人们祭拜龙王的地方，为的是免除洪水的灾害。台上过去有一座龙王庙，庙的大门对着月亮庄园。台子的左边是糖坊店园，右边是老油坊，中间是老圩子，圩子上有一座舞台，过去是专门演戏和开大会的地方。龙王庙台紧挨湖边，向东正面对湖中的恋子岗和对面的瓦埠街。听老人们说，过去的湖面没有这么大，站在龙王庙台上都能听见瓦埠街人们说话的声音。今天，龙王庙台的地方已经被瓦埠湖水冲刷塌损过半，经常能拾到古代人用过的陶器残片。

"龙王庙台"向北紧挨陶氏家族的祖坟，俗称"八座坟"。陶应标先生告诉我们，相传，这是一块风水宝地，但是，有一次陶家出殡，在坟地挖坑时，挖到一只蚂蚱，被旁边一个人随手摆进嘴里吃掉了，主葬的司仪大呼不好，陶家将有不吉利的事发生。要破解此事，下葬时必须满足三个条件，否则不能称为天时地利人和，不能下土，是为不吉利。三个条件听起来神乎其神，近似谜语，让人一头雾水，不得其解：一是毛驴骑人，二是人戴铁帽，三是鱼上扁担。不一会儿，人们看到大路上远远地来了三个人，第一个人怀里抱着一头小叫驴驹子，第二个人赶集买了一口铁锅顶在头上，第三个人从湖里打鱼上来，扁担上正挑着活鱼。众人恍然大悟。

讲 述 人：陶应标，男，寿县陶店回族乡卫生院退休医师
采 录 人：从圣，男，寿县人，地方文史爱好者
采录时间：2022 年
采录地点：陶店街道

中国民间文学大系·故事传说·安徽寿县卷

侯家台子

　　侯家台子遗址位于陶店许岗东圩西北瓦埠湖湖沿。原来存有台地约十亩,台地高出四周农田一两米。经瓦埠湖洪水浸泡冲刷,遗址上散落着不少陶片、瓦片、青砖。据当地老人说,早些年台地周围还散布着十余口深不见底的古井,在台子东南方还有许多墓穴被湖水冲刷出来,有人在这里捡到了铜镜、瓦罐、古币等。更有传说,侯家台上出过一只金头乌龟,被河东徐家庙一个打鱼人弄去了,后来因为买卖发生矛盾,出了人命案。侯家台子是传说中的荷叶地,也就是说,水涨它涨,再大的水也不会淹掉。

　　侯家台遗址地南面不远处还有一座古庙,是传说中"侯美荣降香"的地方。侯美荣与龙冠宝邂逅,才子佳人一见倾心,私订终身,谈婚论嫁,遭到家人反对。就在这一对情侣将被拆散时,这个追求爱情的侯美荣来到侯家台的古庙里,降香祈福,感动神灵,侯龙坚定不移的爱情终得美满,传为佳话。"侯美荣降香"因为有这么一出戏,被历代戏曲不断演绎,不能说家喻户晓,最起码提起来不让人陌生。据传,侯家台子遗址地处的湖边,到现在都没路,连手扶拖拉机都开不进去,反而从水上容易上去。过去,侯家台有一百来亩地,全是沙土,当地人用来种花生。侯家台子的东南方向的那个湖非常危险,仿佛有暗礁,后来湖水小些,有人隐约摸索到一条用古砖铺的路,此路直通对面瓦埠街,这些砖后来有些人拉回家墁院子了。

　　侯家台子遗址的西北方向古时候还不是湖,现在的湖底里,很多年前有一座较为繁华的集镇叫长岗集,再往北还有一个地方叫夹(贾)坝州,这个州据说和当时的寿州一样有名。也就是说,古时候从陶店这个地方向北去寿州,有一条直通的盐霜(音)大路,先到夹坝州,再过长岗集,然后才是寿州。

讲 述 人:陶应标,男,寿县陶店回族乡卫生院退休医师

172

采 录 人：从圣，男，寿县人，地方文史爱好者
采录时间：2022 年
采录地点：陶店街道

杀 败 口

相传明朝洪武四年（1371 年），天下初定，余寇未尽，江淮之间，尤以张士诚余孽活动猖獗。

豹三娘从小舞枪弄棒，后来上山学艺，练就了一身好功夫，长大成人，落草为寇，占山为王，被张士诚收编做压寨夫人。她与马监原本是指腹为婚的娃娃亲，可马监效命朝廷，成了大明王朝的骠骑大将军，豹三娘落草为寇，一个为官，一个为寇，二人水火不容，不但婚姻未就，反而成了势不两立的冤家对头。

洪武四年秋，大将军马监奉旨去福建漳州处理军务大事，临行前，军师刘伯温提醒："走湾莫走岗，走岗必遭殃。"但马监自恃武艺高强，艺高人胆大，且久经沙场，又有随从护卫，没把军师叮嘱当回事。他从陕西出发，晓行夜宿，一路畅行，来到寿州迎河集地界，沿着淠河以东的岗湾官道直奔福建漳州方向。

当下正值秋日，大道两旁的高粱成熟待收，豹三娘手下喽啰探知马监打此路过，便召集寇众千余人早早埋伏于高粱地里守株待兔，劫杀马监等人。马监一行人等进入伏击圈，只听一声呼哨，道旁伏兵将马监一行紧紧围堵，豹三娘横刀勒马拦住去路。护卫们拼命向前，护卫马监突出重围，策马南逃。豹三娘紧追不舍，穿过一片柿树园，马监因长途跋涉，人困马乏，战马失了前蹄，跌落地下。豹三娘催马赶到，手起刀落，磕飞马监手中大刀，回手一刀斩落马监首级，余恨未消，又削去马监双臂，带着喽啰扬长而去。

马监被杀，震惊朝野，轰动了当地百姓，马监战败丧命的地方被当地百姓取了个特殊的名字，叫作"杀败口"，意在让人永远记住马将军就在这个地方被劫匪劫

杀遇难。今天的"杀败口",还有一小块狭长地块,酷似磕飞的大刀。

朝廷得知马监被劫杀的噩耗,感念将军的战功和不幸,决议厚葬将军,为保全完尸,用黄金打造了酷似马监人头的金头,用白银打造了双臂,为马监遗体安装了金头、银胳膊,并选定墓地修了一座墓,就地以礼安葬了将军遗体,并为马监加官晋爵,追谥将军为兵马元帅,步兵都督,并从新疆和田运来两方和田玉,树碑撰文,以示纪念,昭告天下。

几百年来,有关马都督陵墓之谜一直未能解开。金头、银胳膊、两方和田玉碑深深吸引着世人。

采 录 人：孟宪禄,男,寿县迎河镇第一小学退休教师
采录时间：2022 年
采录地点：迎河一小

苏 王 坝

清朝时期,在现在苏王街的西头,有一条起源于安丰塘的季节性小河,在流经苏王时转弯东去,汇入瓦埠湖后流进淮河。早年的苏王集市就位于小河湾处的高滩上。住在街西边一带的居民上集时必须跨过这条小河。然而河上简易的木桥在一次次的暴雨和洪水中被冲垮,只好垮了又搭,给人们带来许多不便。

后来一苏姓人家召集众人,一起取土建坝,经过辛苦劳作,一道高大的水坝终于建成,中间为洪水留出了通道,上面搭上木头成为木桥,极大地方便了过往的乡亲们,受到路人们的称赞。第二年春天,苏姓人家便把一块刻有"苏家坝"字样的石碑立在了水坝边。

苏家此举,引起了当时同样是大户人家的王姓极大不满。王家人认为,为建此坝王家没少出人力物力,苏姓人家在王家不知情的情况下,单方面立碑"苏家坝",

不仅不公,还是对王家的藐视,两大家族的矛盾就此产生。王姓要求苏家移走石碑,苏家断然拒绝,经多次交涉无果后,一块又高又大、刻着"王家坝"字样的石碑竖立在了苏家石碑的对面。

这让苏家人大为恼火。苏家认为王家高大的石碑,不仅有损苏家的形象,还破坏了苏家的风水,但苏家又不好制止王家的行为,因为王家曾三番五次上门要求苏家移碑,都遭到了拒绝。于是,苏家人趁着夜色挖去了王家石碑下的泥土,把石碑推倒在坝下的河床里。次日,王家人发现石碑倒在了河里,不动声色地就当什么事都没发生,结果第二天一早,苏家人发现他们家立的石碑也神奇般地失踪了。

按捺不住怒火的苏姓人家找上王家的门,质问石碑的去处。王家人却反问自家石碑倒在河里是怎么回事。话不投机,双方矛盾激化,最终交上了手。幸好众乡邻及时阻止了这场打斗,并极力劝诫,这才使一度紧张的事态缓和下来。可这事关两家名声地位之争,双方互不让步难以调和,最终惊动官府闹上了县衙。

县官问清缘由后,便说:"你们两家共建水坝,方便过往百姓,实属善举,值得称赞。可为了水坝署名问题而发生争执,伤了和气,实不应该。依我之见,这水坝就叫苏王坝。不过,因这水坝是用你们两家的姓氏命名,你们两家以后都有自觉加固维护的责任。"这时王家提出异议:"为什么要把苏姓排在前面?"县官略有所思后,说:"苏字的笔画比王字多,当然应该排在前面。"王家听了之后感觉也有道理,就没再说什么。县官用智慧化解了两家的纷争,让两户都觉得有了面子,从此苏、王两姓又和好如初。"苏王坝"这个让双方都能接受的名字成为地名并一直沿用到新中国成立前。

如今,这条环抱苏王的小河,见证了街道的兴起与发展。宽敞整洁的大街,取代了昔日茅舍低矮、泥泞狭窄的街巷。这里是周边十里八乡的物资集散中心,每当农历逢双之日,周边赶集的乡亲会集这里各求所需,生意非常红火。

这里的乡亲们对品茶的热衷程度,或许让你难以置信。一个小小的乡村街道上,竟分布着二十几家茶馆,每当逢集都是茶客盈门座无虚席。前来喝茶的都是赶集的乡亲,有男有女,三五知己围坐在一起,弄上两盘瓜子,品茶小叙,其乐融融,那份悠闲,那份惬意,成为苏王街道上的一道独特风景,也让当下快节奏忙碌的人们羡慕不已。

讲　述　人：魏士清，男，寿县安丰塘镇戈店村人
采　录　人：陶标，男，寿县板桥镇清真村人
采录时间：2023 年 11 月
采录地点：板桥镇戈店村

大炭集与小炭集

　　距离迎河镇三公里多，紧挨路西边有个普通的村庄，叫小炭集，而在路东边东北方，一大片树林掩映下的一个村庄是大炭集。小炭集与大炭集位于淠河（当地人称为淮河）东岸，中间两道淠河支流穿过，通向正阳关。靠近小炭集的支流，被当地人称为大南头河，靠近大炭集的支流，被当地人称为小南头河。以前由于没有正南淮堤阻挡，水来成淹，水去成滩，滩上不知何时成为集市，被当地人称为小滩集、大滩集。中间有一条官道经过，南可达六安市，北可抵正阳关。

　　大南头河，小南头河，水深皆可行船，在小滩集与大滩集各有一个船塘，供船只停靠、上下货物、歇息之用。宋代时期，在此设炭场，烧制薪炭，用船只运往正阳关，销往全国各地，炭场集由此得名，小滩集成了小炭（场）集、大滩集成了大炭（场）集。

　　清朝中后期，住在寿县臊泥塘巷的一支蔡姓人家发达起来，建武官府第，老大明善府，老二福成府，统称"蔡家公馆"，并在小炭集与大炭集周边买下大量土地，陆续有蔡姓人家搬至小炭集和大炭集居住，富甲一方。据说这家小姐某一天刚走了几步路，觉得绣花鞋里有东西硌脚，就让丫鬟脱下察看，经过丫鬟仔细查找，最后发现鞋里只有一根头发丝。

　　随着迎河集的发展，以及淠河东岸正南淮堤的筑起，小南头河与大南头河断流，船只无法进入通行，船塘空置，逐渐淤平，小炭集与大炭集开始没落了下来。

　　现在的小炭集与大炭集只是两个普通的村庄。大炭集村庄很大，巷道很多，进

去容易犯迷糊，白天还好点，特别是夜里，进去容易，想摸出来就难了，于是被人戏称为"浑蛋集"。在大炭集村庄内的东边，有两座相邻的墓地，中间一条小路穿过，杂草丛生，虽然在村庄内，仍让人感觉有些荒凉。这两座墓前各立着一块石碑，经过岁月的侵蚀，显得比较斑驳。通过对碑文仔细辨认，依然可以看出墓碑是光绪十五年（1889年）六月立。北边的墓碑大些，上刻有皇清诰封建威将军，一品太夫人，显祖（考妣）蔡大公□锐太府君，太□贾太夫人合墓，政孙蔡福兴蔡福成等字样。南边的墓碑小些，上刻有皇清貤封建威将军，一品夫人（兄嫂）蔡福兴刘夫人合墓等字样。

据村庄里蔡姓老人说，清光绪年间，这几人灵柩从外地由水路运至大炭集，其中一名女子安葬在蔡家堆场瓦杂地，虽然规模比大炭集墓地小些，但墓前挖有月牙沟纳集风水，名气倒比大炭集墓地大些。至于这位蔡姓建威将军是谁？据《寿州志·选举志》记载：蔡明善，"花翎，尽先游击"，而蔡福成，"花翎，记名提督"。如今存放于"蔡家公馆"的两块木制牌位上刻有，蔡明善，武功将军，蔡福成，建威将军等字样。

如今的小炭集，大炭集，众多姓氏混居在一起，人口众多，房屋密集，虽然没有了以前那种繁华与喧嚣，但多了一份宁静与祥和。

采 录 人：林家海，男，寿县张李乡张李村林郢组人
采录时间：2022年9月
采录地址：迎河镇

饮 马 井

相传，彼时赵匡胤乃后周大将，率几十万大军从汴梁（今开封）来攻南唐北方边陲重镇寿州。岂料寿州守将刘仁赡顽强抵抗，久攻不下，粮草见空，赵匡胤心烦意乱。那一日，他绕至南唐守兵背后观察敌情，寻求破敌良策。他单枪匹马，从寿

州城西双桥梨树店一路向南，马过三岔河，至板桥地界已至午时，人困马乏，也不敢贸然寻店住宿打尖，怕口音不准，露出马脚。

人饥渴尚可忍一忍，马可不行，马蹄发热，马嘴喘气，烦躁不安，赵匡胤明白，自己的坐骑也是饥渴劳乏了。赵匡胤是大将出身，懂得保护战马，不能随意饮用路边污水，得寻到优质人用水源。赵匡胤问路边农夫："此间何地？"答曰："寿州板桥。"又打听："何处有甜水？"答曰："陈店有井。"遂寻而去，找到此井。只见井水清澈透底，但水位较低，马脖颈努力下探，也无法触及。井边仅有一小竹筒，无法汲水饮马。赵匡胤自言自语："水若上涨半尺，马可饮矣！"说来也怪，水位立马汩汩上腾。马饮之后立刻精神抖擞，仰天长嘶。赵匡胤亦呷口品尝，果然甘洌清爽，禁不住赞不绝口："甜，真甜水也！"一旁观看的农夫大惊失色，连忙施礼下拜叩问姓名，赵为人光明磊落，留下姓名，打马而去。后人遂称此井为"饮马井"。

讲 述 人：陈长凯，男，寿县板桥中学退休教师
记 录 者：金茂举，男，寿县作协副秘书长
采录时间：2022 年 10 月
采录地点：板桥镇新华村村委会

陈 家 牌 坊

明朝初期，陈氏陈店支系，因六世祖婚后早逝，留遗腹子。其配偶桑氏（迎河镇新墙村桑姓），其弟为清朝乾隆皇帝义子，在京为官。其弟在乾隆皇面前闲叙姐姐：虽遭遇坎坷，但仍独善其身，孝顺公婆，早上亲手入厨做饭后请公婆起床，侍洗漱。每晚挑灯伴儿子读圣贤书。偶有仰慕之徒诱惑，陈桑氏心如止水，断然拒绝，乡里无不称贤称孝。乾隆甚为感动，遂下旨立牌坊，上书"百世流芳"，立于乾隆五十八年（1793 年）。石刻仍在一户人家竹园中，字虽不全，其中"流"字清晰可见，字迹娟

秀。此村位置处在保义镇到正阳关的交通要道,路边有客店,供过往客人打尖食宿。老板姓陈,所以开始以"陈家店"为名,当地人叫作陈家牌坊。

在夏天的一场雷雨中,坐西向东的牌坊中,五米多高,重达二百斤的石刻"乾隆旨"(汉、蒙古两种文字),竟被风向西刮到五十米外代家的后院内。而今多数牌坊之石刻石条,或被铺路,或搭水台。陈家牌坊住的人现在分为两个生产队,原地址已大部分整为农田。尚有陈家古墓三座,石碑被埋在坟前,以防再被破坏。陈桑氏受御赐牌坊之事,在安丰塘水务分局内的陈氏宗祠族谱有详细记载。

讲 述 人:陈长凯,男,寿县板桥中学退休教师
记 录 者:金茂举,男,寿县作协副秘书长
采录时间:2022 年 10 月
采录地点:板桥镇新华村村委会

华 佗 寺

板桥一带有一出推戏《大闹华佗寺》,讲的是史姓与陈姓两大户打架争抢寺庙头炷香的事。

据陈老师回忆,寺庙位置在陈家牌坊东方,一沟之隔,当时四周都是小河,春天有好几只挂帆的船停在河里。庙宇是古建筑,青砖碧瓦,出拱走廊,三进二院。庙前大香炉比七八岁的孩子高了许多,踮起脚也抓不到香灰,长大后,才知道那个香炉是纯铜锻造的。

三百年前,庙中有一个住持,是北方流浪僧人,来到华佗寺寄挂修行。和尚姓穆,其名不详,精于中医,擅长针灸、推拿术,经常给来庙里敬香人看病治病。因其医术医德俱佳,庙的香火很旺,声传方圆百里,人们尊称他为"穆老爷"。

那一年,穆和尚进寿州城办事,正遇上城内一大户人家员外突发暴病死亡。穆

和尚细打听一下,那人因为贪吃一颗红枣,卡住了气道,家里人眼睁睁看着他窒息死亡。穆和尚走近灵堂,要求主家开棺察看,那家人居然答应了。穆和尚摸摸尚有温度,只是脸色乌紫,便把死者翻身抱住放在自己膝盖上,用力从后背拍打,一颗大枣吐了出来。竟然起死回生了!那家后来捐赠巨额香火。

故此,华佗寺也叫"穆王庙"。穆老爷去世后,寺庙香火逐渐没落。新中国成立后,寺庙一度改为小学,后寺庙被拆除,那些青砖被推到街上另作他用了。

讲 述 人:陈长凯,男,寿县板桥中学退休教师
记 录 者:金茂举,男,寿县作协副秘书长
采录时间:2022 年 10 月
采录地点:板桥镇新华村村委会

穆 老 坟

和尚穆老爷虽然没有后代,但是他一生悬壶济世、心念苍生,乡里众邻感激他的恩情,自发为他戴孝守灵。墓地是他生前自己选择好,在华佗寺南方五百米处,现属新华村管辖。墓地前有梯田,小河环绕墓地。

若干年后的一日,一牧童在穆老坟旁放牛。牧童背部生一毒疮,因家境贫寒,无钱治疗。牧童半躺在坟头上,背后被苍蝇叮咬,疼痛难忍。昏昏沉沉中,牧童喃喃呼叫:"穆老爷救我!穆老爷救我……"

过了几个时辰,家人寻来唤醒牧童,发现背上毒疮脓已流出来,居然被治好了。牧童大喊:"是穆老爷救了我!"于是传出穆老爷显灵了!

一传十,十传百,很多群众遇到红白喜事,都要先去穆老爷坟敬香,许愿还愿。这一行为延续三百年,每年正月十四晚,周边十里八乡人拥向陈店村,十二点之后便上香放炮,各人祈福。

正月十五,陈店庙会达到高潮,数以万计的乡民各寻自己的快乐和幸福:孩子们眼盯着各式玩具和糖果,少男少女祈祷寻求自己遇到佳偶,老人们祈求多子多孙多福多寿。热情好客的陈店人在十五中午会倾尽所有,招待那些三亲六眷,酒醉饭饱再陪客人赶庙会,看大戏,好不热闹!

讲 述 人:陈长凯,男,寿县板桥中学退休教师
记 录 者:金茂举,男,寿县作协副秘书长
采录时间:2022年10月
采录地点:板桥镇新华村村委会

老鳖塘的故事

迎河镇大店岗附近有一片深藏不露的水域,它就是老鳖塘。老人们常说,老鳖塘是过去淠河发大水冲击形成的。每当洪水季节,淠河的水流汹涌,大水无情地冲刷着大地,经过了无数年,这个水塘就这样形成了。另一种说法则带有一些神话色彩,据说有一只老鳖精在翻身回东海时,在这个地方留下了它的窝印,这便形成了老鳖塘。而有些人则认为,这是一个无底深坑,即使是水怪也无法探到水底。无论多么干旱的年成,这个水塘的水位都始终保持不变。各种传说使得老鳖塘更增添了几分神秘和诡异。

有一位名叫老林的老人,以拾粪为生,每天傍晚,他总喜欢坐在老鳖塘边静听水声,他说能在其中听到一出出精彩的戏。他绘声绘色地描述着水底的戏台,男女角色齐全,女子美貌动人,剧情曲折,让人听得出神。然而,在一个晨雾蒙蒙的早上,老林突然沉入了水塘,毫无预兆。

经过七天七夜的等待,村民们用带钩的网反复打捞,终于将他的尸体打捞上岸。令人惊异的是,老林尸体上被水草刮破的地方依然鲜血淋漓,就和生前一样。

村民们疑惑不解,猜测这背后必有神明的旨意。此后,村民们但凡有些小病小痛,都会到水塘边烧香祷告,饮一口塘水,据说这样可以得到神灵的庇佑。

奇妙的是,很多人的小病小痛都在饮用了塘水后奇迹般地消除了,方圆几十里的地方都开始盛行饮用塘水的习俗。

讲 述 人:龙宏生,男,寿县迎河镇人,迎河医院医生
采 录 人:李井标,男,寿县迎河镇人,银行职员
采录时间:2023 年 10 月
采录地点:迎河镇龙宏生家里

酒 流 桥

酒流桥,又名酒刘桥、九流桥,位于迎河镇酒流村境内。据说这座石桥竣工时,由上游顺着河水流来两个大的酒坛,打开封口,里面盛满了陈年老窖,酒香四溢,馋得大家口水直流。因为有酒坛顺水流来,于是大家给这座石桥取名"酒流桥"。酒流桥自从落成以后,一直方便当地居民的通行,造福一方。1937 年七七事变后,国民党政府消极抗日,日军迅速地侵占了中国大片土地。1938 年 6 月,徐州、蚌埠、凤阳、寿县相继沦陷。为了阻击日军南犯,酒流桥被炸毁。据当地老人们叙述,新中国成立前夕,有一支国民党溃兵经过,到处抓壮丁,并在当地强行征集九棵大树,放在酒流桥老桥墩上架桥,搞得鸡犬不宁,天怒人怨。酒流桥从此成了"九流桥"。

讲 述 人:姚为珍,女,寿县安丰塘人
采 录 人:赵阳,男,寿县人民政府办公室农业科科长
采录时间:2008 年 7 月
采录地点:安丰塘畔

老塘河的故事

在寿县一带的民居建筑内,常寄生着一种秃尾巴的无毒小蛇。一向对蛇没有好感的农民,却例外地把这种蛇称为"家蛇",并加以保护。这是为什么呢?

相传在很久很久以前,孙叔敖在一个私塾里念书。一天早晨上学,他在路上看见一只红冠大公鸡,正在叨啄一条幼蛇,幼蛇已奄奄一息。心地善良的孙叔敖快步走上前去,赶跑大公鸡,救下这条小蛇,每天放在书包里,用自己最好的食物喂养它。数月以后,这条蛇不但养好了伤,还被喂养得很健壮。孙叔敖见书包里已藏不下它了,便对它说:"小蛇啊小蛇,你的家在田野里,快去吧!"小蛇摆了摆长尾,恋恋不舍地走了。

光阴似箭,一转眼数十年过去了。孙叔敖这时已是楚国的令尹了。为了造福百姓,解决人民种田插秧的用水问题,孙叔敖费尽全部家产,率领百姓开挖芍陂,历尽千辛万苦,芍陂终于建成了。可是,光靠老天下雨积水总不是办法。孙叔敖经过实地勘察,决定在芍陂上端开挖一条河,引来六安龙穴山之水,以保芍陂永不干涸。可是,这时的百姓为建芍陂都已精疲力竭,爱民如子的孙叔敖实在不忍心再去惊动他们。怎么办?孙叔敖忧愁得吃不下饭,睡不好觉。

这件事被曾受恩于孙叔敖的那条小蛇知道了。这条小蛇如今已修成了正果,其尾修炼得威力无比。这天夜晚它托梦给孙叔敖说:"我是你救活的那条小蛇,如今特来帮你解决难题。"说完就不见了。

小蛇来到芍陂上游,将刀子似的尾巴深深插入地下,昂着首,缓缓地向南方游去。所过之处,地上现出一条宽宽的、深深的渠道。

众兴以北都是黄土地,没费多大的劲,小蛇便开通了河道,所以这段塘河至今还是笔直笔直的;可一过众兴,先丘陵,后小山,再后高山顽石,小蛇的尾巴被磨秃了,感到了撕心裂肺的痛。它也知道,自己的道行都在尾巴上,尾巴如果磨秃了,自己也就是一条普通的小蛇了,但为了报答孙叔敖相救之恩,为了使当地民众免受旱灾,也只好豁出去了。

第二天一早,人们起床后惊讶地发现,一条塘河横亘在芍陂南端,湍急的河水滔滔而来,不多时,芍陂内便蓄满了水。

这时的小蛇已经磨秃了尾巴,疲惫地趴在地上。孙叔敖很感激它,便又将它捧起来带回家里饲养,并称之为"家蛇"。就这样,在人们的保护下,"家蛇"与人们住在一起,一代一代地繁衍至今。老塘河至今造福于人类,人类也永远没有忘记开掘老塘河的小蛇。

讲　述　人:姚为珍,女,寿县安丰塘人
采　录　人:赵阳,男,寿县人民政府办公室农业科科长
采录时间:2008 年 7 月
采录地点:安丰塘畔

驴马店的故事

"天下第一塘"安丰塘水源来自大别山,大别山的水通过淠东干渠源源不断地流入安丰塘。淠东干渠原称老塘河,老塘河连接于安丰塘这一段的河流又宽又深,人称"喇叭店"或"驴马店"。其中有一段鲜为人知的故事。

很早的时候,这里原本是个集镇,居民们或耕织,或经商,各得其所。但因集镇建在老塘河边上,河流无法拓宽,当地非旱即涝,人们的生活十分贫苦。在这个集镇上,有一个专做驴马贩卖的居民,叫张子和。由于当时交通、碾谷、农业生产都需要驴马出力,生意非常好。每年冬闲,张子和从北方购买驴马,赶到安丰塘畔来,转手就能赚上一大笔。发了财,张子和更不拘一格,做各种生意,集镇上的各类买卖,有一大半都是他家开办的,不知道从何时起,这里便被称作了"驴马店"。这一年

春,安丰塘畔又因老塘河年久失修,无法引水,老天爷又经月无雨,百姓眼瞅庄稼要种,但土地干得冒烟,怎么办?

正在此时,张子和突然得了一种奇怪的重病,请尽各方名医,找遍各处郎中,大家都是摇摇头,谁也诊断不出他这种成天不能吃、不能喝、头脑昏昏沉沉、心中焦躁难耐的病症到底是因何而起。这一日夜里,张子和意外平静下来,很快沉入梦乡。家人不敢惊动,四下散去。慢慢地,张员外在睡梦中好似闻到一股奇异的芳香,见到一位美丽的仙女从半掩的窗口飘然而至,来到身边对他说:"我是安丰塘的荷花仙子,今天特为你的病而来。你想想看,安丰塘畔土地肥沃,人民本该丰衣足食,但偏偏因水源受阻,庄稼十年九不收,大伙都难以生活,你又怎能幸免?如果大伙的愁苦都没了,你的病也就痊愈了。"仙女说完,便要离去。张员外一见,慌忙起身欲探究竟。那荷花仙子回眸粲然一笑,随手扔过一件东西,张员外闪身一把接住,不由得惊出一身冷汗醒将过来,原来不过是南柯一梦。但他的手中也确实紧紧攥住一件东西,松开一看:呵,是一粒硕大的、香气四溢的莲子。其香沁入心脾,张员外顿觉身体好了许多。他细细回味梦中之事,心中不由得有了主意。

第二天,张子和开始查勘旱情和地势,然后把店铺的伙计都召集起来,说:"我准备把所有的店铺都迁移到别处去,这事由你们去办。另外,还要通知所有的居民搬离此地,一切花费由我承担。"众人一听,交口称赞这是件恩泽子孙的大好事,马上高高兴兴照办去了。

张子和召集民工,立即投入紧张的河道疏浚工程中来。未用半月时间,驴马店段一条宽宽的、深深的、呈喇叭形的崭新河道疏浚成功了。上游的河水,滚滚流入安丰塘内。从此,安丰塘畔旱涝保收,人民安居乐业。说也奇怪,自这段河流建成后,张子和奇怪的病症竟不知不觉地好了,从此再也没有复发过。

讲 述 人:姚为珍,女,寿县安丰塘人
采 录 人:赵阳,男,寿县人民政府办公室农业科科长
采录时间:2008年7月
采录地点:安丰塘畔

安丰塘起雾——现成（城）的

很久很久以前，安丰塘原是一座美丽的城郭，但由于一条行云布雨的孽龙作祟，致使当地久旱不雨，人民怨声载道，这股怨气冲上云霄被玉皇大帝觉察后，玉皇大帝为平息民愤，便将孽龙罚下凡间思过。孽龙摔落尘埃后，躺在郊外不能动弹。城内的百姓们见了，一哄而上，把这条孽龙肢解瓜分后，拎回家里给煮吃了。

这还了得！孽龙不管犯了什么错，它总该还是天上的尤物呀！当千里眼、顺风耳发现城外孽龙只剩一架龙骨后，立即把这一情况报告了玉帝。玉帝大怒，派太白金星扮成乞丐到安丰城内探访。这个乞丐在城内挨门乞讨闻嗅龙肉味。在众多的百姓中，只有一户姓李的人家的碗里没有腥味，乞丐问其缘故，这户一个叫李直的老人说："龙是天上的神，俺们凡人怎能吃得？"听了李直的话，太白金星心中有数了。他对李直说："当你看到城内大殿门前石狮子眼睛红了的时候，就得赶紧搬到城外去住，否则……"话刚说完，乞丐就不见了。李直意识到乞丐不是凡人，每天去看石狮子的眼睛。等到七七四十九天，石狮子的眼睛果真红了，李直一家便连夜搬家。由于走得匆忙，一只正在孵蛋的老母鸡也忘记带走；走出城北门，慌乱中又把铁锅掉在地上摔烂了。天刚亮，忽然一阵电闪雷鸣，紧接着暴雨倾盆，安丰城眨眼间陷落于一片滔滔洪水之中，待到雨过天晴，人们发现，安丰城已变成了安丰塘。在塘中，只有李直家那只忘记带走的老母鸡蹲着的地方没有陷沉，这就是今天塘内的"老母鸡滩"；而李直家铁锅摔碎的地方，便被后人称为"锅打店"，久而传讹，便又被叫成了"戈家店"。直到今天，老人们说，逢上雾气弥漫的天气，安丰塘水面上还会若隐若现出安丰城池呢。这便是歇后语"安丰塘起雾——现成（城）的"来由了。

讲 述 人：姚为珍，女，寿县安丰塘人

采 录 人：赵阳,男,寿县人民政府办公室农业科科长
采录时间：2008年7月
采录地点：安丰塘畔

古 塘 传 说

芍陂,今名安丰塘,有"天下第一塘"美誉。这个美丽的地方,曾有个神奇的传说。

春秋时期一个可怕的夜晚,狂风卷着折断的枯枝发出金属般的响声。大雨如决堤的天河之水,倾泻入浊流翻滚的淠河,"咔嚓",一道电光隐没进河中,在这一道电光中,河岸的渔村一现,又消失在雨夜的漆黑中。那夜,人们躲在飘摇的茅屋里,狗也钻进柴草垛里不出一点声响,似乎在哀求与等待这场灾难的结束。

雄鸡唱晓,日光洒在宁静的清晨,人们开始忙着修理被风雨毁坏的房屋。为老汉也补结了渔网,领着小孙子出去打鱼了。快走到大河边时,小孙子指着前方对为老汉大叫:"爷爷,看,那边好漂亮。"为老汉向前一看,只见金光闪闪,走近一看,被吓了一跳。只见那是一个几十米长的东西,满身金麟,头上生鹿角、蛇身鱼尾,躺在地上已经奄奄一息。"龙!是龙!"为老汉大声喊起来。于是,整个渔村的人都跑去看神物。人们对如何处理,议论纷纷:"要不,一起埋了它。""我听说人间美味,莫过于驴肉,天上美味,莫过于龙肉。""这是神物,说不定吃了会长生不老。"于是不过三天,这条龙便没了。而一向心地善良的为老汉却没有参与这场血腥的分餐。

渔村又恢复了往日的平静,没有人再提及龙的事。而此时,天庭里的御龙官正在查找几天前戏水失踪的金龙。这一日,天神查至凡间,化为一老叟携一小犬挨家乞水,发现渔村的人家饮食使用的碗缸有龙血气,便知道金龙已经化为粪土,天神大怒准备要惩罚下界,但为老汉应当赦免。

一日,为老汉梦一白须道人,那道人说:"近日天降红尾星,星相大逆,你所居之

地将有大难，但你吉人天相不在劫数。中秋月圆后三日内，你要留心五十里外古祠门前那对石狮的眼睛，若现血丝，就快带家人向北走出五十里开外，途中切莫回头。"道人说罢，便乘轻烟隐去。为老汉醒来，似梦似真。

几日后天上果然出现红尾星，后面征兆又一一应验。为老汉连忙告诉乡邻，但受到乡邻的嘲笑，都说他疯了。乌云重压，天地昏暗，无奈为老汉只得带上全家连夜向北逃离。天晓时分终于走出五十里外，疲惫之下，为老汉见一块大青石，刚想坐，没想到一回头突然轰的一声，地动天旋，眼前的地面塌陷下去，洪水从裂缝中喷出，顿时眼前一片汪洋，村庄、田舍、草木全归茫茫白浪。为老汉吓得腿一软跌坐在地上，身上背的砂锅在大青石上摔成几块。一晃几千年过去了，传说中为老汉摔破砂锅的地方，如今一个名叫戈店（谐音）的集镇开始兴起。古塘岸边垂柳依依，碧波荡漾，传说依旧神秘，风光依旧美丽。

讲　述　人：李国亮，男，寿县板桥镇人
采　录　人：赵阳，男，寿县人民政府办公室农业科科长
采录时间：2008年7月
采录地点：板桥镇

石马身陷石马河

从前，在涧沟镇袁圩村袁家老坟有石人、石马、石羊、石龟等数十件石雕。其中有一石马，受日精月华，渐渐有了灵性。它不但能听懂人言，而且有了行走的能力。

这一年正月十五，袁家老坟会期，十里八乡的百姓在这里玩灯唱戏，摆摊卖货。袁氏后人焚香烧纸，祭拜祖先。人们纷纷议论，马饮了安丰塘水就能腾云驾雾，化为神龙。

石马听后暗想，自己若去喝了塘水，也定会化作龙形，那时便可四海遨游，免得

在此荒地里抱恨终生。主意打定,石马便于夜深人静时,悄悄向安丰塘方向奔去。它一路上穿沟越涧,绕开村庄市镇,为了不被人发现,自然走了不少弯路,一口气跑到天亮,终于在日出时分到了离安丰塘二里之遥的一条小河边。它站在河边的高坡上,望见安丰塘水在刚刚升起的阳光照射下闪着迷人的光彩。石马感到胜利在望,目的即将达到,不由得放慢了脚步,观察起周边的景物来。这时,河对岸款款走来一个少妇,生得唇红齿白,苗条俊秀,迎着朝阳,更显得千娇百媚。少妇手提竹篮,篮中装满衣物,正赶往河边漂洗。石马一见,心生歹意,忘记了饮塘水化龙的目的,满脑子被恶念充斥,奔下高坡,向河对岸扑去。不料刚踏进河水,就被淤泥陷住,再也拔不出蹄来。再向对岸望去,少妇已不见踪迹,半空中祥云里现出观音圣身。观音大声喝道:"孽畜,未成龙形,便生邪念,留你何用?!"石马悔恨万千,只求观音宽恕。观音点头答应不毁其原身。用手一指,将石马定于河边,永世为欲作恶者戒。

直到如今,石马只能身陷淤泥之中,面朝东方,望"塘"兴叹了。石马陷身的这条河,从此便称为石马河。

讲 述 人:朱宏纪,男,寿县安丰塘镇退休干部
采 录 人:赵阳,男,寿县人民政府办公室农业科科长
采录时间:2008 年 7 月
采录地点:安丰塘畔

四寺与峡山口的由来

从前,安丰塘畔有四座寺庙,即青莲集的青莲寺、保义集的皇城寺、荆塘集的青城寺、众兴集的红门寺。说起这四座寺庙的由来,有一个动人的传说。

相传很久很久以前,寿州城以南是一片汪洋,称为"小南海"。海中有条苍龙

年年兴风作浪,以致当地泛滥成灾,百姓受害。这苍龙贪恋红尘,命令手下精怪通知周围百姓,每年送四个貌美女人,否则就会涨水。百姓为了生活,只好答应。苍龙见百姓将女子送至岸边,便口念咒语,用手一指,海中立即现出四个滩子,滩子上现出玉楼琼阁,然后把少女一个个接进去。

这一年,苍龙见百姓不送闺女,便派手下精怪沿庄逼索。百姓都把女儿藏了起来。苍龙大怒,又发大水淹没了无数村庄,淹死了无数百姓。没死的人抱住树干顺流而下,漂到寿州北山脚下,被山洞里的茅仙看见。茅仙问:"你们是哪里人,为何流落到这里?"百姓将受苍龙所害之苦讲述一遍。

茅仙久居山洞长年苦修,神通广大。但他知道苍龙不好对付,便亲赴西山请求青莲、皇城、青城、红门等四位道仙相助。他们商定了一个除害计划:四位道仙分赴海中四滩擒捉苍龙,茅仙把守峡山截击。

夜幕降临后,四位道仙身带隐身草,悄悄地来到了滩上。滩上灯火通明,楼阁金梁玉柱上雕满了跃龙飞凤,庭院水池中金鱼戏水,红荷摇曳。楼阁内顿时笙箫玉笛,歌舞升平。苍龙正在庭院里散步,只见他肚大腰圆,猪嘴獠牙。四位道仙早已隐在画廊门侧,苍龙刚要入门,四位道仙迎头挥剑喝道:"孽龙遭剑!"只听"嗖"的一声,苍龙双臂齐断。苍龙惨叫一声:"不好!"驾起云来向北逃窜。四位道仙跟踪追击。当苍龙逃到峡山时,遇到等候多时的茅仙。茅仙迎头一鞭,"咔嚓"一声,地动山摇,苍龙被砸到了地下。峡山也被劈成了两半,小南海的滔滔海水从峡山口一泻而尽,露出了陆地。只留一块洼地存有积水,供人们灌溉,这就是后来的安丰塘。茅仙与道仙相会,几个人哈哈大笑。

从此以后,百姓们安居乐业。他们万分感激茅仙和青莲、皇城、青城、红门等四仙,就在茅仙居住的山洞前建了一座茅仙寺;又在过去"小南海"的四滩上,分别建了青莲寺、皇城寺、青城寺和红门寺,年年敬供香火。

讲 述 人:田浪,男,寿县安丰塘人
采 录 人:赵阳,男,寿县人民政府办公室农业科科长
采录时间:2008年7月
采录地点:安丰塘畔

饮马井显灵

板桥镇陈店村有一口远近闻名的饮马井，井水清澈甘洌，无论旱涝年份，井水始终平井口。这口井既是附近百姓的主要饮用水源，也是干旱年份庄稼的灌溉井。

相传元朝末年，朝廷政治腐败，统治者横征暴敛，民不聊生，各地农民纷纷起义，蜂起云涌，朱元璋也加入了义军。这一天，朱元璋带领一支人马来到安丰塘畔，一场恶战过后，损失惨重。朱元璋带着残兵败将，边打边撤，来到板桥陈店，人困马乏，饥渴难耐。但见眼前尘土漫漫，烈日炎炎，百姓因乱外逃，村庄荒荒，田地荒废。朱元璋牵着战马找来找去，找到了一口枯井。扒在井口往下一看，深深的井底似乎有一点水。井太深，根本没有办法取水上来。朱元璋很是灰心，心想，这是老天爷不让我成就大事呀！他自言自语道："老天爷能不能帮帮忙，水往上涨点就好了！"话音刚落，井水真的上涨了。但还是够不到。他又说："能让我够到就好了！"结果井水真的涨到伸手能淘到了。朱元璋高兴极了，手捧井水喝了个痛快。士兵们个个痛饮后，顿觉周身振奋，有了力气。朱元璋想，人喝饱了还有战马呢，没有战马怎么能打天下呢？于是又说："天公真的有灵，让水平井口，战马能喝到水，我就将封你为饮马井！"井水真的就平了井口。为什么朱元璋讲话灵验呢？因为他是真龙天子，金口玉言！枯井显灵，使得朱元璋更加坚信自己就是真命天子，信心倍增。他带领一行军马饱饮之后，军心振奋，随后转战南北，队伍不断发展壮大，势如破竹，战事节节胜利，直到在南京建立大明王朝。

历史风尘千年一瞬，朝代更迭事出有因，谁主沉浮，在天在人，由后人评说。但当年救过大明开国帝王的饮马井，如今依然故我，涝不溢出，旱不干涸，始终水平井口，甘洌爽口，成了滋养一方百姓的宝井。

讲 述 人：叶敏，女，寿县板桥镇干部

采 录 人：赵阳，男，寿县人民政府办公室农业科科长
采录时间：2008 年 7 月
采录地点：安丰塘畔

赵 家 糖 坊

俺家住在安丰塘西畔不远处一个叫赵家糖坊的村庄，俺祖上在隐贤集，为躲避抓壮丁，拖家带口来到俺女老太娘家居住。

俺女老太姓李，娘家李氏在双门铺是大户。女老太为人宽厚大度，自己虽寄人篱下，但那颗善良的心始终未变。一天傍晚，女老太出门吆喝在外玩耍的孩子们吃饭，发现了一个老人昏倒在村口。一看瘦骨嶙峋、脸色灰败的老人，女老太就知道老人肯定是饿的，立即挪动小脚转回家，盛了一钵米稀饭，又拿了两个荞麦粑粑。同时叫来陪自己的大儿子、也就是俺爹一齐喂老人。老人吃完饭有了点精神，一再向女老太母子致谢。交谈中得知，老人家住大淮北，由于遭了水灾，逃荒要饭来到李祠地界。长期餐风饮露背部长了毒疮，恶疾发作加上几顿颗粒未进，昏倒在村口。女老太看天已渐黑，就叫俺爹搀扶老人到家中歇一夜。哪知老人半夜发起了高烧，讲起了胡话，哼哼唧唧，痛苦难耐。俺老太给他请来村医治疗，折腾了大半夜。老人在俺老太家一住就是一个星期。

痊愈后老人感念老太一家在自己吃不饱肚子的情况下，收留自己，决定把自己的制糖技术传授给老太。老太坚决不受："俺们救你，不是为了得什么好处。那是你傍身的独家秘方，我怎么能巧占你赖以生存的手艺呢？"老人坚持说："若不是遇到你们一家，大嫂施饭救我一命，你又为我寻医问药，这身本事就被我带到地下去了。小老儿无以为报，唯有这个制糖工艺，能帮老哥养家糊口，老哥就别再跟我客气了，否则小老儿我寝食难安。"拗不过老人一再坚持，俺老太依老人所言，买来一应工具。

老人把制糖的方法、步骤、要点详细地告诉俺老太，手把手教俺老太和俺爹如何操作。他们这种以米和麦芽经过糖化熬煮而成的糖，呈黏稠状，俗称"麦芽糖"，俺们这地方人叫它糖稀。制作麦芽糖的主材料是大米，尤以糯米为佳。俺们安丰塘畔的农田，盛产的大米颗粒饱满、口感极佳、出糖率高，价格低，普通老百姓也买得起，给那个愁苦的年月带来一丝甜味。

讲 述 人：赵志福，男，寿县安丰塘畔居民
采 录 人：赵守菊，女，寿县谐和医院职工
采录时间：2022 年冬
采录地点：安丰塘畔

"君子里"的由来

传说在宋朝年间，八贤王赵德芳带领两名随从微服私访途经瓦埠，扮叫花子到镇上一位正办喜事的大户人家门前，为一文铜钱争吵。东家忙吩咐下人将三位请进客厅洗面净手，摆席招待，席后又赠三两碎银作为应急之用。赵德芳很是感动，忙对东家说："我等乞讨之人，无礼相赠，如不嫌弃，相赠几字如何？"东家忙叫下人拿来文房四宝，赵德芳挥手写下了"君子里"三个大字，落款"走肖"。随后三人云游而去。东家一看三个苍劲有力的大字，落款"走肖"，暗自思忖：此字非常人所写，"走肖"二字是一个"赵"字，莫非八贤王到此？东家忙命下人追赶，已不见三人踪影。后运来长丈余、上好的青石，请来石匠，刻下"君子里"作为南街的门楣。现门楣条石虽断但依然存在，字迹清晰可辨。从此以后，有人就称瓦埠为"君子里"。现在瓦埠还流传着这样一种习俗，不论哪一家办红白大事，只要有叫花子上门乞讨，都另办一桌酒席款待，临走时还送上烟酒或礼钱。

讲　述　人：方运麓，男，寿县瓦埠镇瓦岗村人
采　录　人：陈传根，男，寿县瓦埠镇街道工作人员
采录时间：2023 年 9 月
采录地点：瓦埠镇街道

古　　城

瓦埠镇西河岸有一个地方叫"古城"，还有一个生产队也叫"古城"。古城生产队的群众有一个习惯，他们在上工或收工的时候，总要经过古城遗址处的湖边，放牛的老者、放学的学生、等渡船的人们、瓦埠的闲杂人等都有这种嗜好，他们都有一个共同的目的，希望能够拾到宝物，哪怕是几片瓷片或几块残砖烂瓦。古城遗址处为什么有如此大的吸引力？

在改革开放前，人们把从古城遗址处拾来的青铜器（包括残件），如鼎、角杯、剑、镜、带钩和鬼脸钱等，卖给废品收购站能换回点油盐钱，改革开放后，随着国民经济的快速发展，民间收藏热浪一浪高过一浪，文物价格也年年向上攀升，于是，人们逐渐得知文物的珍贵，纷纷把拾来的文物藏在家中，专等一些古董贩子来上门收买。因此，古城遗址出土（被浪冲刷出来的）、能够代表瓦埠历史文化发展的大量文物流向了全国各地。

据考察，古城遗址可分为三个文化层：第一层（底层）为新石器时期的文化层，出土的文物主要为石器、陶器等；第二层（中层）为战汉时期的文化层，出土的文物也最为丰富，如青铜器、兵器印章、古钱币等；第三层（上层）为隋唐至清代时期的文化层，出土了大量的瓷器、瓷片和古钱币。

讲　述　人：方存祝，男，寿县瓦埠镇瓦岗村人
采　录　人：方运麓，男，寿县瓦埠镇瓦岗村人

采录时间:2023 年 9 月
采录地点:瓦埠镇街道

胡 王 岗

  提起"胡王岗"名称的由来,要从明代大将胡大海说起。
  元朝末年,天下大乱,朱元璋也想逐鹿中原。他看出郭子兴等人胸无大志,成不了什么气候,于是返回家乡募集义兵,打算发展自己的势力。很快,朱元璋手下便聚集了一批能征善战的将才,却唯独缺一个把握全局的帅才。这时,他想起了小时候的玩伴徐达,徐达从小熟读兵法,是做帅才不可多得的人选。于是朱元璋命人备好礼物,兴冲冲地去拜访徐达了。谁料,说明来意后,徐达却以自己没见识,不能担当重任为由,拒绝了朱元璋。
  朱元璋不好强求,失望而归。这件事让胡大海知道了,徐达是他的姑表兄,他明白自己这个表哥的脾气,于是向朱元璋毛遂自荐,说可以让表哥出山。朱元璋一听很高兴,就把这个任务交给了他。胡大海第二天带着重礼去了表哥徐达家,对他动之以情,晓之以理。但无论胡大海怎么说,徐达还是不愿意。胡大海知道徐达做事稳重,在没有搞清楚怎么回事之前,是不会贸然加入的,他便打算用车轮战术,多劝几次。谁知,当胡大海再次来到徐达家,劝他投奔朱元璋时,却发现徐达连夜躲到别处去了。胡大海只好开动脑筋想主意,最后还真教他想出了一条妙计。
  一天半夜,徐达家突然起火,一时间浓烟滚滚,将屋子烧了个精光。原来,这是胡大海派人装成强盗放的,并把徐达家人都强行劫走,送到朱元璋的大营去了。
  徐达得到消息,立刻赶了回来,可是家已经烧没了。他以为母亲和家人也都被烧死了,一时间涕泪横流,悲痛欲绝。
  这时,胡大海来到徐达跟前,装成十分悲痛的样子对他说:"表哥,这群强盗还没走远,我们赶紧去追,一定要抓到他们为死去的亲人报仇!"此时的徐达已经失去理智，一心想杀了这群强盗为家人报仇，于是跟着胡大海一起拼命向前追去。追到天亮的时候，他们远远看到了那伙强盗，于是快马加鞭，紧追不舍，奈何自己这边的马没有强盗的好，所以总是追不上。就这样追追停停，一连几天，最后来到了朱元璋的军营面前。这时徐达察觉出了异样，便问胡大海是怎么回事儿。胡大海见妙计已成，就把前因后果和盘托出。到了这个时候，徐达才明白，自己是被这个表弟给坑了。可是家已经被烧没，回不去了，而且母亲和亲人都在朱元璋的军营中，如今也只能跟着朱元璋，成为他的左右手了。

元朝末年，朱元璋渡江后攻取皖南、浙江等地。胡大海率兵将杨完者打败，苗将蒋英、刘震、李福等归降。胡大海任江南行省参知政事，镇守浙江金华。至正二十二年（1362年）二月七日，部将蒋英邀请胡大海前往八咏楼视察士卒演习。胡大海没有怀疑他，欣然前往，未上马时，有苗将钟矮子跪于马前称"蒋英欲杀我！"，胡大海未及回答，即被蒋英以铁锤打死。朱元璋取杭州之后，杀死蒋英，血祭胡大海。

胡大海葬于七庙的一个自然村庄的西河岸（墓基现存），落葬时，军民万余人参加祭祀，于是，这个自然村庄便取名为"胡王岗"。

讲 述 人：方存祝，男，寿县瓦埠镇瓦岗村人
采 录 人：方运麓，男，寿县瓦埠镇瓦岗村人
采录时间：2023年9月
采录地点：瓦埠镇街道

铁 佛 寺

瓦埠镇有个村叫铁佛村，名称的由来是村境内在北宋末建了一座叫"铁佛寺"的寺庙。铁佛寺内原供奉一尊包拯的铁铸神像，是百姓为纪念包拯铁面无私、清正廉洁而铸。

包拯出生于999年，1027年高中进士，最初担任建昌县知县。包拯非常孝顺，因为要照料年迈的父母，他便辞官回家直到父母逝世，才回到自己的工作岗位，后来事迹突出被政府调到端州当知府，虽然端州盛产砚台，但是包拯却没有私吞一点。

庆历三年（1043年），包拯四十四岁，被宋仁宗直接调到京城担任殿中丞（从五品），后来还担任开封府尹、三司使。三司使是掌管财政的官吏，开封府尹就是开封府的最高长官。开封是北宋的首都，开封府尹相当于现在的首都市长。

包拯为了扬善惩恶，不仅常常上书皇帝，跟皇帝较劲，而且还非常爱弹劾大臣，比如他弹劾贩卖私盐的按察使张可久、宰相宋庠、大臣张方平等人。包拯弹劾最多的一位是转运使王逵。他说王逵滥用酷刑，滥杀无辜，非法牟取百姓钱财等，虽然王逵跟仁宗非常信赖的宰相陈执中私交甚好，但是包拯一点也不怕他，七次上书仁宗皇帝弹劾王逵。仁宗不理他，他还不依不饶，最后说了一句："今乃不恤人言，固用酷吏，于一王逵则幸矣，如一路不幸何！"即你把舆论抛之不理，重用残害百姓的官员，这样有利于王逵，那天下百姓的苦又有谁明确呢？仁宗没办法，只好将王逵革职。另外一位是张贵妃的伯父张尧佐。包拯前后六次弹劾张尧佐，说他靠着侄女上台，没有什么能力，不配担负三司使，而且外戚专权对国家伤害太大。后来仁宗把张尧佐贬为宣徽南院使。

包拯廉洁公正、立朝刚毅、不附权贵、铁面无私、英明决断，敢于替百姓申不平，故有"包青天"及"包公"之名，后世将他奉为神明。

铁佛寺建于北宋末期，毁于民国。铁佛寺的香火虽然早已灰飞烟灭，但包拯因公正廉明、铁面无私，永远活在百姓心中。

讲 述 人：方存祝，男，寿县瓦埠镇瓦岗村人
采 录 人：方运麓，男，寿县瓦埠镇瓦岗村人
采录时间：2023年9月
采录地点：瓦埠镇街道

裴大孤堆

瓦埠镇铁佛村有个自然村庄叫"裴大孤堆",现有裴东、裴西两个村民组。"裴大孤堆"这个名称的由来,要从村后百余米的一座封土堆(墓葬)说起。

铁佛村境内原有三座封土堆(墓葬),第一座是老圩村民组以南的晋代侯级墓葬,第二座是池塘村民组以西的春秋时期宓子贱的墓葬,第三座是裴大孤堆村民组以北的汉代墓葬。传说,这三座封土堆在古时逐年增高,而三个"墓主"谁都想把自己的坟长得比对方高,于是,三家"墓主"发动了一场厮杀,结果三败俱伤,从此,三个孤堆同时不再长高了。

那么,裴东、裴西两个村民组以北的这座封土堆为什么叫"裴大孤堆"呢?早在清代,这个村庄有个大财主姓裴,霸占良田千亩,有钱有势,就连这座封土堆也占为己有,取名"裴大孤堆"。

新中国成立后,裴家财主虽然被打倒,但这个村庄依旧叫"裴大孤堆"。

讲 述 人:方存祝,男,寿县瓦埠镇瓦岗村人
采 录 人:方运麓,男,寿县瓦埠镇瓦岗村人
采录时间:2023年9月
采录地点:瓦埠镇街道

东瓦岗和西瓦岗

瓦埠镇瓦岗村有两个自然村，叫东瓦岗和西瓦岗。这两个村庄名字的由来要从隋代说起。隋末，瓦岗军征战到此地，扎下了两个寨子——东寨与西寨。

瓦岗军在此地扎下寨子之后，帮助当地百姓男耕女织，军民鱼水。

瓦岗军在此扎寨一年余，由于军事需要，拔寨起营而去。此后，当地百姓纷纷前往东寨、西寨居住，故有东瓦岗和西瓦岗之称。

讲 述 人：方存祝，男，寿县瓦埠镇瓦岗村人
采 录 人：方运麓，男，寿县瓦埠镇瓦岗村人
采录时间：2023 年 9 月
采录地点：瓦埠镇街道

望 春 湖

大宋仁宗年间，庞国舅依靠皇亲国戚的身份，无恶不作。一日，他在皇帝面前花言巧语："瓦埠湖银鱼好，做汤特鲜！"皇帝叫他采办，遂携子至瓦埠，名曰采办，实是趁机肆意搜刮，致使瓦埠湖两岸鸡飞狗跳，家破人亡，纷纷外出逃荒。

瓦埠湖中，十条大官船一字排开，桅杆上挂"庞"字大灯笼。船载金银财宝、银鱼狗肉及沿途抢来之貌美民女，每船皆沉甸甸的。

时包拯巡按至寿州,听说知县正带衙役抓民夫,为庞国舅贡船背纤。包拯携包兴、张龙、赵虎、王朝、马汉五人私访至瓦埠湖边,也被抓了丁。

一日,船队至集镇边靠岸,庞氏父子及爪牙上岸。包拯遂至每条船,见第五条船的舱内坐一少妇,泪满眼,不胜悲,问缘由,妇顾无人,曰:"妾乃李望春秀才之妻,夫以新近中举,回乡祭祖。不及躲避,为庞子瞧见,将妾抢至船。夫拟对联一副云:'曰忠,曰孝,口口声声敬皇上;又抢,又夺,桩桩件件害黎民。'告至知县处,知县为虎作伥。不仅不替做主,反将吾夫交于庞父子。夫竟为其所杀,醢之,剁成肉泥,日撒一撮于湖中喂鱼。惨哉!"

包拯义愤填膺,然不动声色,言:"闻开封府包大人铁面无私,予余凭证,当替汝告之矣!"少妇掏出一纸,包点船头筐内肉泥,取身边罗帕包之,扔与包拯。包拯转交马汉,言:"汝潜之寿州城,宣巡按大人至!"

船至寿州,见旌旗蔽日,"肃静""回避"两牌横路中,人声鼎沸。知县连滚带爬地下船,跪诸旗手下,连称:"失迎,死罪!"莫敢抬头。

庞国舅正张寻,冷不防包拯自其身后出,挽手曰:"不想吾为汝背三日纤罢!"庞转怒爪牙:"畜生,何故将包大人拉来背纤!"包拯曰:"国舅,此为帝采办银鱼辛苦乎?曰忠,曰孝,口口声声敬皇上!""何哉,何哉?""又抢,又夺,桩桩件件害黎民!""包大人,尔言吾不解。""汝船上少妇为谁?""乃丫鬟!""哼!王朝,将罗帕包当国舅面解之。"

王朝解包,内有李望春秀才妻子的状子、对联、肉泥,血迹斑斑。庞知事不妙,双膝跪地,声声哀告:"包大人,望看在皇上的面上,饶臣这遭!"

"呸!升——堂!"包公提笔判言,"勘得庞氏父子,荣膺显爵,身受皇恩,豺狼狼贪,残害百姓。虽为皇亲国戚,但罪不容赦,虎头铡且把威使。知县身为百姓父母,助纣为虐,狡而多诈。是宜刀割首级,示众三日,立押赴瓦埠湖畔执行!"

一声锣响,庞氏父子及知县人头落地,百姓无不拍手称快。自此,贪官借银鱼大肆搜刮之风为之收敛。文人们亦伸直腰杆,敢于写出激浊扬清之文矣。真乃对联招祸,包拯申冤。

为记住李望春秀才家这段悲惨遭遇,人们于是给瓦埠湖另外起一名字叫望春湖。此乃望春湖得名之由来。

采 录 人：马传耿,男,寿县瓦埠中学退休教师,文史作家
采录时间：2022 年 10 月
采录地址：瓦埠镇

池 塘 郢

　　寿县瓦埠镇铁佛村境内有一个村庄叫"池塘郢",此名的由来要从宓子贱说起。
　　宓子,名不齐,字子贱,春秋鲁国单父(今山东单县)人,是孔子高徒,"七十二贤人"之一,从祀文庙,名垂巨典。他确实像孔老夫子称赞的那样,不仅有辅佐君王之才干,而且是位深仁至德的君子。《吕氏春秋》记载他这样一件事:宓子贱为单父宰时,恐鲁君之听谗言,行前恳请鲁君派两个亲信吏员同往。到单父后,邑吏皆来朝,宓子贱便叫这两个吏员做记录。两吏方将书,宓子贱便从旁掣其肘;两个吏员字写得不好,他又大发雷霆,弄得两个吏员狼狈不堪,只得辞而请归。鲁君闻之,恍然大悟:"原来宓子贱是用这个办法来谏劝寡人的毛病啊!"于是鲁君又派了一个亲信前往单父,告诉宓子贱说:"从现在起,无论什么事情,只要对单父有利,你全权处理好了。"宓子贱果然治政有方。"掣肘"就是在别人做事的时候,从旁牵制。窃以为,宓子贱在这方面肯定吃过不少苦头,所以他才采取这种办法。不然,一些人在背后处处给以钳制,事事与其捣蛋,他未必能把单父治理好。看来,背后"掣肘",暗中"捣鬼",连宓子贱这样的大贤也是畏惧三分、谈之色变的。因为有了这种"害群之马",即使你有颜闵之德、伊吕之能、孙吴之谋、管乐之才,是根擎天白玉柱,架海紫金梁,也只能空有凌云志气,治世才猷,什么事情也办不成。由于无人背后"掣肘",手握宰篆后,他任人唯贤,勤政恤民,廉干公谨,司马迁说他"身不下堂"就把单父治理得很好。
　　当时宓子贱是鲁国的外交官,受国君哀公的派遣,前往吴国,途经瓦埠,在此停留,一病不起,最终去世,安葬在瓦埠。人们为了纪念这位大仁大德的君子,在瓦埠

镇由官方出面为其建祠修墓,缭以周垣,树以名木,历代崇祀。

建祠修墓首先要解决的就是墓砖问题。于是,在墓葬的西边建窑烧砖,仅因墓葬烧砖用土就挖成了一口塘,曰"池塘"。这口塘在当时起到很大作用,既能灌溉农田,又解决了周边百姓用水问题,后来人们发现宓子坟是一块风水宝地,于是迁居于宓子坟以东二百米处,村庄取名曰"池塘郢"。

讲 述 人:方存祝,男,寿县瓦埠镇瓦岗村人
采 录 人:方运麓,男,寿县瓦埠镇瓦岗村人;李露,女,寿县瓦埠镇农经站职工
采录时间:2023 年 9 月
采录地点:瓦埠镇街道

恋子岗的传说

传说大宋年间,连续三年的大旱,使得黄淮之间是赤地千里,大批灾民自北向南谋生。有这样一户人家母子三人,从山东过来。年近五十岁的母亲带着一对不足十五岁的儿子,一天来到现在的小甸集,看到当地人民生活无忧无虑,水源充足,感叹道:"此处生活如此美满,真乃别有洞天也。"当听到当地人说在西北二十里地有一条河,河水充沛,人民生活更加富裕时,两个儿子顾不得休息和母亲的劲阻,朝西北方向狂奔,母亲只好紧随其后。当母亲来到现在的上奠集时,看到人民生活更加富有,田间长满了绿油油的水稻,集头农舍旁鸡鸭成群、猪羊满圈,母亲又是一声长叹:"此处生活真乃天上才有啊!"

为了追赶两个儿子,母亲顾不得休息和讨饭充饥,一路上向人们打听是否看到两个十四五岁的孩子、朝什么方向去了。母亲是边哭边问,来到瓦埠湖边已是傍晚时分。母亲已是哭干了眼泪哭哑了嗓子,只能用手比画着向人们打听是否看到两个孩子如这般高大,这时一位老者用手朝西一指,母亲顺着手势来到街西头的渡口

处,迎着落日的余晖,母亲发现了地处瓦埠湖中的两个大小滩,在湖水中若隐若现,犹如两个顽皮的孩童在戏水,不论人们如何劝说,她也不愿离开用手边比带画,非要等到两个戏水的孩子回来。夜幕降临后,母亲就这样静静地坐在河边。等到第二天一早,早起的人们发现母亲已咽下了最后一口气,眼上的泪痕已经干涸,但手仍指着西方。

街道上的居民你家一块板、他家一件衣地将母亲葬在大滩之上。后来人们将她所葬的坟称为"仙家坟",大小滩称为"恋子岗",把她经过的小甸集称为"小天集",上奠集称"上天集",瓦埠街称为"哑巴街"。只是后来人们才逐渐将名字改为现在的小甸集、上奠集、瓦埠街。

讲 述 人:方运麓,男,寿县瓦埠镇瓦岗村人
采 录 人:陈传根,男,寿县瓦埠镇街道工作人员
采录时间:2023 年 9 月
采录地点:瓦埠镇街道

异文:恋子岗的传说

传说,天上有一位仙女,由于偷看了凡间人民勤劳的欢乐情景,不愿守天宫寂寞岁月,就私配凡人,后生了一子。一日,孩子出来玩耍,不幸丢失。母亲盼子心切,终于不顾天庭戒条,冒着处死的危险,再一次来到凡间,到了小天集(现小甸集),扮着民妇寻子,路上经过上天寺(现上奠寺),流干了眼泪,哭哑了嗓子,最后走到哑巴街(今瓦埠街)时,已是哭无声,泪流干了,但是还没有找到亲生儿子。母亲寻子心切,不顾劳累要过河继续往前走,乘船到湖中的小滩时,由于悲伤过度,离开了人世,尸体就被好心的艄公运到大滩上安葬了。后来人们把这座坟称为"仙家坟",把滩子称为"恋子岗"。

至今还有人到滩上烧纸,求仙家保佑自己的子女平平安安呢。

讲　述　人:方运麓,男,寿县瓦埠镇瓦岗村人
采　录　人:陈传根,男,寿县瓦埠镇街道工作人员
采录时间:2023 年 9 月
采录地点:瓦埠镇街道

义渡与官渡

早在清代,瓦埠西街西河岸有一处渡口,由方义捐设,取名"义渡",后来地方官又添木船一只,更名为"官渡"。

清光绪《寿州志》载:"瓦埠渡,在州东南六十里。瓦埠义渡,方氏捐设。瓦埠渡口,康熙间水大,方义捐田十二石,船二支(只),交陶姓承揽,不许恶索过客。嗣因南北通衢,渡船稽迟误公,地方官添募船一支(只),名为官渡。"

新中国成立后,官渡口一直由西街方姓以木舟载渡河东、河西的来往客商,直至有了轮渡为止。而今,轮渡又被瓦埠湖大桥所取代,可谓社会在进步,时代在发展!

讲　述　人:方存祝,男,寿县瓦埠镇瓦岗村人
采　录　人:方存麓,男,寿县瓦埠镇瓦岗村人
采录时间:2023 年 9 月
采录地点:瓦埠镇街道

炎 刘 庙

关于炎刘镇的来历，有两种说法，一是清代《续修庐州府志》记载："唐开元间，肥、寿边境同中两举子。寿举按汉天子系炎帝传人说，命是乡为炎刘。肥举则以汉高祖嫡裔自居，命是乡为高刘。"炎帝即神农氏，因善于火耕，以火德王，故称炎帝。古代以五行附会王朝历运，刘氏汉朝以火为德，所以有汉一朝又称"炎汉""炎刘"。寿南边境，人们以人才辈出而附会汉家传人，命名一个小地方为"炎刘"，如果不是出于政治目的，倒也别出心裁。二是炎刘镇因炎刘庙集而得名。据传，炎刘庙集始建于汉代，原居民多系阎、刘两姓大户，故名阎刘集。因为集市的西边建有一座大庙，百姓习称阎刘庙，时间久了，衍称"炎刘庙"。无论因庙而有集市，还是因为出了举人而被命名，无论是汉还是唐，虽然无从考证，但是，炎刘镇的历史悠久自不待言。

炎刘虽然为州南"瓦东第一镇"，然而"舟楫不通，远商裹足，熙来攘往者，不过村氓贸迁而已"，意思是说，地处偏远，没有水运，每天出现在集市上的人，都是附近的村民，没有外地来的大商人做大买卖，长期得不到发展。但是，在老人们嘴里，炎刘集却是地理优越、人脉活络的地方，自古繁盛，生意一直红火，故民间有"收摊赶炎刘庙"之说。炎刘的集市是按照农历双日逢集。由于地理位置优势明显，各种商品相对周边其他集镇齐全，炎刘集购买力强，在别的集市卖不掉的东西，到了炎刘集便能得以顺利销售。炎刘集市一直是开市早，罢市迟，时间延续长，而周边其他集市开市早，罢市也早（俗称露水集），故周边商贩在本地集市罢市后，仍会赶往炎刘集市继续经商，于是在商贩口中就流传着"收摊赶炎刘庙"的口头禅，原意为从这里收摊，到炎刘集市继续做生意之意，后来就引申为这里的事情已经结束之意了。

采 录 人：从圣，男，寿县人，地方文史爱好者
采录时间：2022 年
采录地点：炎刘街道

广岩塘传说

传说在广岩塘的东边现靠近双枣境内，有一块风水宝地，名曰"荷叶地"，隋末唐初大将尉迟恭的祖坟就葬在此处。尉迟恭本姓"胡"，为凌烟阁二十四功臣之一，传说其面如黑炭。凭借着此处风水宝地，广岩塘的水无论涨到什么程度，水涨地高，始终未能淹没此坟。因为老坟葬得好，其祖辈官至后魏平东将军，其本人于武德三年（620 年）四月降唐，并参与玄武门事变，深得唐太宗李世民的欣赏，并官至泾州道行军总管等职。晚年的尉迟恭因信方术，感觉到自己一辈子没有大作为，是因为祖坟在广岩塘内，受塘水侵蚀。尉迟恭一怒之下，"手拿钢鞭十二节，要打天天就转，要打地地开裂"，选了一处坝埂比较窄的地方，也就是南堤与西堤的拐角处，运起丹田之气，一鞭打在大堤上，大堤被打出一个缺口，即为现在的"丘缺口"。顿时塘面上狂风骤起，水借风势，在缺口处奔涌而出，白浪滔天，淹没了下游上万亩庄稼，有句民谣："打掉广岩塘，淹掉十万八千粮。"

此后，岁月流逝，沧海桑田，广岩塘变成万顷良田，当地又流传出一句民谣："打开广岩塘，多收十万八千粮。"

尉迟恭家的祖坟再也没有被大水淹没了，但此后他的子孙在官场上也是一代不如一代，家庭逐渐衰败下来。传说是因为他家的祖坟是葬在"荷叶地"里，就需要水，水越多他家的祖坟越高，子孙也就越旺，而一旦缺水，"荷叶地"再也没有灵气了。

这里的老人们谈论此传说时津津乐道，至今"丘缺口"还保留着。

异文：广岩塘传说

隋炀帝杨广，篡夺朝政，奢侈淫乐，导致民不聊生。各路诸侯，争霸天下，战火四起，社会动乱，弱肉强食，各地皆现拦路虎、地头蛇式的人物。

广岩塘附近住了个姓王名岩的人，他为人奸诈，欺男霸女，无恶不作，趁着乱世，发了一些不义之财。他又把儿子王仁则送往仙山学艺，学成后投效朝廷，因屡立战功，深受炀帝器重，封赐大将军之职。

儿子当了官，王岩也身价百倍，他依官仗势，野心勃勃，招兵买马，聚集船只，占塘为王，在塘南边搞个自由市场，叫王集（现改广岩），专与外界贸易往来；北岸建座寺庙叫望塘寺，作为侦探外界的眼线，和尚为他提供情报；塘中设立水寨。他手下有一得力干将，姓张名豹，二人狼狈为奸，净干坏事。

王集有个铁匠，名叫尉迟恭，字敬德，身材魁梧，臂力过人，练得一身好功夫，娶妻李氏，以打铁为生。他打造了雌雄二鞭，鞭长十节，夫用雄鞭，妻用雌鞭。他们的日子过得苦中有乐，妻子已有身孕，夫妻二人给未出生的孩子取名，若生男孩叫"宝林"，若生女孩叫"宝花"。尉迟恭生性耿直，服软碰硬，对于王岩的所作所为，看在眼里，恨在心里。王岩手下张豹多次上门要打造兵器，尉迟恭不予理睬，这样得罪了王岩。一日张豹奉令，到尉迟恭家寻衅闹事，正赶尉迟恭不在家里，张豹见李氏有几分姿色，便起歹心，绑票李氏，让尉迟恭来赎。可怜李氏身怀六甲，怕动了胎气，不敢挣扎抵抗，只得由张带走。尉迟恭回家一看，怒发冲冠，手提钢鞭，要找王、张算账，可是寡不敌众，大败而归。他有家难奔，怒火未消，要去投军，以图报仇。他背钢鞭，一路行走，来到山下，遇一老者骑着青牛，手指尉迟恭钢鞭问道："此鞭何来？"答："此乃自己打造。"老者笑道："看来你是我门下之徒。这鞭十节，只有天干，没有地支，干支不合，阴阳失调，只是普通鞭而已。我给你加上两节，便成十二节，干支有合，阴阳平衡，变成神惊鬼怕、威力无穷的神鞭。"说罢，拿出两个金球往鞭上一指，就变成十二节钢鞭了。尉迟恭知道，这非常人所为，定是神仙相助，立即跪下叩头。老者说："我乃你的祖师老君是也。"说罢骑着青牛腾空而起，驾云而去。

隋炀帝不得民心，政治腐败，战场失利，被李世民的义军打得落花流水，节节败退，所到之处，就像丧家之犬。幸亏大将军王仁则护驾，克服种种困难，才来到王岩的水寨避难，受到王的百般奉敬。杨广感动万分，在此和王岩义结金兰，互称皇兄、御弟。他要在此重整军威，东山再起，拿起笔来书写"广岩大塘，威震四方"八个大字，挂在船桅杆上。从此，广岩大塘就出名了（广即杨广，岩即王岩）。

李世民率领大军围剿广岩，追至塘埂，无法下水，只得安营扎寨，望"塘"兴叹。忽有兵士来报："有一黑脸大汉，跨马执鞭，冲上塘埂。"李世民出营观看，只见他怒举钢鞭，抽打塘埂，只听霹雳一声，塘埂坍塌，开出一个大口即丘缺口。由于用力过猛，把鞭子投到望塘寺附近。

结果塘水流干，战船失灵，义军大获全胜。杨广畏罪自杀，王岩父子皆做了阶下囚。只有张豹漏网，跑回老家张家寨，尉迟恭追至寨门，从里面出来个白袍小将，手拿钢鞭，迎战尉迟恭。尉迟恭见他钢鞭十节，正是雌鞭，便问："来将先通名来？"宝林答："我乃少寨主张宝林是也。你是何人？"尉迟恭笑道："大水冲了龙王庙，一家人不认一家人。我乃你父亲尉迟敬德是也。"宝林大怒："你这黑贼，敢欺耍本寨主！"举鞭要打，尉迟恭架住说："你去问你母亲便知。"宝林回寨问母，母如实相告，宝林听了火冒三丈，去找张豹算账。张豹见宝林来势不妙，仰天叹道："养虎伤身，报应！报应！"宝林手起鞭落，打得张豹脑浆四溅，倒地而亡。

宝林出寨认父，父子进寨，宝林进屋一看，大惊失色，母亲已悬梁自尽。怀着沉痛的心情，父子二人把灵柩运至广岩大塘附近的尉迟老坟安葬。丧事完毕，父子俩都在李世民帐前听用。

岁月流逝，沧海桑田，广岩塘变成万顷良田，有句民谣："打开广岩塘，多收十万八千粮。"又说："广岩塘，鱼米乡，人民生活超小康！"

采 录 人：陶应晓，男，寿县炎刘镇党政办工作人员，文史爱好者
采录时间：2023 年
采录地点：炎刘镇政府

永 乐 店

相传永乐三年(1405年),浩浩荡荡的一群人从京城出发,绵延数里。一路上地方官吏争相迎送,唯恐落后。十多日后,一行人方行至寿州境内。当年"真龙宝地"之事,永乐帝也是略知一二,为了表示朱家不忘旧人,更为了彰显新朝恩德,遂告知地方官留宿吴家楼。

且不论吴公后人如何招待。单说酒过三巡,永乐帝一时兴起,看吴府虽然三厅四宅有楼有院,但与皇宫相比仍十分简陋,禁不住说道:"小吴楼三厅四宅,没有东西。"那吴公子也是熟读诗书之人,帝音刚落,便脱口对道:"大明君一统万方,不分南北。"永乐帝十分高兴,当即赏黄金万两、玉衣一件。

翌日,吴公子陪同永乐帝到江淮名寺多宝寺进香。永乐帝见多宝寺中有许多如来佛像,就对吴公子说道:"寺名多宝,有许多多宝如来。"公子知道这是皇上在考自己,略一沉吟道:"国号大明,无更大大明皇帝。"永乐帝一听大喜,当即想让吴公子随侍左右,便道:"汝若为官,当得几品?"见上如此开口,众人都为公子高兴,料想怎么也得要三品以上的官。谁料公子却答:"十三品即可。"随从官员皆感意外,亦觉公子可笑,因为谁都知道七品已为芝麻官,这"十三品"官位永乐帝将如何封呢?永乐帝环顾群臣,大为感动道:"公子德高人敦,不求显达,唯愿耕读,当永乐也。"遂挥毫写下"永乐"二字赐予吴公子。

临行之际,永乐帝再一次念及吴公子如此淡泊名利,实在难得,又把路旁的驿站及周围的百亩良田赏予他。吴公子为让后人能铭记永乐皇恩,遂把驿站定名"永乐店",建屋筑舍,供族人居。此名一直沿用至今。

采 录 人:陶应晓,男,寿县炎刘镇党政办工作人员,文史爱好者
采录时间:2023年
采录地点:炎刘镇政府

菜 瓜 巷

菜瓜巷，位于炎刘街道老西街南侧，炎刘古庙宇的正南约二百米处。

菜瓜巷是炎刘最早形成的街巷之一，在有着一千多年历史的老集镇，算是有名号有故事的了。菜瓜巷，因巷尽头往西有一处古法场，每当集中处置犯人时，刽子手手法娴熟，刀起头落，就像切菜瓜一样干净利落，故得名"菜瓜巷"。因古法场周围是一片农田，临近集市，地势高走水快，当地农民就习惯于种油菜，每年集中处置犯人时都赶在菜花泛黄的季节，故得名"菜花巷"。

菜瓜巷还有另一个传说。很久以前，山东有姓蔡的父子俩来安徽避难，一路上，忍饥挨饿，风餐露宿。半途，老蔡受了风寒，头疼脑涨，高烧不退，躺在地上，不能走动，无医、无药、无饭吃。大伙各自逃命，急得小娃叫苦连天。可是叫天天不应，叫地地不灵。小娃只得背起父亲，挪步向前，千辛万苦来到炎刘，正赶上庙会，人来人往，熙熙攘攘。他跟着人群，来到庙前，真是热闹：敬香火的叩头礼拜，做生意的喊买叫卖，玩杂耍的锣鼓喧天，卖吃喝的吆喝酒菜，五花八门，眼花缭乱。爷俩买点吃的，又到庙里烧香叩头，求签问卦。老和尚说："问卦不用求，扎根在炎刘，吃尽苦中苦，方登楼上楼。"

从此，父子俩就在庙前空地上搭个小房，定居下来，开垦了园地，种起西瓜、菜瓜。因在老家原是种瓜的，从家里带来良种，所以他种的西瓜又大又甜，菜瓜又脆又鲜。那时炎刘无人种瓜，市场上几乎看不到卖瓜的，因此，他们瓜一上市就被抢购一空。就这样，春夏秋冬，四季忙瓜。春种夏收，到了秋冬，炒瓜子、腌菜瓜。种瓜、收瓜、卖瓜，年复一年，日复一日，发了瓜财。人们都不叫原名，喊父子俩"菜老瓜""菜小瓜"，住的地方人们给起名字叫"菜瓜巷"，此巷至今尚在。

采 录 人：王和彬，男，寿县炎刘中学教师

采录时间:2023 年
采录地点:炎刘中学

"定远县"

定远县村位于寿县刘岗镇的陈楼村。村名的起源与赫赫有名的清官包拯有关。北宋时,这个村庄叫王家庄,庄主王官人和定远县城的张官人同年考中进士,后又同时做官。两人情同手足,都希望两家世代交好。定远的张家生了个小子,寿县的王家生了个闺女,两家定下了娃娃亲。时间过得飞快,转眼间,两个孩子都到了该结婚的年龄。两家人选定了黄道吉日,为两个孩子紧锣密鼓地操办起了婚事。正在这个时候,契丹图谋进犯大宋,此时,在北方某地为官的张老爷与儿子为防范契丹犯边,积极筹措粮草。在一次巡视中,张公子中箭受伤,一只眼睛被扎瞎。王家虽然知道了张公子的不幸,但婚事不容更改,婚礼照样举行。

祸不单行,婚后三日,张公子陪同新娘子回门,午饭后张公子酒酣耳热,略有醉意,独自一人回屋休息。过了一段时间,王小姐到屋内看张公子,发现他已经七窍流血死在了床上,没人知道什么原因。张家难以接受儿子不明不白地死在岳父家,于是,当初和睦的两家对簿公堂。张老爷告状说,因为儿子受伤破相,王家嫌弃又无法退婚,才利用回门之际,投毒谋害了儿子。而王家却大呼冤枉。经过寿春、定远两县会商,决定还是偏向于有功于朝廷的张家,定王小姐谋杀亲夫罪,报皇上圣裁。仁宗皇帝觉得案情蹊跷,不便决断,御笔一挥,把难题批转给了擅长断案的包拯。

包公日夜兼程赶往王府,全面查验现场后,有了初步的判断。他吩咐王家按回门当天午宴的样子,一模一样地摆设饭菜、碗筷。待一切就绪后,包公入席。当火锅盖子打开时,屋里面雾气腾腾,香味扑鼻。包公环顾四周,又上下观察一番后,胸有成竹地说:"案子破了,王家是冤枉的。"所有人都不相信这么快包公就把案子破了,此时,包公用手指着房梁上垒的燕子窝说:"凶犯就藏在那里面。"包公的随从用木棍朝燕窝一捅,一条二尺多长的大蛇从燕窝里面掉到了地上。

原来,王家的老屋经常关门闭户,不通风,难见阳光,蛇类有了栖息地。回门当日,午宴开席,喷香的火锅味弥漫升腾,大蛇探头探脑,一滴一滴的毒涎流下来,碰巧就有几滴滴进了火锅之内,甚至于正好有一滴滴进了张公子的酒杯里。而张公子酒兴浓,心情好,喝的酒最多,吃的也最多,所以最终不幸中毒身亡。包公抽丝剥茧,鞭辟入里地分析案情,还原了事实真相,让所有人心服口服。

王老爷喜极而泣,张老爷却因为冤枉了亲家一家而羞愧难当。为了表示对失去丈夫的女儿的安慰,王老爷当即决定把自己的整个庄园都当作陪嫁送给女儿。这就是后来俗称的"飞地"。寿春、定远两地的县官现场书写了法律文书,约定从今往后,庄园的田赋不再向寿春缴纳,全部归定远县所有。张、王两家在文书上签字画押,两县现场办理了交割手续。这就是"包大人陈楼平冤狱"的故事。为了感念包大人的大恩大德,王老爷当着包公和大家的面,要求把王家庄更名为包公庄。但淡泊名利的包公执意不肯。在大家的再三恳请下,包公说:"为了让大家记住这一扑朔迷离的案子的来龙去脉,干脆把此庄改名为定远县好了。"大家连连称妙。

从此,寿县的地界就有了一个带"县"字的村庄。发生误会的张、王两家和好如初,而包公巧断冤狱,不计名利的美谈也一直流传到现在。

采 录 人:张欢,男,寿县刘岗人,文史爱好者
采录时间:2022 年
采录地点:刘岗街道

沈郢油坊村

明末清初,有一位名为王昭的绅士携带家眷仆从,从古城寿州出发,游玩到距

离古城一百四十多里的东南角，发现这里风景秀丽，环境优美，土地平坦，十分宜居，于是打算迁居此处。在跟当地农民沟通的过程中更是发现此处民风淳朴，村民都非常热情。天时地利人和，于是，他决定在此修建一处集马场、阁楼、林苑于一体的休憩场所，命名为"王昭花园"，供亲朋好友休闲娱乐。后因来此游玩、定居的人愈来愈多，"民以食为天"，缺乏油盐的生活肯定是无滋无味，王绅士特增建一处油坊。百姓非常感激王昭绅士慷慨解囊，既解决了自己宗族的用度问题，又为周边百姓解决了吃油问题，造福于民，后世子孙将这个地方命为"王油坊"。

由于这里的油坊名气和规模较大，加上榨油方式是百年传承的老手艺，出产的香油质量也是方圆数里村庄中最好的。于是在清朝末年，这一带村庄正式改名为"油坊村"。

抗日战争时期，日本侵略者企图夺取此处，十二名新四军以"王昭花园"内阁楼为据点，在新四军的带领下，所有村民齐上阵，用砍刀、门板、砖块，甚至是铁锹和木棍作为武器，英勇抗敌。有的村民甚至脱下了棉袄，手提大刀，在火线匍匐阻击。全村男女老少投入了战斗，墙段被炸开缺口，村民们立即用门板、石块堵上。敌人一靠近，就用枪打、石头砸、用锹铲铙抓，保卫王油坊村。虽然没有强攻击力的武器，但是并没有降低村民御敌的决心，反而信念愈加坚定，大家抱着必死的决心与日本侵略者拼死战斗，哪怕是付出"伤敌一千，自损八百"的代价，也在所不惜。在新四军战士与油坊乡亲们的共同抵御下，打伤敌人几十名，获得了保卫战的胜利。

采 录 人：杨卫，寿县刘岗人，文史爱好者
采录时间：2022 年
采录地点：刘岗镇油坊村

望 塘 寺

刘岗镇大拐村东边,与长丰县吴山镇交界。相传隋末唐初,此处有座寺庙,大门对着广岩大塘,故被百姓称为望塘寺。

传说尉迟恭(字敬德)家祖坟葬于刘岗镇双枣村,凭借广岩塘风水宝地,尉迟恭祖辈及其本人加官晋爵,蒙受皇恩。尉迟恭晚年信奉方术,狭隘地认为自己没做过相国或更高职位,是因为祖坟埋在广岩塘经受塘水侵蚀所致,一怒之下手拿钢鞭,运气丹田,抽打一处狭窄堤坝,大堤旋即被打出豁口,顿时塘面狂风骤起,白浪滔天,上万亩良田成为一片汪洋,有句谚语:"打掉广岩塘,淹掉十万八千粮。"此后却因"祸"得"福",沧海变桑田,广岩塘变成万顷良田,造福民众。但由于用力过猛,尉迟恭鞭梢子飞到望塘寺附近的瑶塘。传说鞭梢子在塘中一千多年,很多人想搬回据为己有,但因其过于沉重无法搬运。曾有贫民受仙人指点,鸡鸣之前不出声抱起就走,然而没走几步,有早起拾粪之人问其在干吗,鞭梢子应声落地,再也无法搬动。

清末民初社会动乱,民不聊生,僧人四离,庙宇无人修缮,逐渐衰落,现只遗留古井一口(现粮站旁)。相传,当时古井因常年受香火熏陶,每到雷雨季节,有龙出入,其井口直径一米,井底可放八仙桌,井壁有铭文,因常年受井水侵蚀,导致碑文内容模糊不清。

采 录 人:沈荷美,寿县刘岗人,文史爱好者
采录时间:2022 年
采录地点:刘岗街道

眠 虎 村

大约在清朝嘉庆年间,眠虎村还只是一个过往商客临时歇脚的露水集。在眠虎村的南角有两口当家塘,据当地老人叙述,当时这两口塘附近芦苇丛生,草木茂盛,不知何时,来了两只老虎。它们并不伤人,而是与当地人和睦相处,见人时不但不攻击,而且主动温顺地就地而卧。渐渐地,人们也就习惯了这两只老虎的存在,久而久之,这两口塘得名"眠虎塘"。后来,有只老虎生病了,趴在芦苇丛中,被路过此地的一位郎中施药治愈,治好后两只老虎就一同离开了,没有人知道它们去了哪里。从此以后,虽老虎走了,但是"眠虎"一词沿用至今。

抗日战争时期,由于当时合肥至六安主要干道被日本鬼子切断,越来越多的商贩开始从吴山镇绕道前行,途经眠虎塘,眠虎这个地方逐渐有了杂货铺、盐行、烟酒、家禽市场、小吃部等商业市场,一时间车水马龙、热闹非凡。相传最繁盛时期,方圆十公里的农户都将自家的农副产品带到此处叫卖,特别是鸡、鸭、鹅、猪等,带动了周边的养殖业,因此,当时出现了大量的兽医、屠户等职业直至今日,这些依然可以从村内老人口中有据可循。眠虎街从露水集变成了固定的集市,形成了人们口中的"眠虎集"。

1942年前后,日本鬼子进攻合肥,眠虎集有一百多人加入了抗日战斗,大多壮烈牺牲。他们以李姓、胡姓居多,其中有一个叫李永贵的年轻人加入共产党后成功打入敌人内部,担任翻译官,深得敌人信任。他利用各种机会将情报传递给党组织,打击日本侵略者。1944年冬,李永贵身份暴露,并被残忍杀害,时年二十九岁。至今,当地仍然流传着他的英雄事迹。

抗战争胜利后,眠虎集人口锐减,当年的繁华不复存在。新中国成立后,随着人民公社和行政区域的规划,商业随着行政中心而迁移。但是,"眠虎集"这个名称被保留下来。

采 录 人：胡启，男，寿县刘岗人，文史爱好者
采录时间：2022 年
采录地点：刘岗街道

驿 马 地

刘岗镇上楼村的驿马地贸易客栈，当地老一辈人无人不知，无人不晓，泛指以塘面村民组为主的那片区域。那里还有一个别名——驿马地。

据说在清朝咸丰年间，塘面组有一条路是贸易必经之路。当时有一位商人经过此处，发现这条路上的人络绎不绝，周边却没有休息的地方，外地商人每次走到这里天已经黑了无法再继续赶路，只能露宿野外依靠篝火驱寒保命。运气不好的话，在休息的时候被野兽袭击，最后落个尸骨无存。官府得知此事后，组织了当地猎人对这片区域进行清剿。因路两边都是灌木丛，野兽藏在其中很难被发现，有的猎人稍不注意就会被攻击，最后周边的猎人慢慢也就不再愿意拿自己的性命做赌注了。

正当官府为难时，有一位商人站出来说，我可以在这里建立一个驿站供来往的商人休息，解决人身安全问题。至于商人带来的牛羊马，再给它们设立一个栅栏，这样就可以解决晚上商人们的安全问题。官府认为这不仅可以解决来往商人的安全问题，还能促进当地的发展。

于是这位商人便回到家中，将自家所有钱都拿了出来，找了一批人去砍树选地盖驿站、栅马棚，在短短不到一个月的时间就全部完工了。开业那天锣鼓喧天，周边的人闻声而来，来往的商人也过来吃住休息。自此之后，在这条路上发生的野兽袭击人事件越来越少，路经此处的人都会来到这里休息吃饭。

随着时间的推移，商人又发现有很多商户反映货物没地方存放，没人看管，以

至于经常丢失东西,于是在附近又修许多间仓库,供来休息的人存放商物。有一天,商人在柜台前愣神,无意间听到商客抱怨说每次车队出去进货来回都要十几天太麻烦了,这时他突然灵机一动,把家里的事情安排好就出去了。转眼一年多时间过去,驿站里的掌柜和伙计都以为东家遭遇了不测。突然有一天掌柜在门口看到一个人神似东家的人带着一支很长的商队直奔驿站而来,慢慢地,一批又一批商户和商品都被引进到这个地方,使原本荒凉的街道变成了繁华的样子,把这里打造成了一个多类型贸易市场,生意越做越大,最后这里成了远近闻名的贸易市场,因此得名为驿马地。

采 录 人:徐幸,男,寿县刘岗人,文史爱好者
采录时间:2022 年
采录地点:刘岗街道

桃　花　井

窑口镇马湖村东部有一个自然村,三面环水,仅北面有一条三米宽的水泥路,像丝带一样曲曲弯弯四公里后连接到保庄圩内的村舍。自然村的名字叫店嘴。

传说很久以前,玉帝的女儿们厌烦云端的生活,偷偷到人间游玩,看到瓦埠湖偌大的水面,在湖上飞来飞去地嬉戏,最后口干体乏,想找一处歇息。放眼望去,她们发现一处延伸到湖中的陆地,树木葱茏,花儿姹紫嫣红,不由自主地来到这里,这便是店嘴小村落。她们在一片桃红深处发现了一口清泉,便一起来到泉边掬水喝。纤纤玉指缝里流下的泉水染香染甜了井水,取水的井边条石也留下了仙女的足印。从此以后,桃花井水清香甘甜,传说谁饮一口桃花井水,马上就会走桃花运的。故事口口相传,引得十里八乡的人都来取水。

水井是用青砖砌起来的,井有多深无法得知,井旁的大石条已崩裂,左侧的已

粉碎，一块石头上赫然有一个深深的足印，应该就是传说中仙女留下的。村民们介绍，以前打水用绳子提水时一只脚站在脚印上，很省力。

一位住在附近的老人对桃花井的名称由来提供两种说法：一是以前水井四周栽的都是桃树，春天一片桃红，暮春又落英缤纷，就有了桃花井的美名；二是以前全村的姑娘经常在水井旁洗菜洗衣，一片红衣绿裳，像七仙女下凡，宛若桃花一样美丽，自然就有了桃花井的美名。

不管怎样，反正石头上的脚印确实存在，而且很深，只是码数不大，大概当年大姑娘小媳妇提水的多。随着岁月的积累，水滴石穿，慢慢就印上了她们的足迹。

采 录 人：周经玉，男，寿县窑口镇统战委员
采录时间：2023 年
采录地点：窑口镇

陶家圩子张家花园

窑口镇陶家圩子张家花园位于瓦埠湖西畔、寿六公路东侧一千五百米处，坐落在窑口镇陶圩村境内。庄园始建于清末，其主人张玉亭，因排行老五，人称"五老爷"。因建立庄园的地点从原陶姓大户人家购得，故也称"陶家圩子张家花园"。张玉亭病故后，由侄子张梦明当家。经过几十年经营，置有田地近三百亩，外地也设有商铺。

庄园具有北方四合院、南方水网地区圩寨民居的特点，是一种集水利、防御、居住功能于一体的院落式庄园。庄园四周两道河沟护圩，圩内沿岸筑有高墙，只有东面一个出口，西南、东北角两座炮楼呈掎角之势。庄园占地三万多平方米，南北长二百米，东西长一百七十多米，房屋建筑面积两千平方米以上。建筑物为"日"字形二进院落（一宅两院），建筑布局对称协调，以门楼为中轴线东西对称。前院由

门楼、倒座房、客厅、书房、正房、厢房等组成。后院为内宅,是妇女或家眷的活动空间,一般人不得随意进入,所谓大家闺秀"大门不出,二门不迈"大概就是此意。前后三排各十三间,东西两侧为一排群房,主要为厨房、仓储及仆人居住之所。院后是大花园。

建筑工艺考究,门楼屋顶铺瓦为仰合瓦(底盖瓦按一反一正,即一阴一阳排列),大门两侧有镇门石,黑漆大门,门厚八厘米,下有门闸。屋舍建筑材料为木、石、砖、瓦,大多重梁起架,笆砖铺顶,靠墙立柱,一半嵌入墙内,一半露在墙外,呈弧形,立柱油漆朱红。立柱下面有磉墩,呈扁鼓形或方形,以青石琢成,刻以不同纹饰,既可承受压力,又可防潮,起美化、装饰作用。窗台以下由青砖砌成,砖缝用石灰、糯米汁浇灌。窗台以上用土坯砌筑(部分采用"金包银"),墙厚五十厘米,冬暖夏凉。厅堂多为六扇格子门,制作精美。房内方砖铺地。院落主要道路、廊檐下铺有石阶、条石。

庄园河沟环绕,荷塘绿柳,波光粼粼,园内广植树木花草。特别是四棵百年橡栗树,古木参天。春天百花盛开,夏日绿树成荫,秋季鲜果飘香,寒冬蜡梅绽放,环境优美,景色宜人,称之为"张家花园"名副其实。

采 录 人:李静,女,寿县窑口镇宣传委员
采录时间:2023 年
采录地点:窑口镇陶圩初中

刘 家 岗 头

刘家岗头位于窑口镇真武村,是一处面积很大的高岗,西面是陡涧河,高出陡涧河水面二十余米。古村落内五家五座高大的门楼巍然屹立。门前有五口池塘紧密相连,形如月牙,流水由北向南环绕,整个村落头枕高岗面向水源,依偎在五口池

塘的怀抱之中,把整个古老的农家宅院点缀得古朴而神奇。清朝乾隆年间,寿州很有名气的"地师"孔某人途经此古庄,瞭望许久,惊叹:"这个村庄是寿州南方的第一风水宝地,它头枕阳龙(西北高岗),面向五口月牙形水源(阴龙),庄内居者,人丁兴旺,富贵千年。"

相传,宋朝开国皇帝赵匡胤被叛军于洪围困于"南唐"(寿州),忠良名将杨令公(杨继业)亲率杨家兵将在此屯兵训练,一万多平方米的高岗(岗头顶)就是杨令公的"点将台"。每日点将后,兵将骑马向南一公里处走马射箭,演练武艺,堰口镇境内的走马岭因此得名。后来,巾帼英雄刘金定率兵救驾,配合杨家将,火烧敌军营寨,打败于洪,解除了南唐之困。杨氏兵将随赵伐北,留下此寨,老弱居之,故曰"杨家寨"。

斗转星移,社会变迁,元末朝纲不振,社会腐败,民不聊生,宇内干戈四起。元朝灭亡,明朝建立。此时寿州境内及淮河两岸瘟疫流行,洪水泛滥,又加之战乱,人烟稀少,大片良田无人耕种。古有"走千走万不如淮河两岸"之说,由于元末长期战乱,物产大量损耗,明初国库空虚,物资匮乏,于是明太祖朱元璋出策行移民之政,从鲁地抽丁到淮河两岸种地、经商。单丁不抽,多丁弟兄无论排行必抽丁一人,如果同胞者同行到目的地后,若清查出多兄弟者,只留一人,余者处死。刘、陈先祖本是同胞兄弟,为了到陌生地带有个照应,由山东枣林庄(今枣庄市)老鸹巷肇迁寿春窑口集。为逃脱官府追查,兄弟俩经协商后就一姓刘一姓陈,像邢、贾、季、赵、柏、马、王等皆是如此。之后,刘姓被分配居住在现在的鲁坊庄,陈姓分居在南岗庄,生息繁衍,人口逐渐增多,向周边扩展。刘姓居住的"杨家寨",更名为"刘家岗头",陈姓居住的"满家庄",改名为"陈家老圩"。

刘家岗头坐落在陡涧河畔,"刘家岗头渡口"历史悠久,历史上是连接窑口、苏王、申桥、双桥、堰口的重要交通枢纽,为当时的地方经济发展和人文交流发挥了极大作用。

刘家岗头系新石器时期至周代遗址,有汉墓、汉砖、灰坑及印有附加堆纹的夹沙陶鼎足等遗物出土,被国家列为古文物重点保护地。

采 录 人:王喜刚,男,寿县窑口镇党建办主任;刘化纯,男,寿县窑口镇真武小学退休教师

采录时间：2023 年
采录地点：窑口镇真武小学

杨 家 大 桥

明朝洪武初年间，寿州南乡方圆百里土地荒芜、人烟稀少，于是朱元璋下令山东、江西等省，大量移民至寿南开荒种地，生息繁衍，同时派遣跟随他南征北战打江山的军中战将杨龙镇守寿州。据茶庵十杨族谱记载，杨龙当年迁寿时，其军阶为振武元戎，即军中主帅。杨龙有十个儿子，除长子、三子、七子流落他乡外，其余七子均落户茶庵。从那时起，茶庵地区称杨龙子孙为茶庵十杨。

那个时代，此地交通闭塞，清水河上只有一座简陋低矮的漫水桥，严重阻碍了南北交通。为改变这一现状，杨龙带领子孙在这块贫瘠的地上拓荒种粮、疏浚水道。同时他筹措资金，发动百姓在青云山下清水河上修筑一座青石拱形大桥。故此，百姓将此桥称为杨家大桥。

杨龙在治理好寿州南乡之后，奉调去了福建沿海戍边，他带上三子来到福建，在那里日夜征战，不幸殉国。十杨子孙为了让祖上魂归故里，将杨龙马革裹尸送回家乡，在杨家大桥西北三百米处安葬。其生前战袍、盔甲安放在碾桥村西楼郢东南方向三百米处。杨龙墓葬迄今已有六百五十年之久。据传此墓葬所在地势风水极好。相传民国年间，有一风水先生路过此地，似着了迷，在此处逗留近半日。有好事者上前问："老先生为何在此长时间不愿离去？"先生说道："此处乃风水宝地。"好事者说："你看看哪里好呢？"先生面北而立说："你看，墓葬上首地势渐渐隆起宽阔，"又转面朝南说，"对面青云山大有王者之气，下首清水河，源远流长、通江达海，河上这座大桥气势宏大，贯通南北，象征着子孙万代路遥通畅，这是一户名门望族。"说完留下四句话："日食千石粮，夜点万盏灯，才俊如春笋，诗书振家声。"然后扬长而去。

殊不知,风水先生所指的那座桥就是杨龙生前亲自主持修造的大桥。

与杨家大桥相关的还有一个神奇的故事。那就是紧贴大桥北头原有一座小庙。据传,民国二十年(1931年)涨水,顺着汹涌的洪水漂来一尊石佛像,这尊佛像在大桥北头沉下来。待洪水泄去后,佛像稳稳地落在路中间,过往行人无不称奇。此事传到当时青峰岭寺庙住持福和那里,他亲自察看,认为此事是因这座利民大桥而起,应在桥头建一座小庙,供奉佛像,以感念先人修桥恩德。此事又渐渐被民间演化成这座大桥显灵了。因此,每年正月十五,十里八乡的香客民众都要到这里烧香祈祷、祭拜,形成正月十五杨家大桥逢会。

采 录 人:杨凡浩,男,寿县茶庵镇人,退休教师
采录时间:2023年
采录地点:茶庵镇

东 大 夫 井

东大夫井的故事在茶庵地界内广为流传。当年凤阳花鼓中唱道:"说凤阳道凤阳,凤阳本是个好地方,自从出了个朱皇帝,十年倒有九年荒。"自大明王朝建立,朱元璋登基做皇帝以后,江淮地区灾荒连年不断。话说这年久旱无雨,沟塘河湖断流干涸,不但庄稼不收,连人畜饮水也十分困难。地方官员快马奏报皇上,朱元璋体察民情,派御史柏大夫察看灾情。柏大夫来到茶庵,目睹天干地裂,庄稼枯死,十分痛心。他当机立断,决定打出两口深井,拯救灾民。经过一番勘测论证,将两口井的位置分别定在茶庵东南和西南方向不足五百米处。有了两口深井,解决了灾区百姓和牲畜的饮水问题,为感念柏大夫的恩德,分别将两口深井命名为东大夫井和西大夫井。其中,西大夫井日后因故被填埋,而东大夫井一直沿用到自来水安装年代。

都说东大夫井深不可测,可它究竟有多深,至今都是个谜。传说井底用一块巨大的千斤顽石压盖着泉眼,如若不然,地下水会汹涌喷流,造成泛滥。还说有一条千年神鳝盘桓井底,它的威力无穷,只要它的尾巴摇动,东大夫井的水就喷涌而出,甚至会导致茶庵地界天塌地陷。东大夫井另一个神奇的传说是:每逢夏季雨后夕阳斜照,可见东大夫井上空水汽升腾,晚霞与升腾的水汽相互辉映,顿时东方天边会出现五光十色的彩虹。其实,东大夫井的神奇是一种自然界的现象,其井壁生长着一种绿苔藓,颜色鲜嫩、四季青纯,当地百姓称它为井生灵芝,可以入药治病。

东大夫井井口是一块约一点五平方米的巨型青石板封盖,巨石中间是一直径约八十厘米的圆孔。那块封盖井口的大青石板,不知哪年哪月断裂成三块,但依然压盖着井口。井口石壁被数百年来打水的绳索摩擦勒出三十五道沟,最深一道沟有两厘米。

东大夫井水清甘醇,烧开后无水垢,用此水沏茶格外香甜。

采 录 人:陶倩,女,寿县茶庵小学教师
采录时间:2023 年
采录地点:茶庵镇

安 基 寺

安基寺传说为朱元璋登基后所建。当年朱元璋与陈友谅交兵于寿阳,朱元璋大败,沿东淝河向南溃逃。陈友谅穷追不舍。追逃中,朱元璋又损兵折将,逃至双庙集镇吴岗西边河湾(今吴岗村安基村民组)时,眼看追兵将至,无路可逃。朱元璋举目瞭望,见河湾高台处有一座废弃小庙,遂奔至。走近见庙门上蛛网密密层层,朱元璋万般无奈,从蛛网下面轻轻爬进庙内躲藏起来。不多时便听见追兵呐喊着追来,在周围搜寻一番,来到小庙门前,见庙门上厚厚的蛛网不曾有丝毫破损,兵

首道:"这么厚的蛛网,肯定没人来过,别耽误时间,赶快到别处追捕。"一群追兵呼啸而去,朱元璋逃过死劫。待追兵远去,朱元璋趁夜沿原路返回,重拾旧部,终成大业。称帝后,朱元璋念念不忘这救命小庙,遂下诏赐重金将原小庙重建,并赐名"安基寺"。一时间,安基寺香火鼎盛,僧侣不下百人。

采 录 人:刘玉田,男,寿县双庙集人,退休干部
采录时间:2023 年
采录地点:荼庵镇

邢　　铺

　　沿瓦埠湖溯流而上便是东淝河,河东双庙集镇境内有邢家铺码头、毕家码头、沈家沟坝码头、白洋淀码头四个码头。这四个码头,形成时间久远,详情已不可考。自古以来,它们既是连接瓦东瓦西的渡口,又是淝河两岸乡镇货物流通的集散之地。

　　邢家铺码头距离双庙集八公里,沈家沟坝码头距离双庙集七公里。明代嘉靖《寿州志》记载,邢家铺属于州治南安丰乡。光绪《寿州志》:"南乡裕民九里:邢家铺,距城七十五里。双庙集,距城九十里。""邢家铺义渡,在州南八十里,徽商居民公设。"双庙中心校陶任重老师介绍,他多年前曾经访问过沈沟坝八十多岁的老书记,邢家铺和沈家沟坝地名与姓氏命名无关,因为这一带既没有姓邢的,也没有姓沈的。陶老师说,邢家铺码头对岸是河西的开荒地,沈家沟坝对面是毕家码头,前者仅是客运,而后者是货运、客运兼备。陶老师说,他小时候到邢家铺码头玩,看到河岸边被水冲刷出许多瓦砾,老人们说这里曾是古代的递铺,有旅馆饭店,供人过夜。而沈家沟坝码头则是以货运为主,这时有供销社、粮站等,不光水运外调粮食,更重要的是从外地拉回水泥、沙子和砖瓦,在那个陆路交通不发达的年代,双庙集

街上的货物都是从沈家沟坝下船,然后再用大板车拉到集上。

陶老师说,河东的张老郢、东岗、南岗、门东这一带都是张氏家族的田地,属于邢铺乡。张树侯家住门东,所以,也有人称张树侯是邢铺人,他曾在东岗设私塾授徒。陶老师说,他的叔叔陶子训曾跟张树侯念了不到一年的私塾,叔叔曾说过,张树侯练字,在地上铺一层沙子,拿一根钢筋站着在地上划沙。张树侯结婚后,就从门东搬到小甸集邢家岗去了。听老人们说,张树侯考取秀才,不去谋求功名,而是传播进步思想。那时候,他经常到城关与柏文蔚、孙毓筠等秘密办强立学社等,来来回回,过的都是附近的渡口。他住家的门东村正西就是白洋淀渡口,往西北是沈家沟坝渡口,再往西北是邢家铺渡口,遇有情况,可随时做出反应。张树侯课徒的东岗本是一个地主园,新中国成立后设有东岗小学,后更名为邢铺小学。陶老师说,东岗有一棵巨大的松树,老人们说合肥到阜阳的飞机以此作为航标。

邢家铺、沈家沟坝码头直至改革开放以前,仍然是双庙集镇商品货物流通的中转站,商贾云集,帆影点点,过往船只络绎不绝,商业、航运业十分发达。如今,随着社会经济的飞速发展,陆路交通逐渐取代水路交通,引江济淮使这些码头也失去了往日的航运渡口功能,昔日的繁华也渐渐湮没在历史的长河之中。

采 录 人:陶任重,男,寿县双庙集人,退休干部
采录时间:2023 年
采录地点:荼庵镇

莲 花 塘

莲花塘位于双庙集镇邢铺村莲花塘村民组,面积二十亩。相传在很早以前,这里本是一个地主庄园。地主家有个善良忠实的跛子长工,长年累月为地主家护理花园,人们称他为花师傅。

花师傅父母早亡，孤苦伶仃，三十多岁尚无妻室。但他与世无争，同花草蜂蝶做伴，倒也其乐无穷。

却说这年初秋，一位外地的风水先生发现了一块真龙宝地，恰好他堂客归天，风水先生暗喜，匆匆将死者葬进宝地，在儿女众人的恸哭声中做起皇太爷的美梦来。

当天晚上，夜深人静，风水先生总觉得心里还不十分踏实，便信步出门，向着葬了新坟的宝地观察起来。这一看，让他吃惊不小，但见那堆新坟发出七色光彩，霎时又见一条巨龙头戴盆口大的两朵莲花，腾空而起，扭动腰身，在新坟上空盘旋了两圈，便掉转龙头，飘然而去。老先生由喜变惊，由惊变恼，他顾不上思三虑四，跟随那龙紧追而去，整整走了一夜，到第二天拂晓，这条龙落在一个地主的后花园里不见了，风水先生也疲惫不堪地躺在了后花园的一角。

"喂，大哥，你醒醒，你为何露宿此地？"老先生一看是一个长工在唤自己，张口便想说明由来，可话到嘴边又多了个心眼：既然宝地落在此处，必定此地有不凡之人，我且安下身来，观察几天。于是他信口诌道："我本山东人氏，在此地跑小买卖，不料昨夜途遇路贼，钱财被抢夺一空，险些丧命，直逃到此，便动弹不得了。兄弟行行好，容我在此安生两日，来日定将厚报。"跛子花匠原本就善良，又见是个落难之人，便一口应允。

风水先生昼出夜伏，观察动静。这天夜里，他回家取衣物银钱，回来时已是半夜时分，走到花园附近，只见坟场奇景在花匠的屋顶上显现，风水先生终于明白这宝地是为感激跛子花匠而来。果然，老实的花匠告诉风水先生，说他梦见一条头戴莲花的大龙落在他的小屋上，刚把他吓醒。风水先生奉承了几句，心里暗忖：我老远地追随宝地而来，若被这跛子花匠得了，岂不窝囊？可我家儿孙又无这等造化，这便如何是好？难道眼睁睁看着别人得去宝地不成？风水先生搜肠刮肚，终于想出了一条锦囊妙计。

这天，风水先生要回家，临走时，把花匠叫来，比平时更加亲热十倍，说道："兄弟，我虽他乡流落之人，但你待我亲如兄弟，我难以报答兄弟的厚恩。此次回家，我想为兄弟办件事，说出来供兄弟斟酌。我有一个侄儿三年前死了，侄媳妇至今仍守孝空房。如今三年已过，她尚年轻无后，愚兄有意为老弟牵线搭桥，不知意下如何？"

老实的花匠无亲无故，又是个跛子，终身大事何从谈起？今见先生此副热心肠，当然巴望不得，一口答应。风水先生看到事情顺利，便踏上归程。到家后，便把全家人叫到一块，将自己的打算如此这般地说与众人，大家自然十分高兴。

三天后，老先生带着自己的儿媳妇到了花匠这里，告诉花匠事已办成。花匠一看是个挺好的农家少妇，十分欢喜，千恩万谢。老先生一手操办了花匠的婚事，便回家了。

长话短说，且说花匠两口子恩恩爱爱地过了一年多日子，便生下一个让人十分喜爱的大胖小子。孩子满月这天，老先生带着儿子来到花匠家，花匠自然倾其所有，热情款待。晚上，老先生父子轮流与花匠把盏，花匠哪曾如此大饮？无奈人情难违，只得勉强奉陪，直到醉如烂泥，人事不省。风水先生与儿子马上动手，将花匠勒死。这时只觉山摇地动，整个庄园顷刻间陷为一片水塘。风水先生父子未及喊叫，便被活活淹死。第二天，人们看到塘里莲花怒放，清香四溢。花匠的儿子被放在一只缸里，在莲花丛中大声哭叫。好心的人们救了孩子，并轮流抚养他，供他读书。后来，这个孩子还中了状元。

采 录 人：刘玉田，男，寿县双庙集人，退休干部
采录时间：2023年
采录地点：茶庵镇

火 神 庙

隐贤镇有一座古庙叫火神庙，供奉的菩萨叫火神老爷。火神老爷端坐大殿正中，紫红脸膛，浓眉大眼，山羊胡须，身披红色袈裟，一派仙风道骨模样。两位护卫则手握剑戟，面目狰狞，眉宇间透出一股杀气。两边的佛台上排列着十八罗汉的塑像，它们交头接耳、喜笑颜开、憨态可掬。

这座庙可以追溯到三国时期。赤壁之战之前,曹操率八十万大军驻扎在顺河街(隐贤原名),建一百多座炼铁炉,招募近千名铁匠师傅打造兵器,准备与东吴决一死战。曹兵开拔以后,这些铁匠师傅便由打造兵器转为打造农具。打铁作为一种产业,带活了一方经济,促进了生产发展。到了唐代,由于国家统一,人民安居乐业,加之统治阶级又大力发展佛教,全国上下掀起了求神拜佛的热潮,庙宇就像雨后春笋般地建立起来,各路的神佛和菩萨都有了一席之地。铁匠师傅们也不甘落后,他们自发集资建造了火神庙,供奉他们心中的菩萨——火神老爷。

农历六月初六是火神老爷的生日,铁匠师傅都要停业三天,到庙里朝拜。他们在火神老爷的面前摆上供品,然后烧香磕头,三叩九拜,还要敲锣打鼓,燃放鞭炮,举行仪式为火神老爷庆生。周围群众也来烧香拜佛,求火神老爷保佑风调雨顺、水火平安。

到民国时期,这座历经千年风雨的古庙已经破败不堪。抗战时期,十一临中为躲避日寇袭扰,从定远迁到隐贤,将火神庙改造成男生宿舍。新中国成立后,隐贤中学又将火神庙改造成学生食堂,后来学校扩建,食堂搬迁,火神庙也就荡然无存了。

采 录 人:卞维义,男,寿县太平中学退休教师
采录时间:20世纪80年代
采录地点:隐贤街道、太平街道

孝感泉的传说

隐贤镇的街北头有一名泉叫孝感泉,它的名字来源于一个传说。

很久以前,在一个偏僻乡村,有对母子相依为命。母亲由于操劳过度,眼睛瞎了,儿子李兴十分孝顺,他四处求医,花了很多钱也未能治好母亲的眼睛。这一天,

李兴送走了医生,又饿又累,一头倒在床上。迷迷糊糊之中,他看见一个白胡子老头远远走来,笑着对他说:"孩子,只有用海水清洗你母亲的眼睛,你母亲才能重见光明。"

李兴一骨碌爬起来,忙问:"海水在哪儿?"白胡子老头回答:"一直向北走……"说完就不见了。

第二天,李兴就背着母亲,带着干粮,跋山涉水,一直向北方走去。一天天过去了,母子俩不知走了多少路,受了多少苦,还是没见到大海。干粮早就吃完了,李兴便沿路乞讨,把讨来的饭菜给母亲吃,自己挖野菜充饥。这一天,母子俩来到隐贤集北头,在一棵大柳树下歇息。太阳火辣辣地炙烤着大地,母子俩又饥又渴,李兴叹气道:"什么时候才能见到大海呢?要是海水能从这里冒出来,该多好啊!"没想到,话音刚落,脚下的泥土中突然涌出一股泉水来。白胡子老头的声音又响起来:"孩子,快用这泉水为你母亲洗眼吧!"

原来,李兴的孝心感动了天神,天神命大力士从海底打洞通往母子俩歇息的地方。李兴用洞里涌出的水给母亲洗眼,母亲的眼睛重见光明。李兴后来刻苦读书,参加科举考试,居然中了状元,还做了官。皇帝知道他是孝子,派人搜集他的孝顺事迹。人们从李兴捧水救母的地方往下挖,挖出一口清泉,皇帝知道以后,赐名"孝感泉"。

听老人们说,民国初年,泉边还有一座八角形的亭子,亭前立有石碑,随着岁月的流逝,亭和碑都难觅踪迹了。1959年大旱,人们为了寻找水源,挖开了淤塞的孝感泉,扒出了许多青砖和条石,还有一块石碑,上面刻了一首五言绝句:"母病思江水,心诚可格天。路经千百里,地忽涌流泉。"

孝感泉是隐贤镇独特的孝道文化,千百年来一直被广泛地传颂着。

采 录 人:卞维义,男,寿县太平中学退休教师
采录时间:20 世纪 80 年代
采录地点:隐贤街道、太平街道

十 龙 口

传说明朝中期,北街的一座四合院里住着一位姓汪的中年妇女。说起来也真命苦,她结婚才几个月,丈夫就病故了。她既不改嫁,也不回娘家和父母一起生活,而是靠在娘家学到的纺纱织布的好手艺,自己挣钱养活自己。由于她的勤劳和节俭,手头渐渐有了积蓄。汪氏平时乐善好施,邻居们都夸奖她。

汪氏性格内向,少言寡语,逢年过节既不观灯也不看戏,只是对墙上挂的观音菩萨画像非常敬重,平时也祈求菩萨显灵,保佑百姓能过上安稳的日子。

有一年夏天,连日暴雨,导致内涝成灾,淹倒不少房子,灾民流离失所,汪氏更是心急如焚。她在案桌上摆放十个香炉,燃起十炷香,跪求观音显灵让老天停雨。为表诚意,她从早上跪到天黑,一天汤水未进,渐渐体力不支,眼也慢慢地闭上了。迷迷糊糊之中,她猛然觉得这香火变成十条龙在上下舞动,墙上的观音也用亲切的声音对她说:"汪氏,念你多年诚心,我已命这十条龙保佑全镇人民,从此免受水患。"话音刚落,头顶一个炸雷把汪氏惊醒了。这时,雨停了,院子里积满了水。她回想梦中观音所说的话,心中暗自欢喜,自己多年的心愿终于实现了。

几天以后,河上来了几只装满石料的大船,有十位壮汉推着石料沿街叫卖。汪氏听到吆喝忽然来了灵感:要是用这些石料在北门外修个地下涵洞,不就能使百姓免受内涝之苦吗?于是她就问壮汉们能不能包修涵洞,他们满口答应。汪氏非常高兴,她拿出全部积蓄买下石料,委托这十位壮汉修建地下涵洞。

汪氏的义举感动了街坊邻居,他们有的把食物和茶水送到工地,有的关上店门前来帮忙。涵洞修好后,汪氏想到梦中观音所说的话,就把这项排水工程命名为十龙口。后人在十龙口旁立一块石碑,以铭记功德。

采 录 人：赵垒，男，寿县隐贤镇人，地方文史专家
采录时间：20 世纪 90 年代
采录地址：隐贤镇

城 隍 庙

　　明代嘉靖年间，隐贤有一位财主朱员外，他祖上曾在朝廷做官，留下许多财产。据说他豪宅数栋，良田千亩，富甲一方。他有两个儿子，大儿子名叫得光，二儿子因五行缺水，故取名得水。

　　朱家附近有两口大塘，东边的叫白蟒沟，西边的叫柳沟沿，两塘相连处有一座石桥，像乌龟的脊背，因此叫乌龟桥。有一年夏天，淠河涨水，洪水把两塘连在一起，乌龟桥也没入水中。一天下午，塘里不知从哪里漂来一个木头疙瘩，几个年轻人跳下水，想捞上来劈柴卖钱。谁知拖上岸以后，他们却愣了神，原来这是一尊雕刻精美的神像。这究竟是哪位菩萨？缘何流落他乡？不得而知。有人把消息告诉朱员外，朱员外赶到塘边一看，认出是城隍老爷的雕像，心想"城隍老爷大驾光临，蓬荜生辉呀，千万不能慢待了菩萨"，便对几个年轻人说："你们把城隍老爷抬到我家，我家柴火多，有力气你们尽管挑吧！"

　　朱员外命人把堆放杂物的东厢房腾出来，打扫干净，砌上佛台，又派人买来袈裟给城隍老爷披上，然后选黄道吉日，举行庄重的神像安放仪式。从此，他每天烧香磕头，祈求神灵保佑他家人财兴旺、水火平安。

　　这事不知怎么传到了县官的耳朵里，有一天，传朱员外到衙门问话。大堂之上，县官问道："朱员外，知道我找你所为何事吗？"朱员外双膝下跪，叩头说："回禀大人，小民从水中捞得城隍老爷雕像，供在家中，不知大人有何吩咐？"县官说："你行善积德，自有好报，可城隍老爷比不得一般菩萨，老是供在家中佛祖会怪罪的。本官劝你捐资修庙，给城隍老爷建个安身之所，不知你意下如何？"对于修庙，朱员

外何尝没有想过,只是这几千两银子的开销他真有点舍不得呀!朱员外想了想,说:"大人不知小民的难处,修庙可不像撑一把伞那么容易,银子虽然可以筹措,但只有州县所在地才能修城隍庙,这是佛门规矩,小民怎敢冒犯佛规呢?"县官不假思索地说:"你的意思是要把庙修在县城,然后把城隍老爷请过来?"见朱员外不再吭声,县官眨了眨狡黠的眼睛,接着说,"朱员外,要是在县城修庙,你先拿五百两银子购买庙地,其余开销全部由本官承担,庙修好后本官在庙门口的石碑上刻上你的名字,让你千古流芳,你看这样好不好?"为了把这块烫手的山芋扔给县太爷,朱员外只好答应。他哪里知道,县官只是想借修庙敲他竹杠,等他把银子装进腰包后,再也不提修庙的事了。

转眼到了大年三十,朱家张灯结彩,欢庆新年。朱员外命丫鬟给城隍老爷上香,丫鬟拿着钥匙打开房门,但见佛台前红烛高照,香火缭绕,大少爷身着红袍站在左侧,二少爷身着绿袍站在右侧,绿袍的袍襟湿漉漉地往下滴水。丫鬟吓得大叫一声,昏死过去。醒来以后,她向朱员外细说了刚刚见到的情景。朱员外知道这是城隍老爷向他暗示两个孩子的结局:"一个金榜题名,光耀门楣;另一个可能遭遇不测,溺水身亡。"

朱员外的猜测不久就得到验证。第二年春,得光在科举考试中仿佛有神力相助,一帆风顺,考中头名状元。得水骑着白马踏春时,白马一头扎进河里不见踪影,随后人们在河边发现了得水的尸体。报喜和报丧的人几乎同时来到朱家,朱员外又悲又喜,在办完丧事后即送得光进京接受皇帝封赏。得光做了大官以后,立即下令在隐贤修一座城隍庙,把家里的城隍老爷安放在庙里,还把敲诈父亲五百两银子的县官乌纱摘去,押进大牢。从此,隐贤便有了城隍庙。

采 录 人:赵垒,男,寿县隐贤镇人,地方文史专家
采录时间:20世纪90年代
采录地址:隐贤镇

董子读书台

读书台在隐贤小学境内,离董邵南居住的地藏寺不过百米之遥。然而,读书台历经千年风雨早已荡然无存,只有清代文人赵陶溪手书的读书台残碑留存至今,可供凭吊的仅仅是一抔黄土而已。在董邵南当年读书的地方,明清时期就有人开办私塾,教授《三字经》《百家姓》《千字文》。民国时期,开明士绅赵吉甫将读书台旁边的东岳庙改造成洋学堂,校名为三育公学,教授《四书》《五经》和唐诗宋词。新中国成立后,政府又在三育公学的基础上创办了隐贤小学,培养德智体全面发展的接班人。一代又一代的读书人都像董邵南那样刻苦诵读,孜孜不倦,用琅琅的读书声压制了市井的喧嚣,也许,这就是对读书台最好的凭吊和对董大贤士最好的纪念吧。

采 录 人:卞维义,男,寿县太平中学退休教师
采录时间:20世纪80年代
采录地点:隐贤街道、太平街道

地藏寺的井水——拔凉拔凉的

过去,隐贤镇有一句口头禅:地藏寺的井水——拔凉拔凉的。地藏寺是一座古庙,这口水井就在庙的旁边,开井人是唐代贤士董邵南。他诗词歌赋样样精通,喜

欢在夜深人静时对月吟诗作赋。月宫的嫦娥非常喜欢听董邵南吟诗,在听到反映民间疾苦的诗时,不由得潸然泪下,眼泪恰好落在这口井中。"神仙落下千滴泪,化作人间万缸水。"因为这口井的水是嫦娥的眼泪化成的,喝了可以消灾,所以周围的老百姓都到这里挑水。以前这里荆棘遍地,挑水的人多了,便踩出了几条路。石井栏也勒出了印痕。

那时候,有的穷人把送水、卖水当成谋生的手段,地藏寺的井水常常供不应求。炎炎夏日,在人们饱受高温折磨的时候,街上便传来阵阵吆喝:"卖井拔凉喽,地藏寺的井拔凉,不凉不要钱!""一个大钱买一碗,一个铜板管饱喽!"听到吆喝声,人们便早早地等在门口,水桶一放下就围满了人。人们一边喝一边赞叹:"这地藏寺的井水拔凉拔凉的,喝到肚子里真爽啊!"于是,"地藏寺的井水——拔凉拔凉的"这句话,渐渐成为人们的口头禅。

采 录 人:卞维义,男,寿县太平中学退休教师
采录时间:20世纪80年代
采录地点:隐贤街道、太平街道

七仙桥——乌龟桥

古时候,隐贤镇南门外有两口大塘,东边的叫养生塘,西边的叫放生塘。中间有一座南北向的桥,用条石砌成,南头较宽较短,北头较窄较长,中间呈拱形,桥墩就像两个大写的八字,分别伸向四个方向。因为形状像乌龟,因此人们叫它乌龟桥。听老人们说,它以前不叫乌龟桥,而叫七仙桥。提起七仙桥,人们就会想到天上的七仙女,想到她下凡后和董永结为夫妻,并生下一个孩子。七仙桥就来源于这个美丽而又凄婉的民间传说。

明末清初,隐贤的一座古庙里有一位年近百岁的老和尚。一天夜里,他做了个

奇怪的梦，梦见一位仙人告诉他，说天上的七仙女生下一子要送到人间抚养，叫他把孩子交给一个无儿无女的赵姓人家，醒来后果然听到大院里有婴儿啼哭。老和尚按照仙人嘱托，把婴儿交给附近一户赵姓人家。这对老夫妻无儿无女，领养孩子后万分高兴，对孩子十分关爱，取名"心脉"，意为"心中的血脉"。转眼到了上学的年龄，虽然赵心脉天资聪颖，过目不忘，但在学堂里却受到歧视，同学们背地里叫他"野种"。赵心脉哭哭啼啼地跑回家，找养父母追问他的身世。得知母亲是天上的七仙女，思母心切的赵心脉找算命瞎子讨主意。算命瞎子告诉他，正月十五清晨，在南门外的石桥上，会有七只天鹅走过，你只要拦住最后的那只，连叫三声妈妈，天鹅就会变成七仙女，这样，你们母子就能团聚了。

赵心脉牢记算命瞎子的嘱咐，在正月十五清晨到石桥上等候。在朦胧的晨光中，他看到七只洁白的天鹅在养生塘里洗完澡，列队从石桥上走过。他赶紧拦住最后边的那只天鹅，连喊三声"妈妈"，天鹅果然变成了七仙女，一把搂住赵心脉，说："孩子，妈妈对不起你，让你受屈了！"说着说着，母子俩便哭成一团。临别时，妈妈教育他要好好读书，学好本领做一个有品行、有道德的人，说完又变成天鹅，追赶同伴去了。

这座桥因为有七位仙女走过，所以人们便叫它七仙桥。后来又觉得叫七仙桥有损仙女的形象，于是人们根据桥的形状把七仙桥改成了乌龟桥。

采 录 人：卞维义，男，寿县太平中学退休教师
采录时间：20世纪80年代
采录地点：隐贤街道、太平街道

三十年河东转河西

"三十年河东转河西"这句话，原意是说隐贤镇西边的淠河由于水流冲击导致

河床变迁,主航道每隔二三十年就要改变一次,后来泛指世间许多事物都在变化转换之中,不以人们的意志为转移。这句话追根溯源出自西汉时期的淮南王英布之口。

英布家住六安,他自幼习武,智勇双全,曾是项羽麾下的一员猛将,在与秦军作战时立下赫赫战功,因此被封为九江王。后来战局的发展对项羽不利,英布又率领部下投奔刘邦,在楚汉相争时,因战功卓越被封为淮南王。刘邦死后,吕后专权,她为了巩固统治地位,便罗织罪名陷害忠良,英布被逼谋反,后来兵败被杀。

西汉时隐贤已是有名的商埠,英布多次来到这里。后来英布在兵败逃亡途中再次经过隐贤时,他惊奇地发现,原来淠河的航道在集镇的东边,现在却转到集镇的西边了,他感慨地说:"真是三十年河东转河西啊!"

这话被传开以后,人们都说英布是在借河流比喻自己的命运:曾经声名显赫的淮南王,却因兵败成了丧家之犬,最后落得身首异处的下场。人和事物都不是一成不变的,这是自然规律,我们要以一颗平常心去看待它。

采 录 人：卞维义,男,寿县太平中学退休教师
采录时间：20 世纪 80 年代
采录地点：隐贤街道、太平街道

小甸镇的由来

相传春秋末年,宓子贱由鲁使吴,途经楚国的瓦埠镇,曾在此广招贤士,传道授业。之后他又继续使吴,没有想到他在南方水土不服,得了腹泻,客死异乡。众学子一路"盘灵",准备将他带回鲁国安葬。当来到现在小甸集的地方时,有一道河沟挡住去路,村民听说后,一齐挖土填沟垫路,听说是令人景仰的宓子贱,村民要求,在田里稍事停灵,烧纸祭拜。举重(抬棺材)的队伍走到上奠寺铁佛岗的时候,

村民越聚越多,强烈要求就地安葬宓子贱。光绪《寿州志》说:"墓在州南六十里铁佛岗。"后来,在宓子贱停灵的田里,出现一个神奇的泉眼,人们就地挖掘一口土井,人们前来打水,回家饮用,传说可以消灾祛病。人们又在宓子贱停灵的大田中起了一座小宓子庙,香火不断。再到后来,有人捐钱在高旷的地方盖了一座大宓子庙,引来周边群众来此聚集经商,慢慢形成集市。过去,小甸集叫白了,便成了小田集。大宓子庙就在现在老街西边的庙塘,冬至逢会,远近闻名,直到抗战,日本鬼子在这里建炮楼,集市中断。

明代从凤阳府的瓦埠镇有一条通往庐州府水西门的古驿道,是古代官方传递文书的交通古道,刚好经过小甸集"大宓子庙"的地方,于是,开始设有供人休息的茶马小店。到了清末民初,慢慢成为一个人群聚集、商贸繁盛的集市,由"田野停灵"到"茶马小店",再到最后的"小甸集",既是谐音的流变演称,也是小甸集名称的来历。因为这里田地曾经停过宓子贱的灵柩,"甸"字外围是"勹",有"包"的意思,里面一个"田"字,"甸"就是"田"。后来字意扩大,人们来此赶集,把这块田地围起来做起买卖,渐成集市。

讲 述 人:曹化东,男,寿县小甸集镇大鼓书艺人
采 录 人:高峰,男,寿县政协文史委副主任
采录时间:2023年4月
采录地点:小甸街道

筑 城 铺

筑城铺,又名"齐王城",即汉"成德县"城址。相传,此城址始于东汉齐王之时。由于战乱屯兵,其间在此地筑有城戍,后被荒置,久成废墟。当时,城垣西边住一祝姓大户,开有杂货铺,取名"祝城铺"。随祝姓移居,演称"筑城铺"。后逐渐繁

衍发展成村,并将"筑城"作为村名,沿用至今。

筑城遗址呈长方形,夯土城垣,残高约两米,面积约十五万平方米。城垣的东北角、东南角较高,有大量的汉代瓦砾。西南角、西北角有豁口两处,城内有一处面积较大的高地,上有残云纹瓦当、绳纹筒瓦残片等。

这里还流传一个神话:齐王时,百里为王,即令百里建城一座。话说各路神仙正在筑(建)城,四更天即将完工之时,遇见一位起早耕地的老农,便问:"现在什么时辰?"老农说:"天快亮了。""大事不妙!天亮完不成筑城任务了!"大神惊呼道。于是,筑城的神仙们停下手里的工作,纷纷往东南方向飘然而去。到枣林铺(今长丰县)附近,稍事休息,吸口水烟,磕下的烟灰堆积起来,便成了枣林铺"大古堆",然后继续赶路,来到庐州,筑起庐州城(今合肥市)。

相传筑城铺原是一个天然湖泊,一片汪洋。大禹治水时,用神鞭打开峡山口,湖水汹涌而下,经淮河入大海。于是这里湖地肥沃,草木茂盛,宜居宜种。恰这年(东汉末年)大旱,山东老鸹巷人畜断水,庄稼枯死,民不聊生,纷纷逃离他乡另谋生路。其间,赵公(赵宽公)携任姓表弟,肩挑货郎,历尽艰辛,流落到草木葱茏、鸟语花香、宜居宜种的筑城。于是,表兄弟二人弃商务农,开荒种地,日子红红火火。而后,赵公娶徐姓女子,繁衍后代,赵氏后人一直安居在赵家湾(筑城)。其任姓表弟移居任岗,安居乐业。

采 录 人:赵吉平,男,寿县小甸镇原仓房小学退休教师;赵子科,男,寿县小甸镇祝城小学退休教师
采录时间:2023 年 4 月
采录地点:小甸集街道

李 山 庙

李山庙原名孔李集,相传,集的南、北头孔、李两姓居多。明代时,集的北头建庙曰李山庙,集因庙名。

据当地老人传说,元末明初时期,江淮之间因连年战乱和自然灾害频发,老百姓死伤无数。迫于生计,拖家带口逃荒要饭、背井离乡的百姓不计其数,导致本地区百里无人烟,蒿草齐腰深,一片荒凉凄惨景象。

直到安徽凤阳出了个朱元璋当上了明朝开国皇帝后,平定天下,从山东省人口稠密的老鸹巷迁移了很多人口,安置到江淮之间人口稀少的地区,安家垦荒,创业发展,才出现了生机。

明朝政府为了使臣民安分守己,听命守法,乐于接受封建统治,不至于造反作乱,便在全国范围内大建庙宇,对臣民施以佛教,教导百姓积德行善,勤恳耕作,自食其力,乐善好施,捐资纳税。李山的庙宇就是在那个时期建造起来的。因为主持建庙的头子名叫李山,后人便管这个庙宇叫李山庙(庙宇坐落在今李山小学校北面围墙外,一沟之隔)。庙宇的东面、北面有庙田,雇人耕种,收下的粮食供庙里的和尚食用。种地人住的村子,东面的村名叫庙洼,北面的村名叫庙庄。庙宇西面为菜园,种菜人住的村子名叫西里园。

民国初年,当地徐姓大户中有个精明人提出办学主张,顶着压力将庙堂改建为学堂,办学育人。其间,民国三十一年(1942年),日本鬼子在这里掘壕沟、筑炮楼,庙宇被日本侵略军炸毁,集市也遭到严重破坏,李山学堂一度停办。其间较有名气的教书先生有张树侯、徐子香等。尤其是张树侯先生,在瓦东地区无人不知无人不晓,他不仅学问高深,而且是具有民主思想的老同盟会员,他教学的同时,还传播先进思想,传授文化知识,提高人民思想觉悟,培养了改天换地人才,如徐梦周、徐德文等。徐梦周1922年春经施存统介绍加入中国共产党,是寿县党团组织的主要创始人之一。他们后来都为中国人民的民族解放事业奉献出智慧和生命。

采 录 人：徐为醒，男，寿县小甸镇李山小学退休教师
采录时间：2023 年 4 月
采录地点：李山街道

邵家老湾

相传宋朝时，邵家老湾已经是寿县邵姓的主要聚居地之一。在宋金征战期间，家族中出了一个武状元，跟随岳飞元帅屡立战功，官至将军。后来岳飞被害，他被迫返回家乡，人称邵将军。邵将军为人正直，英明贤达，始终有报国之志。他组织家人习文练武，时刻准备为国效力。在邵将军的带领下，家族人丁兴旺，钱粮充裕，远近闻名。附近村庄的人也都十分尊敬邵将军，尊称老湾为邵家老湾，邵家老湾由此得名。

富裕的邵家老湾被吴山一带的土匪盯上了，土匪头子组织了几百号人，趁着黑夜突然包围了邵家老湾。精干的村民发现土匪来了，立刻报告给邵将军。久经沙场的邵将军不慌不忙地组织村民护村。他手拎弯月大刀，不到三个回合，便将土匪头子一刀劈成两节，一命呜呼。邵将军带领村民乘胜追击，土匪死伤惨重，从此土匪再也不敢招惹邵家老湾。现在民间还有一句顺口溜："家住邵老湾，辈辈保平安。"

庆功宴上，邵将军举杯自豪地大声说道："我老邵打外侵，是越打越有劲。"不承想，这句话传来传去，变成了"姓邵打外姓，越打越有劲"。实是误传。

一年中秋佳节，邵将军酒后到湖边散步赏月，无奈蚊虫碰脸。一怒之下，他回家拎起弯月大刀，从西往东一阵猛砍，口中大喊："都走都走，不走都杀，看哪个蚊虫还敢在我湾西撒野！"村民听见喊叫，纷纷赶来，只见邵将军人刀合一，寒光闪闪，如

一阵旋风向前滚动。没有人敢上前一步，无人敢说，无人敢劝。黑压压的蚊虫哀号着四散奔逃，地上铺了一层软绵绵的蚊虫残肢。说来也怪，此后一直到现在，邵家老湾西边，哪怕是盛夏，连一个蚊虫都没有，至今成谜，连专家也无法解释。

后来岳飞元帅平反，邵将军以高龄寿终，朝廷念其功德，赐资修建庙宇供奉，赐名孟佛寺，俗称"将军庙"。孟佛寺周边有政府划拨的几百亩良田，作为寺庙的口粮田。据说邵将军多次显灵，救助不幸落水村民。当地人下湖捕鱼前，都习惯性地到庙里敬一炷香，祈求保佑平安。

1929年夏天，接连月余大雨，湖水暴涨，眼看寺庙就要被洪水浸泡倒塌。一些有远见的邵氏族人提议，寺庙是保不住了，不如在洪水冲塌之前，抢救一些木料出来，建一所学校，培养当地后生，也是造福一方的善举，想来神灵也不会怪罪。在有威望的邵氏家族长辈号召下，大家有钱出钱有力出力，很快建起了一所颇有规模的学校——邵店乡中心国民学校，也就是现在的邵店小学。多年来学校为国家培养了一批又一批的建设人才，实现了前辈人的愿望。

采 录 人：葛广琪，男，寿县小甸镇邵店小学校长
采录时间：20世纪90年代
采录地点：小甸集邵店村

华 佗 庙

相传三国年间，曹操率领大军向合淝（今合肥）进发，准备攻击东吴，经过此地，驻扎在沿河（瓦埠河）南冲（现今小甸镇杨圩村英冲）休整。有一天，曹操头痛病发作，急忙命人寻找名医华佗前来治疗。

华佗得知后，不敢丝毫怠慢，日夜兼程赶来。快到军营时已是傍晚，恰巧一场大雨阻碍了行程，无奈借住在李员外家。李员外热情相待，却又欲言又止。华佗看

出李员外眉头间的一丝无助神态,又听到屋内叹息之声,猜出了大概。相问之下,华佗得知李员外仅有一子,年已十六岁,本打算成家立业,却不知何故突然间神志不清,精神恍惚,多处求医未见好转。他又得知华佗是专为曹操治病而来,不敢开口求医。华佗了解后哈哈一笑,说道:"天降大雨就有留客之意,你我有缘,不请自到。"说罢起身看病治疗,不一会儿,病人好转,思路言语渐渐正常起来。李员外激动得无以言表,叩首拜谢,愿拿出所有家产感恩。华佗又是哈哈一笑,说道:"你若是真心感恩,就多帮帮那些需要帮助的人吧。"

雨过天明,华佗告辞而去。李员外望着华佗的背影,暗暗下了决心,一定要多行善事。从此以后,周边谁家有困难,都能得到李员外的帮助。慢慢地,大家都知道了李员外是受了华佗的感化,行善报答华佗的恩德。

过了不久,人们听到了一个震惊的事情,受人敬仰的神医华佗被曹操杀害了。人们纷纷请求李员外牵头修建一座庙宇,供奉华佗先生。因为修建庙宇需要一笔不小的开支,李员外感到力不从心。

李员外看到每年涨水季节,都有大批的木料从不远处的水道上经过,他心里有了主意。

这一年春天,来往的木料商人常常看到一个叫花子模样的人在河边溜达,时不时冲着他们喊道:"木料卖不卖?我都要了。"大部分木料商人都不当真,却有一个大商人觉得好玩,心想,一个叫花子怎么可能买得起一大批木料?我来耍耍他。于是,大商人搭话道:"我的木料卖,你买得起吗?你要是拿出钱,都卖给你,一文钱一根,现钱现卖,过来数数,一手交钱一手交货。"叫花子乐呵呵地问道:"你说话算不算数?当真一文钱一根?我都要了。"大商人有意大声说道:"算话算话,由大家做证。"其他商人和附近的人们都聚集过来,想看看热闹。只见叫花子不慌不忙地上前,伸出脏兮兮的双手不紧不慢地点起数来,大家也一起上前帮着点数。点好数后,大家都想看看这个叫花子怎么掏出钱来。叫花子还是不慌不忙地先脱下外套,又把缠了多道的腰带解了下来。大家都以为叫花子不是想跑就是想赖账,让人大跌眼镜的事情出现了,叫花子笑眯眯地从腰带里哗哗倒出了铜钱,不一会就积成一堆,破外套拆开露出一堆金元宝。原来叫花子就是李员外,他大声招呼大家帮忙数钱付款。大商人傻了一样站在那,不停地张嘴,却没有发出一丝声音。

得到消息的村民飞快地赶过来,争先恐后地扛起木料就走,不一会儿就把购买来的木料全部运走。

当大商人得知这些木料是为了建华佗庙时,不恼却喜,主动来到李员外家,把卖木料的钱悉数还给李员外,还捐出了一些钱财作为建庙工人的伙食费。当地的乡亲们看到这个情景深受感动,纷纷请求加入建庙队伍做义工。四方乡邻听闻,也都自愿前来捐资、做义工,很快一座规模宏大的华佗庙宇就建好了。

据说,庙建好后,华佗多次显灵,香火极旺,远近闻名。在华佗庙的感召下,当地民风大好,做善事善举的人越来越多。慢慢地,原来的村庄名字被人忘记,华佗庙代替了村名,一直沿用至今。

采 录 人:葛广琪,男,寿县小甸镇邵店小学校长
采录时间:20世纪90年代
采录地点:小甸集邵店村

鹅 毛 井

相传康熙年间,老天久旱无雨,眼看田地开裂、庄稼干枯,几口水井每天只能渗出几碗黄泥汤,人畜用水都保不住。人们被迫没日没夜地到处挖井找水,始终没有找到一点水源。组织抗旱挖井找水的领头人戴清老族长,不顾年迈,多日不合眼,眼见找水无望,急火攻心,眼前一黑,倒地昏死过去。

戴清老族长迷迷糊糊中,感觉控制不住自己的身体向前飘。不知怎么回事,眼前突然出现了一位全身雪白的仙女向他微笑,还递给他一碗水。老族长一饮而尽,只觉得神清气爽,全身酸痛不适一扫而光。仙女告诉他,她本是天庭鹅仙,因见人间大旱,乘在天河洗澡时用翅膀向人间偷偷洒了一些水,缓解了一些地方旱情。不料被天河神告发违反天规,天庭震怒把她关押在地下神河中,身上压了一盘大磨石,无法逃脱。只要人们见黄土堆开挖,大约三丈就能挖到大磨石,打开中心磨眼,

她就能获救重生,无尽的神河之水也会涌到地面,任由人们饮用、灌溉。一定记住,千万不要把大磨石掀开,如果没有出口镇石,神河水会淹没村庄,造成无法预测的大灾难。

仙女说罢摇身不见,老族长猛然一惊,醒了过来,发现自己睡在蒲草上,周边众人披麻戴孝,哭声一片。老族长轻轻咳嗽几声,缓缓坐了起来,环顾四周,朗声说道:"不要哭了,跟我去找水。"呆呆傻傻的众人跟在老族长身后向田间走去。看着老族长阳光下的影子,众人的心才渐渐平稳下来。

不一会儿,大家来到一堆黄土堆前,老族长指挥着众人向下开挖,慢慢地发现土层有点潮湿,满怀希望的人们干得更有劲了。半天的工夫,挖了三丈深,一块大大的磨石出现在人们眼前,众人不解,一起看向老族长。老族长不慌不忙地下到井中,站在大磨石上,前后左右看了看、量了量,指着中心点说:"把这儿琢开,水就在下面。"叮叮当当一阵响,琢开了,一股清泉喷了出来,伴着清泉流出一羽鹅毛,老族长心中有数,小心地拿着鹅毛,准备清洗干净,这时,大伙嫌出水口太小了,怕解不了旱情,一个号子就把大磨石掀开了。随着一声闷响,大地颤抖了起来,巨大的水柱喷涌而出,转眼间干涸的土地就被水覆盖了。人们惊慌失措,拼命向高处跑。在这紧要关头,老族长手中的鹅毛突然变成一只白天鹅,高声嘶叫着,飞快地用翅膀拍打大磨石,大磨石回位了,汹涌的地下水终于止住,清泉齐岸,人们获救了。

老族长满眼热泪,抱着受伤的白天鹅,在水塘边小心地清洗鹅毛。老族长的眼泪滴在白天鹅的伤口上,伤口神奇般地愈合了。这时,天边出现一片光艳夺目的彩云,白天鹅高鸣一声,展开翅膀向彩云飞去,老族长的手里只留下一羽洁白透亮的鹅毛。

此后,人们把这口井叫作鹅毛井,洗鹅毛的水塘叫鹅毛塘。戴清老族长居住的村子叫戴庄,黄土堆旁边的村子叫黄庄。多年来地名一直没变,神奇的故事代代流传。

采 录 人:葛广琪,男,寿县小甸镇邵店小学校长
采录时间:20世纪90年代
采录地点:小甸集邵店村

古 楼 岗

　　相传明朝初年,一个姓宋的官员跟随朱元璋多年,立下不少功劳,在朝廷任职,人们尊称他为"宋员外"。后来他年龄大了,想辞官不做,回到老家享享清福。皇帝同意了,答应了他的请求,让他自己选择一处地方养老。姓宋的官员回到家乡,心情十分愉快,四处走动察看,寻找适合盖房子居住的地方。

　　一天,宋员外来到古楼这个地方,看到一岗接一岗,草木茂盛,小溪流水环绕,庄稼茁壮生长,确实是一块风水宝地,便决定在此建房定居养老,一时还没有想好盖什么样子的房子。

　　话说鸡叫一声出"三子",天子朱元璋、财子沈万三、花子王叫花。王叫花住在吴山东北角王岗,虽然说是叫花子,家里却一点都不穷,只是喜欢破衣烂衫四处游荡观光,沿途讨饭充饥。

　　这一天,王叫花来到景德镇,看到一个财主家正在画线盖楼,工人忙前忙后用尺子测量。王叫花是跟前跟后寸步不离,显得碍手绊脚,实在影响施工。工头看着王叫花披着破袍子,挎着破篮子,很是生气,责问他一个要饭的想干什么,讽刺他是不是也想盖楼。王叫花嬉皮笑脸地连连点头说是,并且指着图纸说就是照这个样子盖楼,要一模一样的。工头被王叫花气得胡子眉毛都竖了起来,大声说道:"要是你盖这样的楼,我一分工钱都不要,管饭就行!"

　　王叫花动用各种关系,把当地大小官员、地方名流都请来了。王叫花再次当众问工头:"你讲的我照这个楼盖,你不要我工钱、管吃饭就行,算不算数?"还没有回过味的工头只当是一个笑话,点头承认,当众签了合约,相关见证人都签了字。

　　王叫花立即从景德镇买了大批木头,开始放排,从长江到巢湖再到合肥。木头到了,工头领着几百个工人也到了。在杨庙到合肥路段边耗时一年多,气势宏伟的高楼盖起来了,当地人称作王楼。

早想建楼的宋员外听到消息前去观看,被漂亮的高楼吸引住了,忙问王叫花建楼造价。王叫花说用了二百担黄豆就建好了。宋员外大喜,觉得自己是高官退休,有恩赐田产,有拿出二百担黄豆的能力盖楼。于是找人烧窑制砖瓦,找风水先生看了一个比较大的岗头开始打地基。没有想到二百担黄豆开支完,地基才鼓露出土一点,没有钱了。宋员外慌忙找到王叫花,说:"你讲二百担黄豆能盖好,我现在花完了钱,地基才鼓露出土一点,怎么回事?"王叫花笑了笑,说:"我给工人做下酒菜用了二百担黄豆,工人是不要工钱,管饭就行,一个月还杀两头猪加餐。"

宋员外这时才明白,以他的财力是不可能建成这样一座高楼的,随即仰天长叹一声:"可惜了,我的鼓露岗头哎!我不在这儿建楼了!"碍于脸面,宋员外只好在岗头不远处另选址建了一座小楼,人称"宋楼"。

随着时间的推移,当初没有建成高楼的岗头上慢慢住了许多人家,通称"鼓露岗",逐渐演变成现在的地名古楼岗。故事也在教育后人,做事一定要量力而行。

讲 述 人:曹化军,男,寿县小甸集街道大鼓书艺人
采 录 人:葛广琪,男,寿县小甸镇邵店小学校长
采录时间:20世纪90年代
采录地点:小甸集邵店村

杨 仙 铺

古代的安丰塘周围一百二十里,可以灌溉良田上万顷,古时有五道闸门。到了隋朝时期,经寿州长史赵轨增加至三十六道闸门,而杨仙闸门则是其中之一。杨仙闸门,依附杨仙铺而得名。

据说到了某朝年间,天下大乱,官吏到处抓壮丁补充兵力,有一个杨姓之人趁黑夜逃进土地庙躲避。天亮后,有群官吏发现土地庙,准备进去搜查时,打开破庙

门,顿觉灰尘扑面,呛得直咳嗽,四下张望,发现庙里蜘蛛网密密麻麻,结得一层又一层,土地老爷与土地奶奶身上也是积了很厚的灰尘,根本不像有人进去过的样子,于是转到别处搜人抓壮丁去了。

这个杨姓之人等官吏走远,从土地庙里爬了出来,认为是土地老爷与土地奶奶显灵,护佑自己躲过一劫,对土地老爷与土地奶奶拜了又拜,在心里暗暗立誓,等发迹了,一定重修土地庙。过了若干年,这个杨姓之人果然发迹,于是把土地老爷与土地奶奶从河堤上请了下来,出资在杨仙铺西南角建了三进三出的大殿与一些附殿,供奉土地老爷与土地奶奶。由于庙中供奉的土地老爷与土地奶奶曾经显过灵,是杨姓之人的护佑之仙,而此庙又是杨姓之人出资修建的,当地人便称此庙为"杨仙庙"。土地老爷生有长长的胡须,慈眉善目,和蔼可亲,当地人把土地老爷称为"大胡子老爷"。

杨仙庙建成后,土地老爷与土地奶奶显灵的事情,被好事者一传十,十百传,越传越远,越传越神奇,一时间香客云集,香火旺盛,并于每年四月八日形成庙会,杨仙铺凭借庙会也随之兴旺起来。

杨仙铺因淠水而成街市,因杨仙庙而兴旺,本来是一条无名小街市,到了宋朝时期,十里设一驿店,称之为"铺"。到了明朝,要求更为严厉,规定各州县凡十里必须设一"铺",杨仙铺应运而生,并成了这条小街市的名字,保留了下来。

民国时期,隐贤集有赵姓之人,把土地老爷与土地奶奶请到了泰山古庵供奉,成了"大佛老爷",杨仙庙香火不再,随之被废。

采 录 人:林家海,男,寿县张李乡张李村林郢组人
采录时间:2022 年 9 月
采录地点:杨仙村

谷　　贝

　　谷贝原名谷陂，谷是小丘，陂是水边。这就是说，谷贝这个地方从前一边坐落在小山脚下，一边临水，为人迹罕至之处，很是荒凉。原谷陂寺在今王家楼西北角，那里有三间小庙，名叫谷陂寺。谷贝王氏五世祖和程氏兄弟从寿州保义集初来时，寄居在庙里，他们白天开荒种地，晚上纺纱织布。由于勤劳节俭，日积月累，渐渐富裕起来，开始买田置地，建筑新房，维修旧庙。清正廉明，关心百姓，曾上疏朝廷，要求惩贪吏，减赋税，选人才，因此遭受阉党迫害，削职为民，回到谷贝闲住。他经常周济穷人，代民平愤，自建石集王家大桥、众兴牛角埠大桥，颇得人心，声望很高。

　　这时，王氏家族做了许多慈善之事。谷陂寺原在王家楼西北角的一块流坡地上，庙很小，当时姓魏的有人认为寺庙下面风水好，准备拆庙葬坟。化南公担心庙宇被毁，遂决定将谷陂寺东迁。拆迁时，王姓男女老少排成一列队伍，从新址到旧址长约三里，接力传递砖瓦。新寺在老石集南面，面积很大，房屋增多，添塑菩萨，每年农历二月二举行灯会，并请戏班唱戏，颇为热闹。

　　时间久了，谷陂寺被称为谷贝寺。贝者，宝也，教育后人要尊重爱护这座寺。同时，将从湖北英山迁来这里的王氏及其后代，定名"谷贝王氏"，一是表达对谷陂寺的感激之情，二是对王氏祖宗的纪念之意。可惜的是，谷贝寺历经三百多年沧桑，于20世纪50年代被毁。

采 录 人：王教海，男，寿县安丰中学教师
采录时间：2023年4月
采录地点：安丰中学

马家古堆

马家古堆位于安丰镇天岗村境内天岗村,因其村境内原有一马家古堆,故群众称之为"古堆村"。

1358年,张士诚在苏州设府称"周王",建立周国,1363年改周国为"东吴国"。从起兵到1363年的十年间,张士诚占领了江苏、浙江、安徽、山东几省的部分地区,疆域南至浙江绍兴,北至山东济宁,东至东海岸,西至汝州,纵横两千多里,势力超过了刘福通领导的第一支起义军。这时各路起义军头目都想争天下当皇帝,开始相互火并,抢占地盘。1363年2月,张士诚想消灭刘福通领导的起义军,就派大将吕珍率兵攻打安丰。安丰被围,粮尽人饥,难以支持。刘福通派人向朱元璋求援,朱元璋怕安丰一破,张士诚势力扩大后难以招降,便亲自率大军赶往安丰救援刘福通。可是,朱元璋还没赶到,吕珍已占领安丰并杀了刘福通。吕珍听说朱元璋援军要来,就下令挖掘战壕,修筑阵地,扎营据守。朱元璋赶到,几天内三次攻打吕珍,吕珍率兵冲出重围。后来朱元璋派徐达、常遇春打败并收编了这支队伍残部,由孝慈皇后马秀英之宗亲马鉴统领。

马鉴(1339—1395年),字希哲,寿州人。其人文武双全,深谙兵法,后因战功显著,受封骠骑将军。其率部驻扎于此地,屯兵开田、开凿河渠、广积粮草,群众得以安居乐业,深受老百姓爱戴。驻守期间有士兵阵亡,埋葬于此地,后人称之为"马家古堆",以示对先人的尊敬和爱戴。

采 录 人:周圣超,男,寿县安丰镇天岗村党总支书记;孙志超,男,寿县安丰镇党政办主任

采录时间:2023年4月

采录地点:安丰中学

陈家古堆与高桥

陈家古堆位于安丰镇杨仙街道马路村西北角，地处梁家湖湖畔，距离杨仙街道八公里左右，西与隐贤镇交界，同梁家湖排涝渠一水之隔，北与张李乡接壤，同东水西调一片冲洼之地相望，东西相邻两大片高地，不知形成于哪朝哪代，看上去非常普通，但传说很神奇，让陈家古堆增添了一些神秘的色彩。

陈家古堆原本并没有名字。明朝时期，从隐贤古镇搬来一些陈姓人家在此定居，逐渐形成村庄，古堆成了"陈家古堆"，村庄成了"陈家古堆郢"，这种称呼延续至今。当地人传说，很久很久以前，不管谁家办事，只要头天晚上去古堆前烧香，请求借东西用，第二天早上古堆前必定会出现一些金碗金筷，供办事人家使用。事情办完，把金碗金筷洗好刷干净，趁着黑夜，一个不少地放在古堆前就可以了。

俗话说"好借好还，再借不难"。就这样持续了好多年，直到某一年，某一户人家办事，又从古堆里借了很多金碗金筷，但到事情办完，该还金碗金筷的时候，这户人家起了贪心，留下来一些金碗金筷，没有如数还回。据说当天夜里，附近村庄的村民能听到一位老奶奶站在古堆上大声咒骂，骂得尖酸刻薄，难听至极，直到鸡叫声响起才停歇。从此以后，再也没人能从古堆里借到东西。

古堆西边以前有道小河，从众兴镇流经梁家湖，从潭子湖汇入淠河。古堆西南方不远处，这条小河上有一座双孔青石桥，据说是宋代时建造的。四座桥墩上各有一个龙头、一个龙尾，非常漂亮，由于附近有座高家老坟，这座石桥被当地人称为"高桥"。高桥位于交通要道，经过长年累月的碾压，桥面青石条上出现很深很光滑的车辙。

据说以前河水干枯期，放牛娃从桥下经过时，会站在牛背上，用手掏石桥缝中的鸟窝。民国后期，随着梁家湖排涝渠的建成，这条小河断流，这座石桥也失去了作用，逐渐被泥土淤实。到了20世纪60年代初期，这座石桥开始被拆除。当地一些参与拆石桥的老人说,当时从淤泥中挖出很多青石条,包括四个龙头、四条龙尾,其中一个龙头被修在陈家古堆郢东边、靠近陈家土城的一座石桥中。这座石桥也因这个龙头,被当地人称为"龙头闸",一条龙尾被一户村民铺在自家院中。

采 录 人:林家海,男,寿县张李乡张李村林郢组人
采录时间:2022 年 9 月
采录地址:杨仙村

三觉市的传说

不知哪年哪月,此地来了个游方的老和尚。老和尚一见此地就大吃一惊,说这里将会长成一座城,而且城长成时,本地魏姓家族将会出几个大人物。老和尚因此留下来建了一座寺庙,取名"三觉寺"。

老和尚的话刚开始大家也没往心里去,认为这么个小地方怎么能成市(本地方言中"城"和"市"同义)呢。可老和尚说,现在城的四门已经形成:东门是庙桥,南门是十八桥,西门是孙小桥,北门是三流堰大桥。随着老和尚的解释,人们觉得很有道理了。于是三觉市将形成,老魏家将要出人的话就在本地流传开了。

谁知老魏家将要出人的话让老魏家的仇家忙坏了。为了能打击老魏家,仇家花钱请来了一位有本事的风水师来破解。风水师绕着三觉寺方圆几十里地巡视了很多圈,最后说此地要长成城,东南方的老龙头必须昂起来(长成山),并告诉了魏姓仇家龙头的位置和破解的方法——在龙头上打一眼井。

老龙最终因一眼井被治死了。龙头没有抬起,三觉也就没有能成市,但三觉市的名字却被叫了出来。今天的人认为本地名字是因寺庙三觉寺而来,于是就叫成了三觉寺。

讲 述 人：权循成，男，寿县三觉镇魏楼村潘岗组人
采 录 人：杨凡俊，男，寿县三觉学校教师
采录时间：2002年
采录地点：三觉镇魏楼村

乌龟墩的传说

不知从哪一年起，在三觉寺西南一带悄悄流传出了这样的一句话：乌龟墩的乌龟长大后能喝到独笼堰的水，北城就能成城。

话里将要长大的乌龟是冯门塘与独笼堰间的一块高地，我们附近郢子里人叫它乌龟墩。这乌龟细长的尾巴连接着冯门塘，而向西南方伸出的乌龟头只差一点就能够到前方的独笼堰了。也有人发现距这乌龟墩四里外，四面被沟围着的高地，郢子里人叫北城的地方正一天天扩大着面积——北城已经有了点样子。

于是乌龟将成精，北城将长成城的话在附近传开。

有一位能赶山填海的神仙毛金万，一日半夜路过此地。他举目一望就发现此地的秘密。他掐指一算，知道了这只乌龟成精后会给当地老百姓带来祸害，于是决定在这只乌龟还没有成精之前把它镇压了。

毛神仙来到乌龟头附近，举起了手中那根用来赶山的神鞭抽打过去。附近郢子里的人半夜听到凭空出现了三声炸雷一样响的鞭声。

第二天，郢子里的人发现那只乌龟脖颈出现了明显的三道鞭印，小沟里的水正从这三道鞭痕处流向低处——原来乌龟被神仙斩杀了！

乌龟被毛金万镇压了就不能继续成长了，也就不能喝到独笼堰的水了，结果北城也就没能成城。

现在，在三觉寺的西南处只留下了一个叫乌龟墩的地方。

讲 述 人:权循伟,男,寿县三觉镇冯楼村冯下郢组人
采 录 人:杨凡俊,男,寿县三觉学校教师
采录时间:2002 年
采录地点:三觉镇冯楼村

大水冲倒龙王庙

我们这里岗头多,种田没有水,靠老天下雨。老百姓就在一个岗头上盖了龙王庙,求龙王保佑。龙王庙前进三间,后进三间,庙里有菩萨。天老①不下雨,老百姓就去庙里烧香求雨,有时也管经②。龙王庙对面岗头叫斑鸠岗,岗上斑鸠、野鸡多。

郢子里人田里不干活了就去逮野鸡,逮斑鸠。当时,农村人没有什么个③的,逮点野鸡、斑鸠能个点肉。

斑鸠岗前面有一洼氹,野鸡精就蹲在里面。逮野鸡的人看到野鸡精,就开始撵,野鸡精就飞,一飞,起了野鸡蛟④。野鸡精飞到哪里,野鸡蛟就跟到哪里。野鸡精一直飞,飞过了龙王庙,野鸡蛟就把龙王庙冲倒掉了。野鸡蛟的水是龙王管的,自己管的水冲倒自己的庙,阿们⑤这里就流传出了"大水冲倒龙王庙,一家人不认得一家人"的话。

龙王庙倒掉了,堆个土墩子,仰仗⑥大的土墩子,里面埋了很多宝,很多老百姓去挖。

大水冲倒龙王庙,也冲倒了不少老百姓的房子,大家都说这是报应,谁叫阿们老百姓杀害野鸡、斑鸠呢?

注释:

①老:长时间。

②管经:有用。

③个:吃

④野鸡蛟：由野鸡引起的洪水。乡村人把由某种动物引发的洪水，称为某某蛟。

⑤阿们：我们。

⑥仰仗：非常，特别。

讲 述 人：杨继德，男，寿县三觉镇丁岗村龙王组人
采 录 人：杨凡俊，男，寿县三觉学校教师
采录时间：2018 年
采录地点：三觉镇张岗村

七花寺的传说

相传南北朝时期，有七个叫花子在马井塘一带乞讨。

马井塘一带地势平坦，沟渠众多。这里年年丰收，百姓生活富足，人心向善。村民们对七个叫花子不仅在吃喝上给予大力施舍，若遇到天晚还为他们安排住宿。

话说七个叫花子整年乞讨，几年下来，除自己的用度外，还有节余。他们于是决定捐出节余的钱物为村民们建一座寺庙。一来可以解决自己的住宿，不必再劳烦村民；二来可以为当地村民祈神佑护，永葆平安，以报答村民们多年的施舍之恩。

附近村民得知此事，也纷纷前来无偿相助。大家一致努力，寺院很快完工。七个叫花子又请来得道高僧主持寺院，为村民诵经祈福。因寺庙为七个叫花子捐建，故命名为"七花寺"。

几年后，七花寺香火渐盛，影响也越来越大。每年正月十五庙会，方圆百里内的善男信女都纷纷前来祈福求平安。盛唐时期，当地官府还曾拨款进行重修并扩大了寺院规模。直到今天，虽然寺院已被拆除了，但每年正月十五庙会时，仍有很多人前来寺院旧址烧香还愿。

讲 述 人：王安柱，男，寿县三觉镇张墩村人
采 录 人：杨凡俊，男，寿县三觉学校教师
采录时间：2002年
采录地点：三觉镇张墩村

张家墩子的传说

张家墩子乍一看去，方方正正的，可你仔细瞧就会发现墩子的西北角有一处明显的凹陷。关于那处凹陷，在当地流传着这样的一个故事。

这个四四方方的大土墩子不知是何年何月何故出现的。虽说不清楚这土墩子的来历，但当地人都知道这个土墩子有一神奇之处：只要前晚在墩前烧香祷告，说出你借的碗筷和酒杯的数目，第二天一准能在墩子前如数拿到你需要的东西。于是，附近的人家要是遇到个红白喜事什么的，都到墩前焚香祷告。借用的东西也不需什么酬谢，只要你完事后如数奉还即可。

相传，附近梁郢村有户梁姓人家，其母享一百零三岁高寿后病逝。为办丧事，梁家从墩子里借了碗筷、酒杯之物。没想到当地流传着这样的习俗，老人高寿仙逝后称老喜丧，人们来吊唁时不仅不用悲泣，而且为沾些长寿之气，吊唁人往往会偷拿走一些碗筷和酒杯。丧事完毕后，所借的碗筷被偷拿了不少，梁家无奈，就用了自家的东西充数。很快，人们就发现梁家充数的东西并没有被墩子收走。可从那天起，每天早晨都会有雾气笼罩着大土墩子，而且会听到一妇人丢失碗筷的咒骂之声。

开始人们也没把这事放在心上，可渐渐地，村民发现那些本想拿碗筷讨福的人家，不仅福气没有沾上半点，还接二连三地发生房屋莫名其妙倒塌伤人之事。所有偷拿碗筷的村民家的房屋都倒塌后，一天夜里村民听到大土墩子那里传来一声轰

响。第二天，人们惊奇地发现原本四四方方的墩子西北角凹陷了一处。

从此，人们再也不能从土墩子里借到任何东西了。

讲　述　人：王安柱，男，寿县三觉镇张墩村人
采　录　人：杨凡俊，男，寿县三觉学校教师
采录时间：2002 年
采录地点：三觉镇张墩村

老龙头与老龙塘

"龙头长成梁，梁家出皇上，魏家出娘娘。"很久以前，在三觉境内悄悄流传着这样的话。此言一出，细心的人真的发现那个叫老龙头的岗子在一天天长高长大。

眼看话语将成真，魏家族人就不服气起来：凭什么他梁家出皇上，我魏家出娘娘？！

魏家请来了风水先生，他们要让龙头长不成梁，要破了这传言。

那风水先生秘密地在龙头岗一带转了七七四十九圈后，指着一处说："这是龙腰，只要在此挖一口方塘，龙必死！龙死，老龙头自然就不会再长高大，也就不会成山梁。传言就破了。"于是，魏家的长工在风水先生划定的地方开始挖塘，可奇怪的是每天挖出的大坑，一夜之后就又恢复成了平地，日日如此。这可累坏了魏家的长工，急坏了魏家族人。于是，魏家又请那位风水先生来想办法，可那风水先生围着老龙头又转了七七四十九圈，最后只能无奈地说，自己道行不够，要去寻了自己的师兄来破局。风水先生外出寻找师兄了，魏家的长工仍每天不停地重复前一天的挖塘劳动。

一位长工因为早起走得急了，忘了穿鞋，只好回家取鞋。他路过龙头岗时听到人的说话声："不怕你挖，也不怕你挑，只要不拿铜钉钉我腰。"

长工把自己听到的话告诉了魏家族人。魏家族人就到处请高人指点"铜钉"迷津。一番周折后,魏家终于得知"铜钉"就是梧桐树,所谓铜钉钉腰就是在龙腰位置上栽梧桐树。

梧桐树栽上后,长工们挖出的坑就再也没有能恢复成平地。七七四十九天后,方塘终于挖成。

最终,梁家没有出皇上,魏家也没有出娘娘,却在今三觉镇张墩村境内留下了一个叫老龙头的岗和一口叫老龙塘的方塘。

讲 述 人:王安柱,男,寿县三觉镇张墩村人
采 录 人:杨凡俊,男,寿县三觉学校教师
采录时间:2002 年
采录地点:三觉镇张墩村

三觉为何岗子多

相传,混沌初开,大地起伏不一,生灵难以生存,于是玉帝命令各方土地平整所管辖的大地。凤阳府(三觉属此)土地公接到圣旨后,手持铁锹,挖高填低,把大地平整得如同镜面,他从北向南一口气平整到今三觉街道以北之地。每次劳作一天,土地公回到家里,都是腰酸背痛,苦不堪言。土地婆见状就开导他:"何须那么卖力?明天平地可遇高就高,遇低就低。"土地公觉得土地婆言之有理,第二天便依言而行,果然,平整工作进展很快,而且土地公也不再感到很疲劳了。因为土地公不再挖高填低,从而三觉街道以南地势高高低低起伏很大,形成了许许多多的岗子和冲。

今天,三觉境内哪家男人要偷懒,总会借口说,你看门前的岗子就知道了,神仙都要偷懒歇一歇,何况我一凡人?

讲 述 人：王安柱，男，寿县三觉镇张墩村人
采 录 人：杨凡俊，男，寿县三觉学校教师
采录时间：2002 年
采录地点：三觉镇张墩村

茶　庵　集

很早以前，有一对姓侯的老两口在此搭建一个庵棚子卖茶水，并耕种了几分地，日子过得虽贫苦，但总算有口饭吃。

有一年，淮河发大水，淮北的凤台、蒙城、涡阳、颍上、利辛等县泛滥成灾，大批灾民成群结队南下逃荒要饭。难民中有一对年轻夫妇带两个孩子，一天傍晚，来到了侯家庵棚。此时，寒风骤起，下起大雪，侯老夫妇望着蜷缩在庵棚外被冻得瑟瑟发抖的一家四口，急忙将他们让进棚内，为他们生火取暖，并煮了一锅粥给他们吃。一家人有了暖意，又吃了饭，精神好起来，便跪在二老面前千恩万谢。侯老夫妇急忙将一家人拉起，说道："今日你们遇难，本该相救，不必提'感谢'二字。"

谁知屋漏又遭连阴雨。由于长期逃荒在外，饥寒交迫，一夜之间，一家四人出冷发烧得了病，不能行走，急得没有办法。侯老夫妇看出了他们的心思，语重心长地说："你们一家人都得了病，哪里也不要去，虽然我们的日子也不好过，但总不至于饿死。我请人给你们治病，有我们吃的就有你们吃的，等病好后再走。"

第二年春天，年轻夫妻总算病好了。一天晚上，一家人跪在救命恩人侯老夫妇面前，哭泣着说："感谢二老救了我们一家人，今生今世难以报答，来生变牛变马也要报答二老恩德。现在我们的病好了，目前正值春耕大忙，想回家种地，重建家园。"两个孩子抱住侯老夫妇的腿，哭着说："爷爷、奶奶，我不走，我要和你们在一起。"侯老夫妇被一家人所感动，不禁老泪纵横，于是说："淮河经常发大水，你们回

去也不会有好日子过的,不如在此开荒种地,我们共同生活,两家并作一家吧?"

新的家庭就这样组成了。年轻夫妇决定改姓侯,他们凭着年轻力壮,开荒种地,日子一年比一年好起来。

过去的淮河经常泛滥成灾,逃荒要饭者南来北往,络绎不绝。凡经过侯老庵棚者,都得到热情招待。年轻夫妇也向过往灾民介绍自己不幸遭遇,赞扬侯老夫妇美德,不愿走的,都留下来搭庵建房,开荒种地。

年复一年,留下来的人越来越多,不愿留下来的也大都得到侯老夫妇的帮助。每每谈起侯老夫妇广施仁爱的美德时,他们都赞不绝口。人们敬仰侯老夫妇,为让子子孙孙都记住侯老夫妇的恩德,人们就把这卖茶水的地方称为"茶庵"。

这里叫"茶庵集"也是顺理成章的事。一是由于来此落户者逐年增多;二是随着社会经济的发展,人们生活需求不断提高,渐渐产生了经济贸易。于是,生意人云集这里。昔日的庵棚没有了,形成并排面对面南北连接的屋群,成了集市。

采 录 人:祝永忠,男,寿县茶庵人,退休教师
采录时间:2023 年
采录地点:茶庵镇

谢 埠 店

谢埠店现属茶庵镇,在寿县最南边。淠河向西北流去,又分为二条河流,其中一条流过安丰县老城西,是芍陂的源头。谢埠店枕着流经安丰的这条古淠水,居于江淮中心地带,自汉晋以来便是交通要道。

古时"谢"同"榭",即建在台上的房屋;埠者,码头也;店者,集市也。滚滚淠河从脚下流过,上通六安,下流芍陂,达古寿州。古时陆路交通落后,南北物资流通主要靠水运。谢埠店因势得利,开埠设市,成了物资集散地。江淮地沃粮丰,晋、元、

明、清各代王朝在此大建粮仓,是州府的囤粮基地。河东河西各建一大仓,河东曰"仓房",河西曰"粮台",地名沿用至今。储粮繁忙时,淠河上樯桅如云,舟楫如织,南北客商云集。谢埠店的街道呈东西向,西起河边码头,直向东边延伸,临街两边是鳞次栉比的店铺,从西往东,饭店、旅店、鱼市、肉铺、布店、钱庄、粮油百货,应有尽有。或前店后作坊,或前门市后仓储。每逢大集即农历逢单日,晨雾迷蒙时分,十乡八村赶集的人就三五成群,或推车或驾骡马,马嘶牛哞,人声鼎沸,络绎不绝。入夜,桨声灯影,停泊的、卸货的、入住的,喧闹声不绝于耳。有的商贾落户于谢埠店,街巷深处,散落着多处深宅大院,楼宇连片。不说是琼楼玉宇,也多是砖雕木刻的华屋大舍。

谢埠店街市后西北角,枕河建一座四梁八柱木结构大寺庙。该寺庙主殿建筑面积有二百平方米,东西廊房各有一百多平方米。每当农历十五庙会日,方圆百里的信徒,齐集庙台,香烟缭绕,诵经祈福,响遏行云。香火鼎盛时,有庙田千顷,仅庙庄内租种庙田者就有上百户。那时,谢埠店的繁华比肩安丰县府,睥睨百里村镇。

谢埠店在明清时期,河埠头边耸立着一座高大的石桥,是谢埠店商贾集资而建。桥墩由石头垒成,桥面是用长长的石条搭建的,由于长年经独轮车、牛车、马车碾压,石条中留下深深的车辙。河东河西做买卖的赶集人,为在市场抢个好摊位,五更天便起床了,推车的、赶车的,咿咿呀呀地从桥上驶过。车留辙,人留印,正如诗云,"鸡声茅店月,人迹板桥霜"。

据说在谢埠店百业兴隆时,崛起一位巨贾王百万,他于河西岸建起连云豪宅,高耸的门楼,正对东南葱茏起伏的丘岗。一日,一仙道云游至此,王百万礼敬有加,邀入府中,卜家宅兴盛之道。道士登上门楼,望东南形胜,虎踞龙盘,云蒸霞蔚,冉冉有升腾飞跃之势,拈须沉吟长久,道:"谢埠龙吟虎啸,恐怕会压制贵府发达。"王百万诚惶诚恐,请道士指点趋利避害的迷津。道士说:"可在门楼上点百盏长明灯,百日不得熄灭。我再赐一符,贴于门上即可此长彼消,确保无虞。"从此以后,谢埠店升腾的灵气尽去,徒留下一座座连绵起伏、毫无生气的土丘,谢埠店由盛转衰,走入下坡路。

采 录 人:魏志好,男,寿县茶庵谢埠小学教师
采录时间:2023 年
采录地点:茶庵镇

青 云 山

传说很久以前,有一天仙山奶奶云游天下寻求宝地,建山修炼。当行至这两个土堆时,只见两道白光冲天,仙气十足,她认为是个好地方,决定作法让两个土堆长成山,住下来修炼。她取八公山之灵气和瓦埠湖水之灵光,手指两个土堆,说"长",只见两个土堆迅速上长,越长越大,越长越高,四周土地都在震动,大有占据附近一切土地之态势。这时,放牛娃毛球万(也是传说中的神仙)见此情景十分生气,心想:"如若两座山长成,将来要是成了荒山秃岭,住在此地的人们依靠什么生活?我不能眼看百姓遭殃啊!"于是他举起手中的放牛鞭,奋力朝两山中间劈去,只听惊天动地一声巨响,光气全无,土堆依旧。仙山奶奶眼望灵气已破,山下还站着一个放牛娃,手举鞭子,十分恼怒,正想惩治放牛娃,却见他头上三尺光芒四射,掐指一算,此童乃毛球万,是个小神仙,今后将成正果。随即仙山奶奶叹口气,对毛球万说:"此乃天意,我不怪罪你,望你今后早成正果,同殿称臣。不过,此山虽未造成,我给此地定名为'青云山'。记住,青云山是块宝地,将来后人好好开发吧!"

采 录 人:姚传伦,女,寿县茶庵镇政府退休干部
采录时间:2023 年
采录地点:茶庵镇

滚坝潭的遗憾

寿县众兴镇老街至寿六路之间有一条堤坝,上面能通车行人,这条堤坝就是滚坝。滚坝下有一处洪水冲击形成的大塘,人们称作"滚坝潭"。

传说宋代年间,滚坝潭水清透明,深不可测,有人拿来四两丝线,头端系上小石块沉入潭中测其深度,四两丝线放完也没能到达潭底。后来人们才知道,由于潭底水是流动的,沉下去的丝线到了潭底就随流水流走,不要说四两达不到底,就是再来四两也难晓深浅。滚坝潭常发大水,当地百姓苦不堪言,赵匡胤得知后,决定把滚坝潭拦水堤坝修建成"铜帮铁底,玉石栏杆"的水利工程,既能拦阻洪水的冲击,又能合理地安排泄洪。赵匡胤按计划从国库拨出巨额银子,指派两员大臣到寿州负责修建事宜。受命的大臣到达后,地方官员前呼后拥,整日里吃喝玩乐,醉生梦死,挥金如土,工程用的银子被大肆挥霍。

一天,赵匡胤亲驾寿州古城,察看工程进展情况。这两位大臣非常狡猾,早有预谋,他俩见到皇上后,泪流满面,无限伤感,捧上两个小动物让皇上观看。这两个动物也就是今天的蝎子和蟾蜍,蝎子油光发亮,很是好看,唯有蟾蜍浑身都是疙疙瘩瘩让人恐惧。赵匡胤看着看着,一不小心用手摸了一下蝎子,蝎子反应灵敏,迅即蜇了赵匡胤的手指,痛得他几乎要倒过去,忙喊御医及时医治。看此情景,这两位大臣忙跪在赵匡胤的面前,颤抖着声音说:"皇上,所有工程用料都取材于城北八公山上,此山到处都是这种怪物,奇毒无比,我的民工防不胜防,只要被咬了九死一生,工程银子大都抚恤民工及其家属了,所剩无几。"赵匡胤被咬后连日疼痛,对这两位大臣的话深信不疑。从而,"铜帮铁底、玉石栏杆"的滚坝潭工程夭折,留给人间的只有这个遗憾的传说。

新中国成立后,通过大兴淠史杭工程,大别山区修筑了水库,淠河得到了治理,滚坝段的河渠裁弯取直,滚坝潭成为灌区"长藤结瓜"上的一颗"瓜",再也看不到汹涌泛滥的洪水,此地变成了沃野良田,滚坝潭成了人们垂钓休闲的好去处。

讲 述 人:朱道春,男,寿县众兴镇人
采 录 人:赵阳,男,寿县人民政府办公室农业科科长
采录时间:2008年7月
采录地点:安丰塘畔

贤 姑 墩

在寿县众兴镇镇北三公里,淠东干渠东岸处有一座方圆十余亩、高约八米的庞大突兀的土丘,叫贤姑墩。由于泥沙淤阻、河陂干枯,再加上豪强占芍陂为田,明代以后,从贤姑墩到双门铺三十里陂面已被垦为农田。由于土丘历史悠久,当地人俗称老墩。

传说明朝万历年间,此处住着一户人家,家中男耕女织,互敬互爱,其乐融融。儿媳贤姑对待公婆孝敬有加。一日,不料婆婆身染重病,厌食呕吐,眼睑浮肿,虽四处求医,但久治不愈。无奈,儿媳贤姑打听到民间单方,一种高尺许、色灰黄、叶椭圆、边缘有锯齿、味凉而微苦的野草(肾炎草)可治此病,婆婆服用后,果见奇效。婆婆病愈后,贤姑又在自家的后园内种植了许多这种野草,并免费送与乡邻治病救人。消息不胫而走,远近求医问药者络绎不绝,治愈者不计其数,贤姑名声也随之越传越广。贤姑死后,安葬在自家的后园内,每逢清明、春节,四面八方前来报答恩德者、采摘药草者纷至沓来,为贤姑烧香磕头,添土垒坟。年复一年,贤姑坟墓越垒越大,越垒越高,后来,人们便把这庞大的坟墓称为"贤姑堆"。到了崇祯年间,乡里流传贤姑已成仙显灵,于是,人们就在贤姑堆上建庙立像,供人们祭祀。

时至清朝顺治年间,全国大兴寺庙建设,贤姑堆也得以扩建修缮,前堂后殿,左右厢房,建筑宏伟,气势非凡,并将贤姑堆更名为"红门寺",皇帝册封其外甥为寺

庙住持。一时间，众僧打坐念经，方圆百里的信男善女纷至沓来，烧香拜佛，祈祷神灵保佑。红门寺终年香烟袅袅，佛事兴盛。后来，住持见色心动，起了邪念，便在寺庙内建设暗室，依仗皇舅权势，肆意诱骗、抢掠行路的妇女，明里超度佛事，暗里干起了见不得人的勾当。日久天长，激起民愤，众民告上地方官府。官府开堂审案，判处逆僧死刑。住持不服判决，于是上诉皇帝。皇帝召见地方官员说："土已埋身，罢了。"意思是"他年纪不小了，这事就算了吧"。清官假装误解，对手下说："朝廷捎话要把他埋在土里，耙了。"次日，地方众官兵便挥锹挖坑，将住持及许多逆僧捆绑后，埋于寺庙门前，但留出一个个光溜溜的头，然后，用耕牛拉着铁耙给耙了。接着又在西方点燃数门火炮，齐轰庙宇，顿时，炮声隆隆，宏门寺浓烟滚滚，火光冲天，瓦片飞舞，墙倒屋塌，变成一片废墟。

皇帝得知外甥被铁耙耙头处死，十分恼怒，问罪地方官员，地方官员回禀皇上："我是按照皇上旨意给耙（罢）了呀！"皇帝见事已至此，连声说："你耙得对！你耙得对！"如今，老墩上的土壤仍是棕红色的（有和尚的鲜血所染、炮火所烧两种说法），而且伴有大量瓦砾砖块；淠东干渠西岸的炮台仍巍然矗立；老墩周围的肾炎草仍依稀可见，它们似乎仍在向后人讲述着当年"炮打红门寺，铁耙和尚头"的故事，告诫人们"善恶到头终有报，只争来早与来迟"的朴素道理。

现在，老墩已成为林地，远远望去，丈许意杨树黑压压一片，颇为壮观。

讲　述　人：尹本盛，男，寿县科协退休干部
采　录　人：汪守兵，男，寿县安丰中学化学老师
采录时间：2022 年
采录地点：安丰中学

黑 树 套

黑树套位于众兴镇东北部,村里老人回忆,黑树套内都是树龄大且密集粗壮的榆树、橡树、柳树。每年候鸟来临的季节,乌压压成群结队的候鸟在树林里栖息,把本来郁郁葱葱绿色的树林染成了黑色。这就是黑树套地名的由来。

从前有一个大地主住在黑树套,他雇长工,告诉长工年底结账能比别人多给钱。有一家哥儿俩都是扛长活的,听说这家地主给的工钱多就商量着要去他家扛活。商量到最后,决定让老大去。老大干到年底,该结账了,地主说:"不忙,我出三道题,你要是能答上来,我就给你工钱;要是答不上来,这工钱就不给了。"老大为人老实,不会说不会道的,就说:"那你出吧!"地主说:"头一个,你把这里屋的地搬到外头晒晒。"老大想:这里屋的地怎么能搬到屋外去呢?想了半天也没答上来。地主又说:"头一个没答上来,我说第二个,你把我这个大坛子装到小坛子里去!"老大又想了半天,还是想不出法子来。地主笑眯眯地说:"你可两个全没答上来,我再说最后一个,你说我这脑袋有多沉呀?"老大一听,连连摇头:"这……这谁知道呀?"地主这时阴阳怪气地说道:"我这工钱高是高,可惜你没长着挣钱的脑袋。"就这么着,老大辛辛苦苦干了一年,到末了也没挣到一分钱,垂头丧气地回家了。弟弟听完哥哥的遭遇以后,弟弟说:"明年我去做工,非得好好治治他不可。"

过了年,弟弟就去了。干了一年,该结账了,地主又把那一招使了出来,弟弟先打烂了房的房顶晒了房的地;打烂了大罐子把碎片扫进了小罐子;问到脑袋有多重的问题时说我这脑袋有多沉呀!弟弟连想也不想地说:"二斤半。"地主摇摇头说:"不对"。弟弟摸了把刀比量着说:"我说二斤半就是二斤半,不信咱砍下来称称。"地主吓得扭头就跑,小伙子在后头就追,最后地主连连告饶。不仅把自己的工钱要了回来,还把哥哥去年的工钱一并要了回来,从此,地主也不敢再动歪心思了。

采 录 人：王力，男，寿县众兴镇人，文史爱好者
采录时间：2022 年
采录地点：众兴街道

五 显 庙

话说很久很久以前，众兴镇黄圩村境内建有一座庙，正殿内供奉着五位神仙，唤作"五显神"。于是，这座庙也就被叫作"五显庙"了。

"五显神"，即"五显财（柴）神"。相传南齐柴姓五兄弟为五显财神。老大柴显聪，老二柴显明，老三柴显正，老四柴显直，老五柴显德。弟兄五人都是猎人，经常捕猎猛禽走兽，吃不完就送给穷苦的百姓。此外，他们还时常采摘草药，为当地的百姓疗伤治病。因此，弟兄五人深受四方乡邻的爱戴。就这样，过了好多年。他们逝世后，人们便尊他们弟兄五人为神仙，称作"五显神"或"五显王"。再后来，各地的老百姓便纷纷筹建庙宇，供奉五显神。一是表达对他们济困扶危的纪念，二是祈求神灵庇佑苍生。

黄圩村的这座五显庙，还有五姓庙的传说。

传说明朝永乐年间，天公不作美，连年干旱使得庄稼歉收严重，老百姓流离失所，四处逃荒。在寿州南最高点（现黄圩村内）有五大姓氏：黄、马、高、范、薛。有个黄姓老者在这边以卖茶水为生，有一天来了个喝茶之人，喝茶之时与黄姓老者开怀畅谈，就说这里的天气如此干旱庄稼无收，如果在此处建一座庙，上天接受百姓香火，便能风调雨顺、国泰民安。说话间这人站起身一眨眼就不见踪影。黄姓老者把所见所闻跟大家描述了一下，大家商量，说可能是上天的安排，于是黄、马、高、范、薛五家当家人在一块商量，决定在最高处由五家共同出资修建一座庙。在五大姓氏的努力下终于修建成功，当时还请了住持和管理庙的和尚。附近的老百姓都纷纷到庙里祭拜，祈求生活安康，日子平安。从那时起，去庙里祭拜的老百姓越来

越多,香火越来越旺,日子越过越和顺。很多老百姓都是慕名而来,说那供奉的神像灵验,但在当时还未给庙命名,因为五个姓氏共同修建,庙住持提议这五家同意后取名五姓庙。

每年正月十三是五姓庙的庙会日,五十里之内的老百姓都会纷纷过来烧香祭拜,祈求来年风调雨顺,心想事成,家庭和睦,事业蒸蒸日上,表达自己的美好愿望。

采 录 人:戴德山,男,寿县众兴镇人,文史爱好者
采录时间:2022 年
采录地点:众兴街道

凤凰台的传说

在张李乡幸福涵东北方不远的地方,有口大水塘,中间有个土堆子,上面葬有坟地,当地人称"凤凰台"。传说很久很久以前,有只凤凰落在此地。俗话说"凤凰不落无宝之地",如此风水宝地,肯定会有很多人家想占为己有,但都不得正穴。这天,某户人家访得一位高明的风水先生前来凤凰台寻地,风水先生对主人家说:"天机不可泄露,一旦泄露,必遭天谴,会双目失明,如果你家答应我,以后为我养老送终,我就把正穴告诉你,让你家得此风水宝地。"

得这名风水先生之助,这家先人葬于凤凰台之后,家业开始发达起势,一时间富甲一方,可谓要风得风,要雨得雨。这名风水先生自从泄露天机之后,果然双目失明,而这户人家还算讲信义,一直收留风水先生,安排丫鬟下人侍候着,一开始小日子过得倒也安稳。

这天,一只老母鸡掉进粪池里淹死了,这户人家的老奶奶看见老母鸡又肥又大,舍不得扔掉,就吩咐下人清洗干净,让厨房烧好,送给风水先生吃。丫鬟见风水

先生吃得津津有味,就忍不住问:"这鸡有味吗?"风水先生不明缘由,就回了一句:"鸡是鸡味,肉是肉味,还能有什么味?"丫鬟说:"你就没吃出什么酱味吗?"风水先生停下筷子问:"什么酱味?"丫鬟把老母鸡掉粪池淹死,然后老奶奶如何吩咐下人清洗干净,如何吩咐厨房烧好,然后端过来给他吃,一五一十地和盘托出。

风水先生听后,心中顿感不快,但当时并没有表现出来。过了一段时间,风水先生把主人家请到跟前,首先对主人家一直以来对自己照顾有加,表示千恩万谢,然后对主人家说:"得主人厚恩,无以为报,其实我一直以来都有所藏私,今见主人家如此诚信仁义,就把自己有所保留地讲出来。其实现在棺椁所葬位置,风水并不是最好的,别看现在家业兴旺发达,很快就会衰败凋零,如果能把棺椁再往前移三个棺椁长度的位置,那样就可以一直兴旺下去。"

这户人家听风水先生这么一说,信以为真,就立马命人挖坟移棺。据老辈所传,众人一点一点地扒开坟土后,看见一股青烟从坟墓里飘出。从此以后,这户人家开始走下坡路,至今不见起色,而那名风水先生双目复明,后来不知所终。

采 录 人:林家海,男,寿县张李乡张李村林郢组人
采录时间:2022 年 9 月
采录地点:张李乡

梁 家 湖

张李乡以前有个村庄叫陈家楼,一百多年前,属于一户陈姓财主家所有,梁发殿、梁宝殿、梁金殿兄弟三人依赖租种陈姓财主家的田地为生。老三梁金殿由于从小一直在老娘家[①]长大,受到舅舅们宠溺,十六七岁时,整天游手好闲,好吃懒做,又正值长身体阶段,饭量大得惊人,每天都受到哥哥的训斥。

这天,好不容易把梁金殿拉到水田里干活,看他磨磨叽叽,扭扭捏捏,嘴里嘟囔

着不是这痛,就是那痒的,两个哥哥越看越来气,又忍不住训斥他几句。梁金殿赌气跑回到田埂上,随便在水中洗洗脚,穿上草鞋,头也不回地离家而去。

梁金殿一路向北,来到某个地方,正巧遇见袁世凯招兵,就报名入了伍。由于他身材魁梧,力气又大,作战勇猛不怕死,很快在队伍中立住了脚。据传,某次大战中,袁世凯兵败,跌落马下被围,眼看着性命不保,正在危急关头,梁金殿冲了过来,把袁世凯往臂下一夹,顺势往马背上一送,然后照着马屁股一巴掌,马儿护痛,一声长嘶,驮着袁世凯冲出包围圈,飞奔而去。

由于有救命之恩,梁金殿从此受到袁世凯的器重。后来,袁世凯在朝廷得势,就让梁金殿回到老家置办家业,并许诺只要是寿县以南,要多少田地给多少田地。陈姓财主当时家业已经衰败,梁家就趁机买下陈家楼,但乡下人总归是乡下人,胆子小了点,只敢要了三千亩左右田地。当地人还常说,梁家人种田,走不到别人家的田埂。

"梁家湖"以前叫"两家湖",东边是陈家楼,西边是卞家河沿,中间是片湖洼之地,长满了芦苇。本来这不属于梁家所有,但梁家有钱有势,为了把这么一大片湖洼占为己有,就聚拢了一帮放牛娃,给每人一些钱,天天让这帮放牛娃到湖里放牛,见人就说"到梁家湖放牛去"。就这样,时间久了,"梁家湖"被传开了。

注释:

①老娘家:姥姥家。

讲　述　人:聂世鼐,男,寿县张李乡张李街道,退休医师
采　录　人:林家海,男,寿县张李乡张李村林郢组人
采录时间:2022 年 10 月
采录地址:张李乡

九 头 庄

  在安丰塘北边的乡村，有一个叫九头庄的地名。老人说，这九头庄地名的由来，和一棵大树有关。村东头有棵树龄近两百年的老榆树，是当地十里八乡难得一见的，粗壮的枝杈伸展近一亩地的面积。它之所以能长得枝繁叶茂又无人砍伐，有着一段不寻常的遭遇和故事。据说老榆树小的时候，和其他的树并无两样，树干苍劲挺拔，可在一年夏季的雷雨中遭到雷击，整个一排树干被齐刷刷击断，只剩下了不足两米的树桩。本村的一壮年男子见状，花了好几天工夫，把断掉的树干树枝锯断砍碎，弄回家做柴火。不幸的是，这名男子在半个月后突然身亡了。于是，人们把他的离奇死亡，和遭雷击的大树联系在了一起，说什么雷击中大树是因有妖魔鬼怪藏于树下，大树才会有此一劫。也有人说，这树本无罪，无端被击断，上天也有愧，所以才派神仙护体，不允许再有人伤害它，谁动了它谁遭殃。一时间，关于大树的话题被传得沸沸扬扬神乎其神，从此，再也无人贸然接近这个遭雷击断的树桩。

  奇怪的是，第二年的春天，这树桩上发出了新枝，不多不少正好九个枝头，向四周分散开来，这也颠覆了人们的认识。老话说，"人无十全，树无九杈"。可它偏偏就长了九杈，这棵树再次被神话了，就此成为被敬畏和叩拜的对象。伴随着烧香还愿的烟火，断树桩长成了参天大树，也正是有了这些香客的虔诚参拜，敬畏之心成为普遍共识，再也没有人去动过它的一枝一叶。如今，九头树上并起的枝杈已远不止九个，可香客口中的九头庄一直沿用着。九头庄，成为安丰塘畔一处地标性地名。

讲　述　人：魏士清，男，寿县安丰塘镇戈店村人
采　录　人：陶标，男，寿县板桥镇清真村人
采录时间：2023 年 11 月
采录地点：板桥镇戈店村

八 腊 庙

听老人磨经①,在很久很久以前,张李一带洼冲②都是江岔子,到处都是水。在龙冲的地方,有个岗头子③地势比较高,不知什么时候建了一座八腊庙,供奉蚂蚱等八种神物,当地人称蚂蚱庙。

到了清康熙年间,以费德功为首的强盗霸占了八腊庙,他们假扮和尚,为非作歹,祸害一方。由于八腊庙地处偏僻,这伙强盗在庙旁边一条行人必经之路上挖设暗道,铺上翻板,见有年轻漂亮的大姑娘小媳妇经过,便启动翻板,大姑娘小媳妇掉进暗道,被掳入庙中,关在地下暗室。

大姑娘小媳妇的丢失,让当地人感到事情很蹊跷,立刻上报官衙。青天大老爷施士伦知道后,非常生气,在自己的治下发生这样的事那还得了,派人下来经过一段时间的明察暗访,逐渐掌握八腊庙这伙强盗的罪证。于是在一个月黑风高夜,趁着这伙强盗熟睡之后,施士伦命部下黄天霸等人率大批官兵包围了八腊庙,庙里这伙强盗被杀的杀、捉的捉,大姑娘小媳妇被救了出来,一一送回家去。

庙里以前有个老和尚,虽然没干坏事,但受到牵连,由于年事已高,路上不便押送,于是把他关进地下暗室,让他永世不得出来。官兵临走时,随手放了一把火,把蚂蚱庙一下子烧掉了,留下两口大铁钟,放在撂荒地④,后来大的铁钟被人偷走,小的铁钟被送到迎水寺。

注释:

①磨经:讲故事。

②洼冲:地势低洼之地。

③岗头子:隆起的坡地。

④撂荒地:空地。

采 录 人：林家海，男，寿县张李乡张李村林郢组人
采录时间：2022 年 9 月
采录地点：张李乡

迎 水 寺

在阿们家西边，有条大河，名叫"沛河"，后来被改为"淠河"，曾经是六安到正阳关的一条重要航运通道，每天货船来来往往，过个[①]不停。在现在张李幸福涵管理站的位置，有个岗头子，延伸至河边，不知什么时候，上面建了一座"迎水寺"，供奉着一些神仙。

老辈相传，每到深更半夜，迎水寺便会金光闪闪，众人不明原因，皆认为是菩萨显灵，纷纷前来烧香磕头，求菩萨保佑。有人很好奇，偷偷进入寺庙中察看，发现是寺内一口乌金打造的大钟在散发着金光，经过这人一番添油加醋的传说，迎水寺更加神秘，香火更加旺盛。

俗话说，不怕贼偷，就怕贼惦记。迎水寺有大金钟的消息越传越远，越传越玄乎，引起一些不怀好意之人的注意。在一个风雨交加的夜晚，这伙人偷偷进入迎水寺，把这口大金钟偷运出寺庙，放在早已准备好的大船之上，顺着淠河而下，不知去向。

自从大金钟被偷，迎水寺再也没有出现金光闪闪的景象，后来从蚂蚱庙运来一口大铁钟代替。

注释：
①过个：通过。

采 录 人：林家海，男，寿县张李乡张李村林郢组人
采录时间：2022 年 10 月
采录地点：张李乡

老 龙 潭

提起老龙潭,今天知道的人并不多,它位于今张李乡时家寺老街西南方约五百米处土楼村(又叫下庄)后。老龙潭不大也不小,深不见底,近似圆形,大概有地下暗河。关于老龙潭的形成原因已经不得而知,但老龙潭庇佑了附近一代又一代的村民,当地也流传了很多关于老龙潭的传说。

说古时候有条老龙因为触犯天条,玉皇大帝欲将它下放凡间,恰逢时寺乡浕河畔附近旱涝连年,人们苦不堪言,于是老龙被发配到此处保一方平安来抵罪。由于老龙吐出的潭水清澈甘甜,历朝附近的村民都到此处挑水饮用,后来尽管村民用上了压井水,但每到夏季的傍晚老龙潭边就会挤满了前来洗澡的村民,不同于一般的河沟之水浑浊且存有暑热,老龙潭的水不仅清凉干净,而且据说还有滋润肌肤、祛除邪疾的作用。

有一年当地特别干旱,村里的河塘都已干涸,种的玉米、红薯等农作物需要大量用水,一年的收入全靠它们了。于是周围几个村的村民用抽水机从老龙潭里抽水用,抽了几天几夜,老龙潭的水也不见少了多少,村民们都感激涕零地议论,又是老龙吐水救我们啦!当地也流传着一个说法,说一个人你再有本事也抽不干老龙潭的水,老龙潭的水是通天河的。

老龙潭不仅住着下凡渡劫的老龙,听长辈们说连老龙潭的老鳖也有长红冠子的,经过天长地久的积累,吸收日月精华,在潭水的滋养下,充满了灵性,于是长出了红冠子,听说有人还见过长了红冠子的老鳖。由于老龙潭的神秘,当地的群众哪家有了些不太顺利的事情,都会带上鞭炮请上烛香来到老龙潭边祭拜一下,求得保佑!

传说总归是传说,但老龙潭造福一代又一代当地的百姓是真的,那个神秘的老龙潭值得敬畏和感恩。

讲 述 人：李鹏生，男，寿县板桥镇李祠村人
采 录 人：李明新，男，寿县板桥镇人
采录时间：2023年9月
采录地点：板桥镇李祠村李祠小学

九井寺的传说

九井村过去有一个寺院，在今天的九井小学北边偏东二百多米处。寺院里面住着一个和尚。院内有一口井，院外四周有八口井，地下水脉相连，其中一口井汲水，其他八口皆动。

包拯去京城汴梁（今开封）赶考，路过此地，正赶上傍晚，就向寺庙里的和尚借宿。和尚问明包拯等人，知道是上京城赶考的，就答应他们在寺庙里暂住一宿。次日清晨，包拯起来打水洗漱，水桶放到井里，感觉到井里哐当哐当的声音很大，不知道怎么回事，就问寺庙里的和尚。和尚答道："我们这里，除了院内有一口井外，院外周围还有八口井，因为地下水脉相连，才造成一口井打水，九口井都动的局面。"

和尚问包拯能否给寺庙起个名字？包拯沉思片刻，就对老和尚说："此寺就叫九井寺可否？"老和尚高兴地说："善哉善哉。"

这就是历史上的九井寺。

讲 述 人：顾正领，男，曾担任寿县大顺中学教导主任
采 录 人：徐东军，男，寿县大顺镇人
采录时间：2022年
采录地点：大顺中学

马 王 孤 堆

　　大顺集南一公里处有一个土孤堆,谓之马王孤堆。据说,从前在月色朦胧的夜晚或雾天,人们经常会看到有一匹白色的高头大马在孤堆附近活动,当有人悄悄地靠近它,准备抓它时,白马却突然消失。大伙皆认为它钻进孤堆里面了。因此,人们就称这个土孤堆为"马王孤堆"。

　　传说马王孤堆里面藏有宝贝。距孤堆西边五百米处有个村庄叫赵郢子,很久以前这个郢子叫王郢子,住着一户王姓人家,家主人称王员外,他的家里来客人或办红白事需要的桌、椅、碗、盘、酒杯、筷子等,即到马王孤堆里面去借,只要他提前到孤堆旁边告诉一声,因家里办事客人多,需要借用那些餐具,夜间趁天黑没有人看见时,孤堆里面会把他家需要借的餐具排列在孤堆外面,等候他拂晓前派人去搬,用过后,他就让家人趁夜晚把它们送到孤堆旁边,自然会有神秘的人把这些东西收进孤堆里。开始时,他家借了这些餐具用过后都能及时如数归还,后来他看到这些宝物便起了歹心。王员外心想,这么多的玉器、金银用具和餐具,孤堆里面不一定清楚件数,就留下一只玉碗、一个金杯和一双银筷。马王孤堆里面查点少了宝物,每天晚上总有一个老奶奶出来站在孤堆上,面对王郢子咒骂王员外家藏匿孤堆里的宝贝,必然遭到恶报,结果把他一家人都诅咒死了。从此,再也没有人能从马王孤堆里面借到宝贝餐具了。

讲　述　人:徐贵生,男,寿县大顺镇人
采　录　人:徐东军,男,寿县大顺镇人
采录时间:2022 年 4 月
采录地点:大顺镇新集村

周孤堆的传说

周孤堆,在徐家岗郢子的东北边,离郢子约三百米处,是郢子通向大顺集的必经之地。周孤堆的北边五百米处,有一个因地壳运动自然形成的土孤堆,叫马王孤堆。两个相距不远的孤堆,给当地的人们留下了许多神奇的传说。

周孤堆的规模很大,应该是春秋战国时期的一个诸侯墓葬。据年长者介绍,20世纪50年代初,这个孤堆的外表还保存完好,在孤堆没被挖掘之前,人们上下集路过孤堆,遇到夏天炎热或下大雨时,有的人就沿着墓穴洞口的台阶走下去,到墓穴里面乘凉或避雨。还有远道赶大顺集的人,路过孤堆,他们带着一种好奇心,也钻进墓冢看看。父亲说他小的时候,与小伙伴们放牛,经常进孤堆里面玩耍。

打我记事起,孤堆就已经不存在了,听我父亲介绍:周孤堆墓穴建造得就像人们住家的两进四合院,门朝南,墓穴南面的大门厅连接洞口。沿着墓穴洞口猫腰下去,有一个方形门厅,约六平方米,能容纳几个人坐在门厅里面纳凉闲聊;门厅往里(向北)进,是一个庭院,它是通向寝墓的甬道(神道),有三米多长;北边埋葬墓主和陪葬品的墓室已经坍塌,寝墓的门已经被倒塌的土和砖封死了,抑或是被盗贼偷盗之后封闭了寝墓的入口。

传说周孤堆里面埋藏有美玉、金银、铜铁用具、陶器等。1957—1958年间,高级社的人员借着大炼钢铁需要的由头,组织人员对周孤堆实施挖掘。据目击者说,周孤堆里面当时被挖出来很多玉器和金银铜铁器具。我上学路过高地时,还能看到黑、白、黄、红、灰五色土壤,土壤里面夹杂着一些破碎的陶片和碎砖。

讲 述 人:徐贵珍,男,寿县大顺镇人
采 录 人:徐东军,男,寿县大顺镇人
采录时间:2000年
采录地点:大顺镇新桥村

小包公的传说

据当地民众传说,宋仁宗天圣五年(1027年),二十八岁的包拯从庐州府的大包村(今为肥东县包公镇),到京城汴梁赶考,路经李郢子(现今的姚洼郢子),夜宿李员外家,得知他家的一桩怪事:

李员外在大年除夕的夜晚,捡到了月宫里砍下的桂花树枝。夫人吸月亮上的桂树香气而怀孕,产下一个千金小姐,取名李桂花。小姐今年年方二八,貌美如花。李员外老两口年过知命,就生这么一个宝贝女儿,视若掌上明珠。在半年前的一个阳光明媚的春天,李桂花在丫鬟的陪同下,到田野踏春,不幸遇到了郢子附近水塘(今称黑鱼塘)里的水妖,据说是黑鱼修炼成精,黑鱼精看到李小姐貌若天仙,顿生歹意。

李员外家的门闩是用月亮上的桂树制作的,可根据家人需要自动开关,但外人无法打开。黑鱼精依仗它法术高强,在夜深人静的时候,来到了李员外家,施展法术,把门打开,进到桂花小姐的闺房,与李小姐成就一番好事,天亮前偷偷溜走。此后,每夜如斯。李员外夫妇看到桂花小姐气色不好,不知道怎么回事,经过员外夫人的盘问,才知道小姐是被黑鱼精纠缠,但是又没有办法除去这个妖怪。为此,闹得老夫妻俩坐立不安,桂花小姐也胆战心惊,终日惶惶。

包拯往京城赶考路过李郢子,因天黑借宿李员外家,受到热情款待。席间,包拯看到李员外愁眉不展,便问明情况。包拯是文曲星转世,能断阴阳案,有降妖捉怪的本领。他告诉李员外,准备七十二张木水车、一百零八把铁叉和三十六箩石灰粉,他自有降妖办法。

李员外按照包拯的吩咐准备停当,包拯拿出照妖镜,照射黑鱼精,不让黑鱼精逃遁。当木水车把塘里的水快要抽干时,黑鱼精张口又吐出一塘水,一连吐了几塘水,直至力竭。人们把石灰粉倾倒在黑鱼精藏身处,上百把铁叉一齐把黑鱼精叉住,终于把这个妖精治死了。包拯用黑鱼精的骨头打造一张阴阳床,他任开封府尹时,利用这张阴阳床,办了很多疑难案件,为民除害。

为了报答包拯,李员外想把桂花小姐许配给包拯,包拯说什么也不答应。李员外就在郢子的东边建三间砖瓦结构的庙宇,塑一尊包拯像,常年为包拯敬香祈祷。这一年包拯果登进士第,后为官清廉,刚正无私,秉公执法,为民申冤,故有"包青天"和"包公"之美名。这个庙宇被称为"包公庙",供人们世代奉香敬仰。

包公庙的香火延续了几百年,直到 19 世纪中叶,捻军路过此处,汲取庙前的井水喝,觉得咸,埋怨看庙宇的和尚在井水里放了盐,便放火烧毁庙宇。

后来的人们为了纪念包公,又在包公庙宇原址的北边一百多米处,建造一间土坯茅草房,塑一尊包拯像,故而有如今的小包公郢子。

讲 述 人:孟庆珠,男,寿县大顺镇人
采 录 人:徐东军,男,寿县大顺镇人
采录时间:2022 年
采录地点:大顺镇大顺村包公组

红色故事传说

任家渡口的枪声

新中国成立前,寿县东津渡南边淝水西岸有个渡口,因离任家场近,且船老大姓任,故名任家渡口。渡口不大,只有一只渡船,一个船老大。船老大一年四季,风里来雨里去,没日没夜地接送东来西去的客人。

1938年夏天,日本侵略者攻占了淮南,寿县城南一带去淮南卖菜的过客不见了踪影,船老大的经济来源断了,日常生活成了大问题,船老大每天起早到渡口求神拜佛,希望生意兴隆。突然有一天,拂晓时分河对岸有人喊过河,船老大喜不自胜,急忙解船摆渡,将将①想出发,不远处的草丛里有人向他摆手,并低声说:"你不要命啦!"船老大被弄得丈二和尚摸不着头脑,再顺着那人手指的方向定睛一看,了不得了!不仅看到了日本兵,还看到东洋马!船老大弃船而逃,和跟他说话的那人一起钻进附近的高粱地里。原来,跟船老大说话的人是县治安大队的小队长,他们得到情报,获悉日本兵要在拂晓从任家渡口偷渡,才派人在渡口待命阻击。

日本鬼子一看船老大逃跑了,计划落了空,气得叽里呱啦地一通狂叫,气急败坏地向高粱地猛烈射击,与此同时,命令汉奸渡河抢船。藏在青纱帐里的县治安大队武装人员见状火力封锁河面。狗汉奸哪里见过这样的阵势,吓得屁滚尿流,只恨爸妈少给他生两条腿逃命。日本鬼子没想到半路杀出程咬金,不敢冒进,因为自己在明处,对手在暗处,没有胜算,所以只得灰溜溜地退回了田家庵老巢。

注释:

①将将:寿县方言,意为"刚刚"。

讲 述 人:黄士玉,男,寿县寿春镇人,退休教师
采 录 人:黄丹丹,女,寿县文学艺术院院长,寿县作协主席
采录时间:2023年
采录地点:合肥市

叶挺来到曹家岗

1939年5月,新四军军长叶挺、参谋长张云逸专程到寿县小甸集曹家岗,慰问曾任国民革命军第四军叶挺独立团第一营营长的曹渊烈士的家属。

"大伯,你受苦了!"一位军官从马上跳下来,一把拉住老人的手,"曹渊是我最好的同志,模范的革命军人。他为中国革命作出了出色的贡献。对于他的不幸牺牲,我同你们一样难过。今天,我和同志们远道赶来,特地看望你老人家。"

老人是曹渊的父亲曹守身,他悄悄抹去了眼角的泪,将这队人马迎进了破旧不堪的院子里。院子里椿树、桑树、木瓜树和松树生机勃勃,几间蛛网四挂的矮小草堂就越发显得破败了。

这时,一位农妇携着农具走进院子,军官迎过去,握住她的手说:"嫂子,我是叶挺,早就该来看你了,一直没有机会,今天终于见到你了。嫂子你还好吧?"农妇一迭声地回答:"好,好,你没有忘记我们,把我儿子送到延安学习,走他爸的路,谢谢你的关怀呀!"

曹渊的妻子把一个包扎得很严密的纸包交给叶挺,叶挺军长打开纸包一看,原来是曹渊烈士生前与友人的十多张照片。他看着照片,再举目望着满目萧然的曹渊故居,墙壁已然倾斜,靠几根木棍支撑,他百感交集。他想起十三年前,也就是1926年9月,北伐军合围武昌城。9月5日深夜,北伐军向武昌城发起总攻。曹渊身先士卒,率独立团第一营拼死登城,敌人负隅顽抗。眼见天已拂晓,登城仍未成功,全营官兵大部分牺牲,曹渊在城下纷飞的弹雨中提笔向团长叶挺紧急报告:"团长,天已拂晓,登城无望,职营伤亡将尽,现仅有十余人。但革命军人有进无退,如何处理,请指示。"就在曹渊写到自己名字的最后一笔时,不幸中弹牺牲,"渊"字的最后一笔被拖得很长。为革命捐躯时,曹渊烈士年仅二十四岁。当时曹渊的儿子曹云屏刚刚两岁。

当天，叶挺军长和张云逸参谋长等人与曹家亲属合影，留下了一张具有纪念意义的"全家福"。在离开曹渊故居之前，叶挺询问了当地抗日斗争的情况，并详细了解了曹家的生活状况。当得知曹渊的儿子曹云屏和侄子曹云青已到延安学习，曹渊的侄子曹云鹤参加了当地游击队，侄子曹云露则早就参加了红军，曹渊二哥曹少修也积极参加当地抗日救亡运动时，叶挺军长高兴地说："曹家是一个抗日之家，继承了曹渊的革命遗志。"他向曹家亲属表示，一定尽力帮助烈士之子读书成长。在赠给曹渊父母和妻子各一百元后，叶挺方一步一回头地离开曹家庄，离开了那处已经破旧得摇摇欲坠的农舍。

讲 述 人：黄士玉，男，寿县寿春镇人，退休教师
采 录 人：黄丹丹，女，寿县文学艺术院院长，寿县作协主席
采录时间：2023 年
采录地点：合肥市

寡妇床底下的枪

1927 年，蒋介石叛变革命后，曾经在大革命中战斗在一线的共产党员转入地下，有一部分人从武汉、广州回到了寿县，在农村组织农民，组建游击队，开展武装活动。当时游击队筹办的枪支弹药经常藏匿在小甸集曹渊烈士遗孀卧室的床底下。乡下的规矩，寡妇的屋内是不容外人进去的，因此，枪放在那里相对安全。

有一天上午，曹渊的父亲曹守身突然叫来孙子，交代他赶紧把藏在床底下的枪拿到前屋去，并让人在前屋墙上钉木桩，把从床底下拿出来的七八条长短不一的枪一排子挂起来。刚挂好枪，村子外的大塘埂上就来了一队穿国民党军装的军人。曹守身让已换上长衫的儿子带着村里人去迎客。带队的头头儿领着二十多人，分两队，一队往村里去，一队在曹家大门口探头探脑地往院子里窥视。他们看到挂在

前屋墙上的枪支时,说:"这些枪挂得很整齐呀!"

曹守身笑了笑说:"这是村里保家用的几支枪,白天人们都到田里做活去了,枪只好挂这里。枪支管理得不好,请长官检查。"

"客气,客气。听说昨晚这里狗叫得厉害,好像有匪徒在活动。"头头儿说。

"昨晚这里东北方向狗叫得厉害,倒也没有其他情况。"曹家长子答。

"十个八个蟊贼是不敢到我们这里来的。"曹守身接着说,"我们村里的青年是齐心的,打起来不会装孬,而且有情况会很快到镇上报告的。"

正说话间,到村里的那一队人气喘吁吁地回到门外,为首的那个报告说,村里只见到老弱妇女,没见到游击队。

是曹守身老人的睿智之举保护了游击队。

讲 述 人:黄士玉,男,寿县寿春镇人,退休教师
采 录 人:黄丹丹,女,寿县文学艺术院院长,寿县作协主席
采录时间:2023 年
采录地点:合肥市

"小人"和"黑老侉"

在寿县小甸集镇曹渊故居主屋的东北角,当年曹家修建了一座类似炮楼的土更楼。这是用土块垒盖的上下两层的狭小土楼,登上楼,可以瞭望四周。当时许多农家都在小院里建这样一座小楼用于自卫。曹渊的儿子曹云屏回忆说,在他上小学时,家里的更楼上住了一个"小人"。之所以称这人为"小人",是因为某日,曹云屏看见更楼的小门有一个很小的人脸一闪便不见了。他和母亲说起自己看见小人脸时,他母亲嘱咐绝不能对外人说。曹云屏曾想去和"小人"玩,可惜"小人"说的是上海话,他听不懂,无法沟通。后来他才知道,"小人"是当时党组织从上海工厂

里挑选的一位擅长修理枪炮的钳工,准备派往大别山红军兵工厂的,因为情况危险,滞留在小甸集,藏在曹家的更楼里。

曹云屏回忆,当年家里客厅还住过一个教书先生模样的人,不知是山东人还是河南人,家人在背后称呼他为"黑老侉"。"黑老侉"对当地没有大葱和醋的饮食不太习惯。曹云屏回忆,他印象很深的是家人让他去买醋,从未尝过醋的他,拿着搪瓷杯买了醋,尝了一口,并未觉得有什么特别。而这位离不开醋的老先生具体是何方神圣,也成了未解之谜。但能肯定的是,他也是一位散播红色革命火种的党的人。

在波谲云诡、风雨飘摇的时代,那坐落在曹家岗菜园子上的普通农家小院,不仅为革命事业献出了三条鲜活的生命,还为革命者遮风避雨。1943年日寇占领小甸,视故居为眼中钉,拆毁四间主要房屋,木料拿去修造碉堡炮楼。

讲 述 人:黄士玉,男,寿县寿春镇人,退休教师
采 录 人:黄丹丹,女,寿县文学艺术院院长,寿县作协主席
采录时间:2023年
采录地点:合肥市

"广西坟"

在寿县炎刘镇境内,有一座埋着广西桂军抗日阵亡将士遗体的大墓。墓地呈矩形,东西走向,分两行排列,占地面积约1500平方米。这里埋葬的是桂军171师511团2营少校营长赖苍民、桂军172师司令部参谋萧凤岗,以及该营近300名抗日八桂子弟兵的尸骨,当地百姓称之为"广西坟"。

1940年4月12日,盘踞在淮南的日军第三次占领寿县城,并以此为据点,将魔爪伸向寿县东部、东南部大片地区。同时,为巩固防线,日军抓了大批民工,在毗邻

瓦埠湖的小甸集、李山庙等地修筑碉堡、炮楼、据点，并以少量日军加上大批伪军驻守，控制东淝河、瓦埠湖以东全部地区，与国民党军隔河对峙，对寿县南部地区构成严重威胁。

1942年，与日军隔河对峙的国民党军第172师已更新了武器装备，后勤给养也十分充足，看到河对岸日军的猖狂行径，愤怒得再也坐不住了，他们决定拔除日军设在小甸集、李山庙等地的据点。这项任务交给了172师司令部参谋萧凤岗，由他代理516团1营营长，率全营将士前去拔除日军据点。

萧凤岗率所部隐蔽接近日军据点，在李山庙东北新庄子一带征集民工于夜间开挖地道、壕堑，一步步逼近李山庙据点。之后，萧凤岗率主力强攻，日军龟缩于炮楼里进行顽抗。数日后，日军增援部队分南北两路抵达。萧凤岗分兵迎战，此时日军已数倍于1营。战斗中，萧凤岗受伤不下火线，带伤上阵，继续指挥战斗，最终壮烈牺牲，全营官兵近300人为国捐躯。此役，击毙日本侵略军佐官1名，日军伤亡数倍于萧凤岗营。此后，日军只得从小甸集、李山庙一带撤离，只能不时派小股部队骚扰。

李山庙一战，狠狠地打击了日本侵略军的嚣张气焰，迟滞了日军占领寿县南部地区的步伐。李山庙一战，桂军172师516团、517团将士不惧强敌，浴血奋战，没有一个逃兵，直至大部壮烈牺牲。战后，当地百姓将抗日将士们的遗体装殓掩埋，各用一副薄木棺材将赖苍民、萧凤岗下葬，其余桂军士兵均用六尺白布包裹埋下，集中葬在现今炎刘镇境内。此后，该墓地就被当地人称为"广西坟"，以此铭记桂军在寿县抗击日军的英勇事迹。

讲 述 人：楚仁君，男，寿县文化和旅游局创研室主任
采 录 人：黄丹丹，女，寿县文学艺术院院长，寿县作协主席
采录时间：2023年
采录地点：寿县

五 块 洋 钱

我父亲叫张多桂，新中国成立前曾两次被抓壮丁，历经磨难，死里逃生，最终与家人团聚。因为这段经历，他恨透了国民党反动派。

1949年4月，毛主席一声令下，"打过长江去，解放全中国"，各路大军闻风而动。渡江主力部队刘邓大军在开赴前线时，途经寿县，某营驻扎在我的老家边家瓦房，营部设在我们家，父亲有了做房东的际遇。父亲与刘姓营长接触，一来二去，相处得情同手足。父亲看到全体官兵与百姓和和睦睦亲如一家，比较国民党军队对下级专横跋扈、对老百姓形同恶狼，再摸一摸自己两次在国民党虎狼窝里受虐待留下的一个个伤疤，感慨从心底油然而生。

在解放军驻扎在我们村子的半个多月里，刘营长自和父亲熟络后，便不把父亲当外人，需要父亲帮忙的事，也直言不讳。刘营长知道父亲是跑码头的，交际广，路子宽，把与当地百姓打交道的买卖事交给父亲去办。比如给战士们加餐，父亲就替他们买猪；给伤病员补充营养，父亲就挨家挨户去买老母鸡。说到买鸡，我必须补充一句，我们村人都是重情重义的，无论买哪家的鸡，主人都情愿送给解放军，父亲好说歹说主人都不肯收钱，这下可难坏了父亲，没办法，他如实向刘营长汇报。刘营长听到报告后，立即与父亲一道逐户上门付账与道谢，宣讲解放军不拿群众一针一线的纪律。刘营长还按照"买卖公平"的纪律要求，在付账时修正了父亲"五只老母鸡付一块银圆"的主张，改为"四只老母鸡付一块银圆"，让乡亲得到更多的利益。眼前让利的一幕，诠释了寿县"争着不够吃，央着吃不完"方言土语所表达的"人敬我一尺，我敬人一丈"之优良品质。"军民团结如一人，试看天下谁能敌！"

这支队伍中绝大多数人是北方人，都是"旱鸭子"，这对于下一步完成渡江的任务，是绝对的短板。刘营长为补齐短板，在部队休整期间让官兵学习划船技术，委托父亲筹措船只。父亲接受任务后，马不停蹄地从东津渡到窑口大桥一带沿河搜寻，成功地租借了二十余只船，用牛车把所有船运到村庄东面的放马湖空地有序摆放，请来几位会划船的好朋友，做战士们学习划船的老师。据说部队在离开我们村子的时候，经考核，每个战士都能熟练地划船。

休整期限到了，部队开拔了，刘营长聘请父亲做他们的向导，父亲爽快接受。父亲凭借丰富的地理知识，以及对交通路线的熟悉，带领部伍走近路，行军过程不紧不慢，按时到达目的地枞阳。父亲交了完美答卷后，恋恋不舍地与刘营长挥手告别。临行时，刘营长对父亲说了一堆感谢的话，并拿了五块洋钱给父亲，告诉父亲是劳务费，无论如何得收下，不要叫他为难。父亲自然再三婉拒，最后犟不过刘营长，只得收下。

父亲收下的四块袁大头和一块龙洋，不是市面上流通的普通货币，而是军民的鱼水情和共产党的再生恩。因此，他多次向母亲交代："无论遇到什么困难，这五块洋钱都不准用，坚决一代一代地传下去，使子子孙孙懂得它们的纪念意义，永永远远听党话跟党走。"

讲　述　人：张士超，男，寿县人，退休教师
记　录　者：黄士玉，男，寿县寿春镇人，退休教师
采录时间：2023 年
采录地点：寿县

酒　师　傅

过去，寿县涧沟镇皮家店有位身材魁梧的酿酒人张师傅。他凭着一手酿酒的好手艺养家，每天都担着自己酿的酒到县城里卖。因为他的酒好，人又活泛，每天都早早卖完酒回家。

一天，他还没卖完酒就看见俩鬼子从对面走来。眼看躲不开鬼子了，张师傅干

脆放下担子,舀了一碗酒迎上去。鬼子朝四周看了看,接过酒闻了闻,然后一饮而尽,嘴里叽里咕噜地说些什么。接着张师傅又给另一个鬼子舀了一碗酒。俩鬼子一碗接一碗儿,喝得醉如烂泥。

看看四周无人,张师傅将俩鬼子身上搜了个遍,找到一个鼓鼓囊囊的信封,于是他把那个鼓鼓囊囊的信封包好,藏在酒坛里,疾步往回赶。他挑着酒罐到乡长家,见屋里没有外人,就把路上发生的事悄悄告诉乡长,并拿出那个信封。

过了几天张师傅又去县城卖酒,听说有一小队宪兵被游击队消灭在山里。又过了几天,张师傅又听说开往县城的一队鬼子在途中被八路军全部歼灭。

采 录 人:张勤,女,寿县人,退休教师
采录时间:2023 年
采录地点:合肥市

枣　　花

相传,涧沟镇皮家店村东边,一位满头银发的老人拄着一根被手磨得光溜溜的枣木手杖站在小院门口,目光呆滞,却满含期盼地望着通往远方的大道,一天又一天,一年又一年。她从年轻的小媳妇变成中年大妈,从中年大妈变成耄耋老人。她每天忙完事情,就站在那里等啊等,望眼欲穿。这天,人们路过村口却没有看见老人。村里的热心人来到她的小院,推开门进屋,看见她躺在床上,怀里抱着一双布鞋,嘴角带着干瘪的微笑。她停止了呼吸。

老人名叫枣花,早年鬼子"扫荡"时,她与家人跑散了,饿昏在路上,是村里的一个孤儿救了她。枣花长得很水灵,两年后在村里老人们的撮合下,他俩成了亲。小夫妻恩爱有加,丈夫还在小院里栽了一棵枣树,以此表达对妻子的爱。

抗战时期,日本鬼子在中国肆虐,有志青年都参加了八路军,誓死保卫祖国河

山。枣花的丈夫也参了军,临走时他深情地拉住妻子手的说:"枣儿,好好守家,等我赶走鬼子就回来!"

小枣树一年年长大,果子一年比一年结得多,她把红彤彤的枣都分给村里的孩子们。

抗战胜利了,村前的大路上常常有队伍路过。每当听说有队伍路过,枣花总是把头发梳得纹丝不乱,从路边采几朵小花插在头上,早早地在路旁等着,可每次都是满怀期待而去,失望而归。

直到多年后的一天,政府派人给她送来一包东西和烈士证明,她不接,说:"你们送错了!他不会死的!他说的,要我在家等着,赶走鬼子他就回来!"

几天后,村里人看见一个白发老人拄着枣木手杖,颤颤巍巍的,嘴里不停地念叨着什么……

采 录 人:张勤,女,寿县人,退休教师
采录时间:2023年
采录地点:合肥市

金神庙造枪

1936年底的一天,杨海波家里迎来了一位特殊的客人,这人名叫赵朝佐。他是受红军游击队委托,来请杨海波为游击队造枪的。

1927年,杨海波在家乡组织大刀会,反抗国民政府的黑暗统治。1933年,大刀会被国民党军队打散。杨海波身负重伤,是红军先隐藏了他,又资助六十块大洋让他去上海疗伤。伤好回家的杨海波多次表示要参加红军,并派人去霍山、金寨一带寻找红军队伍,但始终没能如愿。

今天,赵朝佐受红军游击队委托来请杨海波为游击队造枪,杨海波欣然接受。

造枪场所的选择是杨海波遇到的第一个难题。经过反复斟酌，造枪场所最终定在金神庙。第二个问题是造枪的人。这个不难，杨海波派人去湖北请来了好友毛烙。毛烙是造枪技师，也是地下党员。接到消息的毛烙不仅自己来了，还从汉阳兵工厂请来了近十名造枪熟练的工人。

场地、人员问题解决了，造枪原材料又成了一个难题。所谓原材料，一是烧炉的煤炭，二是造枪的钢材。煤炭，杨海波拿自家的粮食到淮南换。至于钢材来源可就传奇了。为什么呢？因为上级党组织经过周密安排，选派部分地下党员会同造枪工人，趁夜到淮南日军铁路线扒钢轨。虽然我一句话说完了这件事，但实际上在做时非常危险，也充满传奇色彩。就这样，不到一个月时间，杨海波就准备好了一切，造枪顺利开炉。后来，我们才知道，杨海波的金神庙兵工厂是中国革命时期第一个村级兵工厂。

受技术所限，兵工厂没法造出枪栓。毛烙就写信给汉阳兵工厂，购买成品枪栓。但枪栓属军用物资，沿途查得严。杨发荣就把毛竹中节打通，把枪栓藏在其中，对外称是买毛竹回家盖房子。就这样，杨发荣用独轮车把枪栓推了回来。

天下没有不透风的墙。杨海波在金神庙造枪的事，被一些汉奸猜中，并告密到当时国民政府伪青峰乡联保主任鲍金超那里。杨海波被关了起来，兵工厂也被迫关闭。

金神庙兵工厂虽然前后运行不足一年时间，却为游击队修理枪支近两千条，造出新枪两百多条。新造枪支，一部分由地下党员董积贤护送交给游击队，另一部分隐藏在了积极分子家里，后来成了淮西游击队的主要武器。

讲 述 人：杨凡浩，男，寿县茶庵镇人，退休教师
采 录 人：杨凡俊，男，寿县三觉学校教师
采录时间：2023 年
采录地点：茶庵镇精神中心村

智取伪县大队枪支弹药

1938年秋冬之交,国民党伪县大队有一批枪支弹药临时存放在国民党伪众兴区政府内(地点在众兴集)。当时,国民党伪众兴区区长是张正杰(中共地下党员)。为了让共产党得到这批武器,张正杰写信给当时中共茶庵区委,请茶庵区委组织人力夺取这批武器。

茶庵区委接到张正杰的信函后,立即派人与张正杰接洽。张正杰说,这批武器对新四军来说很重要,因为那时新四军最缺的就是人、枪与粮食。这批武器还是清一色的德国造。要想运走这批武器只能智取,不可强夺。

茶庵区委和游击队经过慎重研究后,决定假扮伪县大队阮队长取出武器:由游击队派一名游击队员扮成伪县大队阮队长带领一排人到众兴集的伪区政府,谎称这批武器要运回县大队。经过一番周折,假扮阮队长的角色选定了,他就是游击队员杨文志。游击队向一大户人家借来乌嘴黑马一匹,这样假扮阮队长就搞定了。

俗话说,千凭公使万凭印,没有公函、印信,人家怎么能相信呢?于是游击队派人找关系拿到了县大队的信笺。信笺有了,大印怎么办呢?嗨!这个容易,为什么呢?因为游击队有一位叫范纪元(中共地下党员)的,他会篆刻印章,于是游击队差人买来肥皂,由范纪元刻下寿县县大队的印章。写好介绍信,盖上县大队的大印,这样准备工作一切就绪了。

为了夺枪之事万无一失,受茶庵区委任命并全权负责此事的杨海波把游击队兵分两路:一路由假扮的阮队长带队,到众兴集区政府取枪。另一路由杨海波带队埋伏在众兴集东北方十里处的桓店子。当时的寿县伪县政府所在地是保义,伪县大队也驻扎在保义。一方面,如果真的县大队突然来众兴集取枪,这路人马可在半路上打他一个伏击;另一方面,等枪取出后好在半路上进行接应。这支埋伏在桓店子的人马还有一个任务,就是先要剪断县里通众兴集的电话线,让他们上下失去联系。这剪电话线活看似简单,可要爬上光溜溜的电线杆还真不那么容易。此时杨海波当年练就的武功派上了用场,只见他纵身一跳,抱住电线杆迅速爬了上去并剪断了电线。要知道杨海波此时已是年近半百的老人了。

这边埋伏接应的人马全部就绪,那边假扮的阮队长也带人来到了众兴集区政府。张正杰接待了他们,并带着他们马不停蹄地来到存枪的仓库。张正杰把县大队的介绍信交给看守的宪兵班长,班长看完介绍信,没说什么,可是对那位阮队长却有点怀疑,因为那阮队长在马上只是做手势指挥却不说话。于是宪兵班长提出要打电话向县大队核实。张正杰泰然自若,说:"好吧,你打。"宪兵班长拿起话机,听筒里响起嘟嘟声,他知道电话不通。宪兵班长没有打通电话,也不愿打开仓库门,在拖延时间。此时,张正杰催促宪兵班长打开仓库门,让阮队长一行人搬运武器。宪兵班长悻悻地极不情愿。张正杰说:"县大队有公函在此,你怕什么?我是区长,真出了什么事,我负责。"宪兵班长没办法,只得打开仓库门。阮队长的一排人搬起武器弹药就走了。

张正杰这次夺枪后,也不能待在区政府了,必须撤离,这也是事前商量好的。为了安全脱身,张正杰对宪兵班长说:"我去护送阮队长。"

就这样国民党伪县大队临时存放在众兴集区政府里的武器弹药被游击队全部智取了。回来的路上,游击队员们唱着欢快的游击队之歌,回到了茶庵集,并连夜组织人力由张正杰带队把这批武器送到了定远藕塘新四军驻地。

讲 述 人:杨凡浩,男,寿县茶庵镇人,退休教师

采 录 人:杨凡俊,男,寿县三觉学校教师

采录时间:2023 年

采录地点:茶庵镇精神中心村

妯娌智救交通员

民国二十九年（1940年），日本侵略者攻占寿县城。因城内百姓大都早已"跑鬼子反"，逃到戈店、双门一带去了，在财空物缺的小县城里，小鬼子得不到补给，就下乡掠夺财物。

小鬼子每次出城抢掠，总是被地下交通员将消息提前传递给以大队长曹云露为首的抗日游击队和石寅生组建的县抗日自卫大队，致使日本鬼子都是以失败告终。小鬼子吃亏之后，组织当地汉奸和伪军下乡巡逻，盘查南来北往的行人，对形迹可疑者，一律抓回城拷问，企图通过这种方法逮到通风报信的联络员和交通员，以绝后患。

话说初夏的一天上午，有一支巡逻队出了城门，行走在通往邓家渡口的土大路上，他们一边走路，一边交头接耳，其中领头的小鬼子叽里呱啦地向手下人发号施令。这群人嘻嘻哈哈，不知不觉走了几里地，来到小松林。小鬼子警惕性高，率先发现对面过来的一个小青年，但见他个头不高，略显清瘦，但精神抖擞，还行色匆匆，便起了疑心，命令手下人去抓。而小青年也不一般，一看情况不妙，岔到田间小路，顺着高粱地跑，七拐八绕，甩掉了尾巴，这才略略松了口气，仔细琢磨脱身之法。过了一会儿，他一拍脑袋，有了！前面就是胡家堆坊，何不进村躲避躲避？

小青年来到胡家堆坊，进入一户人家，恰好遇上正忙着做午饭的两个中年妇女，在打招呼的时候，发现其中一位是自己的远房亲戚，心里暗自庆幸，有救了！于是长话短说，告诉他遭遇巡逻队的事情，请求给予帮助。老二家的快人快语，满口答应，丢下手中的活儿，对老大家的说："大嫂，你烧锅，我把小兄弟送到竹滩上去，那里很安全。万一巡逻队的人来了，你搪塞一下。"

老二家的带领小青年来到村南的大塘边，小青年从来没有见过这么大的水塘，水面少说也有十几亩，塘中央有一片高滩，生长着茂密的翠竹，遮天蔽日，据说竹林里毒蛇丛生，马蜂如星，所以平时无人敢轻易上滩，今天情非得已，老二家的才出此下策。

老二家喊小青年从看塘的小屋里抬出一口大缸放入塘中，又递给小青年一个水瓢，指着大缸对他说："快划缸过去，到竹林藏好！"于是小青年进入大缸，飞快地划到高滩，他把大缸推到荷丛之中，才进入竹林隐藏。

话分两头，再说巡逻队一路追随小青年，却不见踪影，连屁都没闻到。中午时分赶到胡家堆坊，挨家挨户地搜索。巡逻队来到老胡家，小鬼子通过翻译问大嫂和二嫂有没有看到个头不大、瘦瘦弱弱的陌生小青年，并威胁道："如果知情不报，必将严惩不贷，死啦死啦的！"能说会道的老二家的抢先回答："我们忙着烧饭，大门未出二门未迈，哪能见到陌生人呀？"小鬼子见问不出名堂，就下令搜查，于是把胡家翻了个底朝天，结果一无所获，只好悻然作罢。临走时，小鬼子忽然问胡家妯娌那个小青年会不会躲藏到竹林里。老二家的回答道："一是水面宽，一般人游不过去；二是竹林上有毒蜂，下有长虫①，无论遇到毒蜂，还是长虫，都必死无疑。就算他有胆去，也没命活，所以不可能。"小鬼子觉得言之有理，不再纠缠。

就这样，小青年在胡家妯娌俩的帮助下，化险为夷，逃过一劫。

注释：

①长虫：寿县方言，指蛇。

讲 述 人：黄士玉，男，寿县寿春镇人，退休教师
采 录 人：黄丹丹，女，寿县文学艺术院院长，寿县作协主席
采录时间：2023 年
采录地点：合肥市

一式定乾坤

日本侵略军第三次攻陷寿县城之后，有一批日本浪人出现在市面上，为非作歹，无恶不作。

民国二十九（1940年）年冬天，日本浪人在十字街口贴出摔跤比赛的告示，数日过去，并没有人应战。这是因为，首先城内居民差不多都"跑鬼子反"躲到乡下去了；再者即便没下乡的又会摔跤的人，也不敢招惹小鬼子，避之唯恐不及。

日本浪人在城里实在找不到对手，就把触角伸向乡村，通过本地汉奸，打听到城南滕家洼有位姓滕的中年男子会摔跤，在当地小有名气。这个消息使日本浪人大有"踏破铁鞋无觅处，得来全不费工夫"的兴奋之感，迫不及待地带着翻译找上门。

说心里话，滕老大不愿意跟小鬼子摔跤，不想惹一身臊，所以跟小鬼子打边鼓，不仅三个客观两个原因借故拒绝，还软话说了一堆。但是无论他怎样说，小鬼子都不放过他，而且，滕老大越谦卑，小鬼子越狂妄，得寸进尺，步步紧逼。

要知道，中国人和善，并不代表没有脾气、不要尊严。滕老大在小鬼子满口"东亚病夫、胆小鬼、输不起"一连串侮辱性语言激将下，热血直冲脑门，下定决心，要给小鬼子颜色看，叫小鬼子长长记性。

滕老大答应了小鬼子的摔跤要求，来到稻场上，一场摔跤比拼开始了：只见两个人伸手抓住对方肩膀，个个晃动身体，或推或拉，忽然滕老大猛地一个下蹲动作，顺势将小鬼子前带，力过千钧，使得小鬼子踉踉跄跄，站立不稳。滕老大趁机用了一招右缠腿将其撂倒在地。小鬼子不服输，还要继续摔。这一回合，小鬼子先下手为强，狠狠抓住滕老大的双臂，左推右搡，而滕老大顺势而为，一一化解，并且在缠斗中，滕老大瞅准机会，给小鬼子来了一招小背包，把小鬼子摔在地上。因此小鬼子又气又恼，像赌徒一样越输越火，不顾一切地奔滕老大而去，抢到老大的后腰左摇右晃,同时把左脚伸进老大的两腿中间,试图运用打别腿跤式将滕老大摔倒,可是滕老大并非等闲之辈,一边降低重心,一边扭胯,轻轻松松化险为夷,并乘其不备,右手较劲,把小鬼子扛在肩上,若不是手下留情,用力"倒口袋",小鬼子必定非死即伤。滕老大仅仅点到为止,几乎是托小鬼子的身体,使其倒栽葱落于地面。

小鬼子情知滕老大对自己手下留情,不便纠缠不休,遂心服口服地离开滕家洼。

小鬼子上门找滕老大摔跤吃瘪的消息不胫而走,乡亲们大赞特赞滕老大用倒口袋一式定乾坤。

讲 述 人：黄士玉,男,寿县寿春镇人,退休教师
采 录 人：黄丹丹,女,寿县文学艺术院院长,寿县作协主席
采录时间：2023 年
采录地点：合肥市

旗　　手

我二伯少时给大户人家放牛,年轻气盛心不甘呀,难道我这辈子就过这种寄人篱下、食不果腹、衣不遮体的日子了？在同村王文成和金巨岚的带领下,二伯踏上了革命的道路。参加革命其实也很辛苦,并非电视剧里描述那样高大上。每天白天种田、练兵,晚上跟在一个叫耿岐山教导员后面学习认字。二伯不识字,经过夜校学习,后来认识不少字,不光会写自己的名字,还能念报纸。

1945 年 3 月 15 日,耿岐山给他们做了最后一次动员,约定这一天攻打迎河区公所。他问："哪个敢当旗手？"金巨岚和王文成等人都要当,我二伯一把夺过红旗："你们都不要跟我抢了,你们家里都有牵挂,论身体也没有我耍挂（利索）,这面旗帜我扛定了。"打区公所,也没有费多大事,打下来之后,耿指导的称呼改成了耿

区长，带领大家分田分地。

最危险的是区公所打下来后十几天，寿县国民政府派部队来迎河镇压我们的武装暴动。耿区长临危不惧，面对血腥镇压，他一面沉着地指挥我们撤退转移，一面与敌人斗智斗勇。我二伯举着旗帜在南街巷口被埋伏的敌人逮到了。敌人对他进行了严刑拷打，他牙关紧闭，没有泄露半点机密。关了几天，敌人看他只是个孩子，家里也没有人送赎金，也实在榨不出什么油水，就把他放了。

二伯受伤很重，越来越弱，就是不落气。大家看他受罪，心里都焦急。我灵机一动，让堂哥跑到村小学借来一面红旗。我递到二伯手里，他摸了几下，泪水滚落，双手下垂，旗帜盖在了他的脸上。

讲述人：金茂连，男，寿县板桥镇人
采录人：金茂举，男，寿县谐和医院职工
采录时间：2023年9月
采录地点：板桥镇板桥街道

其他故事传说

十四两大火烧的故事

在清朝光绪年间,正阳关街上有一家卖火烧馍的店铺。老板姓马,外号马三,有一手做馍的好手艺。他做的火烧馍香软可口、老少皆宜,十分畅销,在正阳关数第一家,整日顾客盈门,做多少卖多少,生意十分兴隆。马老板见自己的火烧馍好卖,为赚更多的银子,就昧着良心,在秤杆上打起主意。他私下到外地找人做了一杆特制的秤。别人的秤一斤是十六两,而马老板的一斤只相当于标准秤的十四两。顾客付给他一斤馍的钱,结果只买到十四两火烧馍。这一秘密,有一天被马老板的无赖独子马丰在李家茶馆喝茶时泄露了出来。小马被老马一顿狠揍。但没有一个人敢去官府告发马老板这种坑人不道德的行为,因为马老板有钱,与官府一班人员交往过密;也没有人敢公开讲在马家买馍不够秤,因为马老板有一个愣头青加无赖的儿子,没人敢惹他家。虽然周边一些邻居不再买马家火烧馍了,但一些外地人特别是一些船民不知道马老板秤杆子里的秘密,还都认马老板的火烧馍。马家生意仍十分红火,就这样生意做了许多年,马老板赚了很多不义之财,富得流油,置家业、盖房子、雇伙计,成为正阳关有名的富翁。

有一年中秋节,马老板一家三口正坐在天井大院赏月、吃月饼,忽然听大门外有一老人喊"十四两大火烧",马老板一听十分刺耳难听,赏月的雅兴顿时全消,忙与伙计出去看个究竟。

只见在马家大门外站着一个老汉,月光下见老汉灰白胡须飘于胸前,浑身上下脏兮兮的,左臂弯挎一个长竹篮,里面放着几块火烧馍,正在叫卖。马老板一见老汉卖的馍与自己做的馍差不多,见老汉这身行头,又不认识,感到很奇怪,就上前问老汉:"你老汉叫卖火烧馍就是了,为何要叫那难听的十四两大火烧呢?"老汉爱理不理地回道:"我老汉这馍就叫十四两大火烧馍,我这么吆喝关你什么事!"说完头一昂,又向前继续喊他的"十四两大火烧"去了。马老板碰了一鼻子灰,闷闷不乐地回到屋里。那时正阳关十分繁华,一天到晚街上都有人,有些人见到老汉喊出特别奇怪的火烧馍名字,又见老汉那身打扮,认为老汉可能神经不正常,也没人理睬他。就这样,老汉白天晚上都在街上来回喊"十四两大火烧"。

有一天晚上,马老板与伙计收拾好前面的店面,回到后堂,坐在床上,把一天卖馍赚到的银子交给老婆保管后,刚脱衣躺下就寝,忽听前院伙计大喊:"失火了,快救火啊……"马老板慌忙起身穿衣,向前院跑去,老婆吓得瘫在床上。马老板跑到前院一看,火龙冲天,火苗有几丈高,一些街邻在拿救火工具救火。那时正阳关四周有城墙,虽说城外就是淮河,可有城墙挡住,取水救火十分不便。马家这场熊熊大火非但不能及时扑灭,反而越烧越旺。大伙正忙救火,忽听远处传来几声"十四两大火烧"的叫声。众街邻突然一下都明白了,原来马老板卖馍一斤只给十四两,这场大火烧他家是天意,这是报应。众人一想起马老板平时缺斤短两的种种缺德事,心里都暗骂道:"大火烧你个龟孙,谁叫你平时做那些缺德事。"众人这样一想,救火积极性也没之前那么高了,只在叫喊应付,不去救火,有些人还乘乱偷偷溜走了。马老板哭天抢地,叫天天不应,喊地地不灵。眼看前后两进院落、万贯家财顷刻间化为灰烬。老婆也烧死了,儿子晚上因喝醉了酒,睡在床上未跑出来,也葬身火海。让人感到奇怪的是,这么大的火,专烧马家一家,前后左右邻居房屋都没有被波及。

马老板一见天火烧死了老婆、儿子,千万家产也被烧个干净,便心灰意冷地出家当了和尚,忏悔从前缺斤短两的种种坑人罪孽。而喊"十四两大火烧"的老汉自从马家失火后便消失了,再也没有人见到过他,据说这老汉就是火神老爷装扮的。

后来正阳关一些绅士名人为防止再次发生类似马家失火,取水救火难的情况,就在马家废墟不远处,扒开城墙,修了一座小城门,叫"水西门"。又开辟了一条巷子,以方便取水,这条巷就叫"水家巷",至今尚存。

现在,正阳关还能时常听到一些老人骂短斤少两的商人,迟早十四两大火烧!

采 录 人:李天仁,男,寿县正阳关镇政府工作人员
采录时间:1999 年
采录地点:正阳关镇

草棵里的黄鳝，涉杆趋捋

在正阳古镇有一个家喻户晓、妇孺皆知的奇闻逸事：民国年间，有一个正阳关人在庐江县做县长。有一天，这县长审理一个盗窃案子的时候，问小偷："你是哪里人呀？"小偷不敢撒谎，如实地说："我是正阳关人。"县长一听是同乡，不免暗生恻隐之心，打算放他一马。县长转念又一想，莫非这个小偷知道我是正阳关人，现在冒充是我同乡，叫我手下留情？想到这，他又问小偷："哦！你讲你是正阳关人，那你知道什么是'草棵里的黄鳝'吗？"小偷说："那我当然知道喽！草棵里的黄鳝，就是涉杆趋捋。[①]"这县长把桌子一拍，厉声吼道："既然知道，你还搁那站着干什么？"小偷猛然醒悟，转身就跑。旁边的警察见了立马就要去追，县长摆摆手，煞有介事地说："不要追，不要追，我看他跑[②]，我看他跑，我看他往哪里跑。"结果，小偷跑出县衙后，三拐两拐，没一会儿就无影无踪了。

注释：

①草棵里的黄鳝，涉杆趋捋：是正阳关俗语。"涉杆趋捋"出自正阳关番语子，也叫市门语，意思是"赶紧走或快跑"。

②我看他跑：老正阳关人的口头禅或者也叫俗语，意思是"叫他跑"。

采 录 人：汪洋，男，寿县正阳关镇人，退休教师
采录时间：2022 年
采录地点：正阳关镇

才女楹联招亲

相传,过去某地有个官宦人家,身边仅有一个宝贝女儿,从小娇生惯养,加上确有些文才,长相也不错,不免有些趾高气扬,盛气凌人。

有一年,这才女来到正阳关走姥姥家,刚住下没几天,家里就出事了。原来其父在朝中遭奸臣诬陷,被满门抄斩,幸亏她在姥姥家才逃此一劫。从此,才女成了孤女,只得隐姓埋名客居在了正阳关,由其姥姥、舅舅抚养。

时光荏苒,才女渐渐长大。俗话说,男大当婚,女大当嫁。姥姥和舅舅自然前后张罗着为她招亲。可才女恃才自傲,坚定地向舅舅提出:必须以楹联选婿,否则终生不嫁。舅舅拗不过她,只好任由她在门口贴出了她亲笔书写的上联:寄寓客家牢守寒窗空寂寞。果然是才女,此联意蕴深刻、非同小可!"寄寓客家",说的是自己父母双亡,在舅舅家住着,就像寄寓客家一般;"牢守寒窗空寂寞",说的是自己孤身一人,独坐香闺心中寂寞,何时才是出头之日啊!才女写完上联,还挥笔加了旁注:下联,不仅内容要能对得工整,字形也必须与上联遥遥相对,即上联的十一个字都是宝盖头,下联的十一个字得必须是走之底。上联一经贴出,立刻轰动了整个正阳关,前来看热闹的熙熙攘攘、络绎不绝,一时间门庭若市。其间,当然不乏才子雅士、文人墨客。可一月、两月,半年、一年……竟然没有一个人能对得上,渐渐地门可罗雀。才女的婚事也由此停摆,把姥姥和舅舅急得如同热锅上的蚂蚁。

此事被镇子南头水月寺的住持知晓了。一日,他亲自登门,为才女的上联书就了下联。住持走后,才女趋步上前一看,不觉心中咯噔一下,随后恍然大悟。原来,这住持的下联是:迷途远避退还莲迳返逍遥。十一个字全部用的是走之底,内容也是紧扣上联,全是醒世告诫之言。"迷途远避",说的是人生在世,如同大梦一场,仿佛在迷途之内,不如远远地躲开。"退还莲迳返逍遥",是告诉才女:既然在迷途之中,一时半会找不到知音,不如脱离红尘,倒也逍遥自在。此后,这才女果真在住持的引荐下,到离水月寺不远处的太平庵削发为尼了。

讲 述 人:袁同刚,男,寿县正阳关镇人,曾任正阳文化广播站站长
采 录 人:汪洋,男,寿县正阳关镇人,退休教师
采录时间:2022 年
采录地点:正阳关镇拱辰社区

吃　　货

　　民国年间的一天中午,镇上公园饭店,来了一位身着破旧长衫的客人,在要了一个单间后,点了一只清蒸螃蟹、一壶酒,别无其他。小伙计对此还有点嗤之以鼻,去后厨端螃蟹的时候,嘴里还嘀咕着:"穷烧!"意思不言而喻:螃蟹也是你这种人吃的?而就是这不起眼的"穷烧",最后竟让小伙计和厨师都大开了一回眼界。原来,吃螃蟹的人结账走后,小伙计去收拾房间,眼前的情景让他大吃一惊,随后转身把厨师也拽了过来。众人进去一看,桌子上全然没有客人走后的杯盘狼藉,桌面一点污渍都没有,而那只清蒸螃蟹竟然全须全尾、完好无损地趴在盘子里,酒壶、酒盅、佐料碗、牙签盒放得整整齐齐,就跟刚摆上、还没人动过一样。小伙计好奇地走过去,掀开螃蟹壳一看,惊讶地发现:里面干干净净,没了半点蟹肉,甚至连细小的蟹爪个个都被掏得空空荡荡。这时,大家都不免一阵惊讶,随后啧啧赞叹,人不可貌相,海水不可斗量!这貌似普通的客人才是江湖上真正的吃货啊!他是用一根牙签,完成了一整只清蒸螃蟹的品尝过程,且享受过后,又把桌上零散的蟹爪、蟹壳还原成一只完整的螃蟹,随后望望自己的杰作,心满意足地抹抹嘴,潇潇洒洒地结账走人。

采 录 人：汪洋，男，寿县正阳关镇人，退休教师
采录时间：2021 年
采录地点：正阳关镇

赤 兔 马

　　从前，镇子上有一个姓李的财主，有一年花重金从外地买回一匹通体大红色像老虎一样凶猛的神驹，名曰"赤兔马"。人常说"人中吕布，马中赤兔"，可见赤兔马一直是好马的代表，可日行千里，夜走八百。李财主心花怒放，有事没事骑上它到镇上炫耀一番。三个女婿听说了，自然都前往观赏、祝贺。

　　中午，李财主留三个女婿在家吃饭，大女婿自恃是秀才出身，打心眼里瞧不起老实巴交的木匠三连襟，老想出他的洋相，看他的笑话。今天见机会又来了，便出了个歪点子，皮笑肉不笑地对大家说："咱们别慌着喝酒吃菜，玩个酒令吧！题目嘛，就夸夸老泰山的这匹马跑得快，作出诗来的喝酒吃菜，如若作不出来，对不起，请蹲到门外头喝西北风去。"老丈人一听要夸自己的马，自然连连拍手叫好。二女婿呢，虽说是个做生意的，但小时候读过几天私塾，简单的吟诗作对也不在话下，因此随声附和。唯有三女婿不作声，因为他目不识丁，只会干木匠活，如何作出诗来？

　　大女婿不管不顾，首先摇头晃脑地吟道："水里丢根针，我骑马到昆仑，来回十万八千里，进屋针未沉。"吟罢，得意地喝酒吃菜。

　　二女婿也不甘示弱，略思片刻，开口吟道："点火烧鸡毛，我骑马到南桥，来回十万八千里，鸡毛还未焦。"吟罢，也喝酒吃菜。

　　轮到三女婿了，憋得他满脸通红、抓耳挠腮，汗都淌下来了也没想出一句。大女婿见他一副窘样，心里那个乐啊，不由得哈哈大笑，不料想，一使劲放了个屁。三女婿盯着他张开的大嘴，突然来了灵感，一拍桌子，有了！然后用手指着大连襟笑得合不拢的嘴吟道："这货放个屁，我骑马去北集，来回十万八千里，气门还没闭。"

顿时屋里一片笑声,把个老丈人笑得捂着肚子蹲在了地上。此时的大女婿呢,丑得脸就跟大红布一样,呆若木鸡、哑口无言了。

采 录 人:汪洋,男,寿县正阳关镇人,退休教师
采录时间:2021年
采录地点:正阳关镇

饿死卖姜的饿不死卖蒜的

看见卖蒜的,想起了卖姜的,看见了卖姜的,想起了老正阳关的一句俗语:饿死卖姜的饿不死卖蒜的。由这句俗语,我又想起了小时候听老人们讲的一个故事。

一天,一个卖姜的和一个卖蒜的住在了一个店里,卖姜的嘴欠,老跟卖蒜的抬杠,不停地夸自己的姜如何如何好,人们如何如何喜欢吃;蒜如何如何不好,吃过以后嘴里如何如何气道(难闻)。卖蒜的不服气,可他没有卖姜的那副伶牙俐齿,实属"茶壶里煮饺子——肚里有货嘴里倒不出来"那种,抬不过卖姜的,卖蒜的只能躺在被窝里生闷气。半夜里,天气骤变,突然刮起了狂风,下起了暴雨,将客店通往集头子的小桥冲得个无影无踪,这下好了,谁也不能出去卖货了。接下来几天又是连阴雨,卖蒜的、卖姜的都被困在了店里。又过了几天,店主没粮食了,就告诉他们说:"我讲了你们不要生气,我这小店没吃的了,从今天起,店管你们住,吃就不管了,你们自己想办法吧!"卖蒜的饿了一天,到了晚上的时候突然想起:"蒜虽然生吃会辣,但煮煮应该就能吃了吧?"于是,他赶紧捧出两捧蒜,剥去蒜皮煮了一碗。吃起来面面的,一点也不辣,还填饱了肚子,卖蒜的不由得偷着乐了。卖姜的见卖蒜的煮蒜吃,就思谋着:蒜和姜都是辣的,既然蒜煮熟了能吃,那这姜煮熟了肯定也能吃。于是,他也捧了一些姜放进锅里煮,煮熟后吃了一口,哇!眼泪都辣出来了。卖姜的又饿又气,一连几天都没吃到东西。终于雨

停了,桥也修好了,可卖姜的也快饿死了。从那以后,就有一句俗语流传了下来:饿死卖姜的饿不死卖蒜的!这句俗语意在告诉人们:遇事要冷静处理。退一步,海阔天空;动脑筋,柳暗花明。

采 录 人:汪洋,男,寿县正阳关镇人,退休教师
采录时间:2021 年
采录地点:正阳关镇

耳朵搁腰里来

1938 年,驻守在正阳关的是国民党桂系部队。这支部队大多是广西人,和当地百姓在语言交流上,存在着一定的问题。而这支部队中的一名长官,其勤务兵是从当地拉的一名壮丁,时时听不懂长官的吩咐。一天,长官吩咐勤务兵去街上买几根竹竿,晚上支蚊帐用。而勤务兵呢,听不懂广西话,把买"竹竿"听成了买"猪肝",就跑到了街上的卤菜摊前。卖卤菜的见是大兵买卤菜,丝毫不敢懈怠,拿起一块猪肝一称,秤杆子平平的,就随手添了一块猪耳朵。然后,用荷叶包好,递到勤务兵手里。勤务兵走到半路,就在心里打起了小九九,长官叫我买猪肝,卖卤菜的多给了一块猪耳朵,这多给的猪耳朵长官又不知道,我何不抠下来,留自己饱饱口福?想到这,勤务兵打开荷叶包,取出那块猪耳朵装进了自己的腰包里。返回驻地,勤务兵把猪肝递给了长官。长官接过来一看,气不打一处来,劈头给了勤务兵一巴掌,接着大声吼道:"我叫你买竹竿,你给我买猪肝,耳朵呢?"勤务兵一听,立马蒙了,心想:我的个妈吔,这长官也太厉害了吧!连人家多给了一块猪耳朵他都知道。他慌忙战战兢兢地从腰里掏出那块猪耳朵,大声说:"报告长官,耳朵搁腰里来。"

采 录 人：汪洋，男，寿县正阳关镇人，退休教师
采录时间：2021年
采录地点：正阳关镇

二老万啃鸡头——缠手了

在正阳古镇，如果办一件事情十分不顺利，遇到的阻力很大，困难重重，人们就会说"这事儿缠手了"。据说，"缠手"这个土语，来源于古镇真实发生的一个故事，而由这个故事又派生出一个至今仍被人们津津乐道的歇后语："二老万啃鸡头——缠手了。"

故事发生在民国年间，镇子上有一人姓万，因排行老二，人们都叫他二老万。这二老万有些个"训点"。什么叫训点呢？就是平素爱占小便宜，干些吃白食的事，不论谁家请客吃饭，他总是不请自到。而且这个人还特别喜欢啃鸡头，本来这鸡头都是敬贵客的，可他不问这些，红烧鸡一上桌，他抢先一步就把鸡头夹到自己的碗里，别人还不好说，经常搞得十分尴尬。

二老万有个邻居，人称张先生，在正阳关商会公干，这天晚上他要请镇子上的一些头面人物吃饭。他知道，二老万肯定会不请自到，门挨门的又不好说什么，但打算借此机会捉弄他一下。于是，他便在烧小鸡的时候，中途把鸡头提前捞了出来，小鸡烧熟后，再把半生不熟的鸡头放在碗中间。

开席了，二老万果然掐准时间进了门，也不用人招呼，大大咧咧地自己找了个座位坐下。上菜了，鸡头照例被他抢先一步夹到了碗里。但这次可不同往常了，咬一口，生生地没咬动，二老万犯难了，把鸡头扔了吧？满桌子都是镇子上的头面人物，干这事不被人笑话吗？只好在别人夹菜吃的时候，自己吮一下鸡头。终于，这种情景被另一位客人发现了，先是热情地叫他夹菜吃。"哎呀！老万，你别作假[①]呀！刀吃[②]、刀吃！"再看一看他碗里，鸡头一口没动，便笑着包坦[③]他："你真客气！

一个鸡头怎么到现在都还没啃完呢?"二老万红着脸,尴尬地说:"嗯,嗯,缠手了!缠手了!"

从此,古镇就留下了"二老万啃鸡头——缠手了"这一歇后语。

注释:

① 作假:客气。

② 刀吃:夹菜吃。

③ 包坦:揶揄、戏谑。

采 录 人:汪洋,男,寿县正阳关镇人,退休教师

采录时间:2021 年

采录地点:正阳关镇

杠　精

旧时正阳关有个老者姓张,颇有些学问,也颇有些来头,据说是从外地哪个衙门里告老还乡的。具体做什么官,老者不讲,也无人知晓,街坊四邻都习惯地叫他张老头。张老头有两个女婿,大女婿为人随和,是那种说话文质彬彬,从不与人抬杠的人。二女婿就不同了,说话粗门大嗓,还专钻牛角尖,和哪个讲话没有不抬杠的,而且只要杠上了,亲老子亲娘都要跟他没完没了。按正阳关的话说:他比杠头还厉害,是个十足的杠精!

这不,又过年了,正阳关有大年初二回娘家的习俗,两个女婿自然也跟着来了,他们要给老丈人拜年啊!闺女女婿进门,自然要热情接待。中午的家宴上,张老头在两个女婿的陪伴下不免多喝了几杯,也是一时高兴,饭后的他满面春风地对两个女婿说:"今天天气不错,走,你们陪我出城转转。"两个女婿齐声说好,随同岳父来到城外。刚走出不远,看到一座石桥边巍然屹立着几棵松树,可能是为了考考二位

女婿的才学吧,张老头用手一指那松树说道:"二位贤婿请看,此时正值冬季,万木凋零,枝枯叶落,为什么唯有这松树的枝叶依然苍翠茂盛呢?"大女婿笑着说:"这可能是松树木质紧,树心是实的,所以才四季常青吧!"二女婿一听,脖颈子一梗:"不见得吧?我看它又一种!哦,它心是实的就四季常青了?"然后用手一指城墙根处的一片竹林,"看那竹子,棵棵空心,不照样四季常青吗?"张老头和大女婿相视一笑,知道二女婿就那德行,也就没跟他争论。

三人继续往前走,刚踏上石桥,忽然迎面来了一群老鹅,"嘎喽嘎喽"地高声叫唤,吵得人头疼。等鹅群过去了,张老头回身指着那白鹅说:"二位贤婿请看,这老鹅个头也不大啊!叫唤起来怎么声音就那么高亢嘹亮呢?"大女婿笑着说:"白鹅虽然个头不大,但它脖颈子长,这是项长必定音高啊!"二女婿一听,脖颈子一梗:"不见得吧?我看它又一种!哦,它项长音就高?"然后用手一指石桥下边,"再过一阵子,大嘴蛤蟆就要出来了,那蛤蟆一点脖颈子都没有,不照样呱呱叫吗?"

张老头本来想出来走走散散心的,一路上叫二女婿这杠一抬,一点好心情也没有了,于是阴沉着脸对两个女婿说:"算了,我们不往前头去了,回家吧!"一行三人高兴而来,扫兴而归。回到家,张老头走进客厅依然闷闷不乐,一屁股坐在太师椅上,又累又气地捋捋胡须说:"唉!我这原本乌黑的胡须,怎么说白就白了呢?"大女婿笑着说:"您老人家寿高,须白这是自然的。"二女婿一听,脖颈子一梗又抬上了:"不见得吧!你看那羊羔子,一出生胡子不就是白的吗?"然后用手一指他老丈人,"我看他又一种!"

讲 述 人:袁同刚,男,寿县正阳关镇人

采 录 人:汪洋,男,寿县正阳关镇人,退休教师

采录时间:2022 年

采录地点:正阳关镇拱辰社区

和尚、秀才与才女

现在的正阳关东风大桥的位置,原先是正阳关的东渡口。这条南北向的小河直通五里闸入淮,以前人们叫它小清河。清末民初的时候,小清河的河东住着一大户人家,主人姓李,人称李员外。这李员外平素乐善好施,他见周边百姓隔河渡水去正阳关不方便,就出资在河上修了一座石板桥,起名"清和桥"。李员外膝下有三男一女,他最疼爱的就是小女儿四妹。这四妹自幼饱读诗书,加上天资聪颖,十七八岁时诗词歌赋样样精通。可能是娇生惯养的缘故吧,她从小就性格泼辣,伶牙俐齿,而且直言快语,用现在的话说,是一个外向的女性。

话说,这一天吃罢早饭,四妹端了一盆衣服去桥下洗,路过菜园旁边,顺手摘了一朵刚刚开放的黄花菜戴在头上。来到清和桥下,四妹把衣服往河里一撂,恰巧有一条小鲤鱼被套进了裤腿里,她随手把它抓到洗衣盆里。这一幕正巧被结伴游玩的和尚和秀才看见了,他们早年也见过这姑娘,知道她文采出众,长得也漂亮,就是没机会跟她搭话。这时,秀才对和尚使了个眼色,和尚心领神会。秀才说道:"老兄,你看这'清和桥'三个字写得多么苍劲有力,我俩就以这三个字吟诗作赋如何?"和尚说:"好啊!我年长你几岁,就由我先来,我就以'清'字为题。"秀才说:"行!老弟我洗耳恭听。"和尚两眼瞟着姑娘头上的黄花菜,嬉皮笑脸地吟道:"清是三点水加个青字,这叫有水它念清,无水也念青,清字去水添米念个精,精明伶俐人人爱,我和尚要吃黄花菜。"秀才拊掌大笑道:"吟得好!吟得好!那我就以'和'字为题了。"说罢,不怀好意地看着盆里的鲤鱼和姑娘头上的黄花菜,言语轻佻地吟道:"和是禾木旁加个口字,这叫有口它念和,无口也念禾,和字去口添斗念个科,我科场会试中秀才,我要吃鲤鱼带上黄花菜。"四妹一听,明白这两个东西是在调戏自己,心中暗想不能便宜了他们,便站起身来说道:"二位的诗句吟得好,那这还剩下个'桥'字,就由我来吧!"和尚、秀才连声说好。四妹慢条斯理地吟道:"桥字是木字旁加个乔字,这叫有木念个桥,无木也念乔,桥字去木添女念作娇,我娇滴滴人人爱,出嫁生了俩男孩,一个当了和尚,一个考了秀才。"和尚、秀才听了无言以对,羞红着脸走开了。

讲 述 人:袁同刚,男,寿县正阳关镇人,曾任正阳文化广播站站长
采 录 人:汪洋,男,寿县正阳关镇人,退休教师
采录时间:2022年
采录地点:正阳关镇

家 书

清末民初年间,东门外缎街子有一生意人,姓李,排行老三,人称李三,常年在外经商,以贩卖绫罗绸缎为生。李三的妻子王玉环,虽不识字,但长相俊美,且聪明贤惠,尤其是特别能吃苦耐劳。丈夫在外经商时,就由她在家赡养年迈的父母,抚育年幼的子女。就这样,夫妻俩一个在外挣钱养家,一个在家操持家务,虽然没有发大财,但小日子过得红红火火,一年到头吃喝不愁。

有一年,绸缎行情不好,李三的生意赔了本。快过年了,李三打算不回正阳关了,看看趁年下能不能赚回点。于是,他命伙计给家里的妻子捎去一封家书和十两银子。因为玉环没有读过书,斗大的字不识一个,因此书信上没写一个字,只画了四幅画。第一幅,画的是一只大鹅和七只正在戏水的小鸭;第二幅,画了一把勺子和一碗热气腾腾的饺子;第三幅,画的是一只口袋和五个金光灿灿的元宝;第四幅,画的是一个男人走在一条柳树成荫的大路上。伙计瞪大了双眼,把这四幅画端详了半天,也没有明白老板画的是啥意思。

回到正阳关后,伙计想试试老板娘能不能看懂这家书,只把带回来的四幅画交给了她。玉环仔细看后,先是无奈地摇了摇头,然后问道:"十两银子呢?"伙计不

禁大吃一惊:"你怎么知道掌柜的让我捎回十两银子的?"玉环笑着说:"这画上不是画得明明白白、清清楚楚吗?"伙计挠了挠头说:"这四幅画,我都琢磨几天了,脑袋都快想炸了,也没看懂意思!"玉环用手一指第二幅画,解释道:"你看,这不是说让勺子带回十两银子吗?"伙计一拍脑袋,恍然大悟:"是啊!我小名字可不就叫'勺子'。可那旁边是一碗饺子啊?""饺子在正阳关叫什么?""元宝!""这不就得啦!"伙计又不懂了,接着问老板娘:"可那是一碗饺子,你怎么知道是十两银子的?"玉环乐了:"你不能数数吗?"伙计一数,果然是十个,与自己捎回来的银子数量正好相同,不由得竖起了大拇指。

接着,伙计好奇地央求老板娘,把这家书的意思全部讲给他听听。玉环欣然应允,指着第一幅画说道:"这第一幅画,画了一只大鹅和七只小鸭,是信的开头,掌柜的是在说,我的妻呀!"伙计再一次竖起大拇指,说道:"有道理!这是掌柜的在叫你。"玉环拿出第二幅画,说道:"这第二幅画,画了一把勺子和十个饺子,掌柜的意思你已经知道了,他是说让勺子给我捎回十两银子。"伙计指着第三幅画问道:"这上面画的是一个口袋和五个金光灿灿的元宝,你不会说掌柜的让我捎回来五个金元宝吧?"玉环笑着答道:"当然不会!掌柜的意思是,他的口袋里已经空空的无元宝了,让我放心,他不会,也没有钱在外面拈花惹草了!"此时的伙计,胸脯一拍信誓旦旦地说道:"那是,我跟随掌柜的多年,他的为人我最了解了,掌柜的这个人向来都是一个正人君子,从来不寻花问柳!"玉环满意地点了点头,指着第四幅画说道:"这幅画,画了一个男人走在一条柳树成荫的大路上,是在告诉我,他明年春天,一准回来。"伙计笑道:"我回来的时候,掌柜的跟我提及过此事,他让我提前把这十两银子捎回来,说是趁着年关再多做点生意,到了春天的时候,他再回来。"然后伙计由衷地称赞道:"这真是不是一家人不进一家门!老板是一个在外努力挣钱养家的好男人,夫人也是一个聪明贤惠、勤俭持家的贤内助啊!"

采 录 人:汪洋,男,寿县正阳关镇人,退休教师
采录时间:2023 年
采录地点:正阳关镇

觉林还俗记

这是一个真实的故事,记载于《霍邱县志》上。

霍邱城内民政局对面,原先有一座尼姑庵,名曰宝莲庵。民国二十七年(1938年),抗日战争的烽火蔓延到正阳关,太平庵里不太平了。庵里有一尼姑法号觉林,其时正值妙龄,甚为艳丽,为躲避战乱,从古镇逃难去了霍邱宝莲庵。

转眼到了第二年秋天,当时任霍邱县军粮仓库主任的孙小平,每日往返常经过宝莲庵前,借故到庵内闲聊。日长月久,他与觉林情深至如胶似漆。后被当家老尼知道,勃然大怒,但又不敢与孙小平顶撞,就以玷污清门为名告到县政府,觉林也呈上诉状要求还俗。时任县长黄宾一接状就开庭审判。他当庭宣布:孙小平与尼觉林,一个未娶,一个未嫁,两厢情愿,结为夫妇,实属合法,老尼不得干涉,着择吉日成婚。遂在觉林答诉状上批道:"厌禅心,恋红尘,摘昆卢,蓄乌云;脱袈裟,换罗裙;准、准、准,准尔嫁夫君,免得僧(孙)敲月下门。"

此后,觉林与孙小平喜结良缘,白头到老。

采 录 人:汪洋,男,寿县正阳关镇人,退休教师
采录时间:2023 年
采录地点:正阳关镇

金蛤蟆传奇

听老人们说,从前的镇子上有一人姓金,因其长着一副五短身材,还有一双蛤蟆眼,满脸的疙瘩,人送外号"金蛤蟆"。这金蛤蟆年轻的时候好吃懒做,游手好闲,出去跑过江湖,回来的时候本事没学到,还风餐露宿落下了老寒腰的毛病,作天阴①的时候特别灵验,明明天气晴好,但他腰一疼就知道要下雨,于是逢人就说,"明天有雨啊"。人们抬头看看晴好的天气,以为他是在说疯话,没有一个相信的,可是到了第二天,果然下起了大雨。如此数回,金蛤蟆获得了"神算"的称号。

这天,东乡一户农家的老母猪丢了,把金蛤蟆请到家里,好吃好喝地招待着,请他算算老母猪跑到哪去了。酒过三巡,本来爱吹牛的金蛤蟆,拍着胸脯保证,明天一准帮他找到。半夜里,金蛤蟆的酒醒了,心想自己不会算,天亮了怎么交代啊?三十六计走为上计,还是跑吧!来到后院,见墙根前堆着一堆柴火正好便于垫脚翻墙,他便翻了上去,忽然感觉脚下有动静,扒开一看,天助我也!里面正是老母猪,还下了十只小猪,四只黑的,三只白的,三只花的。金蛤蟆赶紧把柴火堆堆严实,转身安心地进屋睡觉去了。第二天一早,农夫问:"算到老母猪跑到哪去了吗?"金蛤蟆煞有介事地掐指一算,说:"老母猪没有跑远,而且下了十只小猪,四只黑的,三只白的,三只花的,此时应该就躺在后院的柴火堆里。"农夫跑过去一看果真如此,高兴地给了两袋面、两只鸡,还有一篮子鸡蛋作为谢礼,套车把金蛤蟆送回了镇子。这样一来,镇子上的人都知道了金蛤蟆能掐会算,名气也就传了出去。

一天,县官的大印丢了,要知道,在当时丢了大印就意味着丢官啊!听人说金蛤蟆会算,便派人到正阳关用轿子把他抬进府内。金蛤蟆到的时候,天已经黑了,县官命人将他安排在偏房里住下。第二天一大早,县官就急匆匆地去找金蛤蟆,走到偏房门口的时候,顺手摘了一个大青枣攥在手心里,想先考考金蛤蟆。见到金蛤蟆,县官将手在他眼前一晃,说:"先猜猜,我手里是什么?"金蛤蟆睡眼蒙眬,嘴里不由得嘟囔了一声:"大清早的,猜什么猜呀!"县官把手张开,可不就是大青枣嘛!县官心中大喜,看来能找到大印了,于是赶紧升堂。金蛤蟆走进大堂后,心里慌了,自己几斤几两能不清楚吗?急得他就像那热锅上的蚂蚁,团团转,边转边自言自语:"能是谁偷的呢?不是张三就是李四。"旁边的两个衙役一听,"扑通"一声跪倒在地,原来他俩一个叫张三一个叫李四,大印正是他们合伙作的案。县官找回了大印,高兴地赏了金蛤蟆二十两银子。

金蛤蟆帮县官破案的事,传到了镇子上的三府衙门。当时那个三府衙门,管着庐州府、颍州府、凤阳府,级别相当于省一级,主管是一位王爷,手眼通天,厉害着呢!他听说这件事后,先偷偷地把一个金蟾扣在碗底,然后找来金蛤蟆,严肃地对他说:"你猜猜这碗底下扣着什么?猜到了,碗里的东西归你;猜不到,杀头。"金蛤蟆听到"杀头"二字,吓得魂飞魄散,紧张地围着那碗转了一圈又一圈……最后,他彻底绝望了,仰天叹道:"看来我金蛤蟆今天就要死在这碗底了!"王爷一时没有听清,忙问旁边的手下:"刚才他说什么?"手下说:"他说的是金蛤蟆要死在碗底了。"说着掀开了碗,里面果然是一个金灿灿的蛤蟆,周围的人一片哗然。王爷不由得对这金蛤蟆佩服得五体投地,当即把那个金蟾赏给了他。

注释:

①作天阴:一到天气不好就不舒服。

采 录 人: 汪洋,男,寿县正阳关镇人,退休教师
采录时间: 2022 年
采录地点: 正阳关镇

金鸡坟的传说

金鸡坟,在千年古镇正阳关无人不知无人不晓。它位于镇子的东南角,原先农

场畜牧队的旁边,清朝时就是正阳关大户李家的祖坟地,后来成了农场的公墓。这里传说众多。

一

相传,早先这块地里有两只金鸡,被李家捉住其中的一只。后来,李家就逐渐发了。金鸡坟也由此得名,并被视为李家的风水宝地。但李家后来又是怎么衰落的呢?老正阳关人说,与日本鬼子1938年占领正阳关有关。话说,那年的6月5日,日军向正阳关发起进攻,随后于6日凌晨占领了正阳关。在此期间,日本人在偷走了迎水寺基座石壁上的那棵"灵芝草"后,在金鸡坟又偷走了另一只金鸡,破坏了金鸡坟的风水,李家从此衰落了。

二

旧时的正阳关没有坝堤,一到汛期就成了孤岛,四周汪洋一片。而金鸡坟却十分神奇,再大的水从没有漫过金鸡坟。老人们讲那是因为,它就像中国民间故事《白蛇传》里最为精彩的"水漫金山寺"一样,水涨它也涨,不然怎么称得上风水宝地呢?

三

有老正阳关人说,从民国末年至20世纪五六十年代,金鸡坟实际上是一片乱葬岗。那时人们生活贫困,家里老人去世,很多就葬在那里,省下了买墓地的钱,很是经济,人们就称那里为"经济坟",由于谐音的关系,叫着叫着就成了金鸡坟了。

四

再有一种说法是,金鸡坟位于正阳关古城的郊外、人烟稀少的旷野地,那里杂草丛生,野鸡出没。而野鸡呢,人们又叫它锦鸡,起初人们叫这块地为"锦鸡坟",

但因方言土语,叫着叫着就把锦鸡坟叫成金鸡坟了。

五

还有一种说法更直接:金鸡坟根本没有那么神奇,也没有那么多的故事和传说。其实很简单,就是过去人们在旭日东升的时候,站在高处,遥望这块地,它在金色阳光的照耀下,很是像一只引吭高歌的雄鸡,金鸡坟由此得名。

采 录 人:汪洋,男,寿县正阳关镇人,退休教师
采录时间:2022 年
采录地点:正阳关镇

金 钱 龙

大约在 20 世纪 60 年代,我就听家门口的一位老人讲过一个龙的故事,他信誓旦旦地说这个故事是真的。其实,假的也无所谓,他讲的故事把我们一帮小孩都听入迷了倒是真的。

这位老人说,在他爹爹那一辈的时候,家里是开茶馆的,生意非常好,忙不过来,还雇了好几个伙计。茶馆的后院一字排开,放着三四口大水缸,每口缸都能装十来担水。有一年,接连几天发生了同一件奇怪的事儿,明明头天傍晚雇人,将每口缸都挑得满满的,可第二天天不亮起来烧开水时,发现缸里一滴水都没有了。起先,家里人以为是水缸缸底漏了,翻过来看看都完好无损。咦?这就奇了怪了,水弄哪去了呢?无奈之中,只好手忙脚乱地再赶紧雇人去挑水,耽误了很多事。连续几天都是这样,他的爹爹有些急眼了,发誓要把真相搞个明白。这天傍晚,他照例雇来挑水的,将院中的每口水缸都挑得满满的,随后怀里抱根木棍,

一屁股坐在廊檐底下的台阶上，打算守上一夜，看看这水到底是怎么没有的。半夜过去了，院子里一点动静都没有，敲过四更了，院子里还是一点动静都没有，快到五更天，就在他迷迷糊糊刚要睡着的时候，远处隐隐约约传来一阵"晃啷晃啷"的声音，他警觉地"噌"地一下站起身来，并握紧了手中的棍子。仔细一听，那声音好似从半空中传来的，他就紧盯着院子的天空。说时迟那时快，"晃啷晃啷"的声音由远而近，瞬间就到了院子的上空。他注目一看，原来是一条龙，那龙摇头摆尾在朦胧的月光中，浑身上下闪烁着耀眼的光亮。就在他目瞪口呆之时，那龙已俯下身子开始吸水缸里的水。这时，他也醒悟过来了，紧跑几步，用手中的木棍向那龙打去。那龙机警得很，见有动静翻身腾空而去，但那龙尾一摆，尾巴梢子还是碰上了木棍。"哗——"院子里顿时下起了一阵铜钱雨，铺满了整个院子。他爹爹起先以为是龙身上的鳞片，捏起来一看，全是黄灿灿的铜钱。他连忙叫醒家人起来拾铜钱，家人们个个惊喜万分，足足拾了两笆斗。事后，家族中的长辈跟他爹爹说，你看到的那是金钱龙，财神的化身，就是给你送财来的，也是你命里注定只该得这些铜钱，要是一棍打中了龙头，落下来的可都是金元宝，那就发大财喽！

采 录 人：汪洋，男，寿县正阳关镇人，退休教师
采录时间：2021 年
采录地点：正阳关镇

金 砖 传 奇

说的是民国年间，正阳关大码头巷里住着高、曹两家，平日里相处十分融洽，尤其是两家的孩子，整日形影不离、亲密无间，好得就差同穿一条裤子了。

一天，两家的孩子又一同欢天喜地地跑出西门外，到西大滩上玩耍。玩什么

呢？玩拍老窑。什么是拍老窑？就是一群孩子有序地坐在沙滩上，将四周的沙子往自己面前拢，拢成一堆后，再用两只手有节奏地去拍，拍成一个窑状，拍的时候还伴唱童谣："拍老窑，拍老窑，刮风下雨都来瞧……"一时间，银铃般的童谣声，伴着有节奏的拍打声，激越柳林，震荡沙滩，最后落在银光闪闪的河面上，煞是有趣！

拍着拍着，高家孩子的手触碰到沙里的一块硬物，挖出来一看，是一块十分规整的长方形的石头，隐隐中闪着金光。这高家的孩子不知道是什么东西，想也没想就随手递给了身旁的曹家孩子，让他看看是什么。这曹家的孩子比高家的孩子大了几岁，接过东西只看了一眼，便眼疾手快地揣进了裤兜里，随后捡起地上的一块石头扔进河里，说："一块破石头，要它干什么？"高家的孩子一见，顿生怀疑，哭着和曹家的孩子吵了起来，可东西已被扔进了河里，再吵又有什么用呢？最后，两个孩子闹了个不欢而散，各自回了家。

再说，这高家的孩子虽然年龄小些，但也蛮聪明的，晚上睡在床上左思右想，越想越不对劲，那明明是一块金砖，他为什么把它扔进河里呢？于是，翻身下床悄悄地摸到曹家门口，顺着门缝一看屋里闪着金光，但看不到闪光的东西搁哪来，一连观察数天，都是如此。高家的孩子更加坚信，自己挖出来的肯定是金砖，而且被大他几岁的曹家孩子匿起来了。他越想越气，又不敢告诉大人，茶饭不思多日后，竟变得神神道道的，搁现在讲是患了抑郁症。

高家的大人看见孩子不对劲，自然要追问是怎么回事。孩子这才把事情的来龙去脉和盘托出。大人一听火冒三丈，一心疼孩子，二心疼金砖，便去找曹家要。曹家自然不给，官司就打到了县衙。一日，县长来到正阳关，在警察局亲自审理这个案子。高家的孩子陈述完事情的经过后，曹家的孩子说："他讲得不对，那根本不是什么金砖。"这时，县长说了："金砖银砖，你拿出来让局长和俺看看。"曹家的孩子说："那是一块石头，被我扔到河里头去了。"县长又说了："砖头石头，你不该扔到河里头！"就这样，公堂之上，高、曹两家公说公有理婆说婆有理，闹得县长也没法决断，最后只得判定：曹家三年之内，不得在正阳关买田置地。

据说，这曹家也老老实实地遵守了这一判决，但三年后，他家还是从正阳关搬走了，在外地又是买田又是置地。

讲 述 人：杜新华，男，曾任寿县公安局丰庄镇派出所教导员
采 录 人：汪洋，男，寿县正阳关镇人，退休教师
采录时间：2023 年
采录地点：正阳关镇

就差这一点

  从前，镇子上有个穷困潦倒的私塾先生，虽然生活十分清苦，但张口之乎者也，仪表更是丝毫马虎不得，一件补丁摞补丁的大褂子总是浆洗得干干净净，熨烫得平平整整，出门的时候，瓜皮帽、长背带布包、文明棍，一样也少不了。这先生是老正阳关人，自然习惯于"早上皮包水，晚上水包皮"的那种慢悠悠的生活。
  一天早晨，他照例一步三摇地去茶馆喝茶，进去后一摸口袋，发现兜里那点钱付了茶钱后，剩余不了几文，小笼包子是万万吃不上了。于是，他就出门买了一块烧饼，转身回到茶馆坐下，一边喝着茶，一边细嚼慢咽地吃着烧饼。可吃完后，他舔嘴抹舌觉得没饱。突然，他发现桌子上掉落了许多烧饼上的芝麻，想视而不见，但又觉得可惜；想捡起来吃了，又怕别人笑话。于是，他伸出手，假装用手指蘸着茶水在桌子上写字，写一笔往口中蘸一下，不一会儿，桌上散落的芝麻全数进了他的口中。正要起身走时，发现桌缝里还夹着一粒芝麻，于是，先生先是摇头，做出一副思考的样子，随后一拍桌子："原来就差这一点啊！"那芝麻应声从桌缝里蹦了出来，先生眼疾手快地用手指将它按住，瞬间送入了口中……

采 录 人：汪洋，男，寿县正阳关镇人，退休教师
采录时间：2021 年
采录地点：正阳关镇

开水下面,翻花打蛋

这是一个关于傻女婿的故事。傻女婿得了儿子,高兴得屁淌①,跑到丈母娘家去报喜。回来的时候,丈母娘给了他一篮子挂面和鸡蛋,临出门还千叮咛万嘱咐:"你把这篮子挂面和鸡蛋带回家,好好伺候月妈子,每天都给她下碗挂面,打几个鸡蛋,一定要记住了,开水下面,翻花打蛋!"傻女婿傻乎乎地问:"那什么才叫开水?什么才叫翻花呢?"丈母娘是哭也不是,笑也不是,但还得耐着性子跟他解释:"你听到水哗哗响,那就是水开了。你看到水直冒泡,那就是翻花了。"傻女婿听后连连点头说:"知道了!知道了!"说完,拎着篮子一溜烟地走了。

快到家了,在经过一个沟缺子的时候,傻子听到一阵哗哗的响声,低头一看,水流得正欢。忽然,他想到了丈母娘的话:开水下面。哟,能下面条了!连忙蹲下身子,拿出挂面就往水里下,水哗哗地响,傻子就不停地下。很快,半篮子挂面全被傻子扔进水里了。面条引来了无数的小鱼前来抢食,一时间水面上翻花冒泡。这时的傻子又想起了丈母娘的交代:翻花打蛋。这不是该打鸡蛋了吗?连忙把鸡蛋一个接一个地往水里面打。很快,半篮子鸡蛋也全都进水里去了,这时的傻子如释重负般地站起身,拎着空篮子往家走去。

回到家,傻子一进屋就把老婆拽起来了:"走,走,赶紧吃饭去?"老婆不解地问:"你不才进门吗?好盏子②烧的饭?"傻子认真地说:"回来的时候,我在沟缺子旁边烧的。"老婆更加不明白了:"沟缺子怎么能烧饭呢?"傻子自豪地说:"俺都是按丈母娘讲的去做的,她对我讲开水下面,翻花打蛋,我看沟缺子的水哗哗地响,还一直翻花冒泡,就在那里下了面、打了蛋。"老婆看着傻子手里的空篮子,什么都明白了,气得拍着床边子直叫:"我的妈吔,我怎么摊上你这货?你要不傻我是乖乖!"

注释:

①屁淌:至极。

②好盏子：什么时候。

采 录 人：汪洋，男，寿县正阳关镇人，退休教师
采录时间：2021 年
采录地点：正阳关镇

懒 汉 传 奇

从前，镇子上有一家三口都很懒。

丈夫懒到什么程度呢？懒到日挣日销，也就是挣一口吃一口，身无分文，更无隔夜粮，穷得家徒四壁，连贼都不上门。更厉害的是，他活到三十多岁，从未洗过脸。

俗话说："不是一家人，不进一家门。"懒汉娶了个老婆也够懒的，这么说吧？从进门那天起，她就从未刷过锅、洗过碗、扫过地……家里糟蹋得跟鸡毛房一样。当然喽，为了活下去，饭还是要烧的。

俗话还说："龙生龙凤生凤，老鼠生来会打洞。"夫妻俩的儿子，比两口子还懒，五六岁了还不会自己吃饭。一天，夫妻俩想去趟孩子姥姥家，但都懒得带孩子同去，因为一路上要背要抱的，谁都不想干。于是临走前，女的做了一个大圆馍，中间挖了个洞，套在孩子的脖颈子上。可是七天后回到家一看，懒儿子还是饿死了。原来，他只把面前嘴够得着的馍馍吃掉了，两边和后面的动都没动，他懒得连头都不愿扭啊！

有一天，一个不开眼的小偷，可能是外地的，也可能是穷急了眼，半夜时光顾了懒汉家，蹑手蹑脚地在屋里转了一圈，啥都没有！可贼不走空，临出门时顺手把他家的锅给揭走了。这时，躺在床上的懒汉急了。原来，这懒汉从贼一进屋，他就看见了，一是放心大胆，家里没有什么可偷的；二是他实在懒得起身，更懒得喊一声。

一看贼把锅拎走了,以后指望什么做饭呢!翻身下床,随后就追。撵到巷口子,眼看要追上了,小偷从怀里掏出一把刀,回转身来,朝着懒汉的脸砍去,懒汉把脸一偏,但还是被削掉了一块。懒汉用手摸摸,咦!没伤着皮肉。原来,他天天不洗脸,脸上的泥灰结了厚厚的一层,被砍下来的是一块泥巴。小偷不知道啊!一见这人刀枪不入,吓得丢下锅,仓皇逃去。

懒汉拎起地上的锅喜滋滋地回到家,进门一看,锅没被偷走啊!他站在原地想了想,立马捂着嘴偷着乐了。原来,长期不刷锅,小偷揭走的是锅上结的那层厚厚的锅巴。这时的懒汉大喜过望,看看手里拎的锅巴,心想:这锅巴够吃两天的喽,明天又不用去干活了。想到这,他怀抱锅巴往床上一躺,呼呼大睡。

采 录 人:汪洋,男,寿县正阳关镇人,退休教师
采录时间:2021年
采录地点:正阳关镇

柳　　娘

传说,很久很久以前,正阳关东门外住着一位识文断字、温文尔雅、举止不凡的老先生。此人平时很少与人交往,所以大家都不知他姓甚名谁。因他居住在一大片柳林的深处,人们便称他为柳先生。据说,这位柳先生曾中过进士,当过县令,但不知所因何事辞官不做隐居于此。这位柳先生夫人早逝,也未续弦,膝下只有一女名唤柳娘,父女俩平素以耕读为乐,过着与世无争的清贫生活。

话说这柳娘生得眉清目秀、端庄俊俏,自幼聪慧过人,在父亲的谆谆教诲下,不仅知书达礼,而且琴棋书画、一应女红样样精通,街坊邻居无不称赞她是个才女,柳先生更是把女儿视为掌上明珠。这柳娘平日里大门不出二门不迈,但与邻居甄生,从小青梅竹马,相处甚欢。这甄生虚心好学,常到柳家向柳先生求教,也与柳娘一

同吟诗作对。在柳先生的帮助下，甄生的学问长进很快，渐渐文采出众，在与柳娘的交往中也暗生恋情，终于有一天，二人私订终身，许下誓言，此生此世永不分离。

转眼到了大比之年，甄生踌躇满志地辞别柳先生和柳娘进京应试。临行时，柳娘依依不舍地把甄生送至淮河古渡口，千叮咛万嘱咐："如若金榜题名，务必速派快马回来报喜，也让奴和你共同分享欢乐。"甄生频频点头称是。

甄生来到京城应试，果然不负众望，一举蟾宫折桂，中了头名状元。此时的甄生正值少年英俊、风流倜傥、春风得意之时，攀贵者自然整日盈门、络绎不绝，他也一时间沉浸于迎来送往的喜庆氛围之中，把回家报喜之事抛到了九霄云外。

柳娘在家，整日寝食难安，日夜盼望甄生的喜讯，可是望穿秋水，也不见报喜人的身影。柳娘担心甄生没有考中，柳娘还担心甄生病卧他乡……焦躁不安之中备受相思之苦。柳先生见女儿日渐憔悴，一边好言宽慰，一边提出另外择婿完婚，柳娘至死不从，柳先生只好作罢。

光阴荏苒，一晃两年过去了，甄生仍然杳无音讯。柳娘请求父亲让她进京寻找，柳先生不忍让独生女只身一人，千里迢迢外出，便命老家人柳忠进京探个明白。柳娘当即写了一封书信，交与柳忠。

柳忠进京后，很快打听到甄生中了状元后，已在翰林院任职，立刻前往翰林院求见。可恰逢甄生外出，柳忠只得留下柳娘的书信，又暂回旅店等候。

甄生回府，拆开了柳娘的书信，只见信中只有"一二三四五六七八九十"十个数字，别无只言片语，百思不得其解之下，独自到长街找一算卦先生破解书信之谜。算卦先生琢磨片刻道："此信中暗含着一首诗谜。"甄生惊奇，愿闻其详。先生解释道：上长街去卜卦（上去卜为"一"），问苍天人在谁家（天去人为"二"）？恨玉郎无一点知心话（玉无点再去一直画为"三"）。抛弃奴欲罢不能（繁体罢去能为四）！吾只得装口哑（吾去口为"五"）。论交情我俩不差（交去叉为"六"），你为何皂白不分（皂去白为"七"），分别后自到京城享荣华（分去刀为"八"）。抛得奴病恹恹手无力（抛去手去力为"九"），思想起，心问口，口问心，你讲的全是假（思去口去心为"十"）。

算卦先生的一番破译，深深触动了甄生内心的痛楚，想到柳娘对自己的一往情深，良心发现，实在对不起柳娘的一片真情，当场泣不成声，继而转身回府，立即辞官归里与柳娘完婚团聚。

讲 述 人：李福均，男，曾任寿县正阳关镇党委副书记、镇长
采 录 人：汪洋，男，寿县正阳关镇人，退休教师
采录时间：2022年
采录地点：正阳关镇解阜社区

六 个 银 人

相传，民国年间的一年冬天，天寒地冻，天气异常寒冷。这天傍晚，大雪纷飞，河下渡口行人稀少，一只渡船停在河对岸小寺台子渡口很久了，也没见车马行人。渡工被冻得实在招不住了，准备空船划回正阳渡口。忽然，漫天大雪中冒出一群人来，仔细一看，一共六个，个个穿着孝袍子，也不言语，径直登上渡船。船工操起双棹，掉转船头稳稳地把船划到对岸。渡船停靠码头后，六人依次下船上岸，但没有一个人提给渡钱，就向镇内走去。渡工连忙在他们身后喊道："哎，哎，渡钱还没给呢！"六人中有一人头也没回地说了句："到镇上找皮家要去。"言罢，消失在鹅毛大雪之中。

第二天上午，渡工来到皮家商行讨要渡钱。皮老爷一听，不禁一愣，但那只是瞬间的事，就连站在眼前的渡工都丝毫没有觉察到。随后，皮老爷笑呵呵地吩咐柜上加付一倍。渡工拿着两倍的渡钱，喜滋滋地走了，商行里就像什么事也没发生一样，依旧有条不紊地忙碌着。下午，皮老爷到库房点验货物，门一开，眼前一片银光闪闪，循着那银光走去，只见库房的角落里，整整齐齐地躺着六个银人。随从惊异得目瞪口呆，而皮老爷想起上午的事，心中顿时什么都明白了。他依旧十分平静地吩咐家人，请来一个银匠，逐个锯掉了六个银人的脚。为什么要锯掉脚呢？因为这样，银人就跑不掉了。

据说，皮家得了这六个银人，有了底气，此后发动正阳关所有皮姓商行融资，沿

着停工的赵家桥桥头,接着修了十一孔皮家大桥,造福百姓,这就有了以后的"皮家大桥接着修"的故事。

讲 述 人:杨永宽,男,寿县正阳关镇人,退休干部
采 录 人:汪洋,男,寿县正阳关镇人,退休教师
采录时间:2022 年
采录地点:正阳关镇解阜社区

鲁班庙的和尚——吃灰

在正阳关众多的方言土语中,有一句老话叫"吃灰"。小时候常听一些老人教训自家的孩子:"你不好好念书,也不好好干活,你以后指望什么?吃灰!"这个"吃灰"还确有其事,而且在正阳关还有一个歇后语,叫"鲁班庙的和尚——吃灰"。

先说说这鲁班庙。我们都知道,过去正阳关有七十二座半庙宇,传言中,其中的三十六座集中在南门外。听老正阳关人说,明清时期的南门外的八坊街、苍沟旁,不仅青石板街巷首尾相连,而且庙宇林立,如火神庙、老大王庙、南堤大王庙、水月寺、土地庙、古刹庵、尼姑庵……几乎抬头相望,墙檐相接。那时候,苍沟舟市的灯红酒绿不亚于金陵秦淮河。从苍沟至清水河河口的河面上,终日泊满了大小商船及竹木排筏,到庙里敬香还愿的香客,更是络绎不绝,座座寺庙的香火都十分旺盛,其中当然包括鲁班庙。而就在鲁班庙的附近,大小船厂一家挨着一家,苍沟岸坡上船台密布,拉锯的、排船的、砸麻板的、捻船的……工匠们整日忙忙碌碌,修船业、造船业异常兴旺。而无论是修船还是造船,都要捻船,捻船就要碾灰,恰好鲁班庙的院子里就有一巨大的碾盘,船工们就都到那里去碾灰。这个碾灰可不一般,石灰风化后和上豆油,板结成块后再放在碾子上碾,这样的灰砸出的麻板才好用,修出的船也才结实。由于修船、造船的多,到庙里碾灰的就多,大家碾好后自然也不

会白用,都丢下三五个铜钱。一时间,庙里仅这一项收入就十分可观,足够日常用度。这样,就有了"鲁班庙的和尚——吃灰"这句歇后语。

采 录 人:汪洋,男,寿县正阳关镇人,退休教师
采录时间:2021 年
采录地点:正阳关镇

卖鱼的和卖糟的

话说,一天清晨,卖鱼的和卖糟的都早早地来到了菜市场,可他俩不知怎么就鬼使神差般地蹲在了一起。卖鱼的吆喝一声:"卖鱼喽!"卖糟的跟着吆喝一声:"糟!"有人本打算买鱼的,一听"糟",啊!鱼都糟了,那还买什么?扭头就走。就这样,卖鱼的吆喝一声"卖鱼喽",卖糟的就吆喝一声"糟",害得卖鱼的时近中午,一条鱼也没卖掉,眼看着原本鲜活乱蹦的鱼真的就要糟了,卖鱼的有些急眼了,怒不可遏地正要跟那个卖糟的理论一番,忽又被香味扑鼻的酒糟吸引了。他静下心来思忖片刻,随后掏钱买下了卖糟的所有酒糟,然后急急忙忙地收摊回家了。他的这一举动,倒是把那卖糟的弄得丈二和尚摸不着头脑了。

卖鱼的回到家后,将没卖掉的鱼洗净、切成块,放在一旁晾着,转身回屋拿出一个陶罐,先在罐底铺上一层酒糟,然后将切好的鱼块放入罐中压紧,接着又在上面放上鱼块,再铺上一层酒糟,如此反复多次,将所有的酒糟和鱼块都混合压在一起,最后倒入没过鱼块的白酒,用一块布将罐子严严实实地密封好。

大约过了半个月,卖鱼的将鱼块取出来一盘红烧,哇,满屋飘香!尝一块,鲜美无比!从此,菜市场里就多了一道美食——糟鱼。无论是蒸着吃,还是红烧吃,人们都能享受到它那独特的美味。从此,卖鱼的再也不卖鱼了,专门制作糟鱼,产品供不应求,很快发了家。当然,他也没忘好好地感谢卖糟的一番。事情有时就是这

样,退一步海阔天空并非虚言,坏事变成好事也时常出现。

采 录 人:汪洋,男,寿县正阳关镇人,退休教师
采录时间:2022 年
采录地点:正阳关镇

年三十晚上的敲门声

小时候过年,年三十晚上陪着大人一起守岁,听过这么一个故事,至今记忆犹新。

老人说,明朝嘉靖年间,镇子上有一户姓张的穷苦人家,日子过得相当艰难。这年的大年三十晚上,一家人把院门插上,热热闹闹地吃起了年夜饭。旧时的正阳关有一个风俗,吃年夜饭时,最忌讳家里来人,所以都把门插上。怕什么就来什么,正吃着呢,外边响起了敲门声。张老汉说:"别管它,吃我们的,也许是风刮的。"大家又开始吃饭。这时,又响起了敲门声,儿子张龙放下筷子说:"我去看看。"说着来到院子里,高声问道:"谁啊?"门外传来了一阵微弱的声音:"求求好心人,帮我一下吧!唐突之处,还请见谅。"张龙听门外之人说话客气,不像坏人,便打开了院门,只见台阶上趴着一人,浑身上下水淋淋的,冻得直发抖。他赶紧上前搀扶,手刚碰到膀子,那人痛得哎呀一声惨叫,原来是膀子断了。他赶紧把那人背到屋里,先拿来自己的袄子给他换上,又端来一碗热汤。很快,那人脸上渐渐有了血色。原来,此人是附近集头子上的一个商人,下午,他在镇上进好货,赶着马车急匆匆地往家里赶,原本算好了不会耽误过年,谁知慌乱中,马车掉落桥下,车摔碎了,马摔死了,他也摔晕了过去。等到他醒来,已经是晚上,好不容易从桥下爬上来,看见张家的灯火,才来敲门求救。幸运的是,张老汉擅长治疗跌打损伤,当即帮他把骨头接上,涂上药粉,然后又用柳枝固定好,还邀他一起吃了年夜饭。饮酒间,商人问道:

"大叔,你有治疗跌打损伤的医术,怎么不开一个医馆呢？凭你这手艺,不愁吃喝啊！"张老汉笑着说:"我也想啊,可哪来的钱租门面呢？"商人点点头。

第二天一大早,张龙来到桥下,把马车上的货搬了上来,然后在镇子上雇了一辆牛车,送商人回家。商人一到家,立马拿出一锭银子表示感谢,张龙坚决不要,说:"人与人相互帮助,那是应该的,怎么能做点事就要钱呢？"商人拗不过他,只好由他去了。

转眼三个月过去了,商人再次来到了张家。此时,他的膀子已完全好了。走进院门,商人扑通一声跪在了张老汉爷俩的面前,动情地说:"恩人啊！要不是你们出手相救,说不定我早就死了。刚才来的时候,我在镇子上买了一座带门面的宅院,你们搬去住吧。门面房还可以开一家医馆。"说着拿出房契,就往张老汉手里塞。张老汉说什么也不要,商人诚恳地说:"滴水之恩,当涌泉相报,更何况你们救了我的命。你要是不要,我就跪在这里不起来了。"张老汉只得接受了商人的一片好意。从此,张家人搬进了高门大宅,还开了医馆,日子渐渐地"芝麻开花——节节高"。

采 录 人：汪洋,男,寿县正阳关镇人,退休教师
采录时间：2023 年
采录地点：正阳关镇

宁死当官的老子,不死要饭的娘

小时候,常听镇子上的老人们无不感慨地说:"宁死当官的老子,不死要饭的娘。"好长时间都不明白这句话的意思。直到有一天,听了下面这个故事,才明白了这句俗语的真谛。

从前有个壮汉被官府抓了壮丁去了边关,家中留下年迈的父母、年轻的媳妇和幼小的儿子,四口人全指望着媳妇到大户人家打点零工度日,日子过得十分艰难。

没过多久,在贫困交加中两位老人相继去世,媳妇无奈,只好变卖了全部家当安葬了老人。随后,苦命的娘俩无家可归,生活无依,母亲积劳成疾,成了病秧子,连做佣人都没人要了,只好抱着孩子白天沿街要饭,晚上就住在破庙里。可怜那孩子,三四岁就沦为了叫花子,但风来了,有娘挡着;雨来了,有娘遮着,肚子饿了,有娘去乞讨;衣服破了,有娘替他缝补……在娘的呵护下,孩子渐渐长大成人。

突然有一天,孩子的父亲衣锦还乡,此时的他因守卫边关战功赫赫,已经身居高官。昔日的叫花子,子因父贵,立马身价百倍,成了让人羡慕的公子哥。谁知天有不测风云,人有旦夕祸福,公子的好日子才刚刚开始,他的娘就一病不起,虽经多方医治,但最终还是因身心交瘁,没过多久就离世了。公子的老子呢?因享受皇家俸禄,自然是富贵有余,荣华不尽,续弦更不是什么难事。果然,妻子尸骨未寒,他就娶了一个沉鱼落雁的大家闺秀。两口子恩恩爱爱,第二年又生下一子。从此,后妈不待见公子哥了,公子哥的老子在枕头风的不断吹拂下,也开始逐渐讨厌大儿子,以至于后来发展到对自己的亲骨肉动辄恶语相向,间或拳脚交加。那公子哥日渐吃不饱、穿不暖,没人疼、没人爱,尝尽了人间痛苦,常常在深更半夜以泪洗面,思念那死去的要饭的娘。在日复一日的悲痛中,公子哥积郁成病,最终一命归西,临死前撕心裂肺地狂吼了一声:"宁死当官的老子,不死要饭的娘啊!"

采 录 人:汪洋,男,寿县正阳关镇人,退休教师
采录时间:2022 年
采录地点:正阳关镇

农夫奇遇记

金鸡坟,熟悉正阳关的人都知道,它位于五里铺子下面、农场畜牧队的旁边,过去是古镇大户李家的祖坟地。金鸡坟里有金鸡,在正阳关更是人尽皆知,美丽的传

说、怪异的故事，多了去了。

相传很久以前，一天清晨，也就是五更天吧，天还不大亮，一个农夫赶着牛在金鸡坟坎子底下耕田犁地。不知什么时候，从坟地里钻出一只老母鸡，身后还带着一群小鸡。或许是新翻出来的土里有虫子，这群鸡老是跟在这农夫的身后。老母鸡带着小鸡，不停地叫。农夫有点烦了，自言自语地说："谁家的鸡？这么早就出来了！叫，叫，叫，我看你叫！"说着，一鞭子甩向身后的那群鸡，不偏不倚打死了其中一只小鸡。老母鸡见状，扑扇着翅膀向农夫扑过去，在他的腿上啄了一口，随后带着其他小鸡跑回了金鸡坟。

天大亮了，农夫才发现打死的原来是一只金鸡，他大喜过望，兴高采烈地把金鸡捧在手心里，高高兴兴地回了家。可是刚到家，他腿上被母鸡啄的那个伤口就开始发炎了，而且眼见着越来越严重，流血流脓，不一会儿，人就奄奄一息了。全家人焦急万分，惊慌失措地抬上农夫，带着金鸡赶到镇子上。他们先到一家钱庄把金鸡卖了，然后来到一家医馆，用卖金鸡的钱医治农夫的腿，等钱用完了，这农夫的腿也好了。

采　录　人：汪洋，男，寿县正阳关镇人，退休教师
采录时间：2022年
采录地点：正阳关镇

凭　心

滴水之恩，当涌泉相报；不怕千招会，就怕一招精。由这两句俗语，我想起了老正阳关的一个民间故事。大约是在咸丰年间，一个冬天的早晨，正阳关南门外苍沟边的一家船行，行腿子[①]清早开门的时候，发现一衣衫褴褛、蓬头垢面的少年倒卧在门口的雪地里，上前一摸，胸口间还有一丝热气。行腿子慌忙告诉了老板，老板

叫人赶快把少年抬进柴房,又给灌了一碗米汤。渐渐地,少年苏醒过来。询问后得知,少年是孤儿,从河南一路逃荒到的正阳关。这船行老板也是心善之人,见少年无家可归,怪可怜的,就将他收留了下来,因其年龄小,所以让他在厨房帮帮忙。此后,这少年就生活在了船行大院里,和一帮行腿子也慢慢混熟了。大家有事没事地和这少年开玩笑:"你这命可是老板帮你捡的,做人要凭良心,干脆你就叫凭心吧!"少年笑着点了点头。以后,船行上下都叫他凭心,他也答应得十分爽快。

话说,当年正阳关习武之风盛行,其主要原因是:那时的古镇水运发达,是淮河流域著名的商贸重镇。镇子上商贾云集,灯红酒绿,三教九流包括各种社会团体,什么青帮、红帮、三番子、红枪会、黑社会、地头蛇等自然也充斥其间,抢码头、踢馆子、打架斗殴的事经常发生。人们为防身自卫,纷纷习武练功。这船行也是如此,七八个行腿子每晚都聚集在一起切磋武艺,看得凭心手痒心痒。可大家见他还是个孩子,加之身材瘦小、身体单薄,不是练武的料,都不愿教他。凭心则死磨硬缠,非习武不可。缠得急了,一天,一个行腿子在练武结束之际,顺手从劈柴堆里抽出一根劈柴,装模作样地左挥一下,右舞一下,然后一跺脚:去吧!手中的劈柴应声飞向远方,意思叫凭心就这样练吧!众人哄堂大笑,凭心则信以为真,捡回劈柴后,认认真真地每天照此练习。

转眼过了两年,一个风黑风高之夜,一蒙面黑衣人悄无声息地摸进船行院内,图谋不轨。事后得知,此人乃前些年在一次抢码头之战中,被船行老板打得落荒而逃之徒,这次来就是复仇,行刺船行老板的。瞬间,七八个行腿子一拥而上,将黑衣人团团围住。而那黑衣人也非同一般,仗着艺高人胆大,沉着冷静,出手凶狠,三拳两脚就将众人悉数打倒在地,然后转身准备扑向老板。就在这千钧一发之际,闻声赶来的凭心,纵身一跃挡在老板前面。黑衣人惊讶不已,竟然是一个小孩,手里拿的还是一根劈柴。凭心此时则不管这些,初生牛犊不怕虎,完全的一副拼命的样子。只见他将手中的劈柴左挥一下,右舞一下,也是呼呼有声,随后脚一跺,大吼一声:去吧!劈柴径直向黑衣人的脑门飞去。黑衣人一愣,还没明白过来是怎么一回事,头上就遭到重重一击,顿时鲜血四溅,不由得惨叫一声,双手抱头窜出院外。

第二天,有人在南堤清水河边发现一具黑衣人的尸体。当时巡检司也去验尸了,调查得知此人夜入民宅、挑衅行刺在先,同时数日不见家人报官,民不报官不究,草草掩埋了事,但故事流传了下来。

注释：

①行腿子：伙计。

采　录　人：汪洋，男，寿县正阳关镇人，退休教师
采录时间：2021年
采录地点：正阳关镇

破　嘴　话

老人们说，很久很久以前，镇子上有一个李木匠，心灵手巧、待人热情，就有一个毛病——爱说破嘴话。什么叫破嘴话呢？老正阳关人都知道，就是过去人们都忌讳的一些不吉利的话，包括那些虽然是实话，但听着不入耳、让人不舒服，甚至听了就生气的话。

快过年了，妻子锅上锅下地忙着蒸馍馍，李木匠优哉游哉地走进厨房。妻子连忙拿出一个刚出锅的热馍馍递了过去，李木匠接过咬了一口，随后脱口而出："这馍馍好像缺把火呀！"妻子白了他一眼，没搭理他。李木匠转了一圈，指着蒸好的馍馍又说道："蒸这么多，吃不了，就都坏掉了！"妻子气得一把把他推出了厨房："吃都堵不住你的嘴，去，去，有多远滚多远！"

其实，这还算不了什么，还有比这更厉害的呢！

一天，隔壁邻居家的孩子跑出去玩，天快黑了都没回来，街坊四邻都帮着去找，热心的李木匠闻讯自然也去了，临出门去找的时候，还不忘忧心忡忡地对孩子的父母说："是得赶紧找啊！现在正是涨水的时候，不要掉到河里淹死了！"事有凑巧，孩子那天还真是因为在河里洗澡出了意外。

从此，街坊四邻见了李木匠唯恐避之不及，谁还敢跟他聊天。妻子怕他在人前再信口雌黄，也跟他约法三章：不凑热闹，不叙家常，不出门做客……特别是哪家有

了大情小事，比如捞汤、吃喜面、喝喜酒……都是自己亲自前往。就这样过了几年，再也没有听到李木匠说过破嘴话。

一次，邻居高先生老来得子，喜出望外，大宴宾客，李木匠也在被邀之列。为了不失礼，再加上李木匠这几年都没说过破嘴话了，妻子就让他去了，只是再三叮嘱：在宴席上该吃吃、该喝喝，切记切记，一句话都不要说。李木匠倒也听话，酒席上自始至终，只管埋头吃喝，任凭人们叙得热火朝天，他也没插半句话。席罢，高先生热情地将众客人送至门外。此时，李木匠才如释重负般地长舒了一口气，他紧握着高先生的手说："高先生，我今天可是一句话都没说，以后你家孩子要是死了，该不会怨我了吧？"

采 录 人：汪洋，男，寿县正阳关镇人，退休教师
采录时间：2022 年
采录地点：正阳关镇

骑驴不知地走的

民间俗语，俗固俗矣，但若琢磨琢磨，也挺哲学的。比如，小时候常听老人讲的"骑驴不知地走的"，就充满了道理。那有驴可骑的人，不但能以驴代步，且驴身上配有鞍子、缰绳，人骑在上面既安全又舒服。想走快些，用小鞭子抽一下驴屁股；嫌走快了，就勒一下手中的缰绳。而那驴小颠步跑起来，脖子上的铃铛还晃啷晃啷的，人在驴上岂能不优哉快哉？可又有几个骑驴之人体谅赶脚人的辛苦呢？

讲到这，我想起了小时候从镇上老人那儿听来的故事。说是，有一天，镇子上一个姓赵的富商在脚行雇了一头毛驴和一个赶脚的，到乡下集头子上去收一笔账，路途说远不远，来回也就十来里地，可天气有些炎热。那富商一路"快驴加鞭"，骑在驴上自然快哉乐哉，那赶脚的苦不堪言了，跟着驴儿紧跑慢跑，不一会儿就大汗

淋漓、气喘吁吁了,不得已跟富商商量:"你下驴走两步,让我歇歇脚。"照理说,这骑驴之人本应体谅赶脚人的辛苦,不下驴也就罢了,他却时不时地还找那赶脚人的麻烦,不是嫌赶脚人跑慢了,就是嫌赶脚人一身汗臭,影响了他的形象。赶脚人一肚子怨气,可敢怒不敢言,都憋在了肚子里。好不容易回到正阳关,都进镇子了,就剩几步路,富商还是不愿下驴,非让赶脚的把他送到家门口不可,把个赶脚的气得鼓鼓的。就在这时,富商在驴上说话了:"明天还这个时候,我还雇你到集上去。"赶脚的眼睛一眨巴,满脸堆笑地说道:"明天恐怕不行了,家里有事。"富商不屑一顾地问:"你能有什么事?"赶脚的说:"俺家的驴下了一个牛犊子,老丈人说明天来看稀奇。"富商一听,在驴上笑得前仰后合:"哪有驴下牛犊子的?它应该下驴才对啊!"此时,赶脚的把一路上憋在胸中的怒火彻底爆发了出来,冲着富商愤愤地吼道:"我跟你想的一样,这个畜生怎么就不下驴呢?"

采 录 人:汪洋,男,寿县正阳关镇人,退休教师
采录时间:2023 年
采录地点:正阳关镇

棋 迷 父 子

20 世纪 70 年代,正阳关北外街有一对父子,儿子跟父亲一样,长了一脸的络腮胡子,显得比较老相。父子俩都爱下象棋,父亲习惯悔棋,儿子是个急性子。因此,下棋时他们常与人发生争执,街坊邻居都不愿和他们下,他们爷俩只好自己下。

一天,爷俩又在自家门口的街边摆下了棋盘。下着下着,不禁渐渐入迷,忘记了各自的身份。只见儿子手执大车,往父亲老帅旁一摆,随之大吼一声:"将你个老东西一军!"四周观棋者先是一阵愕然,紧接着个个掩嘴而笑。而其父此时正集中精力,疲于应付棋局,一时也没有觉察到儿子的语言有什么不妥,倒是想悔一棋。

儿子不许，两人争执起来。一时间，针锋相对、互不相让，眼看就要动起手来。这时，一过路的，不明就里，好心上前劝说："看你这老弟兄两个，也真是的，为了下盘棋，至于吗？"爷俩一听，先是一愣，总觉得这话有点不顺耳、不对劲。紧接着猛然醒悟，同时朝着过路人怒吼起来："谁是老弟兄？俺们是爷俩！"说着，儿子还抡起了拳头。过路人一见，好心办了坏事，红着脸，自讨没趣地走开了。而棋盘旁，笑瘫了一堆观棋的人。

还有一次，爷俩照例在门口的街边摆开了战场。但令人称奇的是，这次许久没有听到父子俩争执的声响。有好事者探头观望，见棋盘倒在地上，棋子散落一地，但就是不见人。走近门口一看，原来他们在门后的角落里扭作一团，父亲骑在儿子的身上，正从他的嘴里往外掏棋子呢！而儿子虽然是急性子，但此时不敢出声，因为他知道，一出声就要张嘴，一张嘴嘴里的棋子就要被掏走，棋子若是被掏走，父亲必然悔棋，他一悔棋自己必输无疑。街坊四邻一见这种情形，都笑得捂着肚子蹲在了地上。

我还清楚地记得，给我讲这个故事的老者，在讲完了这个故事后，还笑着感叹了一句："唉！下棋本是有内涵、充满智慧的休闲娱乐活动，但把棋下到这个程度，也是憨得可爱！"

采 录 人：汪洋，男，寿县正阳关镇人，退休教师
采录时间：2021 年
采录地点：正阳关镇

巧 治 师 爷

明清时期，凡镇市关隘要害处俱设巡检司，正阳关系中华名关，所以从明成化元年之后就设有巡检司，巡检为主官正九品，归县令管辖，主管治安巡逻、防盗抓

贼,相当于现在的派出所所长。清光绪年间,正阳关巡检司的巡检叫柳中林,因是花一千大洋捐来的官,他便决心在任内把花的这些人事钱加倍捞回来。于是,他大肆盘剥百姓,搜刮地皮,甚至连大王庙里老百姓存放的棺材都不放过,最终上演了"大王庙里抢棺材"的闹剧。东窗事发后,柳中林在一片骂声中,夹着尾巴溜出了正阳关,据说是跑到南京去了。

话说,当年柳中林有一手下,姓张名三,为虎作伥,专为柳中林出谋划策,人送外号"张师爷"。柳中林倒台后,树倒猢狲散,这张师爷也丢了饭碗,因肩不能担担,手不能提篮,一时间落得个穷困潦倒。加之他没有志气,应了古镇的那句老话:人一穷就堆了,人一堆就尿了。整日里浑浑噩噩,骗吃骗喝,出尽了洋相。比如,他见一户人家在炕南瓜角子,便闻着香、觍着脸过去了。可人家不搭理他,他也不好意思拿起来就吃啊! 他只能流着口水,眼睁睁地看着。忽然,主人说话了:"哟,这不是张师爷吗? 你这是要到茶馆喝茶去啊,还是下馆子去啊?"张师爷明明知道这是在讥讽他,此时也顾不得那么多了,装作没听清似的说:"什么? 你让我尝尝这南瓜角子? 好,好,我尝尝。"说完,抓起一把,一溜烟地走了。

渐渐地,这张三在镇子上落了个人人嫌。但他旧习不改,每当变卖了一部分家产后,仍然人模狗样地下茶馆、下酒馆。茶馆嘛,他去得最多的还是买卖街上的那个王家茶馆。殊不知,这茶馆的王老板早就恨透了他。原来,这王老板早年曾和一富商发生过纠纷,案子就是柳中林审理的。可审来审去,原本赢定了的官司,最后输了,白白地赔上了许多银子。后来听说,就是这个张师爷从中作的梗,他牵媒拉线,让柳中林得了富商许多银子。只不过这张师爷早把这事忘了,依旧嬉皮笑脸地每天到这茶馆里喝茶。可人家王老板没忘,时刻在心里谋划着怎么治治这张师爷。这就叫:可怜之人,必有可恨之处! 后来,王老板发现这张师爷眼神不大好,搁今天讲就是高度近视眼。还有这张师爷每天到茶馆,都坐在一个固定的座位上,因为这张桌子靠墙,墙上有颗钉子,好挂他每天背的那个布包。据说,那个包里装着他的传家之宝——一个唐朝的酒壶。因为这张师爷如今失去了权势,他怕宝物放在家里被人偷了,便每天带在身边。

这天,王老板估摸着张师爷快要来了,便偷偷地拔去了墙上的那颗钉子,但白墙上依旧留着个黑窟窿眼。时辰不大,张师爷果然来了,走到桌子旁照例取下身上的包,对着那个黑窟窿眼挂去。不料想,手一松,布包掉在了地上,"哗啦"一声,里面的古董摔得个稀烂,把个张师爷心疼得一屁股坐在地上,好久都没缓过神来。此时的王老板,倒是觉得心理平衡多了。

又过了几天,王老板刚开门,家里的老母鸡飞到桌子上拉了泡溏鸡屎,王老板刚要打扫,见是张师爷每天必坐的桌子,便把手又缩了回去。过了一会儿,张师爷来了,隐隐约约地见桌子中间有东西,便问:"王老板,这桌子上是什么?"王老板故意装结巴:"溏……溏……"张师爷一听是"糖",抓起来就往嘴里塞。这时,王老板的最后两个字才出了口:"鸡屎!"

采 录 人:汪洋,男,寿县正阳关镇人,退休教师
采录时间:2022 年
采录地点:正阳关镇

如 此 拜 寿

清朝的时候,正阳关镇子上有个姓刘的财主,富得冒油。膝下三个如花似玉的女儿,大女儿嫁给了盐厘局的一个官员,二女儿嫁给了巡检司的一个官员,三女儿嫁给了商行的一个管账先生。这三女婿职位虽没有大女婿、二女婿风光,但顶会算计。俗话说,一张床上不睡两样人。三女儿嫁过去后,耳濡目染也学会了算计。

话说这一年,快要到刘财主的六十大寿了。刘财主不缺钱,为了能让自己的寿辰既风风光光,又与众不同,还能找点刺激,他突发奇想,让下人去通知三个女儿,在他六十大寿那天,谁献的寿礼能让他"啊呀"一声,他就给哪个十两黄金。

很快,刘财主的寿辰到了。大女婿首先献礼,当他打开寿盒时,只见满屋闪着金光。原来,大女婿为了讨得老丈人的欢心,花了五两金子,专门找能工巧匠定制了一个做工精细、光彩夺目的镀金寿桃。当然,他的想法是,只要老丈人惊呼一声,他不但能讨回本钱,还能赚得五两金子。谁知刘财主看了大女婿的寿礼,是惊呼了

一声,但只是发出了一声"啊"的感叹,后面没有"呀"!按照提前定好的规则,大女儿和大女婿只好悻悻退下。

轮到二女婿和二女儿的了。他们打开寿盒以后,也确实让刘财主眼睛一亮,不禁发出了"呀"的一声感叹:这二女婿、二女儿也太会拍马屁了!寿盒里竟然躺着一只金光灿灿、栩栩如生的金鼠。原来,这二女婿、二女儿和大女儿、大女婿的心思一样,为了讨得老丈人的欢心,知道老丈人属鼠,两口子经过精心商讨,花了五两金子找银匠铸了一只金鼠,心想:只要老丈人见了"啊呀"一声,他们不但能讨回本钱,还能赚得五两金子。可惜老丈人只是"呀"了一声,没有发出"啊"音,二女婿和二女儿也只好怏怏不乐地退到一边。

该小女婿和小闺女献礼了。刘财主知道三女婿家没有大女婿、二女婿那么富有,也不可能给自己带来什么好东西,于是不屑地问小女婿:"你们给我准备了什么寿礼啊?赶快拿出来让我看看吧!"小女婿连忙笑眯眯地从怀里掏出一个罐子。刘财主一看,不就是一个破盐罐子吗?至于虚张声势地用红布封口,还扎得严严实实的吗?没有办法,刘财主只好去解那绳子,谁知他刚把那罐子打开,突然从里面飞出一群马蜂,其中有好几只飞到了刘财主的手上和脸上。顿时,刘财主被蜇得一个劲儿地"啊呀,啊呀……"这时候屋里就乱了,当众人都纷纷上前驱赶马蜂时,小女儿却镇定自若地站在旁边,一边听着自己老子痛苦的"啊呀"声,一边掰着手指头子认真地数着:"十两、二十两、三十两、四十两……"

采 录 人:汪洋,男,寿县正阳关镇人,退休教师
采录时间:2022 年
采录地点:正阳关镇

三个女婿对诗

相传，从前古镇上有一个家境殷实的老员外，他有三个女婿，大女婿习文，二女婿习武，三女婿是个庄稼人。一天，三个女婿齐聚老丈人家喝酒。大女婿一是为卖弄自己的才华，二是想借机捉弄捉弄那个农民连襟，便出主意说："今天的酒席上我们都要作诗一首，诗作好了才能吃菜喝酒，否则只能吃一把生盐，还得喝三碗凉水。"老丈人和二女婿连声说好，并让大女婿出题。大女婿说："诗，用尖尖的开头，中间用圆又圆，最后落到中状元结尾。"老丈人说："行！既然是你出的题，就由你先来吧！"大女婿胸有成竹地说道："我的笔头尖又尖，我的笔杆子圆又圆，来年京城去赶考，一定能中个文状元。"二女婿紧接着说："我的箭头子尖又尖，我的箭杆子圆又圆，三箭能射中金钱眼，我也能中个武状元。"老丈人满面欢喜，一边拍手一边称赞道："说得好！说得好！"轮到三女婿了，三女婿想了想，说："我的犁头尖又尖，我的犁梢圆又圆，但愿庄稼收成好，不愁吃来不愁钱。"老丈人和大女婿、二女婿一听，齐声道："不行不行，你那个结尾没有状元。"说完，叫家人端来盐罐子和三碗凉水。三女婿无奈地抓起一把生盐正要吃，这时，躲在屏风后面偷看偷听的姊妹三个中的三姑娘存不住气了，急忙走出屏风，对着丈夫道："且慢！我来替你作诗。"然后怒目紧盯大姐夫、二姐夫，高声说道："我的小脚尖又尖，我的腿肚子圆又圆，一胎生下俩儿子，习文练武不拾闲。大比之年去赶考，中了文武两状元。我讲这话你不信，"用手一指自己的丈夫，"看他老子在吃盐。"

讲 述 人：袁同刚，男，寿县正阳关镇人，曾任正阳文化广播站站长
采 录 人：汪洋，男，寿县正阳关镇人，退休教师
采录时间：2022 年
采录地点：正阳关镇拱辰社区

三篷楼疑云

三篷楼坐落于正阳关南门外城墙边,是古镇一李姓人家于清末建造,砖瓦结构,总共三层,每层三间,故称"三篷楼"。李家在此开过银号,同时加工金银首饰。

民国初年,李家银号倒闭,举家迁往外地谋生。此后,人走楼空。渐渐地,三篷楼内外杂草丛生,一片荒凉。每到夜间,成群的野狗、狐狸、黄鼠狼出没其间,各种各样诡异的传说也随之传出来。其中,"黄鼠狼拜月"最具代表性。有人活灵活现地声称,他亲眼所见:月圆的时候,黄鼠狼正襟危坐在楼顶脊檐上,面对明月,捧起两只前爪,虔诚地一动不动好几个时辰。还有人煞有介事地说:这是黄鼠狼在修炼,所以要收集灵气。因为月代表阴,而日代表阳,当月亮最圆的时候,也就是阴气最盛的时候,此时黄鼠狼拜月,是为了收集月亮上的灵气,同时吸收天地精华。当然,这种说法并没有科学依据,但在当时经过口口相传,有很多人认为这是真的,而且越传越玄乎。还说有一个壮汉在半夜的时候路过三篷楼,看见一只狐狸在拜月,随手捡起地上一块半截砖,将它砸了个半死。几天过后,这个壮汉竟然死在了家中。事情在南门内外慢慢地流传开来,并且传到了一个算命先生那里。先生振振有词地说,是因为这个壮汉冲撞了狐仙,所以他落得了如此下场。就这样,狐仙的传说让很多人谈"狐"色变,大白天都不敢从三篷楼经过,到了晚上更是人迹罕至,还有不少人时不时地香火朝拜。

转眼到了1911年,淮上军副司令张纶,也就是张石泉,率部进驻正阳关,统办正阳关"五关十卡",管理水上交通及合法经商。有一天夜里,张石泉部下的几个士兵巡逻经过三篷楼,看到一个黑影在三楼上晃动了一下,立即回去向张石泉司令、熊子修参谋作了汇报。张石泉早就对三篷楼狐仙显灵的传说有所耳闻,而且一直对此心生疑惑,认为其中一定有鬼。于是,他召集熊子修等几个参谋一起研究,决定第二天早上实地察访,彻底弄清真相。

次日清晨,三篷楼四周被张石泉的部队包围得水泄不通,荷枪实弹的士兵冲上三楼。此时,屋子里一个人影都没有,却发现楼板地面上有草席一床、茶壶一个、烟具一套,还有一些瓜子壳。张石泉根据这种情况断定,三篷楼绝不是什么狐仙显灵之地,而是有人故意散播谣言,蛊惑人心,让人望而生畏,方便他们在这里聚会,此地很有可能是间谍的秘密据点。于是,他向百姓说明真相,下令彻底拆除三篷楼,以绝后患。从此,古镇上留下了一段张石泉破除迷信的佳话。三篷楼作为千年古镇历史上的一处小景观也随之流传民间,直至今天。

采 录 人:汪洋,男,寿县正阳关镇人,退休教师
采录时间:2022 年
采录地点:正阳关镇

傻女婿拜寿

从前,镇子上有户人家,大女婿是私塾先生,二女婿是账房先生,平素一个比一个机灵乖巧,还文绉绉的,一副斯文相。唯有三女婿是个打铁的,平素少言寡语,憨头憨脑,人送外号傻子。其实,古老的正阳关自古以来就有一种奇怪的现象,凡是叫傻子的人,都聪明得很。这个铁匠当然也不例外,你别看他平时不哼不哈,石磙都压不出个屁来,但他是哑巴吃饺子——心里有数,内心机灵得很。

有一年,老丈人过六十大寿,大女婿、二女婿都去了,三女婿当然也要去了。中午吃寿宴时,大女婿、二女婿使坏,在上红烧鸡、红烧肉两道大菜之前,约定:连襟三人作诗吃菜,谁讲不出来谁别吃,意图很明显,就是针对傻女婿的。红烧鸡端上来了,大女婿出题:要求以三人各自的胡子为题,各吟一句。大女婿先来,只见他一边不慌不忙地操起筷子,一边摇头晃脑地吟道:我的胡子二面分,我先刀(夹)一块肫。说着,把鸡肫刀走了。二女婿随后也拿起筷子,潇潇洒洒地吟道:"我的胡子二

面飘,我把鸡腿刀。"说着,把鸡腿刀走了。轮到三女婿了,只见他站起身来,粗门大嗓地说道:"我的胡子还没发,连汤带水端回家。"说着,把菜盆端起来,递到旁边的老婆手里。老婆也不客气,端起这盘红烧鸡就回家了。因为刚才她在生气呢,你们这不是欺负人吗?知道我丈夫刚剃的头,刮的脸,偏偏以胡子为题。幸亏这傻子不傻,来了句绝的,真解气!

红烧肉上来了,二女婿出题,他要求以乘法口诀为题,谁讲上来谁吃,谁讲不上来谁别吃。二女婿先来,只见他把筷子一拿,口中念念有词:"二八一十六,我先吃一块肉。"说着,刀了一块肉吃了起来。大女婿也不甘落后,拿起筷子说:"二九一十八,我两块一起夹。"说着,刀走了两块肉。又轮到三女婿了,他先是站起身来,然后说道:"三九二十七,一桌子我一个逼(吃)。"接着一转身,一手拎着大连襟,一手拎着二连襟,把他们都拽到了院子里,他则回到桌子旁,自顾自地吃了起来。

采 录 人:汪洋,男,寿县正阳关镇人,退休教师
采录时间:2022 年
采录地点:正阳关镇

傻子学话

这是一个很古老的民间故事,也是一个笑话,小时候在大坝子上乘凉,听老人们瞎呱嗒的。从前,镇子上有一个财主,家财万贯,就是儿子有些傻。财主想:生了这么一个傻儿子,以后怎么继承家业呢?干脆让他出门学学,也好长长智慧。于是,就给了他三百两银子和一些吃的,让他出门了。

傻子走啊走,看见一个打鱼的站在一口池塘边念叨:"一池好清水,可惜无鱼虾。"傻子一听,这话挺好,就对渔民说,你教会我这句话,我给你一百两银子。渔民一听,心里乐开了花,就耐心地反复教傻子说那句话,终于让他把这句话记住了。

傻子给了那人一百两银子，继续往前走。

走到一座独木桥边，听见一个秀才叹着气说："唉，双木桥好走，独木桥难行。"傻子一听，就缠着秀才教他，教会了给一百两银子。秀才费了好大的劲把傻子教会了，得了一百两银子走了。

傻子继续往前走，在一个村子旁，看见一个农民在向另一家借算盘，算盘借到手后，恭恭敬敬地弯腰一揖："谢谢仁兄，兄弟告辞了！"傻子一听，这句话文绉绉的也挺好，又让农民教他。农民教会了傻子，喜滋滋地揣着一百两银子回家了。

傻子花光了银子，觉得本领也学到了，折回头匆匆往家赶。傻子一到家，他妈看他满头大汗，心疼地给他端来一碗水。傻子看到水，想到了跟渔民学的第一句话，便不由自主地念道："一池好清水，可惜无鱼虾。"他妈一听，喜出望外，乖乖，看来这三百两银子没白花，儿子终于长学问了，高兴地走进厨房给儿子打了两个荷包蛋，可慌乱中只拿来一支筷子。傻子看到筷子，两眼放光，因为他想起了秀才教他说的话，便叹了一口气道："唉，双木桥好走，独木桥难行。"这下彻底把他妈乐坏了，赶紧给儿子拿来另一支筷子，然后去向老财主报喜。财主正在账房里算账，一听儿子学习有成，高兴得算盘都没放下，就往堂屋跑。迎面遇到刚吃完鸡蛋的儿子，忙笑着吩咐道："儿子一路辛苦了，赶紧找两件换洗衣服，到澡堂子洗洗澡，然后好好睡一觉。"儿子看到老子手里拿的算盘，眼睛一亮，猛然想起了他从农民那儿学到的最后一句话，于是，冲着老子弯腰一揖，恭恭敬敬地说道："谢谢仁兄，兄弟告辞了！"财主当场晕倒……

采 录 人：汪洋，男，寿县正阳关镇人，退休教师
采录时间：2021年
采录地点：正阳关镇

烧红的铁不能用手摸啊

古时正阳关南大街上有一家老字号的铁匠铺,因为打制出的铁器精良,且耐用无比,因而生意特别兴隆。据传,这家铁匠铺之所以能打制成令人十分满意的铁器,是因为祖上传下了一个打制铁器的绝技。因为生意兴隆,需要众多人手,铁匠铺自然招收了很多徒弟。毋庸置疑,这些徒弟全都奔着学习绝技而去的。但学徒几年也不见师傅传授绝技,渐渐地认真干活的就不多了,有的抱着得过且过的心态,每天干活只是简单应付一下;有的甚至连应付都不想应付,师傅不在就偷懒,只求混一口饭吃而已。

时光飞逝,转眼间铁匠师傅到了花甲之年,渐渐地干不动活了,而此时,铁匠铺里的徒弟跑得也只剩下三个了。眼看着铁匠铺的生意越来越差,马上连糊口都成问题了,老铁匠心生一计,放出话去:自己已经老了,很快就会将祖传打制铁器的绝技传授给三个徒弟中最卖力的一个。这个消息一经传出,三个徒弟都很兴奋,因为他们都想得到师傅亲授的绝技,于是争先恐后地在师傅面前表现自己,想靠此赢得师傅的垂青,成为那个幸运之人。一年过去了,铁匠铺的生意好得不得了,但没见师傅传授什么绝技,其中一个徒弟没有了耐心,主动放弃竞争离开了铁匠铺。很快两年过去了,师傅依旧没有传授什么绝技,又一个徒弟选择了放弃。最后就剩一个徒弟了,这些年中他始终如一、一丝不苟、精益求精地学习打铁技艺,虽然技术已经达到了炉火纯青的地步,但因为没有学到师傅的绝技,对师傅仍然不离不弃。师傅不忍心再欺骗他,曾数次话里有话地告诉他,你已经得到了我的真传,可以另起炉灶了,但是这个徒弟固执得很,声称不学到绝技决不离开,师傅没办法,只能由他去了。

直到第四年的岁末,师傅的身体终于不行了,到了要寿终正寝的时候,让人把正在铁铺里忙得满身是汗的这位徒弟叫到了自己的面前。看到师傅病入膏肓的样子,徒弟立即跪倒在地号啕大哭:"师傅呀,我非常不想你离开我,因为我还没有学到你的绝技,现在你能告诉我这个绝技了吗?"躺在病榻上的师傅爱怜地拉着徒弟的手,断断续续地说道:"如果你一定认为我有什么绝技的话,那我就告诉你,我的这个绝技就是'烧红的铁不能用手摸啊'!"

采 录 人:汪洋,男,寿县正阳关镇人,退休教师
采录时间:2021年
采录地点:正阳关镇

圣 贤 愁

清朝的时候,镇上有个落魄秀才。据说,就是那个引发"老大王庙里抢棺材"闹剧的巡检司头头柳中林的小舅子。此人整日游手好闲,混吃混喝,是个十足的"训[1]点"。但他这个训点,有一个特点,就是不训没点的人,像什么箩行、脚行、柴火行、戳摸行的,他从不去训,专训那些诸如私塾先生、衙门师爷、秀才举人和大老板之类上层人的饭局,这些人见到他头都疼的,但碍着柳中林的面子,又不敢得罪他,暗地里称他"圣贤愁"。

话说,有一天,李秀才买了一条鱼和一坛子好酒,打算和好友吴秀才好好拔一盅,因怕邻居圣贤愁闻到了味来训,二人偷偷地躲进了八坊街的土地庙里。谁知,刚炖好鱼,就传来了"咚咚"的敲门声,圣贤愁闻着味赶来了,二人赶紧把鱼扣在磬下面,才去开门。圣贤愁进得庙来,见桌上只有酒没有鱼,便对李秀才说:"我有件事向你请教。""什么事?""我帮人写了副对子,忘了下联了。""那上联是什么呢?""向阳门第春常在。"李秀才手一挥说:"那下联不就是'积善人家庆有余'吗?"圣贤愁狡黠地一笑:"磬有鱼? 我倒要看看这磬底下到底有没有鱼。"说着把磬一掀:"哈哈,还真有鱼啊! 正好拿来下酒。"把个李秀才气得话都讲不好了。

这天,钱庄的赵大和钱二在望淮楼上小酌,酒菜刚上桌,圣贤愁到了,赵大眼珠子一转,说:"平时喝酒俺们都是划拳,今天我出个酒令。"圣贤愁说:"行!行!你们先来!"赵大瞅着圣贤愁说:"一来一去梁上燕,有去无来弓上箭,梁上燕,弓上箭,腰里无钱你莫进店啊!"说罢吃菜喝酒。钱二盯着圣贤愁接着说:"一来一去织布梭,有去无来水上波,织布梭,水上波,你到处白吃又白喝。"说完了也喝酒吃菜。圣贤愁又不是三岁孩子,听出了他们是在讽刺自己,眨巴眨巴眼说:"一来一去一口气,有去无来一个屁,一口气,一个屁,我到处白吃你们干生气!"说罢也又吃又喝,把赵大和钱二气得直翻白眼。

一年夏天,淮河涨水,船行的孙老板和王老板雅兴大发,备下酒菜,划了只小船到河下的柳树行里,边饮酒边领略水上风光。忽然,水面上漂来一个大木头箱子,二人心里一动:这大水淌来的箱子里,说不定有外财呢!拿篙一钩,靠上船帮,打开一看,不觉大吃一惊,里面竟然睡着圣贤愁。原来,这货昨晚和一个船老板对饮时喝醉了,糊里糊涂地睡进了柳树底下一只别人丢弃的箱子里,谁知半夜涨水,把他漂进了柳树行里。圣贤愁免不了又被二位老板讥笑了一番,但他也不在意,翻身上船就座。孙老板说:"今天俺们行酒令,以糊涂、明白、容易、困难为题,说不上来,免动杯筷。"我先说:"天上下雪糊里糊涂,下在地上,明明白白,雪变水容容易易,水变雪难上加难。"言罢喝酒吃菜。王老板接着说:"砚台研墨糊里糊涂,写出字来,明明白白,墨变字容容易易,字变墨难上加难。"言罢喝酒吃菜。轮到圣贤愁了,他想起昨晚的事和今天的巧遇,不无感慨地吟道:"我钻进箱子糊里糊涂,打开箱子,明明白白,我吃人家的容容易易,人家吃我的难上加难。"听得孙、王二位老板目瞪口呆,打心眼里佩服圣贤愁的脸真比城墙还厚。

注释:

① 训:蹭吃蹭喝。

采 录 人:汪洋,男,寿县正阳关镇人,退休教师
采录时间:2021 年
采录地点:正阳关镇

石头将军的传说

三觉董埠村董埠庄附近的河边有一块神奇的石头。这石头神奇在长得像人头,但没有人的眼睛、鼻子和嘴巴,只有两边的人耳很明显。这块石头附近庄子人叫他石头将军。附近很多人每年正月十五都会来祭拜石头将军。

石头将军的由来也很神奇。

从前,有一秀才赶考路上遇到大雨,就在附近的寺庙住下来。晚上秀才做了个奇怪的梦:一块像人头的石头对秀才说自己被大水冲到了河里,要是能将自己捞上来,就可以保秀才考中状元。第二天,秀才醒后觉得奇怪,就冒雨来到了梦里的那条河边,并按照梦里的内容,请人在河里捞,真的在河里捞出了一块像人头的石头。秀才就将石头放在了河沿,自己继续赶路。

没想到,秀才真中了状元。后来秀才感激那块石头,回来时又来到河边,找到了那块石头,向石头烧香拜谢,还叫石头为石头将军。

这事被附近的老百姓知道后,也纷纷前来烧香磕头,祈祷石头将军也能给自己带来好运。

以前,每年拜石头将军的时间是正月十五。老百姓在石头将军面前放一条红布,谁要是能在炮仗响时抢到红布,谁这一年就能红运当头。只不过现在的年轻人越来越觉得靠石头将军不如靠自己的双手,来拜的人没有以前多了,也没以前热闹了。

讲 述 人:万培久,男,寿县三觉镇董埠村乔郢组人
采 录 人:杨凡俊,男,寿县三觉学校教师
采录时间:2002 年
采录地点:三觉镇董埠村

马家古堆的传说

马家古堆埋着谁？据说埋的是朱元璋的马娘娘。

朱元璋没做皇帝前，要饭要到三觉寺。觉得三觉寺人心好，就在油坊庄的一个稻场草堆洞里住了下来。朱元璋每天天亮出洞要饭，一直到太阳落时才回到草堆旁的"家"里。

朱元璋发现每天早晨和下午都有一个姑娘在草堆旁边的稻场放鹅。朱元璋早晨出去都会和姑娘说"再见"，晚上回来又会说"你好"。时间长了，朱元璋和姑娘叙家常，才知道姑娘姓马。放鹅的马姑娘觉得这个要饭的和别的要饭的不一样，就很愿意和朱元璋打打招呼，说说话。

过了很长时间，两人叙出了感情，马姑娘和朱元璋私订了终身。

一天，朱元璋和马姑娘分别，说要出去闯荡一番，干一番大事，等飞黄腾达了，就回来娶她。说来也奇怪，朱元璋走后马姑娘就得了一场怪病，面貌变得又老又丑，最后变成了一个无人愿娶的丑丫头。过了十几年，朱元璋做了大明朝的开国皇帝。

这一天，老百姓看到浩浩荡荡的迎亲队伍来到了马姑娘的庄子——朱元璋来迎娶马姑娘了。慌了神的马姑娘一不留神摔了一跤，摔得头破血流。奇怪的是，伤好后，奇丑无比的马姑娘又变成了一个年轻漂亮的姑娘。后来，马姑娘被朱元璋接到宫里成了马娘娘。

再后来，马娘娘死了后，老百姓为纪念她，就用几件衣服在她的娘家这里建了一个墓，就是现在的马家古堆。

讲 述 人：赵允胜，男，三觉镇桥湾村人
采 录 人：杨凡俊，男，寿县三觉学校教师

采录时间：2019 年
采录地点：三觉镇桥湾村

响井的故事

响井，你只要扔一块石头到井里，就能听到"叮当叮当"最后"轰"一声，几十米开外都能听到。

声音出现的原因，老一辈人说是井里住着一只修行的田螺精。

这只田螺精快要成仙了。可是还差一点——向人讨好口气，就是从人嘴里说她的好。怎样讨到人的好口气呢？田螺精想了很久都没有想出办法来。

孔圩这个地方，地势高，老百姓吃水难，井打了几丈深，都不出水。

有一天晚上，打井的人做了一个奇怪的梦：一只田螺精讲，她可以让井里出水，条件是大家吃水时，要说她的好。

打井的人就把这个梦告诉了郢子里的人。大伙都说，要是井出水了，是为老百姓做了好事，不用说，大伙也一定会记住她的好的。

在田螺精的帮助下，郢子里有了干净水吃，田螺精也有了想要的好口气。

井打好后，郢子里人发现向井里扔小石头，就能有清脆的声音传出来。时间久了，响井的名字就传开了。

一天夜里，下起了大雨，人都不敢出门；雷也很响，吓死人。

第二天天亮，郢子里人看到井的南边陷下去了一个几尺深的洼氹，那洼氹的形状就像田螺的氹。但那个洼氹出现后，再扔石头到井里，就听不到很大的响声了。大家都说，田螺精趁大雨成仙，飞走了，没有了田螺精，井里就没有响声了。

讲　述　人：孙庆泽，男，寿县三觉镇顾岗村孔圩组人
采　录　人：杨凡俊，男，寿县三觉学校教师

采录时间:2012 年
采录地点:三觉镇顾岗村

田氏三兄弟哭活紫荆树

很久以前,隐贤镇东街(俗称"篾匠街")住着一户姓田的人家,兄弟三人从事竹编生意,日子过得很红火。田大和田二都娶了媳妇,生了孩子。这一年,兄嫂凑足了礼金,也为三弟娶了媳妇,人称"田三嫂"。田三嫂是宋屠户的独生女,人长得标致,过日子更是一把好手,就是任性自私,精于算计,常瞒着兄嫂把公钱变成私房钱。在娘家说一不二的田三嫂嫁到婆家以后,凡事都得听哥嫂指派,就像鱼刺卡在喉咙里一样不舒坦,她多次在丈夫耳边提过分家,可田三对哥哥嫂嫂十分敬重,根本不把妻子的话放在心里。

可是,田大和田二却把弟媳的小心思看得明明白白。中秋节的晚上,兄弟三人坐在院子里的紫荆树下,边赏月边拉家常。田大说:"俺们今天有这样的好日子,全靠一家人齐心啊!"田二接着说:"俗话说,三人一条心,黄土变成金。俺们的大家庭千万不能散啊!"听到这里,田三哽咽着说:"请大哥、二哥放心,我田三决不会忘记哥嫂的恩情,一辈子也不离开你们。谁要分家,除非这棵紫荆树死了!"田大和田二望着这棵紫荆树,也说:"对,除非它死了!"

三兄弟的话,被田三嫂听到了。夜深人静,田三嫂悄悄爬起来,光着脚板溜进厨房,烧壶开水,偷偷浇在紫荆树根上,一连浇了三个晚上。田家兄弟发现院里的紫荆树忽然叶黄枝枯了,不约而同地围坐在树下,伤心地大哭起来:"难道老天爷真要拆散俺们一家吗?"

兄弟三人和大嫂二嫂哭了三天三夜,泪水浸透了树根。第四天一早,田三嫂走过来劝道:"紫荆树已死,这是天意啊!家,就分了吧。"话音刚落,只见旭日东升,霞光万道,紫荆树竟神奇般地复活了!嫩绿的枝叶在风中摇曳,黄莺在枝头上歌唱。兄弟三人破涕为笑,手拉手围着大树转圈,高兴地说:"这棵树死而复生,俺们三兄弟永远也不分开,这才是真正的天意呀!"

从此,田三嫂再也不敢提分家的事了。

采 录 人:卞维义,男,寿县太平中学退休教师
采录时间:20世纪80年代
采录地点:隐贤街道、太平街道

三句话不离本行

从前,隐贤街上有四个能说会道的人,他们的职业分别是裁缝、厨师、车把式和船老大。如有街坊邻居闹矛盾的,兄弟不和气的,打架斗殴的,都找他们去调解。

有一次,有弟兄几个分家,请老公亲来调解。由于妯娌难讲话,人多嘴杂,分了几天也没有分好,实在没办法了,便请这几个人来处理。但他们也觉得有点棘手,便先到裁缝家开个碰头会。裁缝首先表态:"俺们做事可不能太偏了,要针过得去,线也要过得去。"厨师接着说:"依我看,咱们得快刀斩乱麻,别锅里碗里分不清。"车把式听了他俩的发言,胸有成竹地说:"俺们以前也处理过分家的事,前头推车后头有辙,别出大道就行。"船老大不耐烦地说:"咱们别在这里啰唆了,不如先到那里见风使舵,怎么顺手就怎么给他划拉划拉得了。"裁缝老婆听了四位的话,扑哧一声笑了:"我说你们三句话不离本行,卖什么就吆喝什么。"

裁缝老婆的话又引来满堂大笑,你猜为什么,原来女人是做小生意的,当然卖什么就吆喝什么了!

采 录 人:卞维义,男,寿县太平中学退休教师
采录时间:20世纪80年代

采录地点：隐贤街道、太平街道

汪寡妇捐资修水利

　　隐贤北门外有个地方叫十龙口，这里原是一处地下涵洞，下暴雨时雨水可从这个涵洞排进河里，大大减轻了内涝。这项水利工程据说是明代一位姓汪的寡妇个人捐资修建的，她的美名几百年来一直广为传颂。

　　明朝中期，北街的一座四合院里住着一位姓汪的中年女人。说起来也真命苦，她结婚才几个月丈夫就病故了，她既不改嫁，也不回娘家和父母一起生活，而是靠在娘家学到的纺纱织布技术，自己挣钱养活自己。由于她手艺好，生意兴旺，手头渐渐有了积蓄。汪寡妇性格内向，少言寡语，逢年过节既不观灯，也不看戏，更不到人多的地方凑热闹，只是对墙上的观音菩萨画像十分敬重，一天上三次香、磕三次头，祈求神仙显灵，保佑百姓过上安稳日子。

　　有一年夏天连日暴雨，内涝成灾，淹倒不少房屋，灾民流离失所，汪寡妇心急如焚，她在案桌上摆放十个香烛，燃起十炷香，跪求观音显灵让老天停雨。为了表示诚意，汪寡妇从早上一直跪到天黑，一天汤水未进，体力渐渐不支，眼也慢慢闭上了。迷迷糊糊之中，她猛然觉得案桌上的十炷香变成十条龙在上下舞动，墙上的观音也发了话："汪氏，你多年诚心感动神灵，我已命这十条龙向龙王爷传话，赶快停止下雨，保佑全镇人民免受水患。"话音刚落，头顶一个炸雷把汪寡妇震醒。这时，雨停了，乌云散了，星星米饭粒似的挂在夜空，门外传来邻居们的欢声笑语。汪寡妇对着观音画像又磕了几个响头。她想，菩萨显灵，龙王开恩，俺的心愿终于实现了！

　　几天以后，河上来了几只满载石料的大船，有十位壮汉推着石料沿街叫卖。汪寡妇听到吆喝声忽然来了灵感，她想，要是用这些石料在北门外修一个排水的地下涵洞，不就能一劳永逸地解决内涝问题了吗？于是她就问壮汉能不能包修涵洞，他们满口答应。汪寡妇非常高兴,她拿出全部积蓄买下石料,雇这些壮汉在北门外修涵洞。

汪寡妇的义举感动了街坊邻居,他们有的帮忙勘察设计,有的帮忙运建筑材料,有的送来了食物和水。涵洞修好以后,汪寡妇想起观音梦中所说的话,就把这项排水工程命名为十龙口。后人又在十龙口旁立一块石碑,铭记汪寡妇的功德。

采 录 人:卞维义,男,寿县太平中学退休教师
采录时间:20 世纪 80 年代
采录地点:隐贤街道、太平街道

忘 恩 负 义

很久很久以前,安丰塘西畔沙涧门下方有个村庄。村东头住的是王姓,村西头住的是傅姓。王姓大多数都是佃户,生活贫困。傅姓人家比较富裕,春播秋收雇佣王姓人帮工。

王家有三男两女五个孩子,其中最小的孩子叫王恩,聪明伶俐。傅家家大业大,前面一连生了八个闺女,在傅员外五十岁那年,终于生了个带把的。傅员外欢喜得合不拢嘴,流水席摆了三天,请了几台戏昼夜不停地唱。老来得子,后继有人,傅员外更是把儿子傅义放在心尖上疼爱。

傅义七岁时,傅员外就为他请来私塾先生。小傅义很奇怪,自己的亲姐姐们他都瞧不上眼,唯独与机灵乖巧的王恩投缘。傅义跟他老子说:"叫我读书行,但要王恩跟我一起念书我才去。"唯儿子命是从的傅员外一口答应,反正儿子也要人伺候,遂了他的心愿。傅义被惯得根本不把念书当回事,上课开小差,作业叫王恩代劳。吃的喝的当然少不了王恩的,两人名为主仆,实则处得像兄弟,不分彼此。

后来,王恩考中了举人,谋了官职,上任去了。傅员外死后,傅义继承了家业。

他不擅长经营,整天抽大烟,玩纸牌,因不慎失火,家底烧了个精光。听说好友王恩在外混得不错,就找到王恩府上去了。好友相见,分外高兴,王恩每天好酒好菜地招待傅义。王恩每天上朝下朝,眼见半月过去了,王恩绝口不提资助傅义的事。傅义待不下去了,告辞回家了。王恩也没多加挽留,互道保重后分别。

傅义那个气啊:"好你个王恩!当初若不是我坚持让你跟我一道读书,哪有你今天的出息?现在你当了大官、发达了,就不念旧情,拉弟兄一把,真是忘恩之人哪!"傅义气得一路脚底板都跺通了。回到家,他以为自己走错门了。眼前是一人多高的院墙,里面一溜六间扶梁扶柱大瓦房。还有工人在砌花台,做扫尾工作。

原来,傅义去找王恩的第二天,王恩就派管家带着钱财,为傅义建造房屋。看到如此气派的住宅,傅义仰天长叹:"我以小人之心度君子之腹了!不是王恩忘恩,而是我傅义辜负了我们之间的情义啊!"

讲 述 人:时应明,男,寿县板桥镇龙祠村人
采 录 人:赵守菊,女,寿县谐和医院职工
讲述时间:2020年春
讲述地点:板桥镇龙祠村瓦庙

小乌盆缠上了张别古

小时候,听镇子上的老人讲过这么一个故事,哪个朝代记不清了。一天,一个外地客商收完账归家途中,深夜投宿窑场。烧窑的刘大见财起意,杀了这客商,夺取了他身上的银两。随后刘大毁尸灭迹,将客商斩斩剁剁,和在黄土里,烧出了一只歪七斜八的小乌盆,而这小乌盆后来被编草鞋的张别古买走了。夜里,小乌盆开口讲话,把自己如何到窑场投宿,如何被刘大所杀,如何被毁尸灭迹,冤魂如何藏在

这小乌盆里，统统告诉了张别古，然后缠着张别古帮他申冤，并说如果不帮他，就会让张别古头疼。无奈之下，张别古跟小乌盆说好：到了县衙，由他告状，小乌盆诉说冤情。第二天，张别古拿着小乌盆来到县衙，状告刘大谋财害命，可当县官问小乌盆时，小乌盆一言不发，县官说张别古装神弄鬼、胡闹公堂，打了他二十大板，轰出了衙门。夜里，小乌盆又缠着张别古帮他申冤，张别古不干。小乌盆说："我是冤魂，白天不能见人，只有到了夜里才能开口说话。你明天再到县衙一趟，求县官大老爷夜里审我，到时我会一五一十地陈述冤情。"张别古被小乌盆缠急了，又怕头疼，只好应了下来。第二天，县官夜审小乌盆，小乌盆果然开口详详细细地陈述了案情。县官当即命衙役捉来刘大，当庭一对证，案情大白，随即把刘大下了死牢。

此后，当镇子上一人被另一人死磨烂缠上了，人们就会说，这是"小乌盆缠上了张别古"，渐渐地这成了一句俗语。

采 录 人：汪洋，男，寿县正阳关镇人，退休教师
采录时间：2023 年
采录地点：正阳关镇

兄 友 弟 恭

这个故事记载在正阳关时氏后人时鸣旭老先生所著的《安徽省寿县正阳关时氏宗族家志》一文中：清朝入关以后，为扶植、培养垄断性的城市经济，朝廷采取一系列反动政策来压制、束缚市民经济的恢复和发展，对于沿海沿江市民经济发达的城市，主要从安徽到江苏、浙江，每到一处，烧杀抢掠，给予致命打击。顺治末年，一股清兵逼临正阳关，全镇居民闻风逃避。这时适逢时氏家族清芝公重病卧床，逃避不得，大祸迫在眉睫。清芝公急命两个儿子必进和必达速避他处，免遭杀身之祸。然而必进和必达不肯抛下病重的老父，外逃偷生。父亲催得急了，兄弟二人计议，

一人留于父侧侍奉,倘遭杀害,与父同殉;一人遵父命外逃避祸,以后可保住时氏宗裔不绝。但谁去谁留?兄弟二人争执不下,情况紧急,刻不容缓,最后兄弟二人一同留在了病父榻前,纵遭杀害甘愿与父共殉一处,也决不落下弃父偷生的不孝骂名。谁料吉人天相,清兵进城后自南向北野蛮屠杀,至城中段三元街口附近突然奉命停止暴行。因此三元街口以北地段少数未逃之人幸免于难,清芝公父子亦虎口余生。庆幸之余,清芝公病大愈。清兵过境而去,外逃乡邻相继归来,惊闻清芝公父子未曾罹难,纷纷前来探望。获悉必进、必达兄弟俩临危不弃病父,孝义之风不亚伯叔之贤,殊堪褒扬。会清芝公寿诞之庆,镇上耆老绅董赠送祝寿匾额一方,题文"兄友弟恭"悬于堂上,颂扬清芝公教子有方和两兄弟的圣贤风尚。清芝公乃就匾额题文之意,改订正阳关时姓之陇西郡为"友恭堂",垂示时氏子孙永不遗忘先人德范,振扬时氏家声。

采 录 人:汪洋,男,寿县正阳关镇人,退休教师
采录时间:2022 年
采录地点:正阳关镇

徐道长传奇 1

正阳关北门外紧贴着城墙,有一座城隍庙,何时建造已无从考证,但到了1946年,这座庙宇已破败不堪、岌岌可危。道长徐化云便四处化缘,欲重修城隍庙。

这一日,徐道长乘船顺水而下到蚌埠街去化缘。当走到二马路的时候,见路边的一片绿荫下,围着一大帮人在看两人对弈。这徐道长本是一个下棋高手,自然也是一个十足的棋迷,见有人对弈岂有不观之理?当即挤进人群驻足观赏。其中一人的棋艺确实非同凡响,连战三人皆轻松自如地大获全胜。此时,四周再也无人敢于应战。徐道长不觉手痒,趋步上前,双手合十道:"贫道欲与施主对弈一局,不知

施主赏光否?"那人笑盈盈地把手一挥:"道长,请。"就这样,两人连战三局不分输赢,眼见天色昏暗,双方只得握手言和。待围观的人群散尽后,徐道长正转身要走,不料被那人一把拉住,深躬一揖,无不感激地言道:"道长承让了!"原来,那人通过三局的对弈已知晓眼前的道长棋高一筹,他是为了不让自己颜面扫地,三局都是故意下和的。随后,两人就像老朋友一般攀谈起来,当得知徐道长此次蚌埠之行是为化缘建庙而来,那人爽朗地拊掌大笑道:"道长今天遇到我,算是遇对人了。"原来,那人是蚌埠商会的会长。第二天,就由这位会长代徐道长出面,找到蚌埠街的各大商户,轻松筹得四千块大洋,徐道长带着这些钱,回正阳关顺利地重修了城隍庙。

讲　述　人:杨永宽,男,寿县正阳关镇人,曾在正阳镇商业系统杂货业工作
采　录　人:汪洋,男,寿县正阳关镇人,退休教师
采录时间:2022 年
采录地点:正阳关镇解阜社区

徐道长传奇 2

正阳关城隍庙道长徐法云,法号皎玉,棋艺高超,在镇子上无人不知、无人不晓。民间传说,抗战胜利后重修城隍庙的资金,是他化缘得来的。但也有人说,那次重修城隍庙的款项,是他下棋赢了驻军的一个师长得来的。

老人们说,1946 年的时候,正阳关驻军中有一个姓廖的师长,酷爱围棋,下遍军中无对手。这一日,听说城隍庙的徐道长棋下得好,便来到庙里,指名道姓地要和他对弈,可下来下去盘盘和棋。廖师长心中明白,这位道长可能是因惧怕自己故意为之,便和颜悦色地对他说:"道长不用怕,只管使出棋艺来,如果你能赢我,我把你这破败的庙宇修葺一新。"道长听他这么一说,打起精神对弈,再也没有和棋,而且是叫他输他就输。这位师长倒也守信,回到师部后,即叫副官送来一笔款项,徐

道长就用这些钱修缮了城隍庙。

民间还有传说,这徐道长不仅棋下得好,还会算卦。新中国成立前夕,城隍庙被用作了北镇的镇公所,徐道长失去了营生,只得在龙园澡堂子的旁边开了个卦所,起先生意惨淡,入不敷出。有一年涨大水,北头下厂小划子队的一户人家,用来打鱼摸虾、摆渡的小划子被洪水冲得无影无踪。水退后,焦急万分的船民找到了徐道长,让他给"打个实"。徐道长打实后说:"你的小划子没有冲远,就在你家屋里。"船民一听怒火三丈:"你扯什么扯?船怎么可能在屋里?"徐道长又给他算了一卦,然后肯定地说:"船就在你家屋里。"船民气得扭头就走,边走边说:"好,我回去看看,要是没有回头再找你!"第二天,这船民果真回来了,不过他不是来兴师问罪的,而是又放炮仗又送匾。原来,他回家后,扒开已经倒塌的破茅草房,见小划子果真埋在下面的淤泥里。从此,徐道长声名大振,越传越远,方圆几十里都来找他算卦。

采 录 人:汪洋,男,寿县正阳关镇人,退休教师
采录时间:2022 年
采录地点:正阳关镇

眼不见为净

话说,清朝时期镇子上的三府衙门里来了一位新的王爷。这位王爷在正阳关待久了,渐渐入乡随俗,慢慢也养成了"早上皮包水,晚上水包皮"的慢生活习惯。这天清晨,他照例坐在衙门口,一边慢悠悠地品茶,一边很随意地欣赏着街景。这时,来了一个卖豆芽的,急匆匆地把挑子往街边一放,一头钻进一条小巷解手去了。恰好,几条大黄狗经过这里,先是闻了闻筐里的豆芽,然后跷起后腿,对着豆芽上撒开了尿。王爷见了,不免寻思起来,这豆芽还能吃吗?但不知道的人,买回家还不

是用水洗洗就炒吃了？正想到这，卖豆芽的从小巷里走了出来。王爷立马叫住了他："卖豆芽的，你过来，我问你件事。"卖豆芽的长年累月打这路过，知道他是王爷，自然不敢怠慢，忙不迭地说："老爷，您说您说！"王爷不紧不慢地问道："你说说，这吃的东西是'以水为净'呢，还是'眼不见为净'？"卖豆芽的连忙回答道："回老爷，小人以为是'以水为净'，再脏的东西用水洗洗就干净了！"王爷大怒道："大胆刁民，竟敢信口开河。来呀！给我打！"众衙役一拥而上，将卖豆芽的按倒就打，打过了以后又问他："到底是'以水为净'还是'眼不见为净'？"谁知这卖豆芽的固执得很，仍然坚持"以水为净"。王爷思忖片刻，计上心来，在一衙役耳旁小声嘀咕了几句，衙役听罢转身进了府内。这时，王爷又喜笑颜开地邀卖豆芽的一起品茶。卖豆芽的虽然一头雾水，但是不敢不从，而且确实渴了，便坐下喝起茶来。就这工夫，只见衙役提着一只便桶出来了，当着满大街围观人的面，用清水反反复复刷了几遍，然后又用开水烫了又烫，拿进府内。众人不解其意，卖豆芽的更不敢追问，继续喝他的茶……时辰不长，衙役端上来一碗热气腾腾的米饭，招呼卖豆芽的吃饭。卖豆芽的被折腾了一早上，正饥肠辘辘呢！接过饭碗，三扒两咽将米饭吃下了肚。这时王爷问道："刚才的米饭香不香？"卖豆芽的连连点头说："香！好吃！"王爷冲旁边的衙役使眼色，衙役转身提着一只便桶出来，便桶里是热气腾腾的大米饭。见众人纳闷，王爷笑嘻嘻地说道："各位，刚才这卖豆芽吃的米饭，就是用这便桶蒸的。"卖豆芽的一听，回想起刚才吃下去的饭，不禁开始呕吐起来。王爷则和颜悦色地对卖豆芽的说："这便桶刚才用清水洗了数遍，又用开水烫了又烫，你可是亲眼所见哦！不是说以水为净吗？你怎么还吐了？"一番话说得卖豆芽的哑口无言，心服口服地承认：还是眼不见为净！

采 录 人：汪洋，男，寿县正阳关镇人，退休教师
采录时间：2021年
采录地点：正阳关镇

一辈一个

民国年间,正阳关北门外有一老者姓李,读过几年私塾,人们都叫他秀才,喜欢交友谈心。这一天,秀才到茶馆喝茶,遇到一个从外地迁居正阳不久,在家休养的王举人。交谈中得知,这举人家境殷实,也是书香门第。二人相谈甚欢,相见恨晚。分手时,举人邀秀才有时间到家叙谈,并告知了具体住址。

过了几天,秀才按举人提供的住址找到了王宅,叩动门环,大门打开,从门内走出一个十四五岁的少年,彬彬有礼地问道:"您是……?"秀才笑着说:"我是令尊大人的初交。"少年笑容可掬地道:"哦,原来是仁伯大人到此,请进!"秀才进了大门,随少年来到客厅,坐下后问:"令尊大人可在?"少年答道:"家父去庙里与老和尚下棋了。"秀才问:"可知何时归来?"少年说:"家父临走时也有交代,棋胜者而归,棋败者与老和尚同榻。"秀才起身刚要告辞,转眼看到桌子上放了一串乌木佛珠,工艺精湛、闪闪发亮,甚是喜欢,就问少年:"这是……?"少年谦恭地说:"哦,此乃家父的心爱之物,仁伯如喜爱可带回家去,过几日再来时归还。"忽而,秀才又看到条几上面摆放了几块匾,上面皆有"捷报"两个大字,知道这是科举考试得中后各级衙门发下来的,相当于现在的录取通知书。秀才一看了不起,这是一个多次取得功名的家庭啊,便转身向少年求证:"这个是……?"少年答道:"不瞒您老人家讲,我们家一辈一个。"秀才暗想不简单,敬佩之情油然而生。

秀才辞别少年回到家,刚进门就遇见儿子富贵。这孩子脑子里缺根弦,讲话也是囫囵半个的,按照老正阳关人的讲法,就是没烧熟。果然,他一见到秀才就大呼小叫:"你看你一上午跑到哪里去了?俺跟俺妈就跟找红头小虫一样,到处找不着你。"秀才一听十分生气:"唉,都这么大了,连一句好听的话都不会说。我今天到朋友家去,人家的孩子跟你差不多大,讲起话来彬彬有礼,哪句话听了都是那么顺耳。"儿子说:"你告诉我他怎么说得就那么顺耳了?你再教教我,以后我不也就会讲了吗？"秀才就把他跟少年的对话，一句不差地说了一遍。儿子漫不经心地说："这几句话哪个不会讲啊？不就是开头问，您是……？结尾是，不瞒您老人家讲，我们家一辈一个。"从此，儿子天天就背那几句话，很快背得倒背如流，就等有机会表现表现了。

这天，机会终于来了，秀才不在家，孩子忽然听到外面有人敲门，开门一看，是一位不认识的老者，连忙问："您是……？"老者说："我是令尊大人远方的朋友，今天有事路过正阳，特来拜访。"孩子说："原来是仁伯大人到此，请进！"老者来到堂屋坐下后问："令尊大人可在？"孩子说："哦，家父去庙里跟老和尚下棋了。"老者问："令尊大人可说何时归来？"孩子说："家父也有交代，棋胜者而归，棋败者与老和尚同榻。"事情到此，这孩子一直回答得很好，可接下来出岔子了！因为这时他母亲恰巧从堂屋门口经过，在那个封建年代，女人是不与男人打招呼的，所以径直走了过去。老者不知是何人，便指着门外问孩子："这个是……？"意思是这是你家中何人？而孩子呢，还是按部就班地鹦鹉学舌："哦，此乃家父的心爱之物，仁伯如喜爱可带回家去，过几日再来时归还。"老者一听，这讲的什么话？气哼哼地说："真不像话，你们家怎么出了你这么个傻种！"孩子认真而又自豪地说："不瞒您老人家讲，我们家一辈一个。"

讲 述 人：袁同刚，男，寿县正阳关镇人，曾任正阳文化广播站站长
采 录 人：汪洋，男，寿县正阳关镇人，退休教师
采录时间：2022 年
采录地点：正阳关镇拱辰社区

一枚铜钱的故事

从前，淮河岸边住着一个叫罗生的青年人，父母早逝，家贫如洗，独自一人过日

子。罗生人穷志气大,聪明伶俐。一天上午,他在柳树林里捡到一捧蝉蜕。听别人说,蝉蜕是中药,可以治病,他便把蝉蜕卖给了中药铺,老板给了他一枚铜钱。

罗生拿着这枚铜钱喜出望外地往家走,路上碰见一个卖梨的,他便用那枚铜钱买了六个梨。拎着梨继续往家走的时候,碰见两个赶毛驴的粮食贩子,他们又饥又渴,罗生便把六个梨卖给了两个粮食贩子,粮食贩子给了他六个铜钱。

罗生拿着六个铜钱一边走一边想:这六个铜钱能做什么呢?忽然,他灵机一动,用六个铜钱买了一包茶叶。原来,离他家三里远有一个窑场,那里有三十个工人在烈日下干活。第二天上午,罗生带上柴草、瓦罐在窑场边烧开水,还摆上一张小桌子放上几个大粗碗,水烧开以后,他在每个碗里放上一撮茶叶,然后将开水冲到大碗里,接着高声喊道:"卖茶了,新鲜的上等香茶。"泥瓦匠们正口干舌燥,便一个个过来喝茶,上午卖茶,罗生得到十二个铜钱。

过了一段时间,罗生又在离家八里远的地方摆了个茶水摊。因为那里有一个农场,四百个农民在那起花生。罗生在那里卖大碗茶,生意更好了。两天后,一个路过喝茶的货郎告诉他:"明天上午有一帮马贩子带着四百匹马路过这里。"听了货郎的话,罗生看看遍地的花生秧子,想了一会,对起花生的农民说:"今天你们喝茶我不收你们茶钱了,请你们每人给我捆一捆花生秧子,行吗?"农民们高兴地说:"好啊!反正这花生秧子放在这里也没有什么用处。"第二天,马贩子果然路过这里,他对罗生说要买饲料喂马。罗生便把四百捆花生秧子卖给了他,一下子得到了八百个铜钱。

六年后,罗生用越滚越多的铜钱精心做生意,娶妻生子,盖了房子,很快就成了远近闻名的富裕人家。

采 录 人:汪洋,男,寿县正阳关镇人,退休教师
采录时间:2021 年
采录地点:正阳关镇

渔翁作对的故事

清同治年间的一天,正阳关有一大户人家的老爷做寿,一大早便笙箫鼓乐不绝于耳,煞是热闹!清亮悦耳的鼓乐声随风飘至西河底,一渔翁刚刚醒来,睡眼惺忪地正要荡舟而去,侧耳倾听祝寿曲,再看看风起浪涌的河面,心中暗想:这风高浪急也不是捕鱼的时候呀!干脆歇一会儿,先去祝寿,待风住了再去捕鱼。想到此,他将小舟泊在桥西,径直往做寿的人家去了。

渔翁来到庭院,举目四望,人声嘈杂,熙熙攘攘。前来祝寿的人个个衣着光鲜,满面红光,举手投足之中可以看出不是秀才就是绅士。一时间,名门贵族蜂拥而至,寿宴厅里高朋满座。但是渔翁没有自卑,不客气地就近坐在了一张八仙桌的上座。此举顿时引起了一阵轰动,四周的秀才、举人、绅士、官员纷纷指指点点,言语不雅,更有甚者,摇头晃脑之际,出言不逊。渔翁则丝毫不为之所动,细品了一阵茶水之后,即兴吟道:"日出扶桑万树低,风吹小舟过桥西。船头渔翁未睡醒,小小锦鸡乱胡啼。"众人听罢,面面相觑,无人应答。

酒过三巡,菜过五味。在一阵高雅的音乐声中,老寿星命家人抬上一张案几,摆上文房四宝,铺就宣纸,请众宾客不吝赐教、随意留下墨宝。此时,宴会厅里鸦雀无声,继而,宾客们不约而同地把目光投向了渔翁。当然喽,那目光里自然不乏嘲笑、讥讽和就等着看笑话之意。渔翁心知肚明,在众目睽睽之下,用脏兮兮的袖子告[①]了告油乎乎的嘴,然后起身走向案几,操起毛笔就是一阵龙飞凤舞。老寿星凑近一看,不禁喜形于色,拊掌赞道:"真乃人不可貌相,海水不可斗量啊!你乃真才子也!"接着,令账房先生吟诵给众人听:"年过二甲半,眼观七代孙。巧遇住风客,文星拜寿星。"众人听罢,不得不心悦诚服地感叹道:正阳关地杰人灵,藏龙卧虎呀!

注释:

①告:擦。

采 录 人：汪洋，男，寿县正阳关镇人，退休教师
采录时间：2022 年
采录地点：正阳关镇

元　宝

记不清哪朝哪代了，古镇上有一位老汉，儿孙满堂却独自一人过着孤独凄苦的生活。原来老汉老婆早逝，他依靠勤劳的双手辛辛苦苦地把三个儿子拉扯大，还挣下了偌大的家业，娶了三房儿媳妇，日子过得红红火火，引得街坊四邻羡慕。可是渐渐地，这人老了，丧失了劳动和挣钱的能力不说，还落下了一身的病。三个儿子、媳妇竟把他当成了累赘、废物，也没人过问他的起居生活。

老汉和隔壁的银匠是世交，两人常在一起喝茶聊天，无话不谈。眼见老汉病魔缠身，这一天，银匠无不担心地对他说："你这也不算个事啊！手头的几个积蓄又要吃饭又要看病，花光以后你又怎么生活呢？"老汉愁眉不展地说："唉！我又有什么办法呢？过一天算一天吧！"银匠神秘地眨眨眼，凑近老汉的耳旁："我有一个办法，你不妨试试。"然后如此这般地一说，老汉笑着点了点头。

话说一天晚上，老汉的大儿子从街上洗澡回来，看见父亲屋里的灯还亮着，很是诧异，连忙悄悄地溜了过去，透着门缝一看，眼前的情景把他惊得目瞪口呆，原来桌子上堆满了白花花、金灿灿大小不一的银元宝和金元宝。老头把它们数了又数，然后悉数装进一个布袋里，藏在墙角处的一个暗洞里。老大赶忙跑回自己的屋里，把刚才看到的情景一五一十地告诉了老婆。老婆瞪大了眼睛说："那还等什么？从明天起，老头的生活起居就由咱包下来，反正他也没有几天活头了，死后这财产不就是俺们的了吗？"老大听了连连点头称是，第二天就一反常态地承担起了照顾病中父亲的重任。

老大两口子的反常举动，引起了老二、老三的疑心，弟兄俩留心观察，最后终于揭开了其中的秘密。于是，弟兄三人坐下来，经过心平气和的商议，达成按月轮流照顾父亲，父亲死后再平分那些元宝的协议。就这样，老汉总算在生命的最后时刻，过上了几天衣食无忧的生活，半年后撒手人寰、驾鹤西去。

老汉一倒头，弟兄三人不是忙着立即筹办丧事，而是第一时间取出老人留下的那些银元宝和金元宝，来到隔壁银匠家鉴定这些东西值多少钱，再商量怎么分。银匠不慌不忙地告诉他们："这些元宝全是假的，是你们父亲生前委托我用破铜烂铁和铅铸成的。"弟兄三人一听全都傻了眼。银匠接着语重心长地对他们说："我们两家是几辈子的世交，我和你们的父亲亲如兄弟。以前的事就不说了，你们心里比谁都清楚，但今天我要郑重地劝说你们几句：乌鸦反哺，羔羊跪乳，动物且然，况于人乎？赶紧回家把丧事办了，让你们的父亲早点入土为安，我会对此事守口如瓶的。不然的话，万一真情泄露，你们将会落下千古骂名，在正阳关街上永远抬不起头。"弟兄三人听了醍醐灌顶，不由得良心发现，继而羞愧万分。谢过银匠后，三人争相跑回家中热热闹闹地办了丧事，风风光光地把父亲送下了地。

讲　述　人：杨永宽，男，寿县正阳关镇人，曾在正阳镇商业系统杂货业工作
采　录　人：汪洋，男，寿县正阳关镇人
采录时间：2023 年
采录地点：正阳关镇

员外财员外得

明末清初的一年夏天，淮河照例进入汛期，正阳关又成了岛国。一天傍晚，古镇皮老员外和一好友出东门看水。当走到青龙桥上的时候，老员外发现桥边有一物件泛着银光，俯身注目，是一个银娃娃。老员外随即面露愠色，呵斥道："光身见

我,岂不有悖礼教?!"言罢,一脚踢下桥去。也是巧了,此时河里恰有一条鲤鱼游过,张嘴将其吞下,而这条鲤鱼随后又被一渔翁一网捕下。

第二天一早,渔翁拎着这条大鲤鱼来到鱼市,可这鱼太大了,一般人家吃不了,所以,快到中午了也没卖掉。渔翁只好拎着这鱼出鱼市上大街,沿街叫卖,路上正好遇到了皮老员外。他连忙迎上前去,请求道:"皮老板,你家人多,这条鱼你给买下吧!"老员外看看渔翁焦急的神色,爽快地说:"好!送家里去吧!"渔翁满心欢喜,屁颠屁颠地把鱼送到了皮家的后厨。这时,已经中午了,家人和伙计们都在吃饭,老员外便亲自操刀。刮好鱼鳞,一刀下去开膛破肚,鱼肚子里应声跳出一个银娃娃来,老员外拿起来一看,这不就是昨天踢到河里的那个东西吗?此时,他不由得感叹了一声:"唉,这真是员外财还是员外得呀!"

采 录 人:汪洋,男,寿县正阳关镇人,退休教师
采录时间:2023年
采录地点:正阳关镇

熊道士的传说

今天的瓦埠镇古时称为"君子镇",镇上有一座东王庙,庙里主人是个道士,人称"熊道士"。

传说,熊道士曾被八仙收为徒,带到寿州的四顶山奶奶庙中修炼。经八仙的传授,熊道士已成半仙之体,能够呼风唤雨,撒豆成兵。因忘了八仙的嘱咐,熊道士开了奶奶庙的南门,瞧见了君子镇上的东王庙,立刻归心似箭,执意下山。八仙阻拦不住,赐给熊道士一块翻天印。熊道士向八仙磕了八个响头,洒泪下了山。

熊道士回到东王庙后,整天不读经书不习武,只是云游在外,专施邪术戏弄百姓。

一次,熊道士路过一个正在插秧的农夫,他向农夫讨水喝,农夫说没有。熊道士明知罐中有水,心中恼火,顺手从路边的红叶柳上捋下一把树叶,用嘴一吹,撒在水田里。瞬间,树叶变成无数条红尾鲤鱼,在水田中游来游去。农夫一家踩坏了刚插上的一田秧苗,一条鱼也没捉到。熊道士蹲在树枝上,拍着巴掌哈哈大笑起来。

农夫累得满头大汗,捧起瓦罐刚要喝水,熊道士用手一指,瓦罐裂成两半,清水哗啦啦流个精光。

熊道士又走到一个正在锄地的农妇身边,向农妇讨水喝。农妇递过瓦罐,熊道士一仰脖子,把水喝个精光。

临走前,熊道士向农妇要来一根头发,一头拴在地拐角的巴埂草上,另一头抛向飘在头顶上的云彩。这时,这块云彩遮住太阳,农妇觉得非常凉快,一会儿就锄完了地。

但是,数日后,那块云彩仍然遮着太阳,农妇地里的庄稼都发黄打蔫了,农妇急得团团转,无意中碰断了拴在巴埂草上的头发,那块云彩才飘走了。

每年的阴历三月十五,是君子镇上奶奶庙的会期。烧香拜佛的、求子求财和摆摊叫卖的男女老幼,川流不息,热闹非凡。

熊道士蹲在人流外面看热闹,突然,一个地痞走过来对他说:"道士,后面来了一个非常漂亮的姑娘,您不能玩点笑话看看?"

熊道士也不答话,双手合起,双目微闭,念动咒语,只见那个姑娘脱下衣服,裸体向人群走来。待那姑娘走近时,熊道士睁眼一看,那姑娘原来是自己的亲妹妹。

熊道士怒发冲冠,用钉身法把那个地痞钉在地上,直到饿死。

熊道士还经常呼风唤雨,使瓦埠湖上的渔船打转,使湖岸上的农田遭受水涝。因此,上天曾派老龙来抓熊道士,但他用翻天印把龙爪打掉一只。

熊道士打掉龙爪,犯了天条。玉皇大帝派张天师下界捉拿熊道士。张天师变作一个叫花子来到东王庙前的一棵老槐树下,一条腿跷在树干上,另一条腿站在地上,手中提着一只画眉笼子。只听画眉在笼中叫道:"邪老道,爬出庙;邪老道,死期到……"

熊道士果然愤愤地出了庙门,不由分说,朝叫花子用力一腿扫去,叫花子纹丝不动,铁铸一般,熊道士却一头栽在地上。他恼羞成怒,从地上爬起,一个黑狗掏心朝叫花子扑去。叫花子略一闪身,熊道士扑了个空。只见叫花子向熊道士的肩上轻轻一拍,熊道士顿觉肩上麻麻的,脱下道衣一看,大惊失色,五枚绣花神针深刺入骨,抬眼看时,那叫花子早已不见踪影。熊道士心中明白,这是遇到哪路高手了,便回到庙内,叫小道士抬来两口铜钟,自己坐在钟内,然后吩咐小道士把另一口钟合在上面,用火烧上七七四十九天,不到时候不准揭开。

小道士按照师父的吩咐,架上木柴烧了四十八天。这天来了一个老道,他问小道士:"火中烧的是什么?"

小道士答:"是师父。"

"烧了多少日子?"

"四十八天。"

老道哈哈大笑道:"揭开看吧,师父已被你们烧成灰啦!"言罢,扬长而去。

两个小道士信以为真,慌忙拿来棍子,撬开铜钟,只听熊道士在钟内大叫道:"我命休矣!"他从钟内跳了出来,就要逼出的五枚绣花神针霎时又钻进肩内。

熊道士知道自己已死期临头,也没责怪小道士,只嘱咐小道士:"我不行了,这是天意。我死后,你们把我埋在黄岗(今瓦埠镇仇集乡小咀村西边),头朝下,脚朝上,把翻天印放在脚心,以免龙抓雷劈和恶人挖尸,这样,我的灵魂就能安宁了。"说罢,长叹一声,离开了人世。

小道士按照师父的吩咐,把他安葬了。据说,就是八仙送给熊道士的那只翻天印,使得瓦埠湖上架线传不过电来。

讲　述　人:方心巨,男,寿县瓦埠镇瓦岗村人
采　录　人:方运麓,男,寿县瓦埠镇瓦岗村人
采录时间:1986 年 8 月
采录地点:瓦埠镇瓦岗村

张二成仙

从前,安徽蒙城县内有兄弟二人。哥哥叫张大,在寿州做麻油生意,家在蒙城。弟弟叫张二,因做不好生意,嫂子容不得他,只得常年住在城门洞内,以讨饭为生。

这天,张二没填饱肚子,在城门洞里翻来覆去睡不着。半夜时,他忽听两人在说话。只听一个老头问另一个正在打扫街道的老头:"城隍老爷,深夜打扫街道干什么?"

城隍老爷答道:"土地老爷,明日八仙要路过此地,您不知道?"

土地老爷道:"实是不知。"说罢,二人一同打扫起来。

张二听了城隍老爷和土地老爷的对话后,心生成仙之念。第二天一大早,他就站在城门口等着八仙的到来。张二想:八仙必是八人同行,其中何仙姑是女的;铁拐李身背大葫芦,是个瘸子。只要发现一行八人,一女一瘸,定是八仙无疑。

张二从早晨等到中午,从中午等到傍晚,果然,城门外来了八人,其中一女一瘸。张二等前面七人走过之后,猛地抱住后面的瘸子。瘸子挣扎道:"为啥抱住我?"

张二道:"铁拐李,我要成仙!"

瘸子道:"放开我,我不是铁拐李,我是讨饭的。"

张二指着瘸子背后的大葫芦道:"你是铁拐李。昨夜城隍老爷对土地老爷说,八仙要从此经过,我全听到了。"他死死地抱着瘸子不放。

瘸子无奈,伸手从裤筒内挠了几下,挠出一把连血带脓、黏糊糊的疥疮疤递给张二。张二接过嗅了嗅,腥气扑鼻,差点吐了出来,回头来找瘸子时,早已无影无踪。

张二叹了口气,悔不该放走瘸子。他把疥疮疤用纸包上,放在城门洞的砖缝里。

一次,有个进城卖鱼的人丢了几条死鱼在城门洞内,张二发现死鱼,忽然想起瘸子给他的疥疮疤来。他拾起死鱼,拿一点疥疮疤灌进鱼腹,渐渐地,死鱼复活。之后,张二不再讨饭,把拾来的死鱼弄活,再到大街上去卖。

日子长了,人们发现张二经常卖鱼,而又从不逮鱼,感到非常蹊跷。一次,正当张二在为死鱼灌疥疮疤时,一伙人闯进来,要看明白,张二惊慌中将疥疮疤填入口中。

张二自吃了疥疮疤后,走起路来如腾云,一抬腿就是十里八里的。为讨封成仙,他把卖鱼攒下的十两银子带回家交给嫂子。嫂子欣喜异常,要擀龙须面给张二吃,并叫张二到街上去买麻油。

张二道:"何必去买?我到哥哥那里去讨,回来不耽误吃面就是。"

嫂子笑道:"二弟何出此言?寿州远离蒙城,这许多路程,就是明日你也赶不回来。"

张二道:"嫂子不信,待二弟带回嫂子给哥哥的鸳鸯荷包便知。"言罢,张二便无影无踪了。

果然,未等龙须面下锅,张二便取回了麻油和荷包递给嫂嫂。嫂子仔细地看了荷包,尝了麻油,惊异道:"二弟真是神仙了!"问张二如何得此神法的,张二便把经过向嫂嫂叙说了一遍,嫂嫂惊叹不已。

张二告别了嫂嫂,又到寿州辞了哥哥,来到上奠寺(今寿县瓦埠乡上奠集)。在上奠寺南的一个村子前,张二见一农夫在犁田,便向农夫打听道:"敢问大哥,上天走哪条路?"

农夫听了,以为此人是个疯子,便顺手指着路边的一棵柳树道:"就从那上天。"

不料,农夫话刚落音,那柳树边果真露出一条通往天上的路。张二谢了农夫,高高兴兴地上天去了。

农夫瞧得明白,忙抛下牛和犁也随张二上天去了。刚走了一截,农夫忽然想起要跟老婆交代一下,便拉牛扛犁回到家里告诉老婆说:"你在家好生照管,待我上天成仙去。"老婆哪里肯信,便随丈夫来到那棵柳树前,哪里还有上天的路?

后来,人们在今天的上奠集这地方修了座庙,称为"上天寺",日子久了叫白了口,便成了"上奠寺"。张二从柳树边上天的那地方便叫作"柳树郢"。

373

讲 述 人：方心巨，男，寿县瓦埠镇瓦岗村人
采 录 人：方运麓，男，寿县瓦埠镇瓦岗村人
采录时间：1986 年 10 月
采录地点：瓦埠镇瓦岗村

一 念 之 间

从前，芍陂塘口南瓦庙店是一个小商铺或称小集市，面积不大，但每年的客流量不少，在方圆十里八里，也算是小有名气。人来人往，缺不了客栈。客栈的掌柜兼账房先生姓郝名乐，是个读过书的人，性格开朗。

一年冬季，某一天，两位英俊书生同时来客栈入住，一个姓桑名欣，另一个姓韩名卫。郝掌柜给二人办完入住手续，放下笔，叹道："伤心寒胃，苦人一对。"二位书生闻声，惊讶相望。三人哈哈大笑，相互抱拳作罢。

夜里，下起了当年入冬的第一场大雪，瑞雪兆丰年。大清早，桑姓书生早早起床，看窗外梅花怒放于雪中，大声吟道："天地茫茫白雪飘，东风微醺红梅笑。不冷！不冷！已是春来到。"其实，韩姓书生亦已早起，站在堂前老塘河岸边享受着飞雪的浪漫，听罢桑姓书生吟诵，兴奋有加，便也诵道："世事纷扰似鹅毛，落到水里去哪了？莫找！莫找！本来无烦恼。"这样的时刻，当然少不了文人掌柜郝乐，随口吟道："大雪纷纷落地，都是皇家瑞气，再下三年何妨？"恰巧一车夫路过，高声喷道："放你妈的臭屁。"

种植善念，收获吉祥，好坏尽在一念之间。

讲 述 人：唐金良，男，寿县板桥镇龙祠村人
采 录 人：唐新连，男，寿县板桥镇人，兽医师
采录时间：2018 年春

采录地点：上海闵行昆阳路

银鱼寿命只有一年

据传，龙王身边有一对童男女。一日，龙王遣二人至人间察看世情。二人来到凡间，日久生情，竟结为夫妻，不再返回龙宫。龙王一怒之下，将二人变成全身透明之微鱼，即银鱼，且不许已有身孕之童女生子。为繁衍后代，童女不惧怕死亡，决定破腹生子。童女游向碎石，破腹产卵而死。童男安置好鱼卵，亦很快死去。银鱼此产卵法得名"破娘生"。

另说，春秋战国时，越谋臣范蠡辅佐越王苦心劳力二十载，深谋远虑，终灭吴。功成后，范决心退隐，抛弃家业权势，驾一叶扁舟出三江而入五湖，带着美女西施，最终隐居于太湖中一小岛。西施后来老死于太湖之中，"不知水葬归何处，落月弯弯欲效颦"。其玉体化作一洁白小鱼，即今太湖之银鱼。唐代杜甫《白小》诗曰："白小群分命，天然二寸鱼。细微沾水族，风俗当园蔬。入肆银花乱，倾箱雪片虚。生成犹舍卵，尽其义何如。"

白小即银鱼，也称小白鱼、面条鱼、面文鱼、脍残鱼，肉质软嫩味鲜美。此诗描述以银鱼当蔬菜食用之情形，可见当时产量之高。

采 录 人：马传耿，男，寿县瓦埠中学退休教师
采录时间：2022 年 10 月
采录地点：瓦埠镇

甄姑娘与贾少年

在很久以前,安丰塘本是一座美丽的城池。城南头住着一户甄姓人家,甄家有一女儿;街北头住着一户贾姓人家,贾家有一个少年。甄家姑娘生得如花似玉,贾家少年长得美貌倜傥。两家门当户对。少年恋姑娘,姑娘爱少年。他们让丫鬟私下传书,十分频繁,不久便山盟海誓,私订终身。不久后,贾少年另有新欢,疏远了甄姑娘。任凭甄姑娘愁肠万断,苦苦相思,也丝毫不能打动贾少年。为了甩掉甄姑娘,贾少年软硬兼施,将甄姑娘说给酒肉朋友赵公子,姑娘含泪答应了。那赵公子是个纨绔子弟,年少风流,与甄姑娘幽会不久,也将她抛弃了。甄姑娘万念俱灰,伤心地哭了。在一个明月当空的夜晚,甄姑娘向明月哭诉了自己的不幸后,投井自尽。

姑娘的遭遇深深地感动了上天。一声雷鸣,古城陷落,成了一望无际的水城,就是今天的安丰塘。贾少年、赵公子被深深地埋入塘底。天神将甄姑娘的泪珠变成了珍珠,每年在安丰塘内放一颗,这无价之宝给谁?只有一生忠贞不贰、倾心相爱的人才能得到。

讲 述 人:姚为珍,女,寿县安丰塘人
采 录 人:赵阳,男,寿县人民政府办公室农业科科长
采录时间:2008 年 7 月
采录地点:安丰塘畔

安丰塘铜镜

传说很久以前的一个夏日,村里一个年轻人在安丰塘洗澡。他感觉脚下有异物,潜入水底捞出,洗干净后发现是一面古代铜镜。他拿起铜镜照自己的脸,不照则已,一照魂飞魄散,原来镜中是一张长长的驴脸。他惊恐万分,忙将铜镜丢回塘中。

消息传开后,人们对这面神奇的铜镜感到好奇,纷纷尝试打捞,但均无功而返。有人说:"这个宝贝没有遇到有缘人。它之所以会在安丰塘中出现,是因为安丰塘是安丰城陷落下去而来的。"

这个传说在村子里流传了很久。有一天,一位赶考的外地书生乘船经过这里,听说了这个传说,被这个故事深深吸引,他决定留在安丰塘探寻真相。经过漫长的摸索,他终于在春夏交替的一天,从水底摸到了那面传说中的铜镜。当他将铜镜对准自己的脸时,他没有看见自己的脸庞,铜镜中却出现了安丰塘的全景。他震惊地发现,那画面中还有他的身影,而在他的身影旁,还有一位美丽的女子正在画着什么。

他怀着好奇向村子里的人询问是否有这位女子的信息。人们告诉他,这位女子是村里的一个美丽的姑娘,擅长画画。当书生找到这位姑娘时,姑娘告诉他:"我画的是梦中你我的未来。"书生听后十分感动,便将铜镜送给了那位姑娘……

今天,人们依然相信在安丰塘的水底,有一面神奇的铜镜在守护着这个村庄。每当夜晚降临,月光洒在安丰塘的水面上,人们仿佛还能看到那面铜镜在水中熠熠发光。

讲 述 人:龙宏生,男,寿县迎河镇人,迎河医院医生
采 录 人:李井标,男,寿县迎河镇人,《寿州文艺》理事
采录时间:2022 年 10 月
采录地点:迎河镇龙宏生家里

编笆接枣　锯树留邻

寿县隐贤镇是个具有千年历史的古镇,这里民风淳朴、邻里和睦,是远近闻名的礼仪之乡。

这个镇有一条小巷,名叫涂家巷。巷内居住着陈、王两户人家。两家门挨着门,庭院仅一墙之隔,关系十分融洽。

陈家在墙头左侧栽了一棵枣树,三年后枣树结满红枣,像悬挂着一盏盏小红灯笼,树枝越过墙头,熟透的枣子不时掉落在王家的院子里。

王家主人想,邻家枣树结的枣子,俺家不应该享用。于是他就编了竹笆,放在墙头上,斜架在枣树枝下,使掉落的红枣滚回到陈家院子里。

陈家主人认为,邻家的小孩拾几颗掉落的红枣,没必要大惊小怪的,就悄悄把竹笆垫高,不让枣子滚过来。

年年结枣,年年编笆。王家主人召集全家老小商量,说:"还是迁到别处去吧,免得日久天长,影响邻里关系。"

陈家主人得知这一消息后,深感不安,毅然把枣树锯掉了。

王家主人隔着墙头不见了枣树,就来到陈家,指着倒在院内的枣树,深表惋惜地说:"陈老兄,你怎么把正在结枣的枣树锯掉啦?"

陈家主人说:"枣子虽好,也没有邻居好啊!"

从此,编笆结枣、锯树留邻的故事就在城乡百姓中流传开了。

讲 述 人:赵振远,男,寿县政协退休干部
采 录 人:赵鸿冰,男,寿县融媒体中心编辑、记者
采录时间:2023 年 11 月

财星下凡的传说

　　传说，瓦埠湖东岸有个大财主叫柴富贵，柴氏沾姓氏光，祖辈至今虽遇到数次战乱和灾害，但是，柴氏家族一直都未受到多大波折，始终是社会上的富贵一族。柴富贵有个女儿，人们都说她是天上的财帛星下凡。她金口玉言，说哪里有钱，哪里就出现钱财。总之，她需要什么，只要说一声在哪里，人们去了就可以取到。

　　附近的官宦、富贵人家皆向柴富贵家求亲，但是，柴富贵的女儿都没有同意。是什么原因呢？原来柴富贵的女儿因为求吉兆的心理，提出男方必须有个好姓氏且有个好名字，她才能嫁给他。一天，一位叫宋天融的小伙子上门求亲，柴富贵的女儿出乎意料地答应了。大家都不理解，宋天融有什么值得她青睐的？这个宋天融，从小父母双亡，一个人过着失怙离恃的孤单日子，要钱没有，论人样也是一般般，真让人百思不得其解。柴富贵的女儿认准的是宋天融这个好名字，她相信嫁给宋天融一定能容下她这个财帛星，因为她是天融呀。柴富贵的女儿坚信宋天融将来会大富大贵，能与她柴大小姐成就百年好合。宋天融迎娶柴大小姐的当天，花轿起程了，喇叭声声、锣鼓喧天，陪嫁和迎亲的队伍规模宏大，场面气派。柴大小姐虽然坐在花轿里，但对柴家的这些金银财宝如数家珍。她知道娘家金库里的金银财宝都变成了鸟雀陪伴她飞往婆家，于心不忍——不能把娘家的钱财都带到婆家去，这样对不起抚养她多年的亲生父母，也对不起她的兄弟姊妹们。于是，柴大小姐让抬轿的人把花轿放下，走下花轿，她把手中的鸳鸯彩帕向空中一抛，飞在空中的鸟雀随即被收揽一大半，她把这个彩帕交给父亲说："父亲，等我到宋府以后，你再打开金库门，把手帕里兜的金银财宝撒到金库里，然后把金库门锁上就可以了。待我回门时，来取手帕。"柴大小姐在百鸟的簇拥下，坐着花轿被抬往宋天融家。一路上围观的人挨肩擦背，他们有生以来，从未见过这样的喜庆场面，可开了眼界了。

婚后，柴大小姐成了宋太太，家中的事务被料理得井井有条。一年后，宋太太又为宋天融生下一个公子。宋府上下对这位新太太也是敬佩有加。

在一个明月朗照的夜晚，人们都吃过晚饭在院子里拉家常，宋天融家的两个伙计为了试验宋太太是否像人们说的那样金口玉言，便悄悄地到田里，用一个白被单把一片土地盖上，然后来到宋太太面前，用手指向田地里被白褥单蒙盖的地方说："太太，你看那边田里白白的，是不是有白银在那里？"宋太太朝伙计手指的方向望去，果然在圩沟外面的大地里有一块白色的土地，她告诉那两个伙计："快拿铁锹过去，那里地下埋藏有五百两白银，别给挖落下了。"

两个伙计往土里刚一挖，就听到"咯噔"一声，待把土铲到一边，定睛一看，果然是一块银子，他俩经过一番挖掘，正好五百两。

有一年秋天，地里的棉花开得像白云朵一样。宋太太吩咐家里的伙计们："快到田里去把银子挖来。"伙计们心里明白，那些白色的是棉花，哪有什么银子呀？！太太说："这块田里的银子多，足有两千两。多去几个人。"就让家里的伙计都拿铁锹去挖银子。大家一锹下去，白花花的银子便显露出来，在太阳光的照射下，闪闪发光。他们把这些银子抬回家，送到宋太太面前，让宋太太过目。宋太太让丫鬟把这些白银称一下，刚好两千两。自此以后，再也没人怀疑宋天融的太太不是天上财帛星下凡了！

讲 述 人：徐贵珍，男，寿县大顺镇人
采 录 人：徐东军，男，寿县大顺镇人
采录时间：2000年
采录地点：大顺镇新桥村

神功的传说

家兄孝泽说,从前徐氏家族组织青年武术队,从山东武术之乡郓城请来中原地带颇有名的廖大侠,尊为教授武术的老师。徐氏家族年轻力壮的男丁皆利用农闲时节,随廖大侠学习武术。

在习武的徐氏青年中,有一位身体素质好又能勤学苦练的后生,廖大侠教他一套特殊本领,就是甩飞刀。据说,这种武艺是在中国传统飞刀直飞、旋飞的基础上,结合飞石的阴手、摔手技艺发展起来的,能远距离击杀敌人,可以对付日渐流行起来的洋枪。

廖大侠看中了徐氏家族的这个少年,用心培养他。经过了数载刻苦训练,这位青年练就了一身超强本领,十六岁那年就能快速准确地把飞刀掷向远距离目标,并且能一次甩出多个镖头,人送外号"百把刀徐"。徐氏家族也因百把刀徐的威名和众位武艺高强的族人,在大顺集岗湾十八姓氏中,备受尊崇。

少年在十二岁那年做了件轰动一时的事。大顺集三月三逢会期时,来了一个叫高傻子的杂技团,是名震大江南北的杂技兼武术班子。高傻子这次来到大顺集,在杂技团的旗杆上挂了一面旗幡,上书"打遍天下无敌手"几个大字。大家都对高傻子目中无人、妄自尊大的做派很有看法。

常言道,"天外有天,人外有人"。杂耍热烈进行的时候,一个放牛娃倒竖在牛背上,看似漫无目的地向杂技场慢悠悠地走来。观众都认识这个小放牛的,知道他的本事非同寻常,让开了一条路,让牛过去。只见那头牛走到旗杆下,牛背上的小孩一个鲤鱼打挺,攀上旗杆,猛地把"打遍天下无敌手"的幡摘了下来。围观的众人都拍手叫好,高傻子只顾玩杂技,一时间不明就里。高傻子愣神之际,小放牛的又返回牛背,吹着短笛慢悠悠地离开了。

高傻子怒从胆边生,想动手教训这个孩子。看杂技的你一言我一语地说,他是山东廖大侠的得意高徒，武艺非同一般。高傻子毕竟是走江湖的人，见识广，听了众人的话，两手抱拳，高声赔礼："高某献丑了。"然后收拾道具，带着杂技班子拔腿走人。

随着年岁渐长，百把刀徐的武艺也在不断精进，名声大振，传到了李鸿章的耳朵里。李鸿章想请他到李府，做保镖兼淮军教练，被百把刀徐谢绝了。

据说有一次，百把刀徐走过了山东，到了京畿一带，遇到一家开武术馆的。该开馆人不守武术之道，蹂躏乡里。百把刀徐听了百姓诉说，专程拜访这家武馆，找到馆里的师傅，委婉劝解。但是，这个武术师傅不但不听劝告，还对百把刀徐的善意规劝极其反感，当场翻脸，唆使弟子围攻百把刀徐，企图置百把刀徐于死地。这下惹恼了百把刀徐。百把刀徐手一伸，衣袖里一番响动，众人还没反应过来，就被飞镖击中了要害，数人应声倒下。武术师傅从椅子上腾空而起，飞向百把刀徐。百把刀徐见他来势凶猛，重施绝技，朝武师一甩手，武师应声倒地，连反击的机会都没有。

百把刀徐的神功，至此被传开。

讲　述　人：徐孝泽，男，寿县大顺镇人，曾做过教师
采　录　人：徐东军，男，寿县大顺镇人
采录时间：2022 年
采录地点：大顺镇新集村

放下屠刀、拔发为僧

很久以前，隐贤有一座古庙，叫极乐庵。庙里的和尚个个身手不凡，武艺超群。一年秋天，外地有一股残匪乘船沿淠河北上，沿途烧杀抢掠，无恶不作，百姓恨透了他们，盼望老天爷赶快惩罚这些强盗。这天船行到离隐贤集约十里的地方，突然狂

风大作,暴雨倾盆,匪徒被迫停船。匪首说:"隐贤集乃卧虎藏龙之地,不能贸然前行,我化装前去侦察,等摸清情况后再做决断。"

匪首说完便换上便衣,装扮成老百姓,上岸后步行来到隐贤集。他来到极乐庵,见几个小和尚正在练功,个个精通拳路、身手不凡,心中暗暗佩服。这时,有两只乌鸦尖叫着飞过头顶,有一个小和尚收了拳掏出弹弓,从地上拾起两粒小石子,举手向空中射去。只听"啪啪"两声,两只乌鸦便应声落地。匪首情不自禁地喊:"好弓法!"喊声惊动了练功的和尚,有个和尚把袖口一抖,只听"唰"的一声,一支飞镖直朝匪首的脑门射来。匪首急忙躲闪,结果飞镖从头顶擦发而过,钉在后边的木柱上,匪首惊出一身冷汗。这个和尚来到匪首面前,双手抱拳说:"对不起,这是我们的见面礼。"

话音刚落,一位目光炯炯的老和尚从大殿里走出,训斥小和尚说:"你们不要出风头、瞎逞能,要好好练功,打败来犯之敌!"说罢站在台阶上看小和尚练功。这时,和尚们亮出十八般武艺,看得匪首目瞪口呆。他心里翻江倒海、极不平静。他想,若不是老天阻拦,我肯定会率部杀向隐贤,被和尚们打得落花流水。我们一路烧杀抢掠,干尽坏事,导致天怒人怨,将来肯定不会有好下场,不如放下屠刀,弃恶从善,拜老和尚为师,做一个清净的佛门弟子。想到这里,匪首缓步走到老和尚面前,双膝下跪,叩头说:"师父在上,受弟子一拜!"老和尚急忙扶他起来,问道:"请问施主,你姓甚名谁?家住何方?来此处有何贵干?"匪首便将真情一一道出,请求老和尚原谅他的过去,收下他这个不义的弟子。老和尚听罢满脸怒容,也不答话,转身回屋去了。

匪首无奈,只好离开极乐庵朝街上走去。他转了一圈,不觉天色已晚,街灯齐明,夜市上人头攒动,热闹非凡。这时,一队官兵正在巡逻,领头的官兵敲着锣,边走边喊:"乡亲们请注意,要提高警惕,防匪防盗,确保安全!"见此情景,匪首浑身起了鸡皮疙瘩,更坚定了放下屠刀、立地成佛的决心。于是,他再次来到极乐庵,可是庙门紧闭,大殿里不时传出琅琅的诵经声。匪首喊不开门,就跪在门口。为了表示出家的决心,他忍着剧痛,把头发一根一根地拔下来,放在地上。拔完以后,头皮已经渗出殷红的血迹,他疼得昏倒在门前。等他醒来时天已破晓,老和尚站在门口,望着地上那一缕缕沾着血丝的头发,问道:"你真的愿意改邪归正,出家为僧?"匪首叩头说:"我面前的头发可以做证,如有半点虚假,天诛地灭!"老和尚又问:

"你出家以后,你的队伍怎么办?"匪首说:"他们只有两条路:一是向官兵投降,接受处理;二是自动解散,回家种地。"老和尚毫不犹豫地说:"你决意放下屠刀,拔发为僧,老衲自当接纳你。"匪首又叩头拜谢,连声说:"感谢师父大恩大德,小人立志出家,永不反悔!"

匪首出家以后,被授予拔发僧的法号,从此极乐庵声名远播,拔发僧的故事也一代一代地流传下去。

采 录 人:卞维义,男,寿县太平中学退休教师
采录时间:20世纪80年代
采录地点:隐贤街道、太平街道

人是泥做的

在盘古开天辟地以后,世间便有了日月星辰、雨雪风霜、山川河流、花草树木、飞禽走兽、奇珍异宝。可是,盘古觉得世界好像还不够完美。对,就是缺少有智慧情感、能歌善舞的人类。于是,盘古就根据心中的构想,捏了许多泥人,有男的、女的、老的、少的,个个神形兼备、栩栩如生。捏好以后,盘古把它们拿到院子里晾晒,嘱咐用人好好看管,自己到天外云游去了。

且说掌管风雨雷电的天神见盘古不但能开天辟地,而且还造出了芸芸众生,便心生嫉妒,于是,趁盘古不在,便使出魔法。突然间电闪雷鸣、风雨大作,用人们来不及收拾,只好用大扫帚将泥人扫在一起,用草盖住。盘古回来一看,缺胳膊少腿的不计其数,他回天乏术,只好长叹一声,吹口仙气让泥人复活,于是便有了盲人、瘸子,被雨点打在脸上的便成了麻子。

据说人在淌汗之后,便能在身上搓出许多泥条来,因为人是泥做的。

采 录 人：卞维义，男，寿县太平中学退休教师
采录时间：20世纪80年代
采录地点：隐贤街道、太平街道

和尚与"婆娘"

寿县瓦埠乡上奠集，原有座"上奠寺"，寺旁有两口井，一大一小。传说这两口井是"龙眼"，井水饮之可延寿，污则受惩。

每年阴历四月八日是上奠寺的庙会期。很多烧香拜佛的都要带点龙眼水回去，就连罗塘寺（在今长丰县）内的一个尼姑，也常来挑龙眼水。

久而久之，尼姑来上奠寺挑龙眼水的事，被上奠寺的小和尚发现了。小和尚把此事告诉了老和尚。

第二年四月八日，果然有一个尼姑来挑"龙眼水"。老和尚走近尼姑，喝道："大胆贼婆，怎敢偷我神水？"

尼姑笑道："师父息怒。神水乃供天下黎民享用，何为偷哉？"

老和尚怒道："刁尼休要狡辩！神水为上天赐给我寺，仅供本地居民享用，如再争舌，教你桶裂竹断！"

尼姑挑起水桶道："佛门同道，何出此言？如此说来，倒要看看怎样的桶裂竹断！"

老和尚早想施展法术赶走尼姑。他气运丹田，用手一指，只听"咔嚓"一声，尼姑肩上的竹扁担齐齐地断成两截。

尼姑双手托桶，赞道："好一个上奠寺的和尚！"说罢，脱掉绣鞋，去掉裹脚布搭在肩上，挑起水桶就走。

老和尚目瞪口呆，方知尼姑法术无量，不由得叹道："好一个罗塘寺的婆娘！"

讲 述 人：方心文，男，寿县瓦埠镇瓦岗村人
采 录 人：方运麓，男，寿县瓦埠镇瓦岗村人
采录时间：1986 年 12 月
采录地点：瓦埠镇瓦岗村

一 箭 双 雕

　　从前，有个贪财的地方官，他不但欺压百姓，不择手段地榨取民脂民膏，而且暗地里还怂恿一批地痞流氓为他偷盗钱财。百姓们恨之入骨，骂他"贪官"。

　　一天，有个身材魁梧的大胡子来找贪官，自称武功过人，偷盗有术，愿为他效劳。

　　贪官暗地正欲收一名武功好的人作为行窃班头，一听正中下怀，要考考大胡子的本领。他叫大胡子当夜三更到山上的庙里，如能把一个身穿黑衣、身佩宝剑、手使双鞭的人不加伤害地活活抓来，便收留大胡子。

　　当夜，贪官安排了一个武功最好的流氓在庙里等候大胡子。

　　鼓打二更，大胡子悄悄地摸上山去。他施展轻功，翻房越脊，很快找到了要抓的那个人。但见那人盘膝坐在佛像前，双鞭放在身边，正在闭目练功。大胡子刚进庙门，那个人突然一个旱地拔葱，跃到大胡子面前。大胡子不慌不忙，一个鹤立鸡群，纵身跃在那人背后。那人一个急转身，双鞭直扑大胡子。大胡子见势不妙，纵身蹿出窗外。那人紧追不舍，跃出窗外，但钻进了大胡子蒙在窗外的麻袋里。

　　第二天，大胡子被贪官正式收留，并做了行窃班的班头。

　　一日，大胡子非常神秘地来找贪官说："老爷，今晚要发横财啦！"

　　贪官忙问财从何处来。大胡子说："赵财主的女儿赵小姐许配给知府大人做儿媳，明日出嫁。赵财主为女儿陪嫁了许多金银首饰和珍珠玛瑙，价值连城。这些东西全放在一只大箱子里，今晚我就去做这笔买卖。"

"你一人去?"贪官问。

大胡子说:"赵财主是个有钱有势、结交官府的人,近日又与知府大人联系,如与别人同去,恐怕日后走漏风声,老爷吃罪不起。"大胡子看透了贪官的心事,说,"请放心,我如得了财宝,原数交给老爷,以报收留之恩。如露破绽,由我一人承担。"

深夜,大胡子出门去了。

贪官并不放心,他怕大胡子一人私吞了财宝,便带了两个心腹之人,换上夜行衣,悄悄地跟踪在大胡子背后。

大胡子把一切都看在眼里,他翻墙进了赵财主的后院,来到赵小姐的绣房前,后面的三个黑影也尾随着进了后院。

赵府里张灯结彩,鼓乐齐鸣,大红"喜"字贴满窗棂。前来贺喜的土豪劣绅济济一堂,端盘送水的家丁使女来往穿梭,甚是热闹。

这时大胡子已把赵四小姐陪嫁的财宝箱子偷了出来,用麻袋盖上,放在贪官隐蔽的地方,然后捏着鼻子大叫:"有贼,有贼!"

赵府的家丁们闻声赶来,贪官欲跑,被什么东西绊了个跟头,众家丁齐上,拿住贪官,顺手装进麻袋里,他的两个心腹却跳墙逃跑了。

家丁们举棍便打,贪官在麻袋里喊道:"别打,我是你们老爷!"

"混蛋!"赵财主闻讯赶来。他是个倚官仗势、心狠手辣的家伙,百姓恨他又怕他。他从家丁的手里夺过棍棒,指着麻袋骂道:"大胆贼寇,竟敢冒充老爷,看我不把你打死。"说罢,一棍连着一棍,直打得麻袋里无声无息,才停了下来。

大胡子在一旁看得清楚。他跑到前院纵了一把火,大叫:"不好啦,起火啦!"

赵财主慌忙令众家丁到前院救火,自己守在原地看护财宝箱子。大胡子乘机捉住赵财主,将贪官掏出麻袋,扎好袋口后大叫:"不好啦,贼又来啦!"

众家丁已扑灭了火,闻声赶回后院,不见贼,只见麻袋里的人在乱动,还不住地喊:"混蛋,放开我!"

众家丁不由得火冒三丈,举棍便打。

麻袋里人大叫:"别打了,我是你家老爷!"

众家丁齐道:"打的就是你这个冒牌货!"

这时,赵财主的儿子和土豪劣绅全都赶到。赵财主的儿子从家丁的手里夺过一根粗棒,大骂道:"你这个该死的贼,竟敢冒充我父亲,看我不把你打死!"说罢,自己带头,众家丁齐上,直打得麻袋里血浆四溅才罢休。

大胡子站在墙头上看得清楚,不禁哈哈大笑道:"好哇,好哇!财主打死贪官,儿子打死老子,少见,少见哪!"

"你是谁?"众人异口同声地问。

大胡子冷冷一笑道:"来无踪,去无影,专为百姓除奸佞。一箭双雕铲两霸,江淮大地行善人。"说罢,一个纵身,不知去处。

有人去追,被地上的死尸绊倒,细看时,认出是当地贪官。众人慌忙打开麻袋,发现里面果真是赵财主,但已一命呜呼!

讲 述 人:方心宝,男,寿县瓦埠镇瓦岗村人
采 录 人:方运麓,男,寿县瓦埠镇瓦岗村人
采录时间:1986 年 12 月
采录地点:瓦埠镇瓦岗村

不见黄河心不死

从前,有个财主家雇了一个长工。长工忠厚老实、勤劳能干,而且山歌唱得也很好。

财主有个女儿叫黄河。黄河最爱听长工唱山歌,每当长工五更头起来使牛唱山歌时,黄河总要打开绣楼上的窗户,倾听长工那粗犷而优美的歌声。日子久了,黄河的心也被长工唱走了。

黄河长得十分漂亮,且性情温和,不像父亲那样霸道。特别对于长工,黄河有一种好感——他勤劳朴实,山歌唱得又好。每当见到长工时,黄河主动向长工打招呼,问寒问暖。而长工虽感黄河和蔼可亲、温柔大方,但因自己出身低下,和她连话

也不敢多说一句。

一次,黄河派丫鬟把长工叫到绣楼上唱山歌。起初,长工不敢唱。黄河说她已派丫鬟在楼下放风,长工这才唱道:"哥在园外摘槟榔,妹在园中眺情郎。小郎有心妹有意,只恨中间隔堵墙。"

长工唱了一段又一段,多次起身要走,都被黄河拦住。长工一直唱到鼓打三更,执意要走,并说五更还要起床使牛。黄河无奈,将几只鸡蛋塞进长工怀里,又从腕上抹下一只玉镯含羞道:"长工哥,这只玉镯就是黄河的心,哥若有意,妹愿随你终生。"

长工接过玉镯跑下楼去,回到茅屋,点上油灯,从怀中掏出玉镯捧在手中,只觉一股暖流涌上心头。他笑了,从来没有过的那种甜蜜的笑。

后来,黄河经常约长工到绣楼上唱山歌。日子久了,财主知道了这件事,把长工打得皮开肉绽后,骂道:"一个穷气熏天的臭汉子,一泡牛屎都不如,能配得上黄河?就凭败我家风这一条,便能把你治死!"说罢,举棍又要打。

长工跪下道:"打死长工,何人为老爷干活?"

财主听后放下棍棒,奸笑道:"看你年轻无知,饶你一命,就罚你为我白干八年活!"

长工回屋,从胸口处摸出黄河给他的那只订婚玉镯,泪如断了线的珍珠一样,噗噜噜往下直掉。他想到今后再也不能与黄河见面,再也不能唱歌给黄河听,更得不到黄河的照顾和疼爱,还要为财主白干八年劳工,越想越伤心,痛不欲生。因为他失去了黄河,便失去了温暖,等待他的是冰窖,是苦海。他走近老牛,解下牛绳挂在梁上,长叹道:"不见黄河一面,我死不甘心!"说罢,将绳索套在脖子上,脚下板凳一蹬,一个从小吃尽苦头的孤单汉子于五更天离开了人世间。

长工死后,财主派人把尸首丢在荒郊,也不掩埋,被鹰犬撕食了,只有黄河的那只玉镯套着长工的那颗心,还在怦怦直跳。

自从长工死后,黄河昼不食,夜不眠,汤水不下,粒米不沾。白天,丫鬟为黄河端来饭菜,黄河不要;夜晚,丫鬟为黄河掸床铺被,黄河不睡。她在窗前一直站到五更。突然,远处传来长工那动听的山歌声:"哥在园外摘槟榔,妹在园中眺情郎。小郎有心妹有意,只恨中间隔堵墙。"

听见歌声,如见其人。黄河下楼顺着传来歌声的方向寻去,她越走越觉得长工哥就在眼前,越发感到山歌优美动听。

此时,已日出天明,黄河寻到荒郊,见是自己的一只玉镯套着的一颗心在唱歌。突然,那只玉镯啪地断为两半,心也随之不再跳了,歌声也戛然停止了。

至今,民间还流传一句"不见黄河心不死"的俗语。

讲 述 人:方心宝,男,寿县瓦埠镇瓦岗村人
采 录 人:方运麓,男,寿县瓦埠镇瓦岗村人
采录时间:1987年3月
采录地点:瓦埠镇瓦岗村

穷女婿拜寿

三个女婿来为岳父拜寿。

大女婿是探花,二女婿是秀才,三女婿则以打猎为生。因三女婿是个穷打猎的,无官没钱又少才,岳父向来瞧不起他。

寿筵开始。岳父吩咐:三个女婿要各吟诗一首,不然蹲在桌下啃骨头。大女婿、二女婿连忙赞同。

大女婿首先吟道:"天上飞的是斑鸠,山下走的是水牛。身边使的是丫头,房中读的是《春秋》。"

二女婿吟道:"天上飞的是凤凰,山下走的是绵羊。身边使的是梅香(丫鬟),房中写的是文章。"

三女婿胸有成竹地接着吟道:"手使一支小鸟枪,专打斑鸠与凤凰。山下走的是老虎,吃掉水牛和绵羊。身边带的是猎童,占你丫头共梅香。打火点灯用火媒,烧掉《春秋》和文章。"

岳父、大女婿和二女婿听罢,个个瞠目结舌。

讲 述 人：方心坤，男，寿县瓦埠镇瓦岗村人
采 录 人：方运麓，男，寿县瓦埠镇瓦岗村人
采录时间：1987年3月
采录地点：瓦埠镇瓦岗村

过时的皇历

从前，有个做换香油生意的人，每当他出门卖油时，老婆总是偷偷地舀去一汤勺香油放进一只坛子里，到了年关，余了一坛子香油。丈夫把赚来的钱还清了欠债，老婆把余下的一坛子香油卖了，夫妻俩过了个好年。

卖香油的邻居是个卖皇历的。卖皇历的老婆也学着卖香油老婆的办法，每当男人出门卖皇历时，她就偷偷地藏一本。到了年关，卖皇历的不仅没赚到钱，反而亏了本，连年也过不了。他正在愁眉苦脸时，老婆搬出两大筐皇历讲："不要紧，这是我平时攒下来的，你把它卖了，咱们会过个好年的。"

男人看着两大筐过时的皇历，气得说不出话来。

讲 述 人：方心坤，男，寿县瓦埠镇瓦岗村人
采 录 人：方运麓，男，寿县瓦埠镇瓦岗村人
采录时间：1986年10月
采录地点：瓦埠镇瓦岗村

乡下蚊子与城里蚊子

城里蚊子与乡下蚊子交上了朋友。

城里蚊子到乡下过了一夜就要回去,并对乡下蚊子说:"乡下人的血有些泥土味,不好吃,我们城里的那些老爷太太又白又胖,他们的血才香呢!"

夜里,乡下蚊子跟着城里蚊子飞到城里的一个官府里。乡下蚊子想尝尝官老爷和太太们的血是什么味道,但官老爷和太太们人人都有帐子,钻不进去。没办法,乡下蚊子飞到了一个庙里,看见一个个菩萨一动不动地坐在那里,它便趴在菩萨的脸上叮了起来。

第二天,城里蚊子问乡下蚊子:"昨夜吃得好吗?"

乡下蚊子不大高兴地指了指空肚子说:"官老爷和太太们虽然比乡下人胖点,但是脸上没有血!"

讲 述 人:方心坤,男,寿县瓦埠镇瓦岗村人
采 录 人:方运麓,男,寿县瓦埠镇瓦岗村人
采录时间:1987 年 5 月
采录地点:瓦埠镇瓦岗村

乡巴佬与阔少

一个有钱人家的阔少拉着一条狗在街上游玩,他指着一个卖柴火的乡下人讥笑道:"你是个乡巴佬,我一看便知。"

乡下人问:"何以见得?"

阔少指了指卷着裤筒子的乡下人的腿说:"乡巴佬的腿上没有汗毛,因为汗毛全被泥土粘掉了。"

乡下人说:"对,你们有钱人不下地,不劳动,不与泥巴打交道,所以腿上的汗毛总是长得长长的。"

阔少得意地点点头,耸耸肩。

乡下人指了指阔少手里拉着的狗说:"我看它周身长满'汗毛',一定是你们有钱人的祖辈吧?!"

阔少无言可答,拉着狗灰溜溜地走了。

讲 述 人:方心巨,男,寿县瓦埠镇瓦岗村人
采 录 人:方运麓,男,寿县瓦埠镇瓦岗村人
采录时间:1986 年 12 月
采录地点:瓦埠镇瓦岗村

吃 鸭 蛋

过去,有个嗜酒如命而又吝啬异常的财主,他喝酒时,每颗大豆都要掰开做两口吃。

一次,为了招待一个朋友,他狠狠心拿出两个咸鸭蛋来分给朋友一个,自己却把咸鸭蛋打开一个小孔,用筷子蘸点咸味下酒。朋友走后,他很心疼地将咸鸭蛋用绳子拴上,吊了起来,每次喝酒时,用筷子朝咸鸭蛋指一下,算是下酒菜了。但是,财主哪里知道,咸鸭蛋早就被夜间出来觅食的老鼠顺着绳子下来掏了个干净。

数日后,财主发现咸鸭蛋只剩下空壳时,叹了口气说:"早知道指着吃如此浪费,还不如蘸着吃节省呢!"

讲 述 人:方心巨,男,寿县瓦埠镇瓦岗村人
采 录 人:方运麓,男,寿县瓦埠镇瓦岗村人
采录时间:1986 年 12 月
采录地点:瓦埠镇瓦岗村

爱占便宜的人

从前,有个死要面子而又爱占便宜的人。一次,他向掌柜的要了一块大麻饼,问过价钱后,把麻饼放在柜台上翻来覆去地瞧着,一会儿说麻饼太薄了,一会儿嫌

麻饼太贵了。最后,他把麻饼还给掌柜的说:"掌柜的,我有几幢房屋卖给你吧。"说罢,他用手指蘸着唾液在柜台上画着房屋的轮廓。等蘸完大麻饼上掉下的芝麻后,便向掌柜的摆了摆手说:"算了,算了,反正你是买不起的!"说着,嘴里嚼着芝麻走开了。

讲　述　人:方心宝,男,寿县瓦埠镇瓦岗村人
采　录　人:方运麓,男,寿县瓦埠镇瓦岗村人
采录时间:1987年5月
采录地点:瓦埠镇瓦岗村

晴放心包不漏

修房的东家找来修房工人问:"你替我修房时说'请放心,包不漏',为什么天一下雨,屋子就漏?"

修房工人说:"我说的'晴放心',是指晴天你便放心。"他又指着屋面上隆起的部分说:"我说的'包不漏',是指有包的地方不漏雨。"

修房的东家有苦难言,无话可答。

讲　述　人:方心宝,男,寿县瓦埠镇瓦岗村人
采　录　人:方运麓,男,寿县瓦埠镇瓦岗村人
采录时间:1987年5月
采录地点:瓦埠镇瓦岗村

娘家虽穷没喝过苦茶

小姑子泡了一杯浓茶递给新过门的嫂子说:"嫂嫂,喝杯茶吧。"
嫂子接过水,呷了一口,又吐了出来。
小姑子不高兴地说:"嫂子,这是从外地买来的上等茶叶呀!"
嫂子也有点不高兴地说:"什么好茶?我娘家虽穷,却从来没喝过这样的苦茶!"

讲　述　人:方心文,男,寿县瓦埠镇瓦岗村人
采　录　人:方运麓,男,寿县瓦埠镇瓦岗村人
采录时间:1987年7月
采录地点:瓦埠镇瓦岗村

看　　牌

一个人对几个赌棍说:"你们几位真行,大热天,闩着门来了一夜纸牌,也不怕蚊子叮。"
另几个人问:"你是怎么知道的?"
答:"我扒着门缝看了一夜。"

讲 述 人：方心文,男,寿县瓦埠镇瓦岗村人
采 录 人：方运麓,男,寿县瓦埠镇瓦岗村人
采录时间：1987 年 7 月
采录地点：瓦埠镇瓦岗村

富 贵 眼

大女婿、二女婿来到岳父家。晚上睡觉时,岳父指着睡在高床上的大女婿说："富家子弟睡觉与人不同——伸直睡。"说罢,又指了指睡在另一张矮床上的二女婿说："穷家子睡觉如狗一般——蜷缩着睡。"

第二年,大女婿、二女婿又来到岳父家。晚上睡觉时,岳父指着睡在矮床上的大女婿说："直挺挺地睡在床上,多招人讨厌！"说罢,又指了指睡在高床上中了状元的二女婿说："睡觉都是金龙盘柱,多惹人喜爱！"

讲 述 人：方心坤,男,寿县瓦埠镇瓦岗村人
采 录 人：方运麓,男,寿县瓦埠镇瓦岗村人
采录时间：1987 年 7 月
采录地点：瓦埠镇瓦岗村

懒 人 一 对

一对夫妇俩懒成一双,真是南瓜掺鸡蛋——对色了。

一年夏天,妻子怀孕了,对丈夫说:"我怀了孕,不能干活,只有难为你下地了。"

丈夫无奈,只好拿着镰刀下地割麦子。但他挡不住烈日的暴晒和弯腰的痛苦,一会儿就回了家,对妻子发牢骚道:"叫我下地受苦,你在家里享清福。你不下地,我也不干了!"妻子对丈夫说:"我身怀有孕,多有不便。不信,你把土坯绑在肚子上下地试一试。"

丈夫依了妻子,把一块土坯绑在肚上下地割麦子。果然,弯下腰来,土坯往下坠,几次被压趴在麦茬上,心想,既然妻子不能下地,我也该想个法子不干活。于是,他苦思冥想了一会,心生一计。回到家里,丈夫指着自己的驼背对妻子说:"老婆,你身怀有孕,确实不能下地,但我背驼,也不能干活。不信,你把一块土坯绑在背上试一试。"

妻子依了丈夫,把一块土坯绑在背上下地割麦子。一弯腰,土坯往下压,妻子栽了个嘴啃泥。回到家里,妻子对丈夫说:"我知道自己怀了孕,没想到你的背上长了包。这样吧,你我都有不便,全别下地啦!"

讲 述 人:方心坤,男,寿县瓦埠镇瓦岗村人
采 录 人:方运麓,男,寿县瓦埠镇瓦岗村人
采录时间:1986 年 12 月
采录地点:瓦埠镇瓦岗村

表弟与表哥

表弟来到表哥家,吃饭时,表哥炖了两个鸡蛋端上桌子说:"表弟,你来得早了些,如果换在秋天来,我把两个鸡蛋孵成小鸡,长大后,足够咱俩美餐一顿的。"

相隔几日,为了索回被表弟吃掉的几勺炖鸡蛋,表哥来到了表弟家。吃饭时,表弟端上一碗煮竹片说:"表哥,你来得太迟了些,如果换在前几年来,我这碗竹笋是会鲜嫩可口的。"

讲 述 人:方心宝,男,寿县瓦埠镇瓦岗村人
采 录 人:方运麓,男,寿县瓦埠镇瓦岗村人
采录时间:1987年9月
采录地点:瓦埠镇瓦岗村

吝 啬 人

吃饭时,吝啬人端上一碗酱豆对朋友说:"实在对不起,跑到街上也没买到菜,这碗酱豆还是我从邻居那儿借来的呢。"

朋友笑了笑说:"今天,我在路上遇见一只兔子,被我一砖头打着了。"

"打死了没有?"吝啬人问。

朋友摆了摆头说:"我以为打死了兔子,但刚刚到兔子跟前,谁知那兔子一蹦有

那么高,跑了!"朋友用手指着吝啬人家屋梁上挂着的一串串咸鸡、腊肉比画着。

吝啬人羞得面红耳赤。

讲 述 人:方心坤,男,寿县瓦埠镇瓦岗村人
采 录 人:方运麓,男,寿县瓦埠镇瓦岗村人
采录时间:1987 年 10 月
采录地点:瓦埠镇瓦岗村

借　　钱

到了年关,两个穷女婿来向老丈人告急。

老丈人问大女婿:"你缺什么?"

答:"米、面、油、盐、酱、醋、茶……样样都缺。"

老丈人紧锁眉头:"样样都缺,我无法解决。"他转回身问二女婿道:"你缺什么?"

二女婿说:"我只缺一样——钱。"

老丈人眉头展开道:"那好办。"

讲 述 人:方心坤,男,寿县瓦埠镇瓦岗村人
采 录 人:方运麓,男,寿县瓦埠镇瓦岗村人
采录时间:1987 年 10 月
采录地点:瓦埠镇瓦岗村

黄鼠狼的帽子

听老人们说,黄鼠狼是有灵性的一种动物,且修为很深,还可以附体成仙,故一般有经验的人不会动它,因为害怕它报复。可我讲的这个故事,说的却是另一个情况。民间传说有一只老黄鼠狼带着三只小黄鼠狼正在田埂草垛里,商量着如何在月圆之时修炼,而且有可能会得到一顶帽子,它功能强大,最关键的是能够隐身,去做自己想做的事,但每次隐身不能被别人识破,否则就不灵了。

这席对话被一位早起的耕夫碰巧听见,这耕夫听说过黄大仙,却没想到这次是真的撞见了,还听到它们的人言,简直让他又害怕又惊奇。偷偷地听到最后,等它们走后,他下定决心晚上来夺走这顶隐形的帽子。

这样他也没有心思干活了,直接回家一声不吭地倒头便睡。妻子看他这样子,也不敢吱声,随他一直睡到月亮高升之时。你别说,今晚的月亮特别大、特别亮,就像一个大水晶盘子,晶亮耀眼。这个耕夫穿了一件夜行衣,拿了一条长长的鞭子,直接来到草垛旁的阴影里趴伏不动。不一会儿,几只黄鼠狼便现身了,面对皓月,它们立起身来,如人一般向月跪拜。拜着拜着,它们突然间达到忘我境界,而此时月正圆,月光吸引着它们飞起半尺,另有一小束月光笼罩在每个黄鼠狼的头顶,且好像有一顶帽子似的东西顺着光线在高速旋转,眼见就要落下来。说时迟,那时快,耕夫立身,手起鞭落,用力打向最弱小的那只黄鼠狼。只听"啪"的一声,月光一暗,地上只留下一顶小帽子,其他再也没有什么东西了。耕夫高兴地拿起帽子,再无旁顾地快步回家了。

拿到帽子的耕夫回家后,马上向妻子表演,一戴帽子,人就不见了,去掉后,立马现形。妻子由原来的惊讶到后来的惊喜,同时认为他们的好日子来了。刚开始,由耕夫自己戴上,到杂货铺里去拿一些油盐来家用,慢慢地就开始由妻子去拿一些床单衣物。夫妻俩就这样轮流着戴帽子出去拿生活用品,日子倒也快活。逐渐他们习惯性地白天睡觉,晚上出门,也不再需要出去劳作,日子却过得越来越红火。

可是有一天,夫妻俩却因为谁出门争吵了起来,一生气,各拽着帽子一角使劲不松手。只听"刺啦"一声,帽子烂了一小块。这可把夫妻俩吓坏了,赶紧松手。耕夫戴上一试,坏了,其他还好,但这破了的一块会漏人的后背。这怎么是好呢?耕夫大发雷霆,埋怨妻子坏了事。妻子见他发火了,便躲在一旁,拿过帽子用红线把破洞又缝上了,可惜,戴帽后隐身处会有一条红线痕迹,特别显眼,但不影响隐身效果。从这以后,耕夫不再让妻子戴帽出门了。他觉得这也不是长久之计,迟早会出事,不如趁早出去多拿些钱回家,以免后来吃亏。于是他心怀忐忑地出门了。

一出门,他就来到杂货铺,可劲搬东西,搬着搬着,他感觉有点傻,不如直接到银庄去拿钱算了。想想就进入银庄的库房外,当他趴在密码锁上时,却被管账先生发现了。因为管账先生以为这是一只苍蝇,就拿起大号账本使劲打了一下,这耕夫立马就昏过去了。管账先生又仔细查看一下,见这只苍蝇背后有红痕,他感觉很好奇,就用手一捏,一扯,被吓了一大跳,生生地变出一个活人来。只是耕夫此时吓得瑟瑟发抖,缩成一团,一个劲磕头求饶,且说出所有情形。管账先生不信,戴帽一试,却已经没有隐身功能了。他便报官把耕夫逮走了。后来这件事也成了一个故事留给后人评说。

讲　述　人:江家林,男,寿县板桥镇邹祠人
采　录　人:江典朋,男,寿县板桥镇人
采录时间:2023 年
采录地点:板桥镇邹祠村

金水牛的传说

据传很久以前的某个夏天,张李乡发生了严重的洪涝灾害,洪浪滔天。一头金

水牛，一头银水牛，经洪水的冲击，顺浠河而下。由于水流湍急，金水牛与银水牛在聂家湾被洪水分开，金水牛被洪水冲到了陈家岗，而银水牛则被洪水冲到了对岸冯瓴乡的沈台湾。

  金水牛自从被洪水冲到陈家岗之后，洪水随即慢慢退去，金水牛被留在了陈家岗，银水牛留在了对岸的沈台湾。人们见状很是惊奇，以为是神物护佑，于是等洪水退却干净之后，便在金水牛旁边建寺庙供奉祭拜。

  据说，如果再发生一次这样的大洪水，金水牛、银水牛就会相聚，同时随洪水流向下一个地方。但是，金水牛再也等不到那个时候了。不知过去了多少年，这年，开始大兴水利，梁家湖排涝渠从张李乡中间贯穿而过，经过陈家岗时，金水牛的颈部被齐齐挖断，牛身留在了小河边，牛头则被重重地压在了河堤之下，再也动弹不得。而那个为金水牛建的寺庙，也早已倒塌，成为当地人们口中的"老庙滩"。附近老辈说，他年轻的时候，从上面取土建河堤，还能挖出成摞成摞的砖瓦陶罐，只是那时不知道收拾起来，全部毁坏了。

  当地老辈相传，金水牛下方原先有个小孩拳头大小的泉眼，经年水流不息，泉水清冽甘甜，遇到干旱之年，缺水严重，当地居民就来此处取水回家食用。自从金水牛被挖断之后，再也没有泉水流出，泉眼不久也被淤泥堵死，金水牛的牛身也成了河边一块不起眼的小土滩子。

讲 述 人：李克富，男，寿县张李乡马郢村陈岗组人
采 录 人：林家海，男，寿县张李乡张李村林郢组人
采录时间：2022年9月
采录地址：张李乡

老　　表

　　明朝开国皇帝朱元璋出生地凤阳与寿县相邻，距离几十公里。早些年前，寿县和凤阳皆属扬州府管辖。不难想象，两地区间习俗差不多。

　　元末明初，朱元璋与陈友谅于鄱阳湖大战，结果朱元璋惨败，一天晚上躲藏于寺庙，留宿他的这个人是江西赣南籍的出家人。第二天，天刚蒙蒙亮，朱元璋告辞，分手时，告诉这位和尚，自己是朱元璋，有事找他，就说老表。说完便离开了。

　　后来，明朝建立，昭告天下，这等喜讯自然少不了榜贴于寺庙。那位赣南籍和尚得知朱元璋做了皇帝很兴奋，便向本寺院的寺友们说出自己救过皇帝一事，众寺友纷纷出谋划策，劝他快去南京见皇上，少不了高官厚禄。可是证据呢？单凭一句话，信服度是不高的。

　　在那种年代，冒认官亲，说不准就会招致杀身之祸，甚至株连九族。更不要说冒认皇亲国戚了。和尚也都明白这些，经反复考虑，最后决定，冒死前去南京见老表皇帝。传呼兵听罢来者是万岁爷的老表，哪敢怠慢？快步入殿禀报万岁爷。皇上听罢，不觉纳闷，寡人孤儿，没有亲戚在寿县，更没老表？反之一想，既然求见，就让他进见吧。和尚一进殿，远望的万岁爷立马跑步向前拥抱，大声说："老表，老表，江西老表。"

　　从此，江西老表盛传开来。

讲　述　人：丁学道，男，寿县板桥镇龙祠村人
采　录　人：唐新连，男，寿县板桥镇人
采录时间：2022 年春
采录地点：龙祠村酒房组

金 大 胆

清末,双门铺老南庄有个名叫金大胆的男子,以胆大而出名。传闻他不怕鬼神,甚至敢在夜间独自行走在荒凉的坟地上。然而有一天晚上,金大胆突然神秘失踪了。他的家人和村民们焦急地寻找他,却毫无头绪。在大家都快要放弃的时候,村里的老李说:"我想我知道他在哪里。我昨天晚上看见他在喝酒。"

众人跟随老李来到了村子边缘的一片坟地。他们看到金大胆正安静地躺在一处乱坟旁,似乎在沉睡。老李走上前去,轻轻推了推金大胆,他慢慢地醒了过来。

"你怎么在这里?"村民们疑惑地问。

"我告诉你们,我昨晚真的睡在了坟地上!"金大胆揉了揉眼睛,坐起来后坚定地说。

村民们吓得退后几步,但金大胆满不在乎地笑了笑,接着说:"昨晚我喝多了,在这里睡觉时,突然感觉有一阵冷风吹过。我看到一个幽灵从坟墓里飘出来,脸色苍白,眼神空洞。但是,它竟然开始和我聊天,告诉我一些关于老南庄过去的故事。"听到这里,村民们既惊奇又害怕。他们不敢相信金大胆竟然与幽灵交谈。

金大胆得意地笑着说:"你们看,我知道你们好奇,所以我就和你们分享一下昨晚的奇遇。"

就在这时,那个幽灵突然从坟墓中浮现出来,缓缓地向金大胆伸出手,似乎在感谢他的陪伴和倾听。村民们惊呆了。那个幽灵竟然是老李的父亲,据说是在外地做生意被土匪杀害的。老李感激地对金大胆说:"谢谢你,金大胆,你帮我找到了我父亲的灵魂。我一直在寻找一种方式来与他沟通,现在终于找到了。"

从那以后,金大胆成了村里的传奇人物。他与幽灵之间的友谊也为村庄带来了和平与和谐。村民们开始相信,即使面对死亡,爱和理解也可以跨越生与死的界限。

讲 述 人：李鹏生，男，寿县板桥镇李祠村人
采 录 人：李明新，男，寿县板桥镇人
采录时间：2023 年 10 月
采录地点：板桥镇李祠村李祠小学

金 鸡 报 恩

听老人说，在淮河湾处住着一户人家，孤儿寡母的，儿子小，五六岁的样子，母亲舍不得孩子，只能以放羊谋生，日子过得清贫。邻里乡亲见他们娘俩可怜，也时常周济一些食物。

村里有一无赖，不务正业，偷盗成性，又爱欺侮人。这娘俩未少受他的欺侮，但又害怕他找事，所以当娘的只能是常常揉揉心口，闷在肚子里，不把他当人看，就过去了。

可是怕事来事，这一日，无赖闲得慌，在村里晃荡，见娘俩养的小羊肥嘟嘟的，可爱至极，还时不时朝他咩咩地直叫。

他贼眼一转，趁娘俩回家的空当，就三下两下把小羊捆起来，套上一个麻袋，扛在肩头，上集市卖了。

但搁家里的娘俩哪里知道，就到处寻找，一直寻到天黑也没见到。寻不到，只好作罢，在湾坝上深一脚浅一脚地往家赶。正走着，突然见前面有一处闪着亮光。于是娘俩循着光芒走到跟前一看，见是一只母鸡正在上飞下跳地咯咯直叫，而且还直扑扇着翅膀。原来是有七只小鸡刚孵出来，叽叽喊着救命，且有两只还没有完全爬出蛋壳来，蜷缩一团，等待人为破壳。娘俩见此情形，想也许是邻里的鸡在外丢蛋后自己孵化的，便没有多想，直接用手帮小鸡破壳，且圈在一起。然后娘俩又拾掇一下，便把母鸡和小鸡一起兜在褂襟里，逮回了家里，好生服侍。

一夜无话，第二天一大早，娘俩便在村里询问谁家丢了老母鸡没有。大家都说没有，可恰巧被这个无赖听到了，就想占为己有，但又没有找到理由。于是他偷偷溜进她们家里，看见一只又大又肥的芦花母鸡，正带着一群小鸡在院子里捡食吃。见到鸡，他忘乎所以地笑了起来，就一个箭步，冷不丁地朝老母鸡扑去。可老母鸡好像有感应一样，一个扑棱，反过来就是一嘴，正好啄在无赖的鼻子上，立马血就流了下来。可惜老母鸡的爪子被无赖抓住了，也没能挣脱。

就这样，无赖忍着痛，急吼吼地跑回家。但刚到家，他突然觉得天旋地转，两眼一黑，便晕了过去，而老母鸡仍被他死死地攥着。村里人与她们娘俩顺着血迹找到了他家，但人们没有与他计较，并救了他一命，可没过几日，无赖还是死了，并在死前忏悔了自己偷羊的事。

奇怪的是，经过这一闹，这娘俩遇见的老母鸡，也在第二天带着小鸡悄悄地走了。只给娘俩留下了一院子的鸡屎，据说是金豆，是金母鸡报她们救小鸡之恩的。没过多久，娘俩也搬家了，到城里置办了许多产业，过着富足的生活，但仍时常回去帮衬乡邻，报救济之恩。

讲 述 人：江家林，男，寿县板桥镇邹祠人
采 录 人：江典朋，男，寿县板桥镇人
采录时间：2023 年
采录地点：板桥镇邹祠村

米 汤 养 母

传说在寿楚地界，居住着一家人，儿子、媳妇、瞎眼婆婆和一个孙子。刚开始，儿子、媳妇勤劳俭省，家和邻睦，日子过得挺滋润的。小孩子聪明乖巧，讨人喜欢，经常陪着他的奶奶串门闲呱。时间一长，邻里就有乱嚼舌根之人，多了许多是非之

言。在过去妇女贞节特别重要，尤其生活作风问题，更是要人命的大事。而瞎婆婆双瞎无路，只能听人说，整天疑神疑鬼，极易相信传言。在听了邻居的闲言碎语，说她的媳妇与某人不清不白，她一次听后，只是一笑而过，嘴上要强，但心里嘀咕起来，回家就对媳妇多了心眼。特别是到了晚上，更是一宿一宿不睡觉，坐听动静，也确实能听见门户不严的情况。于是在第二次听别人传言后，便闷闷地回家，思量半天，做了一件事。她让孙子在烧锅洞里掏出半篮青灰，在天黑后她摸着门铺放在了大门口，就等待结果了。

第二天大清早，瞎婆婆就嘱咐孙子早起看青灰上有无大人的脚印。孙子实话实说，说有大人脚印。于是瞎婆婆坚信了别人的传言，心生一条毒计。当日夜晚，她一声不吭地找人在门头之上放了一把利斧，且等来人。

就在瞎婆婆刚要打盹之时，虚掩之门，被轻轻推开，但门头之斧应声落下，正中来人之头颅，直听"哎呀，妈呀"，便没有了声响。瞎婆婆立马来了精神，大喊抓小偷。左邻右舍和媳妇，孙子闻声赶来一看，媳妇立马痛哭不止，孙子也惊叫："爹，你怎么了？"左邻右舍一见伤了人命，也大声惊呼。

这瞎婆婆一听这样的情形，立刻瘫在床上，知道自己做错了大事，伤了自家儿子。原来儿子和媳妇为了不让婆婆担心，能多挣得几文钱，便到隔壁庄刘财主家做短工，早去晚归。每晚听到的动静，便是儿子回家了。而外人不知内情，便认为她的媳妇生活不检点。如今酿成大祸，也不能更改，但这一大家子的生活日渐清苦。瞎婆婆也因一口恼，从此卧床不起。这就苦了媳妇，眼瞅着米缸渐渐露底了，愁死人了。瞎婆婆更是懊恼不已，但错已铸成，如何让生活过下去，渡过难关，才是关键。

于是瞎婆婆告诉媳妇，都是自己的错，况且自己时日也不多了，从今以后，再也不浪费粮食了，来惩罚自己的妄信他人。

瞎婆婆说到做到，粒米不沾，找人劝解也无甚用处。媳妇见婆婆认住死理，只好随她去，但见婆婆日渐消瘦的身体，内心很是不忍。一日，媳妇在恍惚中做饭时，因多放了水，而米又放太少，结果熬成了似水的米汤，尝了尝，有甜甜的香味，但稀得能照出人影，于是尝试着给瞎婆婆喝了几次。婆婆不仅喝尽了水汤，还夸奖儿媳做得对，早应该让她喝淘米水，死掉算了，还能早早见到自己苦命的儿子。儿媳见婆婆能喝下去，还误认为是能要命的淘米水，于是她心内暗喜，天天做米汤度日，可婆婆越喝身体越壮实,气力也在逐渐恢复,面色也红润起来,慢慢又能出门行走了。

左邻右舍见她出来,又有好事之人没话找话地问:"阿婆,你这好身体多亏你媳妇了,要不是她服侍得好,恐怕都不在了吧?"

瞎婆婆恨恨地说:"老婆子命苦,但造化大,天天喝淘米水都没死掉,两世人了,唉,谁都靠不住,更别说媳妇!"

"喝淘米水,不会吧?为啥你家媳妇瘦得皮包骨了,而你喝得胖乎乎的,不对头!"好事人反驳了起来。

"真的?"瞎婆婆半信半疑,一下愣住了。

就在这时,有人喊婆婆赶紧回去看看,她家媳妇饿晕过去了。这时婆婆才有所顿悟,到家摸着媳妇瘦骨一把的身体,泣不成声,听媳妇把不多的米汤当成淘米水度她活命后,气得一个劲地抽自己耳光,为自己的肮脏想法向儿媳道歉。几日后,婆婆趁人没注意,寻了短见。但米汤养婆的故事流传了下来,真是:米汤,米汤,婆婆喝精光,红了脸颊,恢复健康!可怜媳妇,被人骂娘,偷吃米粮,饿了肚肠。解开一场误会,赢了孝心美名扬。

讲 述 人:江家林,男,寿县板桥镇邹祠人
采 录 人:江典朋,男,寿县板桥镇人
采录时间:2023 年
采录地点:板桥镇邹祠村

老人不吃黑鱼

过去寿州一带的老人不吃黑鱼,因为黑鱼是孝鱼。

据说,黑鱼产过卵后,有很长一段时间双目失明。在这段时间里,它基本上失去了捕捉食物的能力。为了使老黑鱼不致因捕捉不到食物而被饿死,刚刚孵化的

小黑鱼便自动聚拢在母亲的嘴边,让它吞食。老黑鱼在饿昏的时候,加上眼睛看不见,就会糊里糊涂地吞吃自己的骨肉。由于小黑鱼为了母亲宁愿牺牲自己的生命,便得了个"孝鱼"的美称,人们也就不忍吃它们了。

讲 述 人:王树连,男,高级教师,寿县炎刘学管会主任
采 录 人:王晓珂,男,寿县作协秘书长
采录时间:2023 年 6 月 5 日
采录地点:炎刘镇

老知县智讽新县官

从前有一个叫方玉的寿州知县,爱民如子,廉洁奉公,由于无钱财送礼,上司怪罪下来,罢免了他的官,派了一位皇宗来接任。在欢送老知县、迎接新县官的宴会上,新县官想羞辱老知县,提出行酒令时以撤字补字法作诗,于是便说道:"有水也是溪,无水也是奚,旁去三点水,添鸟便成鸡。得势的猎犬凶似虎,你凤凰落毛不如鸡"。老知县听罢应道:"有水也是淇,无水也是其,旁去三点水,添欠便成欺。龙游浅水遭虾戏,虎落平原被犬欺。"新县官听罢就要发怒,两班衙役出面劝解说:"有水也是湘,无水也是相,旁去三点水,添雨便成霜。各人只扫门前雪,休管他人瓦上霜。"于是酒席不欢而散。

讲 述 人:王建国,男,曾任寿县地方志办公室副主任、《寿县志》副主编
采 录 人:王晓珂,男,寿县作协秘书长
采录时间:1998 年 10 月 8 日
采录地点:南照壁巷土地局小区

驴尿不撒子贱坟

春秋末年,鲁国大学者宓子贱出使吴国,途经瓦埠镇病故,葬于镇南五里处,人称子贱坟。每年的清明节,当地的文人墨客都要前去祭拜,称之为"拜圣人"。随着时间的推移,坟地逐年扩大,长出了荒草,附近的庄户人家就将老驴放牧在子贱坟上。令人惊奇的是,即便一天不牵不拉,老驴也不会在坟地屙屎撒尿。老辈人说:牲畜也通人性,因坟地葬的是圣人的弟子,一生清贫,就连牲畜也不愿在他安息的地方屙屎撒尿,弄脏这块地皮,败了圣人弟子清白之名声呢!

讲 述 人:孟祥双,男,寿县瓦埠镇人
采 录 人:陈传根,男,寿县瓦埠镇人
采录时间:2023年9月
采录地点:瓦埠镇街道

龟道人大战黑鱼精

张李乡张李村丁套组南边有一个地方,当地人称"老鳖头",说起来,还有段悲壮的故事。

传说很久很久以前,一条黑鱼修炼成精,时常幻化人形,到处兴风作浪,祸害人间,人们对它恨之入骨,但又无计可施,纷纷心生惧意,唯恐避之不及。

一天，一位游方道人经过此地，知晓此事后，决定为民除害。这天，黑鱼精又幻化人形，准备祸害人间，被游方道人截住。游方道人二话不说，拔出宝剑，就向黑鱼精身上招呼。黑鱼精见状，扭头就跑。游方道人紧追不舍。

黑鱼精逃到古城寿县张李乡张李村丁套组南边，见实在逃不脱，就狠下一条心来，反过头来与游方道人厮杀。二人从白天打到黑夜，又从黑夜打到白天，从天上打到地上，又从地上打到天上，直杀得天昏地暗，日月无光。

也不知道打了多少天，黑鱼精不敌，被游方道人一剑削下头颅，血溅当场。黑鱼精头颅从天上坠落了下来，你说巧不巧，正好砸中一头老母猪精，老母猪精哼了几声，腿蹬了几蹬，一命呜呼。老母猪精身下被砸出一个大坑，后来形成一口塘，当地人称"老母猪精塘"。据说，每当半夜三更的时候，当地还有人能听到老母猪精的哼哼声。黑鱼精头颅滚落到了后来被人们称为老龙头的地方，鱼身子落在地上，也砸出一个大坑，当地人称"黑鱼精塘"。而游方道人虽然击杀了黑鱼精，自己也身负重伤，趴在黑鱼精身子旁，不治而亡，后慢慢变成一只大乌龟。

人们感念游方道人的功德，在他身前的一口塘里插满了鲜花，人们称之为"栽花塘"，而游方道人死后虽然变成一只乌龟，但虽死不僵，头部依旧高高抬起，似乎向世人昭示，"我终于不负众望，为民除害了"。后来，人们称这个地方为"老鳖头"。

讲 述 人：张克东，男，寿县张李乡张李村丁套组人
采 录 人：林家海，男，寿县张李乡张李村林郢组人
采录时间：2022 年 9 月
采录地点：张李乡

三圣庵小尼姑还俗

寿州古城东街有一条城箭道巷，北端至淮提庵巷，与城隍庙后巷西端相接。

巷内有座明代的尼姑庵叫"三圣庵"。

传说民国初年，庵里有个小尼姑觉云，年方二十，眉清目秀，知书识礼，一表人才。由于不堪青灯的凄苦，不顾清规戒律，毅然向县衙呈递一份要求还俗的申请。县长大人不仅是个反封建礼教的志士，而且是个才华出众的学者。他对觉云的处境深表同情，于是在觉云的申请书上挥毫批复："小尼姑，名觉云，喜红尘，厌佛门。脱袈裟，着罗裙，准，准，准！准尼姑寻夫君，免得僧敲月下门。"

讲 述 人：王建国，男，曾任寿县地方志办公室副主任、《寿县志》副主编
采 录 人：王晓珂，男，寿县作协秘书长
采录时间：1998年10月8日
采录地点：南照壁巷土地局小区

傻二哥和俏媳妇

傻二哥笨得像头猪，却娶了个贤惠漂亮的好媳妇，人们都说："一枝鲜花插在牛屎上。"不过，傻二哥也有优点，就是老实听话，干起活来像个拼命三郎。俏媳妇逢人就说："俺男人虽然傻乎乎的，但是，比那些拈花惹草的纨绔子弟好多了。"

婚后不久就是岳父的六十大寿，夫妻俩带着寿礼前去拜寿。一路上，俏媳妇喋喋不休地给丈夫讲了许多做客的礼数。傻二哥憨笑着说："媳妇，你说多了俺这猪脑子哪能记得住呢？"俏媳妇说："那好，只要你听话，我怎么讲你就怎么做。"

做寿那天，岳父家高朋满座，热闹非凡，中午，岳父准备许多美味佳肴招待来宾。俏媳妇知道丈夫既贪吃又不懂规矩，怕他在酒席桌上出丑丢了父母的脸，便把他拉到旁边，小声说："今天可不比在家了，酒桌上一定要规规矩矩，吃菜更不能狼吞虎咽。"傻二哥挠了挠头，傻笑着说："啥规矩？俺搞不懂，恐怕你说了也白说。不如你坐在旁边教俺怎样做就是了。"俏媳妇叹了口气，说："这样吧，我坐在屏风后面敲铜盆发出响声，我敲一下你就夹块肉。"

酒桌上，傻二哥正襟危坐，不苟言笑，别的宾客则彬彬有礼，谈笑风生。菜上齐以后，客人们出于礼貌，纷纷用筷子示意傻二哥吃菜，可他支棱着耳朵听敲盆声，就是不动筷子。等到屏风后面"当"的一声响，他才迅速地夹块肉送进嘴里。就这样，俏媳妇敲一下盆，傻二哥就吃一块肉，看上去倒也斯斯文文的。

可是，不知为什么，一直循规蹈矩的傻二哥却不再斯文了，因为"当当当"的响声一声接一声地传来，他把肉一块接一块地往嘴里送，连腮帮子都鼓了起来。岳父满脸怒气，客人们吃惊得瞪大了眼睛。原来那不是俏媳妇在敲盆，而是鸡啄铜盆底的剩饭发出的响声。先是一只鸡婆在不慌不忙地啄，后来来了一群饥饿的鸡，争先恐后地啄食盆底仅存的饭粒，响声像雨打芭蕉一样密集。傻二哥感到用筷子夹肉跟不上节奏，干脆站起身，端起一盘肉"呼啦"倒进碗里。碗里的肉堆得像坟头，汤汁流得满桌都是，把客人的衣服都弄脏了。他一边倒还一边朝屏风后面喊："媳妇，你慢点敲，肉多了俺吃不完……"这时，满桌宾客一下子明白过来，一个个笑得前仰后合。俏媳妇见此情景，气呼呼地从屏风后面跑出来，扯起丈夫的耳朵就往外拽，一边拽一边哭着说："俺的命好苦啊，怎么嫁了你这个没头没脑的傻男人……"

采 录 人：卞维义，男，寿县太平中学退休教师
采录时间：20 世纪 80 年代
采录地点：隐贤街道、太平街道

晒不死的蚂蚁菜

古时候,十个太阳同时炙烤着大地,百姓生活在水深火热中。后羿得了神箭,发誓为民除害。

十个太阳东躲西藏,但已有九个陆续被后羿寻出,射落。

天空没了太阳,人间陷入黑暗与寒冷之中,百姓生活又一次陷入混乱。

后羿仍在努力寻找最后一个太阳,百姓请求后羿留下这最后一个太阳,让他给人间带来光明和温暖。

最后一个太阳复出,原来他是敛了光芒藏在了蚂蚁树中,那蚂蚁树开黄色圆花,与熄了光芒的太阳极为相似,难怪后羿找了很久都没有找到。

但太阳终究是个火球,虽熄了光芒,但仍将原本高大的蚂蚁树烫成了重伤。蚂蚁树匍匐在地,永远不能站起来成为树了。

从此,蚂蚁树的后代都只能长得又矮又小,匍匐于地,被后人称为蚂蚁菜。

感恩的太阳向重伤的蚂蚁树立下誓言:永不伤害其子孙。

今天,无论多么毒辣的日光都不能将蚂蚁菜晒死。

讲 述 人:姚家伍,女,寿县三觉镇人,教师
采 录 人:杨凡俊,男,寿县三觉学校教师
采录时间:2002 年
采录地点:三觉镇魏楼村

三十里柴山,四十里菜园

　　年到了,请的私塾先生要回家过年了,东家叫家里一个平时很会说话的小伙计送先生回家。走到三十里时,先生开始捡地下的木棒,他知道家里穷,没柴烧锅。走到四十里时,先生开始摘路边野菜和捡地上的烂菜叶,他知道家里没有吃的了。

　　来到先生家,小伙计看到,土房子,房顶破破烂烂漏光,墙东倒西歪用棍子顶着,防止倒掉,屋墙到处是洞。吃饭时,没地方放菜,就把平时装小鸡小鸭的篓筐倒过来,扣在地上当桌子。没有凳子,就搬几块石头。油灯没地方放,就让先生娘子端着。先生娘子上身穿的衣服,破破烂烂,系着疙瘩;裤子裆都烂了,也没有补;袜子烂得没了脚底,鞋子烂得没有后跟,走起路来,"啪嗒啪嗒"响着。先生看到桌子上只有蔬菜,就不好意思地说:"家里本来养着两只鸭子,可去年发大水被冲走了。"

　　第二天,小伙计回到了东家家里。东家就问起先生家里情况。小伙计说:"先生家里有三十里柴山,四十里菜园。家里的房子是七梁八柱九道门。吃饭的桌子是通话圆桌,坐的是玉石板凳。用的是玉美人灯座。先生娘子上身穿着铃铛衣,下身穿着大衩裤,脚上穿着楦头袜子,响板鞋。去年发大水,先生家漂走了两只盐船。"

　　东家听小伙计这么说,就觉得先生家非常富裕。

讲 述 人:李和付,男,三觉镇魏楼村小井组人
采 录 人:杨凡俊,男,寿县三觉学校教师
采录时间:2023 年
采录地点:三觉镇魏楼村

千里送鹅毛

话说明朝初年，寿州不少百姓都是从全国各地移民而来。洪戴两家迁居寿州后，发生了一件"千里送鹅毛"的故事。

有一天，洪姓人在安丰塘逮到了一只天鹅。在戴姓居民的撺掇下，两人一拍即合，决定把天鹅献给皇上，不但见到皇上，还有可能搞个一官半职的。

明朝初年有个规定，民间有什么珍宝可以通过县官报告朝廷，经朝廷批准，十分宝贵的东西可以进献朝廷。洪、戴二人怀抱天鹅，风餐露宿日夜兼程，不几天就到了京城附近。天鹅老是抱在怀里，天鹅毛也不好看了，天鹅也显得不精神，戴姓的人就说，到长江边给天鹅洗洗澡。两人把天鹅放到水里，天鹅遇水，一下子就飞了。两人急急忙忙去抓天鹅，仅抓到天鹅的一根鹅毛，两个人当即傻了眼。这可是欺君之罪呀！去京城吧，天鹅飞了；不去京城呢，县官早报告了朝廷。怎么办？还是戴姓人胆子大些，硬着头皮去见了皇上。

二人到了金銮殿，皇上要看看天鹅是什么模样。二人哭丧着脸，说："给天鹅洗澡，天鹅飞了。"皇帝二话没说，说："把这两个人拉出去砍了。"戴姓人还是胆大一些，上前一步说："实在不是欺骗皇上。我们给天鹅洗澡时，天鹅飞了，你看，这是天鹅毛。"

这时候，有位大臣出来说话："启禀皇上，念在洪、戴二人对皇上的一片忠心，也不能就把人头砍了。毕竟是千里送鹅毛，礼轻情义重！如果把他们杀了，以后谁还敢把好东西往皇宫里送呀！"想想这位大臣说得也有道理，但是，君无戏言，这该怎么办呀？这时候，又一位大臣出来说话："这样好办，把洪、戴两个人的帽子砍了，就算是杀头了。"就这样，砍掉帽子代替了砍头。洪、戴两姓的坟头上是平的，不准戴坟头。

如果你在寿县乡村，发现墓地没有坟头的，不是洪氏，就是戴氏。就是因为当年送天鹅的事情,皇上砍了洪、戴两家的帽子替代了杀头。所以,寿州洪氏和寿州戴氏又称砍头洪和砍头戴。

后来,有好事者做打油诗一首来宣扬这件事情:"送鹅至浦口,只为见天容。千里送鹅毛,礼轻情义重。"

讲 述 人:田浪,男,寿县保义镇人,本名常文勋,退休教师
采 录 人:陈立松,男,寿县保义镇人
采录时间:2020 年
采录地点:保义街道

谁 讲 没 贼

从前,正阳关南门外住着一户贫苦的人家,是一对老两口。他们无儿无女,无依无靠,生活完全没有着落,即便把家里能卖的都卖了,还是吃了上顿没下顿,最后只剩下了一床又破又薄的被子。而就是这样一户穷得叮当响的人家,却被一个蟊贼给盯上了。这天半夜,蟊贼悄无声息地撬开了这户人家的房门,蹑手蹑脚地溜进屋内,可摸索了半天一无所获。就在他扫兴地准备空手而归的时候,被床头的一口米缸给绊了一下,伸手进去一摸,里面还有刚刚能盖住缸底的少许大米。这是老汉白天当了自己的破袄子换来的。俗话说,贼不走空。可这米放哪呢?蟊贼竟然连一个口袋也找不着,他只好脱下身上的袄子铺在地上,一捧一捧地把米捧到袄子里。就在蟊贼撅着屁股捧米的时候,床上的老汉一抬手,把贼的袄子拽到了床上。原来这老汉根本没睡着,从蟊贼一进屋,他就借着窗外朦胧的月光一直盯着,看他究竟能从这一贫如洗的屋子里偷走什么。蟊贼把缸里的米捧完了,转身弯腰去地上摸袄子,可地上只有一些洒落的米,袄子却不见了。这时贼有些急了,因为他也只有这一件御寒的破袄子,没了它这一冬怎么过啊?焦急之中不由得嘀咕了一声:

"咦？袄子呢？"就这一声,被床上的老太婆听见了,她连忙推推身旁的老汉说:"什么声音？莫非屋里进贼了？"老汉漫不经心地说:"睡你的觉吧！哪来的贼啊？"这下,蟊贼不干了,大声嚷嚷道:"谁讲没贼？没贼,我袄子哪去了？"

采 录 人:汪洋,男,寿县正阳关镇人,退休教师
采录时间:2022年
采录地点:正阳关镇

苏伯平搬梯子——够兽(受)

故事发生在清朝光绪年间,东后街邱家巷的对面住着苏伯平先生一家。这苏家原先是杀猪的,后来在镇子上开布店,由于有经商头脑,生意是越做越大,赚了不少银子。有一年,苏家整修大门楼子,为了壮观些,就在大门楼子顶上装饰了龙头凤尾的砖雕。大门楼子竣工后,引来了不少人的围观,其中不免有人指指点点,苏先生虽然心里有点发毛,但因不知就里,也就没放在心上。直到有一天,正阳关的名流、南头的王三生路过这里,见苏家的大门楼子上有龙头凤尾,便停下了脚步,一边仔细地打量,一边话中有话地说:"咦？这个好唻！这个好唻！"说完就走了。有人赶紧将这个情况告诉了苏伯平,他一听,吓出了一身冷汗,才想到事情的严重性。因为清朝的时候,对建筑规格是有严格等级规定的,包括住宅的台阶有多高,大门楼子上放什么神兽,门前是放狮子还是麒麟等,都是不容越等级的。龙头凤尾只能是皇家所用,而苏家祖上最大的官不过是杭州知府,用了龙头凤尾明显是犯了大清条律。何况,王三生这个人在当时的正阳关可是了不起也惹不起的人物。前些年,镇子上的巡检司柳宗林因贪财强收老百姓存放在大王庙里的棺材保管费,造成大家都去抢抬棺材,造成踩踏事件,伤了不少人。就是这个王三生写了揭露真相的"白帖",满街张贴,吓跑了柳宗林。听说,柳宗

林最后跑到了南京,王三生也没放过他,追到南京要他赔偿大王庙里因抢棺材而踩坏人的钱。所以,苏伯平能不害怕吗?要是王三生把这事通报给了官府,自己可是吃罪不起啊!想到这,苏伯平赶紧到邻居家借梯子。有人见他扛着梯子,便问:"你扛梯子干什么?"他忙不迭地说:"够兽,够兽!"意思是把大门楼子上的兽,也就是龙头凤尾够[①]下来。从那以后,"苏伯平搬梯子——够兽(受)"这个谐音歇后语,就传遍了正阳关的大街小巷。

注释:

①够:把高处的东西取下来。

讲 述 人:杨永宽,男,寿县正阳关镇人,曾在正阳镇商业系统杂货业工作
采 录 人:汪洋,男,寿县正阳关镇人,退休教师
采录时间:2021年
采录地点:正阳关镇拱辰社区

抬　　杠

新中国成立初期,正阳关南大街上有个说书的民间艺人叫刘章。提起刘章,现在镇子上八九十岁的老人大都认识他,后来去了合肥曲艺团。他的书讲得好,口齿清楚、抑扬顿挫、活灵活现、表演精彩,尤其是一部《三侠剑》被他演绎得跌宕起伏、精彩纷呈。现如今我还记得其中几句经典台词:"我说此人大大有名,家住浙江宁波绍兴府二龙沟上虞县结义村大黄庄,此人姓黄名三太,手使金镖打虎,救过康熙老佛爷圣驾,老佛爷亲口称赞他:坐下马,掌中刀,玉石甩头,囊中镖,刀劈黄河两岸,镖打盖世英雄……"

言归正传,刘章每天下午都在南大街讲书,古话说:话有千言,必有一失,况且他一讲就是一下午,哪有一点空子都没有的呢?当时,就有这么一个人,可能是因

为嫉妒刘章走红,便专门找碴儿跟刘章抬杠。刘章说书的时候,讲着讲着或者正讲到精彩之处,他立马插上一句:你讲得不对!不对!接着就是一番唇枪舌剑,经常闹得书也讲不下去了。刘章被他抬得着急,无奈之下暗自酝酿着,一定要找个合适的时机,狠狠地反击这个抬杠的一下。

话说这天下午,刘章照常来到书场,看到那个抬杠的早就坐在那里了,刘章灵机一动,朗声说道:趁书友们还没来齐,我先给大家讲个段子。说的是,大明朝开国皇帝朱元璋,江山坐稳之后风调雨顺,这一天下午,大雨初停,晴空万里,朱元璋心情很好,便带着军师刘伯温村夫打扮,来到一个荷花塘边上。只见一塘荷花连同荷叶随风吹动、翩翩起舞,朱元璋诗兴大发,随口吟道:"风吹荷叶千张动,雨打沙滩万点红。"诗句被旁边一个大雨过后,扛锹出来放水的农夫听到了,立马冲着朱元璋说:"你讲得不对!"朱元璋疑惑地问:"你讲怎么不对?"农夫侃侃而谈道:"风吹荷叶千张动?你数的啊?风一吹,哦,就一千张动,其他都不动?雨打沙滩万点红?你数的啊?就正好一万点子雨滴打在沙滩上了?"朱元璋说:"那你讲该怎么说?"农夫不紧不慢地说道:"应该这样讲,风吹荷叶张张动,雨打沙滩点点红。"朱元璋一听,说得有道理啊!一时词穷,窘在那里哑口无言了。

刘伯温一看,这还得了?皇上被一个农夫抬得无话可说,立即愤怒地上前用手一指道:"混蛋!你可知道他是谁?敢跟他抬杠?"农夫喏喏地说:"不知道,真不知道。"刘伯温双手一拱:"他是皇上!"农夫一听吓得慌忙跪下:"不知万岁到此,小民该死!小民该死!你老人家不要跟我一般见识,我是粗人。"刘伯温说:"粗人?你可知道粗人是谁?那是三国时期大英雄张飞,因做事莽撞人称他粗人,你能比得上吗?"农夫连忙改口道:"那我就是个愚人。"刘伯温说:"愚人?姜子牙姜太公渭水河直钩钓鱼,护保大周八百八十年,人称他愚人,你能比得上吗?"农夫赶忙说:"那我比不上。好了好了,你们不要跟我一般见识了,我就是个不懂事的驴熊,行了吧?"刘伯温说:"驴熊?驴熊是武则天所生驴头太子,你能比得上吗?"此时,那农夫真的是无话可说了,不由得长叹了一声:"唉,弄了半天,原来这好抬杠的,到头来连驴熊都不如啊!"

段子讲到这,"哗——"全场哄堂大笑,然后齐刷刷地把目光投向台下那个好抬杠的人身上,弄得他手足无措、如坐针毡。

讲 述 人：袁同刚，男，寿县正阳关镇人，曾任正阳文化广播站站长
采 录 人：汪洋，男，寿县正阳关镇人，退休教师
采录时间：2022 年
采录地点：正阳关镇拱辰社区

神 树 传 说

大顺集南一千三五百米处有一棵闻名遐迩的大树，因大树生长于徐氏在寿县开基始祖的坟茔上，且大树附近皆居住徐姓人，故称为"徐大树"。

当地徐姓年长者回忆：徐氏开基始祖于明中后期，由山东老鸹巷迁至此地居住，逝后葬于"金锁地"，子孙们在坟地栽黄连头九棵。这些树在后人们的养护下，枝繁叶茂，树干高大挺拔，在江淮地区实属罕见。

太平天国和捻军起义时，捻军发现九棵大树，被他们拿锯斧砍伐做炮筒使用，因锯至第九棵时，发现树干流血，捻军就把这棵冒血的大树留下，其他八棵皆被砍去做炮筒。恰恰就是这棵未被砍伐的大树，在瓦埠湖岸边，留下了种种神奇般的传说，引来方圆百里的人们向它供奉香火，祈求神树给他们降福，保佑他们平安吉祥！

目睹大树尊荣的老人们介绍，此树高十五米多，树干需五个人联手合围，直径超三米，根系延伸几十米远，树冠覆盖面上千平方米。犹如南方的大榕树一样巍峨，在江淮地区无与伦比。

由于树高冠大枝叶繁茂，不仅可供人们夏天乘凉，还招来了各种候鸟栖息，有很多鸟在树冠上常年筑巢安家。茂密的枝叶和粗大的树干，夏天可以挡风避雨，冬天可以遮雪御寒。有无家可归的逃荒者，到冬天冰雪来临时，带上一捆稻草，钻进树干枯洞处便可过冬。

大树有许多神奇的传说：单就九棵树，有八棵被砍伐，而此树因受锯出血得以保留之说就很离奇；有传说见到过天龙盘绕于树干几周，在雷鸣闪电、狂风暴雨中

腾空飞向天空的;也有传说在月色妩媚的中秋节之夜,看到过嫦娥在大树冠上翩翩起舞的;有穷人蜗居树洞,在冬天冰雪交加中,煎熬数日不吃不喝尚能存活者;有多年不能生育或不生男儿,因求神树赐子而显灵的;还有远近八方的人们因无钱治病或病情严重无法治愈者,此时他们都把希望寄托在大树身上,向大树敬香求拜,祈求保佑他们平安无事;也有富贵人家逢年过节,锣鼓喧天,恭送祭品,祷告大树显灵,为他们生财降福的……诸多传说,难以尽言。

正因为这些传说,引来了方圆百里的人们到大树下焚香求拜,给大树带来了灾难。因为当时人们对大树缺乏保护意识,树底根茎被香火长期烤燎,加之秋天树冠被人们搭盖上山芋秧苗,在冬季冰雪重压下,大树不堪重负,在1959年的冬天倒下了。徐大树的人们从此失去了他们引以为荣的神树。

讲 述 人:徐孝泽,男,寿县大顺镇人,曾当过教师
采 录 人:徐东军,男,寿县大顺镇人
采录时间:2022年6月
采录地点:大顺镇新集村

安丰塘畔一棵草

传说安丰塘原来是座城池,后因城里人贪吃龙肉,玉皇降罪致使城池塌陷为塘。而唯一幸存的李直一家,因为同情受伤的小龙不忍食其肉,后受到仙人点化,躲过了厄运。

当安丰城陷落在一片汪洋之中时,这地方人们叫它"锅砸店",就是现在的戈家店。李直一家接着往西逃生,来到板桥地界,满目是水泽洼地又何以为生呢?这时玉皇派太上老君调查"吃龙肉"一案处理情况,太上老君看到安丰塘已变成一口大塘,十分满意,便降下云头,扮成乞丐,沿塘寻访百姓的反映。当看到李直一家无

以为生、沿途行乞时,老君感念李直是忠厚善良人家,从云掸上拔下一根云丝,吹了一口仙气,幻化成一棵草送与李直,说:"去种到洼地里,就可以长出许多来,晒干了可编织,你一家便可以此为生了。"这老君送给李直的仙草,正是如今的席草。

李直把席草种在安丰塘西边的洼地里。过了些时日,草便发出一蓬一蓬来,郁郁葱葱半人多高。到了收获的季节,李直把它收割晒干,编成草垫和草席,拿到附近集市上卖,换来吃的和用的。这草制品温凉舒适,受到人们的喜爱。李直很快过上了好日子,家中富裕起来。远近人们纷纷到李直家学习种草技术。李直很慷慨,分发草根,毫不保留地教授编席手艺。很快,种草编席在安丰塘畔推广开来。日积月累,种草编席成了这里的传统支柱产业。

如今,经过不断改进种植编织技术,板桥席草先由普通草继而研种蔺草,编织由手工逐步发展为机械加工。品种也丰富多彩起来,有草鞋、草毯、垫皮、草席、编织包等,远销全国各地,出口日本、韩国等国家,板桥成了全国的四大草席基地之一。

讲 述 人:叶敏,女,寿县板桥镇干部
采 录 人:赵阳,男,寿县人民政府办公室农业科科长
采录时间:2008年7月
采录地点:安丰塘畔

白 芋 传 说

山芋,有的地方叫白薯,有的地方叫地瓜,寿县人则称之为"白芋"。这里有个与宋太祖赵匡胤有关系的传说。

传说,赵匡胤困南唐,由于长时间被围困,军中粮草皆缺,士兵们饿得无力打仗,军中的战马也瘦得皮包骨。大将赵匡胤心里也非常着急,一天,他无意中看见

一匹马在地里啃着什么,赵匡胤走到近前一看,马吃的是一种圆形的东西,赵匡胤叫来一个士兵问是什么,士兵说也不知是什么,赵匡胤拿来一个放到嘴里尝了尝,因为饿,所以觉得很好吃。于是,他放声大笑说:"天助我也,这下可有救了。来人,传我的命令,把地里马吃的东西挖出来,人吃其根,马吃其苗。"命令传下,人人照办。

在回军营的路上,手下人问赵匡胤,这种圆东西究竟叫啥名字,赵匡胤随口说:"百年不遇,今天叫我遇上了,就叫百遇吧!"士兵们吃了"百遇",饥饿解决了,人马也有了力气,等到援兵赶到,赵匡胤打了胜仗。

"百遇"也传开来,老百姓把它当作粮食对待,纷纷种植,以后叫白了,就成了"白芋"。

讲 述 人:王建国,男,曾任寿县地方志办公室副主任、《寿县志》副主编
采 录 人:王晓珂,男,寿县作协秘书长
采录时间:1998年10月8日
采录地点:南照壁巷土地局小区

保 义 舞 龙

"二月二,龙抬头。"每年农历二月二,安丰塘东堤脚下的保义镇群众都要敲锣打鼓舞龙庆祝,真是比过年还热闹。这是为什么呢?

相传很古的时候,安丰塘畔风调雨顺,五谷丰登,老百姓丰衣足食,安居乐业。有一年,天下突然灾难降临,安丰塘畔西边低洼的地方洪水泛滥,淹没了不少民房,溺死了许多百姓;而在东边高岗地带的保义一带却发生了从来没有过的干旱,田地开裂,庄稼焦枯,弄得人们真是活不下去了。安丰塘里居住着条青龙,心地非常善良。它看到天地间这样的惨景,很可怜受苦受难的人们,决定去上界打探个究竟。

一天，青龙腾云驾雾来到天界。它摇身一变，变作阎王模样，假装说有事要找玉帝，便顺利地通过了南天门。就这样，青龙乔装打扮，巧妙地过了一关又一关，在上界仔细打听，四处查访，终于弄清了民间发生水灾和旱灾的原因。

原来西天王母娘娘邀请玉帝赴宴，玉帝一连喝了许多碗又香又可口的琼浆，喝得酩酊大醉，天旋地转。宴会后，玉帝回宫中办事，头昏眼花中把雨簿写错了——本来应该是安丰塘畔西边低洼的地方下三分雨，东边高岗地带的保义一带降五分雨。玉帝却弄成了高岗地带降三分雨，西边低洼地带下五分雨。西边降雨五分，雨水太多；东边降雨三分，雨水太少。这样就弄得西边洪水滔滔，东边天干地裂了。

青龙得知这个原因，便偷偷地溜到天宫，改了雨簿：安丰塘西边降雨三分，东边高岗地带降雨五分。这样，安丰塘畔才又慢慢地恢复了本来面目。玉帝酒醒后，也察觉自己点错了雨簿，本想改正，又怕众臣觉得自己做事不慎重，只好将错就错。后来，玉帝突然发现自己的雨簿被改动了，不由得心中大怒：是谁胆大妄为，竟敢随便改动雨簿？后来查出是青龙干的事，玉帝就指派太白金星下凡惩治青龙。

太白金星奉玉帝差遣来到凡间，找到了皇帝。皇帝知道他是天上玉帝派来的使者，不敢怠慢，立即摆出山珍海味款待。饭后，皇帝和太白金星在花园里下棋。不一会儿，只见太白金星低着头，打起鼾来。皇帝不敢惊动他，只好站在一旁伺候。又过了一会儿，太白金星脸上豆大的汗珠一颗一颗地往下滴。皇帝有些奇怪：这时节是正月刚过，还有些寒凉，怎么太白金星坐着竟汗流满面呢？于是叫宫女拿出扇子来给太白金星扇凉。扇了一会儿，太白金星长长地舒了一口气，醒过来了，感激地说："谢谢你帮了我的大忙。"

"谢谢我？我帮了你什么大忙？"皇帝感到莫名其妙。

"嗯，你帮我杀了青龙。"

"什么？我帮你杀了青龙？"皇帝更是吃了一惊。

"是的。"太白金星这时才给皇帝揭开了谜底。原来，太白金星虚留了一个形体在花园里坐着，实体却与青龙交战去了。太白金星虽然道法高深，但青龙也是修炼过的，双方正在斗得胜负难分的时候，皇帝的宫女扇了几阵风。就是这几阵风给太白金星大大地助了威。顿时，他精神大振，力气倍增，青龙抵敌不过，就被斩杀了。

青龙被太白金星斩杀以后，变作一只神鸟，整天在玉帝殿外啼叫，向玉帝喊冤。

玉帝天天听着,心中感到非常惭愧——自己写错了雨簿反而杀了青龙。玉帝觉得过意不去,便下书到人间要皇帝向老百姓传令,纪念为民造福的青龙。

于是,每年正月里,保义镇的老百姓就用竹篾扎成青龙,用纸或绸糊上,照着青龙的模样,用彩笔描画,把纸龙绘得活灵活现、威武雄壮。到了青龙被杀的这一天,家家户户张灯结彩,男男女女敲锣打鼓,老老少少扛着青龙游街串巷,以表示对青龙的感激和怀念。日子久了,保义镇舞龙的颜色又由青龙一种颜色,逐步扩大为红龙、白龙、黄龙、黑龙等五种颜色。这个风俗一直传到现在。

讲　述　人:陈立松,男,寿县保义镇人
采　录　人:赵阳,男,寿县人民政府办公室农业科科长
采录时间:2008年7月
采录地点:安丰塘畔

插　　灯

　　插灯是隐贤镇元宵节灯会的活动之一,能吸引成千上万的群众积极参与,丰富了群众的节日生活。做法是先在沙滩上竖起一根数丈高的朝天柱,顶部有一横杆,上挂九盏大红灯笼,名曰"九连灯"。顶部有绳子通向四面八方,绳子上粘满红、绿、黄、蓝各色小旗。然后以朝天柱为中心,对照明代流传下来的九曲黄河阵图谱在沙滩上画出线路,再将361根每根长1.5米的小竹竿按照线路标出的位置插好,每根小竹竿上挂一盏小灯笼。最后用绳子将小竹竿一根根串联起来,形成一条条弯弯曲曲的沙径。有的是正道,有的是偏道。正道可以顺利地走出灯场,偏道的尽头是死胡同,这样可以考验人们的识别能力。灯场有两道门,正门用彩旗、松枝、纸花装点得花团锦簇,两边的对联是"朗朗乾坤,红红绿绿灯万盏;花花世界,弯弯曲曲路千条",横批是"金光大道"。灯场四周用帷幕遮得严严实实,宛如海市蜃楼般

神秘。

正月十五早晨,人们吃过元宵以后,就从四面八方拥向灯场,在欢快的锣鼓声中开始跑灯了。有的三五成群、兴高采烈,循着正确的路线,一边走一边看灯;有的心不在焉,边走边玩,等误入歧途后才恍然大悟,急忙回头。人们认为,只要能顺利地跑完全程(约2500米),就能消灾祛病,大吉大利,那些久婚不孕的妇女只要抱一下朝天柱,磕几个响头,就能够怀孕生子。

1986年和1996年,隐贤镇举办了两次插灯活动,观众最多达十万人次。现场人山人海,热闹非凡,省、市电视台记者都到现场采访录像,提高了隐贤镇旅游的美誉度和知名度。

采 录 人:卞维义,男,寿县太平中学退休教师
采录时间:20世纪80年代
采录地点:隐贤街道、太平街道

放 河 灯

放河灯的民俗始于何时已无法考证,据说比插灯还要早。原先是渔夫在夜晚捕鱼时,为引诱鱼儿靠近特地在河面上点的灯,后来逐渐发展成一种民俗,成为节日期间的文化活动之一。其做法是准备一千只左右的小碗,在碗里放油和灯芯草,做成碗灯。正月十五晚上风平浪静时,将碗灯点燃后轻轻放入河水中,这样,碗灯就会随水流缓缓地向下游漂动,就像一大串流动的珍珠。观灯的人们手提点着蜡烛的灯笼,燃放起五彩缤纷的烟花,随碗灯一起在河边行走。灯光和明月交相辉映,景象蔚为壮观,令人目不暇接。人们扶老携幼从四面八方到岸边观灯,有的甚至坐上小船随碗灯一起向下游漂去,直到东方破晓油尽灯灭。

这些散发着浓浓乡土气息的节日民俗充分展示了古镇人民的精神风貌,给古

镇带来了生机和活力。

采 录 人：卞维义，男，寿县太平中学退休教师
采录时间：20 世纪 80 年代
采录地点：隐贤街道、太平街道

豆腐的故事

刘安为人好道，欲求长生不老之术，因此不惜重金，广招江湖方术之士炼丹修仙。

相传一天，有八个老头登门求见，门吏见是八个白发苍苍的老者，轻视他们不会什么长生不老之术，不予通报。八公见此哈哈大笑，摇身变成八个扎着小辫子、面如桃花的少年。门吏一见大惊，急忙禀告淮南王。刘安一听，顾不上穿鞋，光着脚跑出来迎接。这时，八位又变回老者，刘安连忙请他们进门上座，拜问他们姓名，原来是文五常、武七德、枝百英、寿千龄、叶万椿、鸣九皋、修三田、岑一峰八人。八公一一介绍了自己的本领：画地为河、撮土成山、摆布蛟龙、驱使鬼神、来去无踪、千变万化、呼风唤雨、点石成金等。刘安看罢大喜，作了琴曲《八公操》，立刻拜八公为师，同在都城北门外的山中苦心修炼长生不老仙丹。

当时淮南一带盛产优质大豆，这里的山民自古就有用山上珍珠泉水磨出的豆浆作为饮料的习惯，刘安入乡随俗，每天早晨也总爱喝上一碗。一天，刘安端着一碗豆浆，在炉旁看炼丹出神，竟忘了手中端着的豆浆碗，手一撒，豆浆泼到了炉旁供炼丹的一小块石膏上。不多时，那块石膏不见了，液体的豆浆却变成了一摊白生生、嫩嘟嘟的东西。八公中的修三田大胆地尝了尝，觉得很是美味可口。可惜太少了，能不能再造出一些让大家来尝尝呢？刘安就让人把他没喝完的豆浆连锅一起端来，把石膏碾碎搅拌到豆浆里，过了一时，又结出了一锅晶莹嫩白的东西。刘安

连呼"离奇、离奇"。这就是八公山豆腐初名"黎祁"的由来,是"离奇"的谐音。

据说当年,刘安在八公山炼丹发明的豆腐。自那以后,时间不长,豆腐制作技艺从皇家流传到了民间,唐朝时期又传到东亚各国。八公山下泉水特别多,大豆品种好,多出豆腐,在发源地八公山大泉村,家家户户都会磨豆腐,所以,大泉村又叫中国豆腐村。大泉村豆腐制作远近闻名,七十二把豆腐刀,把八公山豆腐卖到各地。现在磨豆腐集中到胡姓、黄姓几个大户,各家掌握着各自的豆腐制作秘籍,主要是点膏的不同,各家的豆腐口味也不同,涌现了一批非遗豆腐制作传承人。

讲 述 人:熊学明,男,寿县八公山乡政协原工作负责人
采 录 人:李振秀,女,寿县文学艺术界联合会副主席
采录时间:2014 年
采录地点:八公山乡

淮王鱼的故事

说到正阳关,人们自然会想到从古至今远近闻名的特产"三子一鱼",即蒿子、蚬子、鹞子和淮王鱼。淮王鱼之所以名贵,是因为它仅仅生长在淮河正阳关迎水寺到凤台县黑龙潭的这一段,别处绝无仅有。这种鱼喜好在岩石缝中繁衍生息,而恰好这一段水域河道弯曲,水流湍急,河底多为岩石底质,岩缝纵横,为其繁衍生息提供了独一无二、得天独厚的条件。因此,千里长淮只有这一段才是它唯一的家。

回王鱼又称回黄鱼、淮王鱼,关于这些名字的由来,还有一个典故。讲的是淮南王刘安一天在游览淮河美景时,正巧碰上当地的一个姓佟的财主娶小妾。这个财主为了巴结淮南王,便准备了一桌子的鸡鱼肉蛋宴请他。而淮南王早就吃腻了这些东西,偏偏想吃那嫩滑清香的"八公山豆腐"。这时,一白发苍苍的老人献上一盆香气扑鼻的浓汤,味似豆腐,但比豆腐更加鲜香。刘安尝后,拍案叫绝,一问才

知原来这是用产于此地的一种奇鱼熬制的。淮南王便吩咐手下重赏那老汉。可老头喊不要钱财,只是一个劲地连声叫冤。原来那佟财主娶的小妾正是老汉膝下唯一的幼女,正要和一个青梅竹马的渔夫结为连理时,被佟财主抢走了。淮南王听后大怒,要老汉带他去看看这种奇鱼,他给老汉主持公道。后来的结果可想而知,佟财主被关进笼子丢进淮河喂那奇鱼了,而那个女孩子也和小渔夫幸福地生活在了一起。据此,《寿州志》上有了这样的记载:淮南王经常用这种鱼来宴请贵客,并屡屡赞不绝口。此后,民间为了表达对淮南王体恤民众的感激之情,将这种鱼称为淮王鱼。

采 录 人:汪洋,男,寿县正阳关镇人,退休教师
采录时间:2021 年

回王鱼的故事

相传,西汉淮南王刘安在八公山求仙学道,有人将此鱼献给他,他食后觉得味美可口,就称之为"回黄"。当地人称为"回王鱼""回黄鱼""淮王鱼"。

关于回王鱼,也有着一个美丽的传说。

据说在很久很久以前,黑龙潭里的龙宫来了一群美丽无比的鱼精——回王仙女。回王仙女们以善良的老黑龙为父,在龙宫里过着平静的生活。有一天,黑龙潭附近的一个村庄里来了一群玩花鼓灯的,动听的锣鼓声传到了龙宫里,喜欢歌舞的回王仙女们听到后,一致要求老黑龙带她们一起去人间看灯。老黑龙无奈,只好变成一辆龙头马车,载着众仙女出了黑龙潭,原以为四下无人看见,没想到却被一位过河看灯的后生撞见了。后生抢先到了灯场,把这一发现告诉了人们。不大一会,龙头马车载不盛妆美丽的仙女到来了,看灯和玩灯的人们立刻团团围过来,争相观看。老黑龙一看露出真相,慌忙带众仙女逃回了黑龙潭。但是被仙女的美貌迷住

的人们哪里肯罢休？从此，便天天有人在此用网打捞回王仙女，仙女被捞出水便成了金黄色的回王鱼，成了人们的美味。老黑龙劝仙女们逃命，但众仙女又不忍心离开老黑龙。从此，回王仙女们就躲在深水洞中不敢露面，但是，仍不免被捉出水去的。所以，黑龙潭里时常能听到呜呜作响的声音，那是老黑龙在为失去的回王仙女哭泣呢。

回王鱼性情温和、孤僻，常常栖于水底层和岩洞、岸穴、石缝里。峡山口一带水下岸穴、岩洞较多，又兼弯道、湍流，所以回王鱼聚集生活在此地。每当淮河汛期，回王鱼便欢跃起来，有的逆水而上，可达河南；有的顺流而下，可至江苏。但是，它们繁衍和长期栖息的地方，仍然在八公山水域。

讲 述 人：熊学明，男，寿县八公山乡政协原工作负责人
采 录 人：李振秀，女，寿县文学艺术界联合会副主席
采录时间：2014 年
采录地点：八公山乡

十八番锣鼓的传说 1

1840 年左右，京城有一位亲王，平日里闲来无事，喜欢东游西逛。听说淮河中游有一个号称"银正阳"的"凤城首镇"，不仅商贾云集，热闹非凡，而且文化底蕴丰厚，是个游乐的好场所，王爷兴之所至，一天便带领着一帮吹拉弹唱的高手，乘着一艘官船直奔正阳关。由于旅途较长，官船到了正阳关后，船体出了一些毛病，便将船停泊在西大滩船厂进行维修。其间，随船大小官员包括亲王都上岸进了镇子吃喝玩乐，留下四个太监负责值守。这四个太监平日里在宫中就爱好打锣鼓，而出发之前又刚刚在宫中编排出一套新的十大番锣鼓。趁此难得的空闲，他们便每天带着人，在西大滩上练习敲打。老正阳关人说，当年的西大滩有好几个船厂，又临近

正阳八景之边洲渔会、淮水帆飞、西城春柳等景致,所以每天下午至傍晚在西大滩游玩的人非常多,有外来的也有当地的,有船民也有居民,有打拳的、摔跤的、玩沙包的、举石锁的、吹拉弹唱的、敲锣打鼓的……其中宋家班老弟兄七个,就经常到西大滩敲锣鼓玩。这天,他们正敲打得起劲,忽然听到官船上下来的锣鼓队,其鼓乐声非同一般,时而铿锵有力,时而文雅动听……节奏鲜明、令人陶醉。一曲听罢,弟兄七人仍如痴如醉,羡慕之余顿生仿学之意。第二天,宋家班便备下礼品,由宋老大领着拜访了王爷,寒暄过后,紧接着说了一些羡慕、夸奖和要求学仿锣鼓之类的话。王爷听后,觉得从京城到正阳关,沿途还没有人这么看重、夸奖他们的锣鼓,更没有人提出愿意学的,认为到正阳关来才算真正遇到了知音,千里之旅,不枉此行。王爷当即满心欢喜,一口应承了下来。几个月后,官船修好了,宋氏兄弟的十大番锣鼓也学得滚瓜烂熟,敲打自如了。时隔多年,到了宋廷宪、宋廷柱、宋廷富等这一代,他们弟兄五人不仅全盘继承了十大番锣鼓的敲法,而且在原有的基础上,经过多年倾心钻研和实践,又创编了八番,这就有了一整套完整的正阳关十八番锣鼓。

采录人:汪洋,男,寿县正阳关镇人,退休教师

采录时间:2021年

采录地点:正阳关镇

十八番锣鼓的传说2

清朝光绪年间,英美商人纷纷来正阳关开设商埠,推销"五洋商品",随后购回茶叶、竹席、古玩、瓷器等土特产品。古镇商人不失时机地抓住这一机遇仿效,除推销洋货外,就地收购皮革、桐油、生漆、猪鬃、茶叶等,经上海转运出口国外,进出口贸易由此拉开序幕,正阳关也逐步走向鼎盛时期。

这样一来,正阳关的水上运输就更加繁忙了。可这些商船,时常在洪泽湖、长

江等偏僻水域遭水匪打劫，损失惨重。无奈之际，船老板们相互约定：再遇到水匪，各船以敲洗脸盆子为信号，附近船只听到后，务必前往支援。你还别说，这个方法还真管用，遇到水匪时，船上男女老少不光是敲洗脸盆子，锅、碗、瓢、勺、笆斗、锅盖……只要能发出响声的东西都拿出来敲，往往还没等到水匪爬上船，四周的船只已闻声黑压压地赶了过来，吓得水匪落荒而逃。后来，又有船老板出主意：洗脸盆子的声音太小了，不如买锣鼓来敲。这样，每条船上又都配上了锣、鼓、镲等乐器，更有效地预防了水匪的袭击。此后，每逢晚上泊船的时候，为打发寂寞难耐的时光，船民们也时常凑在一起自娱自乐，天长日久，敲敲打打中竟习练出一套十八段锣鼓，因人员来自各条帆船上，便取名为"十八帆"。

锣鼓驱逐了匪患，让船民有了安全感，大家无不欢欣鼓舞，待船只返回正阳港后，大家不约而同地聚集在西大滩尽情演奏，欢乐的心情无以言表，又把"十八帆"改名为"十八欢"。因每条船上都备有锣鼓家什，参与的人自然就更多了，渐渐地，有船民练出自己的一套独特打法，也就是十八欢锣鼓最突出的两个特点。一是人多、乐器多。敲打时一般至少有头鼓1面、陪鼓3面、大沙锣1面、小二锣3—5个、大镲4副、小镲2副、小黑锣4—6个、铴锣（小铜锣）1个，人数一般在20人左右，最多时能达到50人。二是节奏慢、手法多、时间长。十八欢锣鼓主要以头鼓为主，其节拍为4/4，手法有单绞丝、双绞丝、扭丝、叠丝、三重槌、两分相等，因为船泊港以后，是船民们难得少有的清闲时间，大家聚在一起，心情放松地慢慢击打，慢慢欣赏，慢慢享受。十八段锣鼓再加上开头，结尾两段，共有20段，每段再翻来覆去打击"演奏"三遍，因此完整"演奏"一遍，一般需要80分钟。

当时镇子上有多家锣鼓班子。新中国成立后，宋家班后人宋廷宪（宋二）、宋廷富（宋三），将十八欢锣鼓传至正阳建筑社锣鼓队，因为那时刚解放，为庆祝新中国成立和劳苦大众翻身得解放，"十八欢"被更名为"十八翻"，如今又改为"十八番"。

讲 述 人：王春林，男，寿县正阳关镇人，正阳关镇回民锣鼓队队长
采 录 人：汪洋，男，寿县正阳关镇人，退休教师
采录时间：2023年
采录地点：正阳关镇解阜社区

四顶奶奶的传说

很久以前,地藏王神游皖中大地,看到这里景色秀美、民风淳朴,是教化民众发展宗教的好地方。他来到了寿州北山,站在八公山上,眺望淮河水自西南向东北绕山而过,望春湖夹东淝河从东南向西在山脚下与淮水交汇。真是山水相依,风光旖旎!地藏王就把自己佩带的一把天龙宝剑插入四顶山巅,留下记号,准备回去后禀告佛祖如来,在寿州北山建立庙宇,传授佛法。

地藏菩萨得到了如来佛祖的首肯,一切准备就绪,驾起祥云来到寿州北山,紧锣密鼓地筹备修建庙宇。他看到从东北泰山方向飞来一片霞光祥云,缓缓落在山上,霞光中走出一位美女子,貌若天仙,身披霞衣,光彩照人。地藏菩萨一看,原来是东岳大帝的女儿碧霞元君,是以泰山为道场修炼的一位真君。

地藏王便上前施礼:"阿弥陀佛,不知真君驾到,有失远迎。请问碧霞元君大驾光临此山有何贵干?"碧霞仙姑道:"奴家今天回娘家路过八公山,看到山上有人动我的土神,于是就下来看看是何方神仙所为。"停顿一会儿,碧霞元君问:"请问地藏菩萨佛仙,你怎么有时间来到我的八公山游览?"听话听音,地藏王菩萨一听碧霞元君话里有话,她怎么说这寿州北山是她的呢?于是就告诉碧霞元君:"此山乃小佛久仰之地,并且上次方游时,在山顶上插下宝剑为记。""哦,不知道地藏菩萨在哪里插的记号,可否带奴家见识一下?"地藏王于是就引领碧霞元君来到了一座叫四顶山的山峦脚下,手指插在山顶上的一把宝剑给碧霞元君看,并说:"那把倒立山顶的剑就是小佛上次游览此山时留下的记号。"碧霞元君哈哈大笑。"我以为地藏佛的剑插在哪里了呢,原来是插在奴家的绣花鞋上了!"地藏王一听,觉得蹊跷,于是,飞身到了山顶,伸手把插在山顶上的宝剑拔下,一看宝剑真的穿刺过一只绣花鞋,绣花鞋被地藏菩萨拔宝剑时正好带了出来。地藏菩萨羞得满脸通红,一时无语。碧霞元君说:"地藏王菩萨,你看上了此山却来迟了一步,看你的宝剑把我的绣花鞋都戳烂了。我那年回娘家时，路过寿州北山，看到一只狼扑向一个小孩，情况十分危险，我当时把狼斩杀了，救下了小孩，就顺便到此山上一览，看此山风景秀丽，山水环绕，决定在这里找一处修道的地方。因为我前段时间有事耽搁了，还没来得及过来安排建寺观，没想到地藏菩萨也有此意。"碧霞元君的一席话说得地藏菩萨无言以对。但是他心里想："我插剑的时候分明山顶上没有动过的土，今天被这个小女子给忽悠了。"一气之下，驾云向南飞去。地藏王菩萨到了九华山，在那里建庙宇传教，人称九华老爷。

碧霞元君心里明白地藏菩萨的意思，的确是她施展了计谋。她看到了山上已经被地藏王插剑留下记号，就把地藏菩萨的剑拔下，然后把自己的一只绣花鞋埋在宝剑底下，这样就造成了一种是她先来的迹象。碧霞元君用欺骗的手段，把地藏菩萨赶走了，自己在四顶山上建寺修行，人称四顶奶奶。

有一年三月十五，四顶奶奶到河南走娘家回来，路上遇到四顶山奶奶庙敬香的香客，问一位推车的人："敬香求什么？"这人说他结婚数年没有孩子，想求一子。四顶奶奶对他说，她的脚走不动路了，请推她一程。那人看她年岁大了，走路困难，欣然让她上车。四顶奶奶看此人心地善良，决定满足他的心愿。快要到山脚时，四顶奶奶告诉推车人说，她不是上山的，是到寿州城里走亲戚的。于是推车的人停下，让四顶奶奶下车，与四顶奶奶告别，推着车子独自上山去了。这人到了山上，走进四顶奶奶寺庙，抬头看到上面碧霞元君塑像，正是他刚才推的老奶奶！于是趴倒就叩头，说刚才不知道推的是碧霞元君仙姑，路途颠簸，请原谅。四顶奶奶始终面带微笑，告诉他许的愿已经实现了。这人回家不久，他的老婆就怀孕了，十个月后生了一个大胖小子。次年的三月十五，那人为了感谢四顶奶奶赐子，虔诚地去四顶山还愿。从此，四顶奶奶显灵赐子便传开了，四顶山的香火也因此旺盛起来。

讲 述 人：秦宜仁，男，寿县大顺镇人，曾担任过村支书、轮窑厂厂长
采 录 人：徐东军，男，寿县大顺镇人
采录时间：2022 年
采录地点：大顺镇余埠村

文化名山与"返老还童"

相传汉时定都寿春(今寿县)的淮南王刘安,喜求仙修道,想长生不老。一天,有八公前来求见,说有"却老之术"奉献。守门人急忙进去通报。刘安说:"他们自己都这样老了,哪里有什么却老之术?!"于是拒绝接见。八公笑道:"淮南王嫌我们年老吗?好吧,现在总可以了吧?"说着,八个老翁忽然全变成了童子,这就是"返老还童"成语的出处。刘安请八公传授炼丹之术,他炼成丹药吃过后,就在大白天升天而去,剩下的丹药被鸡犬舔食,也都升天而去,留下了"鸡鸣天上,犬吠云中"的成语。与此相关的成语,还有比喻平白无故地升官,而且升得很高的,就叫"白日升天"或"白日飞升"。形容一人当了大官,亲友尽享荣华富贵的,叫作"拔宅飞升"或"一人得道,鸡犬升天"。对于那些依附权贵而发财的人,人们则讥之为"淮南鸡犬"。当然,历史上的刘安并未升天,他是因谋反未遂,得罪汉武帝自刎而死的。刘安命方术之士炼丹,用黄豆和盐卤做原料,得到了一些稀糊糊的东西,这就是世界上最早的豆腐。李时珍在《本草纲目》中记载:"豆腐之法,始于汉淮南王刘安。"

采 录 人:赵鸿冰,男,寿县融媒体中心编辑、记者
采录时间:2023 年 11 月

玄帝庙二月十九庙会的来历

提起正阳关的历史人物俞扶九,那在正阳关可谓是家喻户晓、孺妇皆知。据说玄帝庙二月十九的庙会就是因俞扶九而留下来的。

传说俞扶九幼时丧父,家贫,母子相依为命,住在正阳关城隍庙附近。城隍庙里当时住着一个袁道长,见俞扶九聪明过人,天赋又高,可惜家贫。道长心想,此子稍加点拨,他日必能成为栋梁之材。以后就有意在生活和学业上常常帮助接济小扶九。年复一年,袁道长与俞扶九二人竟成了忘年交,而俞扶九在学业上因得到袁道长的点拨教诲,加上自身聪明好学,结果学业大进,终于在康熙三十年(1691年)二十三岁时一举考中进士。

俞扶九考中进士后,即入京为官。因为官清正廉明,深得皇上信任。十五年后官拜大理寺常卿。

俞扶九自为官以来,因官务繁忙,忠心为朝廷出力办事,十五年竟没回过一次家乡。就在任大理寺常卿的第二年春天,俞扶九得到康熙皇帝的恩准,衣锦返乡祭先祖。

那一年的清明节正好是农历二月十九。清晨俞大人早早起床,沐浴更衣,用过早膳后坐着八抬大轿,前边众兵丁鸣锣开道,后面众家丁抬着纸人纸马等祭奠用品,一路上浩浩荡荡向东岗五里铺其先祖墓地进发。到达墓地,俞大人三叩九拜祭奠先祖完毕,回来时,要求绕道路过玄帝庙。刚到山门口,俞大人忙叫落轿,因俞大人前几天回来时曾打听到,从前给自己诸多帮助,又是自己忘年交的袁道长,现在正在玄帝庙里做住持,故此特来拜访一下故人。俞大人下轿说要拜访袁道长,这时一个小道童忙去回禀袁住持,袁住持一听是在京城做官的故人俞扶九来访,赶快快步迎了出来。俞大人见袁道长白胡飘胸,一派仙风道骨模样,想起以前道长对自己的种种恩惠,忙大步上前,抱拳当胸,朗声道:"道兄一向可好?"正要施礼下拜,袁住持急忙上前扶起。二人寒暄过后,挽手来到方丈,道童献上好茶,二人啜茗,畅叙十多年的阔别之情。正谈到高兴处,忽听庙外人欢马嘶,锣鼓喧天,不知发生了什么事,只见一道人慌慌张张跑来禀道:"师父,不好了,门外来了一伙官人,说要俞大人快出去接圣旨。"俞大人一听,吃了一惊,忙与袁住持一齐来到山门口,见这伙人是从京城来的,原来京城来的传旨官一伙人到俞大人府上,听家人说俞大人此时在玄帝庙里拜见故人,就命家人带路,一同来到玄帝庙。传旨官一见俞大人,高声道:"俞扶九接旨。"俞大人忙跪下,袁住持叫人快摆上香案,传旨官曰:"奉天承运,皇帝诏曰,拜俞扶九为官庭左僚,接旨后,即刻动身,千万不得延误,钦此。"俞大人接旨后,连斋饭都没用,依依不舍地与袁住持惜别,就随传旨官回京了。

玄帝庙自建庙以来,从没有像今天俞大人来此这么风光、这么热闹,后来正阳关人为纪念俞大人回乡祭祖又在玄帝庙里接旨升官这一大事,地方上一些有头面的人物一合计又征得袁住持同意,就把原来三月三玄帝庙会改为二月十九,目的让后人永远记住俞大人回乡祭祖又升官这一件事。这就是玄帝庙二月十九庙会的来历。

采 录 人:李天仁,男,寿县正阳关镇政府工作人员
采录时间:1999 年
采录地点:正阳关镇

元宵节的传说

自古以来,千年古镇正阳关对年节都非常重视,尤其是每年的元宵节都会由商会牵头,举办庙会、灯会。一到晚上,大街上灯火辉煌、人头攒动。月上树梢,灯来了,只见长龙矫健,雄狮威武,扑跃欢腾,活灵活现,各式各样的花灯令人眼花缭乱,灯市上的猜谜活动也是花样百出,让人流连忘返。那真是:天上明月高悬,地上彩

灯万盏,大人小孩兴高采烈,赏花灯吃元宵,团团圆圆、其乐融融。

为什么要以这种张灯结彩的形式庆祝元宵节呢?老人给我们讲了这么一个故事。相传很久很久以前,人间凶禽猛兽很多,四处伤害人和牲畜,人们就组织起来狩猎它们。有一年正月十四这天,一只神鸟意外降落人间,被不知情的猎人给射杀了。天帝知道后十分震怒,下令天兵天将于正月十五晚上到人间放火,把人类和牲畜通通烧死。天帝的女儿心地善良,不忍心众多生灵无辜受难,就冒着生命危险,偷偷来人间报信。众人得知这个消息,惊恐万分,吓得不知如何是好。过了好久,才有位老人想出了个法子。他对大家说:"明天晚上,各家各户都要张灯结彩、点响爆竹、燃放烟火。这样一来,天帝在天上看见,会误以为人间失了天火,便不会再派天兵天将到人间放火。"大家听了都觉得这个主意不错,便分头准备去了。到了正月十五这天晚上,天帝往下一看,人间一片通红,而且响声震天,以为是燃烧的火焰,心中大快,果然没再派天兵天将。人们就这样保住了生命及财产的安全,此后每到正月十五,人间都张灯结彩,大放花灯,渐渐形成了习俗。据说,古时正阳关正月十五花灯节就是从这来的。

采 录 人:汪洋,男,寿县正阳关镇人,退休教师
采录时间:2023年
采录地点:正阳关镇

对联故事三则

改字气贪官

从前有一个地主,用贿赂的法子"考"中了进士,当了县官,又用同样的法子让他的儿子也"考"中了进士。这个县官十分得意,就写了一副对联贴在门上:

父进士子进士父子皆进士;
老加官少加官老少均加官。

一个穷秀才路过这里,看到这副对联,就把这副对联中的两个字改了一下,扬长而去:

父进土子进土父子皆进土;
老加棺少加棺老少均加棺。

县官看了,气得昏死过去。

妙联刺贪官

晚清时,寿县一个知州,贪婪成性,在任时搜刮民脂民膏,百姓苦不堪言。后来此人调任河南归德府(古称应天),消息传开,州人欢天喜地,如去瘟神。有人作了这样一副对联赠之:

此去应天天有眼；
再来吾地地无皮。

将就馆的对联

老早以前，寿县城里有一家洋掌（非常）有名气的饭店将就馆，乍一听，人们都很纳闷：这饭店怎么叫这个名字呢？原来这个饭店的门上写了一副楹联：

将才买将才卖将本求利；
就是你就是我就要付钱。

这对联什么意思呢？原来，"将才"在寿县方言的意思是"刚才"。上联的意思就是：本店的食材是新购买的，都新鲜得很，可以放心食用。而且，饭店"将本求利"，利润薄，物美价廉。下联的意思是：街坊邻居、亲朋好友，虽然大家都相识，但是人熟理不熟，饭店小本经营，该付多少钱就付多少钱，不能拖欠或者白吃。

采 录 人：余敏先，女，淮南师范学院文学与传播学院副教授
采录时间：2020—2023 年
采录地点：寿春镇

吝啬鬼学艺

从前，淮河岸边有一个叫王大的人，是个出名的吝啬鬼，一个铜钱都要掰成两

半花，其至想从一粒芝麻里榨出几两油来。

有一天，他听说十里开外有个赵五，比自己还要抠门，心想他也有这样高的本领，我何不去跟他学学呢？打定主意后，王大决定上街买了一张纸，回家削了几根细竹竿，花了一个晚上的时间，糊了两条大鲤鱼，带着纸糊的鲤鱼上门拜师去了。

到了赵五家里，赵五不在家，赵五的儿子赵小五接待了他。王大对赵小五说："实在对不起，临走匆忙，没有备下厚礼，只带了这两条鲤鱼来，请笑纳！"赵小五接过鲤鱼道："您太客气了。"说完把鲤鱼接了过去。然后进屋拿了一支毛笔，只见赵小五在墙上唰唰唰画了几张长凳，又画了一只茶杯、一把茶壶。画完后说："贵客远道而来，想必又渴又累。请坐在长凳上歇歇，壶里有茶，请随便喝。"王大见状，只好连声说："就坐，就坐。"口里光说，可就是站着不动。王大心里想，这赵五果然名不虚传，他儿子都有这么大的本事，要是老子在这，本事岂不更大？不觉暗暗庆幸自己这一趟来对了，头一次就学了不少门道。他心里虽然这样想，嘴里却说："你父亲不在家，我也不便打扰，改天再来拜访！"说罢转身就要走。赵小五上前一把拉住他说："慢点走，你送了我两条鱼，我也不能不回敬您啊。"王大只好站住，怔怔地望着赵小五，看他送什么礼物。赵小五说道："现在我家园子里的西瓜熟了，就送你两个西瓜吧！"说完，转身拿了纸笔，很快画了两个盆口大的圆圈，接着又在圈上画了四道花纹，便双手捧给了王大。王大接过来说了声："谢谢！"把那两个"西瓜"折叠起来，揣在怀里匆匆离去了。

不久，赵五回来了。赵小五就把王大来访的情况一五一十地告诉了父亲，赵五忙问："你送他的两个西瓜有多大？"

"盆口大。"

"画了几道花纹？"

"四道！"

赵五气得火冒三丈，跳起来朝小五脸上就是一巴掌："浑小子，我就知道你是个败家子！送个拳头大的西瓜，画上两个花纹不就行了？"

采　录　人：余敏先，女，淮南师范学院文学与传播学院副教授
采录时间：2020—2023 年
采录地点：寿春镇

机智故事三则

全凭硬功夫

寿县乡下红白喜事办酒席,有一道菜叫虾米汤,是用瘦肉丁、虾米、鸡蛋、豆腐丁等加上各种作料,再用豆粉勾制而成的,味道鲜美,人人爱喝。端上桌的虾米汤是滚烫的,要一边吹一边喝。有个人喝虾米汤特别麻利,别人一汤匙还没喝完,他就已经几大勺下肚了。邻座人不得要领,向他请教:"老兄,你喝虾米汤怎么这么麻溜?有啥窍门吗?"这个人笑着说:"哪有什么窍门?全凭硬功夫,你看,我嘴皮子都没有了!"

小孩没腰

从前,有一个地主,对人非常刻薄狠毒。凡是在他家打工的人,他一刻也不叫人闲着。

地主家里雇了一个丫头,丫头天天除了干各种重活之外,还要帮地主婆子带孩子。

有一天,丫头累得腰酸背痛,就用手捶了捶腰,地主看见了,就骂丫头懒,不好好做活。丫头说:"我刚刚才歇下来,我累得腰疼啊!"

地主说:"腰疼?小孩哪有腰?你明明就是在偷懒!"

过了几天,丫头把家里的杂活都干完了,然后就去给地主婆子带孩子。丫头一想起地主说的小孩没腰就生气,于是心生一计。

丫头抱着地主的孩子使劲地折磨他,一会儿让他前仰,一会儿让他后仰。这时地主婆子看见了,忙上前来打了丫头一巴掌,并说:"死丫头,谁让你这么带孩子的?要是闪了腰我可要找你算账!哼!"丫头忙说:"老爷说过的,小孩没腰!"

采 录 人:余敏先,女,淮南师范学院文学与传播学院副教授
采录时间:2020—2023 年
采录地点:寿春镇

门闩子、门鼻子、门聊条子的故事

门闩子、门鼻子、门聊条子的娘要回娘家,出门时她告诉三个孩子,不要让生人进门。他们的娘走到一处地方时,遇到一个老虎变成的女人上来搭话,问她去哪里,家里有几个孩子。她都一一回答,然后就被吃掉了。这个老虎变成的女人就去她家敲门。三个孩子趴在门缝里看到老虎变成的女人,问她是谁,老虎说是他们的姥姥。孩子说:"阿姥脸上没有黑痣呀,你不是阿姥。"老虎就跑到一边上找了一粒黑芝麻粘在自己脸上,取得孩子们的信任。进门后,老虎说她屁股上长了疮不能坐板凳,让孩子们搬一个桶给她坐。孩子们搬来桶,老虎就把尾巴插到桶里。老虎的尾巴在桶里乱晃,孩子听到声音就问:"阿姥,桶里是什么声音啊?"老虎说:"是老鼠,不要怕!"晚上老虎要带孩子们睡觉,她偷偷把最小的孩子门聊条子吃掉了。门闩子和门鼻子听到"咕嚓、咕嚓"像是吃东西的声音,就问:"阿姥,你吃的什么啊?"老虎说:"我吃的是炸果子。"门闩子和门鼻子就说:"阿姥,阿们也想吃,也给阿们一点吃吧。"老虎就拿了门聊条子的手指头给了他们。门闩子和门鼻子一看这是弟弟的手指头,就知道来的不是姥姥,是坏人。门闩子和门鼻子就说要去茅厕尿尿,一会就回来。老虎同意了。老虎见这一大盏子了(好长时间)两个孩子还没回来,就跑出门去看。门闩子和门鼻子在树上喊:"阿姥,阿姥,阿们在树上哩!"老虎一看吃不上这两个孩子了,就说:"孩子,你们怎么上树的呀?我也想上去。"孩子说:

"阿姥,要上树容易,你先去锅屋(厨房)弄点油抹在肚子上就能上树了。"老虎跑到锅屋抹了油,但她一爬树就滑掉下来。两个孩子在树上说:"阿姥,阿姥,你去找绳子来拴在腰上,阿们拉你上来。"老虎找到绳子拴好,两个孩子使劲拉,拉到半截腰(半空)的时候,猛然一放,一家伙子(一下子)就把老虎摔死了。

采 录 人:余敏先,女,淮南师范学院文学与传播学院副教授
采录时间:2020—2023 年
采录地点:寿春镇

附件1 讲述人、采录人简介

王建国简介

王建国(1932—1999),曾用名王树权,出生于安徽寿县广岩骆家圩,先后在私塾、广岩乡庙台初小、六安龙穴中学、肥西中学就读。1949年10月参加工作,先后在眠虎乡政府、三义区政府任干事、会计,广岩乡财粮员,寿县联运站文书,淮北航运办事处干事,寿县交通局股长,寿县联合运输指挥部主任,寿县地方志办公室副主任,《寿县志》副主编等职。1987年晋升副编审。出版地方志研究文稿《树权文存》(国家社科基金项目后续研究成果),主要研究方向为地方志、地方史以及地方的民俗文化。主编《寿县宗教志》《寿县民族志》《寿县志·文化》《寿州诗汇》,整理编写《寿县物产类编资料》《寿县自然灾情录》《寿县谜语录》《寿地名人辑录》等。分别在安徽省地方志通讯、艺谭和省政协出版书籍上发表《柏文蔚发展淮河流域农业经济的思想》《方旭初"神道碑"注释》《张树侯画梅》《纪念方振武将军》《孙状元家世宦绩小考》等文章。在国家级刊物上发表代表作有《试论建设马克思主义的比较方志学》《试论马克思主义比较方志学可以成立》等。考证了州志12部,著有《寿县旧志简述》1册。1983年寿县人民政府给予特殊嘉奖。

方敦寿简介

方敦寿(1943—),男,寿县寿春镇人,大专,中共党员。寿县文广新局退休干部,二级编剧,安徽省戏剧家协会、安徽省音乐家协会会员。20世纪80年代初开始,在《乐坛》等发表大量音乐作品,多次获奖。1986年,庐剧小戏《两只瓦罐》获安徽省首届戏剧节创作二等奖,《安徽戏剧》及省广播电台同期发表、播放。1989 年,歌曲《乡邻情爱》获首届"华夏之声"三等奖,歌曲《春天的童话》获创作奖。1990 年,表演唱《红二十五军到正阳》获安徽省"我爱国防"民兵文艺调演创作优秀奖。1994 年,吹打乐《农家乐》获安徽省第三届花鼓灯会创作二等奖。1995 年,表演唱《缫丝谣》获安徽省首届乡镇企业文艺调演创作二等奖。1997 年 10 集电视剧《怪才刘之治》(与人合作)浙江湖州电视台拍摄播出。1997 年,出版散文集《八公山下》,2000 年主编《寿州旅游丛书》(上、下卷),2009 年编著《寿县历史文化丛书·民俗风情》等。2013 年担任京剧《时苗留犊》音乐唱腔设计,获安徽省戏剧会演作曲三等奖。退休以来,多年参与《寿县文史资料》的撰稿。

方运麓简介

方运麓(1950—),男,寿县瓦埠镇人,高中,中共党员。1975 年毕业于瓦埠中学高中部,1976 年回乡务农,1983 年 6 月任寿县瓦埠乡文化站站长,1995 年从事建筑业。爱好书法、文学写作、美术、音乐、收藏,现为寿县书法家协会会员、寿县收藏协会常务理事、淮南市书法家协会会员。

汪洋简介

汪洋(1956—),男,正阳关人,正阳中学高中毕业。1980 年参加教师工作,2014 年从正阳一小退休。退休后,积极参加社区活动,投身学雷锋志愿服务和公益事业。三年前创建"老汪带你逛古镇"抖音自媒体,宣传正阳关古镇的历史、文化、风情民俗;传说故事、奇闻逸事;物产、美食、商贾字号;人文、美景、民间艺术;澡堂、码头、市井百态等。已在抖音平台和微信视频号上发布短视频近 2000 条,其中民间故事近百个。共分为:羊石古镇旅游指南、正阳关寺庙、正阳关武术、正阳关城池、正阳关民间艺术等 40 个合集,得到了越来越多人的青睐,浏览量与日俱增,点赞量近百万,粉丝也由起初的几十个增加到现在的 22000 多个。他年届七旬,右腿三等残疾,忍受腰和腿疼痛,行走困难,无偿接待到正阳古镇研学、调研和开展暑期三下乡活动的蚌埠医学院、安庆师范大学、安徽农业大学、南京大学新闻系、安徽理工大学、上海体育大学、铜陵学院等 500 多人次。

孙以安简介

孙以安(1945—),男,寿县寿春镇人,中专,中共党员。1971 年参加工作,任县邮电局乡邮检查员,1973 年任县委组织部干部科干事,1979 年援藏,在拉孜县纪委挂职,1981 年在县委宣传部宣传科任副科长,1986 年任县广播电视局副局长。2003 年退居二线,任主任科员。退休前后,被孙氏家族推荐为修祠续谱办公室主任,是"孙家鼐的传说"县级非遗项目传承人。

卞维义简介

卞维义(1950—),男,隐贤集人,中共党员,大专学历,太平中学退休教师,职称中教一级,家住太平街道后套村民组。1963 年 7 月—1969 年 2 月在隐贤镇棉百商店工作。1969 年 3 月—1978 年 8 月随户下放到太平公社新安大队后套生产队,担任过生产队会计、红民校教员等。1978 年 9 月通过考试当上民办教师。1978 年 9 月至 1985 年 7 月在新安小学任教,担任过校长。1985 年 6 月入党,后调入太平中学。1985 年 9 月至 2008 年 9 月在大平中学任教,教语文、历史。2008 年 9 月至 2011 年 7 月退休后在育英小学(民办)任教。2011 年下半年—2013 年上半年,在隐贤镇农组办任组织员(组织委员陈海燕),负责党员管理、远程教育等。其在学生时代就爱好文学,喜欢写作文、日记。在商店工作时开始给报社和广播站投稿,偶尔也有豆腐块见诸报端。在生产队艰苦的劳动中,仍然手不释卷,并在政治运动中提高写作水平。当教师以后还骑自行车四处采访,写了许多新闻、通讯、调查报告、杂文、小品文等。在担任农组办组织员的两年中,利用工作之余,还与他人合作编写了《漫话隐贤》《隐贤纪事》等书,并向各级网站投稿 100 多篇。

赵阳简介

赵阳(1966—),男,寿县寿春镇人,本科学历,中共党员。寿县融媒体中心干部,记者。中国作家协会会员,安徽省散文随笔学会副会长,安徽省历史文化研究中心研究员,淮南市作家协会副主席,"安丰塘的传说"非遗传承人。2001年,出版电视风光片《中国历史文化名城——寿县》;2003年,出版散文随笔集《四季人生》;2009年,主编出版"寿县历史文化丛书"《轶闻传说》卷;2013—2021年,主编出版"文化寿州丛书"20余部,其中个人散文随笔集《城墙根下》《寿州走笔》《寿州情缘》等3部;2019年,参加首届淮河文化论坛,发表《淮南非遗园的一枝奇葩——安丰塘的传说初探》;2023年,出版散文随笔集《我在寿县等你》。系淮南市首批文化名家,淮南市政协文史专员,淮南市地方志办公室文史专员。

陈立松简介

陈立松(1963—),男,汉族,中共党员寿县保义镇人,曾担任过村党支部书记、保义镇敬老院副院长等职,现为保义镇党史联络员。散文《遥远的滩塘》《小甸,不仅仅是记忆》《寿州双眸》《幽深的寿州小巷》等作品散见于《安徽日报》《淮南日报》《皖西日报》等多家报刊。现在多从事寿州楚文化历史散文创作及研究。1980年高中毕业后,一直坚持从事民间文化研究,创作的《春申君的人头究竟在哪里》《淮上先贤常恒芳》等作品被《寿州文史资料》等文集选用。

黄丹丹简介

黄丹丹,女,汉族,中共党员,中国作协会员,安徽省文学艺术院签约作家,寿县作协主席。现为寿县文学艺术院(寿州循理书院)院长。在《小说选刊》《西部》《美文》《滇池》《广西文学》《延河》《清明》《时代文学》《安徽文学》《诗歌月刊》等文学期刊上发表作品百万字,有作品入选多种年度选本。出版散文集《一脉花香》《应知不染心》《云偶尔的投影》、小说集《别说你爱我》《孤城》等。曾获全国原创散文大赛一等奖、安徽省江淮小说大奖、《美文》最受读者喜爱的中篇散文奖等多个奖项。有小说改编成影视作品。

附件1

高峰简介

　　高峰(1965—),中共党员,肥西县人,公务员,1984年毕业于芜湖中医学校中医专业。先后任县中医院医士、医师、主治医师,医务股长,县卫生局副局长兼县中医院院长,县卫计委副主任兼县妇幼保分健院院长,县妇幼保健计划生育服务中心主任,县卫健委主任科员。六安市政协委员,淮南市政协委员,寿县政协常委,寿县政协文史委副主任兼《寿县文史资料》执行主编。中国作家协会员,安徽省作家协会诗歌委员会成员,淮南市作家协会副主席。"寿州诗群"发起人,曾在《十月》《中国作家》《诗刊》《青年文学》《诗歌月刊》《星星诗刊》《作品》《诗选刊》《中国诗歌》《鸭绿江》《天涯》《诗潮》《扬子江诗刊》《绿风》《北京文学》《青春》《安徽文学》《阳光》《文学港》《红豆》《延河》等发表大量作品,诗歌作品多次入选漓江版、花城版年度诗选,获安徽省文联"我们的沃土我们的梦"征文奖、淮南市"十个一工程"奖、海子诗歌奖、李白诗歌奖、曹植诗歌奖等。执行主编《寿县文史资料》,有诗集《水泊寿州》、编著散文集《瓦埠湖畔》。

楚仁君简介

　　楚仁君(1965—),男,寿县寿春镇人,中共党员,现任寿县文化和旅游局创研室主任,鲁迅文学院2004年度文学创作(函授)班优秀学员。现为中国作家协会会员,中国微型小说学会会员,中国楹联学会会员,安徽省散文家协会会员,安徽省摄影家协会会员,安徽省《淮南子》研究会会员,淮南市作家协会理事,淮南市成语典故研究院研究员,寿县文学艺术界联合会秘书长,寿县作家协会副主席。自20世纪80年代起,开始从事文学创作和民间故事搜集整理,其文学作品散见于《小小说月刊》《西部散文选刊》《安徽文学》《新安晚报》《安徽工人日报》等国内报刊,多部作品被《小说选刊》《微型小说选刊》《传奇传记文学选刊》选载,有数十篇作品入选年度各类文集并获奖,其中小小说《我有五个兵》荣获"2023年全国青年作家文学大赛"小说组一等奖,散文《触摸古城的温度》荣获安徽省报纸副刊一等奖,已发表文学作品和历史文化研究论文200多万字,出版散文随笔作品集《古城时光》《在古城安放灵魂》、历史文化研究专著《典藏寿春·寿县成语500条》《文润寿春》等著作5部。

赵鸿冰简介

赵鸿冰(1967—),男,回族,笔名寿州小雅,供职于寿县融媒体中心。20世纪80年代后期,开始诗歌、散文创作。1984年6月,加入寿县新浪文学社。现为安徽省作家协会会员、安徽省散文家协会会员,寿县作家协会副主席。在《安徽文学》《解放军报》《新民晚报》《中国水利报》《中国妇女报》《安徽日报》等发表散文、诗歌、文史小品800篇(首),偶有获奖。2008年编撰《诗联集锦》由安徽人民出版社出版。2008年荣获"全县十大杰出青年"称号,2016年荣获"全县文化奉献者"称号,有新闻作品荣获淮南市精神文明建设"十个一工程"奖。

李天仁简介

李天仁(1966—),男,寿县正阳关镇人,大专,中共党员,正阳关镇政府工作人员。自20世纪90年代初开始,分别在《安徽日报》《皖西日报》《寿州报》《大别山晨刊》《安徽人口报》《杂文报》等报刊上发表作品近百篇。平时尤好关注收集正阳关镇本地历史人文掌故。

顾明简介

顾明(1974—),男,汉族,寿县堰口人,大专学历,中共党员,淮南市作家协会会员,现供职于堰口镇人民政府党政办。其喜爱读书,热爱文学,多年来有100余篇作文发表在《新安晚报》《皖西日报》《淮南日报》《今日寿州报》等报刊、网站上。他撰写的《给孙大光送礼》入选《寿县文史资料》(第四辑)、《大国总理题写小学校名》入选《寿县文史资料》(第五辑)、《久久的怀念,深深的感恩》入选《寿县文史资料》(第七辑)。

王晓珂简介

王晓珂(1965—),男,毕业于寿县三中,先后在淮南联大、安徽工业大学脱产学习,现任寿县寿春税务分局副局长。安徽省作家协会会员,寿县作家协会秘书长,寿县政协文史资料编辑。在《新安晚报》《作家天地》《现代快报》《蚌埠日报》《皖西日报》《淮河早报》等发表文章数百篇(首)。2018年加入安徽省摄影家协会,中摄权证会员,近年来在《中国摄影报》《大众摄影》《人民摄影报》《摄影与摄像》《摄影世界》等杂志上发表作品50余幅。2019年作品《丰收的金秋》入展人民日报主办、故宫博物院协办的2019"一带一路"人文历史摄影展。2022年作品《孔庙秋韵》获"第十三届中国艺术节全国优秀摄影作品展"。

杨凡俊简介

杨凡俊(1976—),男,寿县茶庵镇人,本科学历,中共党员,现供职于寿县三觉学校,高级教师。安徽省散文家协会会员,淮南市作家协会会员,寿县作家协会理事。20世纪90年代开始发表散文作品,现有多篇文学作品发表或获奖。2002年,"文心杯"中学师生作文大赛教师组全国三等奖;2011年,全国散文征文大赛全国二等奖;2012年,教育部语言应用管理司"世纪金榜杯"全国校园文化系列活动——感恩书信大赛教师组全国一等奖;2013年,安徽省教育厅"我身边的好老师"主题征文省级三等奖;2018年,荣获淮南市全民终身学习"百姓学习之星"称号;2018年,第二届安徽省校园读书创作活动征文类省级三等奖。2019年,安徽省"全省教师庆祝改革开放40周年"征文省级二等奖。2020年,长三角"特别寒假里的家庭教育故事"征文二等奖。2000年,《语文导刊》发表《东郭先生外传》;2002年,《安徽文学》发表《拜谒楚考烈王墓》;2003年,六安文联《映山红》发表《外婆》。

金茂举简介

金茂举(1971—),男,寿县板桥镇人,大专学历,医生,就职于寿县谐和医院。

安徽省作家协会会员,曾荣获卫生部"全国优秀医生"称号和六安市医改征文一等奖。自 2015 年开始,已发表了大量文学作品,并多次获奖。作品发表在《西部散文选刊》《作家天地》《淮南日报》《淮河早报》《寿县文史资料》等刊物上。现任寿县作家协会副秘书长。

葛广琪简介

葛广琪(1967—),男,专科学历,现担任寿县小甸镇邵店小学校长、邵店小学党支部书记。自 1986 年 9 月任教以来,一直在偏远乡村工作,从事教育工作 37 年,深爱养育成长的这片热土,经常深入田间地头,与乡亲们聊天,记录整理流传至今的地方传说,让更多的人了解家乡,热爱家乡,弘扬地方文化。

徐东军简介

徐东军(1959—),安徽寿县人,中共党员,高级经济师,高级建筑师,安徽省作协会员,安徽省散文随笔学会会员。1976 年入伍,1979 年 2 月参加对越自卫反击战。退伍后,耕过田,务过工,经过商,主编过多期《安徽徐氏》和《全球徐氏》(内部刊物),主持编辑《中华徐氏通谱·安徽省卷》,在网络媒体发表姓氏文化研究、宗亲联谊通讯、游记、时评等数百篇。已出版《爱在父耕母织间》《宗亲联谊路漫漫》《探路》《寻觅》《散文十二家》(与国内其他十一位作家合作)等。

熊学明简介

熊学明(1962—),男,本科学历,中共党员。从 1981 年进入寿县水泥厂工作,几十年来,先后任瓦埠乡政府财政干部,小甸镇财政所所长,八公山乡财政所长、副乡长、副书记、纪委书记、乡人大副主席、乡政协联络处主任、政协工作召集人等职。2022 年 6 月退休,聘任为县党建工作指导员(专职)。

林家海简介

林家海(1970—),男,笔名聂传海、聂林海,网名乡下老果,寿县张李乡张李村林郢组人,初中,农民,寿县作协会员,热爱文学。在《今日头条》等多家自媒体平台,以及《寿州文艺》发表多篇文章,醉心公益,多次参加"安徽好人"朱士兵团队组织的公益活动,在新冠疫情期间,一直积极志愿义务参与抗疫防疫工作,从2019年开始致力宣传与推荐家乡张李淠河湾,足迹遍布张李乡、安丰镇、隐贤镇、迎河镇、板桥镇等地,搜集整理许多地名故事传说,发表于《今日头条》、西瓜视频、抖音等自媒体平台,其中《寿县迎河镇大炭集与小炭集》等多篇地名故事,被《寿县地名故事》收录。

李井标简介

李井标(1977—),男,寿县迎河镇立新街道人,大专,中共党员,工作于兴业银行苏州分行。寿县作家协会会员,《寿州文艺》理事,热爱文艺写作,尤其关注于出生地安丰塘畔地域文化和李氏宗族文化,有作品发表于《神州文学》《大武汉》《海南文学》《岭南文学》《少年文学》《中国诗歌》《寿县文史资料第九辑·寿县地名故事》。

附件 2
寿县民间传说故事图书与资料

（以编纂和出版时间为序）

一、《淮南子》

清代光绪年间木刻线装本

收录有关淮南（寿春）地区成语故事 50 篇

二、《淮南耆旧小传》

张树侯　撰

中华民国二十二年(1933年)

收入淮南地区民间传说故事112篇

三、《中国民间故事集成》(寿县资料本)(上、下册)

寿县民间文学集成编委会　编

20世纪80年代(内部打字油印资料本)

收录寿县民间故事120篇

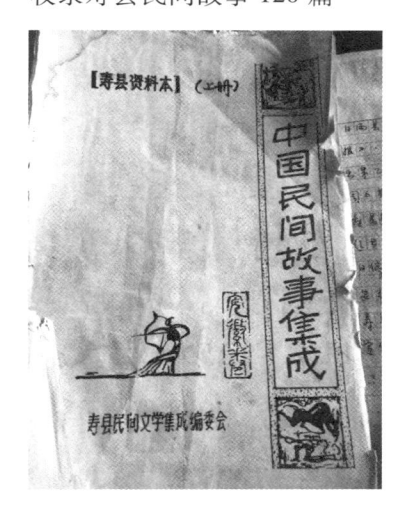

四、《寿州故事传说》

孟塈　编

黄山书社 1991 年 6 月第 1 版

收录寿县民间故事 130 篇

五、《寿县文史资料》(第二辑)

寿县政协文史委　编

1981—1995 年

收录寿县民间故事传说 30 篇

六、《寿县志》

寿县地方志办公室　编
黄山书社 1986 年第 1 版
收录寿县民间故事传说 30 篇

七、《寿州采风》

里朋　编
20 世纪 80 年代编印
收录寿县民间故事传说 52 篇

八、《六安市非物质文化遗产田野调查汇编》(一卷)

六安市文化局(新闻出版局、版权局)　编印

2009 年 10 月

收录寿县民间故事传说 50 篇

九、《漫话隐贤》

寿县隐贤镇文化典籍编纂委员会　编印

2009 年 10 月

收录隐贤镇故事传说 17 篇

十、《轶闻传说》

孟堃　赵阳　编

安徽人民出版社 2009 年 6 月第 1 版

收录寿县民间故事传说 120 篇

十一、《六安民间故事全书·寿县卷》

史红雨　主编

黄山书社 2011 年 9 月第 1 版

收录寿县民间故事传说 130 篇

十二、《八公山漫话》

赵阳　主编

安徽文艺出版社 2015 年 2 月第 1 版

收录寿县民间故事传说 30 篇

十三、《天下第一塘——安丰塘》

赵阳　主编

安徽文艺出版社 2015 年 9 月第 1 版

收录寿县民间故事传说 30 篇

十四、《隐贤纪事》

赵阳　主编

安徽文艺出版社 2016 年 6 月第 1 版

收录寿县民间故事传说 40 篇

十五、《千年正阳关》

赵阳　主编

安徽文艺出版社 2016 年 6 月第 1 版

收录寿县民间故事传说 40 篇

十六、《瓦埠湖畔》

高峰　编著

安徽文艺出版社 2016 年 8 月第 1 版

收录寿县民间故事传说 30 篇

十七、《寿州千古之谜》

赵阳　主编

安徽文艺出版社 2017 年 1 月第 1 版

收录寿县民间故事传说 50 篇

十八、《八公仙踪》

李振秀　著

安徽文艺出版社 2017 年 3 月第 1 版

收录寿县民间故事传说 50 篇

十九、《寿县文史资料》(4、5、8 辑)

寿县政协文化文史和学习委员会　编

2018 年 12 月、2019 年 12 月、2022 年 12 月安徽文艺出版社第 1 版

收录寿县民间故事传说 30 篇

二十、《寿县非物质文化遗产》

寿县政协文化文史和学习委员会、寿县文化和旅游局　编

安徽文艺出版社 2020 年 12 月第 1 版

收录寿县非遗故事传说 30 篇

二十一、《红色寿县》

寿县政协文化文史和学习委员会、寿县党史办公室　编

收录寿县红色故事 20 篇

二十二、《寿县地名故事》

寿县政协文化文史和学习委员会、寿县民政局　编

安徽文艺出版社 2023 年 12 月第 1 版

收录寿县地名故事 250 篇

后　　记

2023年12月，淮南市文联召开全市《中国民间文学大系·故事传说卷》（简称《大系》）编纂工作专题会，标志着《大系》编纂工作正式启动。作为国家历史文化名城、千年古县，会议要求寿县不光要完成淮南卷的选稿任务，还要独立成卷，公开出版发行。县文联高度重视，积极行动，以最快的速度成立编委会，召开编委工作会议，按照编纂方案的要求，分解工作任务，要求在过去民间文学普查工作的基础上，查漏补缺，深入挖掘，广泛征集，梳理库存，去粗取精，去伪存真，终于如期完成了《中国民间文学大系·故事传说·安徽寿县卷》的编纂任务。本卷共收入作品359篇，分人物故事传说、风物故事传说、地物故事传说、红色故事传说、其他故事传说等，总计50余万字。

为坚持原创作品的面貌，保持地方文化的特色，每一则故事传说，不但标明讲述人、采录人以及采录地点、采录时间，而且还对重点内容进行了视频录制。对作品中的方言土语尽量保留，不易明白的地方加以注释。

寿县历史悠久，古迹众多，人文荟萃，山川秀美，不仅孕育了寿县以楚风汉韵为代表的地方历史文化，还孕育了独特的民间文学。寿县的山山水水，都有美丽的传说；村村镇镇，亦有动人的故事。走进历史中的寿县，犹如走进民间文学的宝库。从20世纪60年代起，老一代民间文艺工作者在县文化部门的支持下，着手民间文学的搜集和整理工作，并出版了《寿县民间传说故事》等。半个世纪以来，特别是近20年，广大民间文学爱好者业余采风，跋山涉水，走村串户，搜集了大量的原始资料，既弘扬了我县地方历史文化，也为民间文化遗产抢救工程奠定了坚实的基础。

《中国民间文学大系·故事传说·安徽寿县卷》是一本地方民间故事传说选集，它形象地反映了寿县的风土人情，反映了寿县人民对美好生活的向往和人民创

后 记

造的力量。同时,本书也是研究寿县的历史、地理、民俗和语言的参考资料,是对青少年进行热爱家乡教育的乡土教材。编纂过程中,我们得到了淮南市文联、市民间文艺家协会的鼎力支持,县委宣传部、县文联等领导多次听取工作汇报,提出工作思路,督促编纂进展和质量。在编纂工作中,我们参考了《中国民间故事集成(寿县资料本)》(上、下册)、《六安市非物质文化遗产田野调查汇编》(一卷)、《寿县历史文化丛书·轶闻传说》、《六安民间故事全书(寿县卷)》、《文化寿州丛书》、《寿县非物质文化遗产》、《寿县地名故事》等书,在此一并致以谢意。

由于时间紧迫,在采录过程当中难免大海遗珠,加上我们水平有限,在编选中一定有很多讹错,恳请批评指正。

编 者

2024 年 5 月 27 日